Gesang der Erde

BARBARA

WOOD

GESANG DER ERDE

Roman

Aus dem Amerikanischen
von Karin König

Weltbild

Die amerikanische Originalausgabe erschien 2006 unter dem Titel *Daughter of the Sun* bei St. Martins Press, New York.

Besuchen Sie uns im Internet:
www.weltbild.de

Genehmigte Lizenzausgabe für Verlagsgruppe Weltbild GmbH,
Steinerne Furt, 86167 Augsburg

Übersetzung: Karin König
Umschlaggestaltung: Jarzina Kommunikations-Design, Köln
Umschlagmotiv: Corbis, Düsseldorf (© Lester Lefkowitz);
akg-images, Berlin (© Erich Lessing)
Gesamtherstellung: Bagel Roto-Offset GmbH & Co.KG,
Gewerbegebiet Sachsen-Anhalt Süd,
Kirchweg, 06721 Schleinitz

Printed in Germany

ISBN 978-3-8289-8819-4

2010 2009 2008 2007
Die letzte Jahreszahl gibt die aktuelle Lizenzausgabe an.

Für meinen Mann George in Liebe

HOSHI'TIWA

Im Jahre 1150

1

Der Läufer rannte die gepflasterte Straße hinab, während sein Herz angstvoll pochte. Obwohl seine Füße bluteten, wagte er es nicht, stehen zu bleiben. Er schaute zurück. Seine Augen waren vor Angst geweitet. Er stolperte, verlor beinahe das Gleichgewicht und lief dann wie getrieben weiter. Er musste den Klan warnen.
Ein Dunkler Herrscher kam.

Hoshi'tiwa saß am Fuß der Klippe in der Sonne und spann Baumwolle für ihr Brautkleid. Sie saß im Schneidersitz, während sie eine hölzerne Spindel an ihrem Oberschenkel auf und ab rollte, geschickt saubere Fasern aus einem mit gekämmter Baumwolle gefüllten Korb zupfte und sie dem zunehmend dicker werdenden Faden hinzufügte, der gefärbt und zu einem Band für ihr Haar verwoben werden sollte.
Rund um sie herum ging ihr Klan seinen täglichen Verrichtungen nach: Die Bauern pflanzten Mais, die Frauen kümmerten sich um die Herdfeuer und beaufsichtigten die Kinder, und die Töpfer gestalteten Regenkrüge, für die ihr Klan berühmt war. Allerdings waren einige der Töpfer von ihrer Arbeit abberufen worden, um bei der diesjährigen Pflanzung zu helfen, denn im Vorjahr, als sie ihre jährliche Maisabgabe zum Ort der Mitte brachten, wurde dem Sonnenvolk gesagt, sie müssten in diesem Jahr die doppelte Menge abliefern. Das belastete den Klan, aber da alle zusammenarbeiteten, waren sie sich sicher, dass sie die Forderung erfüllen könnten.
Während Hoshi'tiwa die Baumwolle spann, wusste sie nicht, dass ein fremdartiges Menschengeschlecht auf der anderen Seite der Erde diesen Sonnenzyklus das Jahr 1150 Anno Domini nannte. Sie konnte nicht ahnen, dass diese Menschen auf den Rücken von Tieren ritten, etwas, was ihr eigenes Volk nicht tat, und zum

Transport von Waren ein Gerät benutzten, das Rad genannt wurde. Hoshi'tiwa wusste nichts von Kathedralen und Schießpulver, Kaffee und Uhren, noch wusste sie, dass diese fremdartigen Menschen ihren Felsschluchten, Flüssen und Hügeln Namen gaben.

Hoshi'tiwas Ansiedlung hatte keinen Namen. Und auch nicht der nahe gelegene Fluss und die Berge, die über sie wachten. Viele Jahre später würde eine andere Menschenrasse an diesen Ort kommen und allem, was sie sahen und worauf sie einherschritten, Namen geben. Zweihundert Meilen südöstlich des Ortes, an dem Hoshi'tiwa die warme Sonne auf ihren Armen spürte, würde eine Stadt errichtet und Albuquerque genannt werden. Das sie umgebende, 120 000 Quadratmeilen große Gebiet würde als New Mexico bekannt. Die junge Braut wusste auch nicht, dass Jahrhunderte später Fremde das Land nördlich ihrer Ansiedlung durchstreifen und es Colorado nennen würden.

Sie kannte nur einen Ort namentlich, den Ort der Mitte, so genannt, weil er für ihr Volk der Mittelpunkt des Handels und des Gedankenaustauschs sowie ein wichtiges religiöses Zentrum war. Jahrhunderte später jedoch sollte der Ort Chaco Canyon genannt werden, und Männer und Frauen, die als Anthropologen bezeichnet werden, würden in den Ruinen von Chaco Canyon stehen und über das spekulieren, argumentieren, debattieren und theoretisieren, was sie die »Preisgabe« nannten.

Sie würden sich fragen, jene Menschen in der fernen Zukunft, warum Hoshi'tiwa und ihr Volk, welche die Anthropologen unrichtig »Anasazi« nennen würden, so plötzlich und spurlos verschwunden waren.

Hoshi'tiwa ahnte nicht, dass sie eines Tages Teil eines uralten Mysteriums sein würde. Hätte sie es gewusst, hätte sie gesagt, an ihrem Leben sei nichts Geheimnisvolles. Ihr Klan lebte seit Generationen am Fuße dieses Steilabbruchs an der Biegung des kleinen Flusses, und in all diesen Jahrhunderten hatte sich nur wenig verändert. Ihre Häuser waren vielleicht größer und ein wenig aufwendiger geworden, und die Töpferwaren trugen kunstvollere Muster. Aber abgesehen davon glich jede Generation der vorhergehenden.

Hoshi'tiwa war die Tochter eines einfachen Händlers, die die ihr widerfahrenen Segnungen an den Fingern einer Hand abzählen konnte und sicher in dem Wissen ruhte, dass morgen alles genauso sein wird wie heute.

Der Läufer stürzte und schlug sich das rechte Knie schmerzhaft auf. Während er sich wieder aufrappelte, spürte er in den Pflastersteinen der breiten Hauptstraße die mächtigen Schritte des herannahenden Heers. Er schluckte angstvoll.
Die Kannibalen kamen.

Hoshi'tiwa blickte zur stattlichen Gestalt Ahotés an der Gedächtniswand hinüber. Sein sehniger Körper glänzte in der Sonne, da er nur einen Lendenschurz trug. Unter der Anleitung seines Vaters rezitierte er die Geschichte des Klans, wobei er die auf die Mauer gemalten bildlichen Darstellungen als Anhaltspunkte nutzte. Jedes Symbol stellte ein großes Ereignis in der Vergangenheit des Klans dar. Ahotés Vater deutete auf die *Kokopilau,* also »Flötenspieler« genannte Gestalt, dessen Rücken sich unter dem Gewicht eines schweren Sackes beugte, in dem er Geschenke und Segnungen mit sich trug. Die *Kokopilau* waren eine geheime Bruderschaft von Menschen, die für ihre wunderliche Art und ihre mildtätigen Taten bekannt waren. Niemand kannte die Herkunft der Bruderschaft oder wusste, welche Eide ihre Mitglieder geschworen hatten oder welchen Göttern sie dienten, aber die *Kokopilau* durchstreiften das Land und waren an jedem Herdfeuer willkommen. Jeder Besuch eines *Kokopilau* bedeutete eine Zeit der Feierlichkeiten, denn er brachte Glück und förderte die Fruchtbarkeit. Der Besuch, an den auf der Gedächtniswand erinnert wurde, als ein *Kokopilau* sieben Tage beim Klan verbrachte, hatte eine bessere Maisernte und Schwangerschaften bei den Ehefrauen zur Folge gehabt.
An der Gedächtniswand waren viele weitere Symbole zu sehen – Spiralen, Tiere, Menschen, Lichtblitze –, zu viele, als dass sich der ganze Klan an alle Ereignisse erinnern könnte, sodass dies die Aufgabe eines einzelnen Mannes war, Er-der-die-Menschen-verbindet, und zwar seine einzige. Er brauchte nicht einmal bei der Ernte zu helfen, obwohl alle anderen, einschließlich der Kinder, daran mitar-

beiteten, weil Er-der-die-Menschen-verbindet jeden Tag die Wand besuchen und die dort festgehaltene, umfangreiche Geschichte für sich rezitieren musste.
Hoshi'tiwas Herz ging auf vor Liebe und Hoffnung. Das Leben war schön. Überall blühten Frühlingsblumen. Der nahe gelegene Fluss führte kühles, frisches Wasser mit sich und wimmelte von Fischen. Der Klan war gesund und gedieh. Und Hoshi'tiwa, sechzehn Jahre alt, freute sich auf ihren Hochzeitstag.
Sie wusste, dass sie Glück hatte, einen Jungen ihres eigenen Klans heiraten zu dürfen. Es bedeutete, dass sie nicht in ein anderes Dorf ziehen und von ihrer Familie getrennt sein musste. Die Verlobung unterlag komplexen Regeln, und Tabus wurden streng beachtet. Nur durch die Besonderheit seiner Abstammung durfte Ahoté, den sie schon liebte, seit sie Kinder waren, innerhalb des Klans heiraten. Er brauchte sich keine Gefährtin in den entlegenen Ansiedlungen zu suchen.
Vor einer Verlobung wurden die Blutlinien strengstens geprüft. Die Ältesten des Klans studierten das komplizierte Netzwerk der Onkel, Tanten und Cousins mütterlicherseits, der Onkel, Tanten und Cousins väterlicherseits, die alle in einer besonderen Beziehung zur zukünftigen Braut oder dem Bräutigam standen. Sie verbrachten Tage damit, zu debattieren, Erinnerungen hervorzuholen und sich am Kopf zu kratzen, um diesen Linien nachzuspüren, da es Unglück über einen Klan brachte, wenn unbeabsichtigt eine tabuisierte Verbindung zustande käme.
Es stellte sich heraus, dass Ahotés Vater, Er-der-die-Menschen-verbindet, nicht mit Hoshi'tiwas Eltern blutsverwandt war, nicht einmal als entfernter Cousin. Ahotés Großvater hatte sich dem Klan angeschlossen, als er die Tochter eines Geisttänzers heiratete, und er wäre selbst ein Geisttänzer geworden, wenn Er-der-die-Menschen-verbindet seinen einzigen Sohn nicht durch eine mysteriöse Bluterkrankheit verloren hätte. Dies hatte den Klan in Panik versetzt. Wenn niemand die Gedächtniswand lesen könnte, würden sie ihre Vergangenheit und ihre einzige Verbindung zu den Vorfahren verlieren. Die Ältesten hatten sich nach einem Ersatz umgesehen und festgestellt, dass der Schwiegersohn des Geisttänzers einen klaren Verstand besaß und sich darin auszeich-

nete, alle Dinge im Gedächtnis zu behalten. Daher durfte Ahoté nun zwei Generationen später Hoshi'tiwa heiraten.

Ahoté schaute zu der wunderschönen Hoshi'tiwa hinüber, die im Sonnenschein saß, ihre mohnblumenrote Tunika ein helles, warmes Leuchten. Sein Körper regte sich vor männlichem Verlangen, und er dachte an seine kommenden Nächte als Ehemann. Erst als ihn sein Vater fest in den Arm kniff, wandte er seine Gedanken wieder dem Unterricht zu. Er rezitierte: »Und dann erlebte das Volk den Frühling der Jagd im Überfluss, als der Elch von der Mesa herabkam, um sich ihnen als Nahrung darzubieten.« Das auf die Mauer gemalte Symbol zeigte einen Elch mit Pfeilen im Körper.
Das letzte Symbol auf der Mauer war ein Kreis mit sechs dahinter verlaufenden Linien, welches die Sichtung eines Himmelskörpers vermerkte, der im vorigen Sommer über den Horizont gestreift war. Seitdem hatte man keine neuen Symbole hinzugefügt, weil nichts Bedeutendes geschehen war. Während Ahoté vor seinem Vater rezitierte, fragte er sich, welches neue Symbol als Nächstes hinzugefügt und die lange Geschichte des Klans fortführen würde.

Der Läufer stürzte erneut und hinterließ eine Blutspur auf der Sandsteinoberfläche der Straße. Seine Knie waren aufgeschürft, seine Knochen protestierten schmerzhaft. Er könnte sich retten, das wusste er, wenn er nach links liefe, von der Hauptstraße fort und eine kleine Felsschlucht hinab, die ihn vor dem herannahenden Heer verbergen würde. Aber die Menschen in der Ansiedlung waren seine Verwandten. Sie verließen sich auf ihn als den Wächter, der sie in Zeiten der Gefahr warnte.

Hoshi'tiwas Mutter hielt in ihrer Arbeit am Mahlstein inne, mit dem sie Mais zu Mehl mahlte, und schaute blinzelnd in den Himmel. Die Welt *sah* richtig *aus,* aber sie fühlte sich nicht richtig an. Sie blickte sich auf dem kleinen Platz um. Da war die junge Maya, die im Schatten ihres Adobehauses saß und ihren Urgroßvater stillte. Obwohl ihr Baby in seinem Korb auf ihrem Rücken schrie, würde es warten müssen, bis der Ältere gefüttert war. Der alte Mann hatte seine Zähne schon lange verloren und konnte keinen Haferschleim mehr schlucken. Daher nährte ihn – dem uralten Brauch gemäß, die verehrten Älteren am Leben zu erhalten, da sie allein die Erinnerungen daran bewahrten, was früher war – seine Urenkelin mit ihrer eigenen Milch.

Aus dem geöffneten Eingang des Adobehauses nebenan drangen Schreie. Hoshi'tiwas Mutter konnte ihre Freundin Lakshi in der Dunkelheit sehen, auf Knien, die Arme über dem Kopf, die Handgelenke an ein von der Decke hängendes Seil gebunden. Vor und hinter Lakshi knieten zwei Hebammen und halfen dem Baby auf die Welt zu kommen.

Alles normal, nichts Außergewöhnliches. Und doch stimmte etwas nicht. Die Luft war zu still, die Geräusche zu gedämpft, das Sonnenlicht zu golden. War dies der Tag, fragte sich Sihu'mana, der Tag, von dem sie vor langer Zeit in unruhigen Nächten geträumt hatte? War er nun doch angebrochen? Oder plagte sie einfach die Gereiztheit einer Mutter vor einer Hochzeit?

Keine Mutter schlief nachts gut, wenn sich ihre Tochter in diesem gefahrvollen Moment des Übergangs zwischen Jugend und Ehestand befand. Stünde Hoshi'tiwa erst unter dem Schutz eines Ehemannes, würde Sihu'mana, wie alle Mütter seit Anbeginn der Zeit, leichter atmen.

Zwei Dinge brachten Eheleute mit in die Verbindung: der Mann seinen Mut und die Frau ihre Ehre. Die Jungfräulichkeit ihrer Tochter zu bewahren war nicht leicht gewesen, weil Hoshi'tiwa mit Schönheit gesegnet war – oder geschlagen, je nachdem, wie man es betrachtete. Wann immer Besucher in das Dorf kamen, behielt Sihu'mana ihre Tochter genau im Auge. Alle erinnerten sich noch gut an das arme Mädchen Kowka – auch wenn niemand jemals darüber sprach –, die unmittelbar vor der Hochzeit mit ihren Schwestern Erdfinkeneier sammeln ging, sich stromaufwärts verirrte und, allein und ungeschützt wie sie war, auf eine Bande Plünderer aus dem Norden traf. Sie hatte den Angriff überlebt, aber aufgrund der komplexen Regeln und Tabus des Klans bezüglich des Geschlechtslebens wollte sie danach kein Mann mehr heiraten. Allen war es verboten, mit einem Mitglied eines anderen Stammes zu verkehren. Ehepartner durften nur aus dem Sonnenvolk kommen, dessen Klans zahlreich genug waren, um viele Wahlmöglichkeiten zu bieten. Eine Frau durfte nicht mit ihrem Bruder, mit Onkeln oder Cousins schlafen. Und eine Jungfrau durfte sich vor der Hochzeit mit niemandem einlassen. Da Kowkas Vergewaltiger aus einem nördlichen Stamm kamen, die andere Götter verehrten und an anderen Traditionen festhielten, und da sie vorher noch Jungfrau gewesen war, verfügten die Ältesten, dass sie *makai-yó* sei – unrein. Obwohl ihre Mutter immer wieder um Gnade für ihre Tochter flehte, wurde Kowka aus dem Dorf vertrieben, und man hörte nie wieder von ihr.

Es erschreckte Sihu'mana, dass ihr ausgerechnet jetzt Kowkas Schicksal einfiel. Hastig flüsterte sie ein paar Glück bringende Worte und vollführte ein Schutzzeichen in der Luft. Sie hatte seit Jahren nicht mehr an das unglückliche Mädchen gedacht. War das ein Omen?

Sihu'manas Ängste kehrten mit aller Macht zurück. Der prophetische Traum …

Sechzehn Jahre lang hatte sie das Geheimnis in ihrem Herzen verschlossen, von wem der Traum handelte, hatte es nicht einmal ihrer Tochter, Hoshi'tiwa, erzählt. Sihu'mana hatte sechzehn Jahre lang zu den Göttern gebetet und ihnen zusätzlichen Mais geopfert in der Hoffnung, sie sanft davon zu überzeugen, dass es nicht gerecht war, einer Mutter die einzige Tochter zu nehmen. Acht Babys waren Sihu'manas fruchtbarem Leib entsprungen. Zwei waren tot geboren, zwei überlebten das erste Jahr nicht, zwei starben, bevor sie fünf Jahre alt waren, und der Sohn, der Hoshi'tiwas älterer Bruder gewesen wäre, starb, als er mündig wurde. Er war auf seine Visionssuche gegangen und mit nur einem Speer bewaffnet in die Berge gezogen. Es war ihm gelungen, einen Berglöwen zu töten, aber erst nachdem das Tier seine scharfen Krallen über den Bauch des Jungen gerissen und ihn aufgeschlitzt hatte. Er war den ganzen Weg nach Hause gelaufen, hatte seine Eingeweide zurückgedrängt, bevor er seiner Mutter tot vor die Füße fiel.

Danach bekam Sihu'mana keine weiteren Kinder mehr, da ihr Mondfluss aufhörte, und so hatte sie Hoshi'tiwa sechzehn Sommer lang geliebt und beschützt, hatte ihr das Laufen und Sprechen beigebracht, hatte sie gelehrt, freundlich und geduldig, höflich und bescheiden zu sein, und hatte sie in die Traditionen und vielen Tabus des Klans eingewiesen, um sicherzustellen, dass das Mädchen nicht unabsichtlich gegen ein Gesetz verstieß oder der Familie Unglück brachte. Aber vor allem hatte Sihu'mana ihre Tochter gelehrt, durch ihre geschickten Finger mit dem Töpferton zu »sprechen« und so die wunderschönsten Regengefäße zu fertigen, die der Stamm seit Generationen gesehen hatte. Und Sihu'mana hatte ihre Angst sechzehn Jahre lang zusammen mit den Tortillas hinuntergeschluckt und gehofft, dass die Träume nur die Folge von zu viel Gewürzen, zu viel Chili, oder der Streich eines sie heimsuchenden Geistes waren und nicht mehr.

Aber nun sagten ihr Blut und ihre Knochen etwas anderes. Sogar die Welt mit ihren Bäumen und Felsen und Vögeln wusste es. Während sie beobachtete, wie die greise Wuki mit einem Korb Zwiebeln vorbeiging, die sie gerade im Garten ausgegraben hatte, wusste Sihu'mana es. Der gefürchtete Tag war nun doch gekommen.

Aber warum? Was genau sagten ihr Blut und ihre Knochen? Was nützte eine Vorahnung, die Einzelheiten verbarg? Sihu'mana schaute erneut blinzelnd in den Himmel, behielt das klare, tiefe Blau im Blick, rief sich die unheilvollen Umstände in Erinnerung, die Hoshi'tiwas Geburt begleitet hatten, und fragte sich, ob die Vorahnung etwas mit dem Regen zu tun hatte.

Die Götter hatten Sihu'manas Ansiedlung stets wohlwollend betrachtet. Im Winter lag Schnee schwer auf den Zedern- und Kiefernzweigen. Im Sommer segnete Regen die reifen Maisfelder. Ihr Volk hatte sich stets einer reichen Herbsternte erfreuen können. Während ein großer Teil des Maises zum Ort der Mitte geschickt wurde, wie von den Dunklen Herrschern gefordert, solange der Stamm sich erinnern konnte, blieb jedoch stets genug für die Bauern und ihre Familien übrig. Und auch wenn die Herrscher dieses Jahr mehr forderten, weil die Wolken im Land südlich des Ortes der Mitte, wie Gerüchte besagten, ihren Segen spendenden Regen zurückgehalten hatten und die Maisfelder dort zunehmend verdorrten, sorgte sich Sihu'manas Klan nicht. Sie würden immer Regen haben, weil ihre Töpfer die besten Regenkrüge der Welt fertigten.

Alle wussten, dass kein Regen fiel, wenn er nirgendwo hineinfallen konnte. Und je erlesener der Krug, desto mehr Regen wurde davon angezogen. Daher schmückten Hunderte von Gefäßen die

Landschaft am Fuß der steilen Klippe, standen vor Eingängen, rund um den Kiva, den Zeremonialbau, entlang den Mauern und auf Fensterbänken, die sich mit dem kostbaren Wasser füllten, das die Feldfrüchte, Bohnen und Kürbisse und die Trinkkürbisflaschen des Volkes nährte. Die Regenkrüge des Stammes waren auch in weit entfernten Dörfern und Bauernhöfen so begehrt, dass Händler und Reisende häufig Halt machten, um Himmelsstein und Fleisch und Federdecken für die erlesenen Töpferwaren einzutauschen.

Sihu'mana konnte sich in ihrer Unruhe nicht auf das Mahlen des Maises konzentrieren. Ihr Blick schweifte ständig über den Platz, die Adobehäuser, die Felder und den Bach, bis er schließlich bei ihrer Baumwolle spinnenden Tochter zur Ruhe kam. Dort lag der Ursprung ihres Unbehagens. Hoshi'tiwa war ein wunderschönes Mädchen, still und bescheiden. Und doch ... Sihu'mana fragte sich manchmal, ob unter diesem scheuen Lächeln ein Körnchen Stolz lauerte. Und Stolz, das wusste jeder, war der Anfang des Untergangs.

Er wollte dort auf den warmen Pflastersteinen liegen bleiben. Der Läufer war so erschöpft, dass er glaubte, er könne sich nicht mehr erheben, um die letzte Strecke zur Siedlung zu bewältigen.

Aber dort war seine Familie. Seine Großmutter Wuki und seine Schwester Lakshi. Er durfte nicht zulassen, dass die Kannibalen sie gefangen nähmen.

Und so zwang sich der Läufer mit einer letzten Anstrengung und einem verzweifelten, stillen Flehen an die Götter auf seine blutenden Füße und stürmte auf die Klippen zu, wo der vertraute Bach seiner Heimat lockte.

Hoshi'tiwa bemühte sich, nicht zu stolz zu sein, aber sie bemerkte doch, dass ihre Regenkrüge sowie diejenigen, die ihre Mutter gestaltete, von den Händlern als Erste ausgewählt wurden. Ihre Mutter hatte sie oft ermahnt: »Prahle nicht mit deiner Gabe, Tochter. Denk daran, dass die Götter jemand anderem die Gabe verweigert haben, damit du sie haben konntest. Daher rückt es die Götter in ein schlechtes Licht, wenn du damit prahlst.« Dennoch erklärten alle, Hoshi'tiwa besäße eine heilige Gabe. Wie konnte sie also umhin, ein wenig Stolz zu empfinden, noch dazu, wo sie doch nun mit Ahoté verlobt war, der zu einem der bedeutendsten Männer im Stamm ausgebildet wurde?

Sie fügte dem Faden mehr gekämmte Baumwolle zu, achtete aber darauf, dass er dünn und gleichmäßig genug blieb. Hoshi'tiwa war im Spinnen nicht so geschickt wie einige der anderen Mädchen, weil ihr Können in der Töpferei lag. Aber sie hatte das Recht, ihr eigenes Brautkleid zu gestalten, und daher war Hoshi'tiwa bis nach der Hochzeit von ihren Töpferpflichten entbunden.

Eine Wolke zog über die Sonne und tauchte das Dorf und die Maisfelder kurzzeitig in schattiges Dunkel. Hoshi'tiwa beunruhigte das nicht, denn es war Frühling und der Himmel unvorhersehbar. Sie war sich nicht bewusst, dass es ein Omen war, ein Zeichen dafür, dass ein anderes Dunkel nahte.

Hoshi'tiwa wünschte, sie könnte ihr Brautgewand gänzlich aus Baumwolle fertigen, aber Baumwolle war eine kostbare Handelsware, ihr Stamm pflanzte sie nicht an und musste sie daher eintauschen. Daher hatte sie nur genug, um Haarbänder zu fertigen. Ihre Brauttunika und der Umhang wurden aus Agavenfasern gewoben, wie auch der Rock und die Tunika, die sie jetzt trug. Obwohl diese Kleidung in einem anderen Dorf gewoben und gegen Regenkrüge eingetauscht worden war, färbte Hoshi'tiwas Volk seine Stoffe selbst, sodass sie häufig ihre Lieblingsfarbe Rot trug. Und die Bänder in ihrem Haar, welche die kunstvoll geflochtenen Zöpfe zusammenhielten, die ihren unverheirateten Status kennzeichneten, waren aus Yuccafasern gewoben und ebenfalls rot gefärbt worden, damit sie zu ihrer Kleidung passten.

Aber eigentlich, dachte sie, während sie im Schneidersitz vor dem geöffneten Eingang ihres Adobehauses saß, war für ihr Hochzeitsgewand eine andere Farbe angemessen. Vielleicht ein helles Blau …

»Hilfe!«

Sie hob jäh den Kopf. Ein Mann, erschöpft und schweißglänzend, erschien an der Biegung des Baches. »Gefahr!«, schrie er und wedelte mit den Armen, als er die Siedlung erreichte, wo er auf die Knie fiel und aufwärts zeigte. »Zur Klippe hinauf! Ein Dunkler Herrscher kommt!«

Hoshi'tiwa ließ ihre Spindel fallen und sprang auf. Die Menschen auf den Feldern, die Mütter und Kinder an den Herdfeuern, die Töpfer an ihren Brennöfen – alle ließen ihre Arbeit im Stich und liefen zum Fuß der Klippe, wo Leitern ständig bereitstanden, damit sie rasch zu der Festung hoch über ihnen hinaufgelangen konnten. Diejenigen, die zuerst oben ankamen, ließen Seile herab, damit noch mehr Menschen eilig die steile Felswand hinauf in Sicherheit klettern konnten.

»Beeilt euch!«, rief der Läufer. Er war von einem Wachturm gekommen, von dem aus er das Heer in der Ferne erblickt hatte. Zwei Männer halfen ihm hoch und auf eine Leiter.

Eine jammernde Lakshi wurde von den Hebammen getragen, das neugeborene Baby auf ihrem Bauch, noch immer durch die Nabelschnur mit ihr verbunden. Ahoté und sein Vater liefen von der Gedächtniswand herbei und richteten weitere Leitern auf, die am Fuß der Klippe aufbewahrt wurden. Die Menschen kletterten blindlings aufwärts, halfen einander, riefen ihren Verwandten zu, sich zu beeilen, während ihnen nackte Furcht in den Gesichtern stand.

Ein Dunkler Herrscher kam.

Hoshi'tiwa und ihre Familie empfanden panische Angst vor den Herrschern des Ortes der Mitte. Sie hatten Geschichten von Folterungen und Menschenopfern gehört. Vor Jahren hatte ihr Großvater am Herdfeuer leise von verbotenen Bräuchen gesprochen. »Die Herrscher stammen nicht aus unserem Volk, sondern sind Fremde aus dem Süden, die gekommen sind, um das Sonnenvolk zu versklaven. Sie haben uns durch ihre Schreckensherrschaft unterjocht. Unsere Vorfahren wurden gezwungen, ihnen ihre Häuser am Ort der Mitte zu erbauen und ihre breiten Wege anzulegen. Wenn wir uns wehrten, kamen sie und schlachteten uns ab, ließen uns qual- und schmerzvoll sterben, kochten uns dann und aßen unser Fleisch.«

Hoshi'tiwa hatte immer angenommen, diese Geschichten seien erfunden, um Kindern Angst einzujagen, damit sie folgsam wären. Aber als sie nun hoch oben auf der Klippe stand und sich an Ahoté klammerte, beobachtete sie entsetzt das von Osten heranannahende Heer. Die Tritte der Jaguar-Kämpfer dröhnten auf den Pflastersteinen, während die Krieger das Tal mit dem Lärm ihrer gegen die Schilde geschlagenen Knüppel erfüllten. Inmitten dieses wilden Menschenmeeres saß der Dunkle Herrscher hoch oben auf seinem Thron, der auf den Rücken von vierzig Sklaven getragen wurde. Oben in der Festung auf der Klippe stimmten alte Frauen Klagerufe an, Kinder schrien, und Männer stritten miteinander.

Warum kam das Heer des Dunklen Herrschers? Was wollten sie?

»Sie werden uns essen!«

»Wir müssen ihnen entkommen!«

»In den Tunnel!«

»Sie werden uns finden!«

»Sie werden unsere Knochen kochen und unser Fleisch verspeisen!«

Die erschreckende Masse der Männer in gefleckten Tierfellen, die Furcht erregende Knüppel und Speere und Schilde mit sich trugen, hielt am Fuß der Klippe an. Und die oben kauernden Menschen verfielen in Schweigen.

Niemand in Hoshi'tiwas Klan hatte schon einmal einen Dunklen Herrscher gesehen, aber der Bruder ihres Vaters, ein Händler, der Töpferwaren zu entlegenen Ansiedlungen brachte, um sie gegen Sandalen und Decken einzutauschen, hatte der Familie erzählt, dass ihre nicht die einzige Klippenbehausung war. Er hatte von anderen schützenden Festungen wie ihren erzählt, von hoch oben in die Klippe gehauenen Steinräumen und Treppen und Terrassen, deren einziger Zugang Leitern und Seile waren.

In einer Ansiedlung hatte er die Menschen abgeschlachtet vorgefunden. Die Männer und Frauen und Kinder lagen noch da, wo sie umgekommen waren, weil niemand überlebt hatte, der sie begraben konnte. Sie lagen da, die Streitäxte noch immer in den Schädeln und die Messer in den Brüsten. Aber ihre Arme und Beine waren abgehackt worden, und Hoshi'tiwas Onkel sagte, er hätte jene Knochen glänzend gekocht und sauber abgenagt vorgefunden wie Antilopenknochen nach einem Festmahl. Daher wussten sie, dass die Dunklen Herrscher dort gewesen waren und sich im Namen ihrer gewalttätigen Götter an den Einwohnern gütlich getan hatten.

Ahoté und die übrigen Männer hatten alle Leitern und Seile hochgezogen. Es gab keinen Zugang mehr zu dem Raum in der Klippe.

Sie waren sicher. Sie blickten auf die Furcht erregenden Krieger hinab, die Jaguare genannt wurden. Niemand im Klan hatte jemals einen Jaguar gesehen, aber sie wussten durch eine Legende, dass der Jaguar eine gefleckte Katze war, die in einem Land weit im Süden lebte. Die Krieger des Dunklen Herrschers kleideten sich in die Felle dieser gefleckten Katze und trugen den Kopf der Katze auf ihrem Scheitel. Sie trugen schreckliche, schwere Speere und Knüppel und mit kühnen Symbolen bemalte, hölzerne Schilde bei sich. Inmitten dieser beängstigenden Armee thronte der Dunkle Herrscher auf seinem prächtigen Tragestuhl, aber die Menschen auf dem Felsen konnten den Herrscher selbst nicht sehen, da er von einem bunten Baldachin vor der Sonne geschützt wurde.

Der Wind pfiff durch die verlassene Siedlung, während die Menschen oben in angstvollem Schweigen abwarteten, Frauen sich an ihre Männer klammerten und Mütter ihre Kinder festhielten.

Ein Gruppe von Jaguar-Kriegern löste sich aus der Hauptmasse und begann die kleinen Adobebehausungen zu durchsuchen, die sich auf der Ebene hinduckten. Während sie alle Innenräume inspizierten, Truthähne beiseite stießen und über schlafende Hunde hinwegstiegen, trat ein höchst bemerkenswert aussehender Mann vor. Hoshi'tiwas Augen weiteten sich bei seinem Anblick, denn sie hatte noch niemals zuvor einen so prächtig gekleideten Mann gesehen. Er trug einen am Hals befestigten scharlachroten Umhang und eine flammend orangefarbene Tunika, die gewiss aus Baumwolle gewebt war, sowie einen eindrucksvollen Federschmuck auf dem Kopf, und in seiner rechten Hand hielt er einen großen Holzstab, dessen Knauf durch einen mit Himmelsstein und Jade dekorierten menschlichen Schädel geschmückt wurde.

Er wurde von zwei ebenso bemerkenswerten Männern flankiert, deren Körper vollkommen blau bemalt waren, von ihren rasierten Köpfen bis zu ihren blauen Sandalen. In blaue Gewänder gehüllt, spielten sie auf aus menschlichen Schienbeinknochen gestalteten Flöten, während derjenige mit dem Federkopfschmuck den Leuten oben etwas zurief. Er benutzte ihre eigene Sprache, und seine Stimme stieg hinauf zu dem Versteck in der hohen Klippe: »Ich bin Moquihix, vom Ort der Schilfrohre, Träger des Blutkelches, offizieller Sprecher des *Tlatoani*! Habt keine Angst! Wir wollen nur einen von euch! Nur einen! Die Übrigen können zu ihrer Feldarbeit zurückkehren, wie die Götter es befohlen haben!«

Hoshi'tiwas Leute sahen einander an, während sich ihre Angst mit Verwirrung mischte. Sie wollen nur einen von uns? Warum wollen sie *einen* von uns? Und wen?

Moquihix' Stimme erschallte über die Ebene, über den Bach und die steile Klippenwand hinauf. »Schickt das Mädchen namens Hoshi'tiwa herab!«

Alle keuchten. Sie zitterten und klammerten sich aneinander und flüsterten voller Angst. Wie konnte das sein? Sie wollen Hoshi'tiwa?

»Nein!«, schrie Ahoté und zog sie fest an sich.

Die tiefe, volltönende Stimme rief: »Der Geist des *Tlatoani* vom Ort der Mitte, Fürst Jakál vom Ort der Schilfrohre, Hüter der Heiligen Feder, Wächter des Himmels, ist von eintausend Traurigkeiten erfüllt. Die Sonne scheint nicht im Herzen eures Herrschers. Schickt das Mädchen Hoshi'tiwa hinab, die erwählt wurde, das Herz ihres Herrschers zu erfreuen, und wir werden gehen!«

Blanke Angst stand Hoshi'tiwa ins Gesicht geschrieben. »Mutter, was meint er?«

Das Gesicht ihrer Mutter wurde bleich. Entsetzen erfüllte ihre Augen. Und dann Kummer. »Tochter«, sagte sie mit angespannter Stimme. »Der Dunkle Herrscher hat dich für sich selbst erwählt.«

»Der Tunnel«, flüsterten alle und meinten damit den Fluchtweg, der zur anderen Seite der flachen Mesa führte. »Ahoté, bring sie fort. Die Jaguare werden euch niemals finden.«

Aber dann sahen sie, wie die Jaguare einen alten Mann aus einem der Häuser zerrten. Die Familie schrie auf, als ein Jaguar ihn an den Haaren packte, ihn auf die Knie zwang und eine Axt an seine Kehle hielt.

»Wer von euch hat vergessen, Alten Onkel in das Versteck hinaufzubringen?«, zischte Sihu'mana zornig.

»Schickt das Mädchen hinunter«, rief Moquihix, während die hohen Federn auf seinem großartigen Kopfschmuck im Winde zitterten, »sonst werden wir den Alten hier töten.«

Die Frauen begannen zu wehklagen, denn er war ihr Onkel, ein Geisttänzer, und ohne Onkels Wintersonnenwende-Tanz würde die Sonne stillstehen und ihre Reise zurück zum Sommer nicht wieder aufnehmen.

»Geh nicht, Hoshi'tiwa«, flehte Ahoté. »Komm mit mir zum Fluchttunnel. Bis die Jaguare einen Weg hier herauf finden, werden wir schon lange fort sein, und sie werden dich niemals finden.«

»Aber warum wollen sie *mich*? Es muss am Ort der Mitte Tausende junger Mädchen geben. Ich bin ein Niemand!« Ihre Augen weiteten sich vor Angst, als sie weit unten ihren Onkel auf den Knien sah, unter der Axt zitternd. Sie schaute zu dem unter dem Sonnenschutz verborgenen Dunklen Herrscher hinüber. Sein Stuhl stand auf einem Teppich aus verwobenen Federn von der Farbe des tiefsten Himmels, der wiederum eine große Holzplattform auf den Rücken der Sklaven bedeckte. Unter dem Rand des Baldachins erblickte sie einen bronzefarbenen Unterarm, mit Armreifen aus einem Metall geschmückt, das sie nur ein Mal zuvor gesehen hatte und das Gold genannt wurde. Aber den Herrscher selbst konnte sie nicht sehen.

Sihu'mana sprach mit trockenem Mund. »Weil du von den Göttern begünstigt bist, Tochter, und der Dunkle Herrscher es irgendwie herausgefunden hat.«

Und dann sah Sihu'mana den entsetzten Ausdruck auf dem Gesicht ihres Mannes. »Es tut mir Leid«, platzte er heraus. »Ich war stolz. Ich habe geprahlt.«

Sihu'manas Atem stockte. Sie fand kaum genug Atem zu sagen: »Mein Mann …« Sie konnte nicht weitersprechen, wohl wissend, was als Nächstes käme, welch schreckliches Geständnis er zu machen hätte.

Die Worte sprudelten aus seinem Mund – wie er sich im Vorjahr gegenüber den Leuten einer Ansiedlung flussabwärts seiner Tochter gerühmt hatte, als er Regenkrüge dorthin brachte, um sie gegen Salz einzutauschen. Sie erzählten ihm von Gerüchten über eine Trockenheit im Süden, wo der Regen aufgehört habe zu fallen, und doch regne es, wie sie sagten, in seiner Gegend reichlich. »Was ist das Geheimnis eurer Regengefäße?«, fragten sie. Und er konnte dem Drang nicht widerstehen, mit seiner Tochter zu prahlen, die in der Nacht ihrer Geburt Regen gebracht hatte – und seitdem waren ihre Regenkrüge stets gefüllt.

Alle in dem Versteck in der Klippe wechselten besorgte Blicke. Die Kunde von Sihu'manas Tochter war offensichtlich auf dem ausgedehnten Netzwerk der Handelsrouten weitergetragen worden, bis sie den Ort der Mitte erreicht hatte, wo seit mehreren Jahren kein Regen mehr gefallen war. Aber was hatte dies mit dem Herrscher zu tun?
Sihu'mana, deren Seele voller Furcht und deren Blut eiskalt war, wusste es bereits. Dennoch flüsterte sie: »Wessen hast du dich noch gerühmt, Mann?«
Er ließ den Kopf hängen. »Ich konnte nicht widerstehen. Ich erzählte ihnen, dass meine Tochter schöner ist als die Sonne.«
Sihu'mana schluckte schmerzlich und erkannte augenblicklich, welch neue Wendung ihr Leben nehmen würde. Es gäbe keine Enkel, keine gehorsame Tochter, die sich im Alter um sie kümmerte. Hoshi'tiwa musste gehen, und nichts wäre wie vorher.
Sie wandte sich zu dem Mädchen um und sagte mit vor Angst und Kummer rauer Stimme: »Dann ist dies der Grund, warum sie dich holen kommen, meine Tochter. Der Herrscher will dich zu seinem Vergnügen haben.«
Entsetztes Murmeln durchlief den sich zusammendrängenden Klan, und Angst und Abscheu stand allen ins Gesicht geschrieben, während sie langsam vor dem Mädchen zurückwichen, das nun verflucht war.
Sihu'mana fuhr fort, zu gut wissend, dass der Name ihrer Tochter in Zukunft nie mehr ausgesprochen werden würde. »Er wird seinen Körper mit deinem vereinen, der mit der Gunst der Götter gesegnet wurde, damit er auch an diesem Segen teilhaben kann.«
Sihu'mana schloss die Augen. Der frühere Traum über ihre neugeborene Tochter als erwachsene Frau, die an einem unbekannten Platz vor einer großen Menschenmenge stand – bis auf blutige Striemen zwischen ihren Brüsten nackt. Jetzt begriff Sihu'mana die Bedeutung dieses Traums.
Hoshi'tiwa konnte sich nicht rühren. Sie schaute zu dem Jaguar, der eine Axt an Onkels Hals hielt. Onkel wurde gebraucht, um die Sonne von ihrer Winterreise zurückzuholen. Ohne die Sommersonne würde der Mais nicht wachsen. Aber dann dachte sie an den unter dem bunten Baldachin verborgenen Dunklen Herrscher, und

der Gedanke an das, was sie mit ihm tun müsste, ließ ihr das Herz in die Kehle steigen. Sie sank auf die Knie und schlang die Arme um die Beine ihrer Mutter. »Mutter, bitte lass mich mit Ahoté fortgehen! Erlaube uns, diesen Ort zu verlassen!«

»Ja«, sagte Ahoté, das Gesicht rot vor Zorn. Wie konnte ein anderer Mann es wagen, ihm seine Verlobte zu rauben? Dunkler Herrscher oder nicht, niemand durfte zulassen, dass der Prinz in dem Tragestuhl Hoshi'tiwa berührte. »Lass mich sie fortbringen. Sie werden uns niemals finden.«

Unten rief der Sprecher namens Moquihix: »Du brauchst zu lange! Dein Herrscher hat dir befohlen, herabzukommen!«

Der Jaguar hob vor ihren entsetzten Augen die Axt und durchtrennte damit Onkels Hals, trennte den Kopf vom Körper.

Eine furchtbare Stille senkte sich auf die oben versammelte Familie. Hoshi'tiwas Mutter sah sie an und flüsterte: »Tochter, was hast du getan?«

»Mutter, es ist nicht meine Schuld!«

»Seht!«, rief Ahoté und streckte die Hand aus. Sie sahen, wie mehrere Jaguare aus der Masse heraustraten und zum tief unten liegenden Fuß der Klippe liefen.

»Sie werden einen Weg finden, heraufzuklettern«, sagten alle, »sie werden uns erreichen und uns alle niedermetzeln!«

Hoshi'tiwa sagte: »Dann müssen wir jetzt fliehen. Wir alle!«

Aber ihre Mutter zog das Mädchen hoch und sah sie traurig an. »Du musst gehen. Wir müssen den Herrschern alle Hochachtung bezeigen, ob in Mais oder in Töchtern.«

Als Hoshi'tiwa nun heftiger und bitterlicher schluchzte, drängte Sihu'mana ihre eigenen Tränen zurück und sagte in Erinnerung an den prophetischen Traum, der sie vor langer Zeit heimgesucht hatte: »Hör mir zu, Tochter. Ich muss dir etwas sagen. Du wurdest zu einem bestimmten Zweck geboren. Ich weiß nicht, was dieser Zweck ist, nur dass du dich nicht davor verschließen darfst. Du kannst tapfer sein. Das weiß ich.«

Der Beweis für Hoshi'tiwas Tapferkeit lag in drei senkrechten, blauen Linien, welche die Mitte ihrer Stirn zierten. Hoshi'tiwa hatte sie während ihrer Initiationsriten erhalten, während deren Mädchen mit dem ihren Klan kennzeichnenden Zeichen tätowiert

wurden. Das Ritual war auch ein Beweis der Tapferkeit, da die Prozedur schmerzhaft war und jedes Mädchen, das dabei aufschrie, seiner Familie Schande machte. Ein scharfer Knochen ritzte die zarte Haut ein, und dann wurde mit blauem Ton vermischte Holzkohle in die Wunde eingerieben. Anschließend wurde ein Breiumschlag aus Espenblättern aufgelegt, in *Nequhtli*, einem starken Alkohol, getränkt, um eine Infektion zu vermeiden. Hoshi'tiwa war weder zusammengezuckt, noch hatte sie einen Laut von sich gegeben.
»Tochter, du musst gehen.«
»Mutter, wie kannst du mich dazu zwingen?«, jammerte sie.
Ihre Mutter legte die Hände um Hoshi'tiwas Gesicht und sagte: »Dein Leben hier ist vorüber, Tochter. Es liegt jetzt in den Händen der Götter. Ich bete dafür, dass wir dich wiedersehen werden.« Aber Sihu'mana wusste, dass dies völlig unmöglich war. Vor vielen Jahren hatte die Schwester ihrer Mutter auf einer Pilgerreise zu den heiligen Schreinen am Ort der Mitte die Aufmerksamkeit eines der *Pipiltin*, der regierenden Adligen, auf sich gezogen. Sie wurde ergriffen und mitgenommen, und man hörte nie wieder etwas von ihr.
»Nein!«, stöhnte das Mädchen auf. Der Dunkle Herrscher unter dem bunten Baldachin – eher würde sie sterben. Und dann bemerkte sie, wie die anderen sie ansahen, sie mit Blicken anflehten, sie vor den Jaguaren zu bewahren – aber da war auch noch etwas anderes, der Blick, den sie der armen Kowka zugeworfen hatten, als diese sich von ihren Verletzungen erholte. Hoshi'tiwa war nun *makai-yó*, was viele Bedeutungen hatte. Ritualistisch gesehen bedeutete es unrein, tabu. Tage im Sternenkalender, die als Unglück bringend angesehen wurden, nannte man *makai-yó*. Gewisse verbotene Nahrungsmittel, wie das Fleisch der Wüstenschildkröte – der Totemgeist des Klans –, waren *makai-yó*. Eine unverheiratete Jungfrau, deren Reinheit beschmutzt wurde, war ebenfalls *makai-yó*. Es bedeutete, dass sie keine Mutter und keinen Vater, keine Brüder und Schwestern, keine Verwandten irgendeiner Art und keine Freunde mehr hatte, noch jemand war, mit dem man sich anfreunden, den man ernähren, dem man helfen durfte.
Als ein Rauchpriester die Worte von Tabu und Reinigung anstimmte und sein Ruf in dem gewaltigen steinernen, in die Klippe gehauenen Raum widerhallte, schrie Hoshi'tiwa: »Aber es ist noch

nicht geschehen!« Nichtsdestotrotz sah sie auf den Gesichtern jener, die vor ihr zurückwichen, dass die Verunreinigung bereits begonnen hatte, weil die Tat verfügt wurde.

Mit vor Angst verengter Kehle, trockenem Mund und pochendem Herzen umarmte Hoshi'tiwa ihre Mutter und ihren Vater und küsste ihren geliebten Ahoté. Aber als sie ihre Tanten und Onkel küssen wollte, schraken sie vor ihr zurück.

Elend vor Angst und Scham, ließ Hoshi'tiwa ein Seil herab und kletterte hinunter. Am Fuß der Klippe hielt sie inne, um zu den Gesichtern hinaufzublicken, die zu ihr herunterstarrten, und dann wurde sie von einer rauen Hand gepackt und, nachdem man ihr die Handgelenke gefesselt hatte, zu Moquihix gezerrt und zu Boden gestoßen. Sie kniete zitternd da, während der Sprecher über ihr aufragte.

»Du bist das Mädchen namens Hoshi'tiwa?«

Sie nickte stumm.

»Obwohl du ein Mistkäfer unter den Fußsohlen meines Herrn bist, ein Stäubchen in den Sonnenstrahlen bist, die das Auge meines Herrn erfreuen, wurdest du von den Göttern dazu auserwählt, das Herz meines Herrn, des *Tlatoani* vom Ort der Mitte, Jakál vom Ort der Schilfrohre, Hüter der Heiligen Feder, Wächter des Himmels, zu erfreuen.«

Moquihix' Stimme erhob sich, sodass auch diejenigen in dem Versteck in der Klippe ihn hören konnten. »Mädchen, das du Staub unter den Füßen von Sklaven bist, du wirst meinem Herrn Jakál Freude bringen, oder du und dein Klan werden bei der nächsten Sonnenwende auf dem Blutaltar den Göttern geopfert.«

2

Benommen vor Angst, stapfte Hoshi'tiwa mühsam mit dem Heer des Dunklen Herrschers mit und hinkte, weil ihre bloßen Füße nicht an die harten Pflastersteine der Straße gewöhnt waren. Allmählich entschwand die kleine Ebene, auf der ihr Dorf stand, ihren Blicken,

und sie hörte die Schreie und das Klagen ihrer Familie in dem Versteck auf der Klippe nicht mehr. Vor ihr lag die breite, gepflasterte Hauptstraße, welche die Dunklen Herrscher gebaut hatten und die pfeilgerade durch Täler und zwischen Mesas an Siedlungen, Klippenbehausungen und Bauernhöfen vorbeizog, eine Straße, die zum Ort der Mitte und in Hoshi'tiwas ungewisse Zukunft führte.
Der Dunkle Herrscher ritt der Prozession auf dem prächtigen Thron voran, der auf den Rücken von vierzig selbst mit großartigem Putz ausgestatteten Sklaven getragen wurde. Hoshi'tiwa konnte nur die Rückseite des Thrones sehen, auf dem der Herrscher saß, und darüber aufragend die langen, grünen Federn seines Kopfschmucks. Der erhabene Sprecher, Moquihix, wurde ebenfalls auf einem Tragestuhl befördert, aber auf einem kleineren, den nur sechs Sklaven trugen. Ihm folgten die Jaguare – stolze und starke Männer, die in gefleckte Tierfelle gekleidet waren und die große Schilde und Speere mit Feuersteinspitzen trugen. Am Ende der Prozession liefen die Sklaven, die Nahrung und Vorräte schleppten, ihre Last in Säcken auf dem Rücken, die mit Bändern um ihre Stirn befestigt waren. Die schwereren Gegenstände hingen an Stangen, die von jeweils zwei Männern getragen wurden.
Während die imposante Prozession an Bauernhöfen und Ansiedlungen vorüberzog, ließen Männer und Frauen ihre Arbeit ruhen, warfen sich zu Boden und bedeckten angstvoll ihre Köpfe. Die einzige Ausnahme war ein *Kokopilau*, der am Straßenrand dahinschlenderte, den Rücken unter einem schweren Sack gebeugt. Seine Flöte erfüllte die Luft mit einer fröhlichen Melodie. Das Glück und der Segen des *Kokopilau* waren so wichtig, dass er der einzige Mensch war, der sich nicht vor dem großen Herrscher verbeugen musste.
Hoshi'tiwa sah nichts von alledem, denn ihre Augen waren vom Anblick von Ahotés Tränen, vom enthaupteten Körper ihres Onkels und dem Schmerz in den Augen ihrer Mutter erfüllt, als sich Hoshi'tiwa zunächst geweigert hatte, die Klippe hinabzusteigen. Und in ihrem Herzen rangen ungewohnte Empfindungen: Verwirrung, Bestürzung, Angst und Traurigkeit. Wie hatte ihre Mutter sie nur zwingen können, dies zu tun?
Sollte die entsetzliche Tat schon heute Nacht stattfinden? Sie fühlte

sich elend vor Angst. Ich werde einfach nur daliegen, schwor sie sich. Sollte er seinen Willen bekommen.
Aber das würde ihm kein Vergnügen bereiten.
Wie stellte man sicher, dass ein Herrscher Vergnügen empfand? Was erwartete man von ihr? Obwohl Hoshi'tiwa noch Jungfrau war, wusste sie, was es bedeutete, wenn Männer und Frauen in Liebe und Verlangen zusammenkamen. Aber waren die Herrscher nicht anders? Fühlten sie überhaupt wie normale Menschen? Sie hatte Gerüchte darüber gehört, dass sie zum Teil wilde Tiere seien. *Welcher Teil von ihnen?* Eiskalter Schweiß brach auf ihrem Körper aus, und sie zitterte vor Angst und Elend.
Bei Einbruch der Dunkelheit hielt das Heer an, und Hoshi'tiwa war bestürzt, als sie am Rande der Hauptstraße ein großes Lager mit Menschen allen Alters erblickte, die aneinander gefesselt waren, weinten oder sich wehrten, Gefangene wie sie selbst. Die Jaguare zogen sich zur anderen Seite des Lagers zurück, und der Dunkle Herrscher wurde zu einer Art Schutzhütte getragen, wie Hoshi'tiwa sie noch nie zuvor gesehen hatte: bunt gefärbtes Tuch auf Stangen, die in den Boden eingerammt waren, mit einem in den Stoff geschnittenen Eingang. In diesem prächtigen Zelt verschwand der Dunkle Herrscher, und Hoshi'tiwa erstarrte in Erwartung des Kommenden.
Der hohe Beamte, Moquihix, bedeutete einem Aufseher, Hoshi'tiwa herbeizubringen. Aber anstatt zum Zelt des Herrschers geführt zu werden, brachte man sie zu einem Lagerfeuer, wo andere Gefangene aneinander gefesselt waren, Flüche ausstießen und flehten, freigelassen zu werden. Der hohe Beamte fuhr einen Sklaven an, der das Feuer schürte.
»Sorg dafür, dass diese nicht entkommt.«
»Ich gehorche«, sagte der Sklave, und Moquihix schritt davon.
Nachdem der hohe Beamte gegangen war, richtete sich der Sklave auf, ein Mann mit einem Schmerbauch, der einen fleckigen, weißen Lendenschurz und einen schmutzigen weißen Umhang trug, vollführte ein grobes Zeichen in Moquihix' Richtung und richtete dann ein trübes Auge auf den Neuankömmling. Hoshi'tiwa starrte den Mann unwillkürlich an. Sie hatte noch nie zuvor jemanden ohne Nase gesehen.

Er bemerkte den Ausdruck auf ihrem Gesicht. Er hatte ihn schon viele Male zuvor sehen müssen. »Wurde mir vor Jahren abgeschnitten, weil ich in Gegenwart eines Herrschers geniest habe.«
Er zog ein Seil aus Yuccafasern hervor, band es ihr um einen Knöchel, befestigte es an einem hölzernen Pfahl im Boden und ließ das Seil lang genug, dass Hoshi'tiwa einige Schritte gehen konnte.
»Ist dies ...«, begann sie und sah sich mit bangen Augen um. Im Westen ging die Sonne unter und warf lange Schatten über die Ebenen und Täler. »Ist dies der Ort der Mitte?«
Der nasenlose Sklave sah sie erstaunt an und wandte sich dann wieder dem Feuer zu.
Ein Aufseher brachte Maistortillas, die er auf den Boden warf, woraufhin sich die Gefangenen sofort darauf stürzten. Bis Hoshi'tiwa zu der Stelle gelangte, waren keine Tortillas mehr übrig. Er hatte auch eine Kürbisflasche mit Wasser mitgebracht, die herumgereicht wurde, doch als Hoshi'tiwa sie nahm, war sie leer.
»Du musst schnell sein, wenn du den Ort der Mitte lebend erreichen willst«, sagte der Nasenlose, der, da er ein Aufseher war – wenn auch von niedrigem Rang –, an seinem eigenen Maiskuchen kaute und aus seinem eigenen Wasserschlauch trank, ohne dem Mädchen etwas anzubieten.
Hoshi'tiwa drängte die Tränen zurück und wollte aufbegehren: »Ich will den Ort der Mitte nicht erreichen, also kümmert es mich nicht, ob ich Nahrung bekomme oder nicht.« Aber dann schwieg sie und zog sich in sich selbst zurück, um über ihr schreckliches Schicksal nachzudenken.
Die Dunkelheit sank herab, Sterne gingen auf, und die Ebene flackerte im glühenden Schein der Lagerfeuer. Das Stöhnen der Gefangenen stieg in den Himmel auf und vermischte sich mit dem Gesang der Jaguare, die ein riesiges Feuer errichtet hatten, dessen Funken wie Glühwürmchen aufstoben in die Nacht. Hoshi'tiwa hatte noch nie so viel Lärm gehört.
Als ihre Mitgefangenen um einen Platz am Feuer rangen – die meisten trugen nur Lendenschurze, und eine kalte Frühlingsnacht stand bevor –, konnte Hoshi'tiwa die Tränen nicht mehr zurückhalten. Nasenloser, wie er genannt wurde, fuhr sie an, sie solle still sein. Er trank *Nequhtli*, dieses schaumige, dickflüssige, berauschen-

de Getränk, das aus dem gegorenen Saft der Agave gemacht wurde. Er trank geräuschvoll, wischte sich mit der Hand über den Mund und erklärte dem Mädchen, sie solle sich geehrt fühlen. »Die Herrscher, denen wir dienen, sind nicht das demütige Sonnenvolk. Sie sind *Toltecatl*, weil ihre Heimat weit im Süden eine Stadt namens Tola ist. Dein neuer Herrscher ist ein *Toltekah* und dir daher auf jegliche Art überlegen.«

Während er sprach, zupfte Hoshi'tiwa heimlich an dem Seil um ihren Knöchel. Sobald alle schliefen, würde sie fliehen.

Nasenloser kratzte sich den Bauch und prahlte: »Ich habe selbst *Toltekah*-Blut in meinen Adern, da ich von einer langen Reihe von *Pochtecas* abstamme, achtbare und schlaue Händler, die über weite Entfernungen Handel trieben. Mein Urgroßvater besaß sein eigenes Land, so angesehen waren wir. Und er war ein Spion für den *Tlatoani* von Tola und kannte Regierungsgeheimnisse.« Nasenloser seufzte, füllte seinen Becher nach und trank noch etwas. »Mein Vorfahre kam auf der Suche nach Himmelsstein zum Ort der Mitte. Was er vorfand, war ein einfaches Volk, das Mais züchtete, in einfachen Häusern lebte und eifrig dienen wollte. Er glaubte, das Paradies gefunden zu haben. Die Nachricht verbreitete sich in seinem Heimatland im Süden, in Tola und Aztlan und sogar bis weit in den Süden nach Chichen: Kommt nach Norden, wo die Menschen fügsame Schafe sind. Sie werden euren Mais anbauen und euch Himmelsstein geben, und ihr werdet wie Könige leben.«

Ein blutrünstiges Heulen erklang plötzlich von den Jaguaren auf der anderen Seite des Lagers. Nasenloser schaute rasch in deren Richtung und dann wieder fort und trank aus seinem Becher. Hoshi'tiwa glaubte, Angst in seinen Augen zu sehen.

»Ich trage auch das Blut *deines* Volkes in mir«, sagte er grämlich, »weshalb ich Sklavenaufseher bin, weil ich deine Sprache spreche und deine Art verstehe.« Seine Stimme stieg zu falscher Tapferkeit an. »Aber ich bin mehr *Toltekah*, weil *Toltekah*-Blut stark ist!« Er schlug sich auf die bloße Brust. »Während das Sonnenvolk Gruben in der Erde aushob, bauten meine Vorfahren Pyramiden himmelwärts!«

Er füllte seinen Becher von neuem und schaute wieder in Richtung der lärmenden Jaguare. »Da mein Urgroßvater und andere tapfere

Pochtecas wie er so erfolgreich waren, schickte der König einen *Tlatoani*, um uns zu regieren. Seitdem leben hier *Tlatoani*.« Sein Blick aus roten Augen glitt zu dem bunten Zelt, das nun von innen beleuchtet war.

Hoshi'tiwa konnte sich nicht vorstellen, was der Dunkle Herrscher in seinem prächtigen Zelt tat, aber alle wussten, dass Dunkle Herrscher menschliches Fleisch zerschnitten und es mit Mais aßen. Sie aßen diesen Menschenmais, wie sie ihn nannten, um ihre grausamen Götter zu beschwichtigen. Hoshi'tiwa war entschlossen zu fliehen, bevor der Herrscher kommen und sie essen konnte.

Schließlich schlief Nasenloser ein, und die übrigen Gefangenen und sogar die Jaguare wurden still, während die Nachtkälte herabsank. Hoshi'tiwa gab es auf, das Seil lösen zu wollen, rollte sich zusammen und weinte sich in den Schlaf, um von zu Hause und ihrem geliebten Ahoté zu träumen.

Sie wurde von einer groben Hand auf dem Mund geweckt, die sie niederdrückte, sodass sie nicht atmen konnte. Weitere grobe Hände zogen an ihren Oberschenkeln, drückten ihre Beine auseinander. Tat der Dunkle Herrscher es auf diese Art?

Und dann sah sie das hässliche Gesicht des Scheusals, das sie niederdrückte. Es war einer der Aufseher. Das Murren der anderen beiden klang gedämpft, während sie sie festzuhalten versuchten. Sie spürte kalte Luft an ihren Beinen, als ihr Rock grob hochgezerrt wurde. *Nein!* Der Gedanke war wie ein Schrei des Entsetzens. Dies war schlimmer als der Dunkle Herrscher.

Sie rang nach Atem, versuchte, ihre Arme aus dem harten Griff zu befreien, öffnete den Mund und biss fest in die grobe Hand, biss in die ledrige Handfläche, bis sie Blut schmeckte. Der Wächter heulte auf und fluchte, und in diesem kurzen Moment gab er ihren Mund frei. Hoshi'tiwa schrie, so laut es ihre Lungen zuließen.

»Sei still!«, zischte ihr Angreifer, aber sie spürte, wie die Hände ihre Beine losließen, und hörte, wie schwere Schritte sich entfernten. Und dann setzte sich der verbliebene Kerl plötzlich auf, einen überraschten Ausdruck auf dem Gesicht, und fiel seitwärts, der Pfeil eines Jaguars blutig aus seiner Brust ragend.

Hoshi'tiwa kroch davon, so weit es das Seil erlaubte, zerrte hektisch ihren Rock herunter und zog die Knie an die Brust. Durch

Tränen hindurch sah sie Moquihix durch das Lager schreiten und zwei Wächtern einen Befehl zubrüllen, die herbeieilten und den Leichnam fortzogen. Anschließend führte er eine kurze, heftige Diskussion mit Nasenlosem, der in ihre Richtung blickte und dann verlegen sagte: »Ja, großer Herr.«

Bevor Nasenloser zu seinem Platz am Feuer zurückkehrte, baute er sich vor ihr auf und sagte verbittert: »Es sieht so aus, dass meine Aufgabe nun noch schwerer ist, da ich, zusätzlich zu all meinen anderen Bürden, auch die kostbare Blume zwischen deinen Beinen beschützen muss.«

Darin stimmten sie und der widerwärtige Sklave überein. Aber Hoshi'tiwa hatte eigene Gründe, ihre Jungfräulichkeit zu schützen. Wäre sie erst vom Dunklen Herrscher geschändet worden, würde kein Mann sie mehr berühren wollen, nicht einmal Ahoté. Niemals zu heiraten bedeutete, keine Kinder zu bekommen, was Hoshi'tiwa die Verachtung und das Mitleid aller um sie herum einbringen würde. Nicht nur musste sie sich gegen jeden widerlichen Kerl schützen, der mit diesem Heer mitlief, sondern sie musste auch eine Möglichkeit ersinnen, wie sie der lüsternen Umarmung des Prinzen entgehen könnte. Sich vielleicht auf irgendeine Art reizlos machen.

Oder würde das die Götter verärgern?

Wessen Götter? Dessen war sich Hoshi'tiwa unsicher. Sie wusste, dass das Sonnenvolk, bevor die Herrscher kamen, von unsichtbaren, wohlwollenden Wesen beschützt wurde, die Regen brachten, den Mais wachsen ließen und der Welt Ausgewogenheit brachten. Hoshi'tiwas Volk verehrte diese Geister weniger, als dass es sie zu kränken vermied. Wenn die Natur aus dem Gleichgewicht geriet, was zu katastrophalen Überflutungen und Missernten führte oder zu Krankheiten, die einen Klan auslöschen konnten, dann lag dies darin begründet, dass die Geister des Gleichgewichts unglücklich waren und besänftigt werden mussten.

Aber seit der Ankunft der Herrscher, lange bevor Hoshi'tiwa geboren wurde, hatten sich neue Götter in die Welt des Unsichtbaren eingeschlichen, von den Eindringlingen aus dem Süden mitgebracht, Götter, die menschliche Gestalt annahmen und Namen besaßen, wie Tlaloc, der Gott des Regens. Und sie hatten Launen und Gelüste. Einige dieser überlegenen Wesen hatten sogar Familien. Spät in der Nacht flüsterten sich die Männer ihres Klans zu, dass die Geister des Sonnenvolkes von den stärkeren Himmelswesen – diejenigen mit Namen und Gestalten und Waffen – vertrieben wurden und dass die Welt eines Tages aus dem Gleichgewicht geriete und für immer unausgewogen bliebe.

Welche Götter musste sie also besänftigen, indem sie sich dem Dunklen Herrscher überließ? Welche unsichtbaren Geister beschützten die Jungfrau Hoshi'tiwa und stellten eine solche Forderung an sie? Da sie so weit von ihrem Dorf und den Weisheitssprüchen der Ältesten entfernt war, konnte sich Hoshi'tiwa an niemanden wenden, nirgendwo anders nach Antworten suchen als in ihrem eigenen jungen, unerfahrenen Herzen.

Und dann dachte sie an ihre Familie und an die Schande, die sie über sie bringen würde, wenn sie vor einer Prüfung des Mutes und der Tapferkeit davonliefe. Sie wusste, was von ihr erwartet wurde: sich für die Ehre des Klans zu opfern.

Nachdem der Herrscher mit ihr fertig wäre, musste Hoshi'tiwa ihre Pflicht tun und sich selbst töten.

Diese trostlosen Gedanken kreisten in ihrem Kopf wie ein armes, angepflocktes Tier, und sie kam zu keinem Schluss.

Als sie am nächsten Morgen erwachte, durchschnitt Nasenloser gerade die Fesseln von drei Gefangenen, die während der Nacht gestorben waren.

Aufseher schritten durch das gewaltige Lager, warfen Gefangenen Maiskuchen zu und teilten Kürbisflaschen mit Wasser aus. Hoshi'tiwa erlangte wieder nichts zu essen oder zu trinken. Gut, dachte sie elend. Vielleicht wollte der Herrscher mit einem Mädchen schlafen, das nur Haut und Knochen war.

Nasenloser war schlechter Stimmung und beklagte sich, dass die Dämonen in seinem Kopf schrien. Während er seine Schützlinge aufreihte und für den Tagesmarsch wieder an den Knöcheln zusammenband, bemerkte Hoshi'tiwa, dass er häufig zu den Jaguaren blickte, die sich mit ihren Speeren und Schilden versammelten. Sie glaubte erneut, Angst in seinen Augen zu sehen.

Der hohe Beamte, Moquihix, kletterte auf einen Felsen und verlangte Ruhe, während sein scharlachroter Umhang und die tiefblaue Tunika in der Sonne glänzten und die Federn seines Kopfschmucks im Wind tanzten. Die versammelte Menschenmenge verfiel in Schweigen. Als Moquihix den Dunklen Herrscher ankündigte, sanken alle auf die Knie, pressten ihre Gesichter auf den Boden und bedeckten die Köpfe mit den Armen. Die Dunklen Herrscher wurden so genannt, weil die Menschen nicht wussten, wie sie aussahen, da es verboten war, den Blick zu ihnen zu erheben. Nur Getötete hatten die Dunklen Herrscher gesehen. Und doch konnte Hoshi'tiwa, als sich die Gefangenen vor der Gestalt auf dem großen Tragestuhl niederwarfen, nicht widerstehen, den Kopf zu heben, um einen Blick auf den vorüberziehenden Dunklen Herrscher zu werfen, auf diesen Mann, der ihr Schicksal besiegeln würde.

Sie sah ihn. Er war überhaupt nicht dunkel, sondern so prunkvoll gekleidet, dass das Scharlachrot, Hellgelb und Blau in den Augen schmerzte. Sie konnte keinen Eindruck von dem Mann gewinnen, da er ganz Federn und Blumen und so strahlend wie ein Gott war.

Und dann spürte sie einen scharfen Schmerz am Hinterkopf, hörte ein lautes Krachen und sah helle Blitze, bevor sie Dunkelheit überwältigte.

Als sie wieder zu sich kam, stand die Sonne schon hoch am Himmel, und sie stolperte zwischen zwei Sklaven, die sie an den Armen festhielten, die Straße entlang. Ihr Kopf schmerzte, und sie erkannte, dass sie von einem Aufseher niedergeschlagen worden war, weil sie es gewagt hatte, den Dunklen Herrscher anzusehen. Sie spürte Hunger und Durst, und ihre bloßen Füße waren voller Blasen. Aber der Zug von Menschen hielt nicht an. Aufseher kamen mit Maiskuchen und Wasser durch die Reihen, und dieses Mal ergriff Hoshi'tiwa ihren Anteil.

Sie schluchzte, während sie voranstolperte, fühlte sich von ihrer Mutter verlassen, von ihrem Klan verraten. Sie hatte das Gefühl, das elendste Geschöpf auf Erden zu sein, bis die Prozession an einem Kontingent Sklaven vorüberkam, deren Ziel die Himmelsstein-Minen waren, und sie Menschen sah, denen es noch weit elender ging als ihr. Die armen Menschen wurden mit Peitschen erbarmungslos vorangetrieben, und nur wenige machten sich die Mühe, sich vor dem vorüberziehenden Herrscher zu verneigen, denn sie waren die hoffnungslosesten Menschen auf Erden, ihr Schicksal bereits so schlimm, wie es nicht schlimmer sein konnte, sodass sie keinen

Menschen und kein Gesetz mehr fürchteten. Die Leute sagten, eine schnelle Hinrichtung sei einem Leben in den Himmelsstein-Minen vorzuziehen, weil niemand die Tortur der Minenarbeit ertragen konnte. Hoshi'tiwa vergaß ihr Unglück, und ihr Herz flog diesen armen Geschöpfen zu, denn gewiss konnte kein Verbrechen so schlimm sein, dass es ein solch entsetzliches Schicksal verdiente.

Während der Menschenstrom ostwärts zog, wichen die Bergketten langen Reihen von flachen Mesas, die durch rote und goldene Sandsteinklippen und Felsschluchten getrennt waren. Hier und da sah man einen kleinen Bergwald, der sich wie eine Insel erhob, aber die Waldstücke wurden weniger und lagen immer weiter auseinander, und Seen und Wasserläufe ließen sich zunehmend schwerer finden.

In der Abenddämmerung hielt die Prozession an, und die Jaguare verließen ihre Positionen, riefen und schlugen mit ihren Speeren auf die Schilde, erfüllten das Tal mit Lärm. Sie errichteten augenblicklich ihr nächtliches Lagerfeuer und begannen ihre Spiele und Tänze. Hoshi'tiwa konnte sie von ihrer Seite des gewaltigen Lagers aus nicht sehen, aber sie hörte die Gesänge, die sie um ihr Lagerfeuer anstimmten, und die Rufe, die ihre temperamentvollen Spiele bei Fackellicht begleiteten. Ihr freudiges Geheul ließ alle bis ins Mark erschauern.

Erneut erwartete sie, zum Zelt des Dunklen Herrschers geführt zu werden, wurde aber wieder nur am Boden angepflockt, während Wasser und Maiskuchen verteilt wurden. Sie konnte kaum etwas essen, da ihr die Vorahnung auf ihre Nacht mit dem Herrscher Übelkeit verursachte. Worauf wartete er?

Während Nasenloser sein starkes Gebräu trank und von besseren Zeiten erzählte, weinte und überlegte Hoshi'tiwa abwechselnd, ob sie entkommen könnte, bevor sie schließlich einschlief.

Sie erwachte während der Nacht von menschlichen Schmerzensschreien und presste die Hände an die Ohren, bis die Schreie unterbunden wurden. Am nächsten Tag sah sie, dass die Speere mit den Feuersteinspitzen vor Blut troffen.

In ihrer dritten Nacht im Lager, als die Schreie und das Trommeln der Krieger erneut zu den Sternen aufstiegen, fragte Hoshi'tiwa den Nasenlosen, was vor sich ging.

Er sah sie ausdruckslos an, als hätte sie nach etwas ganz Offensichtlichem gefragt. »Dies sind die Acht Tage.«
»Die Acht Tage?«
Er senkte die Augenbrauen und strich über die beiden Öffnungen, die als Nasenlöcher dienten. »Eine unsichere Zeit für den Dunklen Herrscher und die Jaguare. Eine Zeit, in der«, er schaute über die Schulter, »alles geschehen kann.«
Sein Tonfall ließ ihre Nackenhaare sich aufrichten. »Acht Tage – was geschieht am achten Tag?«
Als er nicht antwortete, sah sie sich zu den Hunderten von Männern, Frauen und Kindern um, die eng um die Lagerfeuer kauerten. »Warum wurden alle diese Menschen zusammengetrieben?«
Er zuckte die Achseln. »Um den Herrschern zu dienen.«
Aber eine schleichende Angst erweckte in Hoshi'tiwa den Verdacht, dass die Menschen aus einem anderen Grund versammelt wurden. Die Jaguare wurden mit jeder Nacht wilder, und während des Tages spürte Hoshi'tiwa in ihrer Gangart Unruhe, als hätten sie sich kaum noch unter Kontrolle. In der sechsten Nacht, als Moquihix durch die einzelnen Teile des Lagers ging, sah sie, dass sein Körper starr vor Anspannung und sein Blick wachsam war. Und Nasenloser trank, als hätte er Angst vor etwas, bis er schließlich von dem *Nequhtli* umfiel.
Hoshi'tiwa konnte überhaupt nicht schlafen, sondern lag zitternd unter den Sternen und fragte sich erneut: Was geschieht am achten Tag?

3

Sie kamen zu einer Stelle, an der die breite Hauptstraße auf eine weitere Straße traf und der Zug der Menschen sich nach Süden wandte. Von dort stieg die Straße von der flachen Ebene beständig an. Sie lagerten in dieser Nacht am Fuße einer kleinen Mesa.
Und Hoshi'tiwa erkannte sofort, dass irgendetwas auf fürchterliche Weise nicht stimmte.
Die Jaguare waren still.

Eine eigenartige Ruhe senkte sich auf das ausgedehnte Lager, trotz der vielen Menschen, trotz der brennenden Lagerfeuer. Keine Flöten erklangen, es war nichts von Glücksspielen, keine Unterhaltung und nicht einmal das allgegenwärtige Stöhnen und Flehen zu hören.
Hoshi'tiwa saß mit bis zur Brust hochgezogenen Knien da und wiegte sich angstvoll vor und zurück. Ihre Welt war zu einem Albtraum geworden. Sie war weit weg von zu Hause, weit entfernt von allem Vertrauten. Ihre rote Tunika war zerrissen, und die kompliziert geflochtenen Zöpfe, Zeichen ihrer Jungfräulichkeit, hingen unordentlich in Strähnen. Es war ihr gelungen, ihre verletzten Füße mit Pflanzenblättern zu umwickeln, aber die regelmäßig verteilten Maiskuchen und das Wasser konnten den hohlen Schmerz in ihrem Magen nicht lindern.
»Der Herrscher will seinen Körper mit deinem vereinen.«
Hoshi'tiwa sank mit tränennassen Wangen in den Schlaf, erwachte dann jäh aus einem Traum und sah eine schattenhafte Gestalt aus dem Zelt des Dunklen Herrschers schleichen und zwischen den Kiefern entlang der Straße verschwinden.
Sie blieb wach, und in der Dämmerung sah sie die in einen Umhang gehüllte Gestalt wieder ins Zelt schlüpfen. Die Prozession zog an jenem Tag nicht weiter, sondern blieb in dem Lager am Fuße der Mesa.
Hoshi'tiwas Vorahnung wurde stärker. Der Moment näherte sich unaufhaltsam. Ein Priester oder Jaguar, möglicherweise sogar Moquihix selbst, würde sich vor ihr aufbauen und sie auffordern, ihm zu folgen. Das große, bunte Zelt würde sie wie eine hungrige Bestie verschlingen, und Hoshi'tiwa existierte nicht mehr.
Als sie die mittäglichen Maiskuchen aßen, fragte Hoshi'tiwa den Nasenlosen, wen sie wohl aus dem Zelt des Herrschers hatte kommen und gehen sehen, und er antwortete scharf: »Wir dürfen über solche Dinge nicht sprechen.« Also wusste sie, dass es der Dunkle Herrscher selbst gewesen sein musste, denn es war verboten, über ihn zu sprechen.
Als der Sonnenuntergang nahte und schließlich die Nacht hereinbrach und der Mond aufging, nahm die allgemeine Anspannung noch zu. Die Jaguare errichteten kein Lagerfeuer. Sie aßen nicht und sangen nicht. Sie saßen da und beobachteten mit einem

Schweigen die Sterne, das jedermann das Blut in den Adern gefrieren ließ. Niemand konnte in jener Nacht schlafen, nicht einmal die Gefangenen, die, wie Hoshi'tiwa, nicht wussten, was vor sich ging, aber das Unbehagen ihrer Aufseher spürten.
In der Stunde nach Mitternacht sah Hoshi'tiwa die dunkle Gestalt sich erneut aus dem Zelt des Herrschers schleichen und im Kiefernwald verschwinden.
Wohin ging er jede Nacht?
Während der nächste Tag mit besorgtem Warten verging, wurden die Aufseher zunehmend gereizter, die Nerven aller lagen blank, und Hoshi'tiwa begann sich zu fragen, ob sie und alle diese Menschen lange genug leben würden, um den Ort der Mitte überhaupt noch zu erreichen. Sie hatte als Kind während der abendlichen Geschichten um das Herdfeuer von Menschenopfern gehört, welche die Herrscher darbrachten. Eine weitere Geschichte, um Kinder zu erschrecken, hatte sie geglaubt. Aber nun zweifelte sie kaum noch. Sie fragte sich auch, ob sie unbemerkt entkommen könnte.
Als die Sonne unterging und die Sterne hervorkamen, trank Nasenloser mehr als üblich, und seine geräuschvollen Schlucke klangen in der angespannten Stille verzweifelt, als schlucke er seine Angst hinunter. Hoshi'tiwa fragte sich, ob dies die achte Nacht war.
Der *Nequhtli* löste die Zunge des alten Sklaven, sodass er bald rührselig wurde und erneut über vergangene Zeiten lamentierte. Er hob seinen Becher in Richtung des Zeltes des Dunklen Herrschers und sagte laut: »Fürst Jakál ist mehr als ein *Tlatoani*, er ist der edelste aller *Tlatoani*, denn seine Blutlinie reicht bis zu den glorreichen Tagen von Teotihuacan zurück, und es gibt keinen größeren Ruhm!« Er trank den Alkohol und sah Hoshi'tiwa mit unscharfem Blick an. »Aber Fürst Jakál hat großes Unglück erlitten. Vor drei Jahren starb seine Frau im Kindbett, und seitdem hat kein Mädchen mehr das Herz meines Herrn erfreut.«
Hoshi'tiwas Herz sank. Wenn noch ein letzter Zweifel an ihrem Schicksal bestanden hatte, jede noch so geringe Hoffnung, dass sie sie für etwas anderes haben wollten, so war dies jetzt ausgeräumt. Sie war für den Privatgebrauch des Herrschers bestimmt.
»Aber es gibt noch andere Gründe, warum mein Herr traurig und schwermütig ist. Er lebt zwar am Ort der Mitte, aber sein Herz

weilt in seinem Heimatland. Während dieser vergangenen Jahre sind Läufer mit Nachrichten über einen Bürgerkrieg in der wunderschönen Stadt Tola gekommen, wo Fürst Jakál geboren wurde und die auch die Heimat meiner *Pochteca*-Vorfahren ist. Es herrschten schon Unruhen unter den Einwohnern, bevor er hierher kam, weil stets Unrast in den Herzen der Menschen liegt und niemand es zufrieden ist, unter der Herrschaft eines anderen zu leben. Aber vor einem Jahr kam ein Mann mit der Nachricht, dass die Stadt von Eindringlingen belagert würde, die Azteken genannt wurden, weil sie aus Aztlan kamen, sich selbst aber Mexikas nannten. Fürst Jakál möchte nach Hause zurückkehren und seine Heimat verteidigen, aber er muss hier bleiben und den Ort der Mitte regieren.«

Nasenloser schluchzte laut und wischte sich Tränen von den Wangen. Während er seinen Becher erneut zum Munde führte, tauchten Moquihix und zwei Jaguare aus der Nacht auf. Die Krieger packten den bestürzten Mann an den Armen und zerrten ihn davon, und Hoshi'tiwa, entsetzt und sprachlos, beobachtete, wie der arme Nasenlose in der Nacht verschwand.

Am nächsten Morgen, bevor die Aufseher Maiskuchen und Wasser brachten, stieg Moquihix auf einen Baumstamm, um etwas zu verkünden. Jemand sollte dafür bestraft werden, dass er die Regel gebrochen hatte, nie den Namen seines *Tlatoani* auszusprechen. »Ihr sollt alle etwas daraus lernen.« Er wandte sich um und deutete in eine Richtung, und alle erkannten, was im ersten Morgenlicht nicht zu sehen gewesen war: ein nackter, an eine Kiefer gefesselter Mann, sein blutiges Gesicht von einer Horde Fliegen geschwärzt, die sich dort gütlich taten, denn es war offensichtlich, dass seine Zunge herausgeschnitten worden war. Er lebte noch, und er stöhnte.

Hoshi'tiwa erkannte entsetzt, dass es Nasenloser war. Sie beugte sich augenblicklich vornüber, und ihr Körper wurde von Würgen geschüttelt. Dann sank sie auf die Knie, und kalter Schweiß brach auf ihrer Haut aus. Die Welt um sie herum verschwamm. Welch ein Ungeheuer der Dunkle Herrscher sein musste, dass er einem Menschen eine solche Strafe auferlegte! Und das einzige Vergehen, dessen sich Nasenloser schuldig gemacht hatte, war, dass er sich seines Herrn gerühmt hatte!

4

Nasenloser starb bei Sonnenuntergang, aber sein Leichnam wurde an dem Baum belassen, als Mahnung an die strikten Gesetze des Dunklen Herrschers. Jaguare wurden daneben postiert, um Coyoten und Geier fern zu halten.

Im nächtlichen Lager herrschte erneut eisiges Schweigen, und die Krieger errichteten wieder keine Lagerfeuer, während sie in der Dunkelheit warteten. Nachdem Hoshi'tiwa einen Tag lang an ihrem Seil gezupft hatte, löste es sich schließlich. Sie konnte jetzt davonlaufen. Aber als die Mitternacht kam und ging, hielt etwas sie davon ab. Niemand würde sie gehen sehen, niemand würde sie vermissen. Und doch wartete sie.

Als sich die Gestalt im Umhang erneut aus dem Zelt des Dunklen Herrschers schlich und zwischen den Kiefern verschwand, erkannte Hoshi'tiwa, warum sie nicht davongelaufen war. Sie konnte nicht widerstehen. Sie musste es wissen. Sobald sie die Züge des Ungeheuers gesehen hätte, das ihr Leben zerstört hatte, das die Hoffnung ihres Volkes gestohlen hatte, würde sie davonlaufen und nicht mehr zurückblicken.

Sie löste einen Fuß aus der Fessel, trat zwischen die schlafenden Gefangenen und schlich der Gestalt nach.

Während sie leise den schmalen Pfad entlanglief, ein gutes Stück hinter dem Dunklen Herrscher blieb, ermahnte sie sich lautlos, dass Nasenloser getötet worden war, nur schon weil er über den Herrscher gesprochen hatte. Um wie vieles härter würde die Bestrafung ausfallen, wenn man ihn tatsächlich ansah! Und doch, obwohl Hoshi'tiwas Nacken in Erwartung des Schwertes eines Jaguars kribbelte, konnte sie nicht umkehren.

Der Pfad mündete oben auf der flachen Mesa, welche die dunkle Welt überblickte, die sich bis zum Horizont erstreckte. Die Sterne und der abnehmende Mond lieferten das einzige Licht. Ein kühler Wind blies. Es gab keine Geräusche, die vom Lager unten heraufstiegen. Hoshi'tiwa kam jäh der Gedanke, dass sie und der Dunkle Herrscher die einzigen Menschen auf der Welt seien.

Sie schlich leise um den Rand des kleinen Plateaus herum und verbarg sich hinter einem Busch hohen Salbeis. Sie hielt den Atem an,

während sie beobachtete, wie der Dunkle Herrscher zum Rande der Klippe trat und seinen Umhang zu Boden sinken ließ.
Sie war überrascht zu sehen, dass er nur einen einfachen Lendenschurz trug, sodass das Mondlicht auf seinen kraftvollen Armen und Beinen Hügel und Täler zeichnete. Sein Körper war angespannt, während er aufrecht dastand, die Arme ausgestreckt, als wolle er die Morgendämmerung mit der Umarmung eines Liebenden umfangen. Er trug nun einen schlichteren Kopfschmuck als jenen, den er während des Tages getragen hatte, aber Hoshi'tiwa dachte, dass er in seiner Einfachheit anmutiger wirkte, denn die langen Federn, die sich im Winde wiegten, schimmerten im Mondschein mit hellgrünen Glanzlichtern.
Hoshi'tiwa hatte noch niemals zuvor einen Mann wie ihn gesehen. Die Männer ihres Klans waren klein und untersetzt. Aber dieser war groß, mit langen Gliedern, einem langen, schmalen Schädel und einer geschwungenen Nase. Er erinnerte mit dem sich im Wind wiegenden Federkopfschmuck im Profil an einen eindrucksvollen Vogel. Und sein tintenschwarzes Haar war lang, floss über seine Schultern und seinen Rücken hinab, während Hoshi'tiwas Brüder und Onkel ihr Haar kurz trugen.
Sie war verwirrt. Der dunkle Herrscher sah überhaupt nicht wie ein Ungeheuer aus. Tatsächlich war er ... *schön*.
Und dann erkannte sie es: Dies war nicht der Dunkle Herrscher.
Er hob an zu singen, ein klagendes, schrilles, vogelähnliches Lied. Jeder Muskel seines geschmeidigen, sehnigen Körpers bebte. Sie schaute in die Richtung, in die er sich wandte, über die dunkle Ebene hinweg. Sie hielt den Atem an. Und dann sah sie es: ein Funke am dunklen Horizont, wo bald die Sonne aufgehen sollte.
Der Gesang veränderte sich. Er klang wie ein Lied des Triumphes, der Verehrung und der Freude. Und sie erkannte, dass dies keine Sonnenanbeter wie ihr eigenes Volk waren, sondern dass ihr Gott eher der Morgenstern war.
Und dann endete sein Gesang jäh.
Hoshi'tiwa erstarrte. Hatte er ihre Gegenwart gespürt?
Er wandte sich um, und seine scharfen, schattenhaften Augen suchten die Dunkelheit ab. Als er sie fand und sich ihre Blicke begegneten, tat ihr Herz einen Satz, nicht aus Angst, sondern aus

einem Grund, den sie in diesem Moment nicht verstand. Zu ihrer Überraschung wurde er nicht zornig. Er stand unter dem Nachthimmel da, ruhig und schweigend, die dunklen Augen in Schatten, bis sie schließlich den Mut fand, langsam zwischen die Bäume zurückzuweichen und den Pfad hinabzueilen. Sie würde weiterlaufen und erst anhalten, wenn sie ihre Familie am Ende der Straße erreicht hatte.

Aber als sie am Ende des Pfades anlangte, stand Moquihix mit zwei Jaguaren dort, die sie sofort ergriffen, ihr die Arme und Handgelenke fesselten und sie davonführten.

5

Hoshi'tiwa fühlte sich elend vor Angst und dachte, es würde niemals hell werden. Die Jaguare hatten sie hinter dem kleineren Zelt angebunden, das Moquihix zum Schutz diente. Während sie darauf wartete, dass sie kämen und sie an einen Baum bänden, sie dem gleichen entsetzlichen Schicksal wie Nasenloser auslieferten, zitterte und bebte sie. Sie hatten dem alten Sklaven die Zunge herausgeschnitten, weil er sorglos vor sich hin geredet hatte, und sie würden ihr gewiss die Augen ausstechen, weil sie den Herrscher angesehen hatte.

Aber als die Dämmerung über das Plateau und das darunter liegende Tal hereinbrach, hörte sie nur einen lauten Schrei von den Jaguaren, ein ungeheures Brüllen, als stiege es aus *einer* Kehle auf, und sie erkannte in diesem Brüllen Jubel, denn ihr eigenes Volk schrie an Sonnenwendtagen und bei den Ritualen zur Tag-und-Nacht-Gleiche ebenso freudig auf. Sie hatten auf den ersten schwachen Schein des Morgensterns gewartet.

Nun erkannte Hoshi'tiwa, warum sie nicht hingerichtet worden war. Sie hatte richtig vermutet, dass der Mann, dem sie nachspioniert hatte, nicht der Dunkle Herrscher war. Vielleicht ein Priester. Ein Seher oder ein heiliger Mann, dessen Aufgabe es war, den Morgenstern aus seinem acht Tage währenden Versteck zurückzurufen.

Und sie erkannte noch etwas: dass man sie noch nicht ins Bett des Dunklen Herrschers gerufen hatte, weil die Acht Tage eine heilige Zeit waren, in welcher der Herrscher sich nicht mit einer Frau entweihen würde. Das schreckliche Ereignis würde, wie Hoshi'tiwa nun erkannte, erst am Ort der Mitte stattfinden.
Die Prozession zog weiter, aber nun in lebhafter Stimmung, alle Anspannung und Nervosität war zerstreut. Und der Tag war warm, die Sonne stieg am Himmel hoch auf, und Hoshi'tiwa war wieder mit den anderen Gefangenen zusammengebunden.
Bald wurde der Wald spärlicher, wie auch das Strauchwerk. Die Hauptstraße verlief weiterhin südwärts und folgte dem Rand einer tiefen Felsschlucht. Weit unten sah Hoshi'tiwa aufgereihte Bauernhöfe entlang dem Verlauf eines Rinnsals, ein Rinnsal, das zu schmal war, um ein Fluss zu sein, aber breiter war als ein Bach. Vom Rande der Mesa – die steile Klippe fiel ins darunterliegende Tal ab – erkannte Hoshi'tiwa Ansiedlungen und Gebäude, so weit das Auge reichte. Menschen siedelten auf der Ebene bis zu den fernen Klippen auf der anderen Seite der gewaltigen Felsschlucht, arbeiteten vor Hütten, die aus Gras und Zweigen erbaut waren, oder kauerten um Lagerfeuer. Unmittelbar unter ihr, an den Fuß des Steilabbruchs angrenzend, befand sich das Zentrum des Orts der Mitte, ein massiver Komplex von Behausungen, Plätzen, Treppen und Zeremonialbauten, die bogenförmig angeordnet waren, wie ein großer Regenbogen aus Stein und Ziegeln, in dem mehr Menschen lebten, als Hoshi'tiwa sich hätte vorstellen können. Männer auf Gerüsten besserten an den gewaltigen Mauern Ziegelsteine und Mörtel aus, während andere frischen Verputz auftrugen, sodass die hoch aufragenden Mauern in der Sonne leuchteten. Terrassen waren voller Menschen, die arbeiteten, kochten, sich unterhielten. Rauchwolken stiegen von einhundert Feuerstellen auf. Und ein geschäftiger Markt erfüllte den Hauptplatz. Es erinnerte sie an einen Bienenstock.
Laut Ahotés Vater, Er-der-die-Menschen-verbindet, hatte das Sonnenvolk vor vielen Generationen zuerst Gebäude am Ort der Mitte errichtet, aber dann kamen die Toltekah, erweiterten die Ansiedlungen die Felsschlucht hinauf und hinab, zeigten den Menschen, wie man Quader aus Steinen schnitt und sie auf eine Weise auf-

einander legte, dass die Mauern höher und dicker wurden, und wie man Tausende von Baumstämmen benutzte, um Böden auszulegen, sodass die Gebäude fünf Stockwerke hoch wurden. Sie errichteten größere Zeremonialbauten und legten breite, mit Adobeziegeln gepflasterte Straßen an. Für all diese Arbeit brauchten sie mehr Nahrung, welche die entlegenen Bauernhöfe als jährliche Abgabe liefern mussten. Diejenigen, welche die Quote nicht erfüllten, erhielten rasch und wirkungsvoll Besuch von den Jaguaren.

Ein schmaler Wasserlauf wand sich durch das Tal. Hoshi'tiwa sah aus ihrer Vogelperspektive die Konturen des uralten Flussbettes, wo einst ein breiter Fluss mit alljährlichem Schmelzwasserzustrom geflossen war. Aber jetzt, obwohl Frühling war, rieselte nur wenig Wasser in diesem Flussbett. Bauern sammelten so viel wie möglich in Gefäßen und Wasserschläuchen und versprengten das kostbare Nass über frisch gesetzte Pflanzen.

Was hatte die Regengötter veranlasst, diesem Ort den Rücken zu kehren?

Als die erschöpfte Prozession die Klippe hinabstieg und dann vor der gewaltigen Ansiedlung Halt machte, begaben sich die Jaguare zu ihren hölzernen Unterkünften, und hohe Beamte in prächtigen Gewändern und mit Kopfschmuck kamen hervor, um Fürst Jakál auf seinem Tragestuhl in Empfang zu nehmen und ins Hauptgebäude zu geleiten. Hoshi'tiwa bemühte sich, über die Köpfe der Menge hinwegzublicken, um einen Blick auf den gut aussehenden Morgenstern-Priester zu erhaschen, aber die Menschen standen zu dicht.

Aufseher schritten zwischen den Gefangenen einher und sonderten erfahrene Handwerker aus, um sie zu den jeweiligen Gilden zu schicken, andere Arbeiter für die wenigen bepflanzten Felder in der Nähe vom Ort der Mitte sowie jene, die als Diener der Herrscher arbeiten sollten. Die verbliebenen Gefangenen würden südwärts geführt werden, wo sie Holz schlagen und Gras und Tierkot für die vielen Herdfeuer am Ort der Mitte sammeln sollten, da Brennmaterial auf diesen Mesas rar geworden war. Alle sagten, dies sei ein langer und mühsamer Treck, und viele würden unterwegs sterben.

Während Hoshi'tiwa sich erneut mit großen Augen umsah, erinnerte sie sich daran, dass ihr Großvater als junger Mann hierher gekommen war und gerne davon erzählte, wie er zur Mittagszeit der Tag-und-Nacht-Gleiche auf dem großen Platz stand und einen exakt nach Norden ausgerichteten Schatten warf! Er sagte, die Sonne versichere den Menschen, dass die kosmischen Zyklen ewig währten, wie es stets gewesen war, dass die Welt in Ordnung und auch die Harmonie der Natur ewig während war.

Von ihren Fesseln befreit, streckte Hoshi'tiwa das Rückgrat und straffte die Schultern. Nun sollte sie bestimmt zum Herrscher geführt werden.

Aber als Moquihix und die beiden blauhäutigen Priester mit ihren Flöten aus menschlichen Schienbeinknochen sie vom Hauptplatz fortbrachten, durch die Menge führten, die einen Weg für den hohen Beamten freimachte, um das südliche Ende des wuchtigen Steingebäudes herumgingen und vor einer Töpferwerkstatt anhielten, sah sich Hoshi'tiwa verwirrt um. In den verschachtelten, geräuschvollen, überfüllten Räumen waren Frauen und Mädchen mit verschiedenen Aufgaben beschäftigt, bearbeiteten Ton, rollten ihn, formten ihn, schliffen ihn, bemalten ihn oder kümmerten sich um die Brennöfen. Als die Töpferinnen Moquihix und die Priester bemerkten, ließen sie augenblicklich von ihrer Arbeit ab, sanken auf die Knie und pressten die Stirn auf den Boden.

Hoshi'tiwa sah Moquihix an. »Warum bin ich hier, großer Herr?«

»Du bist eine geschickte Töpferin, nicht wahr, aus einer Töpferfamilie, die Regenkrüge gestaltet?«

Ihre Augen weiteten sich. »Ich wurde hierher gebracht, um *Töpferwaren* herzustellen?«

Er stieß einen ungeduldigen Laut aus. »Weshalb sonst hätte man dich zum Ort der Mitte gebracht?«

Ihr Blick zuckte zum Hauptgebäude, und Moquihix deutete ihn richtig. In seiner Muttersprache, Nahuatl, sagte er über die Schulter etwas zu den beiden Jaguaren in seiner Begleitung, und sie lachten hämisch auf.

Hoshi'tiwa errötete zutiefst. Und dann fragte sie sich, wie solch ein Missverständnis entstanden sein konnte. Er hatte eindeutig und für alle hörbar gesagt »dem Herrscher Vergnügen bereiten«. Er hatte nichts vom Töpfern gesagt. Aber als er ihr seinen Blick unter den schweren Lidern wieder zuwandte, kam ihr jäh ein erschreckender Gedanke: Er hatte absichtlich gelogen.

Sie runzelte die Stirn. Aber Nasenlosem war doch befohlen worden, ihre Jungfräulichkeit zu beschützen. Und dann erkannte sie es: Es ging nicht um den Dunklen Herrscher, sondern darum, dass ihre Reinheit in den Ton einfließen sollte, weil jedermann wusste, dass die Arbeiten von Jungfrauen ritualistisch reiner waren als die von Frauen, die schon mit Männern geschlafen hatten.

»... um ein Gefäß zu gestalten, das dem Ort der Mitte Regen bringen wird«, sagte der hohe Beamte gerade. »Wenn Regen fällt, wird dies das Herz unseres edlen *Tlatoani,* Jakál vom Ort des Schilfrohrs, Hüter der Heiligen Feder, Wächter des Himmels, Herrscher der Zwei Flüsse und Fünf Berge, erfreuen.«

Hoshi'tiwa blickte in das flache, ausdruckslose Gesicht und sah etwas in seinen Augen, das sie eiskalt bis ins Mark durchfuhr. Es war der Ausdruck totaler Macht.

Ihr Herz hämmerte, während sie dachte: Ich habe acht Tage lang in Schande gelebt. Ich bin grundlos *makai-yó*. Und ich kann nichts dagegen tun.

Es war nicht gerecht.

Moquihix pochte mit seinem von einem Schädel gekrönten Stab auf die Pflastersteine und verkündete laut: »Mädchen aus der nördlichen Ansiedlung, Mädchen, das du Staub unter den Sandalen des Herrschers bist, du wirst zur nächsten Sonnenwende Regen bringen, sonst werden du und dein ganzer Klan auf dem Blutaltar den Göttern geopfert.«

Das war der Schicksalsname Hoshi'tiwas, denn in der Sprache des Sonnenvolkes bedeutete Hoshi'tiwa Jungfrau-die-den-Regen-bringt. In der Nacht, in der sie auf die Welt kam, fiel heftiger Regen, und die Bauern und ihre Familien freuten sich darüber. Darum, so sagten alle, waren ihre Regenkrüge etwas Besonderes, weil sie niemals darin fehlten, Regen anzuziehen.

Sie sah Moquihix nach, das Herz ein schwerer Stein in ihrer Brust, und dann blickte sie sich in ihrem neuen Zuhause um. Der staubige Boden der Werkstatt war mit Streichmessern, Schneidemessern und Schleifsteinen übersät. Überall waren die charakteristischen Töpferwaren vom Ort der Mitte – weiße Keramik mit schwarzen Mustern – gestapelt: Töpfe, Gefäße, Krüge, Becher, Schalen und Statuetten. Tupa, eine große Frau in langer, staubiger Tunika mit einem auf die Brust gestickten Abzeichen, das sie als Leiterin der bedeutenden Töpfergilde auswies, begutachtete das neue Mädchen. Sie sah Hoshi'tiwa naserümpfend an und schnüffelte. »Schmutzig«, sagte sie und deutete auf eine junge Frau mit einer grünen Feder im Haar.

Das Mädchen führte Hoshi'tiwa zum Innenhof hinter der Werkstatt, wies sie an, ihre rote Tunika und den Rock abzulegen, und reichte ihr ein langes, weißes, kurzärmeliges Gewand. Es war um Hals und Saum mit dem charakteristischen, mit schwarzem Faden gearbeiteten Muster der Töpfergilde bestickt, das Hoshi'tiwas Status als Neuling bezeichnete. Das Mädchen war freundlich und sagte, es täte ihr Leid, dass Hoshi'tiwa nicht baden könne, da Wasser knapp sei, aber die Frauen hatten einen Steinbehälter mit grobem Sand gefüllt, der mit zerdrückten Kiefernnadeln vermischt war. Sich mit dem duftenden Sand einzureiben wirkte reinigend und erfrischend.

Das Mädchen sagte, ihr Name sei Grüne Feder, das sei der Grund dafür, warum sie eine solche Feder in ihrem Haar trug. »Leider konnte ich mir keine richtige Papageienfeder leisten, denn dafür wären viele Gefäße nötig gewesen, und wir dürfen nur wenige Stücke zu persönlichem Handel nutzen. Aber wenn man nicht zu genau hinsieht, erkennt man nicht, dass es eine grün gefärbte Truthahnfeder ist«, fügte sie stolz hinzu. Die blaue Stickerei von Grüner Feder zeichnete sie als Töpferin mittleren Ranges aus, und die Tätowierung auf ihrer Wange kennzeichnete sie als Mitglied des Eulen-Klans.

Hoshi'tiwa führte alle ihre Bewegungen schweigend aus. Sie war taub vor Entsetzen und einem wehen Herzen. Sie war nach allem nicht *makai-yó*. Und doch ... war sie es. Ihre Familie hielt sie dafür, und daher war es so.

Sie konnte die Vorstellung nicht ertragen, was sie durchmachten. Hätte Moquihix die Wahrheit gesagt – dass ihre Tochter wegen der ehrenvollen Aufgabe, Regen heraufzubeschwören, zum Ort der Mitte gebracht wurde –, würden sie feiern. Sie würden ein Festessen veranstalten und das Ereignis auf der Gedächtniswand festhalten. Ahotés Herz würde vor Stolz schwellen. Und obwohl Hoshi'tiwa vielleicht niemals zurückkäme, könnte ihr Klan sich an dem Wissen erfreuen, dass die Götter sie für einen heiligen Zweck auserwählt hatten. Und dann würde diese Nachricht andere Menschen erreichen, die in Scharen zu ihrem Dorf strömen würden, um die von den Göttern geweihten Gefäße zu erwerben.

Stattdessen litt Hoshi'tiwas Familie unter der Wolke der Schmach. Ihre Mutter starb bestimmt an gebrochenem Herzen. Ahotés Herz schmeckte nur Staub. Die Nachricht von Hoshi'tiwas Unglück erreichte unweigerlich andere Ansiedlungen, und wenn die anderen erfuhren, dass sie *makai-yó* war, mieden sie wohl ihr Dorf, sie kämen nicht mehr, um Regenkrüge zu erwerben, und die Ansiedlung musste dahinschwinden.

Sie hatte geglaubt, dass sie weinen würde, aber sie tat es nicht. Es war, als umhülle sie ein dichter Flussnebel, um alles Gefühl, alle Empfindungen auszublenden.

Sie wurde zur Werkstatt zurückgeführt, wo die riesige Tupa sie finster ansah. »Kannst du schleifen?«

»Ich bin eine ausgebildete Töpferin ...«

Der Weidenstock traf sie, bevor sie ihn kommen sah, und hinterließ einen roten Striemen auf Hoshi'tiwas bloßem Arm. »Danach habe ich nicht gefragt, du freches Mädchen.«

»Ja«, sagte Hoshi'tiwa und drängte die Tränen zurück. »Ich kann schleifen.«

Töpferwaren zu schleifen war eine schmutzige und ermüdende Arbeit, die einen dichten Nebel von Tonstaub erzeugte, der die Arbeiter husten und niesen ließ. Zu Hause erfüllten alle Mädchen reihum diese unerfreuliche Aufgabe, sodass sie niemals nur einer Person zufiel, aber hier wurde sie vollkommen Hoshi'tiwa überlassen, dem neuen Mädchen, das sich diesen ganzen ersten Tag mit getrockneten Maiskolben abplagte, um die ungebrannten Töpfe und Schalen und Krüge zu glätten, die neben ihr aufgestapelt waren. Es war Feinarbeit, da man leicht ein Loch in die ungebrannte Keramik schleifen konnte, und die Ränder waren besonders zerbrechlich. Als der Tag voranschritt und ihre Hände müde wurden, zerbrach Hoshi'tiwa mehrere Stücke und spürte Tupas Weidenstab hart auf ihrem Rücken.

Sie wollte nicht weinen. Sie schluckte ihren Zorn und Kummer hinunter und schaute blinzelnd in den wolkenlosen Himmel über

dem Ort der Mitte hinauf. Es war nicht die kleinste Wolke zu sehen. Es schien unmöglich, bis zum Tag der Sommersonnenwende Regen heraufzubeschwören.
Aber sie würde es tun.
Hoshi'tiwa spürte, wie sich etwas in ihr regte. Wie neues Leben, das in den Untiefen eines Flusses kämpft, sich abgrenzen will, seinen Platz in der komplexen Ordnung der Natur finden muss. In Hoshi'tiwas Brust, die Gedanken wirr und die Empfindungen zerschlagen, atmete dieses neue Leben und wuchs und breitete seine neuen Schwingen aus. Und als sie das Fremde in sich erkannte, erschreckte es sie. Weil es Widerstand war, der sich in ihrem Herzen eingenistet hatte.
Und das jähe Verlangen nach Rache.
Ich werde so viel Regen heraufbeschwören, dass er dieses Tal überfluten wird. Er wird eure Ernte, eure Gebäude, eure Träume hinwegspülen. Ihr werdet euch wünschen, ihr hättet mich niemals hierher gebracht.
Das war keine ruhige Entschlossenheit. Hoshi'tiwa war jung, und diese intensiven Gefühle waren neu und unbekannt für sie. Ihr frisch erwachter trotziger Stolz erwuchs nicht aus Selbstvertrauen. Sie war unsicher, voller Selbstzweifel und fürchtete sich selbst ein wenig vor ihren neuen Gedanken. Es war, als ob sich das Mädchen, das sie sechzehn Jahre lang gewesen war, zweigeteilt hätte, da oben im heimatlichen Versteck auf der Klippe, als sie dem Jaguar-Heer gegenüberstand – die erste Hoshi'tiwa klammerte sich an ihren geliebten Ahoté, und dann teilte sie sich, wie ein Gefäß, das in zwei Hälften zerbricht, und eine neue Hoshi'tiwa wurde erschaffen. Es war dieses zweite Mädchen, welches das Seil zum Talboden hinunterkletterte und von den Jaguaren fortgebracht wurde. Diese neue Hoshi'tiwa war nicht wie das frühere Mädchen, das selbstbewusst gewesen war, sich ihres Platzes in der Welt sicher, ihrer Zukunft gewiss.
Die neue Hoshi'tiwa war sich nur einer Sache gewiss: dass sie die mächtigen Herrscher nicht ungestraft davonkommen lassen konnte.
Die Nacht brach herein, und Familien auf der anderen Seite der Ebene und auf den Terrassen versammelten sich zur Abendmahlzeit. Man konnte hören, wie Priester über den Platz gingen, ihre heili-

gen Gesänge intonierten und auf ihren geweihten Flöten spielten, während der höchste Astronom die Stufen zur Mesa erklomm, um die Zeichen und Omen am Sternenhimmel zu deuten. Menschen besuchten einander, unterhielten sich und spielten Spiele, bis es an der Zeit war, schlafen zu gehen. Wie ihre eigene Familie, die einen kleinen Zeremonialbau besaß, stiegen die Männer in die Kivas am Ort der Mitte hinab, während die Frauen und Kinder draußen oder in den kleinen Räumen schliefen.

Die Mitglieder der Töpfergilde teilten sich ein Abendessen, das aus auf heißen Maiskuchen serviertem Bohneneintopf mit Chilipfeffer bestand. Danach lachten die Frauen, erzählten sich Geschichten und bürsteten einander die Haare, während sich Tupa, die Aufseherin, nachdem sie vier Schalen Eintopf gegessen hatte, an Bechern *Nequhtli* gütlich tat und zunehmend betrunkener wurde – wie Nasenloser. Hoshi'tiwa aß schweigend und beteiligte sich auch nicht am Haarebürsten oder Singen. Und als sich die Töpferinnen auf ihre Schlafplätze hinter der Werkstatt zurückzogen, unter einem Dach aus Weidenzweigen, das von vier Pfählen gehalten wurde, fand Hoshi'tiwa einen Platz zwischen den anderen, rollte sich zusammen und schlief ein.

Sie erwachte vor der Dämmerung und schlich nach draußen, um sich zu erleichtern. Die Sterne standen noch am Himmel, aber im Osten wurde es bereits heller. Sie stellte sich an die Ecke der Südmauer und betrachtete die beeindruckende, aus Stein erbaute Ansiedlung, die stufenförmig anstieg und ganz ruhig dalag, da die Männer die Kivas noch nicht verlassen hatten. Während sie die stufenförmig angeordneten Behausungen, die verwaisten Terrassen, den leeren Platz und die stillen Zeremonialbauten überblickte, spürte sie den kühlen Wind auf ihrem Gesicht und dachte an die kalten Augen von Moquihix. Die neuen Empfindungen in ihr zogen Kraft aus dem schneidenden Wind, und dieses Mal kämpfte sie nicht dagegen an.

Hoshi'tiwa stellte sich den hohen Beamten in seinem beeindruckenden Gewand vor, als wollte sie ihn vor sich erscheinen lassen, und sprach lautlos zu dem imaginären Toltekah: *Du wirst bereuen, was du getan hast.*

Sie wollte sich gerade zur Werkstatt umwenden, als sie einen Gesang hörte und, als sie die Melodie erkannte, nach Norden blickte, wo sie auf einem Felsvorsprung hoch über dem Ort der Mitte eine Gestalt stehen sah, die Arme weit zum Himmel geöffnet. Es war der Morgenstern-Priester, der den Stern mit einem heiligen Gesang begrüßte.

Sie spürte, wie ihr Herz jäh vor Hoffnung schwoll, so herrlich war sein Gesang. Aber dann sah sie seine Begleiter, die gewandeten Priester, Moquihix, der mit einem großartigen Federkopfschmuck in Händen daneben stand – und den Tragestuhl, dessen Sitz leer war. Und Hoshi'tiwa erkannte entsetzt, dass der Mann, den sie für einen Morgenstern-Priester gehalten hatte, in Wahrheit doch Fürst Jakál war.

Noch eine Täuschung. Noch ein böser, hassenswerter Mann.

Nach einem Frühstück aus Maisbrei wurde Hoshi'tiwa erneut die Aufgabe übertragen, Tonwaren zu schleifen, die andere gestaltet hatten. Während sie die Sandwolke erduldete und ihre müden Hände die Werke anderer Frauen bearbeiteten, beobachtete sie neidvoll ihre Töpferkolleginnen, deren Hände mit feuchtem Ton bedeckt waren und deren Lachen zu der Weidenrindendecke aufstieg, während sie plauderten, Tonschlangen auslegten und neue Gefäße glätteten und Hoshi'tiwa, unsichtbar geworden, gezwungen war, eine Aufgabe auszuführen, die niemand sonst übernehmen wollte.

Sie hielt sich mit Phantasien darüber aufrecht, wie sie die Toltekah mit einer Flut ertränken würde. Das Sonnenvolk blieb in ihrem Rachetraum verschont, aber der böse Herrscher und seine hohen Beamten sowie die Adligen und Jaguare wurden alle von der gewaltigen Überschwemmung ergriffen, die Hoshi'tiwa in die Schlucht berief, und ihre Leichen trieben auf der grausamen Flut wie Zweige auf einem reißenden Fluss. *Es wird euch Leid tun. Ihr werdet mich anflehen, den Regen aufzuhalten.*

An diesem Abend nach dem Essen fragte eine freundliche, ältere Frau, deren Haar noch nicht ganz grau war, deren Gesicht aber die Linien reifen Alters aufwies, Hoshi'tiwa, warum sie so zornig sei.

Hoshi'tiwa schaute in das ehrliche, runde Gesicht. Obwohl das Kinn der Frau die blaue Tätowierung des Berglöwen-Stammes trug, erinnerte sie Hoshi'tiwa an ihre Mutter, und daher sagte sie: »Ich bin *makai-yó*.«

Die Frau, deren Name Yani war, keuchte leise, schlug eine Hand vor den Mund, flüsterte einen magischen Zauber und malte ein Glückszeichen in der Luft. Dann schaute sie angstvoll zu Tupa, die in der Ecke *Nequhtli* trank, während sie wehmütig ihrer Wut über die drei Ehemänner Ausdruck verlieh, die sie überlebt hatte. Jemand, der *makai-yó* war, brachte allen in seiner Nähe Unglück. *Makai-yó* ließen Muttermilch sauer werden und brachten Wasser ohne Feuer zum Kochen. Viele glaubten, diese Ausgestoßenen hätten Zugriff auf Hexerei und dunkle, böse Bräuche.

Yani wusste, dass das nicht stimmte. Sie war in ihrem Leben erst einer *makai-yó* begegnet, vor Jahren, einem Mädchen, das beim Beischlaf mit einem Priester ertappt worden war. Sie wurde auf den Hauptplatz gezerrt, wo sie vor allen Leuten nackt ausgezogen, als *makai-yó* erklärt und dann zum Steinaltar geführt wurde, wo sie angebunden und wo ihr, noch lebendig und bei Bewusstsein, im Angesicht der ganzen Welt das noch schlagende Herz aus der Brust geschnitten wurde.

Der Geliebte des Mädchens, so erinnerte sich Yani unter Tränen, wurde nur in seine Heimatstadt im Süden zurückgeschickt.

Sie sah mit Erleichterung, dass Tupa Hoshi'tiwas Eingeständnis nicht mitbekommen hatte. Hätte sie es gehört, würde die Werkstatt auf den Kopf gestellt und alles darin ritualistisch mit Feuer gereinigt. Und das verfluchte Mädchen selbst …

Yani erschauderte, wenn sie an das schreckliche Schicksal dachte, das Hoshi'tiwa ereilen würde, wenn die Nachricht ihres tabuisierten Status an Tupas höchst abergläubische Ohren dränge.

»Was ist mit dir geschehen, Kind?«, fragte Yani, deren Herz von Mitgefühl bewegt war, weil jenes unschuldige Mädchen, das vor so langer Zeit sterben musste, ihre eigene Tochter gewesen war.

Hoshi'tiwa erzählte der Frau leise ihre Geschichte und fügte hinzu: »Nun bin ich aufgrund von Moquihix' Täuschung *makai-yó*. Er hat die Unwahrheit gesprochen, sodass ich niemals davonlaufen und zu meinem Stamm zurückkehren könnte. Ich bin hier eine Gefangene, obwohl mich keine Seile binden und keine Wächter mich bewachen. Aber ich möchte nicht an diesem schrecklichen Ort bleiben.«

»Schrecklich?«, fragte Yani. »Dieser Ort ist nicht schrecklich. Er ist wunderbar. Menschen aus den entferntesten Winkeln des Landes kommen hierher, um zu den Göttern zu sprechen, um Medizin und Kleidung zu kaufen und sich mit entfernten Verwandten zu vereinen. Der Ort der Mitte ist das Herz unseres Volkes, Hoshi'tiwa.«

»Aber es wird von den Toltekah regiert.«

»Das war nicht immer so, und«, Yani senkte die Stimme, »vielleicht wird es auch nicht immer so bleiben. Ich liebe den Ort der Mitte. Ich wurde hier geboren. Meine Mutter lehrte mich ihr Handwerk genau in dieser Werkstatt, so wie ihre Mutter es auch sie gelehrt hatte. Nur ich stehe am Ende einer Linie, weil ich keine Kinder habe. Und doch bin ich zufrieden. Meine Schalen und Krüge sind meine Kinder.«

Ihre Worte entsetzten Hoshi'tiwa, die sich geschworen hatte, dass sie nicht nur mit Schalen und Krügen als Kinder alt werden würde.

Und im nächsten Moment kam ihr zu ihrer Überraschung – denn was hatte er mit Kindern zu tun? – jäh die Erinnerung an Fürst Jakál in der ersten Dämmerung des Morgensterns in den Sinn, als sie geglaubt hatte, er sei ein Priester.

Sein Gesicht: Sie hatte so viele Dinge darin gelesen – Trauer, Sehnsucht, Einsamkeit. Hoshi'tiwa erinnerte sich, dass Nasenloser gesagt hatte, Fürst Jakál sei unglücklich und schwermütig, weil er zurück nach Hause gehen wolle und doch bleiben müsse. Als sie spürte, dass sich in ihrem Herzen Mitgefühl für ihn regte, ermahnte sie sich streng, dass Jakál Menschenopfer verspeiste, dass er ein Kannibale war.

Und er huldigte dem Morgenstern. Das erklärte einiges über ihre neuen Herrscher. Während ihr eigenes Volk die Sonne verehrte und sein Leben gemäß ihres berechenbaren und wohlwollenden Kreislaufs führte, richteten die Toltekah ihr Leben nach einem Stern aus, der wanderte, der am Himmel hierhin und dorthin zog, der für gewisse Zeitspannen verschwand, ein Stern, bei dem die Menschen niemals sicher sein konnten, ob er zurückkehrte! Das erklärte ihre unredliche und unzuverlässige Art.

Sie hasste Fürst Jakál. Er war böse. Als sie über die Flut phantasiert hatte, war es sein Leichnam, der als Erster auf dem aufgewühlten, zornigen Wasser trieb.

Aber er sang so wunderschön zum Morgenstern …

Ebenso, wie sie glaubte, dass es nun zwei Hoshi'tiwas gab, fragte sie sich, ob es auch zwei Jakáls gäbe: den bösen Herrscher des Ortes der Mitte und den Mann, der so wunderschön zu seinem Gott sang.

Sie verdrängte ihn jedoch aus ihren Gedanken. »Ich werde Regen bringen, der die Herrscher vernichten wird, und dann werde ich stolz zu meinem Stamm zurückkehren, ihnen von meiner großen Tat erzählen und nicht länger *makai-yó* sein.«

Yani überlegte, dass sie in ihrem ganzen Leben noch nie davon gehört hatte, dass die Verurteilung zu *makai-yó* einmal wieder aufgehoben wurde. Dabei sah sie, wie die Jüngere das Kinn vorreckte und die Zähne zusammenbiss, und sie erkannte, was das Mädchen empfand. »Hör mir gut zu. Zügele deinen Zorn, Kind. Du kannst nichts tun, um das Leben wieder in die alte Bahn zu führen, sodass dein Zorn dich nur in Gefahr bringen kann. Wenn die Herrscher deinen Zorn bemerken, werden sie dich als gefährlich abstempeln und dich auf dem Blutaltar opfern.«

»Ich werde vorsichtig sein«, sagte Hoshi'tiwa. In ihrem Inneren aber weigerte sie sich, ihren Zorn zu beherrschen. Nicht Hoshi'tiwa, die pflichtgetreue, gehorsame Tochter, war zum Ort der Mitte gekommen. Nein, es war eine andere, eine neue Hoshi'tiwa.

Aber Yani wusste, dass die Drohung des Mädchens die eines Kindes war, aus leeren Worten gemacht und ohne Vertrauen in deren Bedeutung. Hoshi'tiwa legte eine gespielte Tapferkeit an den Tag, und Yani erkannte, dass sich Hoshi'tiwa, anstatt sich mächtig zu fühlen, noch nie so machtlos gefühlt hatte wie in diesem Moment.

Hoshi'tiwa begriff die Weisheit von Yanis Worten durchaus, aber sie wollte und konnte ihnen keine Beachtung schenken. Trotz und der Durst nach Rache waren wie eine Krankheit, die ihren Körper befallen hatte und von keinerlei Medizin vertrieben werden konnte – starke Gefühle, die Hoshi'tiwa nicht zu kontrollieren wusste. Es erschreckte sie, dass sie überhaupt erwog, einem so hoch stehenden und mächtigen Mann wie Moquihix gegenübertreten zu wollen. Und doch wurde dieser Gedanke, obwohl sie ihn zu ersticken versuchte, nur umso stärker, als wollten ihre Angst und ihr verzweifelter Wunsch, die neuen Empfindungen zu bekämpfen, sie nur nähren und stärken.

Yani sah den Konflikt in den Augen des Mädchens. Sie legte eine Hand warnend auf Hoshi'tiwas Arm und sagte leise: »Noch ein Rat. Lass die anderen hier nicht wissen, dass du *makai-yó* bist.« Sie schaute über beide Schultern zu den Frauen und Mädchen, die werkelten und plauderten, und senkte die Stimme. »Wenn sie es herausfinden sollten, stünden die Dinge für dich sehr schlecht.«

6

Ein Schrei zerriss die Luft.

Hoshi'tiwa wandte sich bestürzt um und sah Tupa, groß und hoch aufragend, den Weidenstock über den Kopf erhoben. »Dumme Frau!«, schrie sie.

Die anderen Töpferinnen sprangen zurück, und Hoshi'tiwa sah das Ziel von Tupas Zorn: Yani, auf den Knien, den Kopf vor den Schlägen schützend.

»Nennst du das einen Krug?«, schrie Tupa, ihr schwammiges Gesicht rot vor Wut. Sie schwenkte etwas, was Hoshi'tiwa wie ein hübsches Stück Töpferarbeit erschien. Zu ihrem Entsetzen warf Tupa es auf den Boden und zertrat es. Der Stock senkte sich immer wieder auf die arme Yani, während die Übrigen in furchtsamem Schweigen zusahen, bis die Tirade endete und Tupa davonmarschierte.

Nach einem weiteren Moment benommenen Schweigens kamen die Übrigen wieder zu sich und kehrten an ihre Arbeit zurück, traten um die geschlagene Frau herum, die zusammengekauert auf dem Boden lag. Als Hoshi'tiwa zu ihr gehen wollte, legte ihr Grüne Feder eine Hand auf die Schulter und sagte freundlich: »Hilf ihr nicht. Wenn Tupa es herausfände, würdest du hart bestraft.«

Hoshi'tiwa sah das Mädchen an, sah die anderen an, die wieder Ton kneteten, Wülste rollten und Härtemittel mischten, und dann die arme Frau, deren Arme und Beine jetzt von heftigen blauen Flecken übersät waren.

Es war nicht ungefährlich, Töpferwaren herzustellen, aufgrund der scharfen Ritzmesser und der glühend heißen Brennöfen, sodass Hoshi'tiwa wusste, dass es in der Werkstatt Heilmittel geben musste. Sie fand die Vorräte, aber die anderen warnten sie: »Nur Tupa darf Medizin austeilen.«

Nur eine ältere Frau, deren Haar vollkommen weiß und deren Zähne alle ausgefallen waren, die Tätowierung ihres Stammes auf ihrem Gesicht fast von Runzeln überdeckt, erklärte: »Dann werden wir es eben Tupa nicht erzählen.«

Während Hoshi'tiwa Aloesaft auf Yanis Wunden strich sowie eine Salbe aus Kräutern und tierischen Fetten, fragte sie: »Warum hat Tupa dir das angetan?«

Die verletzte Frau fühlte sich zu gedemütigt, um antworten zu können, sodass Grüne Feder ruhig sagte: »Tupa schlägt sie schon seit Monaten.« Und jetzt sah Hoshi'tiwa auf Yanis Armen und Beinen die Narben von früheren Verletzungen.

»Aber warum?«, fragte Hoshi'tiwa.

»Weil Yanis Töpfe die schönsten sind«, sagte eine andere Frau, die nervös in die Richtung des Platzes blickte, wo sich Tupas große Gestalt durch die Menge drängte.

»Yani ist die Beste von uns«, sagte Grüne Feder. »Und Tupa ist eifersüchtig.«

Yani setzte sich auf, murmelte »Danke« und humpelte zu ihrer Matte zurück, wo die ersten Wülste einer Schale ausgelegt waren.

Tupa kehrte am Nachmittag mit einem neuen *Nequhtli*-Schlauch zurück und ignorierte die Töpferinnen, während sie sich auf einer Matte vor der Tür niederließ und müßig trank.

An diesem Abend, nachdem sie mit gewürztem Kürbis gefüllte Tamales gegessen hatten, waren die Frauen weniger lebhaft und sprachen gedämpft. Als Tupa zu schnarchen begann, sagte Hoshi'tiwa zu Yani: »Warum schlägt sie dich? Das geschieht doch gewiss nicht nur aus Eifersucht?«

Yani war eine freundliche Frau mit angenehmen Zügen, die ihr Haar in zwei wie eine Kappe um den Kopf gewickelten Zöpfen trug. »Es geschieht deshalb«, sagte sie, griff in den kleinen Lederbeutel, den alle Töpferinnen an ihren Gürteln trugen, und nahm einen Schleifstein hervor, der so wunderschön und perfekt geformt war, dass Hoshi'tiwa einen lauten Ruf ausstieß. Das war der Grund, warum Yani die schönsten Gefäße gestaltete.

Das Schleifen war eine heikle Kunstfertigkeit, die Geduld und ein scharfes Auge erforderte. Aber am wichtigsten war das Werkzeug. Töpfer mochten Jahre brauchen, um den richtigen Stein zu finden, der genau in die Hand passte, der zu dem getrockneten Ton »sprach« und der wusste, wie er über die modellierten Rundungen gleiten musste, um den im Ton verborgenen Glanz hervorzubringen. »Dieser wurde in meiner Familie seit Generationen von Mutter zu Tochter weitergegeben. Tupa will ihn haben. Ihre Fertigkeit lässt nach, und sie denkt, dass mein Schleifstein ihre Töpferarbeiten wieder aufwerten wird. Aber ich werde ihn ihr nicht geben. Sie kann ihn mir nicht stehlen, weil der Stein dann bei ihr nicht funktionieren würde. Wie du weißt, muss er freiwillig gegeben werden.«

Hoshi'tiwa verstand das. Wenn in ihrem Stamm ein Handwerker starb, wurden seine oder ihre Werkzeuge mit dem Besitzer begraben, denn sie würden bei jemand anderem nicht funktionieren. Nur Werkzeuge, die jemandem vermacht wurden, funktionierten, weil der Geist des Werkzeuges wusste, dass es freiwillig weitergegeben worden war. Hoshi'tiwa selbst hatte noch kein Werkzeug gefunden, das ein Leben lang ihres wäre, um es eines Tages ihrer Tochter weiterzugeben.

»Tupa hat Schande über unsere Gilde gebracht«, sagte Yani, und die anderen nickten zustimmend.

Grüne Feder, die gerade das Haar einer anderen Frau mit aus Yuccafasern gewobenen Bändern schmückte, sagte: »Tupa hat uns zur Zielscheibe des Gespötts gemacht.« Sie erklärte Hoshi'tiwa, dass sie eine freundschaftliche Rivalität mit der Korbflechtergilde unterhielten, die ebenfalls aus Frauen und Mädchen bestand. »Bei jedem Fest veranstalten wir einen Tanzwettbewerb um Preise. Inzwischen geben sie beim Tanzen nicht einmal mehr ihr Bestes, weil sie wissen, dass wir stets verlieren. Tupa hat unsere Herzen erschöpft.«

Die weißhaarige Frau ohne Zähne flüsterte: »Yani sollte die nächste Aufseherin der Töpfergilde werden, aber Tupa hat dem Bevollmächtigten der Gilden ein großzügiges Bestechungsgeld bezahlt. Aufseher einer Gilde zu sein ist eine sehr angesehene Aufgabe, und die Menschen ehren diejenigen, welche die Arbeit von Kunsthandwerkern beaufsichtigen. Aber niemand respektiert Tupa, und daher hat unsere Gilde ihren Stolz verloren. Wir sind ein ehrenvoller

Stand und eine geachtete Schwesternschaft. Aber Tupa hat Schande über uns gebracht.«

Mehrere Tage später erlebte Hoshi'tiwa selbst, wie verworfen Tupa war.

Sie zogen aus, um Ton zu sammeln, wobei alle helfen sollten. Tupa befahl ihnen, Nahrung mitzubringen, welche die Frauen auf dem Marktplatz gegen die von ihnen gefertigten Töpferwaren eintauschten.

Da die örtlichen Tonvorräte erschöpft waren, brauchte es eine Tagereise bis zur nächstgelegenen Quelle. Die Töpferinnen sangen unterwegs, intonierten heilige Lieder, denn Ton war heilig, ein Geschenk der Mutter Erde. Während die Frauen und Mädchen eine enge Schlucht hinaufstiegen, fragte sich Hoshi'tiwa, ob sie ihren eigenen kleinen Vorrat sammeln und ihren Racheplan gegen die Toltekah beginnen könnte.

Schließlich errichteten die Töpferinnen ein Lagerfeuer und kochten Bohnen als Füllung für ihre Tortillas. Dann erzählten sie Geschichten, richteten einander die Haare und schliefen schließlich unter den Sternen ein, in der Hoffnung auf eine gute Tonernte, weil ihre nächste Unternehmung die geweihten Regenkrüge für die Sonnenwendfeier wäre.

In der Dämmerung gruben sie in der Erde und sangen und beteten. Während sich die Körbe mit Klumpen feuchten Tons füllten, baten die Töpferinnen Mutter Erde um Erlaubnis, einen Teil ihres Körpers zum Nutzen ihrer Kinder verwenden zu dürfen, und ließen Mais und Bohnen und Kürbisse als Opfergaben zurück. Dann, die schweren Körbe auf den Köpfen, zogen die Frauen und Mädchen durch die Schlucht zurück zum Ort der Mitte, wo es ihre heilige Pflicht war, dabei zu helfen, Regen zu bringen.

Sie waren erst ein kurzes Stück gegangen, als Tupa erklärte, sie habe ihren Lederbeutel vergessen. Sie befahl den Töpferinnen, weiterzugehen, wandte sich um und lief den Weg schwer atmend wieder hinauf. Da ihre Neugier geweckt war, folgte Hoshi'tiwa der Aufseherin, blieb ein Stück zurück, um unentdeckt zu bleiben, und beobachtete, wie die dicke Frau alle Opfergaben aufsammelte und in ihren Lederbeutel stopfte. Hoshi'tiwa war entsetzt. Tupa gehörte nicht zu den bösen Toltekah. Sie gehörte zum Sonnenvolk. Und

doch tätschelte sie den Beutel, während sie ihn an ihrem Gürtel befestigte, und schmatzte mit den Lippen, als erwarte sie ein Festessen.
Hoshi'tiwa lag in dieser Nacht wach und dachte zum ersten Mal nicht an ihre eigene missliche Lage, sondern an Tupas schreckliche Missetat und die Wirkung, die das auf die Regengefäße der Gilde haben könnte. Ton war ein Geschenk von Mutter Erde und daher heilig. Hoshi'tiwa erinnerte sich an das, was die Frauen eines Abends beim Essen gesagt hatten: dass die Götter den Menschen vom Ort der Mitte zürnten und der Regen deshalb nicht käme. Sie flüsterten auch, dass es viele Jahreszeiten her sei, seit ein *Kokopilau* mit seinem fröhlichen Flötenspiel und einem Rucksack voller Glück die Schlucht besucht habe. Die Menschen begannen die Schlucht auf der Suche nach besseren Landen zu verlassen, und das war der Grund dafür, warum der Dunkle Herrscher die Jaguare ausschickte, um Gefangene zurückzubringen.
Trotz der Größe des Ortes der Mitte, des hoch aufragenden Stein- und Ziegelkomplexes, der Tausenden von Menschen, die in die Schlucht kamen und wieder gingen, war das Leben hier nicht anders als das Leben zu Hause in Hoshi'tiwas kleiner Ansiedlung. Götter, Geister und Gespenster lauerten überall, und so achteten die Menschen auf das, was sie sagten, aus Angst zu beleidigen oder blasphemisch zu sein. Glück und Unglück umgaben sie ständig. Da die Menschen Glück und Missgeschick nicht kontrollieren konnten, versuchten sie wenigstens, beides vorherzusehen, sodass sie jeden Morgen, wenn sie sich von ihren Schlafmatten erhoben oder aus den Kivas kamen, nach Omen suchten, vom *Tlatoani*, Fürst Jakál, bis zum Bauern, der auf seinem Acker Unkraut jätete. Und jeden Abend inspizierte der höchste Astronom den Sternenhimmel auf Zeichen.
Die Götter walteten über allen Aktivitäten. Es gab Schutzgötter, die über die Töpferinnen und Korbflechterinnen, die Federkopfschmuck- und Speermacher, die Köche und Diener und die Jaguare und kleinen Kinder, die umherzottelten, wachten. Es gab sogar einen Gott, der die *Patolli*-Spiele behütete – Macuilxochitl, zu dem die Spieler beteten, bevor sie ein Spiel begannen. Die einzelnen Tage waren speziellen Göttern geweiht, und der jährliche Kalender

der Feiern, Festessen und Opfergaben wurde von jedermann am Ort der Mitte genau beachtet.
Daher war Hoshi'tiwa verblüfft zu entdecken, dass es Menschen gab, welche die Gesetze nicht ehrten. Gab es auch andere wie Tupa, deren Missetaten und Tabubrüche das Gedeihen des Orts der Mitte bedrohten?
Diese besorgten Gedanken gingen Hoshi'tiwa durch den Sinn, während sie eines von Yanis wunderschönen Wassergefäßen mit zwei Griffen schliff, das, nachdem Yani es bemalt haben würde, im Brennofen weiß würde, sodass das schwarze Muster als hübsches Relief hervorträte. Als ein Schatten auf Hoshi'tiwa fiel, schaute sie auf, in der nur kurz währenden Hoffnung, dass eine Wolke vor dem Angesicht der Sonne dahinzöge, aber sie sah nur die Silhouette eines Mannes vor dem strahlenden Himmel hinter ihm.
Sie erkannte entsetzt, dass es Moquihix war, in einer scharlachroten Tunika und einem tiefblauen Umhang, den Federkopfschmuck seines Amtes auf dem grauen Kopf. Während die Übrigen auf die Knie sanken und die Stirn auf den Boden pressten, verharrte Hoshi'tiwa trotzig in ihrer Haltung. In ihr flackerte der Zorn heftig auf.
Er ging an ihr vorbei und schritt durch den Eingang der Töpferwerkstatt, von den beiden blau bemalten Männern begleitet, über die Hoshi'tiwa nun wusste, dass sie Priester Tlalocs, des Regengottes, waren. Sie überprüften schon seit längerem regelmäßig die Fortschritte der Töpfer bei den Regengefäßen. Aber noch nie, flüsterten sich die Frauen nervös zu, während sie am Boden knieten und die Gesichter senkten, hatte der hohe Beamte die Priester zuvor persönlich begleitet.
Moquihix ging in der staubigen Werkstatt umher, betrachtete stirnrunzelnd die Reihen von Krügen und Schalen und Statuetten und wandte sich dann an Tupa, die stehen geblieben war, den Blick aber respektvoll gesenkt hatte. Er forderte die Gefäße zu sehen, die das neue Mädchen gefertigt hatte.
Tupa trat von einem Fuß auf den anderen. »Das Mädchen hat keine Gefäße gefertigt, großer Herr. Sie ist dieser Aufgabe nicht würdig.«
Sein Befehl klang energisch. Das Mädchen sollte Regenkrüge fertigen.

Hoshi'tiwas Herz tat vor düsterer Freude einen Satz. Mit diesem Befehl hatte er sein Schicksal und das Schicksal seines Fürsten besiegelt.
Nachdem Moquihix gegangen war, wurde die Arbeit wieder aufgenommen, und niemand erwähnte den überraschenden Besuch des hohen Beamten mehr. Und doch spürten alle die veränderte Atmosphäre in der Werkstatt und dachten: Tupa hat diese Bevorzugung des neuen Mädchens überhaupt nicht gefallen.

7

Der weiße Ton vom Ort der Mitte sagte ihr nicht zu. Gleichgültig wie Hoshi'tiwa ihn bearbeitete, ihn befeuchtete, ihn knetete, zu ihm sprach und darüber betete, kamen dieser Ton und ihre Finger nicht miteinander aus.
Sie erkannte, dass es sinnlos war, ein Regengefäß daraus gestalten zu wollen. Wie allgemein bekannt, musste jede Töpferin ihren eigenen Ton sammeln, denn nur an der Quelle, wenn sie in der Erde grub, konnte sie erkennen, ob der Ton sich formen lassen würde. Hoshi'tiwa entschied, dass sie ihren eigenen Ton suchen musste, wenn sie dem Ort der Mitte eine reinigende Überschwemmung bescheren und ihr Volk von den mächtigen Herrschern befreien wollte.
Es war ein warmer Frühlingstag, die Töpferinnen waren mit Regengefäßen in verschiedenen Stadien beschäftigt, und Tupa, die bereits beim Frühstück *Nequhtli* getrunken hatte, überquerte angeheitert den Platz, um mit ihrer Cousine, der Herrin der Korbflechtergilde, ein freundschaftliches Spiel *Patolli* zu absolvieren.
Hoshi'tiwa nutzte ihre Chance. Sie verließ die Werkstatt durch den Hintereingang, eilte um die Südmauer herum, wo eine Familie von Salzhändlern lagerte, und schlich am Fuß des Steilabbruchs entlang. Rache erfüllte ihr Herz. Gedanken an Bestrafung pochten in ihrem Kopf. Es sollte den bösen Herrschern noch Leid tun, dass sie Hoshi'tiwa als *makai-yó* erklärt hatten.

Der Wind drehte sich, und ein übler Geruch stieg ihr in die Nase. Drei Männer, die beim Stehlen von Mais aus den Lagerbehältern erwischt worden waren, die den Göttern gehörten, waren nun an der Nordmauer des Platzes für jedermann sichtbar kopfüber aufgehängt worden. Es hatte zwei Tage gedauert, bis sie gestorben waren, und nun verrotteten ihre Leichname in der Sonne.

Eine schreckliche Strafe, dachte Hoshi'tiwa, aber notwendig. Selbst bei ihrem friedfertigen Volk wurde das Brechen von Tabus nicht geduldet, sonst würde die Harmonie aus dem Gleichgewicht gebracht und das Chaos regieren. In ihrem Dorf war vor Jahren eine ältere Tante aus dem Schlaf erwacht und hatte einen verirrten Hund jaulen hören. Sie ging hinaus, verirrte sich bei ihrer Suche und stürzte in den Kiva. Obwohl es ein Unfall war, hatte sie doch den heiligen, unterirdischen Raum entweiht, der nur Männern vorbehalten war, und so musste sie aus dem Stamm ausgeschlossen werden.

Hoshi'tiwa setzte ihre Suche am Fuß des Steilabbruchs fort und stieß auf eine schmale, so hinter Felsblöcken verborgene Schlucht, dass sie sie beinahe übersehen hätte. Wie überall sonst am Ort der Mitte war die Vegetation schon lange abgestorben, und die Tiere hatten sich zurückgezogen. Aber als Hoshi'tiwa Erde hochnahm und ihr Gesicht in den Wind hielt, der die kleine Schlucht herabwehte, hatte sie das Gefühl, dass der Ton unmittelbar vor ihr schlummerte.

Ihr Aufstieg wurde belohnt, als sie zu einer Erweiterung kam, wo große Felsen eine Formation bildeten, die darauf hindeutete, dass sich hier während der Regenfälle ein Teich befand. Nun leer und trocken, erkannten Hoshi'tiwas scharfe Augen dennoch das, was vielleicht die Ufer eines breiten Flusses gewesen sein könnten. Gestrüpp und verkrüppelte Büsche kämpften hier ums Überleben. Sie hörte sogar Vögel. Sie sank auf die Knie und grub die Finger in die Erde.

Und sie fand den Ton, hart und trocken, von Gesteinsschutt durchsetzt und grau in der Farbe, ein Ton, der zu ihren Fingern sprach. Sie brauchte den ganzen Morgen, um die harten Klumpen aus der Erde zu brechen. Später, in der Werkstatt, würde sie den Ton wässern und ausspülen, ihn erneut wässern und erneut ausspülen, die Verunreinigungen heraussieben und dabei beten, zu dem Ton sprechen und ihm gut zureden, damit er ein Regengefäß würde, das die Aufmerksamkeit der Götter erregte.

Und dann würde sie einen Regen bringen, wie Moquihix und Fürst Jakál ihn noch nie erlebt hatten …

Als ihr Korb gefüllt war, wollte sie gehen, hörte jedoch plötzlich in der Nähe Gelächter. Sie blickte sich um, sah aber niemanden. Sie stellte ihre Last ab, schlich in die Richtung der Laute und kam zu einem hoch aufwuchernden Salbeidickicht. Sie bog die grünen Zweige auseinander und blickte auf eine sich tief in die Mesa schmiegende Lichtung, verborgen und geschützt, als gehörte sie den Göttern. Hoshi'tiwas Augen weiteten sich beim Anblick der Bäume und des Grases, des Teichs mit dem schimmernden Wasser und der dicht stehenden, voll erblühten Frühlingsblumen.

Und dann sah sie die jungen Frauen, in Röcken und Tuniken, die eindeutig aus kostbarer Baumwolle gefertigt, in allen Farben des Regenbogens gefärbt und mit verwirrenden Mustern bestickt waren. Die jungen Frauen waren wunderschön, und sie spielten Flöte, schwenkten Kürbisrasseln und schlugen kleine Trommeln.

Hoshi'tiwa ließ den Blick verwirrt über die verborgene Lichtung gleiten, bis sie etwas erblickte, was sie so sehr erstaunte, dass sie keuchte und dann schnell die Hände vor den Mund schlug.

Mit pochendem Herzen hielt sie sich ganz still, um zu erkennen, ob jemand sie gehört hätte. Aber offenbar war sie unentdeckt geblieben, und so blieb sie hocken, anstatt sich gleich wieder davonzuschleichen, und betrachtete den Anblick, den sie kaum glauben konnte.

Seit ihrer Ankunft am Ort der Mitte hatte Hoshi'tiwa Fürst Jakál nur noch aus der Ferne gesehen, etwa, wenn er in einer Prozession um den großen Platz herum zu einer Richtstatt getragen wurde, wo er Straftäter aburteilte, oder hoch oben auf dem Felsvorsprung, wo er den Morgenstern begrüßte. Er erschien ihr fern und gottähnlich, in prächtige Gewänder gekleidet, magisch und mächtig, sodass ihre Erinnerung daran, wie sie ihn auf der Mesa beobachtet hatte, als er fast nackt vor seinem Gott stand – und er sich umwandte und sich ihre Blicke begegneten –, ganz wie ein Traum schien, als sei es niemals geschehen.

Aber nun sah sie den Mann erneut, in einer verblüffenden neuen

Gestalt, die all ihre Vorstellungen über den Haufen warf. Der grausame Herrscher vom Ort der Mitte ... lachte!

Er lehnte auf einer kunstvoll gewobenen Decke auf dem Gras, und seine bronzefarbene Haut glänzte in der Sonne. Sein Lendenschurz und der um den Hals befestigte Umhang bestanden aus schimmernder grüner und blauer Baumwolle, ein solch prächtiger Stoff, dass Hoshi'tiwa sich nicht vorstellen konnte, wie er sich anfühlen mochte. Sein langes Haar war zu einem federgeschmückten Schopf hochgebunden, der im Frühlingswind flatterte. Auf Jakáls rechtem Handgelenk kauerte ein prächtiger, scharlachroter Ara, den der Herrscher mit Obststücken fütterte. Seine Zartheit gegenüber dem halbwilden Tier, während er es fütterte und zu ihm sprach, machte Hoshi'tiwa benommen. Wie konnte dies derselbe Mann sein, der hoch oben auf seinem Thron gesessen hatte, während ihr Onkel enthauptet wurde, derselbe Mann, der die schreckliche Hinrichtung des armen Nasenlosen befohlen hatte – der Grausame, der eine unehrenhafte Täuschung begangen und damit Schande über sie selbst und ihre Familie gebracht hatte?

Deiner Lüge wegen wird meine Mutter an gebrochenem Herzen sterben! schrie sie in Gedanken auf. Warum konntest du nicht die Wahrheit sagen und meine Mutter die Ehre ihrer Tochter feiern lassen?

Und dann bemerkte Hoshi'tiwa, dass an der Lichtung etwas seltsam war. Die Felsen schienen nicht dorthin zu gehören, sondern von irgendwo anders hierher verbracht worden zu sein. Die Blumen waren ihr unvertraut, und verschiedene Baumarten standen Ast an Ast. Es war keine natürliche Lichtung, sie war *geschaffen* worden. Aus welchem Grund? Warum wurde sie verborgen gehalten? Und welche seltsamen Bewegungen führten der Herrscher und die Frauen da gerade aus? Hoshi'tiwa erkannte in diesem Moment, dass ihre Gesten übertrieben, einstudiert waren, als führten die vier ein Ritual aus –

Sie hielt den Atem an. *Sie zelebrierten ein heiliges Ritual, was bedeutete, dass diese Lichtung geweihter Boden sein musste.*

Die Lichtung war eine geweihte Stätte! Der ganze Ort der Mitte litt unter einer Dürre – Pflanzen verdorrten und Tiere starben. Fürst Jakál hatte diesen Hain als ein Versprechen an die Götter ge-

schaffen, dass er, falls sie Regen schickten und den Ort der Mitte neu belebten, ihn ebenso prächtig gedeihen lassen würde, wie er diese Lichtung gedeihen ließ.
Hoshi'tiwa wich langsam zurück, ihre Brust vor Angst beengt. Sie hatte einen Tabubruch begangen, auf den die Todesstrafe stand.

8

»Was tust du da?«, keifte Tupa, die mit den Händen auf den drallen Hüften vor Hoshi'tiwa stand. »Nennst du das Ton? Es sieht wie Antilopenkot aus.«
Hoshi'tiwa antwortete nicht, sondern hielt den Kopf gesenkt, während sie im Schneidersitz im warmen Sonnenschein saß und sandfarbenes Härtemittel mit ihrem frisch gesammelten Ton vermischte, um eine Schrumpfung zu vermeiden und die Wahrscheinlichkeit von Rissen zu vermindern.
Tupa hielt sich den Bauch, brüllte vor Lachen und sagte zu den anderen, das neue Mädchen habe Staub zwischen den Ohren, wenn sie glaubte, sie würde aus *diesem* Ton etwas gestalten können. Dann ging sie mit einem Rülpsen davon, um den Brennofen zu inspizieren.
Hoshi'tiwa ignorierte den Spott. Die Konzentration auf ihre Aufgabe verdrängte alle anderen Überlegungen.
Zumindest sagte sie sich das. Aber sie konnte nicht leugnen, dass der Anblick Fürst Jakáls auf der geheimen Lichtung sie Tag und Nacht verfolgte. Nasenloser hatte ihr erzählt, dass Jakáls Frau gestorben war und er keine andere Frau in sein Bett nähme. Und doch waren da diese wunderschönen jungen Mädchen bei ihm, die aussahen wie bunte, fremdländische Vögel. Hoshi'tiwa fühlte sich im Vergleich zu ihnen wie ein gewöhnlicher Spatz.
Ihre Gefühle verwirrten und ängstigten sie. Warum sollte es sie kümmern, wen sich der Dunkle Herrscher zur Gesellschaft erwählte, denn er *war* ein Dunkler Herrscher und verspeiste Menschenmais. Das war etwas, was sie niemals vergessen durfte.

Dennoch suchte er sie nachts in ihren Träumen heim und quälte ihre Gedanken bei Tage. Die anderen Töpferinnen erlebten eine schweigende und entschlossene Arbeiterin, die mit gekrümmtem Rücken über ihrem Ton hockte, einen Ausdruck angespannter Konzentration auf dem Gesicht, während sie aus den Tonschlangen glatte Krugwände gestaltete und schabte und formte. Sie bewunderten ihre zielstrebige Aufmerksamkeit bei der Gestaltung der Regengefäße und wünschten, sie wären selbst ebenso diszipliniert. Sie wussten nicht, dass die angespannte Haltung und der starre Gesichtsausdruck Hoshi'tiwas Waffen im Kampf gegen ihren eigenen ungebärdigen Geist waren. Sie wollte sich auf ihre Arbeit konzentrieren, aber ihr Geist wollte sich Fürst Jakál zuwenden.
Tupa überprüfte ihre Fortschritte, und das Missfallen der Aufseherin nahm mit jedem vergehenden Tag zu. Das Mädchen arbeitete unglaublich langsam! Und sie war eigensinnig. Wenn man ihr sagte, dass sie sich beeilen sollte, besaß sie die Unverfrorenheit zu erwidern, dass das Formen des Tons tief aus dem Töpfer selbst kommen musste. »Es ist eine spirituelle Aufgabe«, sagte Hoshi'tiwa, als ob Tupa, die schon länger Töpferin war, als Hoshi'tiwa lebte, das nicht bereits wüsste. Es war allgemein bekannt, dass Ton die Stimmung der Töpferin erspürte, dass eine Töpferin niemals ein Stück gestalten sollte, wenn sie wütend oder traurig war. Aber dieses träge Mädchen benutzte genau das als Entschuldigung.
Hoshi'tiwa legte den Boden aus, rollte die Tonschlangen und begann, das Gefäß zu gestalten. Die Tage wurden wärmer, und immer mehr Menschen trafen am Ort der Mitte ein, da die Sonnenwendfeier näher rückte. Der Marktplatz wurde bevölkert und laut, und die Regengott-Priester besuchten die Werkstatt nun regelmäßig, um die Regengefäße zu inspizieren.
Hoshi'tiwa begriff allmählich, dass die Toltekah, obwohl sie sie verachtete, dem Sonnenvolk in wichtigen Dingen nicht unähnlich waren und die Regeln der Toltekah-Gemeinschaft viele Parallelen zu der strengen Ordnung aufwiesen, die das Verhalten ihres eigenen Volkes den Göttern gegenüber prägte. Da die Götter beschlossen, wann die Sonne schien, wann der Regen fiel und ob die Ernte reichlich ausfiel, wurde die Opferung von Menschen in Form von Menschenmais als heilige Tat angesehen, welche die Opfer ehrte

und die Götter erfreute. Aber Hoshi'tiwa empörte sich darüber. Das Sonnenvolk opferte den Göttern nur Mais anstatt hilfloser Menschen, und sie fragte sich, ob der Regen vielleicht deshalb nicht zum Ort der Mitte kommen wollte.

Aber der Regen *würde* kommen, gemahnte sie sich grimmig. Und wenn das Tal erst vom Toltekah-Ungeziefer reingewaschen war, würde sie in ein anderes Land ziehen, ihren Namen ändern und stolz unter einem neuen Volk wandeln.

Eines Nachmittags war auf dem Platz ein gewaltiges Brüllen zu hören, als Fürst Jakál der Gerechtigkeit durch eine Hinrichtung Geltung verschaffte. Die Töpferinnen durften daran nicht teilnehmen, weil sie ihre geweihten Aufgaben fortführen mussten. Und Hoshi'tiwa, die um Konzentration auf ihre Arbeit rang, sah in Gedanken Fürst Jakál in dem Garten vor sich, wie er zu dem Ara sprach und ihn fütterte, sanft und dem Tier zugeneigt, als ein weiteres Brüllen ertönte, dieses Mal in der Werkstatt, als Tupa, die erneut Yanis magischen Schleifstein in Besitz zu nehmen versuchte, die wehrlose Frau unter dem fadenscheinigsten Vorwand mit dem Stock traktierte.

»Du wagst es, die Götter mit diesem Schund zu beleidigen?«, schrie Tupa und hielt mit der anderen Hand eine Schale hoch, die Yani gerade aus dem Brennofen genommen hatte. Hoshi'tiwa fand sie ausgezeichnet.

Die Frauen verließen wieder ihre Matten und standen schweigend da, während die dicke Aufseherin Schläge auf Yani niederprasseln ließ, die auf die Knie gesunken war und die Arme über den Kopf hielt.

»Eine solch fehlerhafte Arbeit wirft ein schlechtes Licht auf die Gilde!«, schrie Tupa, während der Stock immer wieder auf bloße Haut niedersank. »Du entehrst deine Schwestern! Du entehrst –«

Sie hielt inne und starrte die starke Hand an, die ihr erhobenes Handgelenk jäh ergriffen hatte.

Tupa funkelte Hoshi'tiwa zornig an. Völlige Stille senkte sich über die Werkstatt, als die Aufseherin und der Neuling sich ins Auge sahen, während die anderen voller Angst und Besorgnis um sie herumstanden. Und dann beugte sich Tupa, welche die Kraft in Hoshi'tiwas Fingern spürte und die Kühnheit in den Augen des

Mädchens sah, vor und flüsterte heiser: »Du glaubst, du bist etwas Besonderes, weil der edle Moquihix dich wohlwollend behandelt. Aber warte bis nach der Sonnenwende, wenn deine Gefäße keinen Regen bringen. Dann wird niemand mehr da sein, der dich beschützt.«

»Nimm dich vor Tupa in Acht«, sagte Grüne Feder später, und die anderen Frauen stimmten ihr zu. Yani sagte: »Ich bin dir dankbar, aber nun habe ich Angst um dich.«

Als die Sonnenwendfeier näher rückte, wurde die Atmosphäre in der Töpferwerkstatt angespannter, denn es waren ihre Keramiken, auf die sich die Regengott-Priester verließen, um das ersehnte Nass zu bringen. Viele Sommer waren gekommen und gegangen, und es hatte keine Krüge gegeben, die den Regen in den Canyon gelockt hätten. Gerüchte machten in der Bevölkerung rasch die Runde, dass der Ort der Mitte verflucht sei. Einige wenige, die tapfer genug waren, packten ihre Habe und flohen in der Nacht. Jeder Morgen offenbarte ein neues verlassenes Lagerfeuer, eine Gilde, der ein Kunsthandwerker fehlte.

Die Jaguare führten auf dem Platz Paraden auf, demonstrierten ihre Stärke und erinnerten die Menschen daran, dass die Götter Gehorsam forderten. Sie befassten sich mit spektakulären Hetzjagden, bei denen die Menschenmengen zusahen und wetteten, während die Arbeit in den geweihten Gilden – Korbflechter, Himmelsstein-Bearbeiter und Töpferinnen – fieberhaft voranschritt.

Sogar Tupa ließ ihren massigen Körper auf eine Matte nieder und legte Hand an den Ton, half beim Schaben und Formen, beim Schleifen und Glätten und mischte für den letzten Farbauftrag Pflanzen und Mineralien.

Hoshi'tiwa konzentrierte sich auf ihren einzigen Regenkrug, schabte und formte mit Kürbisschalen, bis nichts mehr von den Tonschlangen zu sehen war, trocknete und schliff ihn und glättete ihn dann mit einem kleinen Stein, wobei sie sorgfältig darauf achtete, den zerbrechlichen Ton nicht zu beschädigen. Zum Schluss schrägte sie ein Yuccablatt ab, sodass die richtige Menge Fasern eine Bürste bildeten, und brachte eine rote Farbe auf, von der die anderen Frauen insgeheim dachten, dass sie auf dem grauen Ton hässlich aussah, während Yani und Grüne Feder Mitleid empfanden, als

Hoshi'tiwa die symbolischen Muster von Wolken und strömendem Regen aufmalte.
Schließlich kam der Tag des Brennens. Die Frauen hatten in der Nacht zuvor nicht geschlafen, und Tupa war besonders schlechter Stimmung, da Erfolg oder Misserfolg dieses Tages ihr zugeschrieben würden – Belohnung oder Strafe von den Priestern von Tlaloc.
Dies war der schwierigste Abschnitt. Wenn der Ton nicht richtig getrocknet wurde oder Lufteinschlüsse aufwies, wären all die Mühen der vorangegangenen Tage vergeblich, weil er im Feuer unweigerlich zerbarst. Die Frauen stellten ihre Regengefäße vorsichtig auf die steinernen Gestelle im Brennofen, während Tupa das Schüren des darunter befindlichen Feuers beaufsichtigte. Dann wurden schwere Lederplanen über den Steinofen gelegt, um die Hitze darin zu verstärken.
Alle waren nervös und lauschten auf das verräterische Geräusch, das bedeuten würde, dass ein Gefäß geplatzt war. Sie beteten und sangen und beobachteten den Brennofen. Schließlich hob Tupa eine Ecke der Plane an, um hineinzuspähen, sah die Asche und die verlöschende Holzkohle und erklärte, es sei ein erfolgreicher Brennvorgang gewesen.
Eines nach dem anderen wurden die neuen Gefäße ans Licht gebracht – blendend weiße Schalen und Töpfe und Krüge, mit starren schwarzen Mustern bemalt, die Regen anlocken sollten. Yanis Krüge, die Schalen von Grüne Feder. Alle vollkommen und ohne Fehler. Die Anspannung wuchs mit jeder neuen, aus der Asche gehobenen Keramik, denn ein zerbrochenes Gefäß wäre das schlimmste Omen. Ein Brennvorgang, bei dem kein einziges Stück zerbrach, bedeutete großes Glück für den Ort der Mitte. Aber noch nicht alle Stücke waren herausgenommen worden.
Hoshi'tiwas Gefäß wurde als Letztes aus dem Ofen genommen. Die Frauen hielten den Atem an, als Tupa mit den hölzernen Zangen in die Asche griff, denn dies war das Stück, das aus einfachem, grauen Ton gemacht war, von dem neuen Mädchen gestaltet, die in der Gilde noch unerprobt war. Tupa stellte das Gefäß auf die Yuccamatte und strich vorsichtig die Asche fort. Alle sahen fassungslos darauf, denn die Keramik war nicht weiß wie die anderen, sondern hatte

einen wunderschönen Farbton angenommen, das Orange-Gold eines sommerlichen Sonnenaufgangs, und das Muster war nicht in Schwarz, sondern in Rot aufgemalt: wie ein flammender Sonnenuntergang im Herbst.
Nirgendwo im Ort der Mitte gab es etwas Vergleichbares.

9

Alle Angehörigen der Schwesternschaft der Töpferinnen reinigten ihren Körper mit kieferlnduftendem Sand und legten stolz neue Gewänder mit der charakteristischen Stickerei ihrer Gilde an Hals- und Fußsaum an. Sie gaben sich besondere Mühe, einander das Haar zu richten, und sie fasteten und beteten und warteten darauf, dass die Priester von Tlaloc die Regengefäße abholen würden.
Die Sonnenwenden waren stets eine angespannte Zeit, weil sie Extreme symbolisierten: Die Tage und Nächte waren entweder sehr lang oder sehr kurz und die Temperaturen entweder sehr hoch oder sehr niedrig. Darum liebte das Sonnenvolk die Tag-und-Nacht-Gleichen, wenn die Tage und Nächte gleich waren, und selbst wenn es heiß oder kalt war, wusste doch jedermann, dass mildere Tage bevorstanden. Tag-und-Nacht-Gleichen waren Zeiten der Ordnung und der Ausgewogenheit. Sonnenwenden nicht.
Die Menschen kamen aus weit entfernten Gegenden der Region, folgten den breiten, gepflasterten Straßen der Herrscher zum Ort der Mitte, zollten den Göttern Tribut und nahmen an den heiligen Ritualen teil. Die gewaltige Ebene zwischen den beiden Steilabbrüchen war von Familien an Lagerfeuern bevölkert. Der Platz war tagelang von Ritualen und Tanzen und Singen erfüllt, und die verschiedenen Priesterorden besuchten die Kivas, die Zeremonialbauten, jetzt, da die unterirdischen Räume nicht länger nur Schlafräume, sondern Eingänge zur spirituellen Welt waren.
In der Töpferwerkstatt wurden die neuen, in der Sonne glänzenden Regengefäße auf einer Werkbank aufgereiht. Hoshi'tiwas Gefäß hob sich von den übrigen ab. Ihre Familie fertigte auch die tradi-

tionellen Schwarz-auf-weiß-Töpferwaren, mit denen sie mit anderen Ansiedlungen Handel trieben, während sie für sich selbst die goldenen sowie gelbe und rote Schalen gestalteten. Aber von dem dafür benötigten Ton war nur genug für sie selbst vorhanden. Dies war der Grund dafür, warum man am Ort der Mitte noch nie ein solches Gefäß zu Gesicht bekommen hatte.

Wie würden die Regengott-Priester darauf reagieren?

Hoshi'tiwa betete darum, dass sie ihr Gefäß auswählten. Dann würde ihr Krug draußen auf dem Platz unter dem wolkenlosen Himmel stehen, und die Regengötter könnten nicht widerstehen, zu kommen und einen Blick darauf zu werfen. Die Regengötter hatten Hoshi'tiwas Töpferarbeiten noch nie widerstehen können. Sie würden die Schönheit, die Symmetrie und das Muster des Gefäßes sehen, und der Wunsch, den Krug mit Regen zu füllen, wäre unwiderstehlich. Sie würden in ihrer Freude sintflutartige Regenfälle herabströmen lassen, bis der Wasserlauf, der durch den Canyon rann, anschwoll und sich verbreiterte, bis er über die Ufer trat. Und der Regen würde weiterhin strömen, das Tal erfüllen, die Trockenziegel der kleinen Häuser und dann die Ziegelsteine der Behausungen der Adligen auflösen, die in Reihen terrassenförmig anstiegen, und die Toltekah könnten nichts tun, um sich zu retten.

Derart waren Hoshi'tiwas Gedanken, als Moquihix in seinem scharlachroten Umhang und der glänzend grünen Tunika eintraf, von den blau bemalten, blau gewandeten Priestern von Tlaloc begleitet. Die Töpferinnen verfielen in respektvolles Schweigen, durften jedoch an diesem besonderen Tag stehen bleiben. Sogar Tupa, die selten still war, schwieg, während der hohe Beamte und die heiligen Männer die Regengefäße gründlich inspizierten. Ihre Mienen waren unlesbar, während sie die Reihe frisch gebrannter Keramiken abschritten, aber als sie zum Ende gelangten, blieben die drei Männer stehen und runzelten verwundert die Stirn.

Sie betrachteten das goldene Gefäß.

Hoshi'tiwa erstarrte, und ihr Herz raste. Sie neigte nicht den Kopf, wie ihre Schwestern es getan hatten, sondern hielt ihn hoch erhoben, den Blick auf Moquihix gerichtet. Als sie kaum wahrnehmbare Bewunderung in seinen Augen aufflackern sah, wollte sie triumphierend aufschreien.

Als Tupa an Moquihix' Gesicht erkannte, dass er beeindruckt war, prahlte sie. »Ich habe den Ton selbst gefunden, Herr, ich erkannte die Farbe des Sonnenlichts in seinem einfachen Grau.«
Hoshi'tiwa biss sich auf die Lippen. Wenn er wüsste, dass es *ihr* Gefäß war – würde er es dann vielleicht aus Boshaftigkeit zerstören, nur um seine Macht über sie zu demonstrieren?
Moquihix fixierte Tupa mit scharfem Blick. »Du hast dieses Gefäß selbst gestaltet?«
Sie hob das Kinn an. »Nun ja, nicht ganz. Ich habe immerhin zu viel zu tun. Ich hätte die Aufgabe einer meiner Töpferinnen zuweisen können, aber Ihr sagtet, das neue Mädchen sollte eine Chance bekommen, sodass ich ihr die Aufgabe übertrug, mit dem neuen Ton zu arbeiten.«
Hoshi'tiwas Herz raste. Sie spürte, wie sich ihre Wangen röteten. Moquihix hatte seine Bewunderung für das Gefäß bereits verraten – und nun wusste er, dass es ihres war! Was würde er als Nächstes tun? Würde der Stolz ihn dazu veranlassen, es unter seinen Füßen zu zermalmen, oder würde die Treue zu seinem Herrscher und das Bedürfnis nach Regen ihn dazu bringen, seinen bitteren Stolz hinunterzuschlucken und ihr Gefäß für den Platz auszuwählen?
Er beriet sich mit den beiden Priestern, und als offensichtlich wurde, dass sie ebenfalls von dem goldenen Krug beeindruckt waren, fügte Tupa eifrig hinzu: »Ich kann viele weitere Gefäße wie dieses gestalten, Herr.«
Moquihix runzelte die Stirn. »Es gibt nur dieses eine?«
»Das neue Mädchen arbeitet langsam, Herr. Meine Gilde stellt jeden Tag zahlreiche Gefäße und Figurinen her, die auf dem Marktplatz gegen Salz und andere benötigte Güter eingetauscht werden – für die Priester und ihr geweihtes Heiligtum. Aber dieses träge Wesen nimmt sich Zeit. Sie *träumt* über dem Gefäß. Sie schläft bei der Arbeit.«
Moquihix bedeutete einem Regengott-Priester, ihm den Krug zu reichen, und als dieser ihn hochhob, zerbrach er in seinen Händen.
Stille senkte sich über die Werkstatt, während alle entsetzt auf die beiden gleichen Hälften des Gefäßes starrten, in jeder Hand des Priesters eine. Es war ein großes Unglück, wenn ein neues Gefäß zerbrach, besonders eines, das den Göttern geweiht werden sollte.

Hoshi'tiwa war ebenfalls entsetzt, erholte sich aber rasch, weil sie im nächsten Moment erkannte, was sie getan hatte.

Sie hatte sich der Gestaltung des Kruges mit den falschen Empfindungen im Herzen angenähert – selbstsüchtige Gefühle, die von Zorn und Rachedurst gespeist waren. Anstatt ihre Gedanken gottgefällig und rein zu erhalten, nur an das Wohlergehen der Menschen zu denken, hatte sie ihre heilige Aufgabe entweiht, indem sie sich Phantasien von Tod und Zerstörung hingab. Darum war das Gefäß zerbrochen. Hoshi'tiwa schämte sich jäh und wurde von Reue erfüllt.

Vielleicht war sie doch *makai-yó*.

Als ein Schatten den Eingang verdunkelte, sanken die Töpferinnen augenblicklich auf die Knie und pressten die Stirn auf den Boden. Dieses Mal schloss sich Hoshi'tiwa ihnen an.

Fürst Jakál saß auf einem kleinen Tragestuhl, auf den Schultern von sechs Sklaven getragen. Er war prächtiger gekleidet als Moquihix und die Priester, seine Knöchel und Handgelenke mit Goldbändern geschmückt, das lange Haar von Perlen aus Silber und Himmelsstein durchwoben. Er trug einen Fächer aus grünen und blauen Federn bei sich, hinter dem er sein Gesicht verbarg, als er von dem Tragestuhl herabstieg. Seine prächtigen Sandalen, die mit eingelassenen Himmelssteinen und Silber geschmückt waren, berührten den staubigen Boden. Er sagte etwas zu einem der Priester, und der Mann nahm Hoshi'tiwa beim Arm, um sie hochzuziehen. Jakáls dunkle Augen, die über den Fächer spähten, betrachteten sie, seine dichten Augenbrauen stirnrunzelnd zusammengezogen.

Dann legte er den Fächer beiseite, streckte die Hände aus und erteilte den Priestern den barschen Befehl, ihm die beiden Hälften des zerbrochenen Gefäßes zu reichen.

Der Moment schien sich unendlich zu dehnen, während Jakál die beiden Hälften betrachtete, zuerst die rechte, dann die linke, sie im Sonnenlicht wendete, sie dicht an sein Gesicht hielt und die Stücke dann zusammenfügte, sodass sie wieder die nahtlose, goldene Schale bildeten. Er dachte einen langen Moment nach, während dem Hoshi'tiwa glaubte, das Herz würde ihr zerspringen. Solch ein verheerendes Unglückszeichen musste ihren Tod bedeuten. Und sie hatte ihn selbst auf sich herabbeschworen.

Schließlich befahl Fürst Jakál Tupa, sich zu erheben. Er deutete auf das Ritzmesser, das in einer Scheide an ihrem Gürtel hing, und bedeutete einem der Priester, es Moquihix zu reichen. Tupas Gesicht verlor alle Farbe, als der Priester die Obsidianklinge aus der Scheide zog und sie dem hohen Beamten übergab. Dann hielt Moquihix die Klinge ins Sonnenlicht, sodass Fürst Jakál ihre Schneide begutachten konnte.

Er ließ einen Finger über die flache Klinge gleiten und hielt die Fingerspitze dann hoch, damit alle die dünne Schicht hellen orangefarbenen Staubs sehen konnten. Und als er seine Fingerspitze an der zerbrochenen Töpferarbeit abwischte, verschmolz der Staub damit.

Tupa sank augenblicklich auf die Knie. »Ich habe es getan, um die Gilde zu retten, gnädiger Herr! Das Mädchen hat Eifersucht und Rivalität gestiftet. Wir können unsere Arbeit nicht vollenden, wenn –«

Tupas Klinge versank tief in ihrem Hals, und sie war bereits tot, bevor ihr Körper auf dem Boden auftraf.

Moquihix warf das Messer fort und wollte eine andere Frau an Tupas Stelle benennen, als Hoshi'tiwa die Stimme erhob: »Großer Herr, darf ich?«

Die übrigen Frauen keuchten, und Fürst Jakál warf ihr einen scharfen Blick zu. Aber es wurde kein Befehl erteilt, die Unverschämtheit zu bestrafen, sodass Moquihix sie erwartungsvoll, wenn auch missbilligend ansah.

Hoshi'tiwas Mund war trocken, und ihr Herz raste vor Angst. Aber sie musste die Dinge richtig stellen. Auch wenn es Tupas Hand war, welche die Schale zerbrochen hatte, so waren es doch Hoshi'tiwas selbstsüchtige Motive, die zu alledem geführt hatten. Sie wusste jetzt, dass sie die Gefühle der Verärgerung und des Hasses aus ihrem Herzen tilgen und sich der geweihten Aufgabe widmen musste, für die sie geboren wurde: Regen zu bringen.

Sie legte eine Hand auf Yanis Arm und sagte: »Diese Frau verdient die Stellung als Aufseherin der Gilde, großer Herr, denn sie ehrt die Götter und gehorcht den Herrschern, und ihre Töpferwaren sind die schönsten des Ortes der Mitte.«

Moquihix betrachtete sie genau, und Hoshi'tiwa wartete darauf, dass er die neue Demut in ihren Augen bemerken und erkennen würde, dass die unausgesprochene Fehde, die zwischen ihnen bestanden hatte – deren gewiss nur sie sich bewusst war –, beendet war.

Dann schaute er zu Jakál, der zur Antwort leicht nickte.

Hoshi'tiwa war erleichtert. Mit Yani als Aufseherin wäre es leichter, Gefäße zu gestalten, welche die Regengötter zum Ort der Mitte locken würden. Und Hoshi'tiwa – wieder eine neue Hoshi'tiwa, die dritte, seit ihre Welt aus den Fugen geraten war – würde ihr Bestes tun, um dabei zu helfen.

Und dann sagte Fürst Jakál etwas zu Moquihix, der die Priester daraufhin anwies, das Mädchen mitzunehmen. Hoshi'tiwa unterdrückte einen Schreckensschrei. Sie wollten sie zum Blutaltar führen! »Verschont mein Leben, ich flehe euch an, und ich werde euch Regen bringen«, begann sie.

Und Moquihix bellte: »Du sollst nicht getötet werden, dummes Mädchen.« Leise fügte er hinzu: »Noch nicht.«

Als sie sich zum Gehen wandten, hielt Yani Hoshi'tiwa auf, griff in den ledernen Werkzeugbeutel an ihrem Gürtel und nahm den legendären Schleifstein hervor. Sie legte ihn in Hoshi'tiwas Hand und sagte: »Ich habe keine Töchter, sodass der Stein mit mir begraben würde, wenn ich sterbe. Aber du hast gesegnete Hände, Hoshi'tiwa. Dieser Stein, der mein ganzes Leben lang mein guter Freund war, wird bei dir glücklich sein, und gemeinsam werdet ihr dem Ort der Mitte Regen bringen.«

Hoshi'tiwa küsste die ältere Frau auf die Wange und beschwor den Segen der Götter auf sie und die Werkstatt herab. Und als sie sich umwandte, erleichterter und mit sich zufriedener als seit Tagen, sah sie Fürst Jakáls Blick auf sich gerichtet. Er hielt ihre Augen nur einen Moment fest, aber in diesem Moment durchströmte sie ein Schaudern kalter Angst.

Er weiß, dass ich die Lichtung gefunden habe …

10

»Du da, Mädchen!«

Hoshi'tiwa schaute auf. Der oberste Koch stand mit einem Tablett mit dampfendem Gürteltierfleisch da. »Bring das zu den Herrschern.«

Sie schaute sich um, um nachzusehen, mit wem er sprach.

»Beeil dich, bevor es kalt wird!«

Sie erhob sich von ihrer Matte, auf der sie an einem Regengefäß gearbeitet hatte, und sah den Koch an. Der Mann meinte doch gewiss nicht, dass *sie* in die Privatgemächer des Herrschers gehen sollte? Während der zwei Wochen, seit sie bei den Küchenarbeitern lebte, seit dem Tag, an dem Tupa hingerichtet wurde und Yani ihren Platz eingenommen hatte, war Hoshi'tiwa in Ruhe gelassen worden, um sich auf die Gestaltung ihrer Regengefäße zu konzentrieren.

»Bist du taub?«, brüllte er.

Hoshi'tiwa wusste, dass während der Nacht zwei Küchenarbeiter verschwunden waren, sodass das Personal knapp war. Sie nahm das Tablett zaghaft und spähte den Gang hinab, der von der Küche zu den inneren Räumen führte, der Weg von Fackeln beleuchtet.

»Beeil dich!«, sagte der oberste Koch, und Hoshi'tiwa begab sich in den bedrohlichen Gang.

Das Leben im Zentralgebäude unterschied sich vom Leben in der Töpferwerkstatt, die auf der anderen Seite der Südmauer lag, fern vom Herzen des Herrschersitzes. Die Töpfer arbeiteten ganz allein, während dieses Gewirr von Behausungen vor Wächtern, Schreibern, Trägern, Reinigungspersonal und Dienern wimmelte, die kamen und gingen, mit den Werkzeugen ihres Gewerbes und den Umhängen und dem Kopfschmuck ihres Ranges. Als Regent des Ortes der Mitte lebte Fürst Jakál in der größten Behausung im ersten Stock, deren Türen sich auf den großen Platz öffneten. Die übrigen Adligen und hohen Beamten, wie ranghöhere Schreiber, Hohepriester und hohe Astronomen, bewohnten die kleineren, niedriger gelegenen Reihen von Behausungen, die regenbogenähnlich vom Zentralgebäude aus sich auffächerten. Niedriger gestellte Beamte lebten auf der nächstoberen Ebene, und diejenigen Dienstboten, die das Glück hatten, in dem Steinkomplex zu leben, bewohnten die oberste Reihe, die über vier Leitern zu erreichen war. Das gesamte übrige Personal lebte in Außenlagern auf der Ebene, die den Ort der Mitte umgab. Hoshi'tiwa teilte sich mit den Küchenarbeitern ein von einem schmalen Holzdach geschütztes Herdfeuer – unangenehm nahe an den Baracken der Jaguare, dachte sie, auch wenn die Krieger hinter einer hohen Mauer verborgen waren. Sie konnte sie jedoch in ihrem abgegrenzten Bereich hören, während sie ihre kraftvollen Ballspiele spielten oder mit ihren Speeren und Knüppeln übten.

Hoshi'tiwa wurde nicht überwacht, sie wurde nicht einmal beobachtet. Sie konnte ungehindert ihre Keramiken gestalten und ungehindert kommen und gehen. Sie könnte davonlaufen. Sie hatte darüber nachgedacht. Sie könnte mit den vielen Besuchern und Händlern ziehen, die am Ort der Mitte einfach kamen und gingen, und bis ihre Abwesenheit bemerkt würde, wäre sie bereits bei einem anderen Volk, weit entfernt, untergetaucht, bei Menschen, die nicht wussten, dass sie *makai-yó* war.

Aber Yani hatte ihr den Schleifstein geschenkt, und Hoshi'tiwa hatte Yani versprochen, dem Ort der Mitte Regen zu bringen.

Die Sommersonnenwende war ohne das kleinste Anzeichen von Regen gekommen und wieder vergangen. Aber niemand warf dies den Töpferinnen oder Hoshi'tiwa vor, denn das zerbrochene Gefäß war der entweihenden Handlung einer Frau zuzuschreiben, die für ihr Verbrechen hingerichtet worden war. Nun betete das Volk um Regen bei der nächsten Sonnenwende.

Ein weiteres Dienstmädchen mit einem Wasserkrug ging vor Hoshi'tiwa den Gang hinunter. Das Mädchen ging schnell, und Hoshi'tiwa musste fast laufen, um Schritt zu halten, während der Duft des Gürteltierfleischs ihre Nase erfüllte und ihr den Mund wässerig machte. Sie hatte nur selten Fleisch zu essen bekommen, und wenn, dann waren es wenige Bissen Kaninchen- oder Vogelfleisch. Sie hatte das Gefühl, diese Platte vertilgen und sauber lecken zu können.

Aber den Herrschern Essen zu stehlen, wurde mit dem Tode bestraft.

Hoshi'tiwa hatte Fürst Jakál fast jeden Tag gesehen, seit sie in die Küche gebracht worden war und Moquihix den obersten Koch angewiesen hatte, ihr Raum für ihre Töpferarbeit zu lassen und ihr neben den großen, wie Bienenkörbe geformten Öfen der Küche einen Brennofen zu bauen. Fürst Jakál kam täglich hier vorbei, weil es zu seinen Verwaltungsaufgaben gehörte, in Fällen Recht zu sprechen, die mit Streit zwischen Parteien oder mit Verstößen gegen ein Sakrileg oder mit Blasphemie zu tun hatten.

Jeden Nachmittag trat Fürst Jakál auf den Platz hinaus. Seine Leute stellten einen Thron auf und legten einen Teppich aus, und die Menschen, die dem Herrscher einen Fall vorzutragen hatten, reihten sich auf. Hier sprach Jakál Recht, sammelte Steuern ein, führte Zählungen durch und beschwor die Gesetze und die Götter. Jakáls Gerechtigkeit erfolgte rasch und grausam. Wenn er einen Menschen für schuldig befand, wurde die Bestrafung sofort ausgeführt. Am Tag zuvor war ein Bauer, der angeklagt war, während eines religiösen Rituals uriniert zu haben, des Sakrilegs schuldig befunden worden. Auf ein Zeichen von Fürst Jakál trat ein Jaguar-Krieger vor und schlug dem Mann mit einem Streich seines Schwertes den Kopf ab. Als die Angelegenheiten des Tages beendet waren und sich die Menge zerstreute, durfte die Familie des hingerichteten Mannes den Leichnam aufnehmen und fortbringen.

Aber die Menschen wandten sich nicht nur wegen der Aufrechterhaltung der Gesetze und zur Beschwichtigung der Götter an Jakál. Die Menschen mussten in diesen unsicheren Zeiten auch selbst beruhigt werden. Als die Nachricht am Ort der Mitte die Runde machte, dass ein Bauer auf seinem Feld eine zweiköpfige Schlange gefunden habe, breitete sich rasch Panik aus. Der Mann wurde aufgefordert, Moquihix die Kreatur auszuhändigen, der sich dann mit den Hohepriestern und Fürst Jakál in die inneren Räume zurückzog. Alles kam zum Stillstand, während sich die Herrscher berieten. Sogar die Arbeiten in der Töpferei wurden eingestellt. Stille senkte sich über die Schlucht, während die Menschen nervös auf ein Urteil über die Schlange warteten: War sie ein gutes oder ein schlechtes Omen?

Schließlich betrat Fürst Jakál den Platz, und alle sanken auf die Knie und pressten die Stirn auf den Boden. Es war Moquihix, dessen Stimme über die Steinmauern, über die Unterkünfte der Jaguare, zu den fernen Klippen auf der anderen Seite der Schlucht hallte:

Die zweiköpfige Schlange war ein gutes Omen. Die Menschen jubelten und kehrten sehr erleichtert zu ihren Tätigkeiten zurück.
Aber Hoshi'tiwa kümmerte es nicht, was auf dem geschäftigen Platz vor sich ging, denn auf ihr lastete der Druck, vor der Wintersonnenwende nicht weniger als zwölf Regengefäße zu fertigen. Dabei bekäme sie keine zweite Chance – wenn sie keinen Regen brachte, würde sie auf dem Blutaltar geopfert.
Sie und das Dienstmädchen kamen an vielen mit gewebten Teppichen verhängten Eingängen vorüber. Hoshi'tiwa wusste nicht, was sich jeweils dahinter befand. Der Gang schien ewig weiter zu verlaufen, und sie stellte sich vor, dass sie sich in diesem Gewirr verirrten. Schließlich blieb das Mädchen mit dem Krug stehen, zog einen hellrot-gelben Teppich beiseite und betrat den von Fackeln erleuchteten Raum.
Moquihix und Fürst Jakál lehnten auf einem gewebten Teppich, auf einen Arm aufgestützt, während sie *Patolli* spielten, ein Spiel, das die Toltekah aus dem Süden mitgebracht hatten und das so beliebt war, dass das Rollen von Bohnen und die Schreie der Gewinner und Verlierer überall im Ort der Mitte zu hören waren. Auch Hoshi'tiwas Vater und Onkel und Cousins waren leidenschaftliche Spieler, welche die farbigen Kieselsteine in freundlichem, aber hitzigem Wettbewerb bewegten. Da viele Männer nur selten ohne ihre *Patolli*-Matte nach draußen gingen, konnte jederzeit überall ein Spiel beginnen, so besessen waren die Menschen davon.
Während Hoshi'tiwa das Tablett zwischen die Schüsseln mit stacheligen Birnen, Bohnen und Kürbis, Tortillas und große Krüge *Nequhtli* stellte, zuckte ihr Blick durch den Raum und bemerkte die lodernden Fackeln, die Teppiche an den Wänden, die in Gefäßen stehenden Blumen und die beiden Männer, die lachten, während sie Bohnen rollten und farbige Steine bewegten wie zwei Freunde. Sogar Moquihix lächelte – Hoshi'tiwa hatte nicht geglaubt, dass er dazu in der Lage wäre. Sie waren in reich gefärbte Baumwolltuniken und -umhänge gekleidet, das Haar zum Schopf der Adligen hochgebunden. Hoshi'tiwa fragte sich, wo die wunderschönen, jungen Frauen waren, die sie auf der geheimen Lichtung gesehen hatte.
Als sie sich von ihrer Aufgabe wieder aufrichtete, schaute Moquihix auf, und was sie in seinen Augen sah, bestürzte sie. Älter als Fürst

Jakál, mit tief in sein Gesicht eingegrabenen Furchen und Grau in seinem langen Haar, trug Moquihix zu seinen besten Zeiten eine düstere Miene zur Schau. Aber in diesem Moment, als seine scharfen Augen Hoshi'tiwa durchbohrten, spürte sie, wie etwas Kaltes und Gefährliches sie durchströmte.

Sie erkannte, dass es Moquihix missfiel, sie im Hauptkomplex zu wissen. Sie sah es jedes Mal in seinen Augen, wenn er sie ansah. *Er denkt, ich hätte mit Tupa getötet werden sollen. Er denkt, ich bringe Unglück.* Moquihix ängstigte sie. Er war derjenige, der rasch und schweigend den Dolch in Tupas Hals gesenkt hatte. Moquihix war wie eine giftige Schlange, zusammengerollt und wachsam, von der man nie wusste, wann sie angreifen würde.

11

Hoshi'tiwa hatte noch nie in ihrem Leben so viel gebetet wie jetzt, obwohl das Leben des Sonnenvolkes um Gebete und heilige Rituale kreiste. Sie betete vor dem Schlafengehen, wenn sie erwachte, und bei der Arbeit, betete darum, dass die Götter ihre Regengefäße begünstigen und dem Ort der Mitte Leben spendende Wolken bringen möchten. Ihre Phantasien kreisten nicht mehr um eine katastrophale Überschwemmung, welche die Hochherren töten sollte. Sie hasste Moquihix nicht mehr dafür, dass er sie als *makai-yó* erklärt hatte, denn es lag ihr im Blut, ihr Schicksal anzunehmen und Frieden mit der Welt um sich herum zu schließen. Und inzwischen war ihr das neue Leben im Ort der Mitte vertraut, und sie hatte gelernt, dass auch die Herrscher nicht nur blutrünstig und grausam waren. Sie hatte den Fürsten Jakál gesehen.

In dieser Zeit dachte sie oft an Ahoté und an ihre Familie, und sie betete darum, dass sie die schreckliche Scham, eine Ausgestoßene in ihrer Ansiedlung zu haben, überwunden hatten und das Glück ihnen wieder lächelte. Sie war so sehr in das Gebet für ihren Stamm vertieft, dass sie zunächst die wohlgeformten Beine nicht bemerkte, die vor ihr zum Stillstand kamen, den reich bestickten Saum eines

Baumwollumhangs nicht bemerkte, der so dünn wie ein Spinnweb gewebt war.
Sie saß im Sommersonnenschein im Schneidersitz auf ihrer Matte und atmete den köstlichen Duft der wuchtigen Außenöfen ein, umgeben von mit Mais gefüllten Vorratsbehältern sowie großen Strängen Zwiebeln und Pfeffer, die von der Decke hingen. Die Küchenarbeiter waren mit ihren Aufgaben beschäftigt, ignorierten die Töpferin unter ihnen – Frauen mahlten Mais, walzten Tortillas aus, häuteten Kaninchen und rührten in Töpfen mit brodelndem Eintopf.
Hoshi'tiwas Arbeiten befanden sich in verschiedenen Stadien der Vollendung, von Klumpen reinen Tons, die in der Sonne trockneten, bis zu fertig gestalteten Gefäßen, die zum Brennen bereit waren. Während sie Schlangen zwischen ihren nassen Händen rollte, merkte sie schließlich, dass ein Schatten das Sonnenlicht verdeckte. Sie sah blinzelnd zu dem vor dem Himmel erscheinenden Mann hoch.
Die Küchenarbeiter schrien auf, sanken augenblicklich auf die Knie und pressten die Stirn auf den Boden. Aber Hoshi'tiwa regte sich nicht, während Fürst Jakál sie mit seinen durchdringenden Augen fixierte. »Wo findest du diesen Ton?«, fragte er ungeduldig und tippte mit einer Ledersandale an den mit Ton gefüllten Korb. Hoshi'tiwa, die ihr ganzes Leben lang barfuß gelaufen war, betrachtete die prächtige Sandale, die mit Himmelsstein verziert war.
»Ich habe dich gefragt, wo du diesen Ton findest.«
Ihr Herz setzte einen Schlag lang aus. Wusste er, dass sie ihn in dem geheimen Garten beobachtet hatte? Wusste er, dass sie erneut versucht hatte, ihn zu beobachten, als sie unter dem Vorwand, weiteren Ton sammeln zu wollen, in Wahrheit aber in der Hoffnung, ihn erneut zu sehen, zum Ende des Pfades zurückgegangen war? Wusste er, dass sie nun zu viel Ton hatte, dass das, was er betrachtete, weitaus mehr war, als sie brauchte, weil sie so viele Male in der Hoffnung zu der Lichtung geschlichen war, ihn wiederzusehen, auch wenn ihr klar war, dass sie ein Tabu brach und dass es ihren augenblicklichen Tod bedeuten würde, wenn man sie entdeckte?
»Eine Töpferin offenbart die Quelle ihres Tons niemals«, antworte-

te sie, fand den Mut, dies dem Herrn zu sagen, weil es die Wahrheit war und er es wissen würde.

Sein Blick zuckte. Er sah mit undurchdringlicher Miene auf sie herab, und Hoshi'tiwa spürte, wie die Küche, die Arbeiter, der Ort der Mitte und die ganze Welt verblassten, als existierten sie nicht. Sie wusste, dass sie dem Blick des Herrschers nicht begegnen durfte, und doch konnte sie nicht anders. Wie unter einem Bann sah sie auf, und für einen Moment, nicht länger als ein Herzschlag, erkannte sie eine Frage in seinen Augen.

Und dann kehrten die Welt, die Küche und ihre Arbeiter und der Lärm des Ortes der Mitte zurück, und innerhalb des nächsten Herzschlags wandte sich Fürst Jakál ohne ein weiteres Wort um und ging davon, sein Gefolge hinter sich. Das Küchenpersonal, das sich von den Knien erhob, sah zuerst Hoshi'tiwa und dann einander mit seltsamem Gesichtsausdruck an.

12

Die Lichtung brachte keine Freude mehr. Die wunderschönen Frauen, die bunten Vögel, die süßen Früchte, die duftenden Blumen – alles war wie Staub.

Jakál verstand nicht, warum er sich auf einmal so einsam fühlte. Er war von Dienern, Regierungsbeamten und Moquihix und seinen Jaguaren umgeben. Er war niemals allein. Wie konnte er sich also einsam fühlen? Und die wunderschönen Dienerinnen, die den Göttern dienten – Jakál konnte sich mit ihnen vergnügen, wann immer er es wünschte, und er tat dies auch hin und wieder, aber es erschien ihm zunehmend als ein leeres Vergnügen. Eine physische Beziehung ohne Freude, die sein Gefühl der Einsamkeit nur noch verstärkte.

Verdrießlich stocherte er auf den Tabletts mit Nüssen und Beeren herum, während die Dienerinnen lachten und sangen und ihre Musikinstrumente spielten. In Jakál stieg die melancholische Erinnerung an seine Mutter auf, damals, als er in Tola noch ein Junge war: eine Frau, die so schön und fern und unberührbar war wie eine Göttin. Seine deutlichste Erinnerung war die, ihre parfümierte Wange geküsst zu haben und mit Lachen belohnt worden zu sein. Er betrachtete sie, wenn sie mit ihrem Gefolge durch den Palast schritt, eine Palette von Farben, ein Chor hoher, weiblicher Stimmen. Als er alt genug war, solche Angelegenheiten zu verstehen, begriff er, was sie gemeint hatte, als er sie zu seinem Vater sagen hörte: »Mein Dienst an Euch ist beendet, großer Herr. Ich habe Euch vier Söhne geschenkt.« Daher wusste Jakál, dass er das Ergebnis »eines Dienstes« war und nicht mehr. Er nahm es hin als eine Tatsache, wie die Welt beschaffen war. Aber es war eine traurige Tatsache, dachte er, und manchmal fragte er sich, ob er seine eigenen Kinder ebenso behandeln würde, sollte er jemals welche zeugen.

Er hatte nie die Milch seiner Mutter geschmeckt, war aber, wie alle Prinzchen, von einer Amme gestillt worden. Während er daran dachte, schaute er zu den Menschen auf dem Platz hinaus und bemerkte, wie sehr sie Tieren ähnelten, wie sie ihre Jungen auf dem Rücken trugen, mit ihren Kindern spielten, Liebe und Sorge ausdrückten. Wie die Bauern damals in seinem Heimatort Tola, die den Marktplatz mit ihrem Lärm und ihrer rauen Art bevölkerten, Frauen mit Babys an der Brust, Männer mit Jungen auf den Schultern – in der Art, in der Affen mit ihren Jungen umgingen, oder Jaguare oder Papageien. Tiere.

Wir Adligen stehen über ihnen, sagte er sich stets und versank dann in noch tiefere Melancholie.

Und nun war da dieses Mädchen, das sich immer wieder in seine Gedanken drängte. Hoshi'tiwa, deren Hände die wunderschönsten Töpferarbeiten hervorbrachten, die er je gesehen hatte. Und wenn sie ihn ansah, lag keine Scheu in ihrem Blick. Ihr Gesicht war wie der Mond, dachte er. Rund und makellos, bis auf die drei Linien auf ihrer Stirn. Vom Schildkrötenstamm, hatte man ihm gesagt. Wenn er auf dem Platz auf seinem Thron saß, um sich Beschwerden anzuhören und Gerechtigkeit walten zu lassen, suchte er in der Menge nach ihr, und dann sah er sie mit ihren Freunden und beobachtete, wie sie lachte, wie sie die Hüften schwang, ihre *Freiheit*. Er erkannte, dass er Details über ihr einfaches Leben wissen wollte. Wie konnten Menschen in solcher Einfachheit glücklich sein? Während er, der alles hatte, unglücklich war.

Er schaute in den blauen, wolkenlosen Himmel hinauf. Bin ich der Grund dafür, dass der Regen fern bleibt? Gewährsleute hatten ihm berichtet, dass die Bauern unglücklich waren. Sie machten die Toltekah für die Dürre verantwortlich. Die Jaguare – eine Kaste von Edelleuten, die sich aus den Söhnen reicher Aristokraten zusammesetzte – wurden unruhig. Wenn die höchstrangigen Jaguare mit ihm im Ratsraum saßen, nahmen sie, was ihre Besorgnisse anging, kein Blatt vor den Mund. »Blut muss vergossen werden, um die Götter zu besänftigen«, erklärten sie. Ihre Arme und Beine waren mit ihrem eigenen frischen Blut beschmiert, da sie sich in einer rituellen Handlung mit Agavendornen gestochen hatten. Jakál selbst trug ebenfalls Narben von diesem Dornenritual und scheute nicht vor dem jährlichen Durchstechen seiner Zunge zurück, ein von den Göttern geforderter Aderlass, bei dem eine Agavenfaser durch das Fleisch seiner Zunge gezogen wurde, über die gesamte Länge, bis der Schmerz fast unerträglich wurde.

So viel vergossenes Blut, und doch regnete es nicht.

Als die Händler auf dem Marktplatz daher von einem Mädchen sprachen, dessen Name Regenbringerin war, hatte er nach ihr geschickt. Jakál erwartete von ihr, dass sie Regen zum Ort der Mitte lockte. Was er *nicht* erwartet hatte, war ihr unerklärliches Eindringen in seine täglichen Gedanken.

Er wusste, warum. In der letzten Dämmerung der Acht Tage, als er nackt und demütig vor dem Horizont gestanden hatte, das erste Zeichen seines Gottes erwartend, war das Mädchen dort gewesen, hatte ihn beobachtet. Noch nie zuvor war dieses Tabu gebrochen worden, nicht solange Jakál lebte, noch, soweit er wusste, solange sein Volk lebte. Es hatte ihn so verblüfft, sie dort stehen zu sehen, dass er nicht gewusst hatte, was er tun sollte. Ihr glattes, rundes Gesicht von der fahlen Dämmerung beleuchtet, der Blick aus ihren blattförmigen Augen – Jakál hatte gespürt, wie eine seltsame Vorahnung seine kalte Haut überlief. Und zu seiner Überraschung hatte er gedacht: Es soll so sein.

Aber was? Diesen Teil des Geheimnisses kannte er nicht. Das Mädchen war nicht augenblicklich vom aufsteigenden Gott niedergeschlagen worden, wie es hätte sein sollen. Stattdessen hatte Quetzalcoatl ihr gestattet, einer verbotenen, tabuisierten Szene

beizuwohnen und zu überleben. War das, weil sie zum Ort der Mitte gebracht worden war, um Regen heraufzubeschwören?
Oder war sie aus einem anderen Grund hier?
Wie auch immer die Antwort lautete, gefiel Fürst Jakál dies Eindringen in seine persönlichen Gedanken nicht. Sie schwächte ihn. Er beschloss, dass mit dem Mädchen etwas geschehen musste – Regen hin oder her.

13

»Stimmt es, dass der Dunkle Herrscher mit dir gesprochen hat?«
Hoshi'tiwa und Yani gingen über den Marktplatz und hielten hin und wieder inne, um Waren zu begutachten, die sie sich niemals würden leisten können: gemustertes Baumwolltuch, Ledersandalen, Jadeperlen, Himmelssteinschmuck und etwas, was Hoshi'tiwa faszinierte, weil sie es noch nie zuvor gesehen hatte: Meermuscheln. Sie und Yani konnten nur schauen und staunen und schließlich ihre Töpferwaren gegen praktische Weidenkörbe, Salz und aus Yuccafasern gewebte Kleidung eintauschen.
Sie blieben vor einem der vielen Himmelsstein-Verkäufer stehen. Der Edelstein wurde so genannt, weil er die Farbe des Himmels hatte. Aber er erschien in mehr Farben als nur Blau, denn Himmelssteine konnten von tiefblau über blaugrün bis grün gefärbt sein, manchmal von Kupferfarben durchzogen. Die kostbarste Farbe war jedoch das makellose Blau des Rotkehlcheneies. Himmelsstein war so kostbar, weil er schwer zu fördern war. Sklaven mussten Tunnel in die Erde hinabgraben, und es hieß, einige der Minen hätten die Tiefe von dreißig Kopf an Fuß liegenden Männern. Nicht einmal Schlangen und Präriehunde gruben sich so tief in die Erde. Wie weit konnte ein Mensch graben, bevor er in die schwarze und beängstigende Dritte Welt zurückfiel? Und Minenarbeiter führten ein kurzes, hartes Leben; sie trugen Werkzeuge und Ledereimer für die Steine auf dem Rücken, während sie auf eingekerbten Leiterstämmen in die Schächte hinein- und wieder herausstiegen.

Der Himmelsstein war von den Toltekah im Süden jahrelang sehr begehrt gewesen – das war es, was sie zunächst hierher geführt hatte –, wobei die Minen im Norden und Osten den Bedarf kaum decken konnten. Aber es gab Gerüchte, dass das Reich der Toltekah nicht mehr existierte, weil seit über einem Jahr keine Karawanen mehr aus der Stadt Tola gekommen waren. Daher war der Himmelsstein nicht mehr in Umlauf, sondern verblieb am Ort der Mitte, wodurch sein Wert fiel, was die Balance anderer Handelsbereiche, wie Mais und Webdecken, aus dem Gleichgewicht brachte.

Hoshi'tiwa sah ihre Freundin an. Die ältere Frau wirkte in der Sonne wohl und kraftvoll, seit ihre Peinigerin Tupa getötet worden war. Der Zwischenfall mit Fürst Jakál im Küchenhof hatte erst vor drei Tagen stattgefunden, und es sprachen bereits alle darüber. Klatsch war der beliebteste Zeitvertreib des Sonnenvolkes. Selbst in ihrer eigenen Ansiedlung bestand die erste Regel des Geschäfts, wenn Händler oder Besucher kamen, darin, sich ans Herdfeuer zu setzen, *Nequhtli* zu trinken und Neuigkeiten und Geschichten über andere Völker auszutauschen.

»Er hat nach dem Ton gefragt«, sagte Hoshi'tiwa, während sie eine Auslage kleiner, runder Glocken aus einem Kupfer genannten Metall bewunderte. Auch diese waren für sie unerschwinglich.

Yani blieb stehen und sah ihre junge Freundin an. »Der Dunkle Herrscher hat *gefragt?*«, flüsterte sie. »Kind, Dunkle Herrscher fragen niemals.«

Sie gingen weiter und kamen zu einem Händler, der Honig verkaufte. Hoshi'tiwa hatte erst ein Mal Honig probiert, vor langer Zeit, als ein Onkel auf einen Bienenstock getroffen war und ihn mit nach Hause gebracht hatte – woraufhin er Tage später an den Myriaden von Bienenstichen starb, die seinen Körper bedeckten. Da Honig sich nur in der Wildnis fand, weshalb er nur selten und unter Gefahren zu ernten war, nahm der Händler im Austausch bestimmt nur Gold oder Silber an.

Der Marktplatz war bevölkert. Menschen waren von nah und fern gekommen, um Waren zu verkaufen, Freunde zu treffen, zu klatschen und *Patolli* zu spielen. Ältliche Großväter saßen in der Sonne und unterhielten Kinder mit Geschichten. Mütter mit auf den Rücken gebundenen Babys feilschten mit Händlern. Oberflächlich ein normaler Markttag, und doch spürten alle die nervöse Unterströmung. Die Hitze des Sommers lastete auf ihnen, der Mais blühte auf den Feldern, und aller Augen suchten nach Anzeichen von Spätsommerregen. Aber keine Wolke trübte den Himmel.

Die Omen waren überall.

Menschen verschwanden auf mysteriöse Weise. Grüne Feder war während der Nacht verschwunden, und ihre Töpferschwestern erklärten, die Jaguare hätten sie entführt. Wurden Menschen aufgeschnitten und als Menschenmais gegessen, fragten sich alle insgeheim? Obwohl Yani darauf beharrte, Grüne Feder sei lediglich in ihre Heimat im Westen zurückgekehrt, hegte auch sie Ängste. Um den Schwund der Bevölkerung auszugleichen, waren die Jaguare erneut zu den entlegenen Ansiedlungen gezogen und hatten Menschen herangebracht, wie sie es schon im Frühjahr getan hatten, als auch Hoshi'tiwa Teil der menschlichen Ernte war. Aber dieses Mal war die Anzahl geringer, und viele waren unterwegs gestorben. Die Töpfergilde hatte jetzt weniger Töpferinnen als je zuvor.

Es gab noch weitere Zeichen, von den Toltekah selbst. Jedermann wusste, wie sehr die Herrscher auf Läufer aus dem Süden warteten, Männer, die Nachrichten aus ihren mehrere Monate entfernt liegenden Städten in jenem Land brachten, das Hoshi'tiwa sich nicht einmal vorstellen konnte und von dem die Diener der Toltekah erzählten, dass es voller Bäume und Blumen und Kletterpflanzen und Flüsse und Seen und wild lebender Tiere sei. Sie hatte erfahren, dass, als die Herrscher einst zum Ort der Mitte kamen, hier in diesem Canyon noch Regen fiel, vor Generationen, dass Bäume in Hülle und Fülle wuchsen, es reichlich wild lebende Tiere gab und sie sich daher ansiedelten und über das Sonnenvolk herrschten. Aber der Regen war nun seit zwei Generationen fern geblieben, und man befürchtete, er würde niemals wieder zurückkehren. Die Menschen murrten, ob dies vielleicht ein Zeichen sei, dass die Herrscher in ihr eigenes Land im Süden zurückkehren sollten. Fürst Jakál und seine hohen Beamten hielten ständig nach Läufern aus dem Süden Ausschau, die Neuigkeiten aus Tola brächten, denn die Gerüchte über den Kampf um die Stadt und das Reich nahmen zu. Es wurde sogar geflüstert, dass einige Leute aus Fürst Jakáls Stab im Schutze der

Nacht davongelaufen seien, um zu der belagerten Stadt der Pyramiden und zu ihren Familien zu gelangen.

Als sie vor einem Händler stehen blieben, der Medizinbeutel und Knochenohrringe verkaufte, sagte Yani in ruhigem Tonfall: »Sage mir, Kind, stimmt es, dass die Herrscher Truthähne essen?«

Hoshi'tiwa wollte ihre Freundin nicht beunruhigen, aber sie musste bestätigen, dass dem so war.

Yani stieß einen angewiderten Laut aus. Truthähne waren kostbare Wesen, die wegen ihrer Eier und Federn gehalten wurden. Das Sonnenvolk aß seine Truthähne nur, wenn verzweifelte Zeiten herrschten, denn wenn ein Truthahn erst gegessen war, konnte er die Eier und Federn nicht mehr liefern, die das Volk so liebte.

Also waren überall Zeichen dafür erkennbar, dass die Götter den Ort der Mitte verließen.

Sie hörten Trompetenklang, was bedeutete, dass Fürst Jakál den Platz betrat. Die gesamte Bevölkerung sank wie ein Mann auf die Knie, die Stirn auf die heiße Erde gepresst. Ein weiteres Signal erklang, und die Menschen erhoben sich wieder, um der Verhandlung zuzuhören, die Blicke zu Boden gerichtet, während Jaguare auf jegliche Übertretung des Gesetzes achteten, dass man einen Herrscher nicht direkt ansehen durfte. Hoshi'tiwa, die an die früheren Enthauptungen und die an der Nordmauer verrottenden Leichname dachte, fragte sich, welch schreckliches Schicksal die Menschen ereilen würde, die an diesem heißen Nachmittag vor Fürst Jakál gebracht wurden.

Moquihix forderte Stille, und ein Schreiber las laut von einem mit Symbolen bedeckten Papier aus Rinde vor, informierte die Bevölkerung über die Angelegenheit, die zwei Männer vor den Herrscher führte. Ein Bauer hatte seinen Nachbarn beschuldigt, seinen wertvollen Hund getötet zu haben. Hunde waren kostbar, da sie für die Jagd benutzt wurden, bei irgendwelcher Gefahr anschlugen, die Familie beschützten und auch als Nahrung dienten. Die beiden Männer wurden vor Jakál geführt, und der geschädigte Bauer sagte mit gesenktem Blick: »Großer Herr, der Hund, den dieser Mann getötet hat, war ein junges Weibchen im besten Alter. Gesund und fett und fähig, viele Junge zu bekommen. Dieser Mann schuldet mir fünf Federdecken, denn das war der Hund wert.«

Der Nachbar sagte: »Großer Herr, ich gestehe, den Hund dieses Mannes getötet zu haben. Es war ein Unfall. Aber der Hund war nicht jung oder fett, wie er sagt, sondern alt und mager und ohnehin dem Tode nahe. Er war nicht einmal eine Federdecke wert, geschweige denn fünf.«
Beide Männer benannten Zeugen, die ihre Aussagen bestätigten. Der geschädigte Bauer brachte drei Freunde mit, die sagten, der Beschuldigte müsse in der Tat fünf Federdecken bezahlen. Aber der Angeklagte brachte ebenfalls drei Freunde mit, die sagten, er schulde überhaupt keine Decken. Sie begannen, einander zu beschimpfen und ballten die Hände zu Fäusten. Während Hoshi'tiwa zusah, spürte sie, wie die Anspannung in der Menge wuchs, und erkannte, dass die Männer kurz davor waren, sich zu prügeln. Die Jaguare sahen am Rande des Platzes zu und warteten mit ihren Knüppeln.
»Wo ist der Leichnam des Hundes jetzt?«, fragte Jakál und blickte die Männer aufmerksam an.
Der Bauer sagte: »Da er bereits tot war, gnädiger Herr, konnten wir ihn nicht verderben lassen und aßen ihn.«
Wie es aussah, stand das Wort des einen Mannes gegen das des anderen, und während die Menge in lautlosem Schweigen abwartete, verfiel Jakál in Gedanken, ging mit sich zu Rate. Bald darauf fragte er den Bauern: »Hast du die Zähne und die Knochen aufbewahrt?«
»Ja, gnädiger Herr«, sagte der Mann, denn Hundeknochen ergaben wertvolle Werkzeuge und die Zähne hübsche Halsketten.
Jakál sagte: »Jedermann weiß, das die Zähne eines jungen Hundes weiß und stark sind, während die Zähne eines alten Hundes gelb und schwach sind. Bring mir die Zähne des Hundes. Wenn sie weiß sind, schuldet dieser Mann seinem Nachbarn fünf Federdecken. Wenn sie gelb sind, ist diese Angelegenheit erledigt.«
»So ist es gut«, stimmte der Bauer zu und wandte sich zum Gehen.
Aber der andere Mann sagte: »Großer Herr, Ihr braucht nicht nach den Zähnen zu schicken. Ich werde die fünf Federdecken bezahlen.«
Vier weitere Streitigkeiten wurden vor den Herrscher gebracht,

und als in allen Fällen Recht gesprochen war, wurde Fürst Jakál zu seinen Räumen zurückgeleitet. Die Menge zerstreute sich, und die Menschen kehrten zu ihren Tätigkeiten zurück, aber Hoshi'tiwa blieb, wo sie war. Fast gegen ihren Willen konnte sie die Augen nicht von ihm abwenden. Sie beobachtete jede Bewegung von Jakál, und als er im Eingang innehielt, um auf den von der Sonne beleuchteten Platz zurückzublicken, bemerkte Hoshi'tiwa einen neuen Ausdruck in seinen Augen. Niemand sonst schien es zu bemerken, aber der Gedanke durchfuhr sie wie ein Blitz: Fürst Jakál war, trotz all seiner großartigen Macht und seines Reichtums ein einsamer Mann.

14

Der Spätsommer kam herauf, und das Volk hielt besorgt nach Regen Ausschau, während sich der Mais auf den Feldern nun in einem kritischen Stadium befand, da die nach oben gewandten Blätter auf den Segen vom Himmel warteten. Regentänze hatten auf dem Platz begonnen und wurden tagelang ununterbrochen weitergeführt, bis die Teilnehmenden vor Erschöpfung zusammenbrachen.
Hoshi'tiwa hatte versucht, der Lichtung und dem geheimen Garten darin fern zu bleiben, aber sie konnte es nicht. Fürst Jakál beherrschte ihre Gedanken. Er kam in ihren Träumen zu ihr, er erschien ihr im Ton, wenn sie arbeitete, und seine Stimme wurde ihr mit dem Wind zugetragen. Seit der Verhandlung über den Hund des Bauern vor mehreren Tagen und dem Ausdruck, den sie auf dem Gesicht des Herrschers gesehen hatte, konnte Hoshi'tiwa an nichts anderes mehr denken.
Wie konnte ein Mann mit solcher Macht, solchem Reichtum, der Götter und Menschen kontrollierte, dem jeglicher Wunsch oder Befehl erfüllt wurde, der von Helfern, Wächtern, Freunden und Mitadligen umgeben war – wie konnte ein solcher Mann einsam sein?
Sie schlich sich heran und spähte durch das Laubwerk. Ihr Herz sank. Wie bei früheren Gelegenheiten war die Lichtung verwaist.

War er nur dieses eine Mal dort gewesen, als sie zufällig auf ihn und die wunderschönen Frauen traf?
Plötzlich hörte sie, wie sich jemand räusperte.
Hinter ihr!
Sie fuhr herum und begegnete unmittelbar Fürst Jakáls ernstem Blick. Sie hielt den Atem an. Seine bronzefarbene Haut glänzte in der Sonne, goldene Armbänder glitzerten an jedem Handgelenk, goldene Ohrringe, eine goldene Halskette und sein Haarschmuck sandten helle Lichter aus. Umhang und Tunika waren von einem tieferen Blau als der Sommerhimmel.
Sie sank auf die Knie und bedeckte mit den Armen ihren Kopf. »Vergebt mir, Herr«, rief sie. »Ich wusste nicht, dass dies ein heiliger Ort ist. Ich habe ihn nicht betreten.« Sie hob den Kopf. »Ich habe nur geschaut«, sagte sie flehend.
Sie begegnete seinem Blick, von dichten Brauen beschattet, und sah doch Belustigung in seinen Augen.
»Und was hast du gesehen?«, fragte er und bedeutete ihr, sich zu erheben.
»Solche Schönheit …«
Eine Aura der Melancholie lag um ihn, als er sagte: »Als wir zum Ort der Mitte kamen, erkannten wir, dass er sich von unserer Heimat im Süden unterschied, und so schufen wir zur Freude unserer Götter diese verborgene Lichtung.«
Sie rang um Worte. »Großer Herr, ich bin nicht gekommen, um zu spionieren. Ich brauchte nur weiteren Ton«, stotterte sie. »Ich dachte, ich könnte …«
»*Weiteren* Ton?«, fragte er, und sie wusste, dass er sich auf die Körbe mit rohem Ton bezog, die er auf dem Küchenhof gesehen hatte.
Sie wurde unter seinem durchdringenden Blick nervös, atmete dann tief ein, reckte das Kinn und sagte kühn: »Ihr *habt* mir befohlen, zwölf Gefäße zu fertigen. Das bedeutet viel Ton.«
Die Lachfältchen in seinen Augenwinkeln vertieften sich.
»Werdet Ihr mich töten?«, fragte sie.
Er legte den Kopf zur Seite und sah sie abschätzend an. »Ich denke nicht. Wenn sich dein heiliger Ton in der Nähe befindet, dann erlauben dir die Götter, diesen Pfad zu beschreiten. Aber du darfst niemals dort hineingehen, denn das ist ihr Heim.«

In diesem Moment erschien ein hellgrüner Vogel über ihren Köpfen und ließ sich, zu Hoshi'tiwas Erstaunen, auf Fürst Jakáls ausgestreckter Hand nieder.
»Sein Name ist Chi Chi«, sagte Jakál, während er den Kopf des Papageis streichelte. »Ich habe ihn aufgezogen. Hier«, sagte er und bot Hoshi'tiwa an, ihn ebenfalls zu streicheln.
Sie streckte vorsichtig eine Hand aus, hielt mit einem Auge den dicken, gebogenen Schnabel im Blick, und als sie den Kopf des Papageis berührte, neigte er sich zu ihr. Sie streichelte das wunderschöne Gefieder der halbwilden Kreatur, spürte die Ungezähmtheit unmittelbar unter den glatten Federn, und das erinnerte sie an den mächtigen Mann, auf dessen Arm der Vogel kauerte.
Während Jakál zusah, wie Hoshi'tiwa mit den Fingerspitzen den kleinen Kopf streichelte, kehrte die Melancholie zurück. Hoshi'tiwa erkannte, dass er ein unbeständiger Mann war, von wechselnden Stimmungen geprägt. Wie ein Fluss, der aus der Ferne wie etwas Festes, Unbewegliches erschien, aber wenn man ans Ufer trat, sah man die schnelle Strömung und die verschiedenen Farben von Untiefen und Tiefen. Und wenn man hineinglitt, spürte man die Macht der Strömung. Fürst Jakál war wie dieser Fluss.
Voller Erstaunen dachte sie daran, dass sie einst geglaubt hatte, er sei böse. Wie war das möglich gewesen?
Hoshi'tiwa wollte ihm in diesem Moment viele Fragen stellen. Warum unterjochte er das Sonnenvolk? Warum erlaubte er einem Jaguar, einen wehrlosen, alten Mann zu enthaupten, nur weil ein Mädchen zu langsam aus einem Kiva herabkletterte? Warum quälte er einen armen, nasenlosen Mann, der nur das Loblied seines Herrn sang?
Aber sie hörten Schritte die Schlucht heraufkommen, und dann erschien Moquihix mit vier Jaguaren und sehr ernster Miene. »Wir haben Euch gesucht, großer Herr.«
Jakál seufzte, als kehre er nur widerwillig zu seinen Pflichten als *Tlatoani* des Ortes der Mitte zurück.
Hoshi'tiwa blieb bei der Lichtung, als die Gruppe davonging. Moquihix schaute zu ihr zurück, und der Hass in seinen Augen war unverkennbar.

15

Der Tag der Herbst-Tag-und-Nacht-Gleiche kam. Seit Tagen fanden Feiern und rituelle Tänze statt, und nun war es an der Zeit, Nahrung für den bevorstehenden Winter einzubringen. Da die Wälder rund um den Ort der Mitte gelichtet worden waren, war das größere Wild verschwunden. Noch vor hundert Jahren aßen die Menschen am Ort der Mitte reichlich Elche und Bergschafe, aber nun waren sie schon froh, wenn sie Kaninchen fanden.

Vom niedrigsten Sklaven bis zum höchsten *Tlatoani* – also auch Fürst Jakál selbst – nahmen alle teil. Zur Dämmerung versammelte sich das ganze Volk am Nordende der Schlucht, wo Kundschafter viele Kaninchen gesehen hatten. Die Menschen verteilten sich und gingen geordnet, wenn auch in Erwartung des bevorstehenden Festessens aufgeregt, voran. Eine Reihe Kinder lief voraus, sie schlugen mit Stöcken auf Büsche und Gestrüpp, schrien und riefen und stampften mit den Füßen auf. Hinter ihnen folgte eine Reihe junger Männer mit Speeren und Bögen und Pfeilen, die das Wild schießen würden, das die Kinder ins Freie trieben. Ihnen folgten ältere Männer mit Grabstöcken und Äxten, und zuletzt kamen die Frauen mit Körben.

Eine gewaltige, organisierte Menschenmasse schritt auf der Ebene langsam südwärts voran, wurde lauter und lebhafter, dabei wurden alle Lebewesen, die ihr begegneten – Kaninchen, Ziesel, Schlangen, Präriehunde und Eidechsen aller Arten –, erlegt und eingesammelt. Nichts entkam der großen Jagd, nicht einmal die Vögel, die mit Steinen und Pfeilen erlegt wurden. Die jungen Jäger liefen vornübergebeugt, schwenkten ihre Knüppel hierhin und dorthin und schlugen alles nieder, was sich bewegte. Wenn ein Tier in ein Erdloch entkam, brachten die Männer mit den Grabstöcken es wieder ans Tageslicht. Die getöteten Tiere wurden für die Frauen liegen gelassen, welche die Nachhut bildeten und all die kleinen, blutigen Kadaver in ihren Körben verstauten. Das Tal war vom Gebrüll der Menschen und den verzweifelten Schreien gefangener Tiere erfüllt, und Hoshi'tiwa, die mit den Frauen ging, füllte ihren Korb mit blutigen Kaninchen und Zieseln, zertrat sie unter ihren Füßen, wenn sie noch lebten, und spürte, wie ihre Seele vor Freude darüber

zum Himmel strebte, Teil eines solch vereinten Tuns zu sein – und vor freudiger Erwartung der kommenden Nacht des Essens und Trinkens und Sattseins.
Und sie hatte Fürst Jakál gesehen, der hoch oben am Rande einer Mesa stand, prächtig anzusehen in Zeremonialgewändern, die aus karmesinroten Papageienfedern gestaltet waren, auf dem Kopf einen Fächer aus phantastischen grünen Quetzalfedern, die Arme zum Himmel erhoben, während er unaufhörlich Gebete für eine üppige Jagd anstimmte.
Später, als die Sonne im Westen unterging, hallte das Tal noch immer von den Rufen glücklicher Menschen wider, während Kadaver gehäutet, Fleisch geröstet und Eingeweide gekocht wurden. *Nequhtli* floss, und viele berauschten sich. Es wurde zu Trommeln und Flöten wild getanzt, eilig paarten sich die Menschen. Fürst Jakál überblickte das alles von seinem Tragestuhl aus, flankiert von Jaguaren, deren Münder blutrot waren, da sie keine gekochte Nahrung aßen.
Der nächste Morgen brachte ein unheimliches Schweigen ins Tal, wo sich kein Lebewesen, außer den Menschen, regte. Alles nicht Verspeiste wurde zum Mittelpunkt der Betriebsamkeit, da die Frauen das übrig gebliebene Fleisch für den kommenden Winter haltbar machten. Knochen wurden zu Werkzeugen und Waffen verarbeitet, aus Tiersehnen wurden neue Bogensehnen gefertigt, Federn und Fell wurden zu neuer Kleidung und Decken, während Schnäbel, Zähne, Krallen und Klauen zu Amuletten, Talismanen und Schmuck verarbeitet wurden. Nichts blieb ungenutzt, während sich das Volk vom Ort der Mitte mit den Vorbereitungen für die kommenden kalten Monate beschäftigte.
In all dieser Geschäftigkeit wagte niemand die dunkle Angst zu äußern, die sich in ihre Herzen einnistete: dass die Jagd in diesem Jahr weniger erbracht hatte als im letzten Jahr und dass diejenige im letzten Jahr bereits weniger erbracht hatte als die im Jahr davor. Die Menschen dachten im Geheimen: Nächstes Jahr wird die Jagd nicht mehr genug erbringen. Aber niemand wagte ein Wort zu sagen.

16

Drei Tage vor der Wintersonnenwende verschwand der Morgenstern. Die Toltekah glaubten, dass ihr Gott, Quetzalcoatl, in die Unterwelt hinabstieg, wo er fünfzig Tage verweilte, bevor er als Abendstern wieder erschien. Hoshi'tiwa empfand es als seltsam, in jenen ersten Tagen nach dem Verschwinden des Morgensterns Fürst Jakál nicht jeden Morgen vor der Dämmerung auf dem Felsvorsprung über dem Ort der Mitte zu sehen, wo er sonst seinen Gott begrüßte. Diese Zeremonie war für sie zu einem tröstlichen Anblick geworden, und Hoshi'tiwa verstand immer deutlicher, dass am Ort der Mitte alles gut sein würde, solange ein Herrscher auf dem Felsvorsprung die Dämmerung begrüßte.

Sie erkannte auch, dass es ihr fehlte, den *Mann* jeden Morgen dort oben zu sehen, und dass Fürst Jakál in ihren Gedanken zu mehr wurde als nur zum *Tlatoani* ihres Volkes. Immer, wenn ihr dieses Gefühl bewusst wurde, überlief sie ein Schauder, in dem sich Angst und eine nie gekannte wilde Freude mischten.

Der Vorabend der Wintersonnenwende begann. Es war sechs Monate her, seit die Regengefäße zum letzten Mal begutachtet worden waren, seit Tupa Hoshi'tiwas einzigartigen goldenen Krug zerbrochen und damit sechs Monate Unglück über den Ort der Mitte herabbeschworen hatte. Daher herrschte große Anspannung, als Moquihix und die Regengottpriester zur Werkstatt der Töpferinnen zurückkehrten, wo Hoshi'tiwas zwölf Regenkrüge, in verschiedenen Schattierungen von Gold und Gelb und Orange, zusammen mit den schwarz-weißen Töpferarbeiten ihrer Schwestern aufgereiht waren.

Moquihix und die Regengottpriester inspizierten die Töpferarbeiten genau, untersuchten eine jede auf einen Makel, auf Schwachstellen, da ein minderwertiges Gefäß die Götter beleidigen würde. Nicht alle von Hoshi'tiwas Gefäßen wurden ausgewählt, nur jene mit den gleichmäßigsten Schattierungen, da einige ihrer Gefäße in sich von Hellrot bis Gold leuchteten. Die blau bemalten Priester von Tlaloc spielten auf ihren Flöten aus Schienbeinknochen und sangen, während sie ihre Auswahl trafen, und dann wurden die auserwählten Gefäße mit großem Zeremoniell vor dem versammelten Volk auf dem Platz aufgestellt.

Hoshi'tiwa kehrte zu ihrer Schlafmatte im Lager der Küchenarbeiter zurück, und sie zitterte während der Nacht, nicht vor Kälte – obwohl die Nacht frostig war –, sondern vor Angst. Bei Sonnenuntergang waren noch keine Wolken zu sehen gewesen. Wie könnte über Nacht Regen entstehen?

Die Ansiedlung erwachte an jenem Morgen behutsam, der gesamte Canyon gedämpft, während Menschen aus ihren Decken und Hütten hervorkamen, um nachzusehen, ob die Götter ihre Gebete noch immer verschmähten. Und als sich die ersten Strahlen einer fahlen Dämmerung über die umliegenden Mesas ergossen, rieben sich die Menschen die Augen und blinzelten verwirrt.

War es Einbildung? Der Ort der Mitte war weiß geworden.

Fürst Jakál schritt in einem schweren Umhang aus Fell und Federn auf den Platz hinaus und blieb am Rande der Steinmetzarbeiten stehen, um über die Ebene hinwegzublicken. Sie war weiß, so weit das Auge reichte. Weiteres Licht brach über die Steilabbrüche herein und offenbarte auch weiß bedeckte Felsen und weiß gewordenes Gestrüpp, weiße Einschlüsse an den Klippenhängen und eine Schicht Weiß auf den Terrassen und Treppen vom Ort der Mitte.

Es war kein Schnee, sondern Raureif.

»Das genügt nicht, mein Prinz«, verkündete Moquihix, ernst an Fürst Jakál gewandt. »Die Töpferarbeiten haben keinen Schnee gebracht. Die Götter sind zornig. Wir müssen die Balance wiederherstellen. Wir müssen ihnen ein Leben opfern.« Und er deutete auf den Steinaltar inmitten des Platzes. Es war Monate her, seit der Stein Opferblut getrunken hatte.

Jakál vermutete, wen Moquihix als Menschenopfer im Sinn hatte. Er sagte: »Es ist kein Schnee, wie du sagtest, mein Freund. Aber es ist Raureif, und Raureif bedeutet Feuchtigkeit. Ich nehme dies als Zeichen der Götter, dass sie uns ihre Gunst wieder gewähren und die Natur bald wieder im Gleichgewicht sein wird.«

Obwohl es keine jubelnde Menge war, die sich auf dem Platz versammelt hatte, regte sich dennoch Hoffnung im Herzen aller, die die Verkündigung des Herrschers hörten, dass die Götter den Ort der Mitte nicht verlassen hatten.

Und Hoshi'tiwa, die bei den übrigen Töpferinnen stand, teilte diese geringe Hoffnung, denn als sie während der Nacht unruhig geschlafen hatte und mit einer Vorahnung erwacht war, hatte sie etwas Neues in sich entdeckt. Sie spürte eine Verbundenheit mit dem Ort der Mitte, die sie zuvor nicht empfunden hatte. Und sie fragte sich, ob ihr *makai-yó*, wie durch ein Wunder, aufgehoben war.

17

Ein weiterer Mondkreis vollendete sich, aber noch immer kam kein Regen. Und nun waren die fünfzig Tage beinahe zu Ende. In drei Tagen würde der Abendstern erscheinen.

Angst verbreitete sich unter der Bevölkerung, und Hoshi'tiwa erkannte, dass eine Menschenopfer-Zeremonie bevorstand. Die Jaguare hatten um ihre Lagerfeuer nächtelang gefeiert, hatten sich verausgabt, und nun traten sie auf dem Platz an, in ihren Fellen und Federn prächtig anzusehen, mit ihren grimmigen Speeren und Lanzen und ihrem wilden Heulen, das jedermann das Blut gefrieren ließ. Sie hatten während der Nacht um die Feuer sitzend auf ihre Schilde geschlagen und gellend zu den Sternen hinaufgeschrien, und als die Dämmerung hereinbrach, schlossen sie sich zu einer Truppe zusammen, die Priester segneten sie, und sie verließen das Tal. Die Menschen wandten ihnen den Rücken zu, als sie vorübergingen, und erhoben ihre Stimmen mit hohen, klagenden Lauten. Hoshi'tiwa war sich bewusst, dass ein Blutbad stattfinden würde sowie das ritualistische Verspeisen eines Menschenopfers.

Die Jaguare kehrten drei Tage später zurück, nachdem sie wohl gespeist hatten. Ein Beweis ihres Erfolges war an den Menschenschädeln erkennbar, die sie an den Holzwänden ihrer Unterkünfte zur Schau stellten. Sie waren nach Süden gezogen, wo Regen fiel, und hatten Menschen verspeist, die vom Regen gesegnet waren.

Hoshi'tiwa hatte geglaubt, Fürst Jakál würde sie begleiten, aber das tat er nicht. Daher nahm sie an, dass die Jaguare für ihn einen Anteil am Menschenopfer mitbrachten. Stattdessen wurde in Abwesenheit der Jaguare ein Fest veranstaltet, um die Aufmerksamkeit der Götter auf die Tatsache zu lenken, dass ein Menschenopfer stattfand, und so erfuhr Hoshi'tiwa, dass Fürst Jakál kein menschliches Fleisch aß, und auch Moquihix und die Toltekah nicht, die am Ort der Mitte lebten.

Und mit diesem neuen Wissen wuchs ihre Neugier in Bezug auf Fürst Jakál – und ihr Verlangen nach ihm wuchs ebenfalls. Was bedeutete diese Sehnsucht, die verboten war und bestimmt auch gänzlich hoffnungslos sein musste?

18

Sie wurde beobachtet.

Hoshi'tiwa konnte nicht sagen, woher sie es wusste. Sie hatte keinen Beweis dafür, hatte niemanden im Gebüsch erspäht. Und doch wusste sie, während sie sich über ihre Arbeit beugte, den heiligen Ton zu sammeln, dass jemand – oder etwas – sie beobachtete.

Sie richtete sich auf und sah sich um. Die kleine Felsschlucht war in spätes Nachmittagssonnenlicht getaucht. Einige wenige Frühlingsblumen kämpften sich durch die trockenen Felsen und Steine, die in der Regensaison einen Teich begrenzen würden, der aber seit Jahren kein Wasser mehr enthielt. Hoshi'tiwa sah niemanden. Und doch konnte sie das Gefühl nicht abschütteln, beobachtet zu werden.

Ein Geist? In ihrem Nacken kribbelte es. Gingen Geister am Tage umher?

Sie betete darum, dass es kein böser Geist sei, der sie heimsuchte, weil sie eine heilige Aufgabe ausführte. Nach dem Erscheinen des Abendsterns, der hell am westlichen Himmel erstrahlte, nahm der Ort der Mitte seinen spirituellen Rhythmus wieder auf, mit Ritualen und Festen zu Ehren der vielen Götter, die über die Menschen wachten. Hoshi'tiwa arbeitete mit aufrichtiger Hingabe an ihren Regengefäßen, denn bald käme die Sommersonnenwende und die erneute Hoffnung auf Regen.

Sie wusste, dass es verboten war, die geheime Lichtung zu besuchen, dass die Todesstrafe drohte, wenn sie entdeckt würde, und doch konnte sie ihr nicht fern bleiben. Dieses Mal brauchte sie wirklich weiteren Ton – es war kein Vorwand –, und daher hatte sie ein Recht, hier oben in dieser schmalen Schlucht zu sein. Aber als ihr Korb gefüllt war und sie augenblicklich zum Ort der Mitte hätte zurückeilen sollen, lockte sie der kleine Pfad, der zu der Lichtung abbog.

Sie musste begreifen, warum sie Fürst Jakál nicht vergessen konnte.

Sie schlich näher zum Rande der heiligen Lichtung, achtete sorgfältig darauf, ihr nicht zu nahe zu kommen. Auch wenn niemand ihr Vergehen bezeugte, würden die Götter es dennoch wissen. Sie blickte auf die Lichtung und sah überall Sonnenlicht – blendendes, goldenes Licht, das ihre Augen schmerzte.

Und da war er, zwischen den Blumen, trug nur einen Lendenschurz, sein Körper in der Sonne glänzend.

Sie hielt den Atem an und trat näher heran. Sie blinzelte. Etwas stimmte nicht. Jakáls Haar war kurz, unmittelbar unter den Ohren abgeschnitten. Und er war schlanker als zuvor. Sie beobachtete ihn, während er umherging und die Blüten betrachtete, und als er aus einem Strahl blendenden Sonnenlichts heraustrat, sah sie, das es gar nicht Fürst Jakál war.

Ahoté!

Sie schrie auf.

Er wandte sich mit verwirrter Miene um und lächelte dann. »Meine Geliebte!«, rief er und streckte die Arme aus.

»Ahoté, komm da raus. Schnell!«

»Sieh dir diese Blumen an! Komm her, Hoshi'tiwa!«

»Ahoté, es ist ein Heiligtum!«

Er sah sie an. »Was?«

»*Die Götter leben hier!*«

Er bewegte sich rasch, verließ die verbotene Lichtung und kam auf sie zu, die Hände nach ihr ausgestreckt.

Aber trotz ihrer Freude, ihn zu sehen, wich sie zurück. »Hast du vergessen, dass ich *makai-yó* bin?«

»Aber das bist du nicht!«, rief er mit dem Überschwang, an den sie sich so gut erinnerte. »Onkel hat vor zwei Mondzyklen unsere jährliche Maisabgabe hier zum Ort der Mitte gebracht und nach dir gefragt. Alle sprachen von dem Mädchen aus dem Norden, das die wunderschönsten Regenkrüge schuf, die irgendjemand je gesehen hatte.« Er senkte die Stimme, wurde ernst. »Es war eine schreckliche Zeit für uns, Hoshi'tiwa, nachdem sie dich fortgebracht hatten. Dein Vater starb. Der auf dir lastende Fluch hat seinen Geist belastet, und das Herz hörte in seiner Brust auf zu schlagen. Wir versuchten, dich zu vergessen, aber wir konnten es nicht. Der dir auferlegte Fluch war ungerechtfertigt. Und er wurde von einem Volk mit anderen Göttern auferlegt, nicht von deinem eigenen Volk. Wir beteten alle für dich, Hoshi'tiwa, und als Onkel uns erzählte, dass du niemals in den Palast des *Tlatoani* gebracht wurdest, sondern unter deinen Töpferschwestern lebst, wussten wir, dass die Worte des hohen Beamten eine Lüge gewesen waren.«

»Was tust du hier?«, fragte sie und nahm seine Erscheinung in sich auf. Ahoté, ein Jahr älter, vielleicht weiser, den sie gefürchtet hatte nie wiederzusehen.

»Es ging mir schlecht!«, rief er. »Denn ich wollte dir in diesem vergangenen Jahr folgen, aber alle sagten mir ständig, du seiest tot. Doch ich weigerte mich, es zu glauben. Ich spürte, dass du noch lebst, meine Geliebte. Ich wusste, dass du noch immer atmest, dass dein Puls noch immer schlägt. Ich wurde mutlos und konnte mich nicht mehr an die Geschichte unseres Stammes an der Gedächtniswand erinnern. Ich musste entweder dich finden oder dein wahres Schicksal erfahren. Ich kam um des Stammes willen.«

Er erklärte, dass er zur Töpfergilde gegangen sei, da dies der logischste Ort war, sie zu finden, und dort erfahren habe, dass Hoshi'tiwa gerade Ton sammelte. »Eine Frau namens Yani erklärte mir, wie ich den Pfad finden würde. Und da bist du!«

Nun war Hoshi'tiwa froh, dass sie sich der älteren Frau anvertraut hatte. »Falls mir etwas passiert«, hatte Hoshi'tiwa zu Yani gesagt, »musst du wissen, wo der goldene Ton zu finden ist.« Aber sie hatte Yani nichts von der Entdeckung der heiligen Lichtung erzählt oder davon, Fürst Jakál bei einem Geheimritual beobachtet zu haben.

»Komm mit mir fort«, sagte Ahoté impulsiv. »Wir werden an einen Ort gehen, wo uns die Herrscher und Jaguare niemals finden werden.«

Vor einem Jahr noch hätte sie ihren Korb fallen lassen und wäre mit ihm davongelaufen. Aber nun lagen die Dinge anders. »Ich habe ein Versprechen gegeben«, sagte sie. »Ich muss dem Ort der Mitte Regen bringen.«

Sein jugendliches Gesicht verdüsterte sich. »Es wird keinen Regen geben, Hoshi'tiwa. Alle flüstern darüber. Händler kommen zu unserer Ansiedlung und erzählen uns von verlassenen Gemeinschaften. Das Sonnenvolk ist es leid, in Angst zu leben. Stämme wandern nach Norden und Osten ab, wo es Land gibt, das kein Mensch je betreten hat. Und wo die Dunklen Herrscher keine Macht haben. Komm mit mir, wir können glücklich sein.«

Sie küsste seine Wangen und das Kinn und die Lippen. Tränen liefen ihr Gesicht herab. Sie streckte die Arme aus und schlang sie um den Jungen, den sie ihr ganzes Leben lang geliebt hatte. Aber ihr Herz dachte an einen anderen. Die Liebe, die sie für Ahoté empfand, unterschied sich von den wirren und ungestümen Gefühlen, die sie immer stärker für Fürst Jakál empfand – wenn diese überhaupt Liebe zu nennen waren. Hoshi'tiwa war ein Jahr älter, aber nicht weiser geworden. Sie wusste nicht, was sie tun sollte.

Plötzlich wich alle Farbe aus seinem Gesicht.

»Was ist los?«, fragte Hoshi'tiwa. Und dann wusste sie es. Sie waren nicht mehr allein.

Moquihix stand hinter ihr, von zwei Jaguaren flankiert. Nun verstand sie, warum sie das Gefühl hatte, beobachtet zu werden. Jemand hatte ihr nachspioniert und Moquihix berichtet.

Hoshi'tiwa und Ahoté sanken auf die Knie. »Bitte, großer Herr«, flehte Hoshi'tiwa. »Wir haben den heiligen Boden nicht betreten!«

Aber Moquihix deutete wortlos auf Ahotés linke Hand, und Hoshi'tiwa sah die verbotene Blume, die er noch immer umklammert hielt – eine gelbe Ringelblume, frisch von einem den Göttern geweihten Busch gepflückt. Ein Jaguar in gefleckten Fellen, mit einem Katzenschädel auf dem Kopf und Furcht erregendem Knüppel und Speer – ein großer, kräftiger Mann mit einem mit Streifen und Flecken bemalten Gesicht – stand mit drei Schritten vor Ahoté, ergriff eine Hand voll Haar des Jungen und riss ihn auf die Füße.

»Morgen werden die Götter dein Blut trinken«, grollte Moquihix an Ahoté gewandt.

Dann wandte er sich an Hoshi'tiwa und deutete auf den Boden. Er schob mit der Spitze seines Stabes einen Haufen Blätter beiseite, um die blutigen Überreste eines Fuchses freizulegen. »Was eine Berglöwin nicht auffrisst«, sagte er, »deckt sie ab und kehrt später wieder zurück. Du siehst, wie frisch dies ist. Die Löwin war letzte Nacht hier. Sie wird heute Nacht wiederkommen. Aber es wird eine Überraschung auf sie warten. Heute Nacht wird etwas Schmackhafteres als ein Fuchs den Bauch der Berglöwin füllen.«

Hoshi'tiwa wehrte sich gegen ihre Peiniger, als sie sie zu einer jungen Espe zerrten und auf den Boden zwangen. An dem schlanken Stamm lehnend, wurden Hoshi'tiwa die Hände auf den Rücken gebunden, grob und fest, sodass die Hanfschnur in ihre Haut einschnitt. Moquihix ragte über ihr auf. Sie sah keine Arglist oder Vergnügen in seinen Augen, nur einen ausdruckslosen Blick bar aller Empfindungen.

»Ihr braucht mich, um Regen zu bringen«, sagte sie mit trockener Kehle.

»Du hast noch keinen Regen gebracht. Du bist wahrhaft *makai-yó*. Morgen wird das schlagende Herz dieses Jungen die Götter erfreuen, und *das* wird Regen bringen.«

Sie beobachtete, wie sie die Schlucht hinab verschwanden, Ahoté stolpernd und mit Entsetzen auf dem Gesicht zu ihr zurückblickend. Hoshi'tiwa kämpfte gegen ihre Fesseln an. Die Schnur war stark, der Knoten kompliziert. Sie wand sich hierhin und dorthin, bewegte die Arme, hob die Schultern und keuchte vor Anstrengung, bis sie ihre Handgelenke bei dem Versuch, sich zu befreien, blutig scheuerte.

Als die Sonne unterging und sich die Dunkelheit herabsenkte, wuchs ihre Angst vor Geistern und übernatürlichen Wesen, die aus der Nacht kamen. Sie bildete sich ein, dass jedes Gestrüpp und jeder Felsen eine Bedrohung darstellten, dass jeder Schatten und jede Bewegung ein Dämon war.

Und dann, als der Frühlingsmond über den schwarzen Himmel zog, hörte sie in der Ferne den Klang der großen Zeremonialtrommeln. Ein stetiger, rhythmischer Schlag, wie ihn die Menschen am Ort der Mitte nur selten hörten. Es waren die Priester, die sich auf ihre heiligste Handlung vorbereiteten. Hoshi'tiwa wusste, dass sie fasten, sich schneiden und Agavenfasern durch ihre Zunge ziehen würden, um ihr Blut zu vergießen, bevor sie das Blut ihres Opfers vergossen.

Ahoté! Was taten sie ihm an? In der Zeit, die sie am Ort der Mitte verbracht hatte, war sie nur ein Mal Zeugin eines Opfers auf dem Blutaltar geworden – da betraf es ein Kind, das blind geboren worden war. Das Herz, das aus seiner Brust gerissen wurde, war klein und zitterte nur einen Moment, bevor es verstummte. Aber die Priester erklärten, es sei ein gutes Opfer, weil das Herz rein sei.

Hoshi'tiwa wusste, dass sie Ahoté läutern müssten, bevor sie ihm das noch in seiner Brust schlagende Herz herausschneiden würden. Und die einzige Möglichkeit, das zu tun –

Sie hielt den Atem an und lauschte.

Die große Wildkatze schlich in der Nähe umher!

Sie begann wieder hektisch ihre Bemühungen, sich zu befreien, wobei sie sich der Tatsache bewusst war, dass das Blut an ihren Handgelenken das Tier nur anlocken würde. Sie stemmte die Füße gegen die Erde und zog, um die junge Espe ins Wanken zu bringen. Aber ihre Wurzeln hielten stand.

Die Katze kam näher. Hoshi'tiwa konnte das tiefe Grollen in deren Kehle hören, als sie ihren Geruch aufnahm, hörte das leise Tappen der großen Pranken, die Unterholz zerdrückten.

Ihr Entsetzen wuchs. Schweiß lief ihren Rücken hinab. Ihr Herz hämmerte. *Bitte,* dachte sie, an ihre Götter gewandt, während sie sich drehte und wand, die Baumrinde in ihren Rücken einschnitt und der Schmerz in ihren Handgelenken schier unerträglich wurde. *Bitte rettet mich!*

Und dann spürte sie hinter sich etwas, an ihren Handgelenken. Ameisen? Etwas zog, nagte. Sie versuchte sich umzublicken, zu sehen, welches Tier sie von hinten angriff, während sich die Berglöwin von vorn anschlich. Aber sie konnte nur dunkle Felsen ausmachen.

Sie hielt den Atem an und lauschte. Trommeln in der Ferne, und in der Nähe – Gestrüpp, das unter großen Katzenpranken brach.

Aber etwas war an ihren Händen, sanft, beharrlich.

Plötzlich waren ihre Hände frei. Sie sprang auf, fuhr herum und erblickte eine Wüstenschildkröte am Fuß der Espe, die ruhig auf dem Seil kaute. Hoshi'tiwa sah sie mit großen Augen an. Seit sie zum Ort der Mitte gekommen war, hatte sie keine einzige Wüstenschildkröte, den Totemgeist ihres Stammes, gesehen. Und doch war sie hier. Sie war aus ihrem Winterbau hervorgekommen, und es war ihr gelungen, Hoshi'tiwa in dieser verborgenen kleinen Schlucht zu finden, sich ihren Weg zu der Espe zu bahnen und im Dunkeln das Seil um ihre Handgelenke durchzunagen, ohne sie mit ihrer scharfen, gebogenen Nase zu verletzen.

Hoshi'tiwa lächelte. »Ich danke dir, Großvater Schildkröte«, flüsterte sie, und dann, bevor die Löwin die Lichtung betreten konnte, wollte sie weglaufen.

Sie hielt inne. Sie sah im Mondlicht, dass nur sehr wenig für die Schildkröte zu essen da war. Sie würde die wenigen Büschel Kreosot nicht anrühren, die sich durch die trockene Erde kämpften. Und es gab kein Wasser.

Während sie die Löwin sie umkreisen und lauschen spürte, suchte Hoshi'tiwa rasch die Felsen ab und sah hoch über sich frischen, grünen Löwenzahn aus einem Spalt wachsen. Sie kletterte eilig hinauf, ergriff eine Hand voll und brachte ihn dem Wüstenbewohner. Er wandte sein altes, graues Gesicht augenblicklich der Gabe zu. Hoshi'tiwa wusste, dass die gelben Blüten ihn nähren würden, und die Stiele und Blätter würden ihn mit Wasser versorgen. Mit einem letzten Dankgebet lief sie rasch die Schlucht hinab.

Die Dämmerung brach herein, und Priester bliesen Trompeten, die aus den Hörnern wilder Bergschafe gemacht waren und den Menschen des Canyons zum Bewusstsein brachten, dass bald ein Blutopfer gebracht würde. Die Trompeten hallten über das Tal hinweg bis zum anderen Ende der Schlucht, wo Bauern ihre Felder und Frauen ihre Herdfeuer verließen und zu den Steingebäuden liefen, wo seit Menschengedenken ein Altar über dem Platz wachte. Die Priester schlugen auf Trommeln, die aus großen, mit Menschenhaut bespannten Kürbissen gemacht waren. Sie schüttelten Rasseln und spielten Flöten, während die soeben aufgegangene Sonne ihr Morgenlicht über den Platz verströmte.

Als Hoshi'tiwa zum Zentralplatz zurückschlich, darauf bedacht, nicht gesehen zu werden, waren Menschen von weit her gekommen, um der heiligsten aller Zeremonien beizuwohnen.

Sie kamen mit geteilten Herzen. Der Blutaltar gehörte den Herrschern, nicht dem Sonnenvolk, dem Maisaltäre zu Eigen waren. Und doch wagten sie es nicht, sich dem Ruf der mächtigen Toltekah-Priester zu widersetzen, die forderten, dass jedermann, vom Jüngsten bis zum Allerältesten – sogar die Blinden und die Lahmen –, durch seine Anwesenheit dieses kostbarste Opfer an ihre Götter bezeugte: ein menschliches Leben.
Hoshi'tiwa hatte noch nie so viele Menschen gesehen. Sie hatte nicht geahnt, dass die Bevölkerung des Canyons so zahlreich war. Während es heller wurde, sah sie, dass jeder Zentimeter Ziegelstein und Mörtel von Männern und Frauen und Kindern besetzt war, welche auf den Terrassen zusammengepfercht waren, sich auf den Dächern drängten und jeden verfügbaren Platz auf den Mauern besetzten. Auch die Ebene war eine einzige Menschenmasse, und obwohl jene dort draußen das Ritual nicht *sehen* könnten, würden sie doch genug *hören*, weil die gewölbte Gestaltung des Komplexes es ermöglichte, dass die Stimmen der Priester wie aus Riesenkehlen weitergetragen wurden.
Der Altarstein stand zwischen den beiden großen Zeremonialbauten, auf der erhöhten Seite des Platzes. Wenn er nicht benutzt wurde, war er abgedeckt, sodass die Menschen an Markttagen um den verhüllten Wall herumliefen, ohne einen Gedanken daran zu verschwenden. Heute lag der Stein jedoch frei, und alle sahen das Blut vieler Opfer, das dort eingesickert war. Ursprünglich grau, war der Fels nun von einem matten Rot, würde aber bald vom frischen Blut des heutigen Opfers aufgehellt.
Hoshi'tiwa lief zuerst eilig zur Töpferwerkstatt, wo sie mit zitternden Fingern ihre Wunden säuberte, Salbe auftrug und ihre Handgelenke mit Verbänden aus Yuccafasern umwickelte. Dann tauschte sie ihr schmutziges, blutbeflecktes gegen ein frisches, kühles Gewand, das sie vorsichtig über ihren Kopf gleiten ließ.
Schließlich nahm sie sich noch die Zeit, ihr Haar zu richten. Sie wusste, dass die Opferung noch nicht stattfand, da die Priester und Jaguare noch ihre komplizierten Runden um den Platz vollzogen, um die Aufmerksamkeit der Götter zu erringen.
Die Zöpfe an den Seiten ihres Kopfes hatten sich gelöst. Hoshi'tiwa kämmte ihr langes Haar, drehte es auf dem Kopf erneut zu »Kürbis-

blüten« und befestigte es mit Bändern. Sie wollte nicht, dass ihr Haar die Stickerei ihrer Tunika verdeckte, die sie als Töpferin ersten Ranges in einer der angesehensten Gilden auswies. Die Menschen mussten erkennen, dass sie einen gesellschaftlichen Rang innehatte.

Während sie sich vorbereitete, versuchte sie, nicht an Jakál zu denken. Was auch immer sie für ihn empfand – Verlangen, Zuneigung, Bewunderung –, nun verhärtete sie ihr Herz dagegen und gegen ihn, denn gewiss wusste er, dass Moquihix sie als Opfer für eine Löwin auf dem Berg zurückgelassen hatte. Während sie ihre Füße mit Sand und Kiefernnadeln schrubbte, vergegenwärtigte sie sich, was für grausame Herrscher die Toltekah waren. Während sie den Hanfgürtel um ihre Taille legte, sagte sie sich, dass nur Ahoté wichtig war. Und als sie fertig war, geflüsterte Gebete an die friedfertigen Götter ihres Volkes gerichtet und Großvater Schildkröte erneut für ihre Rettung gedankt hatte, trat sie ins blendende Sonnenlicht hinaus und fühlte sich so, wie sich ein Krieger am Vorabend der Schlacht fühlen musste.

Das Schauspiel auf dem Platz nahm ihr kurzzeitig den Atem – die Trommeln und Hörner, die marschierenden Jaguare, die mit ihrem Federkopfschmuck und Gewändern aus gemustertem Stoff bekleideten, aufgereihten Priester und die Adligen, die auf ihren Stühlen saßen, während Rauch und Weihrauch gen Himmel stiegen. Götterstatuen waren aus ihren Heiligtümern herbeigebracht worden, in prunkvoller Kleidung aus Federn und Baumwolle, die nun auf ihren Sockeln ruhten: Tezcatlipoca, der das Schicksal und die Magie kontrollierte; Quetzalcoatl, die gefiederte Schlange, Gott der Natur und des Wissens; die böse Göttin Coyolxuahqui, Schwester des Kriegsgottes – und andere mit Namen, an die sich das bescheidene Sonnenvolk nicht erinnern, die es auch nicht aussprechen konnte –, alles stolze und farbenprächtige Wesen, die aus ihren dunklen Nischen befreit wurden, um einem Blutopfer zu ihren Ehren beizuwohnen.

Hoshi'tiwa sah Fürst Jakál auf seinem hohen Thron sitzen, die glänzenden grünen Pfauenfedern seines Kopfschmucks wie Fähnchen in der Brise flatternd. Stattlich, sogar schön, dachte sie, aber der Mann, wie sich Hoshi'tiwa vorhielt, der das blutige Ritual leiten würde.

Sie bahnte sich vorsichtig ihren Weg durch die dicht gedrängte Menge, schlich sich zwischen Menschen hindurch, deren Aufmerksamkeit auf den Platz gerichtet war. Auf der anderen Seite der Mauer wurde ein Bratspieß vorbereitet. Darauf würde der Leichnam des Opfers für das Festessen der Jaguare gebraten.
Jakál erhob sich von seinem Thron und forderte Ruhe. Alle verfielen in Schweigen. Nicht einmal ein Husten, ein Scharren war zu hören. Über ihnen kreiste ein einsamer Falke, dessen scharfe Augen hier und da nach etwas Ausschau hielten, worauf er hinabstoßen konnte.
Hoshi'tiwa schlich mit klopfendem Herzen näher, immer nur an einem Menschen vorbei, wie die Fische, die sie beobachtet hatte, wenn sie sich in den Untiefen das Flusses zu Hause verbargen. Sie hielt plötzlich inne, als eine Gruppe von Priestern aus einem Eingang trat und ihr unglückliches Opfer zwischen sich voranzerrte. Ahoté, der im Sonnenlicht blinzelte.
Er war nackt, und Blut strömte zwischen seinen Beinen herab. Hoshi'tiwa unterdrückte einen Schrei. Die Läuterung, die sie befürchtet hatte, hatte bereits stattgefunden. Ohne seine Männlichkeit war Ahoté nun so unschuldig wie ein Kind.
Sie führten ihn mit großem Zeremoniell zum Altar und streckten ihn rücklings über den Stein. Vier Priester hielten seine Handgelenke und Knöchel fest, während der fünfte das Obsidianmesser schärfte, das Ahotés Brustbein durchbohren sollte. Ein einfach gekleideter Aufseher stand mit einem goldenen Becher daneben. Sollte der Junge das Bewusstsein verlieren, bevor seine Brust aufgeschnitten war, würde er mit einem Stärkungsmittel wiederbelebt, denn nur wenn das Opfer vollkommen wach war, durfte das Herz entnommen werden.
Der Priester mit dem Obsidianmesser trat zu Ahoté und intonierte eine eintönige Beschwörungsformel in Nahuatl, was nur die Toltekah verstanden. Weihrauch und Anspannung erfüllten die Luft. Frauen unter den Zuschauern weinten, und Männer regten sich nervös. Das Opfer war einer der Ihren, ein gesunder Sohn, der die Tätowierung des Schildkrötenstammes trug. Gerüchte liefen im Volk um, er sei der Lehrling eines Gedächtnismannes und würde eines Tages Er-der-die-Menschen-verbindet. Besorgnis erfüllte

unterschwellig die Menge. Niemand durfte einen Gedächtnismann töten. Es war dasselbe, als würde man einen Stamm vernichten. Aber die Toltekah kümmerte das nicht. Männer, die Bauern, Händler, Holzarbeiter und Ziegelmacher waren, ballten die Hände zu Fäusten, während sie den hilflosen Jungen sich gegen den Griff der vier Priester wehren sahen. Aber niemand wagte die Entscheidung der Herrscher infrage zu stellen.

Als das Messer hoch erhoben wurde, brach Hoshi'tiwa durch die Menge und stürzte die Stufen zum Platz hinauf, bevor die Wächter sie aufhalten konnten. Sie fiel vor dem verblüfften Fürst Jakál auf die Knie und sagte: »Dieser Junge hat kein Sakrileg begangen, gnädiger Herr. Er wusste nicht, dass der Boden, auf dem er wandelte, heilig war. Als ich es ihm sagte, verließ er den Ort sofort. Er hat dem Gesetz gehorcht.«

Mehrere Jaguare traten vor. Moquihix erhob sich von seinem kleineren Thron. Der Priester, der das Messer hielt, brach die Beschwörungsformel ab und schaute verwirrt herüber.

Jakál hob Ruhe gebietend die Arme. Da er auf dem Podest stand, ragte er über Hoshi'tiwa auf. Er war ebenso verwirrt wie der Priester. Aber aus anderen Gründen. Das Mädchen, das seine Gedanken während der letzten Monate immer mehr gefesselt hatte, besaß die Unverfrorenheit, ein strenges Tabu zu brechen, und doch sprach sie in demütigem, beinahe flehentlichem Tonfall. Selbst jetzt, obwohl sie kühn zu ihm aufblickte, zeigte ihr Körper Unterwürfigkeit – die Schultern gesenkt, die Hände respektvoll vor sich zusammengenommen.

»Die Angelegenheit wurde bereits entschieden«, sagte er, während er fieberhaft überlegte. Ihre Handlungen entsetzten ihn. Und dennoch bewunderte er sie auch. Sie sollte bestraft werden, aber er konnte sich nicht dazu überwinden, sie den Jaguaren zu übergeben.

»Aber Ihr kennt die Wahrheit nicht, großer Herr«, sagte sie im Tonfall eines Bittstellers.

»Du warst *dort*? Bei der heiligen Lichtung?«

»Ich habe in deren Nähe Ton für meine heiligen Regengefäße gesammelt«, sagte sie betont, womit sie ihn an seinen eigenen Erlass damals erinnerte, als er sie an der Lichtung entdeckt und gesagt

hatte: »Wenn sich dein heiliger Ton in der Nähe befindet, dann erlauben dir die Götter, diesen Pfad zu beschreiten.«
»Dennoch hat der Junge heiligen Boden entweiht. Die Götter fordern ein Opfer.«
Die Worte platzten aus Hoshi'tiwa heraus: »Großer Herr, Ihr habt mich hierher gebracht, um Regen heraufzubeschwören, aber mein Herz war gespalten, während ich die Regengefäße gestaltete, denn ich hatte Heimweh und sehnte mich danach, meine Familie zu sehen. Das ist der Grund, warum meine Regenkrüge keinen Regen gebracht haben. Aber wenn ich weiß, dass dieser Junge sicher wieder bei seiner Familie ist, wird mein Herz von Dankbarkeit erfüllt und voller Frieden sein, und der Ton wird dies erkennen und ein Gefäß erschaffen, das Regen bringen wird.«
Er betrachtete sie genau. Der Moment zog sich hin, während das Meer von Menschen auf der Ebene, auf dem Platz, auf den Terrassen und Dächern und Mauern vollkommen still war. Der *Tlatoani* des Ortes der Mitte, Jakál vom Ort der Schilfrohre, Hüter der Heiligen Feder, Wächter des Himmels, Herr der Zwei Flüsse und Fünf Berge beratschlagte insgeheim mit sich, während er das vor ihm stehende Mädchen maß. Schließlich sagte er mit herausforderndem Blick: »Es genügt nicht.«
Sie begegnete seinem Blick. Der Wind nahm zu, pfiff über den Platz, während der Schatten des Falken über die Zuschauer schwebte. »Lasst den Jungen frei«, sagte Hoshi'tiwa, »und ich werde dem Ort der Mitte dienen.« Sie hielt inne. Ihr Herz setzte einen Schlag lang aus. »Ich werde *Euch* dienen, gnädiger Herr.«
»Blut muss vergossen werden!«, dröhnte ein Mann namens Xikli, der Furcht erregende Hauptmann der Jaguare, und seine Männer schlugen mit den Knüppeln gegen ihre Schilde.
Als der Lärm erstarb, streckte Hoshi'tiwa die Arme aus und rief: »Verschont diesen Jungen, großer Herr, und nehmt stattdessen mein Leben.«
Jakál wölbte eine Augenbraue. »Was bedeutet dir dieser Junge?«
»Wir sind verlobt, gnädiger Herr.«
Jakáls Augen flackerten. Die langen, anmutigen grünen Federn seines Kopfschmuckes zitterten einen Moment. Sie konnte seinen Blick nicht deuten – Enttäuschung? Bitterkeit? Aber als er sich um-

wandte und einen Arm hob, um den Befehl zu geben, das Messer zu senken, eilte Hoshi'tiwa vor und streckte die Hand nach Jakál aus.

Mit einer Bewegung, die so rasch erfolgte, dass niemand sie kommen sah, schwang er seinen Arm und schlug sie mit dem Handrücken auf die Wange, ein solch mächtiger Schlag, dass sie rückwärts aufs Pflaster fiel.

Hoshi'tiwa sah Sterne und Planeten explodieren, und als sich ihr Kopf wieder klärte, während sie auf dem Steinboden des Platzes lag, schaute sie auf und sah einen Ausdruck der Abscheu auf Jakáls Gesicht. Sie hasste ihn dafür. Und dann, im nächsten Augenblick, empfand sie Mitleid für ihn, weil sie erkannte, dass diese seine Abscheu nicht ihr galt, sondern sich selbst.

Blitzartig kam ihr eine Erinnerung aus ihrer Kindheit in den Sinn: ein Cousin, der mit einem verwaisten Berglöwenjungen in die Ansiedlung zurückkehrte. Er zog es auf und zähmte es, und die Katze wurde wie einer der Dorfhunde. Und dann griff das Tier Hoshi'tiwas Cousin eines Tages an, als er es fütterte, und tötete den Mann.

Das war Fürst Jakál.

Ihren Blick mit seinem verschränkt, erhob sie sich und schwankte leicht, als sie stand, ohne zu merken, dass Blut aus einem Schnitt an ihrem Kinn lief. Sie straffte Rückgrat und Schultern und verhärtete ihr Herz.

Hoshi'tiwa hatte zugelassen, dass ihre Monate am Ort der Mitte sie in ein Gefühl der Selbstzufriedenheit eingehüllt hatten. Sie hatte nur an den Regen gedacht. Sie hatte den Zorn vergessen, den sie hier zu Anfang empfunden hatte, und ihren Rachedurst, ihren Hass auf die Herrscher, als Moquihix sie anfänglich in die Töpferwerkstatt brachte und sie erkannte, dass er gelogen hatte, um sie *makai-yó* zu machen. Diese Gefühle kehrten jetzt mit aller Macht zurück, aber sie war nun älter und weiser und in der Lage, sie zu kontrollieren. Damals waren ihre Gefühle wirr gewesen, sie hatte nicht gewusst, wie sie sie lenken und zu ihrem Vorteil nutzen sollte. Aber die Unsicherheit des Mädchens wurde nun vom Selbstvertrauen einer Frau ersetzt, und eine neue Stärke begann in ihr zu reifen. Anstatt ihre neuen Empfindungen zu fürchten, hieß sie sie eher willkommen und ließ zu, dass sie ihr Kraft gaben.

Hoshi'tiwa hob das blutige Kinn an und sagte mit einer Stimme, die über die schweigende Menge hinweghallte: »Wenn Ihr Regen wollt, gnädiger Herr, dann lasst diesen Jungen gehen.« Nicht mehr in demütigem Tonfall ausgesprochen, sondern als Forderung.
Das Blut von ihrem Kinn lief zwischen ihren Brüsten abwärts, und obwohl sie vollkommen bekleidet war, fühlte sie sich vor der Menschenmenge nackt. Sie konnte nicht wissen, dass sie gerade den prophetischen Traum ihrer Mutter erfüllte.
Ein hoch aufragender Mann, den die Menschen kannten und fürchteten – Xikli, Hauptmann der Jaguare –, brüllte los und stürzte mit erhobenem Speer vorwärts. Aber Fürst Jakál hielt ihn mit erhobener Hand auf. Moquihix warf seinem *Tlatoani* einen finsteren Blick zu, während der Priester am Altar über dem zitternden Ahoté stand, das Messer stoßbereit in der Hand.
Hoshi'tiwas Stimme wurde kräftiger und zuversichtlicher, während sie über die Köpfe der schweigenden Menge hinweghallte. »Dies ist das Land *meines* Volkes, *meiner* Vorfahren. Ihr seid Neuankömmlinge, Fremde. *Meine* Götter sind hier, nicht Eure. Es kam kein Regen, weil *Ihr* meine Götter nicht respektiert habt.«
Als sie die Jaguare und die Herrscher kühn ansah, schrie auf der Mesa ein Falke und verstummte dann, als spüre er die Bedeutung des Augenblicks. Hoshi'tiwa erinnerte sich an das, was ihre Mutter gesagt hatte, als sie angstvoll in dem Schutzraum auf der Klippe kauerten: »Du wurdest für ein besonderes Schicksal geboren.« War es dies? Das Leben des zukünftigen Er-der-die-Menschen-verbindet ihres Stammes zu retten? Dem Ort der Mitte Regen zu bringen? Den Göttern ihres Volkes wieder zu ihrer rechtmäßigen Bedeutung zu verhelfen?
Moquihix ergriff das Wort: »Du entweihst ein heiliges Opfer!«
Sie streckte einen Arm aus und deutete mit dem Finger auf ihn. »Und Ihr bringt geheime, *unheilige* Opfer!«
Hoshi'tiwa löste die Verbände um ihre Handgelenke, hob die Arme hoch und drehte sich langsam, damit alle sie sehen konnten. »Seht die Wunden an meinen Handgelenken! Dieser Mann hat mich als Opfer für den Berglöwengott an einen Baum gebunden. Er hat keine Gebete gesprochen, keinen Weihrauch verbrannt, sondern mich als elendes Opfer für einen Gott dargeboten, den er nicht respek-

tiert. Aber mein Stammestotem, Großvater Schildkröte, hat meine Fesseln durchbissen und mich befreit.«

Ein Murmeln durchzog die Menge wie eine Woge, während alle über ihre Worte staunten.

Hoshi'tiwa erzitterte unter dem Gefühl, dass sich gerade Schicksal erfüllte. Sie wusste nicht, woher dieses Wissen kam, aber sie spürte deutlich, dass dies ein Wendepunkt in ihrem Leben war, im Leben ihres Volkes. Aber als sie sich erneut Jakál zuwandte, durchströmte Schmerz ihr Herz, denn ihr Sieg wäre seine Niederlage, und sie wollte ihn nicht besiegen. Und doch musste sie es für Ahoté, für ihr Volk, tun.

Plötzlich erklang eine weitere Stimme. Alle Köpfe wandten sich um. Es war Yani, die Aufseherin der Töpfergilde, welche die Verwegenheit besaß, die Stufen zum Platz zu erklimmen, wo sie an Hoshi'tiwas Seite trat. Sie brauchte nichts zu sagen. Alle kannten Yani, eine hoch angesehene Frau, und nicht ohne Status, sogar unter den Toltekah.

Sie stellte sich Schulter an Schulter mit dem jüngeren Mädchen, Herausforderung im Blick. Die Stille zog sich hin, während alle auf den nächsten Zug warteten – und dann kletterten die Töpferinnen eine nach der anderen auf den Platz hinauf und stellten sich zu ihren Schwestern, um den Herrschern eine schweigende Drohung zu übermitteln: Tötet den Jungen, und es wird keine weiteren Regengefäße geben.

Moquihix sah Menschen zustimmend nicken und untereinander murmeln. Er spürte eine neue Unterströmung in dieser ansonsten friedlichen Menschenmenge. Das Mädchen wiegelte sie auf, erweckte ihre Herzen und ihr Bewusstsein für neue Ideen. Sie war gefährlich. Er erinnerte sich an Aufstände in der Vergangenheit, in Städten weit im Süden, die nun leer und verlassen waren. Moquihix hatte selbst gesehen, welche Zerstörung durch die Hände einer gewalttätigen Menge möglich war.

Die Anspannung in der Luft nahm zu. Die Jaguare ergriffen ihre Speere und Knüppel, bereit, die Menschen wie bei der Herbsternte niederzumähen. Alle warteten mit angehaltenem Atem und fragten sich, was der Herrscher als Nächstes tun würde. Dass ein bloßes Mädchen, die Tochter von Maisbauern, sich ihm auf diese Art entgegenstellen sollte! Es war unvorstellbar. Gespannt sahen alle zu, in den Details der Szene gefangen, weil sie spürten, dass dies ein erinnerungswürdiger Moment war, über den gesprochen, der an der Gedächtniswand festgehalten und generationenlang um die abendlichen Feuer wieder erzählt würde.

Jakál blieb so ruhig und still wie die uralten Götter auf ihren Sockeln und beobachtete das Drama mit ausdruckslosen, steinernen Augen, die seit Anbeginn der Zeit zahllose Dramen bezeugt hatten. Die Jaguare hatten am Ort der Mitte die wahre Macht inne, sie waren es, die Jakál beschwichtigen musste. Aber gleichzeitig regte sich sein Gewissen, weil er vermutete, dass das, was das Mädchen gesagt hatte, die Wahrheit war: dass ihre Götter vor seinen hier gewesen waren. Er beobachtete die Unruhe der Menge, die sie durchlief wie eine Unterströmung einen ruhigen See. Bei einem Aufstand würde viel Blut vergossen, was die Jaguare wollten. Aber es bliebe niemand, der Saat ausstreuen konnte.

Fürst Jakál hatte sein Schicksal nie infrage gestellt. Er war am zehnten Tag des Monats geboren, an dem Tag, der vom Hund regiert wurde, und alle wussten, dass ein unter dem Hundezeichen geborenes Kind mit einer großen Begabung zur Führerschaft gesegnet war. Aber nun, als er vor dem blutigen Opferaltar stand, aller Augen auf ihn gerichtet, eine unmögliche Entscheidung vor sich, wünschte er, nur einen Moment lang, dass die Bürde der Führerschaft von ihm genommen würde.

Jakál war kein totalitärer Herrscher wie der König von Tola, sondern ein *Tlatoani*, ein Herrscher, der die Unterstützung der mächtigen Gilden brauchte. Wenn er das Opfer zuließe, müsste er eine Revolte gewärtigen. Verhinderte er das Opfer aber, würde er für immer als schwach angesehen und würde seine Autorität verlieren. Es wäre für ihn in jedem Fall eine Niederlage.

Seine Macht hing an einem seidenen Faden.

Und dann hatte er eine Idee. »Wir werden die Götter entscheiden lassen«, rief er über die Köpfe der Versammelten hinweg. »Wir werden die Frage an die Götter weitergeben und auf ihre Antwort lauschen.«

»An welche Götter, gnädiger Herr?«, besaß Hoshi'tiwa die Unverfrorenheit zu fragen.

Er sah sie düster an, dieses Wesen mit einem Gesicht wie der Mond, das seine Gedanken und Träume peinigte und ihm jetzt vor aller Welt eine Prüfung auferlegte. »Alle Götter, die an diesem Tag über uns wachen.«

Er sah die Töpferinnen an. »Seid ihr damit einverstanden?«

Yani trat vor. »Das sind wir, gnädiger Herr.«

»Und ihr werdet das Urteil der Götter annehmen und euch mit ihrer Entscheidung abfinden?«

»Das werden wir.«

Er sprach kurz mit Moquihix, der einem niedriger gestellten Priester mit mürrischer Miene einen Befehl erteilte. Der Mann lief in die Hauptgebäude und kam bald darauf mit einem in Fell gewickelten Bündel zurück. Jakál öffnete das Bündel mit großem Zeremoniell, als der Priester es ihm hinhielt, und hob einen dunklen Gegenstand hoch, damit alle ihn sehen konnten.

»Dies ist der Leitstein«, rief er und drehte sich langsam, so wie Hoshi'tiwa, als sie ihre verletzten Handgelenke gezeigt hatte. »Der uralte Leitgeist, der eure Herrscher zum Zentralplatz brachte.«

Als sich die ersten *Pochtecas* so weit nach Norden wagten, waren sie einem Talisman gefolgt, der sie auf den rechten Weg und schließlich zu diesem Canyon führte. Während der nachfolgenden Generationen war der Leitgeist an einem Ehrenplatz innerhalb der Steinmauern aufbewahrt worden. Dies war das erste Mal seit der Ankunft der ursprünglichen Herrscher, dass der Stein die Sonne sah.

Die versammelte Menge beobachtete in angespanntem Schweigen, wie Fürst Jakál den Gegenstand losließ, ihn zu Boden fallen ließ. Alle schrien auf, als das Objekt innehielt, bevor es auf dem Boden des Platzes aufschlug. Der Leitgeist hing an einem Faden, den Jakál in seiner rechten Hand hielt.

Hoshi'tiwa hatte einen solchen Gegenstand noch nie zuvor gesehen. Er sah aus wie Stein, und doch glänzte er wie Metall. Von der Länge des Unterarms eines Mannes, war der Leitstein schmal und wie die schlanken Fische geformt, die in dem Fluss lebten, an dem sie geboren war. Ein Ende des Geistes war dicker als das andere, sodass er in der Tat an einen in der Luft schwebenden Fisch erinnerte.

»Ich werde den Leitgeist drehen. Die Götter werden erwählen, wo er anhält. Wenn er nach Norden gerichtet zur Ruhe kommt, geht

der Junge nach Hause, denn im Norden liegt seine Heimat. Wenn er nach Süden gerichtet zur Ruhe kommt, wird der Junge als Sklave nach Tola gebracht. Wenn die Spitze nach Osten oder Westen zeigt, bleibt er hier und wird an diesem Tag auf dem Blutaltar geopfert.«
Den Stein so in der Schwebe haltend, dass alle ihn sehen konnten, legte Jakál den Zeigefinger seiner linken Hand an das dickere Ende und versetzte ihm einen festen Stoß, und der Stein drehte sich wild an seinem Faden.
Niemand regte sich. Niemand blinzelte. Aller Augen beobachteten den sich drehenden Gegenstand, und die Menschen fragten sich, wo er anhalten würde, während die Händler und Bauern und Holzarbeiter in der Menge leise Wetten abschlossen – da sie im Herzen Spieler waren –, um zu sehen, ob sie den Willen der Götter erraten könnten.
Der Stein wurde allmählich langsamer. Noch langsamer. Dann schwang er in die andere und zurück in die ursprüngliche Richtung. Jakál hielt den Faden still, während der Leitgeist nach Süden schwang, und dann wieder nach Norden. Süden … Norden. Bis er schließlich zur Ruhe kam.
Und nach Norden deutete.
»Die Götter haben gesprochen!«, erklärte Jakál. Er wandte sich den Priestern am Altarstein zu. »Lasst den Jungen los.«
Die Menge auf der Ebene brach in Jubel aus, und es klang, als dränge er aus einer Kehle. Jene auf den Terrassen, Dächern und Mauern fielen mit ein. Die Männer und Frauen gaben laut ihrer Erleichterung und Freude Ausdruck, weil die Befreiung Ahotés bedeutete, dass *ihre* Götter den Leitstein geführt hatten – es bedeutete, dass die Götter des Sonnenvolkes den Ort der Mitte nicht verlassen hatten.
Als die Priester Ahotés Knöchel und Handgelenke losließen, rollte er von dem Stein herab und blieb bewusstlos am Boden liegen. Hoshi'tiwa lief zu ihm. Er lebte noch, war aber erschreckend kalt und bleich. Während die Jaguare ihren Hauptmann nervös ansahen, sich die Priester Rat suchend an Moquihix wandten und Jakál zornig in die Hauptgebäude zurückschritt, gab Hoshi'tiwa Yani und den Übrigen ein Zeichen, die herbeieilten, Ahotés schlaffen Körper hochnahmen und den Platz, als Gruppe, mit ihm verließen.
Die Menge auf der Ebene zerstreute sich, die Menschen eilten zu

ihren Bauernhöfen und Lagern und ihren Pflichten zurück, während sich die Priester wie bunte Vögel auf dem Platz zusammenscharten und über die Konsequenzen dessen argumentierten und debattierten, was gerade geschehen war, die Jaguare, ihres Festessens mit Menschenmais beraubt, mürrisch und schweigend in ihre Baracken zurückkehrten und Xikli, der Hauptmann, zu Moquihix trat und grollte: »Dies ist noch nicht das Ende.«

19

Sie wollen Rache. Sie werden sie mit eigenen Händen ausführen. Sie werden uns alle ins Unglück stürzen.

Diese besorgten Gedanken gingen Moquihix durch den Kopf, während er durch die kalte Nacht eilte, in einen Umhang aus Kaninchenfell gehüllt. Er trug keinen Kopfschmuck, keine goldenen Armreife oder Zeremonialbemalung. Er führte einen geheimen Auftrag aus und wollte keine Aufmerksamkeit auf sich ziehen.

Die Rache, die seine Gedanken beschäftigte, war nicht die der Götter, sondern die der Jaguare.

Heute hätte Blut vergossen werden sollen. Alle sagten das, die Jaguare, die *Pipiltin*, Moquihix, die Priester und niederen Beamten – wenn auch nicht die Dienstboten oder Köche oder Wächter oder irgendjemand sonst, der dem Sonnenvolk angehörte. Wenn es nicht das Blut des Jungen sein sollte, dann das eines anderen Opfers. Fürst Jakál hatte den Vorfall in den Augen seines stellvertretenden Kommandeurs nicht klug genug gemeistert. Wenn man die Toltekah mit einer Ziegelsteinmauer verglich – solide, einheitlich und unzerbrechlich –, sah Moquihix seinen *Tlatoani* als losen Ziegelstein im Fundament dieser Mauer. Die Bauern vom Ort der Mitte brauchten, von dem Mädchen angespornt, nur noch wenige weitere Steine zu lockern, und der gesamte Bau würde einstürzen.

Daher sein geheimer Besuch beim Hauptmann der Jaguare zu dieser späten Stunde. Es musste etwas getan werden, um den durch Jakál entstandenen Schaden wieder gutzumachen.

Ein Wächter stand an dem verschlossenen Tor in der aus Baumstämmen errichteten Wand der Unterkunft, Baumstämme, die über eine große Entfernung aus den Bergwäldern im Norden herangebracht worden waren. Nur wenige Menschen durften den Bereich der Elite-Jaguare betreten. Als der Wächter den hohen Beamten erkannte, öffnete er das Tor und verschloss es hinter ihm sofort wieder. Moquihix eilte über das Gelände, das zu dieser späten Stunde verwaist war, das aber am Tage sowohl als Ausbildungsgelände für die Krieger als auch als Spielfeld für ihre von höchster Konkurrenz geprägten, blutigen Sportarten diente.
Während Moquihix einen weiteren Eingang passierte und sein Schatten mit anderen an den Wänden verschmolz, wo Fackeln in Halterungen brannten, dachte er an das Desaster, das sein *Tlatoani* auf sich herabbeschworen hatte.
Das war Jakáls schrecklicher Fehler. Indem er die Bevölkerung überlistete, hatte er die Götter beleidigt.
Der Leitgeist deutete *stets* nach Norden.
Niemand kannte den Ursprung des seltsamen Metallgegenstandes. Vor Jahrhunderten war das Gewölbe eines Adligen in der Nähe von Chichen Itza von Eindringlingen geplündert und der fischähnliche Stein darin gefunden worden. Wie er dorthin gelangte, wusste niemand. Die Legende erzählte von Menschen, die vor vielen Generationen mit Schiffen von jenseits des Ostmeeres gekommen waren und das nach Norden weisende Metall mit sich gebracht hatten.
Mythen, Legenden, Geschichten. Moquihix kümmerte nur, dass Jakál im Voraus gewusst hatte, wie die so genannte Entscheidung der Götter aussehen würde, was bedeutete, dass die Götter überhaupt nicht befragt worden waren.
Der Hauptmann lehnte auf einer Decke und rollte müßig Knöchelwürfel auf einer *Patolli*-Matte umher, obwohl ihm kein Gegenspieler gegenübersaß. Er schaute nicht auf, als Moquihix hereinkam, seinen Fellmantel ablegte und erkannte, dass es sogar in den Privatquartieren des Hauptmanns kalt war.
Xikli selbst trug nur ein Lendentuch. Wie alle Krieger im Toltekah-Reich war er stolz auf seine Zähigkeit und Unempfindlichkeit gegenüber extremen Temperaturen und Schmerz. Als weiterer Beweis seiner Tapferkeit war seine Nase mehrfach gebrochen worden,

und ihm fehlten einige Zähne. Xikli trug sein Haar auf komplizierte Art: einen Haarknoten oben auf dem Kopf, einen geraden Pony quer über der Stirn, einen kurzen Schnitt über den Ohren und einen langen »Schwanz« den Rücken hinab. Dies aufrechtzuerhalten erforderte tägliche Aufmerksamkeit. Xikli und seine Leute waren wie Vögel, dachte Moquihix, die sich stets putzten. Sie zupften sich mit einer Pinzette die Bärte aus, rasierten ihre Augenbrauen und malten sie nach. Sie trugen Schmuck in Nase, Ohren und Lippen, wechselten ihn täglich von Knochen zu Himmelsstein zu Gold zu Jade. Sie verbrachten Stunden damit, ihre Körper mit scharfen Steinmessern zu rasieren und sich dann mit komplexen Mustern zu bemalen. Wenn sie sich nicht putzten, hielten sie sich auf dem Übungsgelände auf und kämpften untereinander oder stolzierten, die Brust anmaßend vorgereckt, über den Platz. Aber Moquihix verachtete den muskulösen Hauptmann nicht. Tatsächlich schätzte er ihn über alles.

Moquihix war vor dreißig Sommern zum Zentralplatz gekommen, als er ein junger Mann von fünfundzwanzig war. Er hatte eine Frau und ein Kind zurückgelassen, nach denen er fünf Jahre später schickte, als er als die Zunge des *Tlatoani* etabliert war. Seine Frau, die er sehr geliebt hatte, hasste den Ort der Mitte und kehrte nach Tola zurück. Seitdem war Moquihix allein. Er fragte sich oft, ob das Fehlen einer Frau ihm erlaubt hatte, ein so fortgeschrittenes Alter von fünfundfünfzig zu erreichen. Das wurde nur wenigen Männern gewährt.

»Warum hast du so lange gebraucht, hierher zu kommen, alter Mann?«, fragte der Jaguar-Hauptmann verächtlich.

Moquihix seufzte. Er unterstand nur Fürst Jakál, und doch nahm sich dieser Krieger die Freiheit, ihn auf diese Weise anzusprechen. Es war eine Tatsache des Lebens, dass es immer noch einen höheren Rang gab, gleichgültig, welch hohen Rang ein Mann erreichte, sodass stets Raum für *irgendjemandes* Respektlosigkeit war. In diesem Fall war es der Jaguar-Hauptmann, der nur dem *Tlatoani* aus Tola, dem obersten Anführer aller Toltekah, verantwortlich war.

Vor langer Zeit, als Junge, hatte Moquihix davon geträumt, ein Jaguar zu werden. Aber solch ein erhabener Rang wurde nur den Schnellsten, Tapfersten und Behändesten gewährt. Leider hatte

er dieses Ziel nicht erreicht und musste seinen Weg in der Verwaltung finden. Als ihm ein Posten weit im Norden, am Ort der Mitte, angeboten wurde, hatte er in der Hoffnung angenommen, eines Tages der *Tlatoani* dieses Landes zu sein. Auch das wurde für ihn unerreichbar, als der begehrte Posten an den Sohn einer Familie vergeben wurde, die erlauchter war als Moquihix' Familie. Er missgönnte Jakál seine Position nicht. Jakál war ein guter Mann und gerecht. Wenn auch derzeit schwach und unentschlossen.
Der Jaguar spie verächtlich aus. Obwohl Moquihix der zweitmächtigste Mann am Herrschersitz vom Ort der Mitte war, hatte der wilde Krieger keine Geduld mit Männern der Buchstaben und Bücher und Stifte und des Papiers. »Der Junge hätte geopfert werden sollen. Wir haben das Recht, Blut zu vergießen. Wir sind edler Abstammung.« Er schlug sich auf seine narbige Brust. »Es ist dieses verfluchte Mädchen. Fürst Jakál erlaubt es ihr, ihn anzusehen! Sie wird mit ihren Augen seine Seele stehlen.«
»Er glaubt, die Götter haben sie hierher gebracht, damit sie Regen heraufbeschwört«, sagte Moquihix schlicht, nicht um das Mädchen oder Jakál zu verteidigen, sondern einfach, um eine Tatsache festzustellen.
Der Hauptmann spie erneut aus. »Sie ist nur die Tochter eines Maisbauern!«
»Sie fand das geweihte Heiligtum«, sagte Moquihix nachdenklich. »Während all der Generationen, die wir hier sind, hat niemand jemals die verborgene Schlucht gefunden, niemand hat jemals die heilige Lichtung gefunden.«
»Sie ist nur ein neugieriges Mädchen.«
»Du hast die Regengefäße gesehen, die sie gestaltet. Sie wirken wie aus Gold gemacht. Und der spezielle Ton, den sie benutzt, ist in der Nähe der geweihten Lichtung zu finden. Es kann kein Zufall sein, dass Ton, der sich in Gold verwandelt, so nahe dem Ort der Götter gefunden wird.«
»Sie schwächt unseren *Tlatoani*. Die Menschen beziehen ihre Kraft vom Herrscher. Wenn der Herrscher schwach ist, sind die Menschen schwach. Das Mädchen muss geopfert werden.«
Als Moquihix schwieg, sprang der Hauptmann auf und sagte: »Wir sind Krieger, und doch kämpfen wir nicht! Wo sind die Heere, die

meine Männer herausfordern? Wo sind die Gefangenen, die auf dem Blutaltar geopfert werden können? Wir ähneln an diesem elenden Ort Vögeln im Käfig!« Er fuhr herum und sah Moquihix scharf an. »Alter Mann, ich fürchte, dass unser geliebtes Tola gefallen ist, da wir seit fast zwei Jahren von dort keine Nachricht mehr erhalten haben. Und so wird dieser Ort ein Ort der Geister werden. Unser Samen wird sich in die vier Winde zerstreuen, und wir werden verschwinden, die Toltekah werden in Vergessenheit geraten.«

Moquihix stimmte ihm bekümmert zu. Wie war es so weit gekommen? Wo war die glorreiche Zukunft, von der sie geträumt hatten?

»Das Mädchen hat unsere Götter geschmäht!«, polterte Xikli. »Gebt sie uns, und wir werden sie auf höchst geziemende Art opfern.« Er lächelte grimmig. »Wir werden dafür sorgen, dass sie zum Sterben Tage brauchen wird.«

Moquihix seufzte erneut und spürte, wie sich eine seltsame Hilflosigkeit in seinem Blut ausbreitete. Vielleicht hatte der Hauptmann Recht. Das Opfer des Mädchens könnte wieder alles in Ordnung bringen. »Gut«, sagte er. »Wenn bis zur Sonnenwende kein Regen fällt, werde ich euch das Mädchen an diesem Tag übergeben.«

Der Hauptmann vollführte eine abschließende Geste, und Moquihix, Zunge des *Tlatoani* vom Ort der Mitte, nahm seinen Umhang und ging. Aber nur schweren Herzens. Er wollte so verzweifelt etwas zu diesem Mann sagen, der, trotz der Narben und der gebrochenen Nase, Moquihix' geliebter Frau Xochitl ähnelte, die ihn vor Jahren verlassen hatte. Aber die Kluft war jetzt zu groß, um neue Brücken zu bauen. Daher war ein Teil von Moquihix, als er ging, insgeheim stolz darauf, dass Xikli in den Rang eines Jaguar-Hauptmanns aufgestiegen war, obwohl der andere Teil von ihm tieftraurig darüber war, dass Xikli nur Verachtung für ihn empfand. Aber wer konnte es ihm verübeln? Kein Sohn sollte im Rang höher stehen als sein Vater.

20

Es dauerte zwei Wochen, bis Ahoté sich erholt hatte, und als es für ihn an der Zeit war, in seine Ansiedlung zurückzukehren, sagte Hoshi'tiwa, als er sie bat, mit ihm zu gehen, sie müsse am Ort der Mitte bleiben. »Ich habe versprochen, diesen Menschen und Fürst Jakál zu dienen. Ich habe versprochen, Regen zu bringen.«

Es war ein kurzer, bitterer Abschied voller Tränen, denn sie wussten, dass sie einander niemals wiedersehen würden. Hoshi'tiwa wünschte Ahoté ein gutes und langes Leben als Hüter der Gedächtniswand. »Es tut mir so Leid, dass ich die Ursache für den Tod von Onkel Geistertänzer war«, sagte sie. »Ich habe nur an mich gedacht und nicht an den Stamm. Bitte, sage ihnen, dass es mir Leid tut. Bitte, sage meiner Mutter, dass ich nicht mehr *makai-yó* bin und dass ich unserer Familie Ehre machen werde.«

Dann sah sie Ahoté nach, wie er in der Weite der Ebene verschwand.

Hoshi'tiwa vertiefte sich unter Ausschluss alles anderen in ihre Aufgabe, verzichtete auf Schlaf und Nahrung und arbeitete bis zur Erschöpfung. Sie knetete den Ton, summte ihm leise vor, flüsterte ihm zu, drückte Luftblasen heraus, trocknete ihn bis zur Vollkommenheit, schliff ihn immer wieder ab, während sie dem rauen Gefäß vorsang, bis es den strahlendsten Glanz aufwies, und bemalte es dann mit Symbolen von Regen und Wolken und Himmel und Wind, ihre Hand so ruhig wie nie, der Yucca-Pinsel von genau der richtigen Breite, die Linien gerade und unerschütterlich, ohne einen einzigen Makel, ohne Fehler, ein perfektes Gefäß.

Aber während ihre Hände und ihr Körper zielstrebig arbeiteten, schweiften ihr Herz und ihr Geist ab.

Zwei Wochen waren vergangen, und Fürst Jakál hatte sich noch immer nicht öffentlich gezeigt. Weil während der Nacht Küchenarbeiter verschwunden waren, wie auch andere Menschen im Tal, musste Hoshi'tiwa als Dienstbotin einspringen, aber sie war dem Mann, den sie zu einer Entscheidung gezwungen hatte, die für ihn nur eine Niederlage bedeuten konnte, gleichgültig, welchen Weg er wählte, in diesen vierzehn Tagen dennoch nicht begegnet. Der oberste Koch sorgte sich um die Gesundheit seines *Tlatoani*, weil Jakáls Teller kaum berührt zurückkamen. Hoshi'tiwa wusste, dass sie der Grund dafür war. Sie hatte ihm nicht seine Macht nehmen wollen. Sie hatte nur Ahotés Leben retten wollen.

Aber als der stattliche *Tlatoani* in ihren Träumen Einzug hielt und sie schwermütig ansah, als er ihren Kopf mit seiner tiefen, volltönenden Stimme erfüllte und sie merkte, wie sie sich seine kräftigen Glieder, die Form seines Kinns, die Biegung seiner Nase vorstellte, als sie eine seltsame, erregende Wärme durch ihre Adern fließen und tief in ihrem Bauch pochen spürte, sagte sich Hoshi'tiwa, dass es ihre Besessenheit war, Regen zu bringen, die ihr diese Gedanken und Empfindungen eingab. Jakál hatte ihr befohlen, Regen zu bringen. Gedanken an ihn und die Visionen, die sie nicht aus ihrem Geist verbannen konnte, existierten nur, um sie an ihre Aufgabe zu erinnern.

Es war unmöglich, dass eine einfache Händlertochter auf andere Weise an den Herrscher des Ortes der Mitte überhaupt denken durfte. Angst und Verlangen kämpften in Hoshi'tiwas Brust.

Als sie das neue Gefäß in den Brennofen stellte, kamen die übrigen Töpferinnen, um mit ihr zu beten und Wache zu halten, und auch die Küchenarbeiter und Dienstboten schlossen sich ihnen an und warteten mit ihnen, dass das Feuer zu Asche verglühen würde. Und als das Gefäß hervorkam, sanft golden wie ein Sonnenaufgang, das aufgemalte Muster wie ein flammend roter Sonnenuntergang, riefen alle aus, es sei der wundervollste Regenkrug, der jemals geschaffen wurde.

Hoshi'tiwa brachte den Krug mit großem Zeremoniell zur Werkstatt der Töpferinnen und stellte ihn zu all den anderen Gefäßen, aber dieses Mal stand Moquihix, während die Regengott-Priester Hoshi'tiwas Regengefäß priesen, nachdenklich schweigend da, einen seltsamen Ausdruck auf dem Gesicht, den Hoshi'tiwa nicht deuten konnte.

Als der Krug am Tag vor der Sommersonnenwende erwählt und zusammen mit den anderen auf den Platz hinausgestellt wurde, betete Hoshi'tiwa, wie sie noch niemals zuvor gebetet hatte. Sie wusste, dass ihr Leben erneut an einem seidenen Faden hing. Wenn dieses Mal kein Regen käme, würde sie hingerichtet, und die

Jaguare würden nach Norden zu ihrer Ansiedlung ziehen und auch dort alle töten.
Auf dem Platz, wo die Sonne aus einem wolkenlosen Himmel herabbrannte, wurden beständig Regentänze aufgeführt. Die Menschen sangen und opferten den Göttern ihre kargen Maisrationen, während die Hohepriester, von Adligen und Jaguaren umgeben, ein Opfer – ein armer Teufel, der für die Himmelsstein-Minen bestimmt war – auf dem Steinaltar festhielten und sein Blut vergossen, um die Götter zu besänftigen.
Das Tanzen und die Rituale wurden bis spät in die Nacht fortgeführt, während hundert Fackeln angezündet wurden und zum klaren, sternenübersäten Himmel hinaufflackerten. Und dann wurde es am Ort der Mitte still. Menschen zogen sich auf ihre Schilfmatten und in ihre kleinen Hütten zurück, rollten sich unter einem Himmel zusammen, der zu klar und zu wolkenlos war. Morgen war die Sommersonnenwende, ein Tag, der länger war als die Nacht, Vorbote heißen Wetters. Extreme. Aus dem Gleichgewicht geratene Natur. Während der Mais auf den Feldern dürstete.

21

Xikli, der Hauptmann der Jaguare, musterte seine vier besten Männer ruhig. Sie gaben sich Mühe beim Ankleiden, beim Schmücken ihrer Körper, beim Besingen ihrer Götter, während sie sich vorbereiteten. Sie hatten seit der Morgendämmerung gefastet. Ihre Mission war heilig.
Schließlich gab Xikli, in der Stunde vor Tagesanbruch, das Zeichen, und die Krieger stahlen sich in die Nacht hinaus, während der Ort der Mitte noch schlief, schlichen lautlos zu den Räumen, in denen das Mädchen aus dem Norden wohnte.
Das Mädchen, das ihre Götter verspottet und sie eines Blutopfers beraubt hatte.
Dieses Mal, so schwor Xikli, gäbe es keine Einmischung von Seiten der Priester oder Jakáls oder an Fäden hängender Steine. Wenn der

erste Sonnenstrahl am Tag der Sonnenwende über den Ort der Mitte hereinbrach, würden sie das Mädchen ergreifen, zum Platz zerren, in der brennenden Morgensonne – denn es würde gewiss kein Regen kommen – über den Altarstein breiten und ihr das noch schlagende Herz herausschneiden.

Ohne etwas von den in den Schatten verborgenen Kriegern zu ahnen, schlief Hoshi'tiwa auf ihrer Matte unter dem Dach aus Weidenzweigen, das den Innenhof der Küche überdeckte. Andere schnarchten in der Nähe – der oberste Koch, seine Gehilfen, der Schlachter, die Kornmahler und Tortillamacher – und warfen sich in unstetem Schlaf umher, während sie von Regen und Ernten träumten.

Hoshi'tiwa träumte von Ahoté – sein Körper war nicht von den Priestern vom Ort der Mitte zerstört, sondern wieder heil und vollständig. Sie sah ihn der staubigen Straße folgen, welche die Schlucht beschützte, in der seit Generationen ihre Ansiedlung stand, sah ihre Mutter freudig überrascht aufschauen, und Ahotés Vater und all die Onkel und Tanten auf ihn zulaufen, ihn umarmen und lachen, ihm Essen und Wasser bringen und ihn aufgeregt zur Feuerstelle ziehen, um seine Geschichten von Hoshi'tiwa und vom Ort der Mitte zu hören. Es war solch eine herzerwärmende Szene, dass Hoshi'tiwa im Schlaf weinte. Tränen ergossen sich aus ihren Augen und befeuchteten ihre Wangen. Tränen rollten auf ihre Schilfmatte und durchtränkten sie. So viele Tränen, dass sogar ihre Kleidung nass wurde, sodass sie, als sie jäh erwachte, einen Moment brauchte, bis sie erkannte, dass nicht sie weinte, sondern der Himmel, denn die Sterne waren hinter dichten Sturmwolken verschwunden, während ein sintflutartiger Regen auf den Ort der Mitte niederströmte.

Sie sprang auf, ohne die fünf verblüfften Krieger zu bemerken, die aus ihrem Versteck traten und erstaunt zum Himmel aufblickten. Hoshi'tiwa lief mit anderen mit, mit all den Menschen vom Ort der Mitte, die sich auf dem Platz zusammendrängten und lachten und tanzten und sangen, dem strömenden Regen die Arme entgegenstreckten und die Gesichter mit offenem Mund aufwärts wandten, um das gesegnete Wasser zu trinken. Überall auf der Ebene stellten Menschen Krüge und Schalen und wasserfeste Körbe in den Regen,

sie wateten in dem schmalen Wasserlauf, der nun rasch und zunehmend breiter dahinfloss, sie streiften ihre Kleidung ab und tollten unter der Flut umher.
Xikli und seine Männer verzogen das Gesicht, lachten dann und liefen zu ihren Unterkünften zurück, um ihre eigenen heiligen Regentänze auszuführen.
Fürst Jakál, der sich zum ersten Mal seit zwei Wochen zeigte, stand auf dem Platz und streckte die Arme aus. Sein großartiger Federkopfschmuck triefte vom Regen, sein befiederter Umhang glänzte vor Feuchtigkeit. Fackeln flackerten und erloschen, sodass sehr wenig Licht vorhanden war, aber alle sahen die Gestalt ihres Herrschers, dessen goldene Armreife durch den Platzregen schimmerten. Er hob an zu singen, und andere Stimmen schlossen sich ihm an, bis alle Kehlen vom Ort der Mitte – Tausende von Kehlen – einfielen, um einen Jubelruf zum Dank an die Götter zu erheben. Denn sie hatten Regen gebracht.
Als Hoshi'tiwa Yani und ihre Töpferschwestern umarmte, tauchte ein Jaguar aus dem Platzregen auf, dessen Gesichtsfarbe verlief und dessen Katzenfelle durchweicht waren. Er packte Hoshi'tiwa am Arm und zwang sie durch die Menge. Die Menschen traten beiseite, um ihnen Platz zu machen, betrachteten das Mädchen, das von einem Jaguar vorangezerrt wurde, und nahmen dann ihren Tanz und ihr Feiern wieder auf.
Zu ihrer Überraschung brachte der Jaguar Hoshi'tiwa unmittelbar zum Haupteingang der Steingebäude, dem Eingang, den nur Fürst Jakál benutzte, drängte sie hinein, wandte sich dann dem Platz zu und hielt Wache.
Nachdem sich ihre Augen an das Licht gewöhnt hatten, das mehrere Fackeln an der Wand verströmten, sah sie Fürst Jakál auf einem prächtigen Stuhl aus kunstvoll geschnitztem und bemaltem Holz sitzen. Er hatte seinen Kopfschmuck und den gefiederten Umhang abgelegt und trug nur noch ein Lendentuch aus scharlachroter, mit Goldfäden bestickter Baumwolle. Seine bronzefarbene Brust, noch nass vom Regen, war mit Halsketten aus Silber und Himmelsstein geschmückt. Zwei Sklaven kümmerten sich um sein langes Haar, kämmten es trocken und drapierten es über seine Schultern und den Rücken hinab.

»Da bist du ja!«, rief er, sprang auf und erschreckte damit die Sklaven. »Du hast Regen gebracht!«
Sie sah ihn überrascht an. Sie hatte sich Sorgen um ihn gemacht. Nun war sie erleichtert zu sehen, dass es ihm gut ging. »Gemeinsam mit meinen Schwestern in der Töpfergilde und den Priestern, die um Regen gesungen haben, und den Regentänzern und all den Menschen, die gebetet haben, großer Herr.«
Er lachte fröhlich. »Ich werde das Sonnenvolk nie verstehen, wie sie es verabscheuen, sich zu rühmen, und glauben, alle Menschen seien gleich! In Tola preisen wir den begabten Kunsthandwerker und erheben ihn – oder sie – über alle anderen. In Tola werden kluge und erfolgreiche Einwohner reich belohnt, während alle anderen nur Staub unter unseren Füßen sind.«
Sie hörte kaum den Regen jenseits der Tür, so laut pochte ihr Herz. Hatte er ihre Auseinandersetzung von vor zwei Wochen vergessen, als ihr Sieg seine Niederlage bedeutete? *Als er sie mit solcher Macht schlug, dass ihr Kinn blutete?*
Die Sklaven verschwanden lautlos, und Hoshi'tiwa war mit Fürst Jakál allein in einem Raum, den sie niemals zuvor gesehen hatte. Dies war das Herz des Herrschersitzes vom Ort der Mitte, wo der *Tlatoani* vornehme Besucher empfing, sich mit Hohepriestern traf oder mit seinen Adligen beriet. Webteppiche hingen an den Wänden, und bunte Schilfmatten bedeckten den Steinboden.
»Du darfst dir deine Belohnung für das Heraufbeschwören des Regens aussuchen«, sagte Jakál lächelnd. Er nahm eine Fackel aus einer Halterung an der Wand und bedeutete ihr, ihm zu folgen.
Hoshi'tiwa war der Lageplan des unteren Bereichs des Steingebäudes bekannt, aber Jakál führte sie zu einer Treppe, und während sie sie wie im Traum erklommen, fragte sie sich, wohin sie gingen.
Von ihrem Weg zweigten schmale Tunnel mit Stufen ab, sodass sie den Regen und den Gesang der Menschen nicht mehr hörten. Es fiel ihr schwer, Schritt zu halten, so tatkräftig schritt Fürst Jakál aus, nahm zwei Stufen auf einmal und lachte, während sie emporstiegen. Sie folgte ihm immer höher hinauf, im Bann seines kraftvollen Körpers, seiner glänzenden Haut und seiner geschmeidigen Bewegungen. In diesem Moment erkannte sie, dass sie ihm überallhin folgen würde.

Auf der Außenterrasse der fünften Ebene lebten die Dienstboten mittleren Standes, aber die inneren Räume waren versperrt und durften von niemandem außer dem Herrscher betreten werden. Sie gelangten kurzzeitig ins Freie, und Hoshi'tiwa keuchte beim Anblick des vom Regen gepeitschten Platzes unter ihr, wo die Menschen glücklich badeten und tranken, in Wasserpfützen tollten und im Platzregen tanzten, während die Priester unaufhörlich zu den Göttern sangen. »Hier entlang!«, rief Jakál, führte sie in den ersten von mehreren Räumen, ein jeder prächtiger als der vorige, und forderte sie auf, ihre Belohnung auszuwählen.

Der erste Raum war das Haus der Federn, in dem eine Wand mit Federn in leuchtendem Gelb und eine weitere mit leuchtend glänzenden Schattierungen in Blau geschmückt war, zu Wandteppichen verwoben und anmutig an den Wänden platziert. Die verbleibenden Wände waren mit Federn in leuchtenden Rottönen und Gefieder des reinsten und blendendsten Weiß behangen.

Als Nächstes kam der Himmelsstein-Lagerraum, vom Boden bis zur Decke mit diesem Edelstein angefüllt, in allen Farben, Gestalten und Formen, in denen er vorkam, roh, bearbeitet, geschliffen, einige Stücke so groß wie die Faust eines Mannes.

Schließlich führte Jakál sie auf das Dach der fünften Ebene, wo ein überhängender Weidenzweig sie vor dem Regen schützte, als er ihr eine Voliere zeigte, einen riesigen Käfig aus Weide und Birke, der eine Ansammlung der phantastischsten Vögel beherbergte, die Hoshi'tiwa je gesehen hatte.

»Triff deine Wahl«, sagte er großmütig und streckte die Arme aus, als böte er ihr die Welt dar. »Sie, die den Regen bringt, soll jede Kostbarkeit bekommen, die sie sich wünscht.«

Hoshi'tiwa konnte ihn nur ansehen. Das strahlende Lächeln, die Energie – als könnte er sich durch bloße Armbewegungen in den Himmel hinaufschwingen. Es war ansteckend. Sie spürte, wie ein Lachen in ihr aufstieg.

Und dann wurde er plötzlich ernst. »Das habe ich getan«, sagte er leise, und sie spürte, wie seine Fingerspitze ihr Kinn berührte. Obwohl die Wunde verheilt war und nur eine kleine Narbe zurückgelassen hatte, fühlte sich seine Berührung wie ein Lichtblitz an. »Ich weiß nicht, warum ich dich geschlagen habe.« Seine dichten

Augenbrauen zogen sich zu einem Stirnrunzeln zusammen, als habe der Vorfall, an den er sich erinnerte, vor vielen Jahren stattgefunden, und er habe die Details vergessen.

Aber Hoshi'tiwa wollte nicht über jenen Tag sprechen. Es schien fast, als wäre der Streit, der dem einen den Sieg und dem anderen eine Niederlage eingetragen hatte, von zwei anderen Menschen ausgetragen worden. Sie betrachtete die Vögel in dem Käfig und sagte: »Sie erinnern mich.«

Jakáls Augen wirkten so stürmisch wie die Nacht, als er sich ebenfalls von dem schrecklichen Konflikt von vor zwei Wochen losriss, als er geglaubt hatte, seine Macht vollkommen verloren zu haben. Aber nun stellte der Regen sie wieder her. »Sie erinnern dich woran?«

»An die jungen Frauen, die Euch bei dem Ritual auf der Lichtung helfen. Sie sind so wunderschön. Dagegen fühle ich mich wie ein Spatz«, sagte sie.

Fürst Jakáls Augen wurden sanft. »Der Spatz ist das zäheste aller geflügelten Wesen. Er lebt in Schnee und Hitze und Regen, in Dürre und Hungersnot. Der Spatz ist stark und entschlossen und ein Überlebender. Aber *diese* Vögel«, er deutete auf die fremdländischen Wesen auf ihren Sitzstangen, die in allen Farben des Regenbogens gefiedert waren, »sind trotz all der Schönheit ihres Gefieders zart und würden umkommen, wenn sie nicht unserer sorgfältigen Obhut unterstünden.«

Er hielt inne, sah sie an und sagte: »Aber du bist nicht unscheinbar, obwohl du dich mit einem Spatz vergleichst. Und denk daran, auch der Spatz ist ein Singvogel, der uns mit seinem einfachen Lied erfreut.«

Der Regen fiel um sie herum, schuf eine Wand zwischen ihnen und der Außenwelt, sodass diese Innenwelt, trocken wie unter einem Baum, das Einzige war, was existierte. Jakál stand nahe bei Hoshi'tiwa. Sie konnte den Fürst, den sie einst gehasst und »Ungeheuer« genannt hatte, in allen Einzelheiten betrachten – die winzigen Narben an seinem Körper, die feuchten Strähnen schwarzen Haars, das Schlüsselbein, das noch vor Regentropfen glänzte.

Und Jakál konnte den Blick nicht von diesem Mädchen wenden, das sich einen Spatz nannte und doch wundersame Hände und die Gabe besaß, aus Ton Schönheit zu erschaffen.

»Wähle«, sagte Fürst Jakál schließlich mit einer Stimme, die ebenso sanft klang wie der raunende Regen. »Aus allem, was ich dir gezeigt habe.«

Sie betrachtete ihn vor dem Sturm und Regen, vor der Nacht, in der die Naturgewalt wie ein Spiegel der Macht des Mannes vor ihr erschien – Hoshi'tiwa sah ihn an und fand angesichts dieser Macht keine Worte. Jakáls Nähe bewirkte, dass ihr das Herz in die Kehle stieg, der Atem nur mühsam in ihre Lungen floss, der Puls in ihren Adern pochte. Ihre Empfindungen verwirrten sie. Wenn seine dunklen Augen auf ihr ruhten, spürte sie, wie ihre Seele ihren Körper verließ und in den Himmel hinaufschwebte.

»Ich möchte nach Hause gehen«, sagte sie.

Seine Augen flackerten. Regen und Wind peitschten um sie herum, hoben Jakáls langes Haar an wie die schwarzen Banner an den Speeren der Jaguare. Sie glaubte, Zorn in seiner Miene zu erkennen. Sie wusste nicht, dass sein Herz bei dem Gedanken, sie zu verlieren, plötzlich angstvoll schlug, dass er genau in diesem Moment erkannte, was er zuvor nicht gewusst hatte, dass er ihr gerne alles schenken würde, was er ihr gezeigt hatte – die Federn und Himmelssteine und kostbaren Vögel –, wenn sie nur bliebe.

Aber er hatte ein Versprechen abgegeben. »Dann sollst du nach Hause gehen«, sagte er und drehte sich abrupt von ihr weg, um wieder hinunterzusteigen.

Hoshi'tiwa war überglücklich. Sie würde ihre Mutter wiedersehen – und Ahoté! Sie würde Baumwollkleidung für sie alle mitbringen und Silberpokale, um daraus zu trinken, und Himmelssteinschmuck für alle! Aber plötzlich verriet sie ihr Herz, denn bei dem Gedanken, Jakál zu verlassen, stieg heftiger Schmerz in ihr auf. Sie unterdrückte das Gefühl und sagte sich, dass nach Hause zu gehen das Einzige auf der Welt war, was sie wollte.

Wieder in dem Raum auf der unteren Ebene, wo Chi Chi auf seiner Stange kauerte, brachten Dienstboten Becher mit einem heißen, aus in den Dschungeln weit im Süden gezüchteten Bohnen gemachten Gebräu, ein Gebräu, das dickflüssig und braun und bitter war, und aus dem Hoshi'tiwa sich nichts machte. Jakál nannte es *Chocolatl*.

Er trank und grübelte, während sich Hoshi'tiwa über seine jähe Veränderung wunderte. Er war oben auf dem Dach so offen und

gesprächig gewesen, aber nun war er schweigsam und in sich gekehrt.
»Darf ich Euch eine Frage stellen?«
Er regte sich und sah sie mit schwermütigem Blick an. Sollte er sich etwa nicht über den Regen freuen? »Warum habt Ihr Ahoté gehen lassen? Ihr brauchtet die Götter nicht zurate zu ziehen.«
Er stellte seinen Becher beiseite. »Es geschah zum Wohle des Volkes. Ich ließ den Jungen gehen, um Regen zu bringen.«
In dem trüben Licht und den tanzenden Schatten konnte Hoshi'tiwa die Sehnsucht in seinen Augen, als er sie ansah, nicht erkennen. Sie ahnte nicht, welche Verwirrung in seinem Herzen herrschte, während er über eine Liebe staunte, die so stark war, dass eine junge Frau bereit gewesen war, ihr eigenes Leben für das des Sohnes eines Maisbauern zu opfern.
Er dachte an seine Ehefrau, die als junges Mädchen aus Tola hierher gebracht worden war, hochgeboren, von seiner Familie als seine Gemahlin auserwählt. Sie war bei der Geburt eines Kindes gestorben, aber sie hatte ihm kein aus Liebe oder Leid bestehendes Vermächtnis hinterlassen. Jakál konnte sich an keine Zeit erinnern, in der sein Herz von einer anderen angerührt wurde. Ihm fiel gewiss niemand ein, für den er sein Leben opfern würde.
»Warum verehrt Ihr den Morgen- und den Abendstern?«, fragte Hoshi'tiwa.
»Warum verehrt *ihr* die Sonne?«
»Die Sonne spendet Leben.«
Jakál erhob sich von seinem Thron und trat zum geöffneten Eingang, der auf den regendurchnässten Platz hinausführte. »Wir verehren nicht den Stern selbst, wir verehren den Menschen, der er einst war, und den Gott, der er wurde.«
Er wandte ihr das Gesicht zu. »Vor langer Zeit, als meine Vorfahren in einer Stadt namens Teotihuacan lebten, regierte ein gütiger König mit Namen Quetzalcoatl. Er wurde einer jungfräulichen Mutter geboren, der Göttin Coatlicue, und er gab uns Bücher, den Kalender und den Mais. Er lehrte uns, dass das Blumenzüchten eine heilige Aufgabe ist. Als Quetzalcoatl starb, stürzte er sich in ein Feuer, seine Asche wurde der Morgenstern, und er versprach, dass er eines Tages zurückkehren würde, und zwar aus einem Land im Osten,

um den Glauben seines Volkes wiederherzustellen. Sein Aufstieg am Morgen und am Abend erinnert uns an sein Versprechen, eines Tages zurückzukehren und ein goldenes Zeitalter zu bringen.«

Jakál hob ein kleines goldenes Medaillon an, das neben anderen Halsketten seine Brust schmückte. »Diese Blume«, sagte er, »die in meiner Muttersprache *Xochitl* heißt, wurde einem meiner Vorfahren von Quetzalcoatl persönlich geschenkt. Sie enthält einen Tropfen des Blutes des Gottes.«

Hoshi'tiwa staunte über die fein gestaltete Blüte, mit sechs vollkommenen Blütenblättern aus Gold und einer Perle aus einem eindrucksvoll blauen Himmelsstein in der Mitte. Hinter der Perle, sagte Jakál, befände sich ein kleines Fach, in dem der Tropfen heiligen Blutes aufbewahrt würde.

Chi Chi verließ seine Sitzstange, flatterte im Raum umher und ließ sich dann auf Jakáls Handgelenk nieder. Der Vogel legte den Kopf zur Seite und krächzte: »Xochitl!« Jakál lachte, wählte ein Stück einer süßen, stacheligen Birne und verfütterte es liebevoll an den Papagei.

»Wie werdet Ihr ihn erkennen?«, fragte Hoshi'tiwa ernsthaft, voller Faszination. »Wisst Ihr, wie Quetzalcoatl aussieht?«

»Man sagte uns, er sei ein großer, weißer Mann mit einem Bart, der von Osten kommen wird.«

Es erweckte jäh ihr Interesse, dass Jakáls Glaube den ihren so sehr widerspiegeln sollte. »Auch wir erwarten die Rückkehr von jemandem, der vor langer Zeit unter uns gewandelt ist. Wir nennen ihn Pahana. Es gab einst zwei Brüder, die getrennt wurden. Der rothäutige Bruder blieb hier, während der weiße Bruder, Pahana, nach Osten reiste, der aufgehenden Sonne entgegen, mit dem Versprechen, eines Tages zurückzukehren, um seinem Bruder zu helfen, die Läuterung zu bewirken, zu einem Zeitpunkt, wenn die Übeltäter der Welt vernichtet sein und überall Frieden und Brüderlichkeit herrschen werden.«

Jakál war überrascht und erregt. Er hatte von dem Moment an Interesse an Hoshi'tiwa empfunden, als sie bei der ersten Sichtung des Morgensterns dabei war und nicht augenblicklich vom Zorn des Gottes niedergestreckt wurde. Sie hatte das höchste aller Tabus gebrochen, und doch hatte sie überlebt. Warum? War es, weil der

Gott sie dabeihaben wollte? Um sein Aufgehen zu bezeugen? Aber zu welchem Zweck? »Es ist kein Zufall, dass du hierher kamst. Die Götter haben das bewirkt, sie leiten dich.«

»Ich bin nur eine bescheidene Töpferin, großer Herr. Die Götter sind sich meiner Existenz wohl kaum bewusst.«

Eine Weile herrschte Stille zwischen ihnen, eine atmende, pulsierende Stille. Und dann sagte Jakál leidenschaftlich: »Du bist für mich ein Rätsel, Hoshi'tiwa. Ich habe jeden Tag über dich nachgedacht, seit Moquihix dich hierher zum Ort der Mitte brachte. Oberflächlich gesehen, bist du die Tochter eines Maishändlers. Aber du hast Hände und Fertigkeiten, die gewiss von den Göttern kommen. Deine goldenen Gefäße sind die schönsten, die ich je gesehen habe, übertreffen sogar jene, die in meiner Stadt Tola gefertigt werden und *eigentlich* die schönsten auf der Welt sein sollen.«

Sie erschrak zutiefst, als er ihre Hände in seine nahm und ihre schlanken Finger und die durch die Jahre des Tonformens gehärteten Handflächen genau betrachtete. »Welch ein Wunder sie sind«, flüsterte er. »Ich frage mich, ob es dir bestimmt war, hierher zu kommen. War dies alles vorherbestimmt? Vielleicht ist es das, was uns der Regen sagt.«

Sie konnte kaum sprechen, so sehr ließen sie seine Berührung und seine Nähe erzittern. »Warum tötet ihr Toltekah Menschen und esst sie?«

Er sah sie überrascht an. »Es ist die natürliche Ordnung der Dinge. Der Puma frisst die Antilope, oder nicht?«

»Aber ich glaube nicht, dass der Puma den Puma frisst.«

Das machte ihn nachdenklich, und sie erkannte, dass er ihr Volk nicht als Wesen seinesgleichen betrachtete, als ihm ebenbürtig, sondern als minderwertiger, wie es die Antilope für den Puma war. Er konnte nicht verstehen, warum sie diesen Brauch widerwärtig fand. Es war etwas, was sein Volk schon immer getan hatte. »Es ist das, was die Götter fordern. Sie verlangen Blut. Es macht sie stark.«

»*Meine* Götter verlangen Mais.«

Es lag ihm auf der Zunge zu sagen, dass ihre Götter schwach seien, aber dann erinnerte er sich daran, wie sie ihn auf dem Platz besiegt hatte, als sie ihn zwang, zu einer magischen List Zuflucht zu nehmen, um sein Gesicht zu wahren, auch wenn sie die List nicht durchschaute. Aber nun fragte er sich, ob ihre Götter bei seiner Entscheidung an jenem Tage die Hand im Spiel gehabt hatten.

Er sah ihr in die Augen, die ihn an geschliffene Steine in einem fließenden Strom erinnerten, blattförmige Augen, die ihn an die Regenwälder seiner Heimat erinnerten, und er erkannte, dass sie wunderschön war. Nicht wie die Frauen von Tola, erlesene Geschöpfe, die verhätschelt und verzärtelt waren. Dieses Mädchen ließ ihn an Maisfelder und üppige Erde und den Leben spendenden Regen denken, der gerade auf den Ort der Mitte herniederging.

Sein Herz regte sich auf eine Art, wie es dies niemals zuvor getan hatte. Und seine Lenden regten sich ebenfalls mit Empfindungen, die er schon lange abgestorben glaubte.

»Erzählt mir mehr von Eurer Welt«, sagte sie leise, nicht aus Interesse, sondern um weiterhin seine Stimme zu hören, denn sie liebte deren Klang, das Timbre und die Resonanz, und sie liebte es, seine Lippen zu beobachten, wenn er sprach, genau wie die wunderbare Gestik seiner Hände, die wie flatternde Tauben umherirrten.

Also erzählte er ihr von Tola, sprach voller Sehnsucht von den großen Pyramiden, den Palästen, den Häusern und Gärten entlang des Flusses. Den bunten Festen. Den wunderschönen adligen Frauen in ihren edlen Kleidern. »Und dann gab es die Spiele! Ich verlor oder gewann viele Male Reichtümer, während ich bei Ballspielen auf die grüne oder die rote Mannschaft wettete.«

Fürst Jakáls Worte strömten wie der Regen jenseits der Mauern, umgaukelten Hoshi'tiwa in einem Zauber, der die Grenze von Wachen und Traum verschwimmen ließ, sodass sie schließlich auf eine Schilfmatte sank und von der Wiedervereinigung mit ihrer Familie träumte, wie sie Geschenke und Nahrung und den Segen des Herrschers brachte. Als sie endlich erwachte, stellte sie fest, dass sie mit einer reich gefiederten Decke zugedeckt war.

Fürst Jakál war fort.

Sie schlich durch das Gewirr von Räumen, gelangte in Erwartung eines nassen, wolkigen Tages auf den Platz und konnte ihren Augen kaum trauen: Die Sonne blendete, und es war keine Wolke mehr zu sehen. Der Boden war trocken, als wäre die Erde so ausgedörrt gewesen, dass sie allen Regen geschluckt und keinen für die Menschen übrig gelassen hätte. Sogar der durch die Schlucht fließende Wasserlauf war wieder träge und schmal. Der einzige Regen, der aufgefangen worden war, befand sich in den Gefäßen, die man überall aufgestellt hatte, aber da der Tag warm würde, würde auch dieses kostbare Wasser verdampfen, sodass die Menschen sich beeilten, die Gefäße einzusammeln und in ihre Häuser zu bringen.

Fürst Jakál stand auf dem Platz, einen betroffenen Ausdruck auf dem Gesicht. Hoshi'tiwa trat zu ihm. Als er zu ihr herabblickte, sah sie etwas Neues in seinen Augen. Enttäuschung. Traurigkeit. Aber noch schlimmer … Ernüchterung. Er betrachtete sie kummervoll, und sie sah den kaum wahrnehmbaren Funken Leben hinter seinen Augen erlöschen.

Läufer kamen von den Beobachtungsposten auf der Mesa zurück und berichteten, von Horizont zu Horizont sei keine einzige Wolke mehr zu sehen. Der heftige Regen war nur ein kurzer Guss gewesen. Moquihix erzählte Jakál, er habe in dem Platzregen einen *Coyotl* gesehen. »Der trügerische Gott hat uns verlacht. *Coyotl* hat uns einen Streich gespielt.«

22

Viele Meilen südlich – und viele Monate zuvor – hatten sich fünfzig starke und tapfere Krieger aus der Stadt Tola nach Norden aufgemacht. Sie erstiegen Berge, kämpften sich durch Flüsse, schlugen sich ihren Weg durch Dschungel, durch Hitze und Kälte und starben einer nach dem anderen durch giftige Schlangen, wilde Tiere, Fieber und Krankheiten, sodass nur ein Mann zum Ort der Mitte gelangte, und auch er war dem Tode nahe, als er entdeckt und zu Fürst Jakál gebracht wurde.

Der Mann äußerte nur wenige Worte, bevor er starb: »Die Stadt wurde bis auf die Grundmauern niedergebrannt – all die wunderschönen Tempel und Pyramiden und Paläste sind zerstört – von den Aztekah.«

Während der Ort der Mitte schlief, während sich Hoshi'tiwa in

verwirrenden Träumen umherwarf, während Menschen still ihre wenige Habe packten und aus dem verfluchten Tal flüchteten, um einer der »Verschwundenen« zu werden, um auf die Suche nach besserem Land nach Norden und Westen zu ziehen, rief Fürst Jakál seinen alten Freund und hohen Beamten zu sich.
»Unser Reich existiert nicht mehr«, sagte Jakál leise, als Moquihix seinen Raum betrat. »Wir haben keinen König, keine Stadt, kein Volk mehr.«
Moquihix sank auf die Knie, weinte laut, die Stirn auf den Steinboden gepresst, und rief die vielen Götter der Toltekah an.
»Unsere Zeit hier ist zu Ende«, sagte Jakál traurig. »Ich möchte, dass du nach Hause ziehst und die Überreste unseres verstreuten Volkes suchst. Nimm alle Himmelssteine und Federn, allen Reichtum, den wir hier angehäuft haben, und geh. Vielleicht findest du in Chichen Itza deine Familie.«
Sie umarmten sich, tranken dann *Nequhtli* und beklagten das Ende der Hoffnung auf bessere Zeiten, und am Morgen packte Moquihix alle Himmelssteine und Federn, alles Salz und Silber ein. Einhundert Sklaven, welche die Lasten auf ihren Rücken trugen, bildeten eine gewaltige Karawane, auf dem Weg zurück in die Heimat ihrer Vorfahren. Aber zunächst legte Moquihix noch einen Halt ein, ohne dass sein Fürst davon wusste, bevor er den Ort der Mitte für immer verließ.
Aus dem Schlaf geschreckt, da die Karawane in der Nacht aufbrach, huldigte Hoshi'tiwa Moquihix höflich, blieb aber stehen, als er mit starrem Stolz sagte: »Mein Fürst glaubt, die Götter hätten dich aus einem bestimmten Grund hierher geführt und dass alles, was geschehen ist, vorherbestimmt war. Vielleicht ist das so. Aber ob du zum Guten oder zum Bösen hierher geführt wurdest, wissen wir nicht. Wenn du ein Instrument der Götter bist, dann wurdest du vielleicht zum Ort der Mitte gebracht, um ihn zu zerstören.«
»Oder um ihn zu retten«, erwiderte sie leise, ohne den Mann noch zu fürchten.
»Da ist etwas, was du wissen solltest. Mein Herr ließ den Jungen frei, der auf der heiligen Lichtung der Götter das Sakrileg begangen hat. Ich konnte das nicht zulassen, denn wenn kein Blut für die Götter vergossen wird, überkommt uns das Chaos. Ich fürchtete,

dass die Entscheidung meines Herrn, den Jungen freizulassen, die Götter erzürnen und die Harmonie zunichte machen würde. Aber ich war es, der das Ungleichgewicht schuf, indem ich gegen sein Wort handelte. Gehorsam ist der Hauptgedanke der Harmonie. Als ich meinem Herrn ungehorsam war, schuf ich Disharmonie.«

Sie sah ihn verwirrt an, und er sagte: »Der Junge wurde nicht freigelassen. Ich habe ihm Jaguare nachgeschickt, die ihn auf der Straße abfingen. Er wurde an den Besitzer einer Himmelssteinmine verkauft und nach Norden gebracht, um den Rest seines Lebens als Zwangsarbeiter zu verbringen.«

23

Hoshi'tiwa ging schweren Herzens zu Fürst Jakáls Räumen, um ihn zu bitten, sie auf die Suche nach Ahoté gehen zu lassen. Sie würde ihm nicht sagen, dass sie durch Moquihix von Ahotés schrecklichem Schicksal erfahren hatte oder dass sein hoher Beamter den Befehl des Herrschers missachtet hatte. Stattdessen würde sie behaupten, sie habe es von Händlern gehört und hielte die Geschichte für wahr.

Sie fand ihn auf seinem Thron sitzend vor, niedergeschlagen und schwermütig, seine einzige Gesellschaft Chi Chi auf seiner Sitzstange.

Hoshi'tiwa war verblüfft, Tränen auf Jakáls Gesicht zu sehen. »Warum weint Ihr, großer Herr?«, flüsterte sie.

»Es hat nie eine Tola vergleichbare Stadt gegeben! Die Tempelmauern sind mit Gold, Silber, Koralle, Himmelsstein und Federn bedeckt, die das Auge blenden.« Er wischte sich die Tränen von den Wangen. »Aber nichts davon existiert mehr! Alles ist zu Asche geworden! Und es ist meine Schuld!«, rief er, die Augen vor Gemütserregung brennend. »Moquihix hatte Recht! Ich erlag deinem Zauber. Ich wurde schwach.«

»Was meint Ihr?«, fragte sie, entsetzt über die Andeutung.

»Ich sagte dir, es sei zum Nutzen des Volkes, dass ich bei dem Jungen Nachsicht walten ließ«, sagte er mit erstickter Stimme, »dass ich den Jungen nur freiließ, um Regen zu bringen, aber Moquihix erkannte das, was ich selbst nicht zugeben konnte und was doch in meinem Herzen lebte. Ich entließ den Jungen, weil ich *dich* erfreuen wollte. Weil ich dich begehrte. Ich habe meine selbstsüchtigen Wünsche über die Bedürfnisse meines Volkes gestellt, über die Bedürfnisse der Götter!«, rief er. »Und nun wurden wir für mein Vergehen bestraft.«

»Nein!«, sagte sie und legte eine Hand auf seinen Arm. Eine Eingebung bestimmte sie, ohne darüber nachzudenken, trat sie dicht an ihn heran und sprach leidenschaftlich zu ihm. »Es ist kein Vergehen, Mitleid zu empfinden. Großer Herr, Ahoté wusste nicht, dass die Lichtung heilig war. Er ist nur ein einfacher Junge, der Sohn von Maisbauern, wie Ihr selbst sagtet. Er kam aus blinder Liebe, um mich zu finden, und stolperte unwissentlich auf verbotenes Gelände. Die Götter sind doch gewiss nicht so grausam, zu wünschen, dass das Blut Unschuldiger vergossen wird! Und Ihr seid es auch nicht!«

Er erhob sich jäh, packte sie bei den Schultern und zog sie zu sich heran, presste sie so fest an sich, als wollte er sie ersticken. Er schluchzte in ihr Haar, seine Tränen fielen auf ihren Hals und ihre Schultern. Hoshi'tiwa schlang die Arme um ihn und hielt ihn fest, weinte mit ihm, wie um seinen Schmerz mit ihren Tränen fortzuwaschen, und wünschte, sie könnte die Zeit zurückdrehen und verhindern, dass Ahoté hierher kommen und ein heiliges Tabu brechen konnte.

Der Verlust seiner Stadt und seines besten Freundes, der Zusammenbruch seines stolzen Reiches und sein Verrat an den Göttern – Jakáls ganzer Schmerz lag in dem Kuss, mit dem er ihre Lippen fand. Aber es lag auch Begehren darin und ein heftiges Verlangen, das er nie zuvor gekannt hatte. Er presste sie an sich, spürte ihre ganze schlanke Gestalt an seinem Körper.

Für Hoshi'tiwa existierten keine Gedanken an Ahoté und die Vergangenheit mehr. In diesem Moment gab es nur noch Jakál, seinen harten, muskulösen Körper und die Hitze auf seiner Haut, während er ihren Namen flüsterte und Worte in seiner Muttersprache murmelte, die fremdländisch und erregend klangen. Er küsste sie wieder und wieder, strich mit seinen Händen über ihr Gesicht, über ihren Rücken und erforschte mit der Zunge die empfindliche Haut an ihrer Halsbeuge. Unwillkürlich stöhnte sie auf, mitgerissen von einem Begehren, das ihr den Mut gab, ihn zu berühren, zu liebkosen. Er sah sie aus dunklen Augen an, nahm sie in die Arme und legte sie sanft auf eine Schilfmatte nieder. Als er sich über sie beugte, drängte sie sich ihm entgegen und rief ihn bei seinem Namen: »Jakál!« Leidenschaftlich verbanden sie sich miteinander in gegenseitigem Bedürfnis und Verlangen. Sie ergab sich ihm – ihrem Fürsten, ihrem Dunklen Herrscher.

Später, als sie zusammen auf der Schilfmatte lagen, richtete sich Jakál auf und betrachtete das wundersame Mädchen in seinen Armen. Keine Spur von Schwermut war mehr in seinen Augen zu erkennen, keine Spur der Traurigkeit und Einsamkeit, die sie so häufig bemerkt hatte. Seine dunklen Augen unter den dichten Augenbrauen blickten jetzt warm, leuchteten wie glühende Kohlen in einem Winterlagerfeuer. »Ich weiß nicht, warum die Götter mir günstig gesinnt sind«, sagte er leise und streichelte ihr Haar, »denn ich war mein ganzes Leben lang allein. Ich wuchs in einem Palast mit vielen Dienern und vielen Freunden auf, und doch fühlte ich mich stets einsam. Vielleicht kam das, weil ich ein *Tlatoani* bin und immer wusste, dass meine erste Pflicht meinem Volk galt und meiner Familie und meinen Göttern. Wenn es eine Pflicht *meinem Herzen* gegenüber gab, habe ich sie nie kennen gelernt. Meine Frau und ich liebten einander nicht, noch wurde es erwartet. Wir heirateten aus Pflichtgefühl.
Nur dir, mein kleiner Spatz, kann ich das sagen: Ich habe nicht gemerkt, dass mich unterschwellig Traurigkeit durchströmte, bis ich das Glück eines Augenblicks mit dir kennen lernte. Und nun ist es, als wäre eine Wolke von der Sonne gewichen und ich sähe das Leben zum ersten Mal. Obwohl wir aus verschiedenen Welten stammen und verschiedene Götter verehren, sind wir nun zusammen und werden uns niemals wieder trennen. Ich wusste nicht, dass mein Herz sich sehnte, aber nun, wo es erfüllt ist, erinnere ich mich an dieses Sehnen. Ich will dich glücklich machen. Ich *werde* dich glücklich machen.«

Er nahm eine seiner Halsketten ab und legte sie Hoshi'tiwa um. Sehr feierlich sagte er: »Wie ich dir erzählte, ist dieser *Xochitl* sehr alt und sehr heilig und besitzt große Kräfte, weil er das Blut Quetzalcoatls enthält. Er wird dir helfen, Regen zu bringen.«

Der Talisman war wunderschön, eine winzige goldene Blume, die sich in ihre Handfläche schmiegte und das Morgensonnenlicht reflektierte, das in den Raum strömte, in dem sie geschlafen hatten. Hoshi'tiwa war entzückt von der feinen, kunstvollen Metallarbeit, der vorzüglichen Kunstfertigkeit. Aber als sie Jakál in die Augen blickte, sah sie etwas, was einen Moment zuvor noch nicht da gewesen war, und sie erkannte, dass er sich selbst nicht glaubte. Er glaubte nicht, dass der *Xochitl* Regen bringen würde.

Aber sie wusste, dass sie Regen bringen konnte, mit der Macht des *Xochitl,* und dass das Vertrauen ihres Herrschers wiederhergestellt wäre, wenn der Regen käme. Aber wie konnte sie bleiben und Regen bringen, wenn Ahoté in die Himmelssteinminen verbannt worden war? Was sollte sie tun: gehen und Ahoté retten oder bleiben und Jakál retten?

Letztendlich kamen der Ort der Mitte und sein Herrscher an erster Stelle. Jakál war ihr Schicksal. Wenn der Regen erst gekommen wäre, würde sie sich auf die Suche nach Ahoté begeben und beten, dass er noch lebte.

24

Während Hoshi'tiwa den ganzen heißen Sommer hindurch an ihrem Regenkrug arbeitete, überzog Verzweiflung das Land – die lange Dürre, das schwindende Wild, die schrumpfenden Nahrungsvorräte und die hohe Sterblichkeitsrate bei Säuglingen führten dazu, dass die Menschen den Glauben an die Götter verloren. Nahe gelegene Bauernhöfe wurden verlassen, die Täler leerten sich, und der Wind blies einsam durch unbewohnte Häuser.

Sogar unter den Jaguaren gab es Abtrünnige. Diejenigen, die sich weigerten, einem schwachen *Tlatoani* zu folgen, zogen es vor, in ihre zerstörte Stadt im Süden zurückzukehren. Xikli führte sie an

und verwarf seinen Plan, das Mädchen den Göttern zu opfern, das nun Fürst Jakáls Bett teilte. Sollte das als ein Fluch auf ihnen beiden lasten. Die Jaguare, die blieben, taten dies aus einem so blinden, so in ihre zähen Häute verwurzelten Sinn für Treue, dass es ihnen nicht in den Sinn kam, anders zu handeln.
Yani kam, um sich zu verabschieden, Yani, deren Vorfahren hier geboren waren. Sie zog mit den übrigen Töpferinnen an einen neuen Ort. »Komm mit uns, Hoshi'tiwa.«
Aber sie konnte Jakál nicht verlassen. Der Verlust seines Glaubens jagte ihr Angst ein, denn Jakál zog seine Kraft aus diesem Glauben, und ohne ihn war er machtlos. Sie erkannte bereits Anzeichen dafür, dass sich seine Vitalität und Kraft erschöpften. Und daher, während sie den Ton bearbeitete und das Härtemittel mischte, betete sie über dem *Xochitl* zum Gott Quetzalcoatl, dass er dem Ort der Mitte Regen bringen möge.

25

Die Herbst-Tag-und-Nacht-Gleiche kam und ging, das Fest wurde in düsterer Stimmung begangen, da weniger Menschen daran teilnahmen und die Abwesenheit Moquihix' deutlich spürbar war. Hoshi'tiwa schlief jede Nacht in Fürst Jakáls Armen, während sich seine grüblerische Schwermut vertiefte. Es brach ihr fast das Herz, ihn so zu sehen. Der Abendstern wurde allmählich heller, bis er so sehr strahlte, dass er in einer mondlosen Nacht Schatten warf. Und Hoshi'tiwa arbeitete an ihrem Gefäß.
Mehr und mehr Menschen verließen den Ort der Mitte. Sie machten sich nicht einmal die Mühe, im Schutze der Nacht davonzuschleichen, sondern gingen bei Tageslicht, nahmen ihre Habe und strebten nach Norden und Westen, um besseres Land zu finden. Die Maisernte war armselig, und die Abgaben der entlegenen Bauernhöfe blieben weit unter der geforderten Quote. Wenn die Jaguare die Schlucht verließen, um für ihre Götter Blut zu vergießen, fanden sie verwaiste Ansiedlungen und verlassene Bauernhöfe vor.

Schließlich verlor sich der Abendstern in der aufgehenden Sonne, und es begann die Zeit, welche die Herrscher am meisten fürchteten – die Zeit, welche die Acht Tage genannt wurde –, wenn Quetzalcoatl in die Herzen seines Volkes schaute und ihre Taten beurteilte, um entscheiden zu können, ob sie seiner Wiederkehr würdig waren.

Eines Nachts erwachte Hoshi'tiwa von Brandgeruch, und sie sah, dass die Unterkunft der Jaguare in Flammen stand. Die Jaguare selbst waren fort, und sie wusste, dass sie niemals zurückkämen. Hatten sie die Gebäude selbst angezündet, um die Menschen daran zu hindern, die darin befindlichen Gegenstände als böse Magie gegen sie zu verwenden? Oder hatten die am Ort der Mitte verbliebenen Menschen das Symbol von Tyrannei und Gewalt dem Erdboden gleichgemacht?

Als Fürst Jakál auf dem Felsvorsprung oberhalb vom Ort der Mitte seine Wache begann, um nach dem ersten Anzeichen des Morgensterns Ausschau zu halten, wie er es auch neunzehn Monate zuvor getan hatte, als Hoshi'tiwa von ihrer Familie fortgebracht wurde, war Hoshi'tiwas Krug zum Bemalen bereit. Er würde nicht bei der Wintersonnenwende benutzt werden, die in zwei Monaten stattfand, sondern bei der bevorstehenden Feier zur Geburt Quetzalcoatls, dessen magisches Blut half, das Regengefäß zu gestalten.

Und dann wurde Fürst Jakál krank.

Es war eine Krankheit der Seele. Keine Medizin konnte ihn retten. Die verbliebenen Priester und Dienerinnen kümmerten sich um ihn, aber sie waren hilflos. Nur Hoshi'tiwa, die ihn nachts aufsuchte, um das Lager mit ihm zu teilen, zeigte er, dass er noch lebte, bis selbst sie ihren Herrscher nicht mehr aus seiner Erstarrung lösen konnte. Schließlich sagte er zu ihr: »Geh. Suche deine Familie. Suche dein Volk.«

Da er nirgendwo hingehen konnte, würde er bleiben. Er wäre der letzte Herrscher, der an diesem Ort lebte.

26

Es war der letzte der Acht Tage, und nur wenige Menschen waren am Ort der Mitte verblieben, um die Rückkehr des Morgensterns zu erwarten. Selbst die Priester und Dienerinnen waren gegangen, auf Jakáls Befehl hin, der ihnen sagte, sie sollten nach Süden ziehen und ihr verstreutes Volk suchen.

Hoshi'tiwa war die letzte Töpferin. Ihres wäre das einzige Regengefäß, das auf dem Platz aufgestellt würde. Das Sonnenlicht des späten Nachmittags übergoss ihre Schultern, während sie die Farbpinsel aus Yuccafasern vorbereitete und die rote Farbe mischte. Aber als sie den ersten Streifen auf den Ton aufzutragen begann, dachte sie an ihren geliebten Jakál. Mit jeder Abreise einer Familie vom Ort der Mitte wich auch ein wenig von Jakáls Leben. Hoshi'tiwa befürchtete, dass ihr Herrscher sterben würde, wenn der letzte Mensch den Ort der Mitte verließ.

Entsetzliche Hoffnungslosigkeit überschwemmte sie, und ihre Hand erstarrte. Sie konnte es nicht tun. Sie barg den Krug in ihrem Schoß und sah es als das, was es wirklich war: eine Übung in Sinnlosigkeit. Die Menschen hatten den Glauben verloren, Fürst Jakál hatte den Glauben verloren. Welchen Grund hatten die Götter, Regen zu bringen?

»Es ist nicht gerecht!«, rief sie, und ihre Stimme hallte von den kahlen Steinwänden und die Gänge hinab wider, in denen keine Dienstboten mehr wandelten. »Warum habt ihr uns bestraft? Warum wurde ich hierher gebracht, wenn nicht, um Regen zu bringen? Warum sind die Götter so grausam?«

Sie hatte noch niemals solchen Zorn empfunden. Sie beschloss, das Gefäß zu zerstören. Es zu zerbrechen und die Stücke unter ihren Füßen zu Staub zu zermahlen. Den Göttern den Rücken zu kehren und sie niemals wieder zu ehren.

Tränen bitterer Enttäuschung stiegen ihr in die Augen. Und als sie den Krug umklammerte, sich darauf vorbereitete, ihn über ihren Kopf zu erheben und zu zerschmettern – das letzte Regengefäß vom Ort der Mitte –, fiel eine ihrer Tränen auf die Keramik und verschmolz damit.

Hoshi'tiwa erstarrte.

Sie starrte auf den sich ausbreitenden, nassen Fleck. Und als eine weitere Träne fiel, beobachtete sie, wie sie ebenfalls mit dem Ton verschmolz. Ohne bewusst darüber nachzudenken, tauchte sie ihren Pinsel in die Farbe und zog dort eine Linie auf das Gefäß, wo sich die Tränen mit dem Ton vermischt hatten. Sie malte eine gebogene Linie, dann einen Punkt und dann eine Spirale auf. Sie tauchte ihren Pinsel erneut ein, und ihre Hand bewegte sich wie von selbst, als führe der Pinsel die Hand, als kämen die Striche von irgendwo anders her und nicht von dem Mädchen, das den Pinsel hielt.

Sie hörte den Wind nicht mehr, spürte ihn nicht mehr auf ihrer Haut. Der Pinsel wurde immer wieder in die Farbe getaucht und zu dem Krug geführt, während Hoshi'tiwa, so erstarrt wie eine Statue, ihre Hand rasch und geschickt auf der glatten, gewölbten Oberfläche arbeiten sah.

Als sie den Pinsel schließlich beiseite legte, ihren schmerzenden Rücken streckte und ihre verkrampften Beine lockerte, erkannte sie erstaunt, dass es Nacht war, denn die Sterne waren bereits aufgegangen. Sie hatte nicht bemerkt, wie die Zeit verstrich. Und dann sah sie das Muster auf dem Gefäß, und ihre Augen weiteten sich erstaunt.

Es ähnelte nichts, was sie jemals zuvor gesehen hatte.

Und doch verstand sie seltsamerweise seine Bedeutung. Es war nicht das Muster, das sie beabsichtigt hatte. Tatsächlich war es überhaupt kein Muster. Und sie erkannte jäh, warum sie zum Ort der Mitte geführt worden war.

Der Brennofen war seit Stunden bereit. Sie stellte ihr Gefäß hinein, deckte den Brennofen ab und flüsterte ein lautloses Gebet. Während sie darauf wartete, dass das Feuer dem Ton Leben verlieh, wanderte ihr Blick zum Felsvorsprung hinauf. Sie runzelte die Stirn.

Jakál war nicht dort! Zum ersten Mal betete kein Fürst um die Rückkehr des Morgensterns. Wenn der Stern an diesem achten Morgen nicht zurückkehrte –

Hoshi'tiwa lief die Stufen hinauf und trat auf den Sims, der nur dem Fürsten der Toltekah vorbehalten war. Die bescheidene Tochter eines Maisbauern blickte mit banger Vorahnung hinaus, den *Xochitl* Quetzalcoatls umklammernd, und betete mit ganzem Herzen, dass der Morgenstern zum Ort der Mitte zurückkehren möge.

Und dann …
Ein Funke am Horizont. Ein Moment flackernden Lichts. Sie sank auf die Knie. Der Gott ihres Geliebten war aufgestiegen.
Sie lief zurück, um es Jakál zu erzählen, während ihre Schritte in der Vordämmerungsstille widerhallten. Und dann dachte sie an ihr Regengefäß. Wenn sie es zu lange im Brennofen beließ, würde es zerstört.
Sie ließ die hölzerne Zunge beim Licht der Dämmerung in die warme Asche gleiten und brachte den neuen Regenkrug ans Licht. Er war wunderschöner als alles, was sie je geschaffen hatte, als alles, was sie je gesehen hatte.
Sie lief in die inneren Bereiche zurück, wollte Jakál das neue Regengefäß unbedingt zeigen. »Großer Herr!«, rief sie. Sie fand ihn schlafend auf seiner Matte vor, mit einer Federdecke bedeckt. Sie kniete sich neben ihn und sagte: »Großer Herr … mein Geliebter! Wach auf. Der Morgenstern ist aufgegangen!«
Er regte sich nicht. Er öffnete nicht die Augen. Seine Brust hob und senkte sich nicht.
Fürst Jakál war tot.
Sie war zu spät gekommen! Sie warf sich über ihn und schluchzte und weinte. Wie konnte das Schicksal so grausam sein, ihn ihr gerade in dem Moment zu nehmen, in dem sie erkannte, warum sie hierher gebracht worden war?
Und dann hörte sie ein Seufzen. Sie wich zurück und sah, dass sich seine Brust wieder hob und senkte. Seine Augenlider flatterten.
Nein, noch nicht tot, aber in diesem letzten Stadium, in dem der Atem stoßweise kommt und der Puls zu schwach ist, als dass man ihn noch spüren konnte. »Mein Geliebter, meine ganze Liebe, dein Stern ist aufgegangen. Quetzalcoatl ist im Osten erschienen!«
Seine Worte drangen als mühsames Flüstern hervor. »Ich wurde geboren, um den Sonnenuntergang der Welt zu bezeugen, das weiß ich jetzt.«
»Nein, meine Liebe, du wurdest geboren, um den Sonnenaufgang einer *neuen* Welt zu bezeugen. Bitte bleib bei mir! Ich muss dir etwas Wunderbares erzählen!«
Aber er sagte: »In dieser neuen Welt, von der du sprichst, ist kein Platz für mich und meine Art. Du hast mich einst blutdürstig und

wild genannt. Das bin ich. Ein Adler kann seine Natur nicht ändern.

Meine Geliebte«, flüsterte er, »ich glaube, es war dein Schicksal, an diesen Ort zu kommen. Ich dachte, die Götter hätten dich geführt. Aus diesem Grunde hast du niemals Schaden erlitten. Ich habe auf die Zeichen geachtet. Ich habe auf die Weisheit der Götter gewartet. Aber beides kam nicht, und ich erkenne jetzt, dass ich mich geirrt habe, denn das ganze Leben ist nur Zufall, es ist ein *Patolli*-Spiel, und nichts liegt in den Händen der Götter.«

Tränen strömten ihr Gesicht herab, als sie sagte: »Nein, mein Geliebter. Du hattest Recht! Ich habe die wunderbarsten Neuigkeiten. Die Götter haben zu mir gesprochen. Es war *tatsächlich* meine Bestimmung, hierher zu kommen. Schau!« Sie hob das goldene Gefäß an, damit er es sehen konnte.

Seine Augen weiteten sich, er richtete sich auf und streckte die Hand aus, um eine Stelle des kunstvollen Musters auf dem Gefäß zu berühren: eine kleine, menschliche Gestalt mit ausgestreckten Armen und Beinen, Hände und Füße mit einem anderen Symbol verbunden. Als Jakál sah, dass eine Hand der Gestalt einen Stern umfasste, trat eine Träne in seine Augen. Er lächelte und flüsterte: »Es ist so –« Und dann sank er auf sein Bett zurück.

»Bitte verlass mich nicht«, schluchzte sie.

»Es geht nicht anders, mein Spatz. Und ich habe nicht den Wunsch zu bleiben.« Seine Augen öffneten sich, und er lächelte kaum merklich. »Ich werde dich ewig lieben …«, flüsterte er, und dann schloss er zum letzten Mal die Augen, und Hoshi'tiwa erkannte, dass Fürst Jakál, der letzte noble Toltekah, tot war.

Sie richtete seinen Körper und drapierte eine Federdecke über ihn. Dann legte sie den *Xochitl* in das Gefäß und stellte es neben ihn.

Ihre letzte Handlung bestand darin, die Stufen zum Dach der fünften Ebene hinaufzusteigen, wo sie die Voliere öffnete und die Vögel freiließ. Sie flogen mit den vier Winden aufwärts und davon – bis auf einen. Der kleine grüne Papagei kreiste und kam wieder herab, um sich auf Hoshi'tiwas ausgestrecktem Arm niederzulassen.

27

Während sie die große Stadt mit ihrer Habe verließ, Nahrung und Schlafmatte zusammengerollt auf den Schultern, blickte sie in die Eingänge der leer stehenden Häuser. Viele Familien hatten Körbe und Töpfersachen, Kleidung und Sandalen und sogar Nahrung zurückgelassen. Sie sah mancherorts die unbegrabenen Toten und konnte nichts für sie tun. Sie lauschte dem Wind auf dem großen Platz, sah die Sonne über den verlassenen Kivabauten und erkannte, dass sie die Letzte war, die hier lebte, und dass nach ihr jahrhundertelang kein Mensch diesen Ort mehr betreten würde.

Als der Canyon hinter ihr verschwand, blieben nur Geister und der einsame Wind, der über den leeren Platz strich.

Chi Chi war ihr einziger Begleiter auf ihrem Zug nach Norden, während sie Gefahren und Wagnissen begegnete, während sie vor Hunger und Durst schwach wurde, während sie sich aus Angst in Höhlen versteckte. Der wunderschöne Vogel erinnerte sie an den Mann, den sie geliebt hatte, und sie konnte weitergehen.

Sie kam zu dem Ort, an dem sie geboren war, und fand ihn verwaist, ebenso wie die Felder und den Schutzraum hoch auf der Klippe. Sie traf Reisende, die ihr erzählten, dass die Menschen nach Norden gewandert seien. Dorthin musste sie gehen.

Sie erreichte die Himmelssteinmine, in die Ahoté gebracht worden war, und erfuhr dort, dass die Aufseher sie verlassen und die Sklaven in ihren Käfigen zurückgelassen hatten. Sie sah die Knochen und Schädel von Männern, die aneinander gekettet gestorben waren, und sie klagte und schlug sich auf die Brust und gab sich die Schuld für Ahotés entsetzlichen Tod.

28

In einer Region, die eines Tages Mesa Verde, Colorado, genannt werden würde, folgte Hoshi'tiwa einem Bergpfad, von dem sie glaubte, dass ihr umherwandernder Stamm ihn vielleicht gegangen sei. Sie war wachsam, hielt Bogen und Pfeil bereit, da sie gewarnt

worden war, dass auf dem Pfad in einer Höhle ein wildes Wesen hause, ein gefährliches Ungeheuer, das Menschen angriff.
Da sie durstig war, verließ sie den Weg auf der Suche nach einem Wasserlauf und erkannte jäh, dass sie auf die Höhle des wilden Wesens gestoßen war. Sie sah die Knochen kleiner Tiere und Beweise dafür, dass die Höhle noch vor kurzem bewohnt worden war. Von einem Bär? Sie hörte Rascheln und Brummen, und plötzlich fiel Dunkelheit über den Eingang der Höhle. Das wilde Tier hatte sie in seiner Höhle gefangen. Als Schattenriss gegen das helle Sonnenlicht waren seine Züge verschwommen. Aber es hatte kaum die Größe und Gestalt eines Berglöwen. Es schlich auf sie zu, stieß tief in der Kehle drohende Laute aus. Hoshi'tiwa wich vorsichtig zurück, lockte das Wesen hinein und vom Eingang fort, während sie versuchte, im Kreis um es herum zu gelangen, um flüchten zu können. Aber als sie in einen Flecken Sonnenlicht trat, hielt das Wesen inne und sah zu ihr hoch.
Hoshi'tiwa hielt den Atem an, als sie erkannte, dass sie auf einen Mann herabblickte. Er war nackt und hockte auf allen vieren, sein langes Haar wild und verfilzt, sein schmutziger Körper mit Narben und schwärenden Wunden bedeckt. Sein Gesicht war seltsam flach, als wäre seine Nase zerschmettert worden und schlecht verheilt.
Die Augen des wilden Mannes waren einen langen, gefährlichen Moment auf sie gerichtet, seine Hände wie Klauen gekrümmt, sein Körper sprungbereit, und dann blinzelte der wilde Mann. Aufgesprungene Lippen bewegten sich, und ein krächzender Laut löste sich aus einer rauen Kehle. »Hoshi…?«
Ahoté! Sie nahm ihn in die Arme und hielt ihn an ihrer Brust, wiegte ihn und stieß tröstende Laute aus. Wie er aus der Himmelssteinmine entkommen war, würde sie niemals erfahren, und wie er es geschafft hatte zu überleben, würde sein Geheimnis bleiben. Sie blieb bei ihm, badete ihn, pflegte ihn und sprach mit ihm, lockte seine Erinnerung zurück. Er, der sich die Geschichte des Stammes hatte einprägen sollen, konnte sich nicht einmal mehr seines eigenen Namens erinnern!
Es dauerte Wochen, bis er imstande war, die Höhle zu verlassen. Aber nach vielen Irrwegen und Mühen fanden Hoshi'tiwa und Ahoté ihren Stamm. Die verbliebenen Menschen waren bis zu ei-

ner Mesa im Westen gelangt und hatten dort neu zu bauen begonnen – zweistöckige Häuser aus Feldstein und Trockenziegeln, mit Leitern, sowie einen neuen Kiva für ihre Zeremonien. Dort würde es ihnen gut gehen, erkannte Hoshi'tiwa.
Ahoté konnte keine Kinder zeugen und riet ihr daher, einen anderen zu heiraten. Aber Hoshi'tiwa hatte kein Interesse an einem Ehemann, da sie einen anderen Lebenszweck hatte. Ihr Schoß würde keine Kinder hervorbringen, beschloss sie. Ihr Volk würde ihr die Kinder ersetzen, und sie würde sie mit Weisheit nähren.
Eines Nachts, als sie bereits in fortgeschrittenem Alter war, kam in einem Traum ihr Stammesgeist zu ihr und sprach mit ihr. Die Geist-Schildkröte sagte ihr, dass ihre Aufgabe noch nicht erfüllt sei, dass dieses irdische Leben erst der erste Teil der Suche sei, mit der die Götter sie beauftragt hätten. Die Schildkröte sagte Hoshi'tiwa, sie müsse nach Westen gehen, in die aufgehende Sonne hinein, und eine Wüste finden, in der noch kein Mensch gewandelt war, um dort auf Zeichen zu warten. Als sie fragte, warum und wonach sie Ausschau halten sollte, sagte der Geist ihrer Vorfahren, sie sei kein Mädchen mehr, das Regengefäße gestalte, sondern nun eine Schamanin, ein für die Rückkehr des lange verlorenen weißen Bruders Pahana auserwählter Herold. Mit seiner Rückkehr zum Sonnenvolk würde auch das Goldene Zeitalter zurückkehren.
Aber Vorsicht, warnte der Stammesgeist in Hoshi'tiwas Traum, wenn du nicht da bist und ihn anleitest, wird der weiße Bruder seinen Weg verlieren, und das Sonnenvolk wird das Goldene Zeitalter der Alten niemals wieder kennen lernen.
Ohne ihrer Familie etwas zu sagen, packte Hoshi'tiwa ruhig ihre wenige Habe, ihren Medizinbeutel, ihre Geisttotems und einen Klumpen Ton, den sie vom Ort der Mitte mitgebracht hatte, und mit Nahrung und Wasser auf dem Rücken und einem kräftigen Stock, um sich darauf zu stützen, wandte sie das Gesicht der aufgehenden Sonne zu und begab sich auf ihren Weg nach Westen. Sie musste weit gehen, und sie war alt. Aber sie würde tun, wie ihr die Geistschildkröte geheißen.
Sie würde die Wüste namens Mojave finden, und dort würde sie auf den lange verlorenen weißen Bruder des Volkes Pahana warten, wenn es sein musste, viele Jahrhunderte lang.

FARADAY HIGHTOWER, M. D.

1910

29

Faraday Hightower war außer sich.
Abigails Wehen hatten zu früh eingesetzt. Das Baby sollte erst in einer Woche kommen, und sie befanden sich auf einem Schiff mitten auf dem Ozean.
»Um Gottes willen, Faraday«, sagte Abigails Schwester, während sie die luxuriöse Kabine für die Geburt vorbereitete. »Du bist Arzt. Das ist doch kein Anlass, den Kopf zu verlieren. Du musst um deiner Frau willen Ruhe bewahren.«
Es war ihr erstes Kind. Faraday und Abigail Hightower waren kaum ein Jahr verheiratet. Er würde nicht ruhig bleiben.
Sie befanden sich an Bord der *SS Caprica*, auf halbem Wege zwischen Southampton und New York, nachdem sie Freunde in London besucht hatten. Nun waren sie voller Hoffnungen und Träume auf dem Weg zu ihrem Zuhause in Boston, in freudiger Erwartung der Geburt ihres ersten Kindes. Faraday hatte seine junge Frau gebeten, in ihrem Zustand nicht zu reisen, aber Abigail war ein moderner Geist und glaubte nicht, dass eine Schwangerschaft etwas war, was verborgen werden sollte oder eine Frau schwächte. Sicher, es gab Passagiere, die schockiert waren, sie kühn an Deck umherschlendern zu sehen, ihr Zustand war ja trotz des weiten Umhangs nur allzu offensichtlich, aber er war deshalb stolz auf sie. Doch als ihre Wehen einsetzten, war er beunruhigt, denn sie kamen zu früh. Abigail war stark, und sie beteten gemeinsam in der Kabine, die das Geburtszimmer ihrer Tochter, Morgana, werden sollte. Sie hatten bereits beschlossen, dass das Kind, wenn es ein Junge würde, nach Abigails verstorbenem Vater Harold heißen sollte. Wenn es ein Mädchen war, wollte Abigail sie nach der großartigen *Fata Morgana* benennen, die sie am Himmel über Sizilien beobachtet hatten, als sie auf Hochzeitsreise waren. Abigail war sich sicher, dass ihr Kind in jener Nacht gezeugt wurde.

Als Arzt mit einer medizinischen Ausbildung in Harvard hatte Faraday Erfahrung in Geburtshilfe. Außerdem stand ihm Bettina bei, Abigails ältere Schwester, eine fähige junge Frau von sechsundzwanzig Jahren, die, da sie unverheiratet war, einen starken Willen und eine innere, seelische Stärke entwickelt hatte. Dennoch betete Faraday, während die *Caprica* sanft durch den gewaltigen Atlantischen Ozean glitt, laut zu Gott, dass er ihm helfen möge, Mutter und Kind sicher durch die Geburt zu begleiten.

Abigail war in sein Leben getreten, als er geglaubt hatte, er sollte den Rest seines Lebens allein verbringen. Er war vierzig, wohl angesehen in seinem Heimatort, ein Mann mit festen Lebensgewohnheiten. Seine Zeit war seinen Patienten und der Heilkunde gewidmet, und so hatte er wenig über Romanzen oder Familie nachgedacht. Und dann betrat die hellste aller Sonnen sein Sprechzimmer – Abigail hatte sich den kleinen Finger verstaucht –, und er war auf ewig ihr Sklave.

Obwohl ausgebildeter Arzt, glaubte Faraday, Heilung könne nur in Verbindung mit Vertrauen und Glauben geschehen. Er hatte das große Glück gehabt, einen Vortrag von Ellen White zu hören, und ihre Rede war so kraftvoll und bezwingend, dass er sich den Adventisten anschloss. Und als 1905 ihr Buch *Ministry of Healing* veröffentlicht wurde, las er es sehr aufmerksam. Ellen White schrieb, dass der Arzt im Dienste der Gesundheit ein Mitarbeiter Christi sei, der vorbehaltlos jedem gottesfürchtigen praktischen Arzt zur Seite stünde.

Faraday orientierte sich daran während der gesamten Schwangerschaft Abigails, legte die Hände auf ihren anschwellenden Bauch und bat Gott, das Kind zu segnen und gesund zur Welt kommen zu lassen. Daher war es keine Überraschung, dass die Wehen seiner geliebten Frau kurz und leicht waren. Faraday saß auf dem Bett und betrachtete verwundert das Baby an Abigails Brust, von Gefühlen der Liebe, des Friedens und der Zufriedenheit überwältigt. Und dann schaute er zum Bullauge und betrachtete die Sterne, und ihm fiel ein, dass der Kapitän Bordgeburten, Tode und Hochzeiten stets in sein Logbuch eintrug.

Welch eine Ehre, dachte Faraday, Morganas Eintritt in die Welt dauerhaft im Logbuch der *SS Caprica* verzeichnet zu wissen! Er war zu ungeduldig, um bis zum Tagesanbruch zu warten, und er wusste, dass der Zweite Zahlmeister Dienst hatte. Als er gehen wollte, hielt Abigail ihn zurück und bat ihn, bei ihr zu bleiben. Aber er versprach, in wenigen Minuten zurück zu sein. Sie wirkte so jammervoll, dass er seine Taschenuhr hervornahm und sie in ihre Hand legte. »Zähle die Minuten, meine Geliebte. In genau zehn Minuten«, sagte er und tippte auf das Uhrglas. »Wenn dieser Zeiger diese Ziffer erreicht, werde ich wieder an deiner Seite sein. Und dann werden wir beten und uns freuen.«

Er eilte zum Offizierssalon hinauf, wo er den Zweiten Zahlmeister vorfand. Der Offizier kannte diesen Passagier aus der ersten Klasse, ein Bostoner um die vierzig, der ein Arzt mit ausgezeichnetem Ruf und, seiner ganzen Erscheinung nach, ein Mitglied der Oberschicht sein musste – Hightower war groß und schlank, mit hoher Stirn und einer Nase, die, wie der Zahlmeister dachte, Cäsar zur Ehre gereicht hätte. Der ordentlich gestutzte Bart trug noch zu seiner Vornehmheit bei. Als Faraday mit seiner Neuigkeit herausplatzte, bestand der Offizier darauf, dass sie zu Ehren von Mutter und Kind ein Glas Sherry tränken. Hightower war kein Abstinenzler, als Arzt wusste er um die heilsamen Eigenschaften des Alkohols. Sie brachten Trinksprüche auf Abigail und Morgana aus und tranken. Der Erste Offizier gesellte sich zu ihnen, als sein Dienst beendet war, und bestand ebenfalls darauf, ein Glas zu Ehren des Babys zu erheben. Und dann kam der Kapitän herein, ein Frühaufsteher, der stets vor Sonnenaufgang frühstückte. Er nahm keinen Sherry, sondern Saft, während der Erste Offizier Faradays Glas nachfüllte. Ein Glas folgte dem anderen, und bald brachten sie weitere fröhliche Trinksprüche auf das neue Leben und das gesegnete Wunder der Geburt aus, denn der Kapitän war selbst stolzer Vater von acht Kindern.

Faraday Hightower hatte noch nie solche Freude empfunden! Solche Kameraderie unter seinen Mitmenschen. Er hatte nicht geahnt, dass das Leben ein solches Fest und die Welt ein solch wunderschöner, gesegneter Ort sein konnte. Er leistete in jenen frühen Morgenstunden mehrere Eide, versprach, seine Abigail auf das höchste Podest zu erheben und Morgana zu seiner einzigartigen Prinzessin zu machen. Er würde sich sein Leben lang vor beiden verneigen und ihnen gehorsam dienen.

»Hört, hört«, sagten Faradays neue Freunde, und sie tranken erneut, während der Kapitän Zigarren herumreichte.
Auf einmal sah Hightower seine Schwägerin im Eingang stehen. »Komm schnell, Faraday! Etwas stimmt nicht!«
Er floh aus dem Salon, die Decks entlang und die Gangways hinab, bis er ihre Kabine erreichte. Auch andere kamen, von Bettinas ängstlichen Rufen geweckt. Sie rang die Hände, während sie erklärte, dass sie das Baby gebadet habe, als die Blutung begann, dass Abigail keinen Laut von sich gegeben habe, sodass zu dem Zeitpunkt, als sie sich um ihre Schwester kümmern wollte …
Der Schiffsarzt tat alles in seiner Macht Stehende, aber es war zu spät. Da war zu viel Blut. Abigail lag in tiefer Bewusstlosigkeit, ihr Puls kaum noch spürbar, ihr Leben entrinnend. Faraday hob die einzige Frau, die er je geliebt hatte, in seinen Armen hoch und trug sie an Deck, von wo aus sie die gesegnete Sonne über dem Horizont aufsteigen und das dunkle Meer in goldenes Licht tauchen sehen konnten. »Sieh nur, mein Liebling«, flehte er verzweifelt und wandte Abigail dem strahlenden Glanz zu. »Die Sonne geht auf«, sagte er in der festen Überzeugung, dass niemand sterben könnte, während die Sonne aufging.
Und doch starb sie, bei Sonnenaufgang, in seinen Armen. Er wollte sie nicht loslassen. Der Kapitän musste gerufen werden, und mehrere kräftige Matrosen wurden dazu benötigt, ihm seine Frau aus den Armen zu nehmen. Er weigerte sich zu glauben, dass sie tot war. Sie hatten geschworen, auf ewig zusammenzubleiben. Sie war sein Lachen und seine Freude, sein Trost und seine Hoffnung. Wie könnte er ohne Abigail leben? Sie war zwanzig Jahre alt.
Bevor sie heirateten, hatte Faraday bei einem Juwelier ein besonderes Amulett anfertigen lassen, für Abigail. Ein kleines goldenes Einhorn, weil Abigail dieses mythische Wesen so liebte. An dem Tag, an dem sie ihm sagte, dass sie schwanger sei, nach nur drei Monaten glücklicher Ehe, hatte er das Amulett sanft um ihren Hals gelegt, als Glücksbringer, damit sie und das Baby gesund blieben und um sie während der kommenden Monate zu beschützen. Nachdem sie gestorben war, nahm er das goldene Einhorn von ihrem Hals, steckte es in seine Tasche und schwor, es nie wieder anzusehen.

Sie legten sie in einen kalten Lagerraum und lösten seine Taschenuhr gewaltsam aus ihren Fingern. Danach verfolgte es ihn, wie sie dagelegen und die Minuten gezählt haben musste, beobachtet haben musste, wie der Sekundenzeiger immer weiterrückte, bis zehn Minuten vergangen waren, und dann dreißig, und dann eine Stunde und eine weitere, diese unendliche Zeit bis zu seiner versprochenen Rückkehr.

Faraday zerstörte die Uhr, weil er sie nicht ansehen konnte, ohne sich vorzustellen, wie es für sie gewesen sein musste, jene Minuten zu zählen, während er bei den Männern war, trank und nur an sich und seine Eitelkeit dachte.

Er ging an Deck, um zu beten. Er sank auf die Knie, rang die Hände und rief mit lauter Stimme: »Allmächtiger Vater, höre mein Flehen und sprich zu mir aus den gewaltigen Weiten Deines mildtätigen Firmaments. Ich bitte Dich, mein Bekenntnis und meine demütige Reue über meine entsetzliche Sünde anzunehmen. Wende diesem elenden Missetäter nicht den Rücken zu, sondern nimm ihn wieder bei dir auf. Führe ihn auf den rechten Weg, damit er sein Werk zur Lobpreisung Deines Namens fortführen kann.«

Hätte ihn in diesem Moment jemand gebeten, das Wesen zu beschreiben, zu dem er betete, hätte Faraday gesagt, es sei hager und groß, mit Abraham-Lincoln-Bart und kohlschwarzen Augen, und ähnele tatsächlich vage seinem Großvater väterlicherseits, der häufiger eine Birkenrute an seine Kehrseite geführt habe, als er sich erinnern könne. In Faradays Vorstellung war Gott ein Calvinist, aber ein Gott, der, anders als sein Großvater, vergab.

Und doch vernahm er an jenem Morgen auf dem Deck, während Passagiere ihn fragend ansahen oder gänzlich mieden, während Schmerzen durch seine Knie schossen, während Schweiß von seiner Stirn lief, während er dem Atlantikwind lauschte, der durch Schornstein und Bullauge pfiff, keine Worte der Vergebung, die über die gewaltige Ödnis und Stille des Meeres und des Himmels erklangen.

Er war allein. Er war Witwer. Er hatte das Glück seines Lebens verspielt.

Und dann sank er bäuchlings auf die Planken des Decks und lag schluchzend da, bis Mannschaftsmitglieder kamen und ihn in seine Kabine zurückbrachten, wo seine Schwägerin, Bettina, bereits schwarze Trauerkleidung anlegte und ihm beistand, bis sie New York erreichten.

30

Er konnte weder essen noch schlafen. Er magerte ab, ohne es zu bemerken. Faraday wies Bettina an, seine Patienten abzuweisen. Er ließ keine Besuche von Freunden zu. Sein Schmerz war sein Universum, und es gab keine Zuflucht. Es tröstete ihn nicht einmal, die kleine Morgana in den Armen zu halten – tatsächlich stürzten ihn das Gefühl dieses kleinen Körpers und ihr rundes Engelsgesicht in tiefe Verzweiflung.

Warum hatte Gott ihm seine Geliebte genommen? Was hatte sie getan, dass Er sie so bestrafen sollte? Oder hatte Faraday etwas getan, womit er Gott gekränkt hatte? Je mehr er betete, desto mehr spürte er seine Schuld. Er hatte Abigail nicht beschützt, als sie seiner Hilfe bedurfte. Er hatte als Heiler und als Ehemann versagt. Und solange er diese Schuld nicht sühnte, so lange würde diese schreckliche Leere und Stille anhalten

Er musste einen Weg finden, einen neuen Weg der Läuterung. Also schloss er seine Bostoner Praxis und erklärte seiner Schwägerin, er müsse seine Schuld sühnen, bevor er wieder ein Heiler sein könne. Und so begab sich Faraday auf *die Suche*.

Er hielt seine Reisen in einem Tagebuch fest. »Ich suchte nach dem Guten, nach Menschen, die Antworten hatten auf die Frage nach der Schuld, nach Recht und Unrecht. Und daher reiste ich nach Tibet, Indien, China – all den heiligen Orten auf der Erde – und saß zu Füßen heiliger Männer.

In Bagdad begegnete ich einem islamischen Gelehrten, einem in Oxford ausgebildeten Burschen, der tadelloses Englisch sprach und überaus glücklich war, mir aus seinem heiligen Buch, dem Koran, vorlesen zu können. Ich hörte interessiert zu und fühlte mich von einigen Botschaften sogar ermutigt, denn die Mohammedaner ehren Jesus, den sie Isa nennen, aber als er das Kapitel vorlas, in dem es heißt, Jesus sei nicht gekreuzigt, sondern an seiner Statt ein anderer Mann getötet worden, wusste ich, dass er keine Antwort für mich hatte. In Indien besuchte ich heilige Orte der Hindus, konnte aber die Vielgötterei und die fremden Riten nicht nachvollziehen. Ich hörte Sikhs zu, die von dem Einen Gott und von Erlösung sprachen, doch es enttäuschte mich, dass für sie die einzige Möglichkeit, Gott zu erkennen, durch einen Guru genannten Fürsprecher gegeben sei. In Tibet hießen mich buddhistische Mönche in ihrem Bergkloster willkommen, und ich lauschte ihren Worten über die Erleuchtung und den Kreislauf von Tod und Wiedergeburt. Aber auch bei ihnen fand ich keinen Ausweg aus der Schuld, die auf mir lastete. So kehrte ich entmutigt und verloren in mein Zuhause in Boston zurück, denn ich hatte keinen Weg gefunden, meine Schuld zu sühnen.

Und dann überkam mich eine erschreckende Erkenntnis.«

Faraday war insgeheim schon immer ein widersprüchlicher Mensch gewesen: Obwohl er eine Ausbildung in moderner Medizin genossen hatte, glaubte er an ganzheitliche Heilung und misstraute der reinen Wissenschaft. Er hatte niemals den Schock vergessen, der ihm zwölf Jahre zuvor zuteil wurde, als er eine Vorführung von Röntgens neuer Diagnosetechnik mit etwas miterlebte, das dieser X-Strahlen nannte. Man konnte unmittelbar in einen menschlichen Körper hineinsehen! Das erschreckte Faraday, weil es einen Beigeschmack von schwarzer Magie und Dingen hatte, mit denen sich sterbliche Menschen nicht abgeben sollten. Es war eine Sache, einen Menschen aufzuschneiden, um ein erkranktes Organ zu entfernen – die Chirurgie schien irgendwie den Menschen noch als Ganzes zu sehen –, aber eine Kamera auf einen Menschen zu richten und durch die Haut und das Fleisch unmittelbar in die Seele zu blicken ... dieses Bild beunruhigte Faraday monatelang. Seit dieser Zeit hatten die Naturwissenschaften an Einfluss auf die Medizin gewonnen – tatsächlich schien die Wissenschaft in jeden Bereich des menschlichen Lebens einzudringen. Die Menschheit entfernte sich zunehmend von der Frage nach dem Sinn und strebte in Richtung Reagenz- und Bechergläser.

Und das war Dr. Faraday Hightowers erschreckende Erkenntnis: Auf seiner Suche nach Spiritualität rund um den Globus fand er stattdessen immer mehr Automobile und Elektrizität, bewegliche Bilder, Flugzeuge und Physiker, die eine unbekannte, von ihnen »Quanten« genannte Welt erforschten. Er fand mehr Menschen in Konzerthallen als in Kirchen. Sie verlangten nach Unterhaltung anstatt nach Gott.

Seine Schwägerin blieb während alledem unerschütterlich. Nachdem sie Abigail begraben hatten, lud Faraday Bettina ein, bei ihm und dem Baby zu leben. Bettina hatte selbst kein Einkommen, da sie von den Zuwendungen ihrer Schwester gelebt hatte, die nur allzu großzügig war; und da Abigails Vermögen an Faraday fiel, fühlte er sich verpflichtet, sich um Bettina zu kümmern.

Sie war nicht nur mittellos, sondern auch ohne Heim (und ihre Aussichten auf eine Heirat standen, um die Wahrheit zu sagen, schlecht, da Bettina nicht mit der Schönheit ihrer Schwester gesegnet, sondern eher eine unscheinbare Frau mit einem humorlosen Wesen war). Er kannte den wahren Grund, warum Bettina nichts geerbt hatte – auch wenn sie allen Leuten erklärte, dass sie ihr Erbteil veräußert und das Geld der Wohlfahrt gespendet habe. Er ließ sich jedoch nicht anmerken, dass er die Wahrheit kannte, denn das wäre nicht gentlemanlike gewesen und hätte sie furchtbar verletzt. Und so zog Bettina, ohne zu ahnen, dass er um ihr (schmachvolles!) Geheimnis wusste, mit in sein vierstöckiges, braunes Sandsteinhaus an der Commonwealth Avenue in der Back Bay.

Faraday verbrachte vier Jahre mit der Suche nach einem Weg, seine Schuld zu sühnen, und als er nach Hause zurückkehrte, erfuhr er, dass Bettina während seiner Abwesenheit einen Verehrer kennen gelernt hatte. Mr. Zachariah Vickers, ein Bibelverkäufer, der die Ostküste bereiste, Bibeln an Kirchen, Schulen und Buchläden verkaufte und sie in Hospitälern und Waisenhäusern kostenlos verteilte. Er war sehr beliebt und, laut Bettina, sehr überzeugend bei der Verbreitung von Gottes Wort. Er reiste auch häufig nach Afrika, brachte den Missionaren Bibeln und verbrachte dort viel Zeit damit, die heidnischen Wilden selbst zum Christentum zu bekehren. Es war ein Liebesdienst, erklärte Bettina stolz, denn Mr. Vickers brauche keine Anstellung, da er aus einem Erbe ein jährliches Einkommen bezöge. Faraday erkannte allerdings nicht, dass Bettina nur darauf wartete, dass sich ihr Schwager aus seiner Melancholie risse, zu seinem früheren Selbst zurückkehrte und seine Arztpraxis wiedereröffnete, damit sie dadurch ihr eigenes Leben und Glück verfolgen könnte. Es sollte jedoch nicht sein. Kurz nachdem Faraday nach Hause zurückgekehrt war, verkündete er, nicht mehr reisen noch jemals wieder Medizin praktizieren zu wollen.

31

Dann kam die Nacht der verlorenen Hoffnung.

Die Welt hatte sich zu einem schrecklichen Ort gewandelt. Man schrieb das Jahr 1915, und Europa stand im Krieg. Ein Film namens *Geburt einer Nation* feierte die Gründung des Ku-Klux-Klans. Albert Einstein veröffentlichte seine Allgemeine Relativitätstheorie. Alexander Graham Bell bewerkstelligte erfolgreich ein transkontinentales Telefonat zwischen New York und San Francisco. Die Wissenschaft stellte immer neue Gewissheiten auf. Die Bibel dagegen enthielt nur leere Worte. Faraday wusste nicht mehr, wo die Wahrheit zu finden war. Seit Abigails Tod war er orientierungslos geworden. Faraday vergrub sich in seiner Zimmerflucht im oberen Stockwerk seines Stadthauses. Auch der Anblick seines Kindes, der süßen Morgana, tröstete ihn nicht. Die Kleine wurde Abigail jeden Tag ähnlicher, und sosehr er versuchte, sich daran zu freuen, so stark war der Schmerz, den er empfand. Das Bewusstsein seiner Schuld stand ihm vor Augen.

In jener schicksalhaften Nacht versuchte Bettina, ihn aus seinen Zimmern zu locken, um mit ihm Morganas Geburtstag zu feiern – sie wurde fünf Jahre alt. Doch war dies zugleich Abigails Todestag. Und nun war seine Seele von ihm gewichen. Es war nur eine Formalität, nun auch den Körper gehen zu lassen. Faraday sagte schlicht gute Nacht und schloss seine Tür. Er stopfte Zeitungen in Fenster- und Türspalten. Er schloss das Abzugsrohr des Kamins, damit das Gas dort nicht entweichen konnte. In seinem Abschiedsbrief bat er Bettina und Morgana, ihm zu verzeihen, und hinterließ ihnen sein Vermögen, und dann zündete er die Gaslampen an

und blies deren Flammen aus. Als er in seinem Lieblingssessel saß, den Kopf zurückgelehnt, bereit, die Schwelle des Unbekannten zu überschreiten, hörte er ein Klopfen an seiner Tür. Hatte Bettina das Gas gerochen? Er gab vor zu schlafen und reagierte nicht. Aber das Klopfen wurde beharrlicher, und dann drang ihre Stimme durch die Tür und teilte ihm mit, dass er einen Besucher habe.
Faraday hob den Kopf. Ein Besucher zu dieser späten Stunde?
Als Bettina sagte, es sei ein Patient, bat er sie, den Mann an Dr. Weston zu verweisen. »Es ist eine Frau«, sagte sie. »Mittleren Alters. Sie sagt, es sei dringend.«
Faraday erhob sich und drehte das Gas ab. Er war immerhin immer noch Arzt und hatte den hippokratischen Eid geleistet. »Bring sie herauf«, rief er Bettina zu und öffnete ein Fenster, damit sie oder die Besucherin das Gas nicht bemerkten und herausfanden, was er vorhatte. Er würde mit der Frau sprechen und dann damit fortfahren, diese Welt zu verlassen.
Aber als die bemerkenswerte Fremde über die Schwelle trat, schwanden alle Vorstellungen von Tod und Selbstmord aus seinem Denken, da er eine höchst erstaunliche Vision erblickte. Die Frau war eine Zigeuner-Wahrsagerin, braun und runzelig, mit einem roten Kopftuch, einem blauen Umhängetuch um die Schultern und Lagen bunter Röcke. Trotz ihrer sonnengegerbten Haut war sie nicht alt, sondern etwa in seinem Alter von fünfundvierzig, und die Münzen auf ihrer Stirn wogen so schwer, dass sie fast ihre Augen verbargen.
»Ist dies ein Scherz?«, fragte er, denn wie die meisten scheute er Magie und Zauberei und alle Tricks des Okkulten, denn das war es gewiss, was diese Frau verkörperte!
Ohne sich zu erklären oder ihren Namen zu nennen, erzählte sie ihm mit einem Akzent, hinter dem er Romani vermutete, sie habe eine Botschaft erhalten, dass sie zu ihm kommen und ihn anleiten solle.
»Sie müssen sich irren«, sagte er, von diesem außergewöhnlichen Wesen abgestoßen und angezogen zugleich.
Sie kam näher, und er entdeckte seltsame, von ihr ausströmende Gerüche – Zimt, Talg und etwas Undefinierbares. Die Münzen auf ihrer Stirn glänzten, als sie sagte: »Sie sind Faraday Hightower.« Es

klang wie eine Anschuldigung. Ihre Stimme erinnerte ihn an Staub und altes Papier.
»Der bin ich.«
»Sie sind auf der Suche nach spirituellen Wahrheiten.«
Das hätte ihr jeder erzählen können. Wollte sie eine Kristallkugel zücken und ihm anbieten, ihm gegen eine großzügige Summe die Zukunft vorauszusagen?
»Abigail hat mich geschickt.«
Das war zu viel. »Hinaus mit Ihnen, schändliche Frau! Sie verspotten mich in meinem Leid!«
»Ihr Leid geht mich nichts an«, erwiderte sie mit ihrem Romani-Akzent, wobei die Röcke raschelten. »Ich erzähle Ihnen nur, was *mir* gesagt wurde. Sie sagte, Sie wären für ihren Tod nicht verantwortlich.«
»Guter Himmel!«, rief er und sank dann in seinem Sessel zusammen. Woher wusste die Frau diese Dinge?
»Ich bin nur eine Botin, Sir. Sie können auf die Botschaft hören oder nicht. Und dann werde ich gehen.«
»Gehen Sie. Ich glaube Ihnen nicht.«
»Wenn ich Ihnen von dem goldenen Einhorn erzähle – werden Sie mir dann glauben?«
Er barg den Kopf in den Händen und schwieg. Endlich flüsterte er: »Erzählen Sie.«
»Die Frau namens Abigail sagte, Sie würden alle Ihre Antworten nur an einem Ort auf der Welt finden.«
Faraday schaute auf. »Wo?«, fragte er und wollte es sowohl wissen als auch nicht wissen.
Da erzählte sie ihm von einem uralten Menschengeschlecht, das vor Jahrhunderten im amerikanischen Südwesten gelebt hatte und auf geheimnisvolle Weise verschwunden war. Es hieß, sie hätten die Antwort auf alle Mysterien gefunden und seien daher zu Gott und in den Kosmos zurückgekehrt.
»Ich habe alle Weisen der Welt besucht«, stöhnte Faraday, »und sie konnten mir nichts sagen. Warum sollte mir eine verschwundene Horde Indianer sagen können, was ich wissen will?«
»Abigail zeigt Ihnen den Weg, Sir. Nicht ich. Sie sprach zu mir von einer Gruppe heiliger Männer, die sich von ihrem Hauptstamm ab-

sonderten und nach Westen zogen, um sich in der Wüste niederzulassen. Es heißt, dass einige wenige ihrer Abkömmlinge noch leben und einem, wenn man sie findet, die Weisheit der Alten vermitteln können. Durch diese Weisheit findet man das, wonach man sonst hoffnungslos sucht.«

Ein Funke Hoffnung musste in seiner Brust doch überlebt haben, denn durch die Worte »heilige Männer« wurde Faradays Neugier geweckt. »Wo im Westen?«, fragte er.

Sie trat zu dem Globus in einem Mahagoni-Ständer und drehte ihn langsam, bis sie ihn mit einem braunen Finger anhielt. Er sah, wo sie hindeutete – auf den Schnittpunkt der Grenzen von vier Staaten: Colorado, Utah, Arizona und New Mexico. Ihm fiel ein, dass es als das Four-Corners-Gebiet bekannt war.

Die Wahrsagerin griff unter ihr Schultertuch, wobei ihre Ketten und Münzen in der Nachtstille klimperten, und brachte ein Blatt Papier mit zwei Zeichnungen darauf zum Vorschein. Sie habe sie in ihrem Traum gesehen, sagte sie.

Faraday starrte die Zeichnungen ratlos an. Sie ergaben für ihn keinen Sinn.

»Hier«, sagte sie und tippte auf das Papier, ihre schweren Ringe im Gaslicht schimmernd, »werden Sie finden, was Sie suchen.« Das erste Symbol sah für ihn wie ein kopfloser Mensch mit mehreren Armen aus. Das zweite war ein Quadrat, das von einer gezackten Linie geteilt wurde.

Als er sie um eine Erklärung bat, sagte sie, sie müsse gehen. Und als er in seine Tasche griff, um ihr Geld zu geben, lehnte sie ab und eilte hinaus. Sie war bereits durch die Eingangstür und in die Nacht verschwunden, als er den Fuß der Treppe erreichte.

Faraday war voller Verwunderung. War es möglich? War Abigail der Zigeunerin erschienen, die dann zu ihm kam, um ihm einen neuen Weg aus seiner Schuld zu weisen?

Er traf keine rasche Entscheidung, sondern meditierte und betete eine Woche lang. Während ein Teil von ihm plötzlich wieder Hoffnung verspürte, während er neues Leben durch seine Adern pulsieren spürte, stellte sein konventionell gottesfürchtiger Wesensteil die Frage, ob er die Prophezeiung einer Praktizierenden der heidnischen dunklen Künste beachten durfte.

Aber was wäre, wenn Abigail sie wirklich in einem Traum aufgesucht hatte?
Letztendlich konnte er den Ruf nicht ignorieren. Er besuchte das Natural History Museum und erfuhr, dass im amerikanischen Südwesten vor eintausend Jahren Angehörige eines uralten Volkes gelebt hatten, das auf dem Höhepunkt seiner Kultur über Nacht verschwunden war, ohne dass jemand wusste, wohin sie gegangen waren und warum.
Faraday dachte an die Hand voll Schamanen, die überlebt und nach Westen gezogen waren, wobei die Letzten von ihnen jetzt vielleicht noch dort lebten und Geheimnisse über Gott und das Universum hüteten! Der Suchende in ihm sehnte sich danach, zu glauben. Und in diesem Moment entschied er, dass der Besuch der Wahrsagerin kein Zufall war, denn sie war gekommen, als er sich gerade das Leben nehmen wollte. Dies war gewiss ein Zeichen.

32

Faraday ritt mit Morgana vor sich auf dem Sattel in den *Verbotenen Canyon*. Er vermutete, dass Bettina, die auf einer ruhigen Stute im Damensattel hinter ihm ritt, ihn für verrückt hielt. Sie sagte es nie, aber er sah es in ihren Augen. Tatsache war, dass Faraday, mit neuer Energie und einem Durst nach Leben und Gewissheit, sich nun der Tochter bewusst wurde, die er so lange vernachlässigt hatte.
Morgana! Das kostbare Wesen, das Abigail geboren hatte. Sie war sein Schatz auf dieser Erde. Noch immer trauerte er um Abigail und dachte beständig an sie, während er seine geheime Schmach und Schuld trug. Aber inzwischen war Morganas Anblick Balsam für seinen Schmerz geworden. Nachdem die seltsame Zigeunerin seine Seele erweckt und ihm einen neuen Weg für seine Suche eröffnet hatte, erkannte er, dass er schon viel zu viel von Morganas Kindheit verpasst hatte, dass er von nun an seine Tochter stets bei sich haben musste und dass er für sie ganz und gar verantwortlich war.

Morgana war fünf Jahre alt, aber kein so großes Mädchen, dass sie nicht mit im Sattel ihres Vaters sitzen konnte, während die kastanienbraune Stute trittsicher auf dem Felspfad voranging. Sie folgten den Navajo-Führern durch eine atemberaubende Landschaft, um Mesas und Spitzkuppen herum, und erfreuten ihre Sinne an den spektakulären Reichtümern der Natur. Morgana lachte und klatschte in die Hände und zeigte auf all die Wunder, die sie erblickten.

Sie waren mit dem Zug in den Westen gekommen. Faraday hatte Bettina angeboten, in ihrem Back-Bay-Stadthaus in Boston zu bleiben, aber sie beharrte darauf, dass ihr Platz bei der Tochter ihrer Schwester sei. Darin schwang die unausgesprochene Kritik mit, Faraday sei kein fähiger Elternteil. Aber da er Morgana unbedingt bei sich haben wollte, musste auch Bettina mitkommen. Sie ging einen Nachmittag fort, um sich tränenreich von ihrem Verehrer, Mr. Vickers, zu verabschieden, und kam mit der Nachricht zurück, er wünsche ihnen alles Gute und würde für ihre rasche Rückkehr beten.

Faraday war von Optimismus erfüllt, als sich ihre kleine Gruppe aus Reitern, Pferden und Packtieren dem Ziel ihrer Reise näherte, einem Ort namens Pueblo Bonito, was »hübsche Stadt« bedeutete – nur dass es eine Stadt war, die seit Hunderten von Jahren nicht mehr bewohnt war.

Sie befanden sich auf Navajo-Gebiet, folgten dem südlichen Rand des San-Juan-Beckens, wo eindrucksvolle rote Klippen vom Talboden aufragten. Kiefernbewachsene Hügel und Felsvorsprünge kennzeichneten verschüttete, uralte Gehöfte, die darauf warteten, ausgegraben zu werden. So erklärte es ihnen Mr. Wheeler, ihr Führer, der diese Ruinen seit zwanzig Jahren erforschte und sich einer Sammlung historischer Keramiken rühmte, die mehr als zehntausend Teile umfasste. Faraday hatte ihn in Albuquerque angeheuert, und der Mann brachte zwei Indianer mit, die ihr Lager errichten und sich um ihre Bedürfnisse kümmern sollten: Jimmy und Sammy Pinto, in Denim-Hosen und abgetragenen Samthemden, über denen Silbergürtel glänzten. Sie trugen ihr langes Haar zurückgebunden und hatten Tücher um die Stirn geschlungen. Sie waren die ersten Indianer, denen Faraday begegnete.

John Wheeler selbst war Cowboy – »Hab früher Vieh nach Utah hoch getrieben« –, aber er war ein höchst ungewöhnlich aussehender Cowboy mit seinem langen, grauen, buschigen Bart, seinem ergrauenden, zu zwei langen Zöpfen geflochtenen Haar und einer Melone auf dem Kopf, und obwohl er lederne Überziehhosen über seinen Denims trug und Silberringe an jedem Finger hatte, war sein Hemd aus abgetragenem blauem Samt (was, wie Faraday erfuhr, die typische Kleidung des Volkes der Navajo war). Wheeler kaute Tabak, und wenn er ausspie, kümmerte es ihn nicht, wo der Speichel landete. Faraday war zunächst nicht von den Fähigkeiten des Mannes überzeugt, merkte aber bald, dass Wheeler dieses vielschichtige Land der Schluchten und Mesas und die Sprachen und Kulturen der Myriaden von Völkern besser kannte als sonst irgendjemand.

Während sich der Weg an sanften, mit Kiefern und Wacholder bestandenen Hügeln entlangwand, deutete Wheeler auf erdbedeckte Balkenhütten der Navajos, Hogans genannt, die am Weg verstreut lagen, mit Schafpferchen und Pferdekorrals darum herum. Sie kamen an vielen Erdwällen und Ruinen vorbei, und sie sahen Gruppen von Archäologen bei der Arbeit. Schließlich nahmen sie eine Abzweigung vom Hauptweg, passierten die Ruinen von Kin ya'a, was in der Navajo-Sprache »hohes Haus« bedeutet, und ritten dann einen Pfad entlang, der, wie Mr. Wheeler sagte, der alten Anasazi-Straße folgte, die vor Jahrhunderten gebaut worden war. Hier war der Wüstenhimmel von tiefem, unendlich makellosem Blau. Nur gelegentlich sah man die Baumwollflocken weißer Wolken. Die Art Himmel, die einen Menschen dazu verleitet, seine Seele auszubreiten, seine Gedanken zu ergründen und zu erstaunlichen Schlüssen zu gelangen. Ein epiphanischer Himmel, dachte Faraday Hightower und machte sich für kommende, große Offenbarungen bereit. Als er diese reine Schönheit sah, verstand er plötzlich die Worte Thoreaus: »In der Wüste liegt unser aller Rettung.«

Wie konnte ein solch reiner Ort *verboten* genannt werden, fragte er sich. Er hatte noch nie ein solch klares Licht und einen solch tiefen und durchsichtigen blauen Himmel gesehen, die Farben der Landschaft unirdisch, ihre tiefen Schluchten und hoch aufragenden Mesas in allen Schattierungen von Rot und Orange und Gold gestreift. Und vor dem Rot und Orange und Gold hoben sich deutlich grüne Bäume ab, die der Natur trotzten. Faraday konnte beim Anblick solcher Erhabenheit und Großartigkeit kaum atmen, und er erkannte, dass die Zigeunerin Recht gehabt hatte, denn hier würde er Menschen finden, welche die Essenz des reinen Geistes und des Göttlichen verstanden. Und eine weitere Leidenschaft keimte wieder in Faraday auf.

Es war zeitlebens sein Zeitvertreib gewesen, Schönheit auf Papier zu bannen. Seit er ein Junge war, ging er niemals ohne sein Skizzenbuch und die Stifte aus. Während des Medizinstudiums, als die Anspannung hoch war, zog er sich an einen ruhigen Ort zurück und zeichnete die Dinge um sich herum – Bäume im Herbst, Blumen im Frühjahr, junge, Händchen haltende Liebende – und spürte, wie Frieden in seine Seele einzog. Faraday hatte auch Skizzen angefertigt, während Abigail und er auf ihrer Europareise eine Woche in Brighton verbrachten – vom königlichen Pavillon mit seinen bezaubernden Schwüngen und Rundungen. Doch der Wunsch zu zeichnen hatte ihn nach Abigails Tod verlassen. Sein Skizzenbuch und die Stifte blieben unberührt. Aber hier in der Wüste New Mexicos spürte er, wie das Bedürfnis ihn erneut überkam, die großartigen Motive zu zeichnen, die seine Augen erfüllten, und er nahm dies als ein gutes Omen.

Als sie aus der tiefen Schlucht auf die weite Ebene kamen, sagte Mr. Wheeler: »Hier sieht man sich um und denkt, man wäre in der tiefsten Provinz. Aber wir sind auf der Landkarte verzeichnet, Mister. Haben Sie jemals von einem Buch namens *Ben Hur* gehört?«

»Natürlich.« Faraday hatte es sogar gelesen.

»Lew Wallace hat es geschrieben«, sagte Wheeler stolz, »während er Gouverneur von New Mexico war.«

Faraday nahm dies als neuerliches gutes Omen, denn *Ben Hur* war für ihn in der Tat ein hervorragendes Buch.

Wheeler wählte einen Platz für ihr Lager – einen hübschen Pappelhain – und erteilte den beiden Indianern Befehle. Dann deutete er auf etwas, was aussah wie ein Flüsschen, das sich zwischen ihrem Lager und den uralten Ruinen auf der anderen Seite der breiten Schlucht dahinschlängelte, und sagte: »Sie nennen ihn Chaco River, aber in Wahrheit ist er nur ein jahreszeitlich bedingter Wasserlauf.

Verläuft nordwärts. Haben Sie jemals von einem Fluss gehört, der nach Norden verläuft?«

»Der Nil.«

»Was? Na, jedenfalls, dieses ganze Gebiet ...« Und er fuhr mit seiner Erklärung fort, dass die Ruine, zu der er sie geführt hatte, Pueblo Bonito, die größte der alten Städte war, die bisher entdeckt worden waren, und dass trotz umfangreicher Ausgrabungen ein Großteil der Anlage immer noch unter der Erde schlummerte.

Bettinas Zelt wurde als Erstes errichtet, unter ihren wachsamen Blicken. Sie hatte eine Kammerzofe aus Boston mitgebracht, aber als sie in Albuquerque aus dem Zug stiegen und diese Frau begriff, wie ihre Weiterreise vonstatten gehen würde, kündigte sie und stieg in den nächsten Zug zurück nach Boston. Mr. Wheeler bot die Dienste seiner Ehefrau an, einer Navajo, aber Bettina erklärte, sie traue den Eingeborenen in Sachen Sauberkeit wenig zu, und verkündete freiwillig, mit großer Tapferkeit und Selbstaufopferung, sie würde sich selbst um ihre persönlichen Bedürfnisse und um die Morganas kümmern.

Faraday bewunderte ihre Seelenstärke. Bettina war, wie ihre Schwester Abigail, eine Lady, zu einem Leben in der vornehmen Gesellschaft erzogen. Sie musste sich zwischen diesen zerklüfteten Felsen und in Begleitung von Indianern wie ein Fisch auf dem Trockenen fühlen. Aber sie ertrug alles stoisch, wenn auch mit beständiger, schweigender Missbilligung.

»Also suchen Sie nach einer Gruppe Schamanen«, sagte Mr. Wheeler, nachdem die Pferde versorgt waren und Hammelrippen auf dem Rost brutzelten. Die Sonne ging gerade unter, und die Sterne kamen hervor. Bettina und Morgana befanden sich in ihrem Zelt, zogen sich zum Abendessen um. »Von welchem Stamm?«, fragte er, während er sich eine Zigarette drehte und sie Faraday anbot, der sie aber ablehnte, da er seine eigenen kubanischen Stumpen mitgebracht hatte.

»Ich weiß es nicht«, antwortete Faraday. »Man sagte mir, sie seien Abkömmlinge derjenigen, die einst die Ruinen bewohnten.«

»Keine Ahnung, wer das sein sollte. Die Menschen, die hier mal lebten, sind schon vor langer Zeit gegangen.« Wheeler schaute blinzelnd über die breite Schlucht zu den eingestürzten Mauern und gähnenden Türöffnungen der uralten, verlassenen Stadt. Dort brannte kein Licht. Die Archäologen hatten sich in ihr Lager zurückgezogen. »Soweit wir herausfinden konnten, ist dort vor Jahrhunderten etwas geschehen, eine Art erdgeschichtliche Katastrophe. Vielleicht war es eine Dürre oder eine Seuche, oder es kamen Invasoren. Seltsam war, dass wir in diesen Ruinen intakte Keramiken fanden, und Messer und Bögen und Pfeile, Kleidung und Schmuck. Wir fanden Töpfe, die noch auf Herdfeuern standen, und Sandalen, die noch an Nägeln hingen. Es ist, als wären die Menschen einfach aufgestanden und gegangen und hätten ihre Habe zurückgelassen. Welcher Mensch nimmt seine Habe nicht mit?«

Faraday wollte sich nicht entmutigen lassen. Diese Geschichte weckte sein ganzes Interesse. »Aber es gibt doch gewiss Abkömmlinge!«

»Die Hopi behaupten, die Abkömmlinge dieser Stämme zu sein. Aber wenn sie es sind, warum leben sie dann nicht mehr hier? Warum sind diese Ansiedlungen seit Jahrhunderten verwaist? Die meisten Menschen, besonders Eingeborene, leben doch dort, wo ihre Vorfahren lebten. Aber hier gibt es nichts außer Eidechsen und Geistern.«

»Was ist mit den Menschen, die hier lebten? Wie wurden sie genannt?«

Wheeler deutete mit dem Daumen auf ihre Navajo-Führer und sagte: »*Sie* nennen sie *Anasazi*. Bedeutet ›alte Feinde‹. Die Navajo bezeichnen diesen Ort als verflucht. Als ihre Vorfahren hierher kamen – sie kamen von Norden, von Alaska her, oder zumindest sagen das die Anthropologen –, war dieser Ort bereits verwaist.«

»Warum nannten sie diese Leute dann ›alte Feinde‹, wenn niemand hier war?«

»An diesem Ort ist vor langer Zeit etwas Schlimmes geschehen, Dr. Hightower. Die Navajo reden nicht gerne darüber.« Wheeler schaute über die Schulter zu Bettina und Morgana und fügte dann leise hinzu: »Ich will nicht, dass die gnädige Frau und das kleine Mädchen es hören. Sie bekämen Albträume. Einige seltsame Entdeckungen wurden gemacht. Die Archäologen wollen es vertuschen, geben nicht gerne zu, was sie gefunden haben.«

»Was für Entdeckungen?«

»Es ist immer von edlen Wilden die Rede. Wilde ja, aber sie sind nicht unbedingt edel. Die nicht.« Er deutete mit einem Arm in Richtung der Ruinen. »Kannibalen, das waren sie.«
Faraday sah ihn an. »Warum vermuten Sie Kannibalismus?«
»Die Skelette hatten keine Arme und Beine. Man fand einen Haufen von den Knochen unten in der Schlucht, sauber und glatt, wie wenn man sie wie einen Rinderknochen gekocht hätte. Die Enden glänzten, als wären sie in einem Kochtopf herumgerollt.«
Er zog an seiner Zigarette und stieß dann Rauch aus. »Wir fanden uralte Gräber – irgendwas war daran seltsam, irgendwas stimmte nicht. Skelette in unnatürlichen Haltungen, kein richtiges Begräbnis, so als wären sie abgeschlachtet und dann einfach belassen worden, wo sie hinfielen, um vom Staub der Zeit bedeckt zu werden. Einige mit Pfeilen im Rücken und Tomahawks im Schädel. Vielen von ihnen fehlten Arme und Beine, als wären die von den Siegern mitgenommen worden.«
Faraday war verwirrt, aber auch fasziniert. Er war gekommen, um ein Volk zu finden, das die Antworten auf seine spirituellen Fragen kannte, den Balsam für seine gequälte Seele. Hatte er stattdessen ein Geschlecht von Kannibalen gefunden, das unbeschreibliche Rituale praktizierte?
Als er das Thema wechseln wollte, nahm er aus dem Augenwinkel eine jähe Bewegung wahr. Er wandte sich zu den im Mondlicht gespenstisch wirkenden Ruinen um. Sie schienen friedlich, und doch …
»Was war das?«, fragte er.
»Was war was?«
»Dort drüben, gerade eben, in den Ruinen. Ich dachte, ich sähe …«
»Schauen Sie sich die Ruinen besser nicht zu genau an. Sie könnten Dinge sehen, die Sie nicht sehen sollten.«
»Aber ich hätte schwören können …«, sagte er, ohne den Satz zu beenden, weil er nicht wusste, was gesehen zu haben er schwören könnte. Einen Menschen? Eine Bewegung? Einen Schatten? Flüchtig. Unwirklich.
Etwas, was nicht gesehen werden sollte.
»Haben Sie jemals von Skinwalkers gehört?«, fragte Wheeler, schaute zu den Pinto-Brüdern und senkte die Stimme, wohl wis-

send, dass das Gerede von Übernatürlichem sie aufregen würde. »Die Navajo weigern sich, das Wort auch nur laut auszusprechen, aus Angst, dass sich die Bestie daraufhin materialisieren könnte. Skinwalker sind Navajo-Zauberer, die viel Schmerzen, Leid und sogar den Tod verursachen können. Sie können sich in alles verwandeln, was umhergeht. Sie besitzen außerdem die Macht, den Geist der Menschen zu kontrollieren. Sie nehmen Seelen in Besitz, indem sie in die Träume eines Schläfers eindringen, und sie kommen immer, *immer*, wenn man allein ist.«

Wenn John Wheeler ihn zutiefst verängstigen wollte, so war ihm das gelungen. Faraday riss seinen Blick gewaltsam von den Ruinen los – war es seine Einbildung, oder hatte sich dort gerade etwas verändert? – und brachte das Gespräch auf ihre Führer, deren kupferfarbene Gesichter im Feuerschein glänzten, während sie sich um einen Topf brodelndes, mit Zwiebeln und Pfeffer gewürztes Maismehl kümmerten. Eine unbeschreibliche Angst kroch Faraday das Rückgrat hinauf, und daher sprach er laut und so beiläufig, als erkundige er sich nach dem Wetter.

»*Sie* scheinen umgängliche Burschen zu sein«, sagte Faraday und deutete auf die Pinto-Brüder.

»Vor vierzig Jahren«, erwiderte Wheeler, »wurden die Navajos von amerikanischen Soldaten zusammengetrieben und in Lager gesteckt. Wurden gezwungen, auf den von ihnen Long Walk genannten Marsch zu gehen, quer durch den Westen des Landes. Das war wie der Trail of Tears, als man 1838 die Cherokee-Indianer von North Carolina bis nach Oklahoma getrieben hat. Sie haben bestimmt davon gehört. Viele von ihnen starben unterwegs.«

»Ich kann verstehen, warum sie uns hassen.«

Wheeler rieb sich die Nase. »Lassen Sie mich Ihnen etwas sagen, mein Freund. Das Verhalten der Navajos basiert auf dem Glauben, dass den Menschen von heiligen Wesen eine Lebensart vorbestimmt wurde und dass es Konsequenzen hat, wenn sie nicht dieser Art gemäß leben. Unglück, Krankheit, Missernten können alle der Tatsache zugeschrieben werden, dass sie nicht auf die Navajo-Art gelebt haben. Es würde mich nicht überraschen, wenn Jimmy und seine Brüder sich für den Long Walk verantwortlich fühlten.«

»Dennoch«, sagte Faraday in einem Tonfall, den er, noch während er sprach, als den gönnerhaften und großmütigen Tonfall des schuldbeladenen weißen Mannes erkannte, »haben wir sie nicht gut behandelt und müssen unsere Fehler wieder gutmachen.«
Aber der ergraute, alte Wheeler zuckte nur die Achseln, zog an seiner übel riechenden Zigarette und sagte: »Ich denke, irgendwo war es ein fairer Handel. Sie gaben uns Tabak, und wir gaben ihnen Pferde.«
Faraday interessierten ihre Seelen. Auf ihrer Reise von Albuquerque hierher waren sie an Missionsschulen und -kirchen vorbeigekommen. »Wurden sie getauft?«, fragte er und meinte die Pinto-Brüder.
»Sie gehen manchmal zur Kirche. Sie mögen den Wein. Wenn Sam zuerst drankommt, trinkt er den ganzen Becher leer.«
Faraday sah Wheeler bestürzt an. »Das ist nicht witzig«, sagte er.
»Hören Sie zu, mein Freund, den Indianern ist die Vorstellung einer persönlichen Beziehung zu Gott fremd. Sie glauben an den Großen Geist, sei es Vater oder Mutter, und sie glauben, dass der Geist alle Dinge geschaffen hat. Die Indianer respektieren den Geist und bezeigen ihm Hochachtung, aber sie glauben keine Sekunde, dass sich solch ein großer Geist mit den täglichen Verrichtungen sterblicher Menschen abgäbe. Es bleibt den Menschen selbst überlassen, die Welt im Gleichgewicht zu halten, Frieden zu gewährleisten, sich aus Schwierigkeiten herauszuhalten. Menschen bestrafen Missetäter, nicht Gott.«
»Kennen sie überhaupt Sünde und Bestrafung?«
»Sie haben viele Predigten gehört. Fragen Sie sie selbst, was sie wissen.«
Faraday hörte aus Wheelers Tonfall eine Herausforderung heraus, also ging er zu den Pinto-Brüdern hinüber und fragte höflich, was sie über Sünde und Bestrafung gelernt hätten, ob sie begriffen, dass Sünder nicht an denselben Ort kamen wie rechtschaffene Menschen.
Sie nickten lebhaft.
Er war sich noch immer nicht sicher und sagte daher: »Mit Sündern meine ich Männer, die stehlen und lügen und mit den Frauen anderer Männer schlafen. Und Frauen, die ihre Gesichter bemalen

und ihre Körper verkaufen. Menschen, die trinken und um Geld spielen und sich nicht um ihre Seelen kümmern.«
Sie nickten erneut.
Also stellte er sie mit der Frage auf die Probe: »Wohin kommen diese Sünder also?«
Sie sagten grinsend: »Nach Albuquerque!«
Er kehrte zu seinem Stuhl zurück, sah Wheeler finster an und sagte: »Das war auch nicht witzig.«
»Wissen Sie«, Wheeler stocherte mit einem Stock im verkohlten Holz, »die Menschen glauben, Indianer hätten keinen Sinn für Humor. Aber den haben sie. Einen verdammt guten sogar. Sie müssen ihn haben, wenn sie überleben wollen. Das Abendessen ist fertig!«
Als Bettina begriff, dass sie mit dem Teller auf den Knien essen sollten, protestierte sie und bestand darauf, dass sofort ein Klapptisch besorgt würde. Das hätte Tage gedauert, aber glücklicherweise waren die Pinto-Brüder geschickt darin, sich mit Vorhandenem zu behelfen, und von da an besaßen Bettina und Morgana einen Esstisch aus auf Steinbrocken gestützten, unbehauenen Holzstämmen (Faradays Schwägerin bedeckte das Ding sogar mit einem weißen Tischtuch!). Und dann bemerkte Bettina, dass ihr Gastgeber sich häufig mit der Gabel durch seinen langen, buschigen Bart fuhr, in dem manche Bissen Nahrung verschwanden – eine Angewohnheit, die er als eher zweckmäßig und in Bezug auf ihr Feingefühl rücksichtsvoll erachtete, denn wer mochte schon beim Anblick eines Mannes speisen, in dessen Bart Essensreste kleben –, was sie jedoch so empörte, dass sie und Morgana von da an von den Männern getrennt aßen.
Während die Pintos in vom Wasserlauf geholtem Wasser das Geschirr abwuschen und Bettina und Morgana sich aufs Zubettgehen vorbereiteten, erhob sich Faraday, um sich die Beine zu vertreten, schritt zwischen Zedern, Kiefern und Espen umher und stand dann vor einer großartigen Mesa, die sich vor den tausend hellen Sternen tintenschwarz abhob.
Wheeler trat neben ihn. »Wissen Sie, was die Navajos über den Vollmond sagen? Sie sagen, es gäbe ihn, damit sie erkennen könnten, wie die Dunkelheit aussieht.«
Faraday gab zu, praktisch nichts über Indianer zu wissen.

»Es gibt zwei Arten, wie Weiße über Indianer denken: Entweder sehen sie sie als dumme, blutdürstige Wilde an, die beständig Krieg im Sinn haben, oder als weise, komische alte Käuze, die unter einem Baum sitzen und darauf warten, ihre Weisheit mit ihnen zu teilen. Sie gehören zur zweiten Gruppe, richtig? Sind Sie auf der Suche nach spirituellen Eingebungen in die Wüste gekommen?« Wheeler spie Tabaksaft aus. »Lassen Sie mich Ihnen etwas über die Indianer erzählen. Sie fragen nicht nach dem, was sie nicht wissen. Sie analysieren nicht. Sie akzeptieren einfach. Sehen Sie sich dort oben diesen Hügel an. Er sieht aus wie ein Mensch im Profil, große Nase, schwere Stirn, richtig? Die Ortsansässigen glauben, es sei der Geist eines alten Häuptlings, der über sie wacht und sie beschützt. Die Indianer ersteigen diese Felsen nicht, nennen sie heilig und tabu. Weil sie wissen, dass sie, wenn sie dort hinaufklettern, herausfinden werden, dass der große Häuptling, der sie beschützt hat, nur ein Haufen Steine ist. Verstehen Sie, was ich meine?«

»Gehören die Hopi und die Navajos demselben Stamm an?«

»Lassen Sie die Pintos diese Frage nicht hören! Sie sind Stammesfeinde.« Er warf seine Zigarettenkippe auf den Boden und trat sie mit dem Stiefel aus. »Vollkommen andere Lebensweisen. Die Hopi leben gerne eng beisammen in Pueblos. Sie haben an einigen Orten Räume auf alten Gebäuden erbaut, leben wie in einem Bienenstock. Aber die Diné – wie sich die Navajos selbst nennen – leben gern abgesondert, sie errichten ihre Hogans abseits der ausgetretenen Wege, außer Sicht von Straßen und anderen Häusern.«

»Sie wissen viel über die Navajos«, sagte Faraday, den Blick weiterhin auf die Pinto-Brüder gerichtet, die würfelten und lachten.

»Das will ich meinen. Ich bin mit einer Navajo verheiratet. Mary Pinto. Schwester dieser beiden. Hat mir einen Stall voll Halbblut-Kinder geschenkt, die ich abgöttisch liebe. Ich bewundere die Navajos. Starkes Rückgrat. Kämpfer. Nicht wie die Hopi, die in ordentlichen kleinen Häusern leben und friedlich Mais anbauen.«

Wheelers Äußerung entsetzte Faraday. Es war ihm nie in den Sinn gekommen, dass es unter Indianerstämmen Rivalitäten geben könne. Und das bereitete ihm plötzlich Sorgen. Was wäre, wenn die Schamanen, die er suchte, einer Gruppe angehörten, die von den ortsansässigen Indianern verachtet wurde?

In Erinnerung an Wheelers Bemerkung, er habe eine Navajo-Frau, fragte Faraday: »Also *gibt* es Christen unter diesen Leuten?«

»Hm? Was? Sie meinen meine Frau? Himmel, sie ist keine Christin. Es kommen zwar Kirchenleute hierher, aber sie können die Indianer nicht zu Jesu Weg bekehren. Wie kann man jemanden *zu* etwas bekehren, wenn man nicht weiß, *wovon* man sie bekehren soll? Missionare machen sich nicht die Mühe, die Indianer zu verstehen. Und das ist schade, weil sie viel zu bieten haben.«

»O ja, das glaube ich«, sagte Faraday ernsthaft, und als Wheeler fortfuhr: »Weiße Männer kommen hierher und sagen, die Indianer seien edle Wilde, werden ihretwegen ganz aufgeregt, studieren sie und schreiben ihre Worte nieder. Aber sie würden nie zulassen, dass ihre Töchter sie heiraten.« Da erkannte Faraday noch nicht, dass der Cowboy ihn selbst beschrieb.

»Mit einer Navajo-Frau verheiratet zu sein hat seine Vorteile«, sagte Wheeler grinsend. »Es ist einem Mann verboten, das Gesicht seiner Schwiegermutter zu sehen. Der Grund dafür war eine verdrießliche Frau, die sich vor Generationen ständig in die Ehen ihrer Tochter einmischte: Das arme Mädchen wurde viele Male verheiratet, aber immer wieder von den Männern verlassen – wegen der Mutter. Also verfügte ein großer Häuptling, dass kein Mann seine Schwiegermutter ansehen darf. Bis heute ein sehr strenges Tabu. Wenn ein Mann seine Schwiegermutter unbeabsichtigt ansieht, werden sie beide krank und sterben. Bin seit zehn Jahren mit Mary verheiratet«, fügte er mit einem zufriedenen Seufzen hinzu, »und hab ihre Mutter seit unserem Hochzeitstag nicht mehr gesehen.«

Er spie aus. »Natürlich sind die Navajos nicht perfekt. Da ist beispielsweise ihre Einstellung zum Wasser. Die Pinto-Jungs haben eines Nachmittags in einem überfluteten Arroyo gebadet. Einer der Jüngeren geriet in die Strömung des Ablaufs und wurde unter Wasser gezogen. Diese beiden«, er deutete mit dem Kopf in Richtung Jimmy und Sammy, »standen schreiend und mit den Armen wedelnd da, wateten aber nicht ins Wasser, um ihren Bruder zu retten. Es ist ein Tabu, jemanden vor dem Ertrinken zu retten. Die Navajos glauben, dass das Wasser ihre Mutter ist, die dann einfach einen der Ihren beansprucht. Glücklicherweise kam ich zufällig vorbei, sprang hinein und zog das Kind in Sicherheit.«

In diesem Moment wurde die entstehende Stille von plötzlichem, unheimlichen Heulen unterbrochen. »Grundgütiger!«, sagte Faraday, und Wheeler lachte. »Nur Kojoten«, erklärte er. »Das ist der Laut, den sie ausstoßen, wenn sie Beute erlegt haben.«
Das schauerliche Jaulen und Heulen verursachte Faraday eine Gänsehaut. Die Kreaturen klangen wie böse kleine Mädchen, die ein Opfer quälen.
»Faraday!«
Sie wandten sich um und sahen, wie Bettina den Kopf durch den Zelteingang streckte. Sie konnten ihren übrigen Körper nicht sehen, da sie sich sittsam verhüllte, aber ihr Gesicht war mit weißer Creme bedeckt und ihr Haar unter eine weiße Nachthaube gesteckt.
»Was ist das für ein Lärm?«, rief sie.
»Nur Kojoten, Ma'am«, rief Wheeler zurück. »Sie werden ruhig sein, sobald sie zu fressen beginnen.« Und tatsächlich wurden die Kojoten schlagartig still.
Als sich Bettina wieder ins Zelt zurückgezogen hatte, sagte einer der Pinto-Brüder, den Bettina erschreckt hatte, etwas zu seinem Bruder, und die beiden brachen in lautes Lachen aus.
Faraday ignorierte, was gerade geschehen war, und wandte seine Aufmerksamkeit wieder den verlassenen, gespenstischen Ruinen jenseits der Schlucht zu – ängstlich, aber auch begierig, mit seinen Erkundungen zu beginnen. »Wo sind sie hingegangen?«, fragte er sich laut und meinte die Alten, die an diesem Ort gelebt hatten.
Wheeler zuckte die Achseln. »Das weiß niemand. Einfach verschwunden.«
Vielleicht verschwunden, dachte Faraday, aber nicht für immer, weil er gekommen war, um sie wieder zu finden. »Ich würde morgen gerne früh aufbrechen, wenn das für Sie in Ordnung ist.«
Wheeler sah ihn an. »Was mich anbelangt: Ich gehe dort nicht hin. Sie sind von hier an auf sich allein gestellt, Dr. Hightower.«
»Wovon reden Sie? Ich habe Sie angeheuert ...«
»Als Führer, als Pfadfinder, nicht mehr.« Wheeler schaute blinzelnd über die flache Ebene hinweg zu dem Fels- und Steingewirr auf der anderen Seite. »Ich gehe nicht in diese Ruinen.«
»Aber die Keramiksammlung, von der Sie mir erzählt haben. All die Ruinen, die Sie erkundet haben!«

»Das ist richtig. Es gibt keinen Ort in Utah, Colorado, Arizona und New Mexico, den ich nicht erkundet und wo ich nicht auch Ausgrabungen vorgenommen hätte. Aber ich gehe nicht *dorthin.*« Er wandte sich um und sah Faraday offen an. »Und Sie sollten auch nicht dorthin gehen.«
»Warum nicht?«
»Ich halte Sie für einen Christen, Sir. Ich meine, einen gottesfürchtigen Christen, nicht wie diejenigen, die in der Kirche auftauchen, wenn sich ihr Gewissen regt. Sie leben nach dem Evangelium, habe ich Recht? Und kein wahrer Christ würde auf solch unheiligem Boden wandeln, wie dem dort jenseits der Schlucht.«
»Unheilig!«
»Verflucht. Heimgesucht. Nennen Sie es, wie Sie wollen. Dieser Ort jagt mir Angst ein.«
»Die Archäologen scheinen keine Angst zu haben.«
»Das ist deren Sache. Hören Sie zu, mein Freund. Ein Rat, von einem gottesfürchtigen Christen zum anderen. Es gibt einen Grund, warum diese Schlucht die *Verbotene* genannt wird. Es gibt einen Grund, warum die Navajos nicht dort hinübergehen wollen.«
»Heidnischer Aberglaube«, sagte Faraday abfällig, obwohl er spürte, wie sein Nacken kribbelte und er wieder dieses seltsame Gefühl hatte, dass etwas – oder jemand – sich unmittelbar am Rande seines Gesichtsfeldes bewegte.
John Wheeler sah ihn einen langen Moment an, taxierte diesen kräftigen Bostoner Gentleman, groß und korrekt, mit gestutztem Bart, perfekt gekämmtem Haar, gestärktem Kragen und dunklem Anzug mit Krawatte – halb Priester, halb Forscher – und sagte: »Wie Sie meinen. Aber Sie sind nun auf sich allein gestellt.«

33

Faraday schlief kaum.
Seine Zweifel hatten ihn so fest ihm Griff, dass er körperlich mit ihnen rang, das Laken auf seinem Feldbett wurde schweißnass, sein Nachtgewand klebte an ihm. Er warf sich zu Boden und betete, bis

seine Knie schmerzten und er kaum wieder aufstehen konnte. Er betete um Anleitung, um Erleuchtung, um eine Widerlegung von John Wheelers beängstigenden Worten. Aber bis zur Dämmerung waren keine Antworten erfolgt.

»Dies ist eine Prüfung«, schrieb er in sein Tagebuch, auf eine Seite mit dem Datum 12. September 1915, während sein Morgenkaffee in dem Blechbecher kalt wurde. »Es gibt keine leichten Antworten. Ich muss mir jeden Schritt dieses Weges erkämpfen. Der Cowboy sagt, die Ruinen selbst seien eine Art Spuk. Er sagt, etwas Böses sei dort drüben geschehen und das Böse existiere noch. Soll ich hinübergehen, unter dem Bösen wandeln und so meinen Weg zurück zu Gott finden? Oder soll ich mich jetzt abwenden und damit meine Suche für immer aufgeben?«

Letztendlich konnte er dem Ort nicht fern bleiben. Aber er packte mit großer Sorgfalt sein Skizzenbuch und die Stifte, sein Fernglas und den Sonnenhut zusammen und machte sich zu Fuß auf den Weg zur anderen Seite der Schlucht. Bettina und Morgana folgten entgegen seinem Wunsch zu Pferde. Seine Schwägerin weigerte sich, allein mit Wheeler und den Indianern im Lager zurückgelassen zu werden, und erklärte, der Ausflug im Sonnenschein wäre gut für ihre Nichte.

Während sie die Ruinen unter einer freundlichen Sonne erkundeten, bemühte sich Faraday, die Ängste der vorigen Nacht als Gebilde seiner überregen Phantasie anzusehen, denn sie fanden nur Mauern und Felsen und Sand vor. Keine Skinwalker. Keine Kannibalen. Aber er blieb auf der Hut, wenn er auch nicht wusste, wovor.

Während Bettina vorsichtig über den Schutt stieg, ihren Rock anhob – sodass man die hochgeknöpften Schuhe sah –, als trete sie auf der Bostoner Commonwealth Avenue über Pfützen hinweg, und sich einen Sonnenschirm über den Kopf hielt, huschte Morgana, Faradays kostbare kleine Elfe, von Stein zu Stein, von Mauer zu Mauer, spähte in gähnende Fensterhöhlungen und Eingänge, rief »Buh!« und lachte über ihre eigene Stimme. Fünf Jahre alt und vollkommen furchtlos. Faradays Herz ging ihm vor Liebe über.

Nachdem er ihr einige Ruinen gezeigt und ihre Grundrisse erklärt hatte, was Morgana mit aufmerksamem Blick in sich aufnahm, ließ er sie zwischen den Felsen spielend zurück, stieg über Fels und Gestein und spürte, wie ihn das Geheimnis dieses Ortes zunehmend gefangen nahm. Versonnen dachte er: Wo einst Menschen wandelten, gleiten jetzt nur Skorpione und Schlangen umher, und hoch über uns segeln Adler gemächlich zu ihren Horsten. Faraday fragte sich, während er in verfallene Türstürze und leere Räume blickte, ob sich Schliemann wohl so gefühlt hatte, als er Troja entdeckte, oder Evans, als er den großen Palast von Knossos ausgrub.

Er hielt inne, als er zu einem ebenen, gepflasterten Bereich zwischen zwei großen, von Menschen ausgehobenen Höhlungen im Boden kam. Dieses flache Geviert war nur teilweise ausgegraben worden, und schien ebenfalls von Menschenhand gebaut. War dies vielleicht vor langer Zeit ein öffentlicher Platz? Zwischen den beiden Höhlungen – die, wie Wheeler gesagt hatte, Zeremonialbauten waren und Kivas genannt wurden – befand sich ein Schutthaufen, der Faradays Aufmerksamkeit erregte.

Der hüfthohe Wall erhob sich jäh von dem gepflasterten Boden und schien, soweit er es erkennen konnte, keinem Zweck zu dienen. Er konnte kein Teil einer Mauer sein. Er befand sich einfach hier draußen, mitten auf einer Fläche, die Faraday als einen öffentlichen Platz deutete.

Er schaute nach Norden, dorthin, wo die erste Stufe aus Ziegelsteinen gebauter Räume freigelegt worden war, die Bettina und Morgana gerade vorsichtig erkundeten, und dann zu seiner Rechten, wo die uralte Stadt unmittelbar mit den Felsen zu verschmelzen schien. Die Räume und Terrassen, die Zeremonialbauten und das, was vielleicht ein Platz gewesen war, ergaben für ihn durchaus Sinn. Aber was bedeutete dieser Schutthaufen in der Mitte?

Faraday legte seinen Faltstuhl und den Segeltuchbeutel mit dem Skizzenbuch und den Stiften nieder und schickte sich an, interessant wirkende Steine aus dem Geröll erst zu ergreifen, um sie dann fortzuwerfen.

»Halt, oder ich schieße!«

Faraday fuhr herum und sah zwei Läufe einer Schrotflinte auf seine Brust zielen. Der Mann, der die Flinte hielt, sah Faraday mit bösem Blick an und sagte ebenso böse: »Verschwinde hier, du diebischer Bastard, sonst leg ich dich um.«

Faraday hob die Arme, als würde er ausgeraubt, und stotterte: »Aber ich … sehen Sie … es ist nicht nötig …«
»In Ordnung, Unger. Das reicht jetzt. Du machst dem Gentleman Angst.«
Faraday wandte sich um und sah einen stämmigen Mann in einem zerknitterten, weißen Anzug schnaufend auf sie zukommen, die Wangen stark gerötet, der kahle Kopf in der Sonne glänzend.
»Er befindet sich auf meinem Claim!«, fauchte der Mann mit der Schrotflinte.
»Siehst du nicht, dass er nur ein Tourist ist? Wirklich, Unger, du solltest Schilder aufstellen, wenn du nicht willst, dass unschuldige Leute hier hereinspazieren.« Der Neuankömmling lächelte breit und streckte eine Hand aus. »Harold Sayer, Johns-Hopkins-Universität. Das da hinten ist meine Ausgrabungsstätte.«
Faraday senkte die Arme, behielt die Schrotflinte aber im Auge. »Was ist denn hier los?«
»Lassen Sie uns einfach dort hinübergehen, und ich erkläre es Ihnen. Vorsicht mit der Schnur.«
Nun sah Faraday, wenige Zentimeter über dem Boden, eine fest zwischen zwei Holzpfähle gespannte Schnur.
»Dies ist Ungers Claim«, sagte er ruhig, während die Schrotflinte und ihr Besitzer wachsam blieben. »In gewissem Sinne haben Sie ihn *tatsächlich* unbefugt betreten.«
Faraday runzelte die Stirn. »Dieser Mann hat einen Teil der Ruinen für sich abgesteckt? Ist das legal?«
»Ich fürchte ja. Dieses ganze Gebiet konnte früher frei geplündert werden. Dann schritt die Regierung ein, um die Ruinen zu schützen. Aber jeder kann eine Gebühr bezahlen und eine Sondergenehmigung bekommen, um hier zu graben. Das erweckt in manchen Leuten starke Besitzansprüche. Sie können sich hier draußen umsehen, aber gehen Sie nicht in die Nähe des Bereichs der Ruinen, den Ungers Schnur bezeichnet.«
»Würde er mich wirklich töten?«
»Zuerst schießen und den Behörden später erzählen, er hätte Sie für einen Elch gehalten.«
Faraday schaute im hellen Sonnenschein blinzelnd zu der Stelle zurück, wo der Mann namens Unger mit den Händen über den

seltsamen Erdwall strich, als beruhige er ein scheues Pferd. Faraday konnte den Blick nicht von dem seltsamen Haufen Steine wenden. Was befand sich darunter?
»Sind Sie Archäologe, Sir, oder nur ein Tourist?«
Er wandte sich wieder seinem Retter zu. »Ich bin mir nicht sicher, was ich bin«, sagte Faraday, und als er Sayers verwirrten Blick bemerkte, fügte er hinzu: »Ich bin Arzt. Ich bin vermutlich auf Urlaub. Faraday Hightower.« Sie schüttelten einander die Hand. »Kennen Sie diese Ruinen gut?« Faraday wusste nicht, warum er diese Frage stellte. Es schien plötzlich wichtig, mehr über diesen bemerkenswerten Komplex zu erfahren, in dem einst ein verschwundenes Menschengeschlecht gelebt hatte.
Harold Sayer sagte: »Während der vergangenen zwanzig Jahre hat es hier immer wieder Ausgrabungen gegeben. Bisher wurden zweihundert Räume freigelegt. Man schätzt, dass es Hunderte weitere gibt.«
»Wie ...«, begann Faraday und merkte auf einmal, dass ihm das Atmen schwer fiel. Das war bestimmt der Schreck über die Schrotflinte. »Wie alt ist dieses Ruinengebiet?«
»Das kann ich noch nicht sagen. Wir glauben, dass die Errichtung Jahrhunderte gedauert hat.«
»Auf ihrem Höhepunkt, meine ich.«
Sayer runzelte die Stirn und legte eine Hand hinter sein rechtes Ohr. »Wie war das?«
Faraday atmete tief und geräuschvoll ein. »Auf dem Höhepunkt dieser Kultur. Was würden Sie sagen, wann das war?«
Sayer schürzte die Lippen unter einem gestutzten Schnurrbart. »Vor vielleicht fünfhundert Jahren.«
Nein, dachte Faraday, während er mit trockener Kehle schluckte. Dieser Ort ist älter.
»Sehen Sie diese aus dem Mauerwerk herausragenden Stämme?« Sayer deutete mit seiner großen Hand auf etwas hin ohne zu bemerken, dass sich sein Begleiter plötzlich unwohl fühlte. »Das sind ganze Baumstämme. Eine Gruppe Archäologen geht momentan die Schlucht in beide Richtungen ab und protokolliert die Lage und Anzahl jener Stämme in all den »hohen Häusern« – so nennen wir sie. Bisher wird geschätzt, dass über zweihunderttausend Bäume

benötigt wurden, um diesen Ort zu erbauen. Sie haben sogar einen Botaniker dabei, der eine chemische Analyse der Holzproben durchführt. Er sagt, viele dieser Bäume seien keine einheimischen Gewächse, sondern aus fünfzig Meilen Entfernung hierher verbracht worden. Nun, das war, bevor sie Pferde und das Rad hatten. Stellen Sie sich vor, eine Viertelmillion Bäume mit Steinäxten zu fällen und sie dann nur mit menschlicher Arbeitskraft fünfzig Meilen weit zu schleppen.«

»Wie bei der Erbauung der großen Pyramiden«, flüsterte Faraday und zog an seinem Hemdkragen.

»Es gibt in ganz Nordamerika nichts mit dem Vergleichbares, Dr. Hightower, was Sie in diesem Moment betrachten. Nachdem die Bewohner gingen, wurde nie wieder etwas Ähnliches erbaut.«

Sayer hob ein Stück Keramik auf, betrachtete es, warf es wieder zu Boden und sagte: »Wir wissen nicht viel über das Volk, das hier lebte, aber wir wissen, dass sie Hunderte von Jahren, bevor der weiße Mann kam und in New York hohe Gebäude errichtete, bereits fünfstöckige Gebäude bauten. Und noch ein Mysterium, Dr. Hightower. Diese Menschen bauten Straßen. An manchen Stellen dreißig Fuß breit, perfekt angelegt. Wofür benutzten sie sie? Sie hatten weder Pferde noch Maultiere oder sonstige Lasttiere, weder Karren noch Wagen. Diese Dinge kamen erst mit den Spaniern. Also wozu brauchten die Anasazi im Nirgendwo große, breite, perfekt gepflasterte Straßen?«

Faraday nahm ein Taschentuch hervor und wischte sich über die verschwitzte Stirn. Er fühlte sich inzwischen äußerst unwohl.

»Es ist etwas im Menschen«, erläuterte Sayer mit lauter Stimme, als stünde er an einem Pult, »was ihn dazu treibt, Imposantes zu bauen. Die Pyramiden von Ägypten. Die Große Mauer in China. Die Tempel der Maya. Vielleicht waren die Anasazi-Straßen nur das: ihre Art imposanter Architektur, als Ausdruck ihrer Macht angelegt, und nichts weiter.«

Faraday blickte durch das goldene Sonnenlicht zu zwei Gestalten in Weiß zurück – Bettina und Morgana –, die durch die Ruinen schritten wie ätherische Geister. Sie wirkten nicht körperlich, eher wie unwirkliche Elfen. Faraday schloss die Augen. Ihm war schwindelig.

»Aber die wichtigere Frage, Dr. Hightower, lautet: Wer baut dauerhafte Steingebäude und geht dann einfach davon?«
Faradays Kehle verengte sich. Der Atem stockte in seinen Lungen. Etwas stimmte nicht.
»Die Hopi sagen, sie seien die Abkömmlinge dieses Volkes. Wenn sie es sind, warum haben sie dann nie wieder etwas so Großes erbaut?«
Während der Archäologe über Geröll und eingestürzte Mauern, Steine und Felsen stieg und Stücke von Tonwaren, Pfeilspitzen und Seil aus Yucca-Fasern fand, während Faraday sich bemühte, mit ihm Schritt zu halten, sagte Harold Sayer: »Wir haben hier überraschende Dinge gefunden. Vogelkäfige, Arafedern, Meermuscheln, Kupferglocken. Dinge, die nicht von hier stammen. Einiges davon wurde aus eintausend Meilen Entfernung hierher gebracht. Wer hätte gedacht, dass diese primitiven Menschen einen solch ausgedehnten Handel entwickeln konnten?«
»Ich muss mich hinsetzen«, sagte Faraday atemlos.
Sayer wandte sich mit einem Lächeln um, das aber dann auf seinem runden Gesicht erstarrte. »Gütiger Himmel, Sie haben Nasenbluten!«
Als Faraday eine Hand zu seiner Oberlippe führte, fühlte sich sein Schnurrbart warm und nass an, und die fortgezogene Hand war hellrot. »Ich fühle mich nicht gut …«
Sayer nahm ihn am Ellenbogen und führte ihn zu einem Felsen. »Es ist die Höhe und die trockene Luft. Legen Sie den Kopf zurück, so ist es gut. Oh, richtig, Sie sind Arzt. Sie wissen, was zu tun ist. Sind das dort Ihre Frau und Ihr Kind?«
Als Faraday die Blutung zum Stoppen gebracht hatte und ins Lager zurückgekehrt war, fühlte er sich rasch wieder besser und plante, mit den Archäologen weiter unten in der Schlucht zu sprechen. Da trat Bettina ins Zelt und stellte sich in einer Haltung vor ihn hin, die er inzwischen kannte – sie richtete sich gerade und hoch und steif auf, die Hände in die Hüften gestemmt –, und dies bedeutete, dass sie eine Ankündigung machen wollte, die keinen Raum für Widerspruch ließ. »Faraday, das Mädchen und ich können so nicht leben.«
Natürlich meinte sie das harte Lagerleben, das unzivilisierte Es-

sen und die armseligen Waschmöglichkeiten. Aber er ahnte, ihr Wunsch, nach Albuquerque zurückzukehren, hatte auch mit der Tatsache zu tun, dass die Pinto-Brüder sie insgeheim Weiße-Frau-die-Kojoten-zum-Schweigen-bringt nannten und sich hinter ihrem Rücken über sie lustig machten.
»Du hast uns mit deiner … deiner Nase furchtbar erschreckt. Und es ist nicht gut, deine Tochter all diesen heidnischen Einflüssen auszusetzen. Ich würde Morgana gerne nach Boston zurückbringen.«
»Nein«, sagte er rasch. »Morgana bleibt bei mir.« Und dann dachte er daran, dass Bettina eine junge Frau war und zum ersten Mal in ihrem Leben einen Verehrer hatte. Es war nicht fair von ihm, sie hier zu behalten. »Aber dir steht es frei zu gehen, Bettina. Mr. Vickers muss dich vermissen.«
»Und was ist mit deiner Tochter?«
»Ich werde ein Kindermädchen für sie einstellen«, sagte er unbestimmt.
Bettina seufzte ungeduldig. »Kindermädchen! Ich kann nicht zulassen, dass die Tochter meiner Schwester so lebt. Nun gut, ich werde bleiben, aber du musst für uns eine angemessene Unterkunft in einer richtigen Stadt finden, wo Morgana zur Schule gehen kann.«
Mit Wheelers Hilfe brachte Faraday sie in einer ehrbaren Pension unter, wo Bettina sofort deutlich machte, dass sie eine Lady sei und als solche behandelt zu werden erwartete. Es schmerzte ihn, von Morgana getrennt zu sein, aber Bettina hatte Recht: Seine Ausflüge in die Wüste waren nichts für ein Kind. Und so versprach er, sie häufig zu besuchen und Geschenke mitzubringen.

34

Wheeler besaß einen Handelsposten nördlich des Chaco Canyon, der aus Baumstämmen und Stein errichtet und mit allen Arten von Getrocknetem, von Konserven, Dosen mit Schweinefett, Schachteln mit Crackern und Keksen, Säcken Mehl, Zucker, Kaffee und Salz und Gepökeltem in einem Fass angefüllt war. Er verkaufte auch

Ballen Baumwolle und Kaliko, Laternen, Kerosin, Seile, Sättel und Bratpfannen. An den Wänden hingen große, staubige Elchgeweihe und ausgespannte Klapperschlangen- und Eidechsenhäute, während Felle und Häute aller Art in Haufen gestapelt lagen. Schweigende Navajos warteten darauf, bedient zu werden, tauschten Türkise und Silber gegen Arzneien und Gewürze und Schaufeln und Äxte ein. Wheeler stellte Faraday seiner Frau vor, die dick und schüchtern war und eine türkisfarbene Samtbluse und einen langen, bunten, von einem Silbergürtel gehaltenen Rock trug, und dann führte er ihn in einen rückwärtigen Privatraum, wo er ihm stolz seine Keramiksammlung mit jahrhundertealten Stücken zeigte. Als Faraday ein Gefäß in Händen hielt, von dem Wheeler sagte, es sei vor fünfhundert Jahren gefertigt worden, stellte er sich die Hände des Mannes vor, der es gestaltet und verziert hatte, und fragte sich, wie der Töpfer ausgesehen haben mochte, welche Gedanken ihm bei der Arbeit durch den Kopf gegangen waren, ob er verheiratet war, ob er Kinder hatte? Als Faraday seine Gedanken laut aussprach, sagte Wheeler: »Wir vermuten, dass die Frauen die Töpferwaren fertigten.«

Faraday lernte viel über die Art der Indianer, wann immer er den Handelsposten besuchte. Ein alter Navajo zierte die Vorderveranda, da er immer da war, in seine Decke gewickelt, ruhig rauchend. Wheeler erklärte, dass der Mann seit einem der letzten Kämpfe gegen weiße Soldaten seine Beine nicht mehr bewegen konnte und jeden Morgen von seinem Hogan hierher und abends wieder zurück getragen werden musste.

»Armer Bursche«, sagte Faraday.

»Warum sagen Sie das?«, fragte Wheeler.

»Wie furchtbar, querschnittsgelähmt zu sein.«

»Der alte Ben sieht es nicht so. Er ist wirklich ein sehr glücklicher Mensch.«

»Aber wie kann er das sein, wenn er gelähmt ist?«

»Fragen Sie ihn, und er wird Ihnen sagen, er sei nur gelähmt, wenn er gehen muss.«

Faraday begleitete John Wheeler in dieser Gegend überallhin und war entsetzt über die Lebensbedingungen der Indianer, da er mit einem anderen Bild im Kopf angereist war. Die Armut schockierte

ihn. Mr. Wheeler sagte: »Die guten Leute im Osten, in New York und Philadelphia, machen sich Sorgen um ihre roten Brüder, also packen sie Kleidung ein und schicken sie nach Westen, damit die armen Indianer etwas zum Anziehen haben. Wissen Sie, was diese Dummköpfe schicken? Abgelegte Abendkleider und Smokings.«
Faraday versuchte, alles aufzunehmen, was er sah und hörte. Immer wieder war ihm, als eröffne sich eine neue Welt vor seinen Augen. Er bemerkte, wie oft sich seine Überzeugungen, etwas sei so und nicht anders, angesichts der Lebensweisen der Indianer als Irrtum erwiesen. Er begriff, dass seine Sorgen und Nöte für diese Menschen bedeutungslos waren, und das machte ihn bescheidener und weniger auf sich bezogen. Faraday spürte, wie sich ein Wandel in ihm vollzog. Aber vor allem konnte er den merkwürdigen Wall auf dem Platz in Pueblo Bonito nicht vergessen. Er träumte davon, dachte darüber nach, rang mit sich, grübelte und verwarf, drehte sich im Kreis. Warum verfolgte der Wall ihn überallhin? Was war so Besonderes an diesem Haufen Steine?
Je stärker er versuchte, den Chaco Canyon aus seinen Gedanken zu verbannen, je weiter er von den verbotenen Ruinen davonritt und je mehr er mit sich rang, desto größer wurde sein Interesse. Während er und Wheeler Hogans der Navajos und Pueblos auf Mesas besuchten, wo sie vielen Erzählungen, Geschichten, Mythen und Legenden lauschten, gleichgültig, wo sie in diesem weiten Land der Mesas und Wüsten, Ebenen und Wälder waren, suchte die eindringliche Erinnerung an den Steinwall in Pueblo Bonito Faradays Gedanken heim.
Was war das große Geheimnis im Chaco Canyon?

35

Bettina und Morgana logierten zwei Monate in der Pension, bis Bettina diese für unpassend erklärte. Glücklicherweise war Albuquerque eine blühende Grenzstadt, einst der Endpunkt der Santa-Fé-Bahnlinie, aber jetzt eine bedeutende Eisenbahnstation, und so gab es viele Pensionen. Außerdem war die Gegend zu einem Erholungsgebiet für Patienten mit Tuberkulose und anderen Atemleiden geworden, sodass überall Bäder und Sanatorien entstanden und Menschen in die Stadt lockten, die Bettina als feinere Leute bezeichnete: Ärzte, Krankenschwestern, Ingenieure, Anwälte. Und so sorgte Bettina für sich selbst und Morgana nach ihrem eigenen Gutdünken.

Faraday kam an Morganas sechstem Geburtstag in die Stadt mit indianischen Perlen, Mokassins und einer Kachina-Puppe als Geschenken. Als er seine Tochter zu einer Fahrt in einer Kutsche mitnahm, fragte sie ihn, was »vornehm tun« bedeute. Er fragte sie, wo sie das gehört habe, und sie sagte, dass Mrs. Slocomb, die Besitzerin der neuen Pension, sagte, Bettina Hightower würde vornehm tun. Bettina Hightower? Faraday lachte, fand seine Tochter hinreißend süß und vergaß den unbedeutenden Vorfall wieder.

»Faraday«, sagte Bettina in dem forschen Tonfall, in dem sie stets etwas verkündete. »Du wirst dich entscheiden müssen. Du reist jetzt schon seit Monaten durch dieses scheußliche Land und hast keinen Beweis für die Heiden gefunden, nach denen du suchst. Deine Tochter ist sechs Jahre alt. Sie sollte in einem geordneten Zuhause leben.« Sie unterließ es, ihren eigenen, kürzlich zurückliegenden Geburtstag zu erwähnen, ihren zweiunddreißigsten, da sie ihren Schwager nicht an ihr Alter erinnern wollte. »Ich kann nicht zulassen, dass dies so weitergeht.«

Er wollte es nicht hören. Er hatte in letzter Zeit häufig Kopfschmerzen und schlaflose Nächte. Wenn er schlief, suchten ihn seltsame Träume heim, die keinen Sinn ergaben. Wenn Faraday nicht mit Wheeler über Land reiste, wohnte er bei Bettina und Morgana. Aber es waren keine erholsamen Besuche. Nicht nur weil er Pueblo Bonito und den seltsamen Wall, der seinen Geist aus einem unbestimmten Grund plagte, nicht mehr aus dem Kopf bekommen konnte – sondern auch weil Bettinas Missfallen bei jedem Besuch zunahm.

Nachdem sie an jeder Pension etwas auszusetzen gefunden hatte, mietete Faraday einen Bungalow am Stadtrand, der ruhig genug war, aber Bettina beschwerte sich über den Geruch der nahe gelegenen Kuhweiden. Daraufhin brachte Faraday seine Tochter und seine Schwägerin in einem anständigen Hotel unter, wo Bettina einigermaßen zufrieden war, bis sie entdeckte, dass es nur wenige Blocks von einem verrufenen Bezirk entfernt lag. Sie beschwerte sich bei ihm, dass sie nicht gerne aus dem Fenster schaue und angemalte Damen auf dem Bürgersteig entdeckte, die zum Einkaufen in der Stadt unterwegs waren.

Faraday hatte versucht, vernünftig mit Bettina zu reden, dass es ja nicht so sei, als gingen die Damen ihrem Gewerbe in ihrer Nähe nach, aber es war zwecklos. Sie bestand darauf, dass er ihr und Morgana wieder eine neue Unterkunft besorge.

Es ging so weit, dass Faraday sich davor fürchtete, in die Stadt zu kommen. Doch vollkommen fern zu bleiben war natürlich undenkbar, denn er freute sich immer auf seine Tochter. Morgana in seinen Armen zu halten machte ihn glücklich, ebenso wie ihre glänzenden Augen zu sehen, wenn er ihr von seinen Erlebnissen bei den Indianern erzählte.

»Du hast sogar«, sagte Bettina gerade mit Betonung, »Mr. Vickers' Besuch verpasst.«

In den Monaten, seit sie Boston verlassen hatten, hatte Bettina Postkarten und Briefe von Zachariah Vickers erhalten, der Missionarsarbeit in Afrika leistete. Die Ansichtskarten zeigten halb nackte Eingeborene, und seine Briefe erzählten von Begegnungen mit Löwen und anderen wilden Tieren. Nun war er in den Südwesten gekommen, um den »armen Indianern in Arizona« Bibeln zu bringen, wie Bettina es ausdrückte, und hatte eine Woche in Albuquerque Halt gemacht, in der Hoffnung, sie dazu überreden zu können, mit ihm in den Osten zurückzukehren. Er würde in einem Monat wieder hier vorbeikommen, um ihre Antwort zu erfahren.

Das versetzte Faraday in Panik. Was wäre, wenn sie einwilligte und nach Boston zurückkehrte? Was würde er mit Morgana machen? Weder konnte er seine Forschungen mit Wheeler fortführen und Morgana in den Händen von Fremden zurücklassen, noch konnte er sie mit sich nehmen!

Bettina gab ihm genau drei Tage Zeit, seine Entscheidung zu treffen.

36

»Ich kann Ihnen nicht sagen, wo ich hingehe. Tut mir Leid, Dr. Hightower, es ist ein Geheimnis.«

Aber Faraday blieb beharrlich, bis Wheeler verriet, er reise zum Navajo-Hogan einer der Verwandten seiner Frau, um bei einer Heilung zu assistieren. Faraday bat Wheeler, ihn mitzunehmen, da er bisher nur von solchen Zeremonien gehört und sich sehr gewünscht hatte, an einer teilnehmen zu können. Der Cowboy willigte widerwillig ein, aber erst, nachdem er Hightower das Versprechen abgenommen hatte, während des Rituals still zu sein und sich äußerst respektvoll zu verhalten.

Faraday war freudig erregt. In den letzten Wochen hatte sich eine Art Freundschaft zwischen den beiden Männern entwickelt, und Faraday sah in Wheelers Einverständnis einen Vertrauensbeweis.

In Albuquerque hatte er eine flache Aktenmappe zum Transport loser Papiere und Dokumente gekauft. An dieser Ledermappe ließ er einen langen Gurt befestigen, sodass er sie, zusammen mit der Mappe, die sein Skizzenbuch, die Stifte und die Zeichenkohle enthielt, mühelos tragen konnte und dennoch die Hände frei hatte. Wo immer er hinging, hielt er seine Eindrücke auf Papier fest – die Zeremonialtänze der Hopi, die Mesas, Kojoten, die den Mond anheulten. Die Skizze eines geheimen Navajo-Rituals wäre die Krönung seiner Sammlung.

»Wo ist Gott bei alle dem?«, fragte Faraday, als sie zum Essen Halt machten und an einem Wasserlauf lagerten, wo die Pintos Rippchen und Bohnen kochten.

Wheeler nahm einige Bohnen auf seine Gabel und sagte: »Gott? Sehen Sie sich um, Mann. Gott ist überall. In den Bergen. Im Mais.«

»Ich meine, ein *persönlicher* Gott. Berge können keine Seelen retten. Wo ist Gottes Urteil? Wo sind Bestrafung und Belohnung?«

Wheeler kaute, schluckte und spülte die Bohnen mit Kaffee hinunter. »Hören Sie zu, mein Freund, als ich vor vielen Jahren zum ersten Mal hier herauskam, war ich wie Sie, voller Wenns und Abers und dem Ruhm Gottes. Ich wollte Seelen retten wie Petrus mit seinem Fischernetz. Und dann erkannte ich eines Tages, dass ich keine Ahnung hatte, *wovor* ich diese Seelen retten wollte.«

Faraday sah ihn bestürzt an. »Sie waren Missionar?«

»Ich war Priester, mein Freund. Ein Quäker. Nach meiner Konversion zum natürlichen Glauben dieser Region nahm ich meinen Hut und fand Arbeit als Cowboy. Jetzt suche ich nach Gefäßen und führe Touristen durch die Ruinen. Mein Freund, warum schätzen Sie die Religion der Indianer so gering?«

»Es ist wohl kaum eine richtige Religion. Sie beten Felsen und Bäume an.«

»Nun, ich glaube nicht, dass sie sie wirklich anbeten. Sie halten sie vielmehr in Ehren.«

»Sie beten zu ihnen. Ich habe sie zu Felsen beten sehen.«

»Und sie haben *Sie* und andere Christen zu zwei zusammengebundenen Holzstangen beten sehen.«

Als Faraday ihn fragend ansah, sagte Wheeler: »Das Kreuz. Sie beten zu ihm, oder?«

»Wir beten zu *Gott*. Das Kreuz ist nur ein Symbol. Es erinnert uns an die Gegenwart des Allmächtigen in unserer Mitte.«

»Das sind für die Indianer Felsen und Bäume. Ich will es mal so ausdrücken, mein Freund. Das Christentum ist eine persönliche Religion, die damit befasst ist, dass ein Mensch seine eigene Seele rettet. Aber die indianische Religion ist *umfassend*, mit der Natur insgesamt und deren Ausgewogenheit beschäftigt.«

Faraday kaute nachdenklich auf seinem Hammelfleisch.

»Lassen Sie mich Ihnen eines sagen, mein Freund. Indianer fürchten den Tod nicht. Und wissen Sie warum? Weil ihre Seele bei der Geburt nicht von einer Erbsünde befleckt ist. Nun, Christen werden mit dem Makel der Sünde Adams und Evas geboren und verbringen ihr ganzes Leben in der Angst, mit dieser Sünde gebrandmerkt zu sterben und in die Hölle zu kommen. Daher fürchten die Christen den Tod. Für die Indianer gehört der Tod nur zum Erhalt der Ausgewogenheit der Natur.«

37

Das Innere des Hogans war dunkel, moderig und rauchig und mit den Verwandten des Kranken bevölkert. Ein Medizinmann streute am Eingang des Hogans zur Reinigung Maispollen in die vier Winde. Wheeler erklärte Faraday: »Die Navajos glauben, Krankheit entstehe dadurch, dass man in Disharmonie mit der Natur ist. Der Mais stelle die Harmonie wieder her, weil er die Macht der Wandlungsfrau heraufbeschwört, welche die Navajos geschaffen hat.«

Faraday sah interessiert zu, neugierig auf die Vorstellung einer *weiblichen* Gottheit, die Menschen schuf.

»Das Navajo-Ideal von Harmonie und Wohlergehen wird *Hózhó* genannt«, erklärte Wheeler ruhig, während sich der Medizinmann hinkniete und ein Muster auf den Boden zu malen begann. »Was Sie hier sehen, ist die Erschaffung eines Sandbildes. Es hilft dem Patienten, sich auf *Hózhó* zu konzentrieren und es wieder ins Gleichgewicht zu bringen. Danach wird das Bild zerstört.«

Der Medizinmann sang leise, während Prisen farbigen Sandes durch seine Finger rieselten. Andere Männer schüttelten Wildhuf-Rasseln und schlugen auf kleine Trommeln. Der Patient lag fiebernd auf einer Decke, litt an einer schweren Wundinfektion. Faraday wollte ihnen am liebsten sagen, sie sollten Antiseptika anwenden, anstatt nutzlosen Sand auf dem Boden zu verstreuen.

Wheeler erklärte: »Ein Sandbild ist ein *Iikháàh*, was ›Sie treten ein und gehen wieder‹ bedeutet, womit die *Yéii*, die heiligen Geister, gemeint sind. Sie sehen, dass das Bild mit der Vordertür des Hogans abschließt, die stets nach Osten weist. Die Geister treten durch das *Iikháàh* ein und verlassen die Zeremonie so auch wieder.«

Faraday überkam der Wunsch, die Szene zu zeichnen. Auch wenn das heidnische Ritual verwirrend war, waren der Schauplatz und die Atmosphäre doch ungewohnt und fremdartig schön. Niemand sah, wie er in seine Mappe griff, nicht einmal Wheeler, dessen Blick auf die Szene gerichtet blieb.

Faraday hatte kaum die Zeichenkohle aufs Papier gesetzt, als jemand aufschrie. Der Gesang brach ab. Alle Gesichter wandten sich ihm zu. Und dann schrien alle zornig.

Wheeler ergriff seinen Arm und sagte: »Wir sollten besser verschwinden.«

»Aber ich kann es erklären. Ich habe keinen Schaden angerichtet.«

Wheeler riss die Seite aus dem Skizzenbuch und warf sie dem Medizinmann zu. »Gehen wir!«

Sie sprangen auf ihre Pferde und galoppierten eine weite Strecke schnell und hart, und als Wheeler sein schnaubendes Pferd schließlich zügelte, sagte er zu Faraday: »Ich bringe Sie nach Albuquerque zurück, Dr. Hightower. Ich kann Ihnen meine Dienste nicht länger anbieten.«

Sie ritten schweigend zur Stadt zurück. Faraday begriff, dass er in Wheelers Augen einen schrecklichen Vertrauensbruch begangen hatte. Wie konnte er nur so dumm gewesen sein? Wieder einmal hatte er ein Versprechen gebrochen, wieder sich schuldig gemacht. Als sie sich auf wenige Meilen dem Chaco Canyon näherten, spürte er einen mächtigen Druck auf sich lasten. Das Bild des seltsamen Schuttwalls erfüllte seinen Kopf, und er erkannte, als seine und Wheelers Wege sich am Stadtrand trennten, dass er all die Schuld, die auf ihm lastete, nur dann würde bewältigen können, wenn er den Weg ging, vor dem er sich schon die ganze Zeit gefürchtet hatte: Er musste in den Chaco Canyon und zu den verbotenen Ruinen zurückkehren.

38

»Muss ich dich daran erinnern, dass Mr. Vickers in einer Woche hier sein wird und meine Antwort auf seinen Heiratsantrag erwartet?«

»Bis dahin werde ich zurück sein, Bettina«, murrte Faraday, während er eine Tasche packte. Der neue Führer, den er am Vorabend angeheuert hatte, wartete unten mit frischen Pferden auf ihn.

»Faraday«, sagte Bettina, »du hast mich nicht einmal gefragt, ob ich den Antrag annehmen werde.«

»Ich werde zurück sein«, murmelte er erneut und schloss die Tasche mit entschiedenem Klicken. Als er nach seiner Zeichenmappe griff, sah er Morgana im Eingang seines Schlafzimmers stehen, die

Augen groß und flehend. Dass sie Abigail Tag für Tag mehr ähnelte, rührte sein Herz. Ein wunderschönes kleines Ding mit seelenvollen Augen und einer schwermütigen Art. Sechs Jahre alt, schien sie ihm dennoch eine alte Seele zu besitzen.

»Daddy, darf ich mit dir gehen?«

Das ließ ihn innehalten. Faraday wollte allein nach Pueblo Bonito zurückkehren. »Mein Engel«, sagte er und kniete sich vor sie hin. »Daddy muss allein gehen. Ich werde nicht lange fort sein.«

Aber die großen Augen, zu ernst für einen so jungen Menschen, ließen ihn in seinem Entschluss wanken. Morgana mit in den Chaco Canyon zu nehmen bedeutete, auch Bettina mitnehmen zu müssen. Sie willigte ein, solange er versprach, dass sie rechtzeitig zu Mr. Vickers' Ankunft zurückkehren würden. Und so kehrten sie, genau ein Jahr nachdem sie das erste Mal in diese Wüste gekommen waren, mit Pferd und Packmaultier in die Schlucht zurück, welche die Navajo die Verbotene nannten.

39

Faraday konnte nicht schlafen.

Es waren keine Träume oder Visionen, nein, es war ein überwältigendes Gefühl. Schließlich erwachte er völlig, im Schein des Vollmondes, und blickte über den Wasserlauf zu den schrecklich stillen Ruinen von Pueblo Bonito.

Etwas rief ihn.

Die kleine Gruppe von sechs Leuten war bei Sonnenuntergang am Lagerplatz angekommen, und der Führer riet seinem Klienten, bis zum nächsten Morgen zu warten. Aber Faraday wusste, dass er nicht warten konnte. Er kroch aus seinem Schlafsack, nahm eine Laterne, schlang sich seine Mappe über die Schulter und hörte, als er das Lager verlassen wollte, Morganas kleine Stimme sagen: »Daddy? Wohin gehst du?«

Sie stand in der Öffnung des Zeltes, das sie mit Bettina teilte, und er fragte sich, woher sie gewusst hatte, dass er wach war. Er sagte ihr, er ginge nur spazieren und sie solle in ihr Zelt zurückkehren und Tante Bettina nicht wecken. Aber nachdem er ein kurzes Stück gegangen war, schaute er zurück und sah seine sechsjährige Tochter noch immer dort stehen, das Nachtgewand geisterhaft im Mondlicht leuchtend. Und doch konnte er nicht umkehren. Eine unbekannte Macht zwang ihn, weiter in das Gewirr eingestürzter Mauern vorzudringen.

Faraday hoffte, dass der Mann mit der Schrotflinte, Unger, nicht mehr dort sei. Seine Ahnung sagte ihm, dass unter dem Steinwall etwas Bedeutendes verborgen lag. Er war entschlossen, herauszufinden, was es war.

Als er den Ort des seltsamen Walls erreichte, sah er, dass der Schutt fortgeräumt worden waren, sodass ein seltsamer, großer Stein freigelegt worden war, der bei näherer Betrachtung im Lampenschein einst grau gewesen sein mochte, nun aber mattrot war. Er sah aus, als wäre er bemalt worden. Zu welchem Zweck?

Er sah sich nach dem Burschen mit der Schrotflinte um. Dann entdeckte er hundert Meter zu seiner Rechten einen Türsturz, der vor einem Jahr noch nicht zu sehen gewesen war. Unger hatte fleißig gegraben. Von diesem Stein aus bis zur unteren Reihe der Ruinen war eine breite Bresche entstanden. Weitere Mauern und, wie es schien, sogar das Innere eines großen Raumes waren freigelegt worden.

Faraday ging vorsichtig darauf zu.

Als er sich den Hauptruinen näherte, spürte er, wie sich seine Kehle verengte und leichter Schweiß auf seine Stirn trat. Als er sich an das unerklärliche Nasenbluten erinnerte, fragte sich Faraday, ob es in der Nähe irgendeine Art lästige Pollen gäbe.

Da, ein Geräusch!

Faraday wandte sich um und war entsetzt, ein Mädchen dort stehen zu sehen. Sie mochte ungefähr siebzehn Jahre alt sein, und er erkannte, dass sie das Haar auf Hopi-Art frisiert hatte – große, eindrucksvolle gedrehte Flechten, Kürbisblüten genannt, kennzeichneten ihren unverheirateten Stand. Sie trug einen langen Rock und eine Tunika aus karmesinrotem Stoff, aber vor allem fesselte ihn die Tätowierung auf ihrer Stirn: drei dunkelblaue, vertikale Linien, die sie höchst interessant wirken ließen.

»Hallo«, sagte er.

Sie sah ihn schweigend an. Aber er war die schweigsame Art der Indianer inzwischen gewohnt, besonders von Mädchen, die nicht angemessen vorgestellt worden waren, und er fragte mit sanftem Lächeln: »Wie heißt du?«
Sie erwiderte nur sein Lächeln, und er dachte, wie bezaubernd sie war.
»Sprichst du Englisch?«
Sie äußerte ein Wort, das sie wiederholen musste, bevor er es im Geiste wie mit lateinischen Buchstaben geschrieben erkennen konnte. Sie sagte *Hoshi* und *Tiwa*, mit einem Knacklaut dazwischen. Er sah es vor seinem geistigen Auge wie Hoshi'tiwa. Als er sie fragte, was es bedeute, wiederholte sie es nur.
Zerrissene Wolken tauchten zwischen den Sternen auf. Sie löschten das Mondlicht einen Moment aus und ließen es dann wieder aufscheinen. Das Mädchen stand da, ihre blattförmigen Augen auf ihn gerichtet; die gewundenen Flechten zu beiden Seiten ihres Kopfes umrahmten ein rundes, kupferfarbenes Gesicht. Er konnte den Blick nicht von ihr wenden.
Sie lächelte und streckte eine Hand aus.
Faraday erhob sich und streckte ebenfalls eine Hand aus. Sie zog ihre Hand zurück, wandte sich um und ging davon. Er erkannte, dass er ihr folgen sollte. Sie traten über Geröll und Felsen hinweg, um eingestürzte Mauern herum und an gähnenden Fenstern vorbei. Das Mondlicht glänzte mal heller, mall schwächer, während Wolken über den Himmel zogen. Das Mädchen führte ihn höher in die Ruinen hinauf, und der Weg wurde unebener, als sie den Ausgrabungsbereich hinter sich ließen.
Als er gerade fragen wollte, wohin sie ihn brachte, blieb sie stehen. Er betrachtete die schulterhohe Steinmauer, die sie umgab, sowie den Sand und die Steine, die den Boden bedeckten. Sie befanden sich in einem kleinen Raum, in dem, vor langer Zeit, jemand gelebt und geliebt hatte und gestorben war.
Sie streckte einen Arm aus und zeigte auf etwas. Er schaute in die von ihr angegebene Richtung, in die Ecke des Raumes, wo Schutt an der Mauer lag.
»Ist dort etwas?«, flüsterte er, aus Angst, Unger zu alarmieren, dessen Lager er in der Nähe vermutete.

Sie deutete weiterhin in die Ecke, und so kniete er sich hin und begann zu graben, vorsichtig, wie er es Wheeler und die Archäologen hatte tun sehen, weil uralte Gegenstände so leicht zerfielen. Bald wurde im Mondlicht eine glatte Form erkennbar. Große Erregung überkam ihn. Vorsichtig strich er den Schutt weg und berührte eine prächtige Keramik. Sie war unbeschädigt.
Als er das wunderschöne Stück behutsam aufhob und in seinen Händen drehte, als er die gold-orange Färbung im Mondlicht sah, erinnerte er sich an eine Unterhaltung, die er mit Mr. Wheeler geführt hatte, während der Mann ihm seine Sammlung zeigte. Während Faraday ein bestimmtes Stück betrachtete, hatte er gefragt: »Was ist das? Eine Art Krug?«
»Man nennt es eine *Olla*«, hatte Wheeler gesagt.
»Eine Oya?«
»Man buchstabiert es O-l-l-a. Das spanische Wort für Kochtopf. Ich weiß nicht, wie die Indianer sie nennen. Manchmal erzählt das Muster darauf eine Geschichte. Ist jedoch schwer zu entziffern. Niemand weiß, wofür die Symbole stehen.«
Nun starrte Faraday ehrfürchtig auf seinen Fund, denn die Olla in seinen Händen war mit einem prachtvoll gemalten Muster versehen. Faraday war plötzlich von einer Zielstrebigkeit erfüllt, als wäre es dieses Gefäß gewesen, was ihn von dem Moment an gerufen hatte, als er Pueblo Bonito betrat. »Die Menschen, die das gemacht haben«, sagte er zu dem Mädchen, »weißt du, wohin sie gegangen sind?«
Sie runzelte die Stirn, wodurch die drei auf ihre Stirn tätowierten Linien besonders auffielen.
Er wiederholte seine Frage, vollführte Gesten wie ein Pantomime, bis sich ihr Gesicht in jähem Begreifen erhellte. Sie hob einen Arm und deutete nach Westen.
»Sind sie noch dort?«, fragte er voller Spannung.
Aber sie antwortete nicht, und so wandte er sich erneut dem Gefäß zu und hörte, als er es in Händen drehte, wie darin etwas klapperte. Aber bevor er hineingreifen konnte, um nachzusehen, was es war, spürte er, wie es in seinem Nacken kribbelte, als richteten sich seine Nackenhaare vor außergewöhnlicher Angst auf.
Etwas war da, bei ihnen in diesem uralten Raum. *Etwas Unsichtbares.*

Er sagte zu dem Mädchen: »Spürst du das?«
Sie wölbte die Augenbrauen.
Er betrachtete ihr Gesicht. Sie empfand keine Angst. Also sagte er sich, es sei seine Einbildung, von dem unsinnigen Gerede der Navajos und Wheelers beeinflusst. *Skinwalker*. Doch während er die Olla weiterhin festhielt, nahm das Gefühl zu – jemand oder etwas beobachtete ihn, er konnte dessen Atem in seinem Nacken spüren.
»Wer ist da!«, rief er plötzlich. »Unger, sind Sie das?«
Das Mädchen sah ihn verwirrt an, und er fühlte sich augenblicklich verlegen. Wenn ein junges Mädchen keine Angst vor diesem Ort hatte, warum sollte er, ein erwachsener Mann, sie dann spüren? Und doch zitterten seine Hände. Schweiß stand auf seiner Stirn. Und sein Magen verkrampfte sich so stark, dass er dachte, er müsse sich übergeben. Während er die Ruinen absuchte, nahm er am Rande seines Gesichtsfeldes Schwärze wahr. Er spürte, wie sich das Böse um ihn sammelte. Und er erkannte mit Gewissheit, dass er für immer verloren wäre, wenn er diesen Ort nicht augenblicklich verließe.
Seine Haare richteten sich auf. Eiskalter Schweiß überzog seinen Körper. Er schaute zu dem Mädchen, das wie eine ganz normale Indianerin aussah. Es war nichts Bedrohliches an ihr, und doch kribbelte sein Nacken, als er sich an Wheelers Worte erinnerte: *Skinwalker sind Zauberer, die sich in alles verwandeln können, und sie kommen stets, wenn man allein ist.*
Faraday lief davon.
Mit dem uralten Gefäß in den Armen, lief er vor diesem Ort davon wie ein Hase vor einem Jagdhund, und als er zum Lager kam und beim Herannahen schrie, empfing Bettina ihn voller Sorge. »Faraday!«, rief seine Schwägerin. »Was um alles in der Welt ist los mit dir?«
»Lieber Gott«, sagte er und sank in eine tiefe Ohnmacht.
Pueblo Bonito lag sechzig Meilen von der Eisenbahn entfernt. Der angeheuerte Führer und seine Leute betteten Faraday in einen Wagenkasten und fuhren so rasch wie möglich zur Eisenbahn, wo der Bahnhofsvorsteher einen Frachtzug nach Albuquerque anhielt. Bettina wollte nicht, dass sie ihn ins Krankenhaus brachten, sondern verkündete, dass sie ihn in ihrem Haus selbst pflegen würde.

Sie schickte nach einem Arzt, aber der Mann konnte nicht mehr tun als erklären, ihr Schwager sei von Sinnen, und ihn Bettinas Pflege überlassen.
Faraday fieberte und lag tagelang im Delirium, und mehr als ein Arzt wurde gerufen, um ihn sich anzusehen. Alle erklärten, er leide unter einem mentalen Schock.
Später erinnerte Faraday sich nur an Bruchstücke dieses Zauberbanns, unter dem er sich in Albträumen wand, an Dämonengesichte und unvorstellbar entsetzliche Visionen, als ob das, was immer in den Ruinen lauerte, in seinen Geist eingedrungen wäre und ihn im Fieber quälte. Er erblickte ein Menschenopfer, einen auf dem Stein liegenden Mann, die Brust aufgeschnitten, das noch schlagende Herz herausgerissen. Das Blutbad hatte auf dem seltsamen Stein stattgefunden, der unter dem Schuttwall verborgen gewesen war.
Als Faraday wieder zu Bewusstsein kam, erkannte er, dass er im Delirium nach seinem Skizzenbuch und den Stiften geschickt und stundenlang fieberhaft gearbeitet hatte. Was er da zeichnete, konnte Bettina nicht sagen, denn er wollte niemanden die Bilder sehen lassen. Daher blickte er an seinem ersten klaren Morgen auf das Skizzenbuch, das am Bett lag, und wurde von elender Furcht ergriffen, wenn er über die Schrecken nachdachte, die er dort aufgezeichnet hatte. Er griff mit zitternden Händen danach, konnte das Deckblatt aber nicht anheben. Bilder zogen flüchtig durch seinen Geist, von Ungeheuern und Geistern, jenen Kreaturen, welche die Ruinen bewohnten. Er hatte *sie* gezeichnet! Er hatte sie mit nach Hause und in sein Leben gebracht! Er zitterte vor Angst, elend bei dem Wissen, dass er nicht nur seine eigene, sondern auch Morganas Seele in Gefahr gebracht hatte. Was wäre, wenn sie diese Bilder aus der Hölle zufällig sähe?
Faraday wollte das gesamte Skizzenbuch in den Kamin werfen, wo es von den Flammen verzehrt und zu Asche verwandelt würde. Er stellte sich vor, wie die Funken, die in den Kamin aufstiegen, jene Geister wieder in das Totenreich zurückschicken würden, aus dem sie gekommen waren.
Aber das war eine Illusion, wie er wusste. Auch wenn er die Zeichnungen verbrannte, wären die Dämonen immer noch bei ihm. Und so verbarg er die Zeichnungen im Geheimfach seiner Mappe, ohne

das wieder zu betrachten, was seine mit Zeichenkohle beschmierten Finger geschaffen hatten, und ohne zu wissen, warum er es tat, um sie niemals wieder anzusehen.
Als er sich körperlich ein wenig erholt hatte, sagte Bettina in ihrem gebieterischsten Tonfall: »Faraday, genug ist genug. Wir werden diesen Ort verlassen, Punktum!«
Er überraschte sie damit, dass er zustimmte. Aber er wollte nicht nach Boston zurückkehren, sondern plante, noch weiter nach Westen zu ziehen. Das mysteriöse Hopi-Mädchen in Pueblo Bonito hatte nach Westen gezeigt. Faraday bot an, Bettinas Reise mit der Eisenbahn zurück nach Boston zu bezahlen, und schlug vor, dass sie Mr. Zachariah Vickers' Heiratsantrag annehmen sollte.
Es überraschte ihn, als Bettina sagte, dass Mr. Vickers auf seiner Rückreise von Arizona zu einem Besuch da gewesen sei, als Faraday krank im Delirium lag. Sie habe seinen Antrag angenommen, sagte sie und streckte die Hand aus, um Faraday den diamantenen Verlobungsring zu zeigen. »Aber er ist fast augenblicklich wieder nach Afrika aufgebrochen«, sagte sie, »und wird ein Jahr fort sein, sodass wir erst im nächsten Frühjahr heiraten werden. Inzwischen, Faraday, werde ich bei dir und meiner Nichte weiterhin meine Pflicht erfüllen. Danach seid ihr auf euch allein gestellt.«
Faraday packte seine Keramiksammlung zusammen (er überließ das Verpacken der Olla Bettina, weil es ihn ängstigte, sie anzusehen), und als sie in den Zug stiegen, schaute er auf das uralte Land zurück, in dem er über ein Jahr mit seiner Suche verbracht hatte. Er erinnerte sich an den Tag, an dem sie hier angekommen waren, an dem er sich auf große Offenbarungen vorbereitet hatte. Stattdessen hatte er dämonische Heimsuchungen erlebt, die ihn belasteten, die ihm aber einen neuen Weg gewiesen hatten.
Es gab nur ein Volk, das ihn von diesen Geistern befreien könnte, die im Chaco Canyon von ihm Besitz ergriffen hatten – die Abkömmlinge genau jenes Volkes, das Chaco ursprünglich erbaut hatte. Er musste sie finden …

40

Faraday erzählte niemandem von dem Mädchen in den Ruinen. Wer würde ihm schon glauben, einem Mann, der als tobender Wahnsinniger aus den Ruinen gekommen war? Er zeichnete ihr Gesicht aus der Erinnerung, weil es ihn verfolgte, und er betrachtete die Zeichnung häufig, als könnte er in den Konturen dieses Gesichts, der glatten Rundung ihrer Wangen, dem Mondlicht in ihren blattförmigen Augen und den drei seltsamen Linien auf ihrer Stirn das Mysterium dessen enträtseln, was ihm in jener Nacht in den Ruinen geschehen war.

Das Ziel ihrer Reise von New Mexico war Banning, Kalifornien, kaum mehr als ein Eisenbahn-Depot, ein Mietstall und einige wenige Geschäfte. Aber sie fanden eine Pension, in der sie wohnen konnten, während Faraday nach einem angemessenen Zuhause für Bettina und Morgana suchte. So verzweifelt er auch war, seine Schamanen finden zu wollen, galt seine erste Pflicht doch seiner Familie.

Sie fanden ein Anwesen in der Nähe von Palm Springs, das ein kleines Oasendorf zwischen Indianer-Reservaten war und hauptsächlich aus den schlichten Hütten und Zelten bestand, die Menschen mit Tuberkulose und anderen Lungenleiden beherbergten. Hier, inmitten von Sanddünen und Palmen, hinter einer Adobe-Mauer, hatte ein Industriemagnat für seine Frau, die an einem Emphysem litt, ein wunderschönes, großes Haus im spanischen Stil erbaut. Aber sie starb, kurz nachdem sie eingezogen waren, und der Industriemagnat ging wieder zurück nach San Francisco.

Es hatte ein Vermögen gekostet, Casa Esmeralda zu bauen, was an den extravaganten Vorstellungen des Industriemagnaten gelegen hatte – vergoldete Armaturen in den Bädern, überall importierter Marmor, Türen aus handgeschnitztem Mahagoni und geschliffene Glasfenster. Der geforderte Preis war astronomisch, aber Bettina und Morgana verliebten sich in die Märchenvilla. Besonders Morgana bat und bettelte, dies sei doch wie ein verzaubertes Schloss, in dem sie als Daddys Prinzessin wohnen wollte. Also traf Faraday Vereinbarungen mit einer Bank in Los Angeles, sein verbliebenes Vermögen aus Boston zu transferieren, und da der Kauf fast sein gesamtes Geld verschlingen würde, ersannen sie einen Plan: Er war ein geachteter Arzt mit einem Harvard-Diplom, und daher ließ er den Bankbeamten in dem Glauben, er wolle eine Praxis eröffnen, die bei all den Lungenkranken im Coachella Valley bestimmt gedieh. Die Bank behielt sein Geld als Sicherheit für das Anwesen und würde später automatisch monatliche Zahlungen abziehen. Auf diese Weise hatte Faraday Geld zum Leben, während er allmählich Besitzer des Anwesens wurde. Auf dem Grundstück von Casa Esmeralda befand sich ein eigener, tiefer Brunnen. Obwohl Faradays Anwesen kein Gas oder Elektrizität besaß, meinte Bettina, das störe sie nicht, da das Haus elegant sei und ganz ihrem Geschmack entspräche. Und immerhin war es nicht so, erklärte sie, dass *sie* das Kochen, Putzen und die Wäsche übernehmen müsse. »Ich denke, sechs Dienstboten würden für den Anfang genügen«, sagte sie und machte sich daran, Listen für den Koch, eine Wäscherin, Dienstboten verschiedenen Ranges und Gärtner zu erstellen, da sie auch die spanischen Springbrunnen und Gärten in vollem Umfang erhalten wollte.

Faraday packte gleich als Erstes seine Sammlung aus. Es dauerte einige Tage, bevor er den Mut fand, auch die Olla ans Licht zu bringen und sie mit dem objektiven Blick eines Gelehrten zu betrachten.

Als er merkte, dass der Krug ihn nicht mehr ängstigte, begann er das wunderschöne Gefäß aus allen Winkeln zu zeichnen, wobei er sorgfältig die seltene goldene Farbe und das rätselhafte Muster in Rot und Orange festhielt, das jeden Zentimeter der Oberfläche bedeckte. Er setzte sich mit verschiedenen Sammlern von Pueblo-Keramik aus diesem Gebiet in Verbindung und debattierte mit ihnen, während er sich bemühte, die in dem auf den Ton gemalten Muster verborgene Geschichte zu entziffern.

»Etwas Böses ist vor langer Zeit an diesem Ort geschehen«, hatte John Wheeler gesagt. War das Muster eine Aufzeichnung einer vergessenen Katastrophe?

Faraday mühte sich vergeblich.

Er erkannte schließlich, dass es nicht reichte, nur einen Experten für Indianer oder Keramik zu finden, sondern dass er jemanden brauchte, der das Muster erkennen könnte, vielleicht sogar jemanden, der die beiden Zeichnungen erklären könnte, welche die Zigeunerin ihm gegeben hatte. Waren diese Skizzen vielleicht sogar indianischen Ursprungs? John Wheeler hatte das vermutet, obwohl er nicht sagen konnte, was sie darstellten. Der Leiter der Bank schlug Faraday vor, er solle den örtlichen Beamten für indianische Angelegenheiten besuchen, der in San Bernardino saß. Dort fand Faraday mit Hauptbüchern, Korrespondenz, zusammengerollten Karten und Regierungsberichten übersäte Schreibtische vor sowie einen Beamten namens Popiel, ein Mann, dessen Persönlichkeit irgendwo zwischen missgestimmt und teilnahmslos lag.

Popiel aß gerade ein Schinkensandwich, als Faraday eintraf, und hielt wegen seines Besuchers nicht inne. Er sagte mit vollem Mund: »Indianer-Bevollmächtigte sind für den Schulbetrieb, die Rechtspflege, die Verteilung von Vorräten, das Verwalten von Parzellen und für Pachtverträge zuständig. Der Indianer-Bevollmächtigte ist eigentlich die Stammesregierung. Und glauben Sie mir, Sir, das ist keine leichte Aufgabe!«

Er wischte sich mit der an seinem Kragen befestigten Serviette den verschmierten Mund ab. »Sie sind wie Kinder. Sie brauchen eine feste Hand.«

Faraday fragte Popiel, ob ihm das Wort *Hoshi'tiwa* bekannt sei. Dem war nicht so. Tatsächlich kannte er kein einziges Wort irgendeines indianischen Dialekts. Als Faraday fragte, ob es ein Stammesname sein könnte, zeigte Popiel ihm eine Liste der Stämme, die seiner Zuständigkeit unterstanden: Chemehuevi, Cahuilla, Serrano, Luiseño, Kamia ... Die Liste schien endlos, aber Hoshi'tiwa war nicht dabei.

Der Bevollmächtigte spülte sein Sandwich mit kalter Milch hinunter und erklärte weiterhin, dass sein Gebiet Tausende von Quadratmeilen umfasse, mit vielen Dörfern in jedem Reservat. Jede Gruppe habe ihre eigene Kultur, Sprache und Bedürfnisse. Wie sollte er sie alle kennen? An den Wänden seines Büros hingen Fotografien von Indianern. Faraday betrachtete eines, unter dem stand, es sei das Porträt von Häuptling Cabazon, dem letzten der Cahuilla-Krieger. Der Häuptling trug einen Anzug und ein weißes Hemd mit Krawatte und hielt eine Melone auf dem Schoß. Popiel schnaubte und sagte in zynischem Tonfall: »Sie in die Kleidung eines weißen Mannes zu stecken macht sie nicht zu Weißen.«

Faraday sah ihn an. »Ist das Ihr Ziel, sie zu Weißen zu machen?«

Er wischte sich Senf aus dem Mundwinkel. »Sie kennen doch das Sprichwort: Man muss den Indianer töten, um den Menschen zu retten.«
Popiels Bemerkungen beunruhigten Faraday. Es schien keinerlei Bemühungen zu geben, die indianische Lebensart zu erhalten. Sogar der »letzte der Cahuilla-Krieger« trug den Anzug eines weißen Mannes.
»Es ist unsere undankbare Aufgabe«, sagte Popiel gewichtig, »diese Leute dazu zu bringen, sich der amerikanischen Gesellschaft anzupassen. Viele von ihnen widersetzen sich. Wir sagen ihnen immer wieder, dass sie ihre alte Lebensart aufgeben müssen, wenn sie überleben wollen. Ich zähle nur die Tage, bis meine vier Jahre herum sind.«
Popiel wandte sich einem Stück Pfirsichkuchen zu, das nun seine Aufmerksamkeit forderte. Mit dem Rücken zu seinem Besucher, sagte er: »Viel Glück bei Ihrer Suche.«
Aber Faraday wollte nicht so leicht aufgeben. Die Wüste war groß, ihre eingeborenen Bewohner zahlreich und weit verstreut. Er brauchte einen Ausgangspunkt. »Bitte …«
Popiel wandte sich um und sah ihn mit verengten Augen an. Dann seufzte er und sagte: »Woran genau sind Sie interessiert?«
Nach seinem so bitteren Bruch mit John Wheeler hatte sich Faraday geschworen, niemals wieder einer anderen Seele seine Ziele anzuvertrauen. Also sagte er: »Ich schreibe ein Buch. Es herrscht großes Interesse an Indianern. Besonders an deren Kunst. Symbolik. Mystische Gestalten und Darstellungen.«
Popiel dachte einen Moment nach, schnippte dann mit den Fingern und sagte: »Ich erinnere mich an eine Gruppe Anthropologen aus New York, die in die Wüste hinauswollten, um nach irgendwelcher schamanistischen Felskunst suchen.« Er zog eine Aktenschublade auf und durchsuchte die Mappen. »Hier ist es«, sagte er und nahm einen Brief hervor. »Ein Dr. Delafield hat um eine Genehmigung ersucht, das Gebiet rund um Barstow in der Mojave zu erforschen. Sie brauchten jedoch keine Genehmigung, da dort kein Indianerland ist. Was mich angeht, sind sie nur Touristen. Tut mir Leid, dass ich Ihnen nicht weiterhelfen kann«, fügte er hinzu und widmete sich wieder seinem Pfirsichkuchen.

Faraday fuhr wieder in sein neues Heim, die Casa Esmeralda. Bettina war vollauf damit beschäftigt, das Anwesen herzurichten, die Springbrunnen wieder in Gang zu setzen, die Anordnung neuer Möbel, Teppiche und Vorhänge in den geräumigen Zimmern zu überwachen und den Arbeitern Befehle zu geben, welche die Gärten und Obstplantagen in Ordnung brachten. Faraday überzeugte sich davon, dass Morgana ihr neues Zuhause gefiel und erkundete mit ihr alle Ecken und Winkel der Villa. Nach einigen Tagen umarmte und küsste er sein kleines Mädchen, dessen langes, kastanienbraunes, lockiges Haar im Sonnenschein tanzte, und versprach, bald wieder zurück zu sein.

41

Er nahm den Zug, reiste durch kleine Städte und über die Berge und traf am Nachmittag in der staubigen Bergbaustadt Barstow ein, die einhundertdreißig Meilen östlich von Los Angeles lag. Er machte am Harvey House Halt, wo er Vorräte erwarb, und besorgte dann im örtlichen Mietstall Pferde.

Seine Suche nach den Anthropologen schien zunächst entmutigend, da überall in dem Gebiet Bilderschriftzeichen gefunden wurden, aber obwohl das Gebiet riesig war, war es nur mäßig bevölkert, und Neuigkeiten machten, wie überall auf dem Land, schnell die Runde. Er wurde zum Butterfly Canyon am Fuß des Smith Peak gewiesen.

Faraday fand das Lager in der Dämmerung an der Mündung eines sandigen Wasserlaufs, der in einen trockenen Seegrund mündete. Smith Peak erwies sich als ein kahler, schroffer Berg, dessen nackte, sägezahnähnliche Grate vom Wüstenboden aufstiegen und von scharfen Winden umweht wurden. Faraday hielt seinen Hut auf dem Kopf fest, während er näher ritt, und betete darum, dass diese gebildeten Leute Antworten wüssten und ihn zu den Schamanen führen könnten. Die Dämonen vom Verbotenen Canyon waren mit ihm gereist. Er spürte sie in seinem Kopf, dunkle, unheimliche Geister, die auf seinen Moment der Schwäche warteten.

Als er sich dem Lager näherte, fand er es seltsam verwaist vor, während der Wind unheimlich durch die Zeltwände pfiff. Obwohl Kaffee über dem Feuer dampfte und brennende Laternen an den Zeltpfosten hingen, sah Faraday keine Menschenseele, hörte keinerlei Geräusche aus den gedrängt stehenden Zelten. Was war hier geschehen?

»Hallo?«, rief er, und der Wind riss ihm das Wort von den Lippen.

Faraday schreckte zusammen, aber dann sah er jemanden aus einem der Zelte hervorkommen, einen jungen Mann, der wirkte, als hätte er sich seit Tagen nicht mehr rasiert oder gewaschen. »Sie sollten besser gehen«, rief er. »Wir haben hier eine Krankheit.«

»Was für eine Krankheit?«, rief Faraday zurück, stieg ab, hielt aber Abstand.

»Wir wissen es nicht. Wir haben keinen Arzt unter uns.«

»Sind Sie alle krank?«

»Bisher nur einer.«

Faraday nahm seine Arzttasche aus Gewohnheit überallhin mit, wenn auch nie mit der Absicht, sie zu benutzen. Jetzt war er dankbar dafür, dass ihn diese Angewohnheit bis in die Wüste begleitet hatte. Als er das Zelt betrat, fand er darin acht sehr besorgte Menschen vor, die sich um einen alten Mann mit weißem Bart auf einer Bettstelle scharten. Er schien zu schlafen und atmete flach. Alle schauten auf, als der Fremde eintrat; und als er sagte: »Ich bin Arzt«, seufzten sie vor Erleichterung auf.

Er trat zu dem Mann und bat die anderen zu gehen. Sie schienen nur allzu froh, der kühlen Düsterkeit zu entkommen, aber eine Frau blieb, eine junge Frau mit dem erstaunlichsten leuchtend blonden Haar, das Faraday je gesehen hatte. Sie schien ihn kaum zu bemerken, während sie neben dem alten Mann saß und eine seiner schlaffen Hände hielt.

Während Faraday seine Tasche öffnete und das Stethoskop herausnahm, betrachtete er das Gesicht des alten Mannes. Da die übrigen Mitglieder der Gruppe jung waren und wie Studenten wirkten, musste dies Professor Delafield sein, der aus dem Osten des Landes gekommen war, um indianische Bilderschriftzeichen zu studieren. Was war geschehen, dass er in einen solchen Zustand geraten war?

»Wir wissen nicht, was ihm fehlt«, murmelte die junge Frau, Faradays Frage vorwegnehmend, während sie den Blick auf den Professor gerichtet hielt. »Es begann mit Schwäche und Kurzatmigkeit. Da arbeiteten wir gerade in der Schlucht.« Sie hob den Kopf, und Faraday schaute in Augen von so tiefem Blau, dass ihm der Atem stockte. »Er hat weitergearbeitet, wurde aber mit jedem Tag schwächer, bis er schließlich nicht mehr aufstehen konnte. Wir schickten nach dem Arzt in Barstow, aber er ist verreist. Der Professor ist zu schwach, um transportiert werden zu können. Gott sei Dank, dass Sie da sind.«

Wie seltsam, dafür einen Dank an Gott zu hören, dass er ihnen einen Mann gebracht hatte, der von Dämonen geplagt war! Aber woher sollte dieses wunderschöne Wesen die dunklen Geister kennen, die seine Seele heimsuchten? Und wie konnte er ihr erzählen, dass er seinen Heilkräften nicht mehr vertraute, weil Gott ihm den Rücken gekehrt hatte? Faraday machte sich methodisch an die Arbeit, wie er es gelernt hatte, untersuchte Temperatur und Puls des Mannes sowie die Beschaffenheit seiner Haut – alles normal. Es gab keine Anzeichen einer Infektion oder einer Herzschwäche. Tatsächlich schien ihm nichts zu fehlen. Was machte ihn also schwach und atemlos?

Faraday nahm ein medizinisches Instrument aus seiner Tasche, das er gekauft hatte, bevor er Boston verließ, eine neue Erfindung die Sphygmomanometer hieß. Er hatte an der Johns-Hopkins-Universität eine Vorführung dieses ausgezeichneten diagnostischen Instruments gesehen und beschlossen, sein Vorurteil gegenüber den Neuerungen der Wissenschaft in diesem Fall beiseite zu lassen.

Als er die Manschette um den Arm des alten Mannes schlang, fragte die junge Frau: »Was tun Sie da?«

»Ich messe seinen Blutdruck. Das vermittelt mir einen Eindruck dessen, was in seinem Inneren vorgeht.«

Sie sah aufmerksam zu, als Faraday die Manschette mit dem Gummikolben aufpumpte und durch das Stethoskop horchte, während die Manschette Luft abließ. Die Anzeige auf dem kleinen Messgerät machte ihm Sorgen, sodass er die Prozedur wiederholte. Nach vier Versuchen erkannte Faraday, dass die Anzeige stimmte: Der Blutdruck des Mannes war alarmierend niedrig.

»Wie alt ist er?«, fragte er, und sah in ihre blauen Augen.
»Siebenundsechzig. Aber er war bisher immer kräftig und gesund. Er war noch nie in seinem Leben auch nur einen Tag krank gewesen.«
Die Augen des alten Mannes öffneten sich flatternd. »Elizabeth …?«
»Ich bin hier, Professor.«
Faraday fragte sich, wo die Kurzatmigkeit herrührte. »Hat er in letzter Zeit Berge bestiegen?«, fragte er, da er dachte, die Kurzatmigkeit könnte von einem Blutgerinnsel in der Lunge verursacht werden.
»Nein.«
»Hatte er irgendwelche anderen Beschwerden?«
»Er hat sich vor ein paar Wochen den Knöchel verstaucht, das ist alles. Es wurde wieder besser, und er kehrte an die Arbeit zurück.«
Faraday wandte sich an den Patienten. »Sir, ich bin Faraday Hightower, ein Arzt. Wie fühlen Sie sich?«
Professor Delafield schien bei sich zu sein und sah ihn mit klarem, konzentriertem Blick an. »Nur schwach, mein Sohn. Kann nicht … atmen …«
Faraday hatte den Geruch schon bemerkt, als er das Zelt betrat, und er vermutete, dass der Nachttopf unter dem Bett des Mannes stand. Was als Nächstes zu tun war, musste in Abgeschiedenheit geschehen, um Delafields Würde zu bewahren. Also bat er die junge Frau, sie allein zu lassen, und als sie gegangen war, schob er die Decke zurück und hob das Nachthemd des Professors an, um seinen Bauch abzutasten, wobei er ihn fragte, ob er irgendwo Schmerzen verspüre, denn der Geruch im Zelt sagte Faraday, dass der Mann an Durchfall litt.
Aber er hatte keine Schmerzen.
»Was haben Sie gegessen und getrunken?«
Nichts Außergewöhnliches.
Aber eine genauere Untersuchung seiner Arme und Beine ergab unerklärliche blaue Flecken.
Faraday fragte nach seiner Verdauung und wie sein Stuhl beschaffen sei.
»Schwarz …«

»Wie Teer?«
»Ja.«
Faraday lehnte sich verwirrt zurück. Die Symptome schienen auf eine Blutung hinzudeuten, aber wo lag die Ursache? Und dann erinnerte er sich an den verstauchten Knöchel. »Was haben Sie wegen des Knöchels unternommen, Sir? Wie haben Sie ihn behandelt?«
Der Professor hob einen schwachen Arm und deutete auf den am Bett stehenden Tisch, der mit einer Laterne, einer Wasserflasche, einem Trinkglas, einem Kamm, einem Stift und Papier überhäuft war sowie …
… eine Flasche Aspirin.
Da hatte Faraday seine Antwort. Die Blutung kam aus dem Magen. Professor Delafield verblutete allmählich und wusste es nicht einmal.
»Eine Blutung!«, rief die junge Frau, Elizabeth, aus, als sie vor dem Zelt standen und die übrigen Mitglieder des Teams des Professors nervös am Lagerfeuer umherliefen. »Aber wieso? Er hat immer sorgfältig auf seine Ernährung geachtet. Er raucht nicht, und er trinkt keinen Alkohol.«
»Er nimmt Aspirin, oder?«
Sie runzelte die Stirn. »Die Tabletten hinderten den Schmerz, als er sich den Knöchel verstaucht hatte. Er bekam eine Magenverstimmung, sodass er das Aspirin dagegen weiternahm.«
»Wie viele Tabletten?«
»Er verbraucht eine Flasche pro Woche.«
Faraday stöhnte. In den zwanzig Jahren, seit das Aspirin entdeckt worden war, betrachteten die Menschen es zunehmend als Wundermittel und nahmen es gegen alle Unpässlichkeiten in unbegrenzten Mengen ein. Er sagte zu Elizabeth: »Aspirin ist kein Allheilmittel und kann tatsächlich Schaden anrichten, wenn es in zu großer Menge eingenommen wird. Was der Professor für eine Magenverstimmung durch überschüssige Magensäure gehalten hat, war eine Reaktion der angegriffenen Magenschleimhaut, die von Geschwüren durchsetzt ist, was wiederum die Blutung verursacht hat.«
»Aber er hat sich nicht übergeben.«
»Das Blut tritt aus, wenn er den Darm entleert. Es ist eine tückische Art zu verbluten.«

»Lieber Gott«, flüsterte sie.
»Er muss in ein Krankenhaus, aber er ist zu schwach, um transportiert zu werden«, sagte Faraday nachdrücklich und bemerkte doch gleichzeitig, wie der Laternenschein die Wellen ihres hellblonden Haars dunkler wirken ließ. »Wir müssen die Blutung stoppen. Haben Sie gelöstes Magnesiumhydroxid im Lager?«
»Ich glaube nicht. Ich schicke sofort jemanden nach Barstow. Dort gibt es einen Apotheker.«
»Und Ingwerlimonade, um den Magen zu beruhigen und die Verdauung zu regulieren.« Sie trug eine weiße, in eine khakifarbene Hose gesteckte Baumwollbluse. Während Faradays medizinischer Geist streng logisch die Behandlung des Professors plante und Elizabeth Anweisungen erteilte, wunderte er sich im Stillen darüber, dass eine junge Frau Hosen trug. Es war seine erste Begegnung mit einem solchen Menschen, und es machte ihn neugierig auf sie.
»Dr. Hightower«, fragte sie, »wenn Sie nicht hergekommen wären, hätte der Professor dann überlebt?«
»Er wäre wahrscheinlich verblutet, ohne dass Sie gewusst hätten, warum.«
Auf einmal standen Tränen in diesen tiefblauen Augen, und Faraday hatte das Gefühl, der Druck auf seiner Brust sei plötzlich leichter geworden. Es schien ihm, als ob die Geister, die ihn seit dem Verbotenen Canyon begleiteten, für einen Augenblick aus seiner Seele vertrieben worden waren.
Er verordnete zur provisorischen Behandlung stündlich ein Glas Milch und ein wenig Haferschleim. Das Aspirin sollte sofort abgesetzt werden, und Faraday wollte den Stuhlgang regelmäßig überprüfen. Es war ihm unangenehm, mit einer so reizenden Frau derartige Dinge zu besprechen, denn auf einmal überkam ihn der Wunsch, vor ihr als vollendeter Gentleman zu erscheinen. Aber zuallererst war er Arzt, und das Wohl des Kranken hing von seiner Behandlung ab.
Zu seinem Erstaunen schien sie überhaupt nicht peinlich berührt von dem, was er anordnete, und er fragte sich, ob dies wohl typisch war für eine Dame, die Hosen trug.
Man schlug für Faraday eine Bettstatt im Lagerzelt auf, und als sich seine Gastgeberin dafür entschuldigte, versicherte er ihr, dass ihm

das nicht das Geringste ausmachte. Auf seinen Forschungsreisen habe er unter weit unbequemeren Bedingungen genächtigt und außerdem sei Professor Delafields Gesundheit schließlich seine erste Sorge.

»Professor Delafield?«, fragte sie, als sie im Schein der Laterne beieinander standen. Der Mond war noch nicht aufgegangen.

»Der Indianer-Bevollmächtigte in San Bernardino sagte mir, ein Professor Delafield forsche in dieser Gegend nach Felszeichnungen. Ich hatte einfach angenommen …«

»Der Bevollmächtigte hatte schon Recht, Dr. Hightower. Aber Ihr Patient ist Professor Keene.«

Er blickte zu den anderen Leuten hinüber, die am Lagerfeuer saßen. »Wer ist dann –«

»Dr. Hightower«, sagte sie lächelnd, »ich bin Professor Delafield.«

42

Keene genas allmählich. Faraday war im richtigen Moment gekommen, noch rechtzeitig, um die Blutung zu stoppen und seine Genesung einzuleiten. Elizabeth saß Tag und Nacht bei dem alten Mann, und ihre Hingabe für ihn ließ Faraday voller Liebe an seine Morgana denken.Er stellte sich vor, wie er vielleicht in zwanzig Jahren selbst so dalag, vielleicht von einer Krankheit niedergestreckt, und seine geliebte Tochter flehte einen Fremden an, ihm zu helfen.

Als sich der Professor schließlich aufsetzen und weich gekochte Eier essen konnte, staunte Faraday darüber, dass er noch immer heilen konnte, da er geglaubt hatte, diese Fähigkeit sei ihm genommen worden. An dem Tag, an dem Keene das Zelt verließ und in den Sonnenschein hinaustrat, sagte Elizabeth zu Faraday: »Ich weiß nicht, was ich getan hätte, wenn Sie nicht gekommen wären. Professor Keene ist mir sehr wichtig. Sie wurden von Gott gesandt.«

Faraday dachte, wie seltsam es war, dass ein Mann, der selbst so auf der Suche war, von Gott gesandt sein sollte, und ihre Worte machten seine Bürde ein wenig leichter.

Als Keene die Krise überstanden hatte, konnte Faraday seine Aufmerksamkeit der bemerkenswerten Person zuwenden, die Professorin der Anthropologie war und tatsächlich in Universitätsräumen lehrte. Sie war nicht die erste derartige Frau, der er je begegnete, aber jene akademischen Damen seiner Bekanntschaft ähnelten in keiner Weise diesem geschmeidigen Wesen mit der schlanken Taille, deren Haar wie gesponnenes Sonnenlicht glänzte und deren Augen die Farbe von Bergseen hatten.

Und sie trug Hosen.

Elizabeth erklärte ihm, Professor Keene sei ihr Mentor. Er hatte sie im Studium ohne jedes Vorturteil gefördert und ihren Traum unterstützt, ein Lehramt als Professorin an der Universität zu erstreben.

»Mein Vater war dagegen, dass ich den Beruf eines Mannes ergreifen wollte, und sagte, es würde mir meine Weiblichkeit nehmen und wäre mein Untergang. Er weigerte sich, auch nur mit mir zu sprechen, bis ich zur Vernunft gekommen wäre, was bedeutete, dass ich heiraten und Babys bekommen sollte. Meine Mutter stimmt ihm zu, weil sie unter seiner Fuchtel steht. Um es zu veranschaulichen: Vater ist natürlich dagegen, dass Frauen wählen dürfen, und er betont, sollte die Neunzehnte Gesetzesänderung durchkommen, werde er meine Mutter anweisen, wo sie ihren Stimmzettel ankreuzen müsse.«

Sie saßen in der warmen Mittagssonne am Lagerfeuer, während das übrige Team in der Schlucht Aufzeichnungen über indianische Felszeichnungen anfertigte und Professor Keene in seinem Zelt schlief. Während sie sich unterhielten, musste Faraday den Blick gewaltsam von Elizabeths kinnlangem blonden Haar losreißen, das auf die neue Art gewellt war, die Frauen zunehmend trugen (er wusste das nur, weil Bettina beschlossen hatte, sich dem neuen Zeitalter anzupassen, und sich daher ihre Locken zu einem, wie sie es nannte, »Bob« abschneiden ließ. Leider wirkte der Schnitt an seiner Schwägerin wenig schmeichelhaft, aber Elizabeth Delafield stand er entzückend).

»Faraday«, sagte sie sinnend. »Ein interessanter Name.«

»Es liegt eine gewisse Ironie darin. Ich bin kein Verfechter der Wissenschaft. Tatsächlich misstraue ich der Wissenschaft und ihrer raschen Entwicklung in der heutigen Welt. Und doch bin ich durch

meine Mutter, deren Mädchenname Faraday war, mit Michael Faraday verwandt, der als der größte Wissenschaftler seiner Zeit galt.«
Während er ihr ein wenig von sich erzählte, von seinem Zuhause in Boston, seiner Ausbildung in Harvard – aber nichts über Abigail oder seine Schamanen –, richtete Elizabeth ihre ruhigen blauen Augen auf ihn, und er erkannte, dass seine Erscheinung ihr zu denken gab, wie es den meisten Menschen erging. Er war hager geworden, seit er Albuquerque verlassen hatte, und seine natürliche Schlaksigkeit betonte sein hageres Aussehen noch. Dazu kam seine sonnenverbrannte Haut, denn er war eindeutig ein hellhäutiger Mensch, und er wusste, dass die Leute es seltsam fanden – ein Arzt, der sich in der Sonne abplagte.
»Also kamen Sie hierher, um nach Professor Delafield zu suchen«, sagte sie.
»Ich gestehe, dass ich einen Mann erwartet hatte.«
Sie lachte und zeigte dabei perfekte weiße Zähne, und die erstaunlichsten Grübchen erschienen in ihren Wangen. »Das passiert ständig. Warum suchen Sie meine Hilfe?«
Er dachte daran zu lügen, wie er es dem indianischen Bevollmächtigten gegenüber getan hatte, indem er auch ihr sagte, er schriebe ein Buch, aber er vermutete hinter jenen ruhigen blauen Augen einen einfühlsameren Geist. Als er als Grund für seinen Besuch angab, dass er einen verlorenen Stamm von Schamanen finden wollte (ohne jedoch Abigail oder seinen Glaubensverlust zu erwähnen), war ihr Interesse geweckt. »Abkömmlinge von Anasazi-Indianern in diesem Gebiet? Ich habe von keinen gehört, aber was für eine faszinierende Vorstellung! Gehören sie zur uto-aztekischen Familie?«
»Ich habe keine Ahnung«, sagte er, ohne den Blick von ihrem sonnenbeleuchteten Haar wenden zu können. Sie trug keinen Hut, wie es sonst Frauen vielfach taten, die sich um ihren Teint sorgten. Sie trank auch gelegentlich abends ein Glas Whiskey – weitere Abweichungen von der gewohnten Art des schwächeren Geschlechts. Und als sie ein Streichholz anzündete und sich beiläufig eine Camel-Zigarette ansteckte, war Faraday vor Erschütterung sprachlos. Er hatte niemals zuvor eine Frau rauchen sehen. Elizabeth Delafield war auf vielerlei Arten unweiblich, und doch war er nie einer weiblicheren Frau begegnet!

»Die Anasazi sind ein großes Rätsel. Dass ein Volk so gedeihen und dann spurlos verschwinden kann – es ist merkwürdig. Wissen Sie, Dr. Hightower, jedermann fragt: ›Wo sind sie hingegangen?‹ Aber das ist nicht die eigentliche Frage. Die eigentliche Frage lautet –«

»Warum sind sie nie zurückgekehrt?«

Ihre blauen Augen hielten ihn für einen Augenblick der Verbundenheit lang fest. Er hatte ihre Gedanken gelesen und ihren Satz beendet.

»Die Kultur der Indianer vergeht rasch«, sagte sie wehmütig. »Die meisten Indianer sind jetzt auf Reservate beschränkt und, was Nahrung, Kleidung und Medikamente angeht, von der Bundesregierung abhängig. Und da die von der Regierung errichteten Schulen Englisch lehren und die Eingeborenensprachen und -religionen unterdrücken – tatsächlich werden immer mehr Rituale verboten –, wird die Eingeborenenkultur zwangsläufig verschwinden. Der Tod jedes Stammesältesten bedeutet, dass weitaus mehr als ein Menschenleben verloren geht, dass eine weitere Tradition vergessen wird. Mein Ziel ist es hier, Beispiele und Belege dieser untergehenden Traditionen, nämlich die Felsbildzeichen, zu finden und aufzuzeichnen.«

Das Wort »untergehend« beunruhigte ihn. Wenn die einheimische Kultur, die seit über tausend Jahren tief in dieser Region verwurzelt war, rasch verschwand, wie zerbrechlich und vergänglich wäre dann die Art seiner zurückgezogenen Schamanen und ihrer Anasazi-Weisheit!

Und dann spürte Faraday, unerwartet, eine seltsame, neue Begeisterung in sich aufflammen. Es war ein kleines »Auftun« seiner Seele, und er erkannte überrascht, dass er plötzlich sehr viel mehr über die Anasazi wissen wollte, nicht als Mittel seiner spirituellen Suche, sondern als Anteilnahme an einem Volk, dessen Kultur untergegangen war.

Er fragte nach dem Wort Hoshi'tiwa, und Elizabeth sagte, es wäre höchstwahrscheinlich ein Name. »Klingt nach den Hopi.«

»Ja! Das Mädchen, das es mir genannt hat, war eine Hopi.« Als er ihre seine Zeichnung des Mädchens zeigte, fragte sie aufgeregt, ob sie sie fotografieren dürfe. Während er ihr dabei half, die Zeichnung ins Licht hielt, während sie ihre Kamera ausrichtete, beschloss er,

ihr auch die beiden Zeichnungen zu zeigen, welche die Zigeuner-Wahrsagerin ihm in Boston gegeben hatte.
Nachdem Elizabeth sie einen Moment betrachtet hatte, runzelte sie konzentriert ihre glatte, hohe Stirn und sagte: »Diese Zickzack-Linie ist oft bei alten Felsmalereien und Bilderschriftzeichen zu sehen. Wir treffen häufig darauf. Wir wissen jedoch nicht, wofür sie steht. Sie muss nicht unbedingt einen Blitz bedeuten. Aber diese andere Figur – wie ein kopfloser Mensch mit emporgereckten Armen –, sie sieht wie ein Joshuabaum aus.«
»Ein was?«
»Eine Riesenyucca, die in der Hochwüste in Hülle und Fülle wächst. Sie hätten sie gesehen, wenn Sie von Barstow aus hierher geritten wären. Wo, sagten Sie, leben Sie?«
»In der Nähe eines Dorfes namens Palm Springs.«
»Joshuabäume sind nur wenige Meilen nördlich von Ihnen zuhauf zu finden, aber es ist ein riesiges Areal, Dr. Hightower. Es heißt sogar Joshua Tree.« Sie führte ihn zum Hauptzelt, wo ihre Studenten die verschiedenen Fundstätten bestimmten und katalogisierten, Fossilien untersuchten und ordneten und Pfeilspitzen und Feuerstein-Werkzeuge sortierten und beschrifteten. Sie entrollte auf einer Werkbank eine Karte der Wüste in der Nähe seines Zuhauses. Während sie dies tat, fragte sie beiläufig, wie seiner Frau das Leben im Coachella Valley gefiele. »Es soll sehr gesund dort sein, all diese trockene Luft.«
Als er ihr sagte, dass er Witwer sei, wandte sie sich um, ihre Blicke begegneten sich, und er sah Interesse in ihrer ruhigen blauen Iris. Jähes Verlangen durchfuhr seinen Körper. Sein plötzliches Begehren überraschte und verwirrte ihn. Faraday war auf einer spirituellen Suche, und doch konnte er nicht anders, als die Wellen von Elizabeths hellblondem Haar anzusehen und sich zu fragen, wie sie sich unter seinen Fingern anfühlen würden. Seit dem kurzen, so lange vergangenen Glück mit Abigail hatte er nicht mehr so empfunden. Eine Welle der Erregung durchlief ihn, und er wandte seinen Blick ab.
Aber, so versuchte er sich zu beruhigen, es bestünde wohl keine Versuchung, weil Elizabeth ihn gewiss als alten Mann betrachtete. Er war nach Jahren erst siebenundvierzig, aber sein Erlebnis im

Verbotenen Canyon und das nachfolgende Delirium hatten ihn altern lassen, hatten ein paar weiße Strähnen in seinem dunklen Haar und seinem Bart hinterlassen. Obwohl er vermutete, dass er nur zwölf Jahre älter war als sie, war ihm doch bewusst, dass Elizabeth diesen Altersunterschied wie eine Generation oder mehr empfinden musste.

Während sie im Hauptzelt waren, das plötzlich eng und stickig geworden war und eine Atmosphäre der Vertraulichkeit ausstrahlte, zeigte Elizabeth ihm Fotografien von den Felszeichnungen, die sie und ihr Team gefunden hatten. Der größte Teil stand kurz vor der Zerstörung, wenn er nicht bereits zerstört war. »Dieses Bild haben wir oben in der Nähe von Baker aufgenommen, bevor eine Gruppe Ingenieure den Hang in die Luft sprengte, um eine Mine zu eröffnen. Wir schätzen, dass diese Symbole vor Hunderten von Jahren in den Fels gemeißelt wurden.«

Sie machte sich daran, ihr wahres Ziel in der Hochwüste zu erklären: »Ich will nicht nur Fotos von indianischer Kunst machen, sondern hege auch die Hoffnung, sie alle in einem Buch zu vereinen, das die Herzen des amerikanischen Volkes bewegen soll. Die Menschen sollen sich der Aufgabe annehmen, diese alten Kunstwerke zu bewahren, bevor sie vollkommen verschwinden.«

Ihre Leidenschaft erfüllte die Luft um sie; ihre Wangen röteten sich, und ihre Augen leuchteten, als sie über ihren Traum sprach. Es erinnerte Faraday an das alte Sprichwort, dass ein leidenschaftlicher Mensch mehr wert sei als hundert Interessierte. Ihre Begeisterung bewegte ihn zutiefst, und um sich von seinen Gefühlen abzulenken, betrachtete er die bizarren Ritzzeichnungen großer Menschen mit ungewöhnlich breiten Schultern und etwas auf ihrem Kopf, das wie umgedrehte Goldfischgläser aussah. »Was soll das sein?«

Sie zuckte die Achseln. »Wir haben keine Ahnung. Aber dies ist nicht der erste Ort, an dem wir solche Figuren gefunden haben. Es sind eindeutig mythische Wesen. Vielleicht unsere Anasazi?«

Sie erzählte ihm nun die Navajo-Legende, die das Verschwinden der Anasazi erklärte. »Das Wort Anasazi ist schon an sich interessant. Es wird genauer so buchstabiert«, und sie schrieb es für ihn auf. »›Anaa‹ bedeutet Fremder-Feind, und ›sazí‹ bedeutet Vorfahre. Hören Sie zu.« Sie schlug ein Buch mit dem Titel *My Sojourn*

Among the Dineh auf und las in dem Zelt, in dem nun nur noch sie beide waren, laut vor. Ihre Stimme klang sanft, ein zartes Parfüm umgab sie. »Der Navajo-Älteste erzählte mir, was mit ihren früheren Feinden geschehen ist. Er sagte: ›Die Anaa'sazí waren mächtige Wesen, die durch die Luft fliegen und mit übernatürlichen Wesen kommunizieren konnten. Aber sie missbrauchten ihre Macht, und das erzürnte die Götter. Und diese sandten Feuerstürme und eine einäugige Bestie, die Feuer spie, sowie eine einhörnige Bestie, die Feuer spie, in die Schluchten der Anaa'sazí. Die Anaa'sazí wussten, wie man auf dem Blitz reitet, aber sie missbrauchten diese Macht, indem sie ihren Feinden Blitze schickten. Und so vernichteten die Götter die Anaa'sazí mit Blitzen. Diejenigen, die überlebten, wurden auf Feuerpfeilen in den Himmel geschossen.‹«

»Blitze!«, sagte Faraday. »Könnte das etwas mit der zweiten Zeichnung zu tun haben?« Dann grübelte er über das nach, was sie vorgelesen hatte, und fragte: »Was bedeutet das alles?«

Elizabeth schloss das Buch und antwortete: »Es gibt viele Navajo-Geschichten, die erklären, was mit dem Volk geschehen ist, das in New Mexico lebte, bevor ihre Vorfahren aus dem Norden dort hinkamen. Keine der Geschichten ist schön. Tatsächlich sind alle ziemlich schlimm. Es gibt nach all diesen Generationen noch immer böses Blut.«

Spontan beschloss Faraday, das Wagnis einzugehen und Elizabeth zu zeigen, was er noch niemand anderem gezeigt hatte. Er vertraute darauf, dass sie sein Geheimnis bewahren würde. Denn die goldene Olla war ihm und niemandem sonst anvertraut worden. Er reichte ihr sein Skizzenbuch.

Ihre Augen weiteten sich beim Anblick der Farbzeichnung. Ihre weichen Lippen teilten sich in einem Keuchen. »Es ist … wunderschön«, hauchte sie und sah ihn mit diesen blauen Augen an, die ihn heimlich beunruhigten und beglückten. »Sie sagten, Sie haben dies im Chaco Canyon gefunden?«

»In Pueblo Bonito. Ich habe den Krug selbst ausgegraben. Können Sie ihn zeitlich einordnen?«

Elizabeth betrachtete die Zeichnung konzentriert. Schließlich sagte sie: »Die Form des Gefäßes und das Muster lassen die Phase vermuten, die Keramik III genannt wird. Eindeutig vor den Spaniern.

Höchstwahrscheinlich wurde es ungefähr um die Zeit der Preisgabe geschaffen. Einige Archäologen experimentieren damit, Baumringe zu zählen, um Funde Daten zuzuordnen. Aber das ist eine neue Wissenschaft und noch kaum erprobt. Dennoch, nach dem zu urteilen, was ich über Chaco und die ungefähre Zeit weiß, in der die Einwohner verschwanden, würde ich dieses Stück dem zwölften Jahrhundert zuschreiben.«

»Hat das Muster irgendeine Bedeutung?«

»Wir glauben, dass geometrische Muster in der indianischen Kunst die Ausgewogenheit der Natur symbolisieren sollen. Harmonie. Keramik war und ist noch immer ein wesentlicher Bestandteil der indianischen Kultur. Es sind nicht nur Nutzgefäße. Töpferwaren herzustellen ist eine heilige Aufgabe. Der Töpfer betet vor und während der Arbeit. Aber bei *diesem* Stück ist das Muster chaotisch. Es hat keine Ausgewogenheit, keine Harmonie. Es wirkt fast zerstörerisch. Ist dies vielleicht die Aufzeichnung eines zerstörerischen Ereignisses?«

Als Faraday Wheelers Gerede über Kannibalismus und ausgedehnte Gemetzel einfiel, erschauderte er vor Furcht.

»Und doch liegt in dieser Zerstörungskraft Schönheit«, sagte Elizabeth nachdenklich. »Ungeheure Schönheit.« Sie legte die Hände auf die Zeichnung, benutzte Daumen und Zeigefinger, um einen Rahmen zu bilden, bewegte sie hierhin und dorthin, hielt inne, um einzelne Teile des Musters zu betrachten. »Meine Güte«, platzte sie heraus.

»Was ist?« Er beugte sich näher heran, um besser sehen zu können. Dr. Delafield duftete schwach nach Rosen. Ihr Haar –

»Sehen Sie, dies ist ein vierbeiniges Wesen«, sagte Elizabeth, ohne seinen Blick zu bemerken. »Es könnte ein Schaf oder ein Hund sein. Und sehen Sie dort«, sie verlagerte die Hände, »dies könnte ein Baum sein. Dieses Symbol hier stellt Wasser dar. Und hier ist ein Stern.«

»Also doch kein Chaos«, murmelte er. Zum ersten Mal sah er die Bilder innerhalb des Musters. »Nicht nur Linien und Wirbel und Punkte, sondern wirkliche Dinge!« Er war erstaunt, dass er es nicht erkannt hatte, als er das Muster zeichnete, nur Wirrwarr gesehen hatte, keine einzelnen Elemente. Aber nun, wo Elizabeths lang-

gliedrige, schmale Hände jedes Symbol umrahmten, entdeckte er den Baum, den Menschen, den Falken.
»Aber Sie müssen jedes Einzelne hervorheben, um erkennen zu können, dass sie da sind«, sagte sie. »Es ist fast, als ob …« Sie schüttelte den Kopf.
»Was?«, fragte er gespannt.
»Es ist fast, als hätten wir es hier mit einer versteckten Botschaft zu tun. Wie ein Puzzle, das man lösen soll.«
»Ein Puzzle?« Zuerst die beiden Zeichnungen von der Zigeuner-Wahrsagerin, und jetzt diese mysteriöse Keramik.
»Die Lösung dieses Rätsels«, sagte Elizabeth, »wäre in der Anasazi-Kultur selbst zu finden. Was bedeuteten ihnen diese Symbole und geometrischen Muster? Leider wissen wir nur sehr wenig über die alten Einwohner New Mexicos. Diese Symbole sind aus dem Zusammenhang gerissen bedeutungslos … Oh, das ist sehr seltsam.«
Faraday sah sie voller Bewunderung an. So lange hatte er allein die Muster des Kruges betrachtet, aber in seiner nur auf Gott gerichteten Suche war er blind gewesen für das, was vor ihm lag. Elizabeth eröffnete ihm eine ganz neue Betrachtungsweise.
Er beobachtete, wie ihre schönen Hände zum nächsten Symbol wechselten. Elizabeth Delafield hatte hübsch geformte Finger, lang und sich verjüngend. Gepflegte Nägel, obwohl sie Felsen erkletterte und in der Erde grub. »Dr. Faraday, diese Symbole wiederholen sich nicht. Das ist höchst ungewöhnlich.«
»Vielleicht erzählen sie eine Geschichte.«
»Ja, aber wo ist der Anfang, und wo ist das Ende?« Sie richtete diese ruhigen blauen Augen auf ihn, und er wollte darin treiben. »Es ist fast so, als wäre es eine Ringerzählung, ohne Anfang und Ende.«
Er begegnete ihrem Blick und sagte nachdenklich: »Ich kam hierher, um nach Antworten zu suchen, und stattdessen finde ich nur weitere Rätsel.« Aber im Stillen dachte er, während er ihre Schönheit bewunderte: Und warum bedeuten diese Rätsel auf einmal Glück für mich?

43

»Niemand weiß, was indianische Felsmalerei bedeutet, ob die Bilderschriftzeichen symbolisch oder gegenständlich sind, ob sie zufällig sind oder ob sie eine Geschichte erzählen«, sagte Elizabeth Delafield, während sie in die schmale Erosionsschlucht stiegen, deren Basaltwände mit bizarren Ritzzeichnungen und Gemälden bedeckt waren. Faraday versuchte, auf die Worte seiner Gastgeberin zu achten, aber während sie vorausging, bot sie ihm eine atemberaubende Sicht auf ihre hübsche, schlanke Figur, während ihr blonder Kopf ihn wie ein Leitstern anzog.

Sein Begehren machte ihn rasend. Ein Mensch auf einer spirituellen Suche sollte keine niederen Gedanken hegen. Er war verwirrt über die heftigen Gefühle, die ihn so unerwartet überkamen, über die beseligenden Träume, denen er nachhing und über die Zärtlichkeit, die er empfand. Es war, als ob eine Saite in ihm zum Klingen gebracht würde, die er kaum je erkannt hatte. Aber all dies durfte doch nicht sein. Er hatte seine Schuld nicht gesühnt. Während sie über Felsen und Geröll hinwegstiegen, schaute Dr. Delafield über die Schulter zu ihm und lächelte ihm flüchtig zu. Er erwiderte das Lächeln und war stolz auf sich, weil er seine Gefühle unter Kontrolle gebracht hatte.

Und dann mussten sie klettern, und sein Widerstand wurde schwächer.

Er war daran gewöhnt, dass die Beine von Frauen unter langen Röcken verborgen waren (obwohl er, als Arzt, häufig entblößte, weibliche Oberschenkel und Waden untersuchte, sie aber nur so betrachtete, wie ein Arzt es tun sollte und nicht voller Begehren). Und so konnte er den Blick nicht davon abwenden, wie Elizabeths Beine sich bewegten, während sie den sanften Anstieg der Schlucht erklommen, und die kräftigen, geschmeidigen Oberschenkel unter dem Stoff der Baumwollhose überließen nur wenig der Phantasie. Der Atem stockte ihm in der Kehle, und als Elizabeth stehen blieb und zu ihm zurückblickte, fragte sie: »Geht es Ihnen gut? Ihr Gesicht ist recht gerötet.«

Er murmelte etwas darüber, solche Anstrengung nicht gewohnt zu sein, und bestand darauf, dass sie vorausging, dass er sie einholen würde. Er setzte sich auf einen Felsblock und wartete, bis sie um die Biegung des Weges verschwunden war. Er zog an seinem Hemdkragen und fächelte sich mit dem Hut das Gesicht. Warum war er noch immer hier, obwohl er doch die Information bekommen hatte, wegen der er gekommen war?

»Sie müssen im Gebiet von Joshua Tree suchen«, hatte sie am Vortag im Hauptzelt gesagt. Und dann hatte sie hinzugefügt: »Ich frage mich, ob das Quadrat mit dem Blitz darin eine Mine kennzeichnet. Joshua Tree war früher eine Bergbaugegend.«

Daher hatte er keinen Grund mehr zu bleiben. Und doch blieb er, um sicherzugehen, dass Professor Keene gut genas und keinen Rückfall erlitt, um von Dr. Delafield und ihrem Team alles ihnen Mögliche über Indianer zu erfahren, um auf besseres Wetter zu warten, um diese Gelegenheit zu nutzen, seltene Skizzen anzufertigen …

Er erfand innerhalb kurzer Zeit alle Ausreden unter der Sonne, ohne sich den wahren Grund einzugestehen, warum er noch hier war: um Elizabeth Delafield nahe zu sein.

An den Felswänden des Butterfly Canyon fanden sie viele Felszeichnungen, phantastische Figuren und Symbole, auf die er sich zu konzentrieren versuchte, aber der Raum war beengt, und Elizabeths Arm streifte häufig den seinen, während sie auf Silhouetten von Dickhornschafen und Klapperschlangen deutete. Wenn sie sprach, streifte ihr warmer Atem gelegentlich seine Wange, und wenn sie den Arm hob, um auf eine Zeichnung hoch in den Felsen zu deuten, spannte sich der Stoff ihrer Bluse über ihrer Brust, und er glaubte, vor Verlangen zu vergehen.

Er sagte, er sei wegen seiner Krankheit in Albuquerque noch immer geschwächt und müsse zum Lager zurückkehren, um zu ruhen. Elizabeth kam dem gerne nach.

Sie aßen zu Mittag und sprachen über indianische Schamanen. Faraday vergaß sein Unbehagen in der Schlucht und merkte, dass er mit seiner charmanten Begleiterin lachte. Während er sich in ihrer Gegenwart entspannte, erzählte er ihr von seiner Tochter und den Umständen ihrer Geburt, die ihn als Witwer zurückgelassen hatten. Mehr sagte er nicht, aber sie schien zu verstehen.

Als Elizabeth ihn fragte, wer sich um Morgana kümmerte, wagte er ihr nicht die ganze Wahrheit zu sagen, denn es lag ihm so viel daran, dass sie die bestmögliche Meinung von ihm bekam. Er fürchtete, sogar sie, diese moderne Frau, wäre schockiert, wenn sie erführe, dass er mit der Schwester seiner Frau zusammenlebte, ohne mit ihr verheiratet zu sein. Er hatte bereits diverse Pensionswirtinnen in Albuquerque schockiert, wenn er für Übernachtungs-Besuche in die Stadt kam. Daher erzählte er Elizabeth, was er jedem erzählte: dass sich eine sehr fähige und verlässliche Frau um Morgana kümmerte. Das war immerhin die Wahrheit.

Eine Art Zeitlosigkeit senkte sich über sie, während Elizabeth und er die Region erkundeten, sich an neuen Entdeckungen erfreuten und beim Abendessen angeregt mit den Team-Mitgliedern diskutierten. Während Elizabeth mit Symbolen und Bildern bedeckte Felswände und Felsblöcke fotografierte, skizzierte Faraday Wolken und Falken, kalifornische Wachteln und Wüstenringelblumen. Die Mojave bot die Farbpalette eines Künstlers – vom Orange des Queen-Schmetterlings bis zur rötlichen Wüstenweide, vom hellblauen Kernbeißer bis zum gelben Pirol, von den weißen Tauben und schwarzbäuchigen Wachteln bis zu allen Schattierungen von Lohfarben und Mauve, die den Sand und die Berge überzogen.

Sie unternahmen lange, einsame Spaziergänge unter der Sonne und dem Mond und sprachen über alle Themen unter den Sternen. Elizabeth sagte: »Sie sind anders als andere Männer, Dr. Hightower. Die Männer in meinem Beruf nehmen mich nicht ernst, weil ich eine Frau bin, und Männer außerhalb meines Berufes denken, dies wäre für mich einfach nur ein Zeitvertreib, bis ich Ehefrau und Mutter würde. Aber Sie respektieren mich und meine Arbeit. Das ist selten.«

Auch Elizabeth war etwas Seltenes. Sie hatte die Angewohnheit, bei der Arbeit bekannte Melodien zu summen, wobei ihre Lieblings-Songs Scott Joplins »Rags« waren. Wunderschöne Elizabeth, so strahlend wie ein Sonnenaufgang, dachte Faraday, und doch konnte sie keine Melodie halten. Dieser Makel machte sie für ihn noch liebenswerter.

Er war neugierig, wie sie privat lebte, aber er fragte nicht danach. Anscheinend wartete zu Hause kein Mann auf sie. Im Verlauf ihres Kennenlernens spürte er eine Zurückhaltung, als hüte sie ihre Ge-

fühle. Sie kletterten auf der Suche nach Bilderschriftzeichen über Felsen und balancierten über Felsblöcke, und sie nahmen einander häufig bei der Hand, oder er legte die Hände um ihre Taille, um ihr herabzuhelfen. Sie begannen, in Momente des Schweigens zu versinken, die allmählich länger wurden, weil sie ihre Sätze nicht mehr beendeten und einander in die Augen sahen. Aber dann wandte einer von ihnen jäh den Blick ab und äußerte etwas Prosaisches, um sich der Magie des Augenblicks zu erwehren.
Faraday vermutete allmählich, dass Elizabeth gegen ihre Gefühle für ihn ankämpfte, und das ließ sein Verlangen noch heller auflodern.

44

Er träumte, er sei an Bord der *Caprica* und tränke mit den Offizieren, während Abigail in ihrer Kabine verblutete. Er musste im Schlaf aufgeschrien haben, denn als er sich jäh auf seiner Schlafstelle aufsetzte, fühlte er sich plötzlich von einer tröstlichen Gegenwart umhüllt und erkannte an dem sanften Duft, dass es Elizabeth war.
Sie hielt ihn fest, während er weinte, stieß tröstliche Laute aus und streichelte sein Haar. Er brach zusammen und schluchzte in ihren Armen, während er sich von der Seele redete, dass er seine Frau in seiner Eitelkeit hatte sterben lassen.
Und als er erschöpft war und keine Worte mehr fand, setzte sich Elizabeth auf und sagte, während ihre blauen Augen ihn noch immer festhielten: »Nun hören Sie mir zu, Faraday. Eine Geburt ist riskant. Sie ist ein Teil der Natur. Moderne Medizin kann nur begrenzt helfen, und der Rest liegt in Gottes Hand. Meine Großmutter starb bei der Geburt meiner Mutter, und meine Mutter fühlte sich jahrelang schuldig dafür. Aber sie ist schließlich damit fertig geworden, wie auch Sie es tun müssen.«
Sie trocknete die Tränen auf seinem Gesicht und sagte sanfter: »Faraday, Sie sind ein guter Mensch. Sie sind mit einer erhabenen Berufung in die Wüste gekommen. Nicht mit Hacke und Axt und

Goldgier, wie so viele, sondern um ein verschwundenes Volk zu finden. Ich kann mir kein höheres Ziel denken.«
»Ich wünschte, es wäre so, aber, Elizabeth, ich lebe eine Lüge! Ich habe Sie getäuscht.« Er sprach jetzt schnell, bevor der Mut ihn verließ. »Das Hopi-Mädchen, dessen Bild ich Ihnen gezeigt habe. Ich traf sie um Mitternacht im Chaco Canyon. Und da war noch etwas, wir waren nicht allein. Etwas Böses war bei uns. Elizabeth, ich fürchte, der Teufel hat meine Seele berührt! Ich fürchte die ewigen Feuer der Verdammnis, und ich bin voller Angst, dass ich sterben werde, bevor ich Gott und die Erlösung finde. Ich habe meine Seele in der Schlucht der Alten verloren, und nur ihre Abkömmlinge, die sich irgendwo in der kalifornischen Wüste verbergen, können sie mir wiederbringen. Ich bin ein Schwindler! Ein Scharlatan! Ich suche die Indianer um meiner Seele willen, nicht wie Sie, um ihre Kultur zu bewahren, um die Menschheit aufzuklären, sondern um meiner eigenen, selbstsüchtigen, verängstigten Gründe wegen! Ich bin Ihrer und Ihrer hohen Meinung von mir nicht wert!«
Sie nahm sein Gesicht zwischen beide Hände und sagte sanft: »Unsinn. Sie sind nicht selbstsüchtig und denken nicht nur an sich selbst. Ich habe Ihre wunderschönen Skizzen gesehen. Es liegt Respekt darin, Faraday, und Bewunderung, bis ins letzte Detail. Es sind Werke eines Künstlers, der leidenschaftlich mit seinem Thema befasst ist. Sie wissen es noch nicht, Faraday, aber Sie sind wie ich … Sie wollen diese untergehenden Kulturen bewahren.«

45

Er entschied, dass er gehen müsse.
Nachdem er Elizabeth seine Seele offenbart hatte, konnte er nicht länger bleiben. Er verkündete seinen neuen Freunden, als sie sich zum Frühstück am Lagerfeuer versammelten, dass er an diesem Nachmittag nach Barstow aufbrechen werde, um den Zug nach Los Angeles zu nehmen und von dort nach Hause zu fahren. Er war zwar stolz auf sich, aber er empfand auch Herzweh. Zwei Faraday

Hightowers beluden an diesem Morgen die Packtaschen: derjenige, der Sühne für seine Schuld suchte, und derjenige, der Elizabeth Delafield in die Arme schließen wollte.

Seine neuen Freunde zeigten ihm deutlich, dass sie über seinen Weggang traurig seien, sagten aber auch, sie verstünden, dass er bei seiner Familie sein sollte. Und dann erschien Elizabeth im Eingang seines Zeltes, und das Sonnenlicht verwandelte ihr Haar in einen Glorienschein.

»Bitte gehen Sie nicht«, sagte sie. »Nicht heute. Sie können morgen abreisen. Aber heute möchte ich Ihnen etwas zeigen.«

Ihre Blicke begegneten sich, und er erkannte, dass er sich freute, weil sie ihn zu bleiben bat. »Was wollen Sie mir zeigen?«

»Tatsächlich wollte ich Sie um einen Gefallen bitten. Unsere Fotos sind Schwarzweißaufnahmen und können die wunderschönen Farben der Felsenbildzeichen nicht einfangen. Ich habe Ihre Skizzen gesehen, Ihr Farbempfinden, wie perfekt Sie einen blauen Schmetterling oder eine lavendelfarbene Hyazinthe wiedergeben. Es ist vermutlich vermessen von mir, aber ich wollte Sie fragen, ob …«

Die neue Begeisterung, die vor Tagen in ihm aufgekeimt war, entfaltete sich nun vollends, als Faraday sich vorstellte, wie jene Schwarzweißszenen unter seinen Händen zu buntem Leben erwachten.

Und er war überrascht, eine neue Berufung in seinem Herzen zu spüren. Er wollte sich mit Elizabeth zusammen der Aufgabe widmen, eine untergehende Kultur im Bild zu bewahren.

46

Er ritt nach Barstow und sandte Bettina ein Telegramm, um sie wissen zu lassen, dass er aufgehalten worden war und dass es ihm gut ginge. Und dann kehrte er zum Lager zurück, wo Elizabeth bereits mit Feldflaschen, Essenspaketen und einer handgezeichneten Karte wartete, da sie noch an diesem Nachmittag mit ihrer Arbeit beginnen wollten, wenn das Licht am dramatischsten war.

Sie stiegen die enge Schlucht hinauf, und er bemerkte kaum die riesige Wüstenschildkröte, an der sie vorüberkamen, die entzückenden kleinen, weißen Blumen, Wüstensterne genannt, durch die sie schritten, oder den zinnoberroten Fliegenschnäpper, den sie aus einem Mesquitestrauch aufscheuchten, denn er hing neuen, aufregenden, hochfliegenden Gedanken nach.

Er hatte seine Schamanen nicht vergessen, aber der Wüstentag war geheimnisvoll und wunderschön und warm, und Faraday war von einer neuentdeckten Begeisterung erfüllt.

Elizabeth erklärte ihm gerade, dass die Stätte, die sie besuchen wollten, ihre Lieblingsstätte war, am besten erhalten, und dass sie sie als Titelbild ihres Buches vorgesehen hatte, als die Stille des Tages von einem lauten, widerhallenden Krachen erschüttert wurde.

»Was war das?«

»Es klang wie Donner«, vermutete er, aber der Himmel über Smith Peak war wolkenlos.

Ein zweites Krachen hallte von den Berghängen wider, und Elizabeth rief: »Das ist Gewehrfeuer!«

»Gütiger Himmel!« Waren sie auf Jäger gestoßen? Oder schlimmer noch, auf Banditen, da der Wilde Westen noch nicht ganz verschwunden war.

Sie hielten sich an ihren Weg, gingen aber rascher, weil die Schüsse weiterhin erklangen und sie dachten, jemand könnte in Schwierigkeiten sein und Hilfe brauchen. Elizabeth beschleunigte ihren Schritt, als sie feststellte, dass die Schüsse aus nächster Nähe ihrer Bilderschriftzeichen erklangen, und sie hatten kaum einen gewaltigen Felsblock umrundet, als sie zwei Männer mit sechsschüssigen Revolvern sahen, die abwechselnd schossen und johlten.

Sie benutzten die Felsmalereien als Zielscheibe.

Ein Schrei löste sich aus Elizabeths Kehle, während sie auf die Männer zustürzte, ihren Spazierstock hoch erhoben. Ihre Reaktion überraschte Faraday dermaßen, dass er regungslos dastand, während sie auf die Schützen zulief. Und diese erschraken ebenfalls so sehr, dass sie Elizabeth mit offenem Mund anstarrten.

Und dann stürzte sie auf sie los, schlug mit ihrem schweren Stock auf ihre Köpfe und Schultern ein, schrie und fluchte, und sie wichen zurück, die Arme schützend erhoben, schrien vor Schmerz auf und riefen: »Was zum Teufel haben Sie denn, Lady?«, bis sie sie von der

Berglichtung vertrieben hatte und sie davonliefen, während sie über die Schulter Beschimpfungen zurückriefen, bis Faraday kurz darauf Pferdeschnauben und galoppierende Hufe sich entfernen hörte.
Schwer atmend, das Gesicht hochrot vor Zorn, ließ Elizabeth den Stock fallen und lief zu der Wand, die sie entsetzt betrachtete.
Alle war zerstört. Es waren keine Felszeichnungen mehr da.
Sie weinte. Die Hände sanft auf die zerstörte Wand gelegt, weinte sie leise, bis ihre Tränen zu heftigem Schluchzen wurden. Als sie zu Boden sank, kniete sich Faraday neben sie. »Es tut mir Leid«, murmelte er und wollte sie festhalten, gleichzeitig aber hinter den beiden Männern herlaufen und sie erwürgen. Er empfand Zärtlichkeit und Zorn zur gleichen Zeit.
»Zerstört«, flüsterte sie in ihre Hände. »Alles zerstört.« Als sie die Hände vom Gesicht nahm, traf ihn der Ausdruck in ihren Augen mitten ins Herz. Jeder Nerv in seinem Körper erbebte vor Erregung und Zärtlichkeit. Ihre blauen Augen schwammen in Tränen, und eine hilflose Frage stand darin. »Warum haben sie das getan? O Faraday, was hat sie nur dazu gebracht?«
Er zog sie an sich und hielt sie fest. Sie weinte erneut, benetzte die Vorderseite seines Hemdes. Ihre Finger umklammerten seine Ärmel, ihr Schluchzen klang eine Weile bitter und ließ dann nach, bis sie still war, ihr Gesicht an seiner Brust geborgen. Regungslos hielten beide einander fest.
Schließlich sagte Faraday: »Wer weiß, was einen Menschen dazu bringt zu tun, was er tut? Sie können sie nicht alle bewahren, Elizabeth, Sie sind dafür nicht verantwortlich.« Und in diesem Moment erkannte er, wie ähnlich sie sich waren, in ihren Leidenschaften, ihrem Schuldbewusstsein und ihrem Antrieb.
Faraday sah in ihre blauen Augen, die jetzt nicht ruhig, sondern verletzlich und weich blickten. Sanft strich er über ihre Stirn, ihre Wangen, ihre Lippen. Sie hob ihm das Gesicht entgegen, und er senkte seinen Mund auf ihren, denn Worte genügten nicht mehr, noch waren sie überhaupt notwendig. Er küsste sie wieder und wieder, erkundete die zarte Haut ihrer Halsbeuge und fühlte sich berauscht von ihrem Duft. Elizabeth schlang die Arme um ihn, und sie glitten in den weichen Wüstensand.
Als sie sich liebten, schwanden die Angst und der Schmerz in ihm,

und er sah nur diese starke, wunderschöne Frau im Wüstensonnenlicht und fragte sich, warum ihm elenden Sünder dieses Geschenk zuteil wurde.
Danach lagen sie sich in den Armen, lächelten sich an und suchten nach Worten für das, was sie nun verband. Das war der Moment, in dem Elizabeth ihr Geständnis machen konnte: »Faraday, man hat mir sehr wehgetan. Mein Herz wurde zwei Mal von Männern gebrochen, denen ich vertraute und die ich liebte. Ich war nur eine Herausforderung für ihre männliche Kühnheit, und nachdem sie mich erobert hatten, ließen sie mich fallen. Ein drittes Mal könnte ich ein gebrochenes Herz nicht überleben. Versprich mir, dass du mich niemals betrügen oder verletzen wirst. Wenn du es tätest, müsste ich mein Herz für immer verschließen und würde für den Rest meines Lebens nie wieder einem Mann trauen können.«
Er versprach es ihr, von ihrem Geständnis erschüttert, wie auch von der Verletzlichkeit in ihren Augen – seine starke Elizabeth so hilflos zu sehen! Sein Wunsch, sie zu beschützen, wurde zur mächtigsten Kraft auf Erden. In diesem Moment hätte Faraday Hightower jedermann getötet, der sie auch nur angerührt hätte.

47

»Wovon träumst du, Elizabeth?« Sie waren in ihrer kleinen Lieblingsschlucht, wo sie, wie sie wussten, nicht gesehen würden. Eine Decke und ein Picknick, während ihnen die Kiefern der Hochwüste Schatten spendeten.
»Du wirst lachen«, sagte sie. »Ich möchte eines Tages Ägypten sehen. Schon seit ich ein kleines Mädchen war, habe ich mich danach gesehnt, dorthin zu reisen. Faraday, ich möchte den Nil hinabsegeln, die Pyramiden erklimmen, am Fuße der Sphinx sitzen. Ich möchte sehen, wo Moses geboren wurde, wo sich Maria und Joseph mit dem kleinen Jesus ausruhten. Ich möchte auf einem Kamel reiten und Bauchtänzer beobachten und schrecklichen Kaffee trinken. Vielleicht sogar eine Wasserpfeife rauchen!«

Er streichelte ihr Haar. »Dann solltest du dorthin reisen.«
»Bei meinem Gehalt?« Sie lachte und schmiegte sich an ihn. »Wovon träumst du, Faraday?«
»Dich nach Ägypten zu bringen.«
Sie lachten beide, und dann liebten sie sich erneut.
Am nächsten Morgen passierte ein Malheur. »Wir haben keinen Kaffee mehr!«, verkündete Harry, ein Mitglied des Forschungsteams, als Elizabeth aus ihrem Zelt kam.
»Das kann nicht sein«, sagte sie. »Wir waren achtsam, oder?«
»Ohne Kaffee können wir nicht arbeiten«, sagte Harry, zwanzig Jahre alt, der insgeheim in seine Professorin verknallt war.
»Ich übernehme das«, bot Faraday an. »Welche Vorräte brauchen wir noch?«
Die Oststaatler weilten schon so lange abgesondert in der Wüste, dass sie die Gelegenheit sofort ergriffen, sich etwas zu gönnen. Harry bat um frische Apfelsinen. Joe, der Sohn italienischer Emigranten und der Erste in seiner Familie, der aufs College ging, bat darum, Salami und Rotwein auf die Liste zu setzen. Cynthia, die einzige andere Frau im Lager, brauchte dringend Seife. Die Liste wurde fortgeführt, und schließlich brach Faraday auf und versprach, mit Reichtümern zurückzukehren.
Er war drei Tage fort. An dem Nachmittag, an dem er mit zwei voll bepackten Maultieren zurückkehrte, eilte Harry aus dem Butterfly Canyon heran und rief, er habe eine außergewöhnliche Felszeichnung gefunden. Obwohl Elizabeth sich während seiner Abwesenheit nach Faraday gesehnt hatte und mit ihm allein sein wollte, war ihre berufliche Neugier zu stark. Sie musste den neuen Fund sofort sehen.
»Es ist dort oben«, sagte Harry atemlos und wedelte mit einem Arm. »Wir werden mindestens ein Mal übernachten müssen.«
Elizabeth bat Faraday, mit ihr zu gehen, aber Professor Keene fühlte sich wieder nicht wohl, und Faraday selbst war von der Reise nach Barstow, um ihre Vorräte zu besorgen, müde. Also stieg Elizabeth mit Harry und Cynthia mit Rucksäcken und Vorräten in den Butterfly Canyon hinauf, und die übrigen fünf blieben im Lager zurück.
Zwei Tage später tauchte ein niedergeschlagenes Trio aus der

Schlucht auf, mit einem geknickten Harry, der sagte: »Es tut mir wirklich Leid, Dr. Delafield. Ich war so aufgeregt, als ich die Felszeichnungen erblickte, dass ich vergaß, ihren Standort zu notieren.«

Elizabeth sank ans Lagerfeuer und nahm dankbar einen Becher Kaffee von Faraday an, während sie erklärte, dass sie gerade zwei Tage mit nutzlosem Suchen verbracht hatten. Aber sie versicherte Harry eilig, es sei in Ordnung und dass sie es in ein paar Tagen erneut versuchen würden.

Als die Sonne über den westlichen Bergen unterging und den uralten, trockenen Salzsee mit rötlichen und weißen Schattierungen überzog, wurde die Stimmung im Lager schwermütig. Cynthia bereitete fürs Abendessen Sandwichs, während sich Professor Keene entschuldigte; Joe sagte, er habe Briefe zu schreiben, und Harry zog sich ins Forschungszelt zurück, um über den Landkarten des Gebietes zu brüten.

Elizabeth sah Faraday lange an und sagte: »Was ist los?«

Sein Gesicht glühte im Feuerschein. »Was meinst du?«

»Du verhältst dich seltsam. Anders.« Sie sah sich um. »Etwas stimmt nicht. Ich kann es spüren.«

Er sprang auf und streckte eine Hand aus. Er räusperte sich nervös und fragte: »Können wir unter vier Augen reden?«

Sie sah ihn beunruhigt an.

»Hier drüben«, sagte er, »außer Hörweite der anderen.«

»Faraday …«

»Es ist wichtig, Elizabeth.«

»Du machst mir Angst.«

Er führte sie ein paar Meter vom Lager fort, räusperte sich erneut, scharrte mit den Füßen und schaute ständig über ihre Schulter in Richtung der Zelte. Als er schwieg, fragte sie: »Faraday, gibt es etwas, was du mir sagen willst?«

»Nun, nicht wirklich sagen. Ich möchte dich zu etwas *hin*bringen.«

Sie sah ihn verwirrt an.

Er schaute erneut an ihr vorbei, und plötzlich hellte sich sein Gesicht auf, er lächelte und sagte: »Du musst die Augen schließen.«

»Was?«

»Bitte, mein Liebes.«
Um sicherzugehen, legte er Elizabeth eine Hand über die Augen, während er sie durch das Lager zurück zu ihrem eigenen Zelt führte, das inzwischen von vielen Laternen beleuchtet wurde – ihre Teammitglieder hatten sie entzündet, als sie nicht hinsah. Während Faraday Elizabeth zum Zelteingang führte, versammelten sich die anderen um sie, lächelnd und flüsternd, und als Faraday sagte: »In Ordnung, *Memsa'ab*, du kannst hineingehen«, konnten sie ihre Heiterkeit nicht mehr unterdrücken. Joe brach in lautes Lachen aus, während Elizabeth das Zelt betrat und sich zunächst verwirrt und dann überwältigt umsah.
Ihre Möbel und Bücher und übrigen Sachen waren entfernt und kleine Teppiche und Kissen auf dem Boden ausgebreitet worden. Die Wände waren mit Bettlaken verhängt. Aber sie waren nicht schlicht weiß – Landschaften waren darauf gemalt. Eine Wand zeigte eine Ansicht von Palmen an einem Fluss und von Booten mit dreieckigen Segeln vor einem Hintergrund ferner, sandfarbener Felsen. Die zweite Wand zeigte Minarette und Kuppeln und einen bevölkerten Bazar mit verschleierten Frauen und Fez tragenden Männern. Die dritte Wand dominierte, mit hoch aufragenden Pyramiden und einem seltsamen, aus Sanddünen aufstrebenden Kopf mit dem Kopfschmuck eines vergessenen Pharaos darauf – die Sphinx.
»Uns war nie der Kaffee ausgegangen. Das war *meine* Idee«, sagte Joe, der junge Italo-Amerikaner prahlerisch. »Es war eine Verschwörung. Dr. Hightower sagte, er wollte etwas Nettes für Sie tun …«
»Und wir wollten helfen!«, platzte Cynthia strahlend heraus.
Harry fügte mit verlegenem Grinsen hinzu: »Es gibt gar keine neuen Felszeichnungen, Dr. Delafield. Ich war für die List zuständig, Sie vom Lager fortzulocken, während Dr. Hightower und die Übrigen dies gestalteten.«
»Und ich«, warf Professor Keene lächelnd ein, »war die Entschuldigung dafür, dass Dr. Hightower nicht mit Ihnen zusammen in die Schlucht gehen konnte.«
»Dann ging es Ihnen gar nicht schlecht?«, fragte sie.
Er schlug sich auf die Brust. »Ich habe mich nie besser gefühlt!«

Keene wandte sich an die Übrigen und sagte: »Ich denke, dann sollten wir die beiden Ägypten erkunden lassen, was meint ihr?«
»He, Cynth, was ist mit den Sandwichs?«, fragte Joe, dessen Gedanken sich auf die Salami richteten, die Dr. Hightower mitgebracht hatte.
Als sie allein im Zelt waren und die Stimmen der anderen in der Nacht verklangen, stand Elizabeth in Faradays schützender Umarmung und sah sich voller Bewunderung um. »Wie habt ihr das geschafft?«, murmelte sie.
»Es war nicht leicht«, sagte er lachend. »Ich musste Farbe auftreiben, und Bettlaken, und ein paar andere Dinge. Aber ich hatte großartige Unterstützung.«
»Ihr fünf müsst Tag und Nacht gearbeitet haben.«
»Deine Studenten lieben dich, das weißt du.« Er sah sie an und fügte sanft hinzu: »Und ich liebe dich auch.«
Tränen stiegen ihr in die Augen, und Faraday nahm sie in die Arme und sagte: »Meine Liebste.«
»O Faraday, ich bin so glücklich. Ich war nie glücklicher.« Ihre Blicke glitten über die zauberhafte Kulisse, die sie umgab. Sie konnte erkennen, welche Teile von Faradays talentierten Händen ausgeführt worden waren – der Kairoer Bazar war erstaunlich lebensecht, sie konnte den Ruf des *Muezzin* fast hören – und welche von anderen gefertigt wurden. »Soll das ein Kamel sein?«, fragte sie.
»Professor Keene hat es gemalt. Er ist recht stolz darauf.«
»O Faraday«, sagte sie erneut. »Faraday …«

48

Faraday ritt wieder nach Barstow und schickte Bettina ein weiteres Telegramm, in dem er ihr versicherte, alles sei gut und sie solle sich keine Sorgen machen. Aber schließlich erkannte er, dass er nach Palm Springs musste. Er war schon zu lange von zu Hause fort und sehnte sich danach, seine Tochter in den Armen zu halten.
»Komm mit mir, Elizabeth. Begleite mich auf meiner Suche nach

den Schamanen. Denk an die Entdeckungen, die wir machen werden!«

Sie gestand, dass sie sich insgeheim schon gewünscht hatte, ihm bei der Suche nach den Schamanen zu helfen, und froh sei, dass er gefragt habe. Ihr vorlesungsfreies Jahr sei fast vorüber und sie müsste zu ihrer Lehrtätigkeit zurückkehren, aber sie würde viel lieber bleiben und ihre »Feldarbeit« fortführen. Er war begeistert.

Sie sagte: »Ich habe das Gefühl, als wären die Zeichnungen auf der goldenen Olla eine Dokumentation der Reise deiner Schamanen. Unter uns gesagt, bin ich sicher, dass wir das Rätsel entschlüsseln können. Obwohl fast alle indianischen Stämme und Familien im Südwesten erforscht und dokumentiert wurden, gibt es immer noch Nischen abgeschiedener Völker. Wenn es diesen Schamanen, die du suchst, gelungen ist, vom weißen Mann unberührt zu bleiben, könnten sie noch immer nach der alten Art leben. Was für eine bedeutende Entdeckung das wäre! Was für ein Team wir sein werden, Faraday! Wir werden ein Buch über unsere legendären Forschungen schreiben!«

Er wurde ernst. »Wir müssen über das Heiraten sprechen, Elizabeth.«

Es war nicht das erste Mal, dass er dieses Thema anschnitt. »Faraday, ich will nicht heiraten. Ich schätze meine Unabhängigkeit. Das weißt du inzwischen.«

»Aber du willst doch bestimmt eines Tages Kinder haben!«

Sie sah ihn belustigt lächelnd an. »Faraday, nicht alle Frauen wollen Kinder.«

Mit diesen Worten brachte sie ihn erneut aus dem Gleichgewicht. Er hatte angenommen, alle Frauen wollten Kinder, weil sie dafür immerhin geschaffen waren. Aber Elizabeths ungewohnte Denkungsart verstärkte seine Liebe zu ihr nur noch.

»Wir werden unsere Flitterwochen am Nil verbringen.«

»Ich war bereits in Ägypten.«

»Ich liebe dich, Elizabeth.«

Sie küsste ihn und sagte: »Ich liebe dich auch.«

Elizabeth begleitete ihn zur Bahnstation, wo sie ihm ein Geschenk gab. »Er ist sehr alt, und man hat mir gesagt, diese Kunst sei im Aussterben begriffen.«

Pajute-Körbe waren eine wundersame Konstruktion. Das darauf aufgetragene Pech war ein natürliches Harz, das aus Kiefern sickerte, zu einem dickflüssigen Sirup verschmolz und auf den Korb gestrichen wurde, nachdem man ihn mit einem Brei aus Kaktusblättern eingerieben hatte, um die Zwischenräume zwischen den Maschen auszufüllen. Das Pech wurde auch in den Korb gegossen, und dann wurden erhitzte Steine darin herumgerollt, damit das Pech nicht härtete, bevor es in alle Öffnungen sickern konnte. Wenn es gehärtet war, wurde es durchscheinend bernsteinfarben und undurchlässig und verwandelte den Korb in einen Wasserbehälter.

Faraday versicherte ihr, dieser Korb würde zum Lieblingsstück seiner Sammlung. Sie erwiderte, sie würde ihm in einem Monat in die Casa Esmeralda folgen. Sie küssten sich lang zum Abschied, und er fuhr voller Glück nach Hause.

49

Er fing seine Tochter mit offenen Armen auf und schwang sie herum, bis sie vor Freude kreischte. Bettina, die sagte: »Du warst lange fort, Faraday«, erhielt einen Kuss auf die Wange. Er hatte ihnen Leckereien mitgebracht, die er in Los Angeles gekauft hatte – Tootsie Rolls und Hersey's Kisses für Morgana, Kekse und Pralinen für Bettina. Der Pajute-Wasserkorb bekam einen Ehrenplatz in seiner Sammlung, und als Bettina ihn sah, erklärte sie, er sei das Hässlichste, was sie je gesehen hätte. Er lachte und nahm »seine beiden Mädchen« mit auf eine Exkursion nach Los Angeles, wo sie eine Suite im luxuriösen Alexandria Hotel an der Spring Street mieteten und zu einem der neuen Kinopaläste am Broadway gingen, wo *Tarzan of the Apes* sie erschauern ließ und sie über die Keystone Kops lachten. Sie nahmen ein Red Car nach Santa Monica, wo Morgana verwundert zum ersten Mal das Meer sah. Sie genossen edle Mahlzeiten in den besten Restaurants, und Faraday scherzte und lachte mit Morgana, während er sich bemühte, aufmerksam und freundlich zu Bettina zu sein.

Als sie zur Casa Esmeralda zurückkehrten, teilte er Bettina mit, dass sie einen Hausgast erwarteten und sie eines der Schlafzimmer vorbereiten müssten. Da er Elizabeths Aufenthalt behaglich und unvergesslich gestalten wollte – welch ein Kontrast zu dem Zelten und dem Lageressen! –, beschloss er, nach Banning zu reiten und etwas Besonderes für ihr Schlafzimmer zu kaufen.

Als Elizabeth aus dem Zug stieg und dem Gepäckträger für seine Hilfe ein Trinkgeld gab, presste sie die Finger auf die Lippen, um ein Kichern zu unterdrücken. Sie hatte nicht mehr so viel gekichert, seit sie ein Mädchen war. Sie *fühlte* sich wie ein Mädchen. Faradays Liebe hatte sie wieder jung werden lassen.

Sie wollte ihn überraschen. Die Professorin und Wissenschaftlerin in ihr wäre niemals zu einer Zusammenkunft vor dem vereinbarten Termin erschienen. Aber die rettungslos verliebte Frau konnte keine weiteren sieben Tage warten. Und außerdem wollte sie ihn ebenso überraschen, wie er sie mit »Ägypten« überrascht hatte.

Als sie in einem Taxi die Wüstenstraße entlangfuhr und auf die Palmen und Sanddünen, die schneebedeckten Berge und den tiefblauen Himmel hinausblickte, fühlte sie sich so überaus lebendig, so grenzenlos glücklich wie noch nie. Sie schloss die Augen und stellte sich ihren gut aussehenden Faraday vor, den Mann, der sie an Don Quixote denken ließ, mit seiner idealistischen Suche, seiner gesellschaftlichen Unbeholfenheit, seinen liebenswerten Schwächen. Aber an seiner Art zu lieben war nichts Unbeholfenes oder Schwaches, und der Gedanke an seine Umarmung, an seinen Mund auf dem ihren ließ ihr Herz rasen, und sie wollte dem Fahrer sagen, er solle sich beeilen, bitte schnell, schnell, schnell.

Als die Casa Esmeralda in Sicht kam, war sie alles das, was Faraday darüber erzählt hatte. Fremdartig, aufwendig, abgelegen. Sie würden Tage und Nächte in leidenschaftlicher Vertrautheit umschlungen hinter diesen hohen Mauern verbringen. Er hatte sie gebeten, ihn zu heiraten. Elizabeth würde den Antrag annehmen.

Das Dienstmädchen in der steifen Tracht war keine Überraschung, da es zur Eleganz des Hauses gehörte. Aber als Elizabeth der jungen Frau über den gefliesten Flur folgte, ihre Schritte mit dem leisen Plätschern eines Springbrunnens im Hof und dem Geräusch des sich an der Decke über ihr träge drehenden Ventilators verschmelzend, war sie überrascht darüber, alles so makellos und ordentlich vorzufinden. Sie hatte sich vorgestellt, Faradays Haus wäre eher leicht chaotisch, wie der Mann selbst. Das Dienstmädchen führte sie in ein Wohnzimmer, das sich mit seinen Brokatvorhängen, Samtpolstern und persischen Teppichen in einer Residenz der Oberschicht in New York hätte befinden können, und während Elizabeth auf Faradays Erscheinen wartete, spürte sie, dass ihr Körper vor Aufregung bis zum Zerreißen angespannt war.

»Kann ich Ihnen helfen, Miss Delafield?«

Sie fuhr herum und sah eine Frau im Eingang stehen. Kein Dienstmädchen und keine Haushälterin, ihrer Kleidung nach zu urteilen, und dann erinnerte sich Elizabeth an die Gouvernante, von der Faraday gesagt hatte, dass sie sich um seine Tochter kümmere.

»Ich bin hier, um Dr. Hightower zu besuchen«, sagte Elizabeth. »Er erwartet mich erst in einigen Tagen, aber ich beschloss, früher zu kommen.«

»Mein Mann ist im Moment nicht da«, sagte die Frau, und Elizabeth betrachtete sie, als sie mit ausgestreckter Hand herankam. »Ich bin Mrs. Hightower.«

Elizabeth betrachtete die Hand und dann wieder das lächelnde Gesicht. »Mrs. Hightower?«

Die angebotene und verschmähte Hand wurde zurückgezogen. »Sie sagten, mein Mann erwartet Sie?«

»Es tut mir Leid. Sagten Sie *Mrs.* Hightower?«

Bettina lächelte anmutig und antwortete: »Ja. Dr. Hightower ist mein Ehemann.«

Elizabeth betrachtete die Frau weiterhin. Dann schaute sie sich in dem geschmackvoll eingerichteten Wohnzimmer um, das einen solchen Kontrast zum spanischen Stil des Hauses darstellte, suchte nach Hinweisen, nach etwas, was ihre Verwirrung klären könnte. Dies *war* die Casa Esmeralda in Palm Springs, von der Faraday gesagt hatte, sie sei sein Zuhause. Aber wer war diese Frau, die sich seine Ehefrau nannte? »Ich verstehe nicht«, begann sie, die es nicht gewohnt war, dass ihr die Worte fehlten.

Bettina runzelte die Stirn, und dann klärte sich ihre Miene plötzlich. »Du liebe Güte«, sagte sie sanft. »Es ist also wieder geschehen.«

Es?, dachte Elizabeth. Und eine Ahnung beschlich sie, eine kalte, dunkle Ahnung am Rande ihres Bewusstseins, die unerträglich war. Nein, dachte sie und verdrängte den Verdacht. Dies war nur ein schrecklicher Irrtum. Eine andere Casa Esmeralda. Ein anderer Faraday Hightower.

»Bitte, Miss Delafield, setzen Sie sich. Ich kann es erklären.« Bettinas Stimme klang bedauernd und mitfühlend.

Elizabeth setzte sich steif auf ein Samtsofa mit Goldborte und hörte verwirrt zu, während ihre Gastgeberin von Faradays Indiskretionen sprach. »Ich fürchte, Miss Delafield, Sie sind nicht die Erste, die die Absichten meines Mannes missgedeutet hat. Ich habe schon vor langer Zeit gelernt, mit diesen Fehltritten umzugehen, weil ich meinen Mann liebe, und auch unserer Tochter zuliebe.«

Als ihre Gastgeberin schwieg, während irgendwo im Haus eine Uhr schlug, wusste Elizabeth nicht, was sie sagen sollte. Sie sah sich um und sagte schließlich: »Verzeihen Sie, aber ich bin noch immer verwirrt. Ich traf Faraday in der Wüste in der Nähe von Barstow, wo mein Team und ich gerade Eingeborenen-Felsbildzeichen dokumentierten. Dr. Hightower hat einem unserer Team-Mitglieder das Leben gerettet. Ich lud ihn ein, eine Weile bei uns zu bleiben.«

Bettina hörte höflich schweigend zu, die Hände im Schoß.

»Er erzählte mir«, sagte Elizabeth, die den Blick der Frau auf sich spürte, in dem sie Mitgefühl und noch etwas anderes erkannte. Mitleid? »Faraday erzählte mir, er sei Witwer. Dass seine Frau im Kindbett gestorben sei.«

»Ja, das war meine Schwester, Abigail.«

Abigail! Das war der Name, den Faraday erwähnt hatte. Dieser Teil stimmte also. »Und dann haben Sie und er … geheiratet?«, fragte Elizabeth.

»Um meiner Nichte, Morgana, ein beständiges Zuhause zu geben.«

Elizabeth schloss die Augen. Das konnte nicht wahr sein! Ihr Mund wurde trocken, ihr Puls raste. Faradays Stimme hallte in ihrem Geist wider, als Elizabeth ihn vor Wochen gefragt hatte, wer sich um Morgana kümmerte, und er gesagt hatte: »Sie ist in der Obhut einer fähigen und zuverlässigen Frau.«

Nicht ganz eine Lüge? Oder nicht ganz die Wahrheit?

Elizabeth räusperte sich. »Mrs. Hightower, Ihr Mann hat mich hierher eingeladen. Er sagte, ich solle bleiben, als Gast hier im Hause, so lange ich wolle. Hat er nicht …« Sie rang nach Atem. »Hat er Ihnen das nicht gesagt?«

»Es tut mir Leid, er hat nichts davon erwähnt.«

»Warum hat er dann …«

In diesem Moment betrat ein Dienstmädchen das Wohnzimmer, deckte den Tisch mit einem eleganten Silberservice, wobei sie ihre Herrin mit Mrs. Hightower ansprach, und ging dann leise wieder hinaus.

»Miss Delafield«, sagte Bettina, und Elizabeth sah, wie die Hände der Frau zitterten, als sie nach der Teekanne griff. »Meine Tochter und ich planten, für ein paar Wochen nach Los Angeles zu fahren, um dort Verwandte zu besuchen. Faraday dachte vermutlich daran …« Bettinas Wangen röteten sich. »Ich vermute, er wollte Sie unterhalten, während wir fort wären.«

Elizabeth fühlte sich elend. Diese Frau sprach doch gewiss über einen anderen Mann! Elizabeth hätte diese Möglichkeit fast erwähnt – dass dies eine schreckliche Verwechslung wäre und dass sie vielleicht den Namen von Dr. Hightowers Wohnsitz falsch verstanden hätte –, als ein kleines Mädchen mit wippenden, kastanienbraunen Locken und tadellos gekleidet den Raum betrat. Elizabeth sah die Sechsjährige an. Sie war das Abbild des kleinen Mädchens auf einem Foto, das Faraday bei sich trug. Seine Tochter Morgana.

Als das Mädchen »Mama« zu der Frau sagte, die Faradays Frau zu sein behauptete, und als Elizabeth im Sonnenlicht, das durch ein Fenster strömte, den Ehering am Finger der Frau aufblitzen sah, spürte sie, wie eine schreckliche Taubheit allmählich in ihren Körper kroch. Sie konnte eine derartige Täuschung von Faradays Seite nicht fassen, konnte nicht glauben, dass er sie hintergangen hatte. Und doch lag der Beweis hier vor ihr, und als Wissenschaftlerin ignorierte sie Beweise niemals.

Es kam Elizabeth in den Sinn, dass die Frau lügen könnte – aber da war das kleine Mädchen, das sie Mama nannte. Und das Dienstmädchen, das sie mit Mrs. Hightower ansprach. Eine solche Scharade war doch gewiss nicht unter Faradays Nase durchführbar, ohne dass er davon wusste. Nicht einmal Faraday war so zerstreut.

Und doch war er ihr am Smith Peak so arglos erschienen, in seiner Zärtlichkeit ihr gegenüber so ehrlich. Elizabeth war verheirateten Männern begegnet, die betrogen. Faraday war nicht wie sie.

Und er hatte sie gebeten, ihn zu heiraten!

Ihr Blick schweifte zu dem Bogenfenster, das auf einen sonnigen Innenhof voller purpurfarbener und tief orangefarbener Bougainvilleen hinausging. Alles sah so wunderschön und real aus, und doch fühlte sie sich, als wäre sie in einen Albtraum geraten.

Als sie den Blick wieder der frostig-höflichen Miene ihrer Gastgeberin zuwandte, fühlte sich Elizabeth plötzlich in der Falle. Wenn die Frau die Wahrheit sagte und tatsächlich mit Faraday verheiratet war, dann war dies eine unhaltbare Situation. Und wenn sie log, aus welchen persönlichen Gründen auch immer, war es eine ebenso unhaltbare Situation. Elizabeth konnte in keinem Fall gewinnen – zumindest nicht, solange Faraday außer Haus war.

»Wann«, begann sie und spürte, wie ihr Herz sank, während sich ihr Magen hob. »Wann erwarten Sie ihn zurück?«

»Frühestens in einer Woche«, sagte Bettina, während sie daran dachte, dass Faraday morgen zurückkommen wollte.

In diesem Augenblick sah Elizabeth, hinter dem starren, anmutigen Lächeln, noch etwas anderes auf Mrs. Hightowers Gesicht – eine kühne Herausforderung. Ein Ausdruck, der besagte: Kämpfe gegen mich an, und du wirst es bereuen.

»Ich sollte gehen«, sagte Elizabeth jäh. Sie musste sich jetzt schnell zurückziehen, ihre Gedanken ordnen, versuchen zu entscheiden, was sie als Nächstes tun sollte. Nur nicht länger hier bei dieser Frau verweilen!

»Ja«, sagte Bettina und erhob sich mit ihr. »Das wäre das Beste. Es tut mir Leid, dass Sie es so herausfinden mussten. Aber wie ich bereits sagte, sind Sie nicht die Erste.«

Elizabeth sah die Frau, die jünger war als sie selbst, deren angespannte Haltung jedoch die einer älteren, würdigen Dame der Gesellschaft war, mit verengten Augen an. Als spiele sie eine Rolle, dachte Elizabeth.

Sie war nur noch ein Bündel namenloser, heftiger Emotionen, während sie sich für ihr Eindringen entschuldigte und sich so würdevoll wie möglich zurückzog. Jetzt war sie dankbar dafür, dass sie die

Voraussicht besessen hatte, den Taxifahrer warten zu lassen. Später, in der Abgeschiedenheit ihres Zugabteils und dann in ihren Räumen in der Universität, würde sie weinen und schreien und ihren Gefühlen Luft machen und versuchen zu verstehen, was geschehen war. Sie würde Faraday schreiben, eine Erklärung fordern.

Als die Casa Esmeralda hinter ihr zurückblieb und schließlich außer Sicht geriet, dachte Elizabeth an das kleine Mädchen mit den großen Augen, dessen Vater so häufig fort war. Sie stellte sich das Leben des Kindes in diesem perfekt geführten, stillen Zuhause vor, das sich für Elizabeth lieblos angefühlt hatte. Sie erinnerte sich an die Kälte in Mrs. Hightowers Tonfall, als sie von ihrer Pflicht gegenüber ihrem Ehemann sprach. Schließlich, als sie an Mrs. Hightowers Bemerkung darüber dachte, dass sie und das Kind für ein paar Wochen wegfahren wollten und das Haus somit Faraday überließen, erkannte Elizabeth, dass sie mit ihrer früheren und unangekündigten Ankunft unwissentlich in ein Drama hineingestolpert war, an dem sie nicht teilhaben sollte.

Ein uraltes Drama, dachte sie, voller unterschwelliger Täuschung, Ehrgeiz, Besitzansprüche und Eifersucht. Wenn ich mich auf diesen Kampf einlasse, fragte sie sich, während das Taxi durch den Wechsel von Sonne und Schatten der hoch aufragenden Palmen fuhr, wenn ich darum kämpfe, Faraday zu bekommen, um mein Recht kämpfe, ihn zu lieben, welche verhängnisvollen Verwicklungen könnten sich daraus ergeben?

Und was ist, wenn er wirklich verheiratet ist?

Während sie sich immer weiter von Faradays Zuhause entfernte, waren Elizabeths Gedanken in Aufruhr, und sie empfand einen scharfen Schmerz in der Brust, von dem sie wusste, dass er nie wieder vergehen würde. Tränen schossen in ihre Augen – wenn alles, was die Frau gesagt hatte, der Wahrheit entsprach, wie sollte sie dann damit leben?

Aber was ist, wenn alles eine Lüge war?

Dr. Elizabeth Delafield, die wissenschaftliche Teams organisierte und sie in unerforschtes Gebiet führte, die sich rühmte, einen kühlen Kopf zu bewahren, und normalerweise jede Situation unter Kontrolle hatte, wusste dieses eine Mal nicht, was sie tun sollte.

Während Bettina am Fenster stand und zusah, wie die Frau im Taxi davonfuhr, gratulierte sie sich zu ihrer Geistesgegenwart. Sie hatte keine Ahnung gehabt, dass der Gast, den Faraday eingeladen hatte, eine Frau war! Und keine gewöhnliche Frau. Bettina kannte diesen Typ der Goldgräberin nur zu gut.
Sie seufzte. Eine Pflicht mehr auf ihrer Liste. Ihren Schwager vor den Schlichen jedes opportunistischen Flittchens zu beschützen, das er auch nur flüchtig ansah.
»Mama?«
Sie schaute zu Morgana hinab, die an ihrem Rock zog. Die Sechsjährige hatte Eis an der Oberlippe, aber Bettina war nicht in der Stimmung, sie zu schelten. Stattdessen beugte sie sich herab und sagte: »Morgana, weißt du, diese Dame, die gerade hier war? Sie wollte unsere Haushälterin werden. Aber ich glaube nicht, dass sie geeignet ist.«

Faraday brauchte drei Tage, aber er fand den perfekten Toilettentisch für Elizabeths Schlafzimmer und sorgte dafür, dass er mit einem Maultierwagen geliefert würde, damit er den Tisch rechtzeitig vor ihrer Ankunft aufstellen könnte.
Aber der vereinbarte Tag kam und ging, und Elizabeth erschien nicht. Faraday fuhr zur Bahnstation, um nachzufragen, ob eine Dame ausgestiegen sei, die nach der Casa Esmeralda gefragt habe. Es war keine ausgestiegen. Er schickte ein Telegramm zum Harvey House in Barstow mit der Frage, ob die Delafield-Gruppe bereits abgereist sei, und erhielt die Antwort, dass dem so sei – Professor Delafield und ihr Team hatten Barstow vor neun Tagen verlassen.
Nachdem Faraday Bettina gefragt hatte, ob während seiner Abwesenheit Besucher gekommen seien, und erfuhr, dass sich nur Frauen für die Position der Haushälterin vorgestellt hätten, geriet er in Panik. Ohne seiner Schwägerin eine weitere Erklärung zu geben, als dass er im Norden dringend etwas zu erledigen hätte, nahm Faraday den frühesten Zug und mietete in Barstow erneut ein Pferd, aber als er bei dem alten Salzsee ankam, der vor tausend Jahren ausgetrocknet war, fand er keine Spur von Elizabeth und ihrem Lager.
Er sprang ab, riss sich den Hut vom Kopf, sodass der Wind durch

sein Haar wehte, warf den Kopf zurück und rief: »Mein Liebes, wo bist du?«

Er war verzweifelt. Hatte sie sich verletzt? War sie krank? In die Casa Esmeralda zurückgekehrt, inzwischen wie besessen und außer sich vor Sorge, schickte er Elizabeth ein dringendes Telegramm an die Universität, wo sie unterrichtete, erhielt aber keine Antwort. Er schickte ein weiteres Telegramm an den Leiter ihres Fachbereichs, in dem er seiner Sorge Ausdruck verlieh. Dieser schrieb zurück, dass Dr. Delafield kein Unglück zugestoßen sei und sie wieder im Vorlesungssaal stehe, um ihre Studenten zu unterrichten.

Faraday starrte den Brief entsetzt an. Alle Empfindungen wichen aus seinem Körper. Er vergaß zu atmen.

»Dr. Delafield geht es gut, und sie unterrichtet wieder.«

Faraday schrieb Elizabeth einen langen, leidenschaftlichen Brief, in dem er fragte, was geschehen sei, und sie beschwor, nach Kalifornien zurückzukehren. Als er keine Antwort erhielt, schickte er ihr einen zweiten Brief und einen dritten und bat sie um eine Erklärung. Als wieder keine Antwort kam, erkannte er, dass Elizabeth ihn abgewiesen hatte, und er wusste nicht, warum.

Er verfiel in tiefe Schwermut. Warum hatte sie ihm den Rücken gekehrt? War er nur ein Zeitvertreib gewesen? Spielte eine Frau, die Zigaretten rauchte und Hosen trug, mit Männern, um es all den Männern heimzuzahlen, die mit Frauen gespielt hatten? Seine Gedanken drehten sich ständig im Kreis, und er war abwechselnd verletzt, traurig und schließlich wütend.

Er erwog, den Zug nach New York zu nehmen, aber Bettina erinnerte ihn an seine Verantwortung für seine Tochter und ihr selbst gegenüber. Entmutigt und teilnahmslos zog sich Faraday in den Innenhof der Casa Esmeralda zurück und grübelte über seinen farbigen Wüstenzeichnungen, bis die kleine Morgana eines Tages auf seinen Schoß kletterte, die Arme um seinen Hals legte und ihn fragte, warum er so traurig sei. Er drückte sie an sich und barg sein Gesicht in ihren kastanienbraunen Ringellocken. Und dann zog er seine Zeichnungen von Pueblo Bonito, den Navajo-Hogans und den Hopi-Mesas hervor.

Im Sonnenschein, der den spanischen Innenhof erfüllte, seine Tochter auf dem Schoß, zeigte er ihr eine Zeichnung, die er auf einer

Mesa angefertigt hatte, bei einem Hopi-Pueblo. »Dieser Tanz ist ein Gebet für Regen. Weißt du, mein Engel, die Hopi glauben, die Schlangen seien ihre Brüder, die in die Unterwelt hinabsteigen und die Vorfahren bitten, Regen zu bringen. Diese Männer, die den Platz umschreiten und singen, werden Schlangenpriester genannt.«

Morgana betrachtete die dreizehn Gestalten auf der Zeichnung nachdenklich, Männer, deren Körper braun und deren Gesichter schwarz bemalt waren. Sie trugen nur einen knappen Lendenschurz, ein langes Fransenhemd und Mokassins. Der Kopfschmuck bestand aus rot-braunen Federn. Einige der Priester hielten lebende Schlangen im Mund, andere hielten sie in den Händen, und zwei Tänzer hatten sich Schlangen um die Arme gewickelt.

»Ich war einer der letzten weißen Männer, die Zeuge dieser Zeremonie wurden«, sagte Faraday. »Die Indianer dürfen sie nicht mehr durchführen. Sie wurde geächtet.«

»Was ist geächtet, Daddy?«

»Es bedeutet, mein Engel, dass sie keine Erlaubnis mehr dazu haben. Die Regierung hat den Indianern befohlen, mit ihren Eingeborenentänzen aufzuhören.«

»Warum?«

Er rieb sich das Kinn. Wie sollte er das erklären? »Die Behörden glauben, dass die Indianer wie weiße Männer werden, wenn sie aufhören, ihre traditionellen Zeremonien durchzuführen.« Er hatte John Wheeler dieselbe Frage gestellt, als er erfuhr, dass die Tänze verboten werden sollten. »Es war eine Möglichkeit, die Aufstände zu stoppen«, hatte Wheeler angewidert gesagt. »Also ist es jetzt Politik. Verbiete ihnen ihre Traditionen, und sie werden friedlich wie Schafe.«

Faraday dachte an die kommenden Generationen, in denen der Schlangentanz schließlich nicht mehr weitergegeben würde. War seine Zeichnung eines der letzten Zeugnisse einer aussterbenden Tradition? Er wünschte, er hätte mehr Ereignisse aufgezeichnet. Er wünschte, er hätte die Zeichnung noch, die er in dem Navajo-Hogan angefertigt hatte. John Wheeler irrte sich, wenn er sagte, die indianischen, heiligen Rituale dürften nicht gezeichnet oder fotografiert werden, denn eines Tages wären sie alle vergessen.

Der Gedanke entsetzte ihn dermaßen, dass er an Elizabeth und ihre Leidenschaft dachte, Eingeborenen-Felsenbilder festzuhalten. »Du und ich werden ein großartiges Forscherteam sein, Faraday.«

Schmerz durchströmte erneut sein Herz, wie es, wie er erkannte, immer sein würde, wenn er an sie dachte. Wenn sie ihren Traum von der Zusammenarbeit, vom Sammeln und Bewahren anthropologischen Wissens zwischen den Deckeln eines Buches nur hätte verwirklichen können.

Als Faraday die Zeichnung umwandte, um Morgana die nächste zu zeigen – Hopi-Frauen beim Maismahlen –, traf ihn die Erkenntnis, dass er die Arbeit bereits begonnen hatte, von der er und Elizabeth geträumt hatten. Seine Monate mit John Wheeler hatten üppige, bunte Aufzeichnungen von Eingeborenen-Traditionen hervorgebracht, die aus dem Westen verschwanden. Und plötzlich spürte er, durch den Schmerz hindurch, Elizabeth verloren zu haben, wie sich die alte Begeisterung wieder in ihm regte, die er am Smith Peak empfunden hatte, das Verlangen, diese Arbeit fortzusetzen, das Land mit seinem Skizzenbuch zu bereisen und die letzten kulturellen Überreste eines untergehenden Volkes festzuhalten.

Während dieser neue Gedanke nun in ihm zum ersten Mal seit Wochen Hoffnung aufglimmen ließ, blätterte er die Zeichnung um und zeigte Morgana die nächste in der Sammlung: das Porträt des Mädchens, das er Kürbisblüte nannte. Er sah in ihre blattförmigen Augen und betrachtete die vollen Lippen, als erwarte er, dass sie jeden Moment sprechen würde.

»Was ist das, Daddy?«, fragte Morgana und deutete auf die drei vertikalen Linien auf der Stirn des Mädchens.

»Das nennt man eine Tätowierung. Die Indianer ritzen ihre Haut auf und reiben Tinte hinein.«

»Warum?«

»Ich glaube, es ist ein Zeichen, das aussagt, zu welchem Clan sie gehören.«

Morgana betrachtete die Tätowierung einen langen Moment und fragte dann: »Gehören wir zu einem Clan, Daddy?«

»Das weiß ich nicht, mein Engel«, sagte er und dachte an die snobistischen Hightowers und das, was sie von dem Begriff »Clan« halten mochten.

Morgana konnte den Blick nicht von der Tätowierung losreißen. Obwohl sie nicht wusste, was ein Clan war, beschloss sie, dass es wunderbar sein müsste, dazuzugehören. »Wo lebt das Mädchen?«

»Erinnerst du dich an die Ruinen, die wir letztes Jahr besucht haben? Wo ich dir sehr alte Räume gezeigt habe, in denen vor langer Zeit Menschen lebten?«

Sie nickte, erinnerte sich vage an herabgestürzte Steine und riesige Felsblöcke, aber überwiegend erinnerte sie sich an die bunten Eidechsen, die unter der Sonne wie Regenbogen schillerten.

Während Faraday seiner Tochter das seltsame Geheimnis des Ortes namens Chaco Canyon schilderte, erinnerte er sich an Dinge, die Elizabeth ihm erzählt hatte – und er fragte sich: War es *tatsächlich* möglich, das Geheimnis der verschwundenen Anasazi zu enträtseln?

50

Als der Brief eintraf, dachte Bettina lange und intensiv darüber nach, was sie damit tun sollte.

Die Absenderin war Elizabeth Delafield, und der Umschlag war an Faraday adressiert. Bettina nahm sich die Freiheit, den Brief zu öffnen, und als sie las, was die Frau zu sagen hatte, erkannte sie, dass sie sofort handeln musste. Die Goldgräberin könnte jeden Tag wieder auftauchen.

Im Eingang von Faradays Arbeitszimmer stehend, betrachtete Bettina prüfend die vom Boden bis zur Decke gestapelten Bücher, die Karten und Tabellen, welche die Wände bedeckten, die Wochenzeitschriften und Zeitungen, die überall verstreut lagen. Und Faraday selbst, der über einen Brief gebeugt saß, den er gerade an einen weiteren Indianer-Experten schrieb, damit noch mehr Informationen zur Casa Esmeralda gelangten und ihr wunderschönes Zuhause mit indianischen Dingen anfüllten. Morgana saß auf dem Teppich zu seinen Füßen und spielte mit ihrer Hopi-Kachina-Puppe.

Bettina räusperte sich. »Faraday, du kannst nicht ewig so weitermachen.«

Er schaute auf. »Wie bitte?«
»Wir sind hierher gekommen, um nach indianischen Schamanen zu suchen. Aber du hast dieses Haus seit Wochen nicht mehr verlassen. Wie können wir jemals nach Boston zurückkehren, wenn du nicht zu Ende bringst, was du dir vorgenommen hast? Oder hast du es aufgegeben? Wenn dem so ist, dann lass uns nach Hause fahren …«
»Gütiger Himmel«, sagte er und sprang auf. »Ich habe nicht die Absicht aufzugeben. Wenn überhaupt, dann hat sich der Rahmen meiner Suche noch erweitert, meine Vision umfasst so viel mehr!«
»Dann schlage ich vor, dass du auch etwas mehr tust, als nur Bücher zu lesen und Briefe zu schreiben.«
Faraday kaufte ein Pferd und ein Packtier, ein Campingzelt, zusammengerolltes Bettzeug, Laternen, einen Faltstuhl, einen Kompass, ein Kletterseil und Sternen- und Landkarten. Er füllte Feldflaschen mit Wasser, packte Konserven und Kekse in Säcke und ergänzte seine Zeichenkohlen und -stifte. Er fühlte sich lebendig, sinnerfüllt. Und als er sich vor Morgana hinkniete und sie bei den Schultern nahm, klang Begeisterung in seiner Stimme, als er sagte: »Ich werde nur eine kleine Weile fort sein, mein Engel, und wenn ich zurückkomme, bringe ich Geschenke mit und weitere Zeichnungen, die du dir ansehen kannst, und weitere Geschichten, die ich dir erzählen werde.«
Dieses Mal wollte er keinen Wüstenführer – keinen John Wheeler und keine Pinto-Brüder, die ihn begleiteten. Nur mit seinem Pferd und dem Packtier streifte er tagelang umher, ohne einem anderen menschlichen Wesen zu begegnen. Seine Begleiter waren der gelbschwarze Scott's-Pirol, der sich in einem Joshuabaum ein Nest baute, eine Waldratte, die ihr Nest aus stacheligen Yucca-Blättern am Fuße der Felsen errichtete, eine Nachteidechse, die im Stamm eines umgestürzten Joshuabaumes nach Insekten stocherte. Nachts sah er vielleicht einen Rotluchs oder Eulen und Kojoten. Erdkuckucke blockierten manchmal seinen Weg, hielten inne, um ihre langen Schwanzfedern aufzustellen, und liefen dann wieder davon, und er sah tödliche Klapperschlangen, die sich seitwärts durch den Sand schlängelten. Und auch wenn er vielleicht innehielt, um eine hell orangefarbene Wüstenwespe zu beobachten, die sich an einer gro-

ßen, schwarzen, haarigen Spinne gütlich tat, war seine Aufmerksamkeit stets auf die ihn umgebende Landschaft gerichtet.

Das erste Symbol in der Zeichnung der Zigeunerin schien tatsächlich ein Joshua zu sein, denn die seltsam verdrehten Gewächse sahen wie Menschen mit erhobenen Armen aus. Das zweite Symbol, ein Quadrat mit einer durchgehend gezackten Linie, ließ sich jedoch nicht erfassen.

Er kehrte regelmäßig in die Casa Esmeralda zurück, um sich auszuruhen und zu stärken, da die Erforschung der Wüste anstrengend und erschöpfend war, aber auch, weil er das Bedürfnis hatte, Morgana zu sehen, ihr Geschichten zu erzählen und sie in die Arme zu nehmen. An seinen einsamen Lagerfeuern hatte er als menschliche Gesellschaft nur eine Zeichnung, die er von Elizabeth gemacht hatte und die er bei Sternenlicht stundenlang betrachtete, wobei er in die klaren blauen Augen blickte und leise mit ihr sprach. Sie hatte ihn aus unbekannten Gründen zurückgewiesen, aber er liebte sie immer noch. Und er gab die Hoffnung nicht auf, dass sie eines Tages da sein würde, wenn er zur Casa Esmeralda zurückkehrte.

Durch Elizabeths brennendes Interesse an dem auf die goldene Olla gemalten Muster wurde es auch zu Faradays Besessenheit. Er sagte sich, es sei eine Möglichkeit, seine Schamanen zu finden, ohne sich bewusst zu sein, dass er durch die Konzentration auf das Gefäß die Verbindung zu Elizabeth aufrechterhielt.

Die anthropomorphen Gestalten in dem Muster standen neben etwas, was sie als ein Symbol für Wasser identifiziert hatte. Bedeutete das, dass die Schamanen an einen See gekommen waren? Seltsamerweise befand sich in diesem Muster kein zickzackförmiger Blitz. Noch war dort das Bild eines Joshuabaumes zu sehen. Konnte es sein, dass die beiden handgezeichneten Symbole zusammen mit dem Gefäß benötigt wurden, um die Antwort zu finden?

Faraday suchte sogar nach einer zweiten Olla, fand aber nichts auch nur annähernd Ähnliches. Er besuchte viele Sammlungen, sah Bücher und Kataloge durch und sprach mit Museumsdirektoren, aber nirgendwo gab es ein zweites Stück wie dieses. Das war ungewöhnlich, sagte man ihm, weil ein Töpfer normalerweise an einem Muster festhielt und viele Gefäße damit schuf. Er schrieb sogar an die Smithsonian Institution in Washington, schickte ein

Foto des Gefäßes und erhielt auch Antwort: »Diese Angelegenheit ist ungewöhnlich. Es scheint fast so, als habe der Töpfer nur dieses eine Stück und kein weiteres geschaffen. Aber das ist nicht möglich. Um einen solchen Grad der Meisterschaft zu erreichen, müsste man viele Gefäße fertigen, von denen zumindest einige noch existieren würden. Wir können aber in unseren Archiven nichts finden.«

Also hatte Faraday jetzt ein neues Geheimnis zu lösen: Warum sollte ein so geschickter Töpfer nur ein Stück gestaltet haben?

Morgana wuchs zu einem wunderhübschen Kind heran und ähnelte Abigail mit jedem Tag mehr. Gelegentlich, wenn er Morgana mit ihrer Tante beobachtete, zog er unwillkürlich den Vergleich, dass Bettina, obwohl sie Abigails Schwester war, nicht deren Schönheit oder Anmut besaß. Morgana und Bettina unterschieden sich auf andere Art: Seine Tochter fühlte sich in der Wüste zu Hause, als habe sie Sand in den Adern, brachte kleine Schlangen und Schildkröten als Haustiere mit nach Hause, saugte gern an wilden Kaktusfeigen und neigte sich der Sonne zu wie eine Wüstenblume. Bettina jedoch äußerte häufig ihre Abneigung gegenüber dem Südwesten und der Wüste. Sie verachtete alles Indianische oder Spanische und bemühte sich sehr, in ihrem Wüstenheim Boston wieder zu erschaffen, was der Grund dafür war, warum die Olla nirgendwo zu sehen war, wenn Faraday nach Hause kam.

Bettina hatte über ihre neue Lebenssituation vieles zu sagen, wenn Faraday zuhörte.

Jeder Tag brachte neue Kleinbauern in das Gebiet, hoffnungsvolle Familien, die Bettina »Squatter« nannte. Die wachsende Anzahl von Baracken, die talauf und talab verstreut lagen, wurmte sie. Aber noch schlimmer waren die Zelte der »Lungenkranken«, da wegen der heilenden Wüstenluft und des Sonnenscheins immer mehr Menschen mit Brusterkrankungen hierher kamen. Bettina importierte ausgewachsene Bäume und ließ sie um die Villa pflanzen, um die Sicht auf das Sanatorium unten an der Straße abzuschirmen, das Tuberkulose- und Bronchitis-Kranke anzog, und sie quälte sich zunehmend damit, dass Krankheiten mit dem Wind unmittelbar in ihr Zuhause geweht würden, obwohl Faraday ihr das Gegenteil versicherte. »Warum gehen sie nicht irgendwo anders hin?«, bemerkte sie regelmäßig. »Warum kommen sie hierhin, wo gesunde Menschen zu leben versuchen?«

Bettina erklärte ihrem Schwager, ihr einziger Trost in dieser »primitiven Wildnis« seien die Postkarten von Mr. Vickers, weil Zachariah, wie sie betonte, stets seine tiefe Zuneigung zu ihr zum Ausdruck brachte und sie an sein Versprechen erinnerte, sie zu heiraten. Sie legte ein Skizzenbuch an und klebte die Postkarten jeweils oben auf eine Seite, während sie darunter den Text kopierte, den Mr. Vickers auf die Rückseite geschrieben hatte. Bettina saß stundenlang darüber, wandte die Seiten um, grübelte über Ansichten des Kilimandscharo und der Serengeti-Ebene und bemerkte zu Faraday, wie wundervoll es sei, dass diese nackten Wilden den Nutzen von Mr. Vickers' christlicher Nächstenliebe erführen.

Was ihre Nichte betraf, die gerade sieben Jahre alt geworden war, so konnte Bettina die örtliche Ein-Raum-Schule nicht gutheißen, die überwiegend von Kindern mittelloser Squatter besucht wurde, und so wurde eine Gouvernante eingestellt, um Morgana zu unterrichten, ebenso ein Klavierlehrer, der auch Gesangsunterricht gab, während Bettina Morgana Etikette und Petit-Point-Stickerei beibrachte. Sie erzog Faradays Tochter zu einer Dame und würde, so schwor sich Bettina insgeheim, eines Tages dafür sorgen, dass Morgana nur in eine bedeutende Familie einheiratete.

51

An einem schwülen Wüstenmorgen im Jahre 1918 brach Faraday auf, um den Andreas-Canyon zu erforschen, wo, wie er kürzlich erfahren hatte, mysteriöse indianische Felszeichnungen gefunden worden waren, die niemand identifizieren konnte. Als einer der Archäologen erwähnte, diese Zeichnungen erinnerten an andere Felszeichnungen, die man in der Nähe des Chaco Canyon gefunden hatte, erkannte er, dass er sich das ansehen musste. Als er die Vorräte auf seinem Maultier sicherte und sein Pferd sattelte, kam die kleine Morgana aus dem Haus gelaufen, um ihm einen Abschieds-

kuss zu geben, wie sie es immer tat. Er hob sie hoch und küsste sie und erklärte ihr, er würde sie schrecklich vermissen.
Dann fragte sie: »Rate mal, welcher Tag nächsten Monat ist?«
Er wusste es natürlich, neckte sie aber, indem er vorgab, es nicht zu wissen.
»Mein Geburtstag!«
Er versprach, ihr ein besonderes Geschenk mitzubringen, und in diesem Moment kam ihm eine Idee dafür. Er würde nach Los Angeles fahren und ihr einen der neuen Teddybären kaufen, die nach Präsident Roosevelt benannt waren. Er küsste sie erneut und ritt davon.
Er kehrte drei Wochen später zurück, ritt mit dem in einer Satteltasche verstauten Teddybär die Straße hinab. Bettina lief ihm entgegen. »Morgana ist todkrank!«, rief sie, als er zu Boden sprang. »Beeil dich, Faraday!«
Für einen Augenblick war er verwirrt. Er hatte Bettina noch nie so außer sich gesehen. Ihre Kleidung war unordentlich, ihr Haar ungekämmt, und sie war erschreckend blass. »Beeil dich!«, rief sie. »Du darfst sie nicht sterben lassen.«
»Mein Gott, Bettina! Hast du nach einem Arzt geschickt?«
»Natürlich habe ich das! Bei all den Lungenleiden und der Tuberkulose in diesem Tal gibt es Mediziner im Überfluss, aber alle sagten, man könne nichts tun. Sie hat eine Blutvergiftung, Faraday. Sie stirbt!«
»Blutvergiftung!« Ein Zustand, den kein Mensch überlebte, ganz zu schweigen von einem Kind.
Sie eilten ins Schlafzimmer des Mädchens, wo er Morgana mit einem Verband um den Kopf vorfand, vor Fieber glühend, mit raschem, schwachem Puls und flachem Atem. Das arme Kind war in Wolldecken gewickelt, die er sofort abstreifte. »Hol jemanden, der ihr Luft zufächelt!«, rief er. »Und bring Eimer mit kaltem Wasser. Welchen Alkohol haben wir im Haus?«
Bettina erteilte den Dienstmädchen hektisch Befehle und trat dann neben das Bett. »Ich fand sie vor ein paar Tagen morgens in der Küche, ohnmächtig auf dem Boden liegend. Sie lag anscheinend die ganze Nacht dort.«
»Was ist das für eine Wunde? Hat sie sich den Kopf gestoßen?«,

fragte er, während er behutsam den Verband von Morganas Stirn wickelte. Die Wunde sah erschreckend aus, selbst für einen erfahrenen Arzt – grüner Eiter sickerte aus der totenbleichen Haut. Sie wirkte umso scheußlicher, als sie sich inmitten dieser glatten, unschuldigen Stirn befand.

Bettina rang die Hände. »Neben ihr lag ein Füllfederhalter, dessen Spitze blutig war. Faraday, sie hat den Federhalter an ihre Stirn geführt und damit in ihre Haut gestochen.«

»Was!«

»Ich tupfte Hyperoxid in die Wunde und bedeckte sie mit sauberer Gaze. Aber die Wunde war schon infiziert, und da schickte ich nach dem Doktor im Sanatorium – sechs Meilen von hier. Er tat, was er konnte, aber ...«

Faraday sah die eiternde Wunde entsetzt an, die kaum sichtbaren, vertikalen, mit blauer Tinte eingeritzten Linien.

Morganas Augen öffneten sich flatternd. »Daddy ...«

»Schsch, Kleines, Daddy ist hier. Ich werde auf dich aufpassen. Morgana, warum hast du das getan?«

»Ich wollte wie das Mädchen in deinem Buch sein ... damit wir ein Clan sein können.«

»Das ist dieser indianische Unsinn, den du ihr in den Kopf setzt, Faraday«, sagte Bettina scharf, während er sein Kind in die Arme nahm und über ihr Haar strich. »Du bist immer wieder fort, und wenn du nach Hause kommst, ignorierst du uns. Sie sieht dich diese Zeichnung eines indianischen Mädchens betrachten, und meint, dass du sie häufiger ansiehst als deine eigene Tochter.«

»Wir müssen beten«, sagte er, und sie knieten sich neben das Bett, die Hände verschränkt, während er mit lauter Stimme den Allmächtigen anflehte, dass er seinem unschuldigen Kind Gnade zuteil werden und sie wieder gesunden lassen möge. Bettina begann zu weinen. Seine Schwägerin hatte nicht einmal bei Abigails Tod in seiner Gegenwart geweint, und das schockierte Faraday so sehr, dass er nun doch das volle Ausmaß der entsetzlichen Situation begriff.

Er blieb an der Seite seiner Tochter und pflegte sie selbst, ließ eine Bettstelle hereinbringen, damit er nachts bei ihr schlafen konnte. Sie hielten sie mit alkoholischen Einreibungen und beständigem Zufächeln kühl, um das Fieber zu senken. Faraday ließ Bettina ein

Dienstmädchen um schimmeliges Brot zu den Nachbarn schicken, aus dem er für die eiternde Wunde einen Breiumschlag machte. Niemand wusste, warum der grüne Schimmel von Brot Infektionen abwehrte, aber es war ein Heilmittel, das seit biblischen Zeiten benutzt wurde, und er setzte große Hoffnungen darauf.
Faraday behandelte seine Tochter außerdem mit Weidenrinden- und Sarsaparilltee, mit jedem bekannten, natürlichen Heilmittel, das ihm einfiel, aber Morganas Fieber blieb bestehen, ihr Puls wurde schwächer, und er erkannte, dass er sie verlieren würde. Es gab noch eine letzte, verzweifelte Zuflucht. Er musste Morganas vergiftetes Blut durch gesundes Blut austauschen.
War das möglich?
Seit er Boston verlassen hatte, erhielt er weiterhin die wöchentlichen Ausgaben des *Boston Medical and Surgical Journal*, das er in seiner knapp bemessenen Zeit las, und er erinnerte sich an einen Artikel über experimentelle Bluttransfusionen. Dann fiel ihm ein Symposion über die Entdeckung der Blutgruppen wieder ein, an dem er teilgenommen hatte und wonach die Zuhörer aufgefordert wurden, ihr Blut testen zu lassen. Faraday hatte nur unwillig daran teilgenommen, da dies kaum natürlich oder von Gott beabsichtigt war, aber er war neugierig und erfuhr, dass er die Blutgruppe 0 hatte. Kürzlich hatte er einen Artikel über Forschungen auf dem Gebiet der Typisierung und der Kreuzproben von Blut gelesen, worin etwas über die Blutgruppe 0 stand. Er konnte sich nicht erinnern, was!
Er durchsuchte hektisch seine Zeitschriftenstapel, konnte den Artikel aber nicht finden. Bettina bot ihre Hilfe an, und gemeinsam gingen sie jede Zeitschrift durch, lasen das Inhaltsverzeichnis und legten sie ab. »Faraday, das ist Wahnsinn!«, sagte sie. »Ihr dein Blut geben?«
»Es wurde schon gemacht. Ich habe von Fällen gelesen …«
»Dann tu es!«, schrie sie. »Du musst Morgana retten!«
Er fand ihn: einen Artikel von Dr. Reuben Ottenberg aus New York, der mit der Typisierung und den Kreuzproben von Blut experimentiert hatte. Er hatte entdeckt, dass die Blutgruppe 0 auch Menschen mit anderen Blutgruppen gegeben werden durfte. Er nannte es »universelles Spenderblut«.
Obwohl Faraday noch nie eine Bluttransfusion durchgeführt und

erst bei zweien zugesehen hatte, wusste er, dass er dies tun musste, um seiner Tochter das Leben zu retten.
Er überprüfte seine ärztlichen Werkzeuge, wählte Glasspritzen, Großventilnadeln, Gummischläuche und Kolbenspritzen aus. Er ließ Bettina die Instrumente eine Stunde lang in kochendem Wasser sterilisieren, eröffnete dann eine Vene an Morganas Handgelenk und ließ sie vorsichtig so weit ausbluten, wie er es wagen durfte.
Nun kam der gefährliche Teil. Er benutzte eine große Spritze, zog etwa einen halben Liter seines eigenen Blutes auf, sammelte es in einem sterilen Gefäß und reinigte das Blut von seinem Blutgerinnungsfaktor, indem er es sachte umrührte. Dann fügte er seinem Blut etwa einen halben Liter sterile Salzlösung zu. Diese beiden halben Liter injizierte er langsam Morgana.
Dann saßen Bettina und er da, beobachteten Morgana und beteten. Er hatte von negativen Reaktionen auf Bluttransfusionen gelesen, die katastrophal und tödlich waren. Aber die Minuten vergingen, und sie hörten nur die Stille der Nacht und den stetigen Atem seiner Tochter und bemerkten keine negative Reaktion.
Faraday wiederholte die Prozedur drei Tage später, ließ Morgana erneut ausbluten und übertrug ihr sein eigenes Blut, während er ihr gleichzeitig weiteren Weidenrindentee verabreichte, bis das Fieber allmählich sank und sich ihr Zustand stabilisierte. Sie waren beide durch die Zerreißprobe sehr geschwächt – bei zwei Gelegenheiten wurde er ohnmächtig, als er aufzustehen versuchte –, aber der Morgen kam, an dem er Morgana seinen Namen rufen hörte. Er nahm sie in seine Arme und weinte, während er sie wiegte und ihr versprach, sie niemals wieder zu vernachlässigen. Und dann sank er auf die Knie und dankte dem gnädigen Allmächtigen dafür, dass er sein Kind verschont hatte.
Bevor Morganas Fieber eine kritische Marke erreicht hatte, in einer dunklen Nacht, als der Wüstenwind heulte und er glaubte, sein kleines Mädchen für immer zu verlieren, holte er das goldene Einhorn hervor, das ihre Mutter getragen hatte, und legte es auf ihre Brust. Am nächsten Tag lag das Einhorn auf dem Nachttisch und auf Morganas Brust ein goldenes Kruzifix. Er erkannte, dass Bettina es dorthin gelegt hatte, und so beließ er das Kreuz dort und steckte das Einhorn wieder ein.

Morgana überlebte und seltsamerweise trat, nachdem die Wunde schließlich geheilt war, die Tätowierung so klar und deutlich hervor, als wäre sie von einem professionellen Tätowierer gestaltet worden: drei purpurfarbene, vertikale Linien inmitten der Stirn seiner Tochter.

Bettina, die ihre Fassung gänzlich wiedererlangt hatte, nachdem Morgana außer Gefahr war, wurde beim Anblick des Zeichens wütend und bestand auf seiner Entfernung. Faraday erklärte ihr, dass eine solche Prozedur, gleichgültig wie erfahren der Arzt wäre, schreckliche Vernarbungen zurückließe, und so entschied Bettina, dass Morgana sich einen Pony wachsen lassen und Hüte tragen sollte und stets darauf achten müsse, das heidnische Zeichen zu verbergen. »Wir wollen nicht«, verkündete Bettina, »dass die Leute denken, deine Tochter sei das Kind von Wilden.«

»Nun hör zu, mein Engel«, sagte Faraday, während er Morganas Haar streichelte, nachdem er sie zu Bett gebracht hatte. »Du darfst dich nicht mehr auf diese Weise ritzen. Unser Clan braucht keine Tätowierungen.«

»Welcher Clan *sind* wir denn, Daddy?«

Er dachte einen langen Moment nach, beugte sich dann nahe zu ihr und flüsterte ihr etwas ins Ohr. Morgana kicherte, während Bettina schweigend und unbemerkt im Eingang stand.

52

Mit dem Entschluss, in der Nähe des Morongo-Reservats zu forschen, besuchte Faraday einen Handelsposten, um seine Vorräte aufzustocken. Es war ein Ort, den er vorher noch nie aufgesucht hatte, wo Cowboys und Goldsucher hinkamen, um lederne Überziehhosen, zusammengerolltes Bettzeug, sechsschüssige Revolver und Tabak zu kaufen. Während er Kekse, getrocknetes Rindfleisch und Bohnenkonserven auswählte, musste er um einen Berg von einem Mann herumtreten, der den Kunden allgemein erläuterte: »Früher war dieses ganze Gebiet nur Vieh- und Indianerland. Dann kam eine Invasion von Goldsuchern. Die meisten sind wieder fort. Jetzt sind es Rancher und Farmer, die um Wasserrechte streiten.« Er spie in den Spucknapf. »Was ist mit Ihnen, Mister? Wozu gehören Sie, wenn ich fragen darf?«

Faraday sah den Mann an, der mit dem längsten und schwärzesten Bart über ihm aufragte, den er je gesehen hatte. Aber der Mann lächelte freundlich und hatte die Daumen beiläufig in seine Hosenträger gehakt. Die Falten an seinen Augen ließen Faraday vermuten, dass der Bursche dieses Gebiet gut kannte. Daher nahm er die Zeichnung des Quadrats mit der hindurch verlaufenden gezackten Linie hervor und fragte ihn, ob er so etwas jemals gesehen hätte. »Es sieht wie ein Blitz aus«, bot Faraday an. »Etwas, was von einem Blitz getroffen wird, oder getroffen *wurde*?«

Der Mann schürzte die fleischigen Lippen zwischen dem dichten, schwarzen Schnurrbart und dem buschigen, schwarzen Bart und sagte: »Ich habe von einer Goldmine namens Lightning Strike erzählen hören. Könnte es das sein?«

Faradays Neugier war sofort geweckt. Elizabeth hatte vorgeschlagen, dass das Symbol auf eine Mine hinweisen könnte! Der Mann deutete auf eine alte Landkarte von 1899 an der Wand, auf der alle Minen verzeichnet waren, und sagte: »Viel Glück, Mister. Es gibt ungefähr dreihundert Minen. Nur wenige sind noch aktiv, die meisten wurden aufgegeben. Es ist also ein Ratespiel, welche die Lightning Strike ist.«

Faraday fragte herum und erfuhr, dass die Lightning-Strike-Mine schon lange aufgegeben worden war. Sie lag offenbar in einer Gegend, wo zu seiner Überraschung sehr viele Joshuabäume wuchsen. Also machte er sich hoffnungsvoll auf, die Lightning-Strike-Mine zu suchen, in dem Glauben, dass die Schamanen in deren Nähe – oder vielleicht in der Mine selbst – lebten, und erzählte Elizabeth im Geiste darüber – wie es ihm in letzter Zeit zur Gewohnheit geworden war – und dass er wünschte, sie wäre da, um das Abenteuer mit ihm zu genießen.

Es war Oktober, er lagerte neben einer Quelle und zeichnete eine seltsame Felsformation, die sich kühn vor den Sternen abhob, während über ihm ein Meteoritenschauer spektakuläre Sicht gewährte, als er das Wiehern eines Pferdes und das Quietschen von Rädern hörte. Als er als Nächstes ein Krachen und einen Mann laut fluchen hörte, sprang Faraday auf und lief hin, um zu sehen, was geschehen war. Faraday war bei seinen einsamen Wüstenreisen bisher noch keinem Unglück begegnet, trug aber dennoch für alle Fälle eine Holzfälleraxt bei sich.

Aber der Fremde mit dem gebrochenen Wagenrad stellte sich als katholischer Priester namens McClory heraus, ein angenehmer Bursche um die fünfzig mit offenem Gesicht, wohlbeleibt und umgänglich, mit grauem Haar und einer Brille mit Goldrand.

»Das geschieht heute schon zum zweiten Mal!«, sagte er, während er den gebrochenen Wagen bestürzt betrachtete.

Faraday bot seine Hilfe an, und zu zweit gelang es ihnen, das Rad in weniger als einer Stunde zu reparieren. Als Pater McClory ihm dankte, sich aber dafür entschuldigte, dass er ihn für die Arbeit nicht bezahlen könne, bot Faraday dem Mann an, sich an sein Lagerfeuer zu setzen und seine Mahlzeit mit ihm zu teilen.

McClory nahm das Angebot froh an und erklärte Faraday, dass er zufällig an der Straße ins Morongo-Reservat lagere, wo der Priester den Indianern diente. Er sei gerade auf dem Weg zurück nach Los Angeles, sagte er, um seinem Bischof Bericht zu erstatten.

Sie tranken Kaffee, und McClory fragte Faraday, ob er nach Gold suche.

»Nicht wirklich. Obwohl ich *tatsächlich* eine Mine suche.«

»Ich kann Ihnen nicht folgen.«

Faraday erwog, ihm die Wahrheit zu sagen. Was würde dieser Geistliche über ihn denken, über einen Christen, der die Weisheit der Heiden suchte? Und es damit rechtfertigte, dass er erklärte, seine tote Frau habe durch eine Zigeuner-Wahrsagerin zu ihm gesprochen und ihm gesagt, er solle hierher kommen und nach Schamanen suchen!

Zu guter Letzt erzählte Faraday ihm tatsächlich die Wahrheit, sagte, er wisse nicht, in welchem Zusammenhang die Mine stehe, dass er aber nicht an Gold interessiert sei, sondern eher nach indianischen, heiligen Männern suche, und endete damit, dass er ihm vom Chaco Canyon erzählte. McClory lehnte sich wie gebannt zurück und flüsterte dann: »Sie kennen die *Wahrheit.*«

Faraday starrte ihn an.

»Ich benutze das Gold stets als Test«, sagte McClory, beugte sich vor und sprach so rasch wie ein mitternächtlicher Verschwörer. »Wenn ein Mann auf die Möglichkeit, Gold zu finden anspringt, dann weiß ich, dass seine Motive materieller Art sind und er mir nicht nützt. Denn in Wahrheit, Bruder, suche auch ich nach einem Stamm heiliger Männer.«

Faraday war wie betäubt! »Sie sind der Erste, der von ihnen spricht.«

»Sie werden nur in Legenden erwähnt, Bruder. Ich höre sie schon seit Jahren. Aber sie halten sich, so heißt es, versteckt. Sie haben Angst vor Weißen.«

»Wo sind sie?«

»In Mexiko.«

»Mexiko! Sind sie sicher?«

McClory nahm seine Goldrandbrille ab, putzte sie mit einem Taschentuch und setzte sie wieder auf seine Stupsnase. »Es heißt in der Geschichte, dass die Schamanen, als sie Chaco Canyon verließen, nach Süden zogen, um sich einem Geheimbund von Aztekenpriestern anzuschließen.« Er wurde einen Moment nachdenklich und fragte dann: »Sind Sie zufälligerweise Mormone?«

Als Faraday erklärte, er sei Adventist, wurde McClory einen weiteren Moment nachdenklich und schien dann zu einer Art Entscheidung zu gelangen. Er ging zu seinem Wagen und kehrte mit einem schwarzen Beutel zurück, den er an seinem üppigen Bauch barg, als enthielte er die Reichtümer eines Königs.

Der erste Gegenstand, den er dann aus dem Beutel nahm, war ein Teil einer Konquistadoren-Karte. »Ich zeigte sie einem Professor an der Universität. Er sagte, sie sei mindestens dreihundert Jahre alt. Vielleicht sogar von einem Mann in Cortez' Heer gezeichnet. Aber sehen Sie sich diese Worte an.«

Faraday las die Stelle, auf die er deutete, aber er konnte selbst im hellen Schein ihres Lagerfeuers nicht ausmachen, was es bedeutete.

»Es ist lateinisch«, erklärte McClory. »Ich habe es mir von einem Jesuitenfreund übersetzen lassen. ›Hier weilen die letzten der alten Heiligen.‹ Sehen Sie hier dieses Aztekensymbol? Das steht für ›außergewöhnlich heiliger Mann‹.«

»Außergewöhnlich?«

Der Priester zuckte die Achseln. »Besser konnte der Jesuit es nicht erklären. Vielleicht bedeutet es ›geheim‹. Nicht nur ein gewöhnlicher heiliger Mann, sondern jemand ganz Besonderes.«
Faraday zitterte vor Hoffnung. *Jemand ganz Besonderes.* Welche Ironie, dass ein Geistlicher ihn schließlich zu seinen heidnischen Sehern führen sollte!
»Verzeihen Sie, wenn ich frage, Pater, aber warum sollte ein katholischer Priester an heidnischem Glauben interessiert sein?«
Der Priester schaute über die Schulter, obwohl sie allein unter den Sternen waren, und senkte die Stimme. »Haben Sie jemals von Quetzalcoatl gehört?«
Faraday gestand, dass dem nicht so sei.
Der zweite Gegenstand, den McClory nun aus seinem schwarzen Beutel nahm, war ein Buch mit dem Titel *Jesus In Mexico,* von einem Professor in Harvard verfasst. Ein Schauder lief Faradays Rückgrat hinab. Er hatte gehört, dass einige Mormonen glaubten, Jesus hätte die Neue Welt besucht, nachdem seine Aufgabe in Jerusalem beendet war. Er betrachtete die Abbildungen eines großen, bärtigen, weißen Mannes in langen Gewändern und fragte sich, ob es wahr sein könnte.
»Der örtlichen Legende nach«, sagte McClory, »bewachen die außergewöhnlichen Schamanen das Gold der Azteken, während sie die Rückkehr Quetzalcoatls erwarten ... der Jesus sein könnte! Ihn suche ich, nicht die Schamanen.«
Obwohl seine Aufregung zunahm, runzelte Faraday die Stirn. »Aber die Karte scheint nicht vollständig zu sein.«
Pater McClory bestätigte, dass dies tatsächlich nur eine Hälfte der Karte sei, dass er aber von einem Burschen gehört habe, der die andere Hälfte besäße. »Ich denke, ich kann ihn davon überzeugen, sie mir zu verkaufen. Aber ich habe nicht das Geld dazu.«
»Das kann ich Ihnen geben.«
»Nein, nein, Dr. Hightower. Sie sind zu vertrauensvoll.«
»Ich bestehe darauf. Darum bin ich hier herausgekommen.« Faraday sprach rasch und lebhaft vor Leidenschaft. Wenn nur Elizabeth hier wäre, um daran teilzuhaben! »Sie würden mir das Leben retten, wenn die Schamanen in Mexiko wirklich diejenigen sind, die ich suche.«

McClory dachte eine Weile darüber nach und sagte dann: »Ich werde Ihr Geld unter einer Bedingung annehmen, Bruder. Dass Sie diese Hälfte der Karte behalten.«

»Aber ich vertraue Ihnen!«

»Bitte«, drängte er Faraday, »als Sicherheit, falls mir etwas zustößt.«

»Was könnte Ihnen zustoßen?«

»Es sind noch andere auf der Spur dieser Schamanen, Männer, die nur das Gold und nicht die Weisheit suchen. Erzählen Sie niemandem hiervon, Bruder. Und seien Sie vorsichtig. In der Wüste haben sogar die Kakteen Ohren.«

O Elizabeth, dachte Faraday mit bebender Erregung. Ohne dich hätte ich meine Suche nicht im Gebiet der Joshuabäume begonnen, hätte ich nicht nach Minen gefragt, wäre ich Pater McClory nicht begegnet. Ein Großteil dieses Erfolges gebührt dir!

Es war zwei Jahre her … wenn Faraday ihr jetzt einen Brief schriebe, würde sie dann antworten?

Nein, dachte er mit neuerlicher Entschlossenheit. Ich werde selbst nach New York reisen. Ihr die guten Neuigkeiten persönlich überbringen.

»Wir müssen eine Expedition ausstatten und diese Menschen suchen!«, sagte Faraday. Vielleicht würde Elizabeth mit ihm gehen. Nach Mexiko! Er machte in Gedanken bereits Pläne.

»Es könnte gefährlich sein …«

»Was immer Sie brauchen, Pater.«

»Ich werde die Erlaubnis vom Bischof brauchen, meinen Abschied zu nehmen.«

Sie schlossen einen Handel ab und fuhren am nächsten Morgen mit dem Zug direkt nach Los Angeles, Pater McClory zu seinem Bischof, Faraday zu seiner Bank. Als McClory ihn dort traf, hatte er alle notwendigen Papiere beisammen. Faraday musste nur unterschreiben, und seine Unterschrift wurde von zwei Bankbeamten bezeugt. Er übergab McClory einen Brief, der die Bank bevollmächtigte, dem Überbringer jegliche von ihm geforderte Summe auszuzahlen, wobei der Priester protestierte, das sei zu viel Verantwortung, aber schließlich gab er nach, und sie vereinbarten, sich in genau dreißig Tagen in der Casa Esmeralda zu treffen, weil sein

Bischof von ihm verlangte, zunächst einen Ersatz zu finden, bevor er sein Amt im Morongo-Reservat niederlegen konnte.
Da Faraday ihre Expedition baldmöglichst beginnen wollte, verbrachte er drei Wochen in Riverside und San Bernardino mit Vorbereitungen: Er sprach mit Männern, die sein Team bilden und Wagen und Pferde beschaffen sollten. Er fuhr nach Los Angeles, um Nahrung und Medikamente, Landkarten und andere Ausrüstungsgegenstände zu bestellen – es sollte eine beeindruckende Expedition werden –, bevor er schließlich nach Hause eilte, um Bettina über seine Pläne zu informieren.

53

Faraday pfiff fröhlich, während er die Straße zur Casa Esmeralda hinabritt. Die Sonne schien hell auf die Palmen und den schneebedeckten Mt. San Jacinto. Sein Schicksal war nahe, bald würde er am Ziel seiner Suche sein. Nach einem Ruhetag zu Hause, verwöhnt von Bettinas herzhafter Kochkunst und erquickt von der Zeit, die er mit Morgana verbringen konnte, würde er Pater McClory treffen, und sie würden zusammen nach Mexiko aufbrechen, wo er seine Schamamen endlich fände.
Er hatte beschlossen, Elizabeth vorab nichts von der Reise zu erzählen. Es wäre viel besser, ihr mit guten Nachrichten entgegenzukommen. Er würde die Weisheit der alten Schamanen ergreifen und sie ihr zu Füßen legen. Sie würden Bücher schreiben und sie mit ihren Fotografien und seinen Zeichnungen füllen.
Als er sich seinem Zuhause näherte, hatte er den Kopf so voller Fragen und Pläne – sollte er Morgana mitnehmen? Und wenn, würde Bettina zustimmen, ebenfalls auf einen solch anstrengenden Treck mitzukommen? Könnte er es ertragen, Morgana zu Hause zu lassen, da er vielleicht ein Jahr lang fort wäre? –, dass es einige Minuten dauerte, bis er tatsächlich wahrnahm, was seine Augen erblickten.
Ein großer Wagen mit einem Sechsergespann Pferden davor wurde mit Möbeln beladen. Männer traten mit vertrauten Gegenständen

aus dem Haus – Gemälde, Lampen, Teppiche –, während Bettina und Morgana auf der Treppe standen, in Hut und Handschuhen, reisefertig gekleidet. Beide hielten einen Koffer in der Hand.

Faraday trieb sein Pferd an. Sie wollten ihn doch gewiss nicht verlassen! Machte Bettina ihre Drohung letztendlich wahr, Morgana nach Boston zurückzubringen?

Er sprang aus dem Sattel und lief zu seiner Schwägerin, die nur sagte: »Das ist eine Zwangsräumung.«

»Was!«, rief Faraday und forderte eine Erklärung.

Laut dem Bankbeamten, einem scharfgesichtigen Mann, der alles, selbst den Sonnenschein zu missbilligen schien, gab es nicht nur eine Zwangsräumung, sondern wurden sie auch ihres gesamten Besitzes beraubt, um die Bankzahlungen, Steuern und andere Gebühren zu decken. Alle Einkäufe, die Faraday getätigt hatte, wie Pferde und Vorräte für die Expedition, waren rückgängig gemacht worden. »Dr. Hightower, Ihr Konto ist vollkommen leer.« Er zeigte Faraday das Hauptbuch.

»Warum haben Sie das zugelassen?«, fuhr er den Mann an.

»Dr. Hightower, ein Pater McClory hat eine Vollmacht mit Ihren Anweisungen vorgelegt. Wenn Sie sich erinnern, wurde er von einem unserer Sekretäre notiert und Ihre Unterschrift von zweien unserer Bankbeamten bezeugt. Wir konnten nichts dagegen tun.« Er fügte mitfühlend hinzu: »Wäre ich da gewesen, hätte ich Sie vielleicht beraten, Dr. Hightower. Zumindest was den Wortlaut der Vollmacht betrifft. Aber das Geld eines Kunden ist sein Geld, mit dem er tun kann, was er will, ohne dass wir eingreifen können. Besonders wenn der Kunde der Kirche Geld stiftet, wie dies verstanden wurde. Es heißt in dem Brief, jeder Betrag, den Pater McClory für notwendig erachtet. Anscheinend hielt er die volle Summe für notwendig.«

Faraday klopfte das Herz in der Kehle. Dies war eindeutig ein Irrtum. Er schaute zu Morgana, die in ihrem Sonntagskleid dastand, einen Hut auf dem Kopf, einen kleinen Koffer in der Hand. »Bitte geben Sie mir etwas Zeit. Ich kann dies in Ordnung bringen.«

»Wir hätten vielleicht eine Vereinbarung treffen können, wenn wir Sie vor drei Wochen hätten erreichen können. Aber da Sie nicht nur bei Ihren Zahlungen säumig, sondern auch unauffindbar waren, zusammen mit all Ihrem Geld, konnten wir nur annehmen, dass Sie sich abgesetzt hätten.«

»Ich war nicht unauffindbar! Ich habe Männer angeheuert, meine Expedition zusammengestellt!«

Während Faradays Blick die Zahlen im Hauptbuch wahrnahm – jeder Penny fort! –, sagte der Bankbeamte: »Wie ich Ihrer Frau bereits zu erklären versuchte, Sir, liegt das nicht mehr in unserer Hand. Sie haben immerhin eine Darlehensvereinbarung mit uns unterzeichnet, als Sie dieses Haus kauften. Die Bank war sehr großzügig, dass sie diesen Handel einschließlich aller Möbel, dem Silber und anderer wertvoller Gegenstände eingegangen ist und Sie wieder von vorne beginnen konnten.«

Faraday nahm seinen Hut ab und fuhr sich mit der Hand über den Kopf. Mittellos! Wie konnte das sein? Als der Mann gehen wollte, sagte er: »Bettina ist nicht meine Frau.« Der Bankbeamte zuckte nur die Achseln und sagte: »Tut mir Leid, aber …«

Und dann entdeckten die Männer die Kisten mit den Keramiken, und Faraday rief ihnen zu, sie sollten sie abstellen. Der Bankbeamte befahl, sie zu öffnen, und als sein gieriger Blick auf die goldene Olla fiel, bot er an, sie zu kaufen. Faraday lehnte ab.

»Ich sage Ihnen etwas, Dr. Hightower, ich lasse Sie in diesem Haus wohnen und gebe Ihnen sechs Monate Zeit, Ihr Darlehen bei der Bank wieder auszugleichen – für diesen gelben Krug.«

»Nimm sein Angebot an, Faraday«, sagte Bettina. Aber er konnte es nicht.

Der Bankbeamte erweiterte das Angebot auf ein Jahr, sagte, es sei ein sehr großzügiger Handel, und versicherte Faraday, es mit der Bank abzustimmen, aber als Faraday schwieg, trat ein neuer Ausdruck in die Augen des Bankbeamten.

Er dachte einen Moment nach, rieb sich das Kinn und sagte dann: »Wissen Sie was? Jetzt, wo ich all diese Möbel und Nippsachen überblicke, wird das nicht genügen, Ihre Schulden bei der Bank zu decken. Sie können Ihre Schulden jetzt sofort ausgleichen, und ich werde nicht die Behörden informieren, um Sie als Habenichts verhaften zu lassen. Die Bank wird diese Keramiken nehmen, um die Differenz auszugleichen, und wir können die Angelegenheit als erledigt betrachten.«

Faraday trat einen Schritt auf ihn zu und sagte leise: »Wenn Sie eine dieser Keramiken anrühren, werde ich Sie töten.«

Atemloses Schweigen senkte sich über sie. Bettinas Augen weiteten sich. Faraday hatte sich mit seinem Verhalten sogar selbst schockiert.

Der Bankbeamte wurde laut, wandte sich an seine Leute und sagte: »Habt ihr das gehört? Er hat mich bedroht!«

Aber die Männer scharrten nur mit den Füßen und wandten den Blick ab. Hatten sie in dem Moment einen gewissen Wahnsinn in Hightowers Augen erkannt oder vielleicht die tödliche Entschlossenheit in seiner Stimme gehört? Oder vielleicht gefiel ihnen auch ihre Aufgabe nicht, eine Familie aus ihrem Heim zu vertreiben. Sie kamen ihrem Arbeitgeber nicht zu Hilfe, und der Beamte machte einen Rückzieher.

Faraday sah zu, wie sie die Türen von Casa Esmeralda abschlossen und mit all ihrem Besitz davonfuhren. Aber er wollte sich nicht entmutigen lassen. Sobald er Pater McClory getroffen hätte, würde dieser Irrtum aufgeklärt. Und es war ohnehin nicht alles verloren. Er hatte immer noch die Hälfte der Konquistadoren-Schatzkarte.

54

»Sie sind das, was Trickbetrüger eine Taube nennen, Dr. Faraday«, sagte der Polizeidetective in San Bernardino.

Faraday betrachtete verzweifelt das Foto des Mannes, der niemand anderer als Pater McClory sein konnte. Auf seiner Brust war eine Nummer zu sehen, denn es war ein Polizeifoto von vor fünf Jahren, als McClory einige Monate im Gefängnis verbracht hatte.

»Ein Betrüger?«, fragte Faraday mit schwacher Stimme, unfähig aufzunehmen, was der Detective ihm gerade erzählt hatte.

»Maxwell McClory, Meister der Verstellung. Das Letzte, was wir von ihm hörten, war, dass er Witwen betrog, indem er behauptete, Geld für Wohltätigkeitszwecke zu sammeln. Einmal gab er vor, Immobilienhändler zu sein. Versuchte, Land an Auswärtige zu verkaufen, indem er Obst an Joshuabäume band und sie als Orangenbäume ausgab.«

»Dann ist er kein katholischer Priester?«

»Weit davon entfernt. Er hat vor ein paar Jahren angefangen, den Priester zu spielen, als er entdeckte, dass die Menschen ihm so auf Anhieb vertrauten. Es ist der Kragen.«

»Aber wie ...«, begann Faraday. »Ich meine, die Wüste ist groß. Ich hatte ein Lager errichtet, und er kam zufällig vorbei. Und doch schien er genau zu wissen, was ich wollte.«

»Es ist bekannt, dass er mit *diesem* Mann zusammenarbeitet«, sagte der Polizist und nahm ein weiteres Foto hervor, das Faraday scharf den Atem einsaugen ließ, weil es das Gesicht des schwarzbärtigen Berges von einem Mann zeigte, mit dem er am Handelsposten der Goldsucher gesprochen hatte.

»Er heißt Arrington, hält sich an Orten auf, wo hoffnungsvolle Goldsucher ihre Ausrüstung kaufen, und bietet ihnen gefälschte Karten oder Urkunden von Minen an, die nicht existieren. Sie sind offensichtlich dort aufgetaucht, und Arrington erkannte in Ihnen eine Taube – da Sie wie ein Gentleman aussehen und sich auch so verhalten. Haben Sie ihm erzählt, dass Sie nach etwas suchen?«

»Nach einer Goldmine.«

Der Detective nickte. »Er hat die Information an seinen Partner weitergegeben, wohl wissend, wo Sie lagern würden, weil er Ihnen gesagt hatte, wo Sie suchen sollten. Habe ich Recht?«

Arrington hatte Faraday in der Tat vorgeschlagen, in dem Gebiet zu suchen, wo McClory ihn fand. »Aber McClory wusste einfach, was ich brauchte«, sagte er, noch immer unfähig zu glauben, dass er zwei Betrügern aufgesessen war. »Davon habe ich Arrington nichts erzählt. McClory besaß ein Buch ...« seine Stimme verstummte, als er erkannte, wie lächerlich seine Geschichte klang »... über Jesus in Mexiko.«

Der Polizist schien jedoch nicht überrascht. »McClory ist auf Mormonen spezialisiert.«

»Er hat mich gefragt, ob ich Mormone sei! Aber was, um alles in der Welt, könnten die mit einem katholischen Priester anfangen?«

»Er erzählt ihnen, er besäße eine Landkarte, auf der das Versteck eines zweiten Satzes Goldplatten wie diejenigen verzeichnet sei, die

Joseph Smith fand. Er behauptet, Jesus habe sie vor zweitausend Jahren nach Mexiko gebracht. Leider hat McClory bereits eine ganze Menge Mormonen mit dieser Geschichte übers Ohr gehauen. War bei Ihnen auch eine Landkarte im Spiel?«

Faraday schämte sich zutiefst über seine Leichtgläubigkeit. »Eine Konquistadoren-Karte.«

»Das ist eine der häufigsten Listen«, sagte der Polizist freundlich. »Sie besitzen eine Hälfte der Landkarte, Sie bringen das Geld auf, um die andere Hälfte zu kaufen, und der Schatz gehört Ihnen. Es gibt hier in der Gegend Hunderte gefälschter Schatzkarten, da es so einleuchtend ist, dass Menschen in der Wüste Gold vergraben. Jesse James' Geld aus dem Überfall auf einen Zug wird gerne genannt. Außer dass sie sich an Orten aufhalten, wo Goldsucher Vorräte einkaufen, wie es in Ihrem Fall war, sehen diese Burschen auch die Tageszeitungen nach Todesanzeigen, Notizen über nicht angetretene Erbschaften und persönlichen Anzeigen durch.«

Detective Boggs begleitete Faraday aus dem Polizeirevier hinaus und versprach, ihn zu informieren, wenn sie etwas über McClory hörten. »Aber schrauben Sie Ihre Hoffnungen nicht zu hoch, Sir. Diese beiden sind sehr geschickt. Finden heraus, was Sie am meisten anstreben, Ihre lautersten Träume, machen ihre Hausaufgaben und benutzen viele glaubwürdige Requisiten. In St. Louis präsentierten sie sich als Ärzte, die Krebs heilen könnten, und reisten mit Gefäßen umher, in denen sich Tumore befanden.«

Auf der Treppe des Polizeireviers hielt Faraday inne und sagte: »Wenn ich McClory jemals wieder begegne …«

»Nun, nun, Mr. Hightower, nehmen Sie das Recht nicht in die eigenen Hände. Selbstjustiz war noch nie eine Lösung. Wir werden diesen Mann schon finden.«

Als Faraday zu dem Zelt zurückkehrte, wo Bettina und Morgana in einem Pappelhain lagerten – wie gewöhnliche Zigeuner, dachte er –, konnte er ihnen keinen Mut machen. Nachdem sie in einem eleganten Stadthaus in Back Bay gelebt hatten, das Faraday verkauft hatte, bevor sie nach Westen zogen, und dann in der luxuriösen Casa Esmeralda, war ihr Heim nun ein Segeltuchzelt unter den Sternen.

Bettina kochte über dem Lagerfeuer Bohnen, während Morgana

auf einer Sanddüne kauerte, um den Weg eines Wüstenkäfers zu beobachten. Sie waren zu genau den Squattern geworden, die seine Schwägerin so sehr verachtete.

Faraday fühlte sich wie ein vollkommener Versager. Nun waren sie mittellos und heimatlos. Rund um den Globus tanzten Menschen auf den Straßen, um das Ende des Krieges zu feiern. Die Welt hatte den Frieden erklärt, aber er nahm diese Nachricht kaum wahr.

Sein einziger Trost war, dass Elizabeth nichts von seiner katastrophalen Dummheit wusste.

Während Bettina Kartoffeln in Zeitungen mit Schlagzeilen wickelte, die lauthals *Waffenstillstand!* verkündeten, und sie in die warmen Kohlen ihres Lagerfeuers legte, schaute sie über die flache Wüste hinaus, bis zu den fernen Bergen nichts als Sand und verkümmerte Vegetation. Die Straße zur nächstgelegenen Stadt Banning, das sechzig Meilen entfernt lag, war keine richtige Straße, sondern nur zwei Furchen im Sand von Wagen, die Vorräte zu den Minen brachten. Es gab kein Dorf, keine Poststation, kein Geschäft oder eine Schule. Nur hier und da verstreute, schäbige Farmhäuser und verlassene Hütten von Minenarbeitern, die letzten Überreste zerschlagener Hoffnungen und Träume. Für Wasser mussten Brunnen gegraben werden, und es mussten Dämme gebaut werden, um Regenwasser zu sammeln. Ein hartes Leben. Was führte Menschen an diesen einsamen Ort, um in weit voneinander entfernt gebauten, bescheidenen Adobebehausungen zu leben, fragte sich Bettina. Vielleicht kamen sie, um Frieden und Ruhe zu finden, um ungestört zu sein. Vielleicht verbargen sie sich vor etwas, liefen vor einer Vergangenheit in einer anderen Stadt davon. Sie dachte an Boston und an die Menschen, die sie dort kannten und von ihrem beschämenden Geheimnis wussten. Menschen mit Meinungen und Vorstellungen über Bettina Liddell. Sie liebte die Stadt, aber sie hasste ihre Menschen. Hier hasste sie die Wüste, aber die Menschen kannten sie nicht. Sie würden sie in Ruhe lassen. Es wäre nicht das erste Mal, dass Bettina von vorne anfangen müsste.

Nun erinnerte sie Faraday an seine Pflicht, sich um Morgana und sie selbst zu kümmern. Er war schließlich noch immer Arzt und hatte früher gut davon gelebt. Sie erklärte, dass seine medizinische Ausbildung sehr gefragt sein würde, wenn die Kriegsveteranen in diese trockene Gegend kämen, um sich von den Auswirkungen des Senfgases zu erholen. Außerdem wütete eine weltweite Grippe-Epidemie, und viele Leidende kamen in Scharen zur Behandlung in der Hitze und der trockenen Luft der Wüste.

»Wo sollen wir leben? Patienten gehen nicht zu einem Arzt, der in einem Zelt lebt.«

»Es gibt hier freies Land, Faraday. Solange wir darauf bauen und darauf leben, gehört es uns.«

Er sah sie entsetzt an. Bettina war bereit, genau eines der Wesen zu werden, auf die sie zwei Jahre lang herabgeschaut hatte – eine Kleinbäuerin.

»Aber selbst dafür brauchen wir Geld«, sagte er, »zumindest fürs Essen und für Material, um eine Hütte zu bauen. Das Gesetz verlangt, dass wir ein Gebäude errichten.«

»Ich werde meinen Stolz hinunterschlucken und Mr. Vickers um Hilfe bitten. Er ist ein vermögender Mann. Ich weiß, dass er helfen wird.«

Also steckten sie mit Mr. Vickers' Geld, das ihnen von Boston telegraphisch angewiesen wurde, einen Kleinbauern-Claim auf einer Parzelle an einem Ort namens Twentynine Palms ab. Bettina fuhr zum Grundbuchamt in Los Angeles, füllte die Papiere aus und zahlte die zehn Dollar Gebühr. Als Einziges war erforderlich, dass sie ein Heim auf dem Land errichteten und es in gewisser Weise bestellten, und nach fünf Jahren müssten sie zwei Freunde finden, die bereit wären, die Echtheit ihres Claims sowie die Tatsache zu bezeugen, dass das Land kultiviert wurde, und diesbezüglich eine beeidigte Erklärung unterschrieben.

Mit Mr. Vickers' restlichem Geld heuerte Bettina Arbeiter an, die das Land rodeten, das Haus bauten und einen Brunnen gruben. Als ihr Häuschen Wände hatte, aber noch kein Dach, sodass sie noch immer in Zelten lebten, informierte sie Faraday, dass Mr. Vickers um Versetzung zum West Coast Office seiner Gesellschaft gebeten hatte, dass er für sie aber im Osten zu wertvoll sei – und schließlich waren da noch die Reisen nach Afrika.

Das Häuschen bekam sein Dach, und Bettina beschäftigte sich damit, den Ort in ein Heim für Faraday und seine Tochter zu verwandeln. Als seine Scham und sein Schock darüber, dass jemand sein gesamtes

Vermögen erschwindelt hatte, allmählich verblassten, nahm er seine Suche nach der Lightning-Strike-Mine wieder auf.
Er blieb fünf Wochen fort und kam nur langsam voran, da es in der Hochwüste schneite und die Landschaft in einen weißen Schleier gehüllt war. Als er zu seinem neuen Häuschen zurückkehrte, ohne etwas über den Aufenthaltsort seiner Schamanen erfahren zu haben, aber mit einer Fülle neuer Informationen über die Morongo-Indianer und Zeichnungen ihrer Dörfer und Körbe flechtender Frauen, sagte Bettina: »Du hast Mr. Vickers verpasst, der uns besuchte. Er blieb so lange, wie er konnte, in der Hoffnung, dich zu treffen. Er bat mich erneut, mit ihm nach Boston zurückzukehren, aber es ist meine christliche Pflicht, für die Tochter meiner Schwester zu sorgen.«
Faraday stimmte bekümmert zu, weil er Morgana nicht bei fremden Haushälterinnen und Kindermädchen lassen wollte.
»Er hat mir noch mehr Geld gegeben«, sagte Bettina. »Ich wollte es nicht annehmen, aber er sagte, dass es ohnehin mein Geld wäre, wenn wir heiraten würden. Und er will nicht, dass ich im Elend lebe.« Das Haus war in Faradays Abwesenheit verbessert worden, mit Tapeten, richtigen Holzböden und einem gemauerten Kamin. Im Garten auf der Rückseite gedieh Wintergemüse – Kohl, Brokkoli und Blumenkohl –, und ein Hühnerstall, vor hungrigen Füchsen geschützt, war mit fetten Hühnern und somit zukünftigen, sonntäglichen Mahlzeiten ausgestattet.
Die achtjährige Morgana las und schrieb, lernte, etwas auswendig aufzusagen und feine Stickarbeiten anzufertigen, und obwohl sie sich kein Klavier leisten konnten, sorgte Bettina dafür, dass sie weiterhin Musikunterricht bekam. Zumindest war ihr Heim beständig und sicher. Aber als Faraday sah, wie seine Tochter auf ihrem staubigen Hof ein Huhn jagte, in einem geflickten Kleid und in Schuhen ohne Socken, stieg Zorn in ihm auf. Meine Tochter sollte nicht so leben, dachte er.
Und ein neuer Vorsatz nahm in ihm Gestalt an. Faraday wollte Maxwell McClory suchen.

55

Er hatte ein Jahr lang das Gebiet der Minen rund um Twentynine Palms und Joshua Tree abgesucht, als Bettina verkündete, sie wolle ihr Heim in ein Gasthaus verwandeln. Mr. Vickers hatte sie über Weihnachten besucht, auf seinem Weg mit Bibeln nach Hawaii, und war mit seiner Unterkunft im Sagebrush Inn absolut unzufrieden gewesen. Als er dann bemerkte, die Bäume auf ihrem Grundstück schüfen eine angenehme Atmosphäre, besonders für den müden Reisenden, kam Bettina diese Idee. »Und jetzt, wo mehr Menschen ihre Ferien hier verbringen, Faraday, da Europa so vom Krieg verheert ist, ist es mir in den Sinn gekommen, dass ich mit meiner vornehmen Herkunft und meinem Geschick im Umgang mit Menschen ein ehrbares Gasthaus führen könnte, das sehr gefragt sein wird.«
Faraday räumte ein, dass seine Schwägerin eine ausgezeichnete Gastgeberin wäre.

Sie dachte stets zuerst an sein Wohlbefinden. Bei dem heißen Wetter tränkte sie Laken mit Wasser und hängte sie rund um die Veranda auf, sodass sie nachts die hindurchwehende Nachtbrise abkühlten. Er kam niemals nach Hause, ohne dass sein Lieblingsessen auf ihn wartete: überbackene Kartoffeln, Schweinekoteletts und Kirschkuchen. Bettina ließ ihn mit seinem Kaffee und seinen Landkarten allein, während er Morgana zeigte, wo er gewesen war und welche Tiere er gesehen hatte, ihr wunderschönes Haar streichelte, das Balsam für seine Seele war, und Bettina sich mit dem begnügen ließ, was auch immer sie in der Abgeschiedenheit ihres Schlafzimmers tat.

Er gab Bettinas Bitte jedoch nicht nach, ihr Heim in eine Wegestation für Reisende verwandeln zu wollen. Es bedeutete genug Arbeit, erinnerte er sie, sich um Morgana und ihn selbst zu kümmern. Und er wollte nicht, dass seine Tochter in die Nähe von Fremden kam.

Außerdem, so dachte er insgeheim, würden sich ihre Verhältnisse, wenn er McClory erst gefunden hätte, wieder bessern und Bettina müsste ihr Heim nicht mehr in ein Hotel verwandeln.

56

Die Schreie klangen unmenschlich.
Als Faraday näher an die gewaltigen Felsblöcke heranritt – sein Pferd war nervös und schwierig zu zügeln –, hörte er Rufe in die Schreie einstimmen.
Faraday ließ sein Pferd zurück, als die Stute nicht mehr weitergehen wollte, und lief zu den großen Felsblöcken, hinter denen die unmenschlichen Geräusche erklangen, und als er die massigen Felsen erklommen hatte und seine Augen vor dem flammenden Sonnenuntergang abschirmte, bot sich ihm ein erstaunlicher Anblick.
Eine schokoladenfarbene kleine Packeselin mit langen Ohren und struppiger, kurzer Mähne hatte sich mit einem Vorderhuf in einem Felsspalt verfangen. Sie schrie laut und trat mit den Hinterbeinen aus, von einem Rudel hungriger Kojoten umringt, während ein alter Mann versuchte, diese mit einem Stock zu vertreiben.
Faraday zog seine Pistole, während er auf die beiden zulief. Zu seiner Überraschung rührten sich die Kojoten nicht von der Stelle. Normalerweise vertrieb sie der Anblick eines Menschen. Nun schrien bereits zwei Menschen und wedelten mit den Armen, aber die Wildhunde hielten dem stand und beobachteten, wie sich die Eselin bemühte, sich aus der Felsenfalle zu befreien.
Schließlich feuerte Faraday seine Pistole ab, und das Rudel zerstreute sich. Aber die Eselin schrie weiterhin, während der alte Mann sie zu beruhigen versuchte.
»Vorsicht!«, rief Faraday. »Sie wird Sie treten.«
»Wenn ich sie nicht beruhige und ihren Huf befreie, wird sie sich bestimmt das Bein brechen.«
Faraday taxierte das panische Tier, vermutete, dass sie ungefähr dreihundertfünfzig Pfund schwer war, mit einem Ristmaß von etwa fünf Fuß, lief dann zu seinem eigenen Packtier zurück und holte seine schwarze Arzttasche.
Während der alte Mann unaufhörlich flüsterte: »Ruhig, Sarah, die Kojoten sind fort«, öffnete Faraday rasch seine Tasche, holte eine Spritze hervor, zog sie aus einer Flasche auf und trat einen Schritt vor.
»Vorsicht, Mister. Sarah beißt, wenn sie Angst hat.«

Die Eselin bockte und schrie, trat mit den Hinterbeinen aus und versuchte, mit ihren gelben Zähnen zu schnappen, als sie Faraday näher kommen sah. Faraday wartete ab, sprang dann vor, versenkte die Nadel in ihre Schulter und sprang wieder zurück, während sich die großen Zähne um Luft schlossen. Er zog die Spritze erneut auf und stieß erneut zu. Kurz darauf hörte die Eselin auf zu treten und schwankte.

»Jetzt schnell!«, sagte der alte Mann. »Bevor sie stürzt! Weil sie sich dann sicher das Bein bricht.«

Während das benommene Tier über ihnen schwankte, drückten Faraday und der Goldsucher die Felsblöcke auseinander und befreiten den Huf gerade in dem Moment, als die Knie der Eselin nachgaben und sie zu Boden sank, auf die Seite rollte und das Bewusstsein verlor.

Faraday suchte an ihrem Hals sofort nach einem Puls, fand ihn und untersuchte dann die Augen des Tieres. Er stieß ein zitterndes Seufzen aus. Er dachte schon, er hätte sie getötet.

»Die Wunde ist nicht schlimm«, sagte er, während er ein Antiseptikum und Gaze aus seiner Arzttasche nahm und das Fesselgelenk unmittelbar über dem Huf untersuchte.

»Sind Sie Tierarzt?«, fragte der alte Mann, der sich hingehockt hatte, um Faraday bei der Arbeit zuzusehen.

»Praktischer Arzt. Ich bin kleinere Patienten gewohnt«, fügte er lächelnd hinzu, weil der alte Mann besorgt wirkte, während er den Kopf der Eselin streichelte.

Sarah hatte ein leicht struppiges Gesicht, große, schläfrige Augen mit langen Wimpern und eine weiße Schnauze. Ihr Fell war braun mit einem hellen Unterbauch, einem büscheligen Schwanz, schmalen Beinen und kleinen Hufen. Ein von Natur aus sanftes Tier, versicherte der alte Mann Faraday.

Die Sonne ging unter, während Faraday die Wunde verband, und lange Schatten krochen über den Wüstenboden. Als er sich erhob, stand der alte Mann ebenfalls auf. »Ich danke Ihnen für Ihre Hilfe, Doc. Ich hätt sie freibekommen, wenn diese Kojoten nicht gewesen wären. Ham sie in Panik versetzt, das war's. Ich hätt bös getreten werden können. Sarah und ich stehen in Ihrer Schuld.« Er fuhr sich mit den Handrücken über die Augen und schniefte schwer. »Ohne sie wär ich verloren. Ich hab nie geheiratet. Sarah ist alles, was ich auf der Welt hab. Bin seit achtundzwanzig Jahren mit ihr zusammen.« Er zog ein rot kariertes Taschentuch hervor und putzte sich damit die Nase. »Ich will verdammt sein, wenn ich nicht der sentimentalste Bastard auf Erden bin!« Er streckte seine freie Hand aus. »Bernam ist mein Name.«

»Faraday Hightower.« Sie schüttelten einander die Hand.

Mit wässrigen Augen und ledriger Haut, war Bernam möglicherweise der älteste Mann, dem Faraday je begegnet war, aber seine Stimme klang kräftig und schwungvoll, während er sich über den tabakbefleckten Bart strich und sich rühmte, mehr über die Mojave und die Wüsten Colorados zu wissen als jeder andere lebende oder tote Mensch.

Bernam lagerte in der Nähe eines Ortes namens Arch Rock und lud Faraday ein, sein Lagerfeuer und sein bescheidenes Mahl aus Bohnen und Brot mit ihm zu teilen. »Viele berühmte Leute ham hier gelagert«, erzählte Bernam, als die Sterne am Himmel aufgingen. »Sehn Sie die da drüben in den Felsblock geritzten Initialen?«

Faraday konnte sie in der Dunkelheit nur knapp erkennen. *W.E. 1887.*

»Das wurd hier von niemand anderem als Wyatt Earp persönlich eingeritzt. Sie ham höchstwahrscheinlich von der berühmten Schießerei am OK Corral gehört. Earp behielt danach den Ruf zurück, 'n Revolverheld zu sein, aber in Wahrheit war er Goldsucher. Kam auf der Suche nach einem Claim ein Dutzend Mal hier durch. Ich glaub, im Moment leitet er Spielsalons oben in Nevada. Ist jetzt 'n ehrbarer Bursche.« Bernam schüttelte den Kopf. »Der Wilde Westen war schon was«, murmelte er wehmütig, mit trüben Augen ins Feuer blickend, als erinnere er sich an einige eigene Schießereien. »Wir werden so was nicht wieder erleben.«

In schwere Umhänge gehüllt, weil in der Wüste die Januarluft scharf wie Glas war, aßen die beiden schweigend. Bernam stand zwei Mal auf, um nach Sarah zu sehen.

»Armes, altes Mädchen. Ich versprech ihr immer, dass wir uns zur Ruhe setzen, in so eine eigene kleine Hütte mit einem Flecken Gemüse. Sobald ich's mir leisten kann.«

Bernam goss Kaffee ein und entschuldigte sich, weil er keinen Zucker hatte.

Faraday griff in seine eigene Vorratstasche und holte zwei Stücke Zucker hervor. »Das ist anscheinend mein letzter. Ein Stück für Sie und eins für mich.«

Bernam betrachtete den Zuckerwürfel auf seiner ledrigen Handfläche. »Mächtig nett von Ihnen, Ihr Letztes zu teilen.« Er blickte zu Sarah hinüber, die noch ganz benommen auf der Seite lag. Er stand auf, kniete sich neben sie und streichelte ihren Hals. Dann praktizierte er den Zuckerwürfel mit viel Geduld in ihr Maul, und sie saugte dankbar daran. »Sie hat mir treu gedient«, sagte er, als er zurückkam und seinen bitteren Kaffee trank. »Hat sich nie beklagt.«

»Was tun Sie hier draußen, Mr. Bernam?«

»Nicht Mister. Nur Bernam. Wenn ich mal 'n Vornamen hatte, erinner ich mich nicht daran. Ich tu dasselbe wie alle anderen, Gold suchen.« Er kicherte. »Bin der glückloseste Goldsucher diesseits des Rio Grande. Bin seit dreißig Jahren dabei und hab nichts gefunden, was es wert wär. Ich war lange Zeit bei der Handelsmarine. Können Sie sich das vorstellen? Ein Leben auf See gegen ein Leben in der Wüste einzutauschen. Ham Sie schon was gefunden?«

»Ich suche nicht nach Gold. Zumindest nicht direkt.«

Bernam rümpfte die Nase. »Wie sucht 'n Bursche *indirekt* nach Gold?«

Faraday erzählte ihm von den Schamanen, und Bernam sah ihn nicht überrascht oder skeptisch an wie die meisten, sondern blinzelte ihm stattdessen unter dem breiten Rand seines verbeulten, alten Hutes zu und sagte: »Hightower. Dachte schon, es kläng bekannt. Ich hab von Ihnen gehört. Die Leute reden über Sie, wussten Sie das nicht? Sie nennen Sie ›den Spinner‹.«

Faraday war schockiert. »Was sagen sie über mich?«

»Dass Sie verrückter sind als 'ne Wanze. Aber dasselbe sagen sie über mich, also geben Sie nix drauf. Jeder, der seine ganze Zeit in der Wüste verbringt, hat angeblich 'ne Schraube locker. Achten Sie nicht drauf.«

Dennoch beunruhigte Faraday der Gedanke, dass Menschen hinter seinem Rücken über ihn klatschten und ihn als verrückt bezeich-

neten. Und es beunruhigte ihn noch mehr, dass Morgana diese Geschichten hören könnte.
Bernam leerte seinen Teller, als wäre es seine letzte Mahlzeit, und sagte: »Schamanen, hm? Es gibt 'ne alte Legende über Indianer, die vor langer Zeit von Osten hierher kamen. Nicht die hiesigen, nicht die Agua Caliente oder die Pajute. Auch nicht die Hopi oder die Navajo. Irgend 'ne verdrehte Art Indianer. Anders als die andren und die letzten ihrer Art.«
Eingedenk seiner schlechten Erfahrung mit McClory fragte Faraday vorsichtig: »Und wie viel Geld verlangen Sie für diese Information?«
»Kein Geld, Freund. Ich schulde Ihnen was wegen Sarah.«
Also ging Faraday das Risiko ein und zeigte Bernam die Zeichnungen der Zigeuner-Wahrsagerin, und der alte Mann nickte und sagte: »Kommt mir bekannt vor, dieses Zickzack. Ich denk, ich weiß, was das ist. Aber Sie suchen am falschen Ort. Müssen Ihre Suche weiter dahin verlagern«, und er deutete mit einem Arm nach Westen. Faraday fragte, ob er wüsste, was *Hoshi'tiwa* bedeutete, und war nicht überrascht, als Bernam den Kopf schüttelte und sagte: »Da klingelt nix.«
Sie beendeten ihre Mahlzeit und ihren Kaffee, während die Sterne über ihnen ihrem uralten Lauf folgten, der Mond aufstieg und Kojoten einander in der Nacht zuheulten. Bernam sah häufig nach Sarah, flüsterte ihr in der Dunkelheit zu, und das machte Faraday traurig und einsam und erweckte in ihm Sehnsucht nach etwas.
Seine Gedanken streiften zu Elizabeth, wie sie es fast jeden Abend taten, wenn er allein war, und er fragte sich, wo sie war, was geschehen war. Sein anfänglicher Zorn auf sie war zu bittersüßer Melancholie geworden, sodass er im Geiste die traumhaften Wochen in ihren Armen am Smith Peak nacherlebte und lächelte, als er sich des Ausdrucks auf ihrem Gesicht erinnerte, als sie das »ägyptische« Zelt betrat.
Und dann dachte er an Morgana und das raue Leben, das sie mit Bettina auf ihrer kleinen Parzelle führte. Wenn Faraday nach Hause kam, fand er die beiden über die Wäsche gebeugt vor – auf dem Herd Kleider kochend, der Geruch von Lauge in der Luft. Und wenn sie nicht wuschen und bügelten, dann backten sie, sodass es ihm schon

schien, als brenne der große, gusseiserne Ofen ständig. Bettina und Morgana hatten stets gerötete Wangen und schwitzten. Wenn er sie sich im Garten abmühen sah, um der ausgedörrten Erde Tomaten, Rettiche und grüne Zwiebeln abzuringen – sein liebes, kleines Mädchen mit Erde an den Händen! –, dachte er, wie selbstsüchtig er war, und schwor sich, endlich sein Arztschild aufzuhängen, wieder als praktischer Arzt zu arbeiten, sich angemessen um seine Tochter zu kümmern und seine Suche nach den Schamanen auf später zu verschieben. Aber nach ein paar Tagen oder Wochen packte ihn die Besessenheit erneut, und er sagte sich, die Zeit werde knapp. Dann fragte er sich zum hundertsten Mal: Was, wenn der letzte der Anasazi-Schamanen in diesem Moment seinen letzten Atemzug tat und Faraday zu spät käme, um von seinen Dämonen befreit zu werden, zu spät käme, um zu erfahren, was vor Hunderten von Jahren im Chaco Canyon wirklich geschehen war? Er packte seine Ausrüstung, belud sein Pferd und sein Maultier und zog in die Wüste, um erneut nach Antworten zu suchen.

Schließlich dachte er an McClory, weil es an McClorys Tricks lag, dass Morgana so leben musste.

In den fünfzehn Monaten, seit er sein Vermögen an den Betrüger verloren hatte, hatte Faraday Möglichkeiten zu ersinnen versucht, wie er sein Geld zurückbekommen könnte, aber ihm war nichts eingefallen … bis jetzt. Während er Bernam beobachtete, den ehemaligen Matrosen der Handelsmarine, wie er die Eselin sanft dazu brachte, aufzustehen, kam Faraday plötzlich eine Idee.

Als der Goldsucher zum Feuer zurückkehrte und erklärte, dem alten Mädchen sei schon wohler, sagte Faraday: »Mr. Bernam, Sie sagten, Sie wollten mir meine Hilfe vergelten.«

»Mit was immer Sie wollen.«

»Ich würde Ihnen gerne einen Vorschlag machen, der sich für uns beide als lohnend erweisen wird.«

Faradays Plan, in diesem Moment ersonnen, ließ sich in knappen Worten schildern, und während der alte Goldsucher zuhörte, verzog sich sein Mund zu einem zahnlosen Grinsen. »Das würde Sarah gefallen«, sagte er.

57

Es kam nicht sofort Nachricht. Faraday wusste, dass es Zeit brauchen würde, bis der Plan Früchte trüge, aber schließlich, im März, nach wochenlangen geduldigen Wegen zur Poststation in Banning, um nach Nachrichten zu sehen, wartete ein Brief von Bernam auf ihn. Er benutzte das Telefon in der Poststation, um Bernam in dem Hotel in Redlands anzurufen, wo dieser darauf wartete, von ihm zu hören. Ihr Gespräch war nur kurz. Faraday sagte: »Verabreden Sie sich mit ihm. Treffen Sie sich mit ihm. Ich werde mich um den Rest kümmern.«

Pater McClory, der diese Woche den Geschäftsmann »John Finch« gab, tätschelte seinen Wanst, als er zum Ende des Ganges kam und vor die Hotelzimmertür trat. Eine weitere Taube, weitere tausend Dollar. Als der gütige Herrgott den Verstand austeilte, entschied McClory, musste er seine Reihe zwei Mal durchschritten haben. Er grinste, während er anklopfte, sich der Person auf der anderen Seite der Tür zu erkennen gab und über die Schwelle trat, als die Tür aufschwang. Er konnte gerade noch sagen »Guten Abend, Kapitän …«, als er auch schon etwas Spitzes, so wie einen Bienenstich, an seinem Oberarm spürte. Im nächsten Moment schlug die Tür hinter ihm zu, McClory fuhr herum und sah jemand anderen als Kapitän Harding dort stehen.

Ein Mann mit einer Pistole in einer und einer Spritze in der anderen Hand.

»Überrascht?«, fragte Faraday.

McClory sah den Mann mit verengten Augen an, dessen Gesicht ihm bekannt vorkam, musterte die große, schlaksige Gestalt, die tief liegenden Augen und den ordentlich gestutzten Bart. Dann fiel ihm der Name wieder ein. Hightower. Der Idiot, der indianische Schamamen suchte. »Was haben Sie mit mir gemacht?«, grollte McClory und rieb sich den Arm.

»Wie fühlt es sich an, wenn sich das Blatt wendet, McClory, oder wie immer Sie heißen?«, fragte Faraday. Er war nervös, aber seine Stimme und sein Körper verrieten ihn nicht. Zorn und Rachedurst machten ihn ruhig.

»Wovon reden Sie?«, fragte McClory wachsam, den Blick auf die Pistole gerichtet.
»Sie kamen hierher, um einen Mann namens Kapitän Harding zu schröpfen. Er ist ein Freund von mir. Sein richtiger Name lautet Bernam. Ich wusste, dass Sie dem nicht widerstehen könnten«, und Faraday deutete auf die Zeitung, die aufgeschlagen auf einem Tisch lag, mit einer rot eingekreisten, privaten Kleinanzeige: *Marinehistoriker sucht Informationen über eine mit Gold beladene spanische Galeone, die 1652 vor der kalifornischen Küste verschwand. Antworten bitte an Postfach 788 des Los Angeles Clarion.* »Natürlich«, fuhr Faraday fort, »hatte ich, falls Sie diese Anzeige nicht gelesen oder den Köder nicht geschluckt hätten, noch andere geplant – reiche Witwen, die lange vermisste Neffen suchen, unbeanspruchte Erbschaften, Mormonen, die nach Quetzalcoatl forschen –, die Art Anzeigen, von denen ich wusste, dass Sie ihnen nicht widerstehen könnten.«
Bernam hatte nur eine Antwort auf die Anzeige bekommen, und da Faraday für Bernam eine sehr treffende Zeichnung von McClory angefertigt hatte, erkannte er, als der Beklagte in dem Restaurant auftauchte, in dem sie sich telefonisch verabredet hatten, dass er der Betrüger war. Bernam hatte sich als Kapitän Harding vorgestellt, ehemaliger Navy-Angehöriger, nun Historiker. McClory sagte, er besäße eine Karte, die zeige, wo die Galeone in der Nähe der Channel Islands vor Santa Barbara an Klippen zerschellt sei. Er würde sie dem Kapitän normalerweise umsonst überlassen, aber da seine Mutter einer Operation bedürfe …
»Mein Freund Mr. Bernam erzählte mir, wie ungern Sie sein Geld annehmen wollten. Wie Sie darauf bestanden, er solle besser nach Seattle zurückkehren und sich mit seinem Ersparten einen schönen Lebensabend gestalten. Aber dann erwähnten Sie ein Gerücht, die Galeone sei mit Azteken- und Inkagold beladen gewesen, als sie vor der Küste von Santa Barbara sank.« Bernam hatte McClory daraufhin angewiesen, mit der Karte in sein Hotel zu kommen, wo er dann sein Geld bekäme.
»Was haben Sie gerade mit mir gemacht?«, grollte McClory erneut und rieb sich weiterhin den Arm.
»Gift«, sagte Hightower und hielt die leere Spritze hoch.

McClory rümpfte seine Stupsnase. »Ich glaube Ihnen nicht.«
»Es ist unwichtig, was Sie glauben«, sagte Faraday mit kalter Stimme. »Sie haben noch gut eine Stunde zu leben. Und wenn das Ende kommt, wird es nicht angenehm sein.«
McClory stieß ein kurzes, hässliches Lachen aus. »Das war's? Sie kamen hierher, um mich zu töten?«
Faraday ließ die Spritze in seine Tasche gleiten und holte eine zweite Spritze hervor. Er hielt sie ins Licht, sodass McClory die hellblaue Flüssigkeit sehen konnte. »Das ist das Gegenmittel.«
McClory zuckte die Achseln, aber auf seine Stirn war Schweiß getreten. »Also haben Sie mich erwischt. Sie wollen vermutlich Ihr Geld zurück? Sie sind nicht der Erste, der das versucht. Und keine Droge wird mich dazu bringen, mich geschlagen zu geben.« Er runzelte die Stirn und schwankte leicht.
»Droge?«, fragte Faraday. »Ich versichere Ihnen, dass es Gift war, was ich Ihnen injiziert habe. Sie haben«, Faraday blickte auf seine Uhr »noch eine Stunde. Wenn Sie mir mein Geld nicht zurückgeben, werden Sie genau hier in diesem Zimmer sterben, und die Polizei wird niemals herausfinden, was geschehen ist.«
McClory betrachtete die Spritze. »Das würden Sie nicht tun. Sie sind Arzt.«
»*Vater*«, korrigierte Faraday ihn. »Ich bin zuerst Vater und erst an zweiter Stelle Arzt. Sie unterschätzen den Zorn eines Vaters, dessen kleinem Mädchen das Leben gestohlen wurde.« Faraday trat einen Schritt näher, die Pistole stetig auf McClory gerichtet. »Ihretwegen, McClory«, sagte Faraday in einem Tonfall, den der andere Mann zuvor noch nicht gehört hatte, nicht in der Stimme dieser Taube, die bei ihrer letzten Begegnung so unbedarft und naiv gewesen war, »wurde mein Zuhause zerstört, mein kleines Mädchen wurde auf die Straße geworfen, sie wurde von Fremden eingeschüchtert, die unseren Besitz beschlagnahmten. Und jetzt hat sie keine Zukunft mehr, weil Sie mich mittellos gemacht haben.« Faraday trat näher heran, bis McClory die Angespanntheit in Faradays Kehle hören konnte, die bedeutete, dass er sich nicht mehr unter Kontrolle hatte. »Für das, was Sie meiner Tochter angetan haben, sollte ich Sie hundert unerfreuliche Tode sterben lassen.«

McClory wollte gleichgültig die Achseln zucken, aber sein Gesicht war grau geworden, und Schweiß stand auf seiner Stirn.
»Sie haben nicht erwartet, mich wiederzusehen, oder? Sie verlassen sich darauf, dass Ihre Opfer so verlegen und beschämt sind, weil sie betrogen wurden, dass sie Sie nicht verfolgen oder gar die Polizei rufen. Dieses Mal haben Sie den falschen Mann geschröpft. Ja, ich bin Arzt, in der Kunst ausgebildet, Leben zu retten. Aber ich bin auch in der Kunst ausgebildet, Leben zu *nehmen*. Wenn Sie mir mein Geld nicht zurückgeben, werden Sie wie eine vergiftete Ratte sterben, und niemanden wird es im Geringsten kümmern.«
McClory leckte sich über die fleischigen Lippen, sein Blick auf der Suche nach einem Fluchtweg umherzuckend, aber Faraday versperrte die Tür. McClorys Magen begann zu rebellieren, und ihm brach am ganzen Körper der Schweiß aus. »Ich habe nie jemanden getötet! Ich nehme nur Geld, von dem sich die Leute nur allzu bereitwillig trennen. Mehr tue ich nicht!«
»Sie berauben die Verletzlichen und die Verzweifelten.«
»Ich beraube die Gierigen! Ich biete eine Landkarte an, die zu Gold führt, und die Leute bezahlen mir alles dafür. Sie auch, der Sie Montezumas Schamanen suchen. Nach ihren vergrabenen Reichtümern suchen.«
»Ich suche nach Reichtümern anderer Art.«
»Gier ist Gier, Hightower. Sie sind wie jeder andere, der schnell reich werden will. Niemand will die Arbeit selbst machen.«
»Aber Sie?«
»Sie wären überrascht, wie hart ich arbeite. Jesus, ich fühle mich nicht gut. Sie wollen mich doch nicht wirklich töten!«
»Mein Geld, McClory. Geben Sie mir mein Geld, und ich werde Ihnen das Gegengift geben.«
»In Ordnung!«
Faraday zwang McClory, sich hinten in seinen Wagen zu legen, fesselte dem Mann im Schutze der Nacht Knöchel und Handgelenke, zog eine Plane über ihn und folgte dann McClorys Wegbeschreibung zu einer Hütte in den Ausläufern der San-Bernardino-Berge.
Sie kamen zu einem zwischen Kiefern hingeduckten, dunklen und stillen Gehöft. Faraday löste die Fesseln an McClorys Füßen und

zog ihn aus dem Wagen. Der wohlbeleibte Betrüger fühlte sich inzwischen sehr elend. Seine Kleidung war schweißgetränkt. Er stolperte durch die Eingangstür der Hütte und erklärte Faraday, wo er das Geld fände.
Faraday fand die losen Bodenbretter und entdeckte darunter eine kleine Schachtel. Er hob sie ins Laternenlicht. Die Schachtel war mit Geld gefüllt. Faraday schätzte es auf wenige Tausend Dollar.
»Das ist alles, ehrlich!«, sagte McClory und sank in einen Polstersessel, der eine Staubwolke von sich gab. »Gott ist mein Zeuge, dass ich nicht mehr besitze! Bitte … das Gegenmittel …«
»Sie haben mir das Zehnfache hiervon gestohlen.«
McClory rang nach Atem. »Mein Partner hat das meiste davon genommen. Und er hat einiges investiert in … Jesus, ich fühle mich schrecklich!«
»Jesus kann Ihnen nicht helfen«, sagte Faraday, während er die Geldscheine nahm und sie in seine Taschen stopfte.
»Geben Sie mir dieses Gegenmittel. Ich sterbe!«
Sie kehrten zum Wagen zurück, McClory dahinstolpernd, und Faraday verfrachtete ihn wieder nach hinten. Er machte sich nicht mehr die Mühe, seine Füße erneut zu fesseln. McClory war nur noch halb bei Bewusstsein.
»Noch ein Halt«, sagte Faraday, während er die Zügel knallen ließ und das Pferd in Trab verfiel.

Detective Boggs befand sich im Polizeirevier, weil Faraday ihn alarmiert hatte. Uniformierte Beamte hoben den bewusstlosen McClory aus dem Wagen. »Ich habe ihm ein Beruhigungsmittel gegeben«, sagte Faraday. »Er wird in wenigen Stunden wieder aufwachen. Er glaubt, ich hätte ihn vergiftet. Er wird überrascht sein zu merken, dass er noch lebt.«
»Und sich in einer Gefängniszelle befindet«, sagte Boggs grinsend. Er taxierte den hageren, bärtigen Arzt und sagte: »Das muss ich Ihnen lassen, Dr. Hightower. Ich bin beeindruckt. Ich hätte nie gedacht, dass ich Sie wiedersehen würde. Und ich hätte bestimmt nicht gedacht, dass Sie diese Ratte fangen würden. Konnten Sie Ihr Geld zurückerlangen?«
Faraday taxierte den Detective unter der Gaslampe gleichermaßen

und sagte, wohl wissend, dass das Geld ein Beweisstück war und der Polizei übergeben werden müsste: »Leider ist alles fort.«
Boggs sah Faraday in die Augen, sah neue Kraft und Mut darin, und auch Entschlossenheit, nickte dann und sagte: »Na ja, man kann nicht alles haben, Sir. Ich wünsche Ihnen eine gute Nacht, und viel Glück.«

58

Faraday zahlte Bernam zehn Prozent des Geldes von McClory, eine beträchtliche Summe. Der alte Mann wollte nur die Hälfte davon annehmen und sagte: »Ich bin so froh, dass Sie den gemeinen Hühnerrupfer erwischt ham. Es gibt nix Schändlicheres als 'n Menschen, der Witwen und Waisen bestiehlt.« Aber Faraday drängte ihm die volle Summe auf und sagte: »Für Sarahs Ruhestand.« Er kehrte nach Hause zurück, um sich zu erfrischen, Morgana eine Puppe zu schenken, die er in Redlands gekauft hatte, Bettina zu informieren, dass er eine Woche fort sei, und sein Pack-Maultier neu zu beladen, und ritt erneut in die Wüste hinaus. Von dem wiedererlangten Geld wollte er nichts sagen.
Dieses Mal folgte er dem Rat des alten Goldsuchers, westlich von Arch Rock zu suchen, in einem Gebiet, das nicht weit von einer Formation namens Skull Rock entfernt lag und wo ein uralter Joshuabaum stand, den die Ortsansässigen La Vieja – »die Alte« – nannten. Als er Bernam die Zigeuner-Zeichnungen zeigte, hatte der alte Goldsucher sofort gewusst, worauf das Quadrat mit der gezackten Linie hindeutete. »Es ist keine Goldmine, Doc. Es ist 'ne Felsformation. Diese Linie bezeichnet 'n Erdwall. Aus anderem Gestein als die Felsen, in die er eingebettet ist. Sie sehen wie 'ne Reihe Zähne aus. Ich kann Ihnen nicht den genauen Fels und Standort sagen, aber Sie werden nah dran sein, wenn Sie bei Skull Rock, am südlichen Ende des Queen Valley, suchen.«
Als er bei Jumbo Rocks sein Lager errichtete, kam Faraday McClorys Bemerkung über das »schnelle Reichwerden« wieder in den Sinn. Als sein Lagerfeuer brannte und der Kaffeetopf auf dem

Rost stand, nahm Faraday sein Tagebuch hervor und schrieb: »Ich muss gestehen, dass McClory in einem Punkt Recht hatte. Ich hatte es eilig und suchte nach einer Abkürzung zu meinen Schamanen. Wo auch immer ich hinging, verlangte ich Hilfe von anderen. Ich fragte Wheeler und die Pintos, ich fragte Elizabeth, und dann hoffte ich, McClory würde mich dort hinführen, wo ich hinwollte. Ich habe die Arbeit nicht selbst geleistet, sondern eher gehofft, Landkarten und Menschen kaufen zu können, die mich zu meinen Schamanen führen würden. Jetzt erkenne ich, dass das falsch war. Mir steht ein einsames Bestreben bevor. Der Weg, den ich beschreite, ist nur für mich allein gedacht. Die Schamanen werden sich mir nicht offenbaren, wenn ich mit einem Heer von Helfern eintreffe.

Aber meine Zeit war nicht verschwendet. Ich habe in meiner Kunstmappe Zeichnungen von Gottes wunderschöner Erde, von scheuen Indianermädchen und von häuslichen Szenen eines Lebens gesammelt, das immer mehr ausstirbt. Ich habe Geschichten und Mythen und Überlieferungen festgehalten. Ich bin ein reicher Mann. Wie sehr ich mir wünschte, Elizabeth wäre hier!«

Bei Tagesanbruch begann Faraday seine Suche, ließ sein Pferd und das Maultier im Lager zurück. Er kletterte über Felsblöcke, quetschte sich durch Spalten, drängte sich durch verkümmerte Gewächse, fand kaum einen Fleck ebenen, sandigen Bodens. Er kletterte den ganzen Morgen, während die Sonne aufstieg, kroch wie eine Eidechse über versteinerte Lava und schwarzen Basalt, zerkratzte sich die Hände an Steinen und Kakteen, scheuchte Taranteln von seinem Weg und wischte sich den Schweiß aus den Augen. Er fluchte, als er ausglitt, stürzte, fiel. Als seine Feldflasche geleert war, kehrte er zum Lager zurück, um etwas zu essen und zu trinken, sich die Haut unter dem feuchten, juckenden Kragen zu kratzen und die Sonne unter den Horizont sinken zu sehen, bis ihm eine weitere Nacht der Einsamkeit bevorstand, bevor ein neuer Tag anbrach.

An seinem vierten Tag der Erforschung der »Jumbo«felsen trat Faraday in einen Nagerbau, verlor das Gleichgewicht und fiel auf einen kleinen Felsen. Er rollte hinunter und landete in einem schmalen Zwischenraum, den er noch nicht erkundet hatte. Als er sich erhob, sich abklopfte und seinen Knöchel untersuchte, hielt er jäh bestürzt inne, denn da war er, der wuchtige, abgerundete Schädel, die gewaltigen, gähnenden Augenhöhlen, die riesige Höhlung, wo die Nase hätte sein sollen.

Er hatte Skull Rock gefunden.

Nun beschleunigte er seine Schritte, denn der Felsen mit dem Blitz musste irgendwo in der Nähe sein. Er konnte es *spüren*. Ein wenig konzentriertes Klettern, und er stolperte in eine winzige Schlucht, die von wuchtigen Felsblöcken eingeschlossen war und von einem einsamen, dickstämmigen, alten und majestätischen Joshuabaum dominiert wurde.

La Vieja.

Er ging umher, erkundete jeden Zentimeter Sand und Gestrüpp, fand aber nichts Außergewöhnliches, nur die Spuren und Fährten von Skorpionen und Schlangen. Bei Sonnenuntergang zerbrach etwas in seinem Inneren. Er hatte sich erneut und einmal zu viel wie ein Narr aufgeführt. Er schrie zum Himmel, verfluchte Gott und rief, seine Suche sei beendet. Er würde keinen Tag länger, keine Stunde länger versuchen, die Schamanen zu finden.

Er umklammerte die Zeichnung, die er von Elizabeths Gesicht gemacht hatte, betrachtete ihre wunderschönen, vom Mondlicht beleuchteten Augen und fühlte sich zu dem Nachmittag zurückversetzt, an dem sie sich zum ersten Mal geküsst hatten, als die Sonne auf sie schien, um die Wildblumen Bienen summten und Falken am Himmel ihre Kreise zogen – ein Nachmittag, von dem Faraday sich verzweifelt wünschte, er könnte ihn noch einmal erleben …

»Ich bin hier, Faraday …«

Er hob ruckartig den Kopf und sah sich um. Aber da war niemand in der Wüste, nur Wildnis unter den Sternen.

»Hier …«

Er sprang auf. »Elizabeth?« Ihre Stimme war nicht zu verkennen. »Ich höre dich! Wo bist du?«

»Folge meiner Stimme.«

Er stolperte über Felsen und Dünen, brach durch Salbeibüsche und Kakteen, bis er nicht mehr weiterkam. Sein Geist spielte ihm grausame Streiche – es waren nur die Dämonen, die im Chaco Canyon in seine Seele eingedrungen waren und ihn nun erneut quälten. Er weinte bitterlich, und als er die Augen wieder öffnete, sah er etwas

im Mondlicht schimmern. Ein Felsen, eigenartig geformt – fast ein perfektes Quadrat –, vielleicht zwanzig Fuß breit und zwanzig Fuß hoch, eine Laune der Natur.
Und hindurch verlief von der oberen zur unteren Ecke eine deutliche Zickzacklinie.
Er sah ungläubig hin. Und dann schrie er auf.
Es war genau so, wie die Zigeunerin es gezeichnet hatte! Wie sollte er dieses Wunder begreifen? Er sprach ein inbrünstiges Dankgebet zu Gott und entschied, nicht sofort über das Mysterium dessen nachzusinnen, was geschehen war – Elizabeths Stimme, dessen war er sich sicher. Zuerst musste er die Schamanen finden, die in der Nähe lebten!
Er eilte nach Hause, um seine Vorräte aufzustocken und Vorbereitungen für einen längeren Aufenthalt in der Wüste zu treffen. Er war neu belebt, von Begeisterung erfüllt. Bettina fragte ihn, was los sei, und er antwortete, er sei einfach guter Stimmung. Aber sie stand mit den Händen auf den Hüften da und forderte zu wissen, warum er so guter Stimmung sei.
Faraday hielt in seiner Tätigkeit inne. Durch seine innere Bewegung waren seine Sinne wach und gespannt. Und plötzlich nahm er seine Schwägerin zum ersten Mal richtig wahr.
Es war die Art, wie sie ihn fragte, nicht als Frage formuliert, sondern als Forderung. In diesem Moment erkannte er, was für eine herrische, rechthaberische Frau sie war. Von dem Tag an, als sie ohne Abigail in das Bostoner Stadthaus in Back Bay zurückkehrten, Morgana ein Baby in seinen Armen, hatte Bettina Liddell ihn herumkommandiert wie einen Schuljungen. Er hatte in seinem Kummer und seiner Verzweiflung, bei seinen Anfällen von Schwermut und Depression, in seinen manischen Phasen, wenn er von der Olla und von dem Hopi-Mädchen besessen war, in seiner euphorischen Liebe zu Elizabeth, dieser Frau, die sein Leben beherrschte, immer nur halbwegs zugehört und sie nur halbwegs wahrgenommen. Aber nun, in diesem Moment – als habe der Lightning Rock seinen Geist und seine Augen geöffnet –, erinnerte er sich an Vorfälle in der Vergangenheit, die Bettina in einem neuen Licht erscheinen ließen.
Beim ersten Vorfall war Faraday im Garten gewesen und hatte neu

errichtete Zäune auf seiner Landkarte eingetragen, als eine ortsansässige Frau zur Casa Esmeralda kam und sagte, sie und die übrigen Frauen träfen sich, um für die armen Soldaten in den Schützengräben Europas Verbände zu rollen und Decken zu stricken. Faraday hatte Bettina antworten hören, sie wolle nicht gestört werden, und sah sie die Frau fortschicken.

Der zweite Vorfall fand wenige Tage später statt, als er in der Küche war und sich kalte Zitronenlimonade eingoss. Eine Kleinbäuerin auf der Suche nach Arbeit kam herein. Sie erklärte, sie sei ehrlich und würde jede Aufgabe annehmen, da sie ihre Kinder ernähren müsse und ihr Mann in Frankreich sei, im Krieg kämpfe. Aber Bettina hatte sie abgewiesen und zu Faraday gesagt: »Diese Kleinbauern wollen immer etwas umsonst. Das Land, auf dem sie leben, kostet sie schon nichts. Soll ihnen alles andere dann auch noch kostenlos überlassen werden? Sie war nicht die Erste, die mit ausgestreckter Hand hierher kam, wie du wissen musst. Wirklich, Faraday, was ich mir alles gefallen lassen muss, wovon du nichts weißt!«

Damals hatte Bettina sein Mitgefühl. Sie war eine gute Christin, die häufig davon sprach, ihre Pflicht zu tun, obwohl es ihr manchmal Mühe bereite. Faraday sah ein, dass viele ausgestreckte Hände selbst die großzügigste Frau belasten würden, und er bewunderte ihre Geduld und Entschlossenheit, Morgana in dieser Wildnis ein gutes Leben zu bereiten.

Der dritte Vorfall fand statt, als er im Stall war und nach einem Wüstenausflug sein Pferd und sein Packtier ablud. Eine Farmersfrau, die eine längere Strecke zurücklegen musste, um Milch zu Faradays Anwesen zu liefern, traf in ihrem Wagen ein, die Milchflaschen in nasse Jutesäcke gewickelt, um sie kühl zu halten.

Es war ein glühend heißer Tag im Coachella Valley, und sogar dem Wind schien es zu heiß zu sein, um zu wehen. Bettina betrachtete die Milchflaschen, erklärte, die Milch sei sauer, und sagte der Frau, sie solle wieder gehen.

»Aber Mrs. Hightower, Sie versprachen, dieses Mal für die Lieferung zu bezahlen. Ich komme einen so weiten Weg hierher, und ich brauche das Geld für die Medizin meines Mannes.«

»Ich bezahle nicht für saure Milch.«

»Ich kann nichts für die Sommerhitze, Ma'am. Und außerdem bin ich mir nicht sicher, ob die Milch *tatsächlich* sauer ist. Sie haben sie nicht einmal probiert.«

»Zweifeln Sie an meiner Beurteilung?«

Die Frau beugte demütig den Kopf. »Sie könnten zumindest ein wenig gute Buttermilch und viel gute Butter daraus gewinnen.«

Aber Bettina schlug der Frau die Tür vor der Nase zu, wandte sich um und sah, erschreckt, Faraday dort stehen.

»Sie nannte dich Mrs. Hightower«, sagte er.

»Dumme Frau«, sagte sie abfällig. »Ich korrigiere sie immer wieder, aber es bleibt nicht hängen. Faraday, wir brauchen ein Automobil. Ich kann mich nicht darauf verlassen, dass diese faulen, unfähigen Kleinbauern frische Waren liefern.«

Er sagte ihr, sie solle eines kaufen, nur um das Thema zu beenden, und nahm sich vor, der Frau zu folgen und ihr die Milch zu bezahlen, aber zunächst brauchte er ein kaltes Bad, und dann müsste er Notizen in seinem Tagebuch machen – über die Funde und die Nieten des Monats –, denn wenn er das nicht sehr genau notierte, würde er vielleicht dieselben Wege noch einmal nehmen und in Gebieten suchen, die er bereits erforscht hatte.

Die Kleinbäuerin war vergessen.

Und dann kam er eines Tages nach Hause und fand keine Morgana vor, die wie üblich herausgelaufen kam, um ihn zu begrüßen. »Sie ist zur Strafe in ihrem Zimmer eingesperrt«, sagte Bettina mit dem vorgestreckten Kinn, das er inzwischen so gut kannte.

Er fragte seufzend: »Was hat sie denn angestellt?«

»Sie hat geniest, und als ich ›Gesundheit‹ sagte, erwiderte sie: ›Was sagst du, wenn *Gott* niest?‹ Ich habe sie ohne Abendessen ins Bett geschickt, um ihr eine Lektion über Gotteslästerung zu erteilen.«

Faraday ging hinein und fand Morgana mit vom Weinen verquollenen Augen vor. »Mama ist böse auf mich.«

»Nein, das ist sie nicht«, sagte er und glaubte, Morgana meine Abigail, weil er seine Tochter gelehrt hatte, jeden Abend zu ihrer Mutter zu beten, die ein Engel im Himmel sei.

»Sie sagt, ich betreibe Gotteslästerung.«

Da erkannte er, dass sie Bettina meinte. »Du sollst sie nicht Mama nennen«, korrigierte er sie sanft, beunruhigt darüber, dass sie das mit der Zeit verwirren könnte, und nahm sich vor, mehr Zeit mit seiner Tochter zu verbringen, ihr Fotos von ihrer Mutter zu zeigen, ihr Geschichten über ihre kurze, gemeinsame Zeit zu erzählen. »Bettina ist deine Tante.«

All diese scheinbar unwichtigen Vorfälle waren ihm zu der Zeit nicht aufgefallen, aber im Rückblick ließen sie ihn seine Schwägerin in einem neuen Licht betrachten. Er fragte sich, ob er früher unbewusst absichtlich blind gewesen war, denn wäre ihm bewusst gewesen, was vor sich ging – Bettina, die sich als seine Frau ausgab und andere abscheulich behandelte –, wäre sein Leben vielleicht anders verlaufen, sie wären vielleicht sogar nach Boston zurückgekehrt, und er wäre Elizabeth nie begegnet, hätte nie den Lightning Rock gefunden.

Er erkannte auch, dass er ihr nicht mehr vertraute, und das schon seit einiger Zeit. Wie sonst wäre es zu erklären, dass er ihr nie von dem Geld erzählt hatte, das er von McClory zurückerlangt hatte? Darum erzählte er ihr auch nichts von seiner Entdeckung des Lightning Rock, sondern behauptete stattdessen, dass er einen neuen Hinweis auf versteckt lebende Indianer gefunden habe.

Er kehrte in die Wüste zurück und nahm seine Suche rund um den Lightning Rock wieder auf, fand aber nichts und niemanden. Wieder überkam ihn ein Fieber, nicht körperlich, sondern geistig, und er wurde so von seiner Suche verzehrt, dass er eines Nachmittags sein Skizzenbuch hervornahm und den Lightning Rock zu zeichnen begann, aus jedem Blickwinkel, in all dem variierenden Licht von der Morgen- bis zur Abenddämmerung und sogar bei Sternenschein, er zeichnete wütend in der Hoffnung, dass sich ihm die Bedeutung des Felsens offenbaren würde, bis kalte Winde durch seine Seele fuhren, er die Nutzlosigkeit seines Tuns erkannte und in den Mittagshimmel schrie: »Habe ich verloren? Bin ich zu spät gekommen?«

Da fiel ein Schatten über ihn, und seine Nasenflügel nahmen einen unbekannten, recht angenehmen Geruch wahr. Er schaute auf, und sah vor sich, im Sonnenschein, ein bemerkenswertes Geschöpf stehen.

Sie hatte nussbraune, runzelige Haut und langes, schneeweißes Haar, das in zwei Zöpfen über ihren Schultern lag, sowie einem weißen Pony, der ihre Augenbrauen streifte. Unter diesem schneeweißen Pony glänzten scharfe braune Augen, wie Kiesel in einem Strom, voll lebhaftem Interesse und Verstand. Sie hatte das runzeligste Gesicht, das er je gesehen hatte. Aber ihre Kleidung verblüffte ihn: eine scharlachrote Bluse, in einen langen, mit Fransen versehenen Wildlederrock gesteckt, ein silberner, mit großen Türkisbrocken bestückter Gürtel, und eine prächtige Silber- und Türkishalskette lag auf ihrer Brust.

Er erhob sich und sah sich um. Wo war sie hergekommen? Und war es klug für eine alte Frau, allein mit solchen Schätzen an ihrem Körper umherzuwandern? Der Gürtel und die Halskette – und jetzt sah er auch Türkisringe an ihren braunen Fingern und Silber an ihren Ohrläppchen schimmern – waren gewiss ein kleines Vermögen wert.

»Wer sind Sie?«, fragte er.

Sie lächelte, und er sah, dass sie noch die meisten ihrer Zähne hatte. Es kam ihm bei diesem angenehmen Lächeln außerdem in den Sinn, dass sie sehr schön gewesen sein musste, als sie jung war.

Er wiederholte seine Frage.

Als sie nicht antwortete, sondern nur im Sonnenschein stehen blieb, ihr schneeweißes Haar im Wüstenwind wehend, fragte er: »Sprechen Sie Englisch? Verstehen Sie mich?«

»Ich verstehe, Pahana.«

»Aber … wo sind Sie hergekommen?«, fragte er und sah sich erneut um. »Wo wohnen Sie?«

Sie hob einen Arm und deutete hinter ihn. Dort schien nichts als Gestrüpp zu sein. Aber als er durch das Fernglas blickte, das um seinen Hals hing, konnte er in der Ferne eine Ansammlung von Hütten aus Gras und Zweigen ausmachen, wie er sie in Indianer-Reservaten gesehen hatte.

Er fragte sie, zu welchem Stamm sie gehöre.

»Ich stamme vom Sonnenvolk ab.«

Er hatte noch nie von einem solchen Stamm gehört. Sein Puls raste. »Sind Sie Anasazi?«, fragte er eifrig.

Sie erwiderte: »Ich kenne dieses Wort nicht«, und ihm fiel ein, dass *Anasazi* das Navajo-Wort für »alte Feinde« war. Natürlich würden sie und ihr Volk sich nicht so nennen.

Sie hatte einen Hirschlederbeutel über die Schulter geschlungen, der mit perlenverzierten Fransen versehen war. Während sie sich auf einem Felsen niederließ, öffnete sie den Beutel und durchwühlte seinen Inhalt.

Er bemerkte, dass sie nicht auf die Art der ortsansässigen Indianer gekleidet war. Er war mit den Stämmen und Gruppen in dieser Region vertraut. Sie kleideten sich inzwischen alle wie Weiße, aber diese Frau trug traditionellere Kleidung. Er dachte an das, was Elizabeth über kleine abgeschiedene Stämme gesagt hatte, die wenig oder gar keinen Kontakt zum weißen Mann hatten. War er auf jemand aus einer solchen Gruppe gestoßen?

»Woher kam Ihr Volk?«

»Von der aufgehenden Sonne.«

Der Osten! Und im Osten lag das Land der verschwundenen Anasazi …

Lebten diese Frau und ihr Stamm noch so wie ihre Vorfahren vor achthundert Jahren? Faraday stellte sich bereits die gelehrten Artikel vor, die er veröffentlichen würde, die Bücher und die Vortragsreise, bei der er sein neu entdecktes Wissen in der ganzen Welt verbreiten würde. »Was ist im Chaco Canyon geschehen?«

Sie runzelte die Stirn. »Wo ist das?«

»Wissen Sie, was *Hoshi'tiwa* bedeutet?«

Sie nickte. »Ein sehr alter, sehr heiliger Name.«

»Ein Name wofür? Ein Ort? Eine Person?«

»Die Mutter meines Volkes. Sie lebte vor langer Zeit.«

Das Mädchen im Verbotenen Canyon! Sie hatte ihm den Namen ihrer Vorfahrin gesagt. Er war endlich auf der richtigen Spur! »Ich möchte so vieles wissen!« Seine Gedanken eilten voraus. Er hatte so viele Fragen!

Die alte Frau nahm aus ihrem Beutel eine Tonpfeife hervor, und während er ungläubig zusah, stopfte sie sie mit Tabak. Sie würde das Ding doch gewiss nicht anzünden! Und doch tat sie genau das, strich am Felsblock einen Flint an, hielt die Flamme an den Pfeifenkopf und paffte, bis die Luft von übel riechendem Rauch erfüllt war.

»Erzählen Sie mir alles«, bat Faraday, der kaum sitzen bleiben konnte, weil seine Begeisterung so groß war. »Wie Ihr Volk lebt. Ihre Traditionen. Welche Gesetze haben Sie, welche Tabus?«

Sie rauchte, stieß den Rauch dann aus und sagte: »Wir sind nicht hier, um weltliche Angelegenheiten zu besprechen, Pahana.«
Er fragte sie, ob sie etwas dagegen habe, wenn er sie zeichne, und als er ein Achselzucken als Antwort erhielt, nahm er sein Skizzenbuch und die Stifte hervor. Während sie an ihrer Pfeife zog und seine Stifte über das Papier flogen, fragte er sie nach dem Geheimnis des Lebens, nach Gott, nach der Seele und dem Leben nach dem Tode. Sie beugte sich auf ihrem Platz auf dem Felsblock vor, sah ihm direkt in die Augen und meinte: »Sag mir, Pahana, du betrachtest uns als Wilde, und doch suchst du unsere Weisheit. Hat dein Volk nicht seine eigene Weisheit und heiligen Lehren?«
»Das ist alles sehr verworren«, sagte er. »Unsere heiligen Schriften sind widersprüchlich. Und sie sind kein Beweis.«
»Beweis wofür?«
»Dass Gott existiert. Dass es ein Leben nach dem Tod gibt.«
»Ah, das Leben nach dem Tod. Wenn du stirbst, Pahana, möchtest du an einen hübschen Ort gehen. Straßen aus Gold. Tore aus Perlen. Alle sind glücklich.«
»Der Himmel. Ich hoffe, dorthin zu kommen.«
»Werde ich auch dorthin kommen?«
»Wenn Sie Glück haben.«
»Was ist, wenn ich nicht an diesen Ort gehen will?«
Faraday blinzelte.
»Pahana, ist es dir nie in den Sinn gekommen, dass der Himmel eines Menschen die Hölle eines anderen sein kann? Erweitere deinen Horizont! Warum fürchtest du den Tod? Der Tod ist nur ein Ortswechsel.«
Sie klopfte ihre Pfeife aus, stopfte sie erneut, zündete sie wieder an, rauchte und sagte schließlich: »Pahana, ich möchte dir ein Geschenk machen.«
»Ein Geschenk?«, fragte er, während seine Stifte ihre bunte Bluse und den Wildlederrock, das in der Sonne schimmernde Silber und Türkis und ihre lebhaften braunen Augen einfingen, die ihn betrachteten.
»Horche, Pahana. Horch auf das, was um dich herum ist.«
Er horchte, aber da war nur Wüstenstille. »Was soll ich hören?«
»Die Stille hat ihre eigenen Stimmen.«

»Bitte, erklären Sie«, sagte er.
Sie schüttelte den Kopf. »Du bist nicht bereit. Bevor du unsere Weisheit verstehen kannst, Pahana, musst du dich selbst kennen.« Sie streckte einen Arm aus und spreizte einen braunen Zeigefinger ab. »Dort beginnen wir …«
Er schaute zu der von ihr angezeigten Stelle. Dort war nichts Außergewöhnliches – sandiger Boden mit Büscheln trockenen Grases, übersät mit Kieseln und mit den Spuren kleiner Tiere bedeckt. Als sie ihn anwies, den Sand fortzuräumen, ging er hinüber und schob ihn mit einem Fuß beiseite. Darunter traf sein Stiefel auf etwas Festes. Er kniete sich hin, grub tiefer, schob weiteren Sand fort und war überrascht, ein großes Holzbrett zu finden, wie ein mitten in der Wüste vergrabenes Floß.
Als er es beiseite zog, fand er darunter eine Höhlung. Die Sonne schien hell genug, um das Innere der Höhlung zu beleuchten, die allerdings keine natürliche Höhle, sondern ein unterirdischer Raum war, von Menschen gemacht, und er erkannte, dass es ein Zeremonialbau, ein Kiva, sein musste, so wie er sie in Hopi- und Zuni-Pueblos gesehen hatte. Als er hineinschaute, stieg ihm der Staub von Jahrhunderten in die Nase.
Und er sah wieder zu der alten Frau hoch, ein Schattenriss vor der Nachmittagssonne, ihr geflochtenes Haar ebenso silberfarben wie ihr Schmuck. »Ich bin schon seit vier Jahren hier draußen auf der Suche nach Ihnen«, sagte er. »Warum haben Sie sich mir erst jetzt gezeigt?«
»Du hast diese Antwort selbst von einem Fremden erfahren, der dich betrog. Er bot dir einen schnellen Weg zu den von dir gesuchten heiligen Männern. Er nahm dein Geld, und als du es von ihm zurückholtest, lerntest du, dass es keine Abkürzung zur Wahrheit gibt, dass du keine anderen Menschen bitten kannst, dich zu deinem Bestimmungsort zu führen, sondern dass du dem Weg allein folgen musst. Als mein Volk auf Visionssuche ging, Pahana, heuerten wir keine Führer an, kauften wir keine Landkarten. Wir gingen allein. Einsamkeit führt zur Wahrheit.«
Er schaute erneut in den Kiva und bemerkte die kreisrunde Steinbank, welche die innere Ziegelmauer säumte, sowie die Feuergrube in der Mitte, und erinnerte sich an das, was John Wheeler ihm über

Kivas erzählt hatte, dass es heilige Orte waren, wo die Priester die Geisterwelt betraten.
»Kann ich dort hinabsteigen?«, fragte er.
»Warum sonst habe ich es dir gezeigt?«
Er sprang auf, von neuem Eifer erfüllt. Wenn Elizabeth nur hier wäre, um diesen bewegenden Moment mit ihm zu teilen!
Eine Wolke verdeckte kurzzeitig die Sonne, und er fror. Elizabeth … Er war sich sicher, dass es ihre Stimme war, die ihm zugerufen hatte. Aber wie? Bedeutete das, dass sie tot war?
»Pahana«, sagte die alte Frau streng und brachte ihn in die Gegenwart zurück.
»Ja, ja«, sagte er. »Ich werde eine Leiter brauchen.« Er schob die Abdeckung wieder über die Höhlung – obwohl das Holz alt und verwittert war, hatte die Trockenheit der Wüste es so gut erhalten, dass es noch immer massiv war. Und er verabschiedete sich von der alten Frau und strebte nach Hause, um weitere Vorräte und vor allem eine Leiter zu besorgen.
Der Befragung durch Bettina wich er mit vagen Antworten aus und kehrte anderntags zu dem Kiva zurück. Ihm fiel ein Stein vom Herzen, als er die alte Frau dort immer noch Pfeife rauchend vorfand. Er senkte die Leiter in den Hohlraum hinab, doch die alte Frau sagte bedächtig: »Du kannst nicht einfach so hineinklettern. Du musst dich vorbereiten, Pahana. Du musst fasten und meditieren, du musst die schlechten Gifte aus deinem Körper ausschwitzen.« Und sie sagte ihm, was er tun müsse.

59

Der Zeremonialbau veränderte alles.
Faraday spürte, dass er kurz davor stand, eine spirituelle Reise anzutreten, die sein Leben vollkommen verändern würde. Aber er lebte nicht allein. Er musste sich vorbereiten. Er musste an Bettina und Morgana denken.
Er erklärte der alten Frau, er müsse ein weiteres Mal nach Hause, da

er für seine Tochter und Schwägerin Verantwortung trage. Sie nickte und sagte: »Geh nur. Ich werde hier sein, wenn du kommst.«

Als er wieder in seinem kleinen Haus eintraf, sah er sehr ernst aus. An diesem Abend rief er Bettina und Morgana zu sich ins Arbeitszimmer, wo er seine Landkarten und Notizen und Zeichnungen aufbewahrte, und erklärte ihnen, dass bald ein neues Leben für sie alle begänne. Zu Bettina sagte er: »Meine Liebe, bitte glaube nicht, dass ich deine vielen Opfer um unsertwillen nicht zu schätzen wüsste. Ich erkenne jetzt, dass ich deine Bedürfnisse nicht genug beobachtet habe und deine Stellung in der Gesellschaft. Ich habe dir die Freuden und die Erfüllung der Ehe und Mutterschaft versagt. Ich bete darum, dass du mir vergeben kannst. Es ist noch Zeit, Bettina, eigene Kinder zu haben.« Er wusste, dass sie kürzlich ihren sechsunddreißigsten Geburtstag begangen hatte. »Aber mehr als das verdienst du es, eine *Ehefrau* zu sein. Wir werden morgen darüber sprechen, aber bitte glaube mir, wenn ich dir sage, dass mir dein Glück sehr am Herzen liegt.«

Ihre Augen verschleierten sich, und er bemerkte zum ersten Mal eine weiche, empfindsame Seite an Bettina.

Und dann nahm er Morgana auf den Schoß – sie war nun ein rasch heranwachsendes Mädchen von zehn Jahren – und erzählte ihr, dass ein großartiges und wundervolles Abenteuer vor ihr läge, aber er sagte nicht mehr, da er die Einzelheiten noch klären musste, und außerdem wollte er ihr das Vergnügen nicht nehmen, sich auf eine wundervolle Überraschung zu freuen.

Er ging an diesem Abend als glücklicher Mann zu Bett, zum ersten Mal seit vielen Jahren, zuversichtlich und aufgeregt in die Zukunft blickend. Es war lange her, seit er von Abigail geträumt hatte. Seit Elizabeth sein Herz erfüllt hatte, war es nicht mehr geschehen. Aber in dieser Nacht träumte er von seiner Frau, und in dem Traum kam sie voller Liebe zu ihm, er roch Mimosen, Abigails Lieblingsduft, und er spürte ihre Lippen auf seinen. Er schloss sie mit äußerster Leidenschaft in seine Arme. Aber dann erwachte er und stellte fest, dass es kein Traum war. – Bettina war in sein Bett gekommen, das Parfüm ihrer Schwester an sich, und trug einen Morgenrock, den Abigail in ihren Flitterwochen getragen hatte. Bettinas Lippen lagen auf seinen, während sie ihren Körper an ihn presste.

Er sprang aus dem Bett und rief: »Großer Gott, was tust du!«, und Bettina setzte sich im Bett auf, einen erstaunten Ausdruck auf dem Gesicht.
»Bettina, was tust du in meinem Bett?«
Sie umklammerte den Morgenrock an ihrer Kehle und rutschte zum Bettrand. Sie war totenbleich geworden. »Aber ich dachte ... Faraday, du sprachst von Ehe, Kindern ...«
»Doch nicht mit mir!«, rief er. »Mit Mr. Vickers natürlich!«
Sie sah ihn an, mit zitterndem Kinn, und als er ihr wirres Haar und die Blässe ihres Gesichts bemerkte, sagte er sanfter: »Ich wollte damit sagen, dass ich dich freigebe, Bettina, damit du nach Hause gehen und Mr. Vickers heiraten kannst. Ich habe beschlossen, Vereinbarungen dafür zu treffen, Morgana in einem Internat unterzubringen. Ich habe von einer ausgezeichneten, höheren Lehranstalt für junge Damen gehört, in einer Stadt namens Pasadena.«
»Aber was ist mit dir?«, flüsterte sie nach Atem ringend. Sie zitterte vor Schreck.
Er zog rasch seinen Morgenrock über, band den Gürtel fest und sagte: »Ich werde fortgehen. Länger als ich üblicherweise fort bin. Ich werde das Haus unbewohnt lassen.« Er konnte ihr kaum in die Augen sehen. Noch immer spürte er ihre Lippen auf den seinen. Was für ein schreckliches Missverständnis!
»Ich weiß nicht, was ich sagen soll, Faraday ...«
Sie zitterte so stark, dass er die Decke von seinem Bett nahm und sie ihr um die Schultern legte. Bettina kam ihm plötzlich klein und zerbrechlich vor, und das bestürzte ihn. Ihre Haare hingen ihr wirr ins Gesicht, und der Duft von Mimosen war so stark, dass es schon unangenehm war.
»Ich habe mich falsch verhalten«, sagte er, noch immer benommen von dem Schock, sie in seinem Bett vorzufinden. Er hatte nicht geahnt, dass Bettina so für ihn empfand! Je eher er sie in den Zug zurück nach Boston und zu ihrem Verlobten setzte, desto besser.
Sie trat zurück und sah ihm in die Augen. »Ich denke, ich habe mich ebenfalls falsch verhalten. Faraday, es gibt keinen Mr. Vickers.«
Er verstand absolut nicht, was sie da sagte. Er starrte sie verwirrt an, während die Uhr auf dem Kaminsims tickte und Bettina darauf wartete, dass er etwas erwiderte. Als das Schweigen zu lange anhielt,

sagte sie: »Ich habe ihn erfunden, Faraday. Während du in diesen vier Jahren fort warst, um die Welt gereist bist, nach dem Glauben gesucht hast und es mir überlassen blieb, dein Kind aufzuziehen – war ich in einer sehr peinlichen Lage. Ich lebte im Haus meines Schwagers wie eine gewöhnliche Dienerin. Ich war eine alte Jungfer, dreißig Jahre alt, ohne Aussichten. Also erfand ich einen Verehrer.«

Er griff nach einem Stuhl und sank darauf nieder. Bettina blieb stehen, ihre Stimme wurde fester und ihr Rückgrat straffte sich, sodass sie aufrecht und würdevoll dastand. Der Schock klang ab, während sie wieder zu ihrer alten Haltung fand.

»Es gab *tatsächlich* einen Mr. Zachariah Vickers«, sagte sie, wieder beherrscht. »Ich habe den Namen in einer Zeitung gelesen. Er war ein ortsansässiger Schlachter, der von einer Straßenbahn überfahren wurde. Ich machte *meinen* Mr. Vickers zu einem Mann, der im Land umherreiste, um Bibeln zu verkaufen, und Missionsarbeit in Afrika leistete.«

»Aber … du hast sein Foto.«

»Ich sah es im Fenster eines Fotostudios und fragte, ob ich es kaufen könne. Ich sagte, ich sei Porträtmalerin und wollte das Foto als Modell benutzen. Ich habe keine Ahnung, wer der Mann ist.«

Faraday war sprachlos. Sie hatte das Gesicht eines Fremden in einen aufwendigen Rahmen gesteckt, und wo auch immer sie hinzogen – im Lager im Chaco Canyon, in ihren Zimmern in Albuquerque, in der Casa Esmeralda und selbst jetzt, auf dem Kaminsims in ihrem Wohnzimmer –, war Mr. Zachariah Vickers dabei.

»Aber die Postkarten aus Afrika …«

Sie reckte das Kinn. »Ich habe sie bei Dabney's Imports in Boston gekauft.«

»Wo hattest du dann das Geld her, um dieses Haus auszustatten?«

»Ich habe Schmuck geerbt, von dem du nichts wusstest. All diese vermeintlichen Reisen zur Western Union gingen in Wahrheit zu einem Juwelier in Banning, um meinen Schmuck zu verkaufen. Faraday«, sagte sie enttäuscht, »du hast nicht einmal bemerkt, dass mein Verlobungsring fehlt.«

Der Ring! Seine Verwirrung nahm zu. »Aber wenn es keinen Mr. Vickers gab, woher hattest du dann den Ring?«

»Ich kaufte ihn in Albuquerque, während du dich von deinem

Fieber erholtest. Ich habe dich schon immer geliebt, Faraday. Vom allerersten Nachmittag an, als du meine Schwester besuchtest. Und nachdem sie starb, nahm ich einfach an, du würdest dich mir zuwenden …«

»Lieber Gott, Bettina! Ich werde dich ewig als eine Schwester betrachten. Ich kann dich nicht anders sehen.«

»Ich hatte gehofft … Kinder von dir zu bekommen«, sagte sie leise. »Ich will dir einen Sohn schenken. Einen *richtigen* Sohn, nicht nur eine Tochter«, fügte sie verbittert hinzu, »um den Namen Hightower weiterzuführen. Faraday, du empfindest doch gewiss ein wenig Zuneigung für mich, denn warum hast du mich sonst diese ganze Zeit bei dir behalten? Sicherlich nicht nur als Morganas Kindermädchen. Ich habe immer gespürt, dass da etwas Tieferes, Persönlicheres bestand.«

»Bettina, ich habe dich nie als Morganas Kindermädchen angesehen. Du gehörst zur Familie. Ich habe Abigail an unserem Hochzeitstag versprochen …« Er hielt jäh inne, biss sich auf die Lippen.

»Ihr was versprochen?«

»Schon gut. Es ist schon spät«, sagte er müde. »Geh wieder zu Bett, Bettina.«

Ihre Stimme wurde kalt. »Sag es mir, Faraday. Welches Versprechen hat Abigail dir abgenommen?«

Er war müde, morgen musste er Pläne für Morganas Internat schmieden, und der Kiva und die alte Indianerin warteten auf ihn. Ohne recht zu überlegen, offenbarte Faraday Bettina plötzlich etwas, was zu offenbaren er kein Recht hatte und womit er den schlimmsten Fehler seines Lebens beging. Zu dem Zeitpunkt hatte er keine Ahnung, welche Folgen er heraufbeschwor, als er zu ihr sagte: »Als ich um Abigail warb, erzählte sie mir etwas über dich. Sie sagte, ich müsste es erfahren, wenn wir heiraten wollten, weil es mich umstimmen könnte. Obwohl ich ihr danach sagte, nichts könnte meine Liebe zu ihr ändern und dein Geheimnis sei bei mir sicher.«

»Mein Geheimnis?«, flüsterte Bettina.

Er sprach im sanftesten, verständnisvollsten Tonfall, den er aufbringen konnte. »Abigail sagte, dass du, als ihr viel jünger wart, ein Geständnis belauscht hast, dass ihr Vater nicht auch *dein* Vater sei. Deine Mutter habe gestanden, dass sie eine intime Liaison mit dem Familienkutscher hatte. Sie habe es geheim gehalten und deinen Vater in dem Glauben gelassen, du seist sein Kind, aber als du älter wurdest, sei die Ähnlichkeit mit dem Kutscher unübersehbar geworden. Abigail erzählte mir, dass ihr Vater dich aus seinem Testament gestrichen habe, sodass du nach dem Tod der Eltern leer ausgingst und mittellos wärst. Abigail wollte sich immer um dich kümmern, sagte sie, und sie hoffe, ich würde diese Vereinbarung akzeptieren, wenn wir verheiratet wären. Ich schwor auf meine Ehre, mich um dich zu kümmern, gleichgültig, was geschähe. Und ich habe dieses Versprechen gehalten.«

Faraday fühlte sich danach besser, hatte das Gefühl, eine Last sei von ihm genommen, und erwartete nun von Bettina zu hören, sie sei froh, dass er ihr Geheimnis kenne, und sie bewundere ihn dafür, sein Versprechen gehalten zu haben.

Stattdessen herrschte Schweigen. Bettina sah ihn mit einem Ausdruck an, den er niemals zuvor gesehen hatte. Sie raffte den Morgenrock über ihrer Brust und flüsterte: »Abigail hat dir *das* erzählt?«

Und in dem Moment erkannte er, welch schrecklichen Fehler er begangen hatte.

Sie wandte sich um und lief aus dem Raum, und dann hörte er die Tür ihres Schlafzimmers zuschlagen. Er stand wie betäubt da, ohne eine Ahnung, was er als Nächstes tun sollte. Er hörte sie schluchzen – ein Laut, der ihn bis ins Mark frieren ließ, weil eine bittere Verzweiflung darin lag, die ihn aufs Höchste beunruhigte.

Er ging hinüber und klopfte an die Tür. »Bettina, bitte lass mich herein. So können wir das nicht stehen lassen.«

»Geh weg!«

»Daddy?«

Er wandte sich um und sah Morgana, im Nachthemd, mit schläfrigen Augen. »Geh wieder zu Bett, Liebling. Tante Bettina fühlt sich nicht gut.«

Er klopfte erneut, und als sie ihn ignorierte, versuchte er es mit dem Türgriff. Sie hatte sich, Gott sei Dank, nicht eingeschlossen.

Er war noch nie in ihrem Schlafzimmer gewesen. Es war sehr ordentlich, mit rötlichen Tapeten und frischen Blumen in Vasen, Büchern, weiblichen Nippsachen und Ausgaben der *Saturday Evening Post*, die sie immer wieder las. In der Ecke stand ihr von

Hand aufzuziehendes Victrola-Trichtergrammophon. Wie oft hatte er abends durch die verschlossene Tür solch sentimentale Melodien wie *Silver Threads Among the Gold* und *After the Ball* gehört.
Sie saß auf dem Bett, zerriss ungestüm ihr Skizzenbuch, warf Mr. Vickers' Postkarten zu Boden. Faraday sammelte sie auf, Panoramabilder der afrikanischen Ebenen, von Dornbäumen und Löwen und Eingeborenen mit Speeren und Schilden. Aber als er sie umwandte, sah er eine Vielfalt von Namen und Adressen, von denen keine Bettina Liddell gehörte. Und keine der Karten war mit Vickers unterzeichnet. Sie hatte die Wahrheit gesagt!
»Ich habe gehofft und gebetet …«, schluchzte sie.
Er setzte sich neben sie und nahm sie so sanft wie möglich bei den Schultern: »Meine Liebe, dieses entsetzliche Missverständnis tut mir so Leid. Glaube mir, wenn ich dir sage, dass es nichts mit dir zu tun hat, denn du bist eine feine Dame. Aber Abigail gehört mein Herz als Ehemann. Ich könnte ihre Schwester nie auf dieselbe Weise betrachten.«
Vielleicht wäre danach alles gut gegangen, wäre sein Blick nicht in diesem Moment auf eine gerahmte Fotografie auf dem Kaminsims gefallen. Er blinzelte verwirrt, weil er sie erkannte und sie ihm dennoch gleichzeitig fremd war.
Als es ihm dämmerte, was er betrachtete, war es zu spät. Bettina sah den Ausdruck auf seinem Gesicht. Sie wandte sich um, erkannte, was seine Aufmerksamkeit auf sich gezogen hatte, und ihr Gesicht wurde flammend rot.
Auf dem Kaminsims, in einem goldenen Rahmen, stand Faradays Hochzeitsbild – das ihn selbst zeigte, den Hut in der Hand, und vor ihm, in ihrem wunderschönen Hochzeitskleid, saß Abigail, einen Strauß weiße Rosen auf dem Schoß.
Nur dass das Gesicht nicht Abigails, sondern Bettinas war. Sie hatte ihr eigenes Gesicht sorgfältig aus einem anderen Foto herausgeschnitten und es auf das ihrer Schwester geklebt, das Bild in ihr eigenes Hochzeitsporträt verwandelt.
Faradays Hände glitten von ihren Schultern, und sein Kiefer sank herab.
Ihre Blicke begegneten sich.
»Indianer«, flüsterte sie.

»Was?«
»Die Indianer haben dich mir gestohlen.«
»Bettina, was willst du …«
Sie sprang auf, ihre Augen flammend vor Wahnsinn. »Du hast zehn Jahre damit verbracht, nach Indianern zu suchen, während du *mich* hättest ansehen sollen!«
Sie lief aus dem Raum, ließ ihn erstaunt sitzen, und er reagierte erst, als er ein Krachen in der Küche hörte, gefolgt von einem Schrei.
Morgana!
Er flog den Gang hinab, stürzte in die Küche und sah, wie Bettina seine Tochter am Handgelenk festhielt. Zu ihren Füßen lag ein zerbrochenes Milchglas. Im Ofen schwelten noch glühende Kohlen, denn die Nacht war kalt, und während Bettina seine Tochter am Arm hielt, riss sie einen rotglühenden Schürhaken aus den Kohlen und drückte ihn auf die anstößige Stirntätowierung.
Morgana schrie auf und wurde dann ohnmächtig. Die Luft war vom Geruch verbrannten Fleisches erfüllt. Faraday riss seine Tochter zu sich auf den Arm und lief mit ihr los, während Bettina gegen Indianer und Heiden und Wilde Verwünschungen ausschrie.
Er schloss die Schlafzimmertür ab und behielt Morgana den Rest der Nacht bei sich. Sorgfältig und liebevoll behandelte er ihre Wunde.
Am nächsten Morgen bereitete Bettina ruhig das Frühstück zu und erwähnte die Vorfälle der Nacht mit keinem Wort. Faraday schirrte schweigend den Wagen an, bepackte ihn mit seiner Pueblo-Keramik-Sammlung, zog Morgana einen Mantel an und fuhr fort.
Als er zurückkehrte, kam er mit Bargeld, das er für den Verkauf seiner Töpferwaren erhalten hatte (obwohl er die goldene Olla aus Pueblo Bonito behielt). Er reichte Bettina den Umschlag mit dem Geld und sagte: »Ich habe vereinbart, dass Morgana bei den Candlewells um die Ecke bleibt. Wenn ich zurückkomme, möchte ich, dass du fort bist.«
Als er Morgana bei den Candlewells ablieferte, erklärte er Mrs. Candlewell Morganas Unfall mit dem Ofen, wie sie gestolpert sei und sich den Kopf angestoßen habe, gab der Frau Salben und saubere Verbände, erklärte ihr, wie sie sich um die Verbrennung kümmern

müsse, und ließ sich von ihr versprechen, sich gut um seine Tochter zu kümmern. Dann legte er Morgana Abigails Kette mit dem goldenen Einhorn um den Hals und sagte ihr, es würde sie beschützen.
Er kniete vor seinem kleinen Mädchen, diesem Kind von zehn Jahren mit den großen, ernsten Augen, nahm sie sanft bei den Schultern und sagte: »Ich muss eine kleine Weile fortgehen. Aber ich werde zurückkommen, das verspreche ich dir. Während ich fort bin, denk daran, Morgana, dass ich dich mehr liebe als alles andere auf der Welt und dass ich dich in meinem Herzen trage.«
Er nahm einen versiegelten Umschlag aus seiner Tasche und drückte ihn ihr in die kleinen Hände. »Bewahr das gut, mein Engel. Wenn ich bis zu deinem Geburtstag nicht zurückkomme, gib diesen Umschlag Mrs. Candlewell. Er enthält eine Wegbeschreibung zu dem Ort, wo ich sein werde. Sonst zeige sie niemandem.« Faraday wusste, dass der Ort, den er nun aufsuchen wollte, auf keiner Landkarte verzeichnet war. Es könnte in dem Kiva Skorpione geben oder Klapperschlangen. Er wäre ein Narr, wenn er den unterirdischen Zeremonialbau beträte, ohne vorsorglich einen Rettungsplan bereitzustellen.
Er küsste seine Tochter und umarmte sie einen langen Moment, dann ritt er davon, während Morgana auf dem Candlewell-Hof stand und ihm mit ihren großen Augen die Straße hinab nachsah.
Als Faraday zur Parzelle und ihrem Haus zurückkam, war Bettina fort, zusammen mit ihrer Kleidung und all ihrer Habe. Sie hatte eine Nachricht hinterlassen, in der sie sich entschuldigte und versprach, ihm fern zu bleiben.
Nun stand es ihm frei, den Kiva zu besuchen und die nächste Phase seiner spirituellen Reise zu beginnen.

60

Faraday kehrte zum Lightning Rock zurück und folgte den Anweisungen der alten Indianerin. Er baute sich mit Weidenzweigen als Rahmen eine kleine Schwitzhütte, die er mit Decken abdeckte. Er entledigte sich seiner Kleidung und trat ein. Er goss Wasser über heiße Steine, um Dampf zu erzeugen, fastete und betete und meditierte. Er verdrängte Bettina aus seinen Gedanken, und sogar Morgana und Elizabeth. Er dachte an nichts und niemanden außer an die spirituelle Welt, die ihn in dem Kiva erwartete.

Faraday kam in einem gesteigerten Zustand der Bereitschaft aus der Schwitzhütte heraus, eine leere Schiefertafel, auf die geschrieben werden konnte. Er fühlte sich, als er nackt und zitternd in die kalte Morgenluft trat, tatsächlich wie ein neugeborenes Kind.

Unter den Gegenständen, die er mitgebracht hatte, befand sich ein neues Tagebuch, in dem er das neue Leben festhalten wollte, das er begänne, ein hübscher Band aus ziseliertem Leder und mit einer marokkanischen Bindung, vergoldetem Beschnitt und mit einem roten, gerippten Band als Lesezeichen. Er setzte sich auf einen Felsblock, während der Sonnenschein den Schweiß auf seiner Haut trocknete, und schrieb: »Wenn ein Mensch genug Zeit allein in der Wüste verbringt, beginnt er, sich so zu sehen, wie Gott ihn sieht – eine Seele ohne Kleidung oder Haut, einfach ein Mensch, wie er geschaffen wurde und wie die Umstände ihn formten. Als ich in der Indianerhütte meditierte, sah ich eine Seele, die dünn und fadenscheinig war. Aber ich sah noch mehr. Als hätten der Rauch und die Hitze Schichten fortschmelzen lassen, in die ich mich gehüllt hatte, sah ich den früheren Faraday Hightower. Er war ein oberflächlicher, selbstsüchtiger Mann, der sich dogmatisch über Recht und Unrecht ausließ, die Bibel herunterdeklamierte und sich wegen seines Verhältnisses zum Allmächtigen sehr selbstsicher fühlte.

Es hat mich angewidert.«

Er traf am Zeremonialbau ein, wo die alte Indianerin wartete und ihm nun befahl, hinabzusteigen. Er hatte Essen und Wasser, eine Laterne und Streichhölzer mitgebracht, wie auch Tagebuch, Kunstmappe, Skizzenbuch und Stifte. Und eine kleine Bibel, zum Trost.

Aber als er seinen spirituellen Abstieg begann, gab eine der Leitersprossen nach, er stürzte und landete so hart auf seinem rechten Fuß, dass er sich das Schienbein brach. Er wurde kurz bewusstlos, und als er wieder zu sich kam, erkannte er, dass er nicht wieder hinausgelangen könnte, weil die Leiter auf die Seite gestürzt war.

Die alte Frau war an der Öffnung des Zeremonialbaus nicht mehr zu sehen. Sie war gegangen, bevor er rufen konnte.
Aber es stand ja Rettung in Aussicht. Nach der angegebenen Zeit würde Morgana Joe Candlewell den Umschlag geben, und dieser würde die Wegbeschreibung dazu benutzen, um Faraday zu finden. Inzwischen musste Faraday sein Wasser, die Kekse und das Trockenfleisch rationieren und der spirituellen Offenbarungen harren, die da kommen wollten.
Während er schmerzerfüllt dalag und sich fragte, wie ernst der Bruch war, wunderte er sich über das Zusammenwirken von Schicksal und Zufall. Wäre er Elizabeth Delafield nie begegnet, so wäre er nie zu diesem Handelsposten gegangen, niemals in diesen nördlichen Teil der Wüste gelangt und hätte nie die alte Indianerin gefunden.
Was geschieht als Nächstes?, fragte er sich, als der Schmerz in seinem Bein schlimmer wurde. Er wünschte, er hätte daran gedacht, Medikamente mit in den Kiva zu nehmen. Und wo war die alte Frau? Er hatte geglaubt, sie würde hier bei ihm sein.
Als die Sonne über den Himmel zog und das Licht aus dem Kiva wich, strich Faraday ein Streichholz an und entzündete die Laterne. Auch dies würde er rationieren müssen, bis Rettung kam. Er fragte sich, ob er es schaffen könnte, sein Bein allein zu schienen, als ihm schwindelig wurde.
Das erschreckte ihn. Und dann begann seine Sicht zu verschwimmen. Hatte er eine Art Gift eingeatmet, das seit Jahrhunderten in dieser Grube war?
Wo *war* die alte Frau? Wenn er rief, würde sie ihn hören?
Der Schwindel wurde schlimmer. Nun hörte er Stimmen in seinem Kopf, ein Durcheinander von Gemurmel. Lieber Gott, er fing an zu halluzinieren!
Die Stimmen wurden leiser … das Summen verklang. Nun hörte er nur noch eine Stimme. Er lauschte, während jede Zelle seines Körpers vor Angst schrie, weil das, was er erlebte, nicht normal war. Furcht befiel ihn, wie sie ihn schon im Verbotenen Canyon befallen hatte. Aber er konnte diesem Ort nicht auf gleiche Art entkommen wie dem anderen.
»Hör zu, Pahana. Hör zu und schau.«
Es war die alte Indianerin, die sprach. Und doch war sie nicht da.

»Mein Volk hat die Jahre nicht so gemessen, wie ihr es tut, Pahana. Wenn du wüsstest, wann ihre Geschichte stattfindet, würdest du begreifen, dass es das Jahr 1150 ist, vier Jahrhunderte bevor die Menschen, die sich Spanier nannten, zu diesem Kontinent kamen. Das Sonnenvolk lebte in dieser Region des Landes, welche die Weißen Four Corners nennen. Dies ist die Geschichte von Hoshi'tiwa, einem Mädchen, dessen Leben an dem Tag für immer verändert wurde, an dem der gefürchtete Dunkle Herrscher und seine blutdürstigen Jaguare kamen …«

Bilder formten sich in Faradays Geist, und Empfindungen. Obwohl er im kalten Schweiß des Entsetzens gebadet war, spürte er Sonne auf seiner Haut und einen sanften Wind an seinem Gesicht. Er sah frisch bepflanzte Maisfelder und braunhäutige, über ihre Arbeit gebeugte Menschen.

Er hörte einen Alarmruf. Ein Mann lief auf ihn zu. Er deutete in eine Richtung. Faraday sah hin und erkannte eine Straße, breit und flach und pfeilgerade in die Ferne verlaufend, und auf dieser Straße näherte sich ein Heer.

Das Heer des Dunklen Herrschers …

61

Als Faraday wieder zu sich kam, war er schweißnass und kaum kräftig genug, den Kopf zu heben. Es war noch immer dunkel in dem Zeremonialbau. Wie lange war er bewusstlos gewesen? Welch ein erstaunlicher Traum! Er hatte sich so real angefühlt – die breiten Straßen, das Heer der Jaguare, der Dunkle Herrscher auf seinem hohen Tragestuhl, ein Mann namens Nasenloser, an einem Baum hingerichtet, die wunderschönen Regenkrüge, der bevölkerte Marktplatz, die exotischen Vögel in Käfigen, der *Chocolatl* und Menschen namens Hoshi'tiwa, Ahoté, Moquihix und Jakál. Faraday hatte das Gefühl, als hätte er ein Leben am Ort der Mitte verbracht, hätte *Nequhtli* geschmeckt, hätte die Hitze auf seinem Körper gespürt und die Hoffnung und die Verzweiflung der Dürre erlebt.

Hatte er sich das alles eingebildet?
Er musste das alles festhalten. Er stärkte sich mit Wasser und Keksen, setzte sich bequemer hin – der Schmerz in seinem Bein war jetzt ein dumpfes Pochen –, nahm seinen Stift auf und begann zu schreiben, rasch, bevor die Einzelheiten aus seinem Geist verblassten.
Er schrieb wie wild, durch seinen Schmerz und Durst und seine Erschöpfung hindurch, und als er zum Ende von Hoshi'tiwas Geschichte kam, legte er den Stift hin, und erkannte erstaunt, dass die alte Indianerin bei ihm im Kiva saß.
Sie hockte auf der Steinbank und rauchte ihre Pfeife. »Nun, da du die Geschichte Hoshi'tiwas kennst, Pahana, und die meines Volkes, kann ich dir die Weisheit vermitteln, die du gesucht hast.«
Er hörte zu. Hier, in dem aus uralten Ziegeln und Mörtel erbauten bienenstockförmigen Bau, inmitten des Staubs von Jahrhunderten, sprach die alte Frau. Ihre Stimme war ein beständiger Singsang in der Luft. Sie murmelte Sprüche der Weisheit. Sie schenkte Faraday Visionen. Als er Fragen stellte, antwortete sie. Sie sprachen durch seinen Schmerz und die Dämmerung hindurch miteinander, bis die Sonne hoch aufstieg und Faraday in dem Kiva vor Hitze schier verging, und als sie zum Ende dessen kam, was sie zu sagen hatte, brach er tief bewegt zusammen.
»Leb wohl, Pahana«, sagte sie und verschwand einfach so vor seinen Augen.
Er nahm seinen Stift wieder auf und begann fieberhaft, alles zu notieren, während er es noch frisch in Erinnerung hatte, als er ein Geräusch vernahm. »Warte. Ich höre das Quietschen von Wagenrädern«, schrieb er. »Pferdehufe! Jemand kommt. Ich bin gerettet!«
Faraday legte seinen Stift beiseite und rief: »Ich bin hier! Hier unten!«
Er sah mit angespannter Erwartung zu, wie eine Leiter herabgesenkt wurde, und dann erschien seine Retterin: zuerst die hohen Stiefel der Frau, dann ein geteilter Khakirock, ein breiter Ledergürtel und eine weiße, langärmelige Bluse.
»Bettina!«
Sie trat neben ihn und gab ihm Wasser, das er gierig trank. Als er fragte, wie lange er schon hier unten sei, sagte sie: »Zwei Tage, Faraday.«

»Dank sei dem gesegneten Allmächtigen, dass du mich gefunden hast! Ich werde beim Hinausklettern Hilfe brauchen, da mein Bein gebrochen ist.«

»Ja, ich weiß.« Sie trat von ihm fort und setzte sich auf die Steinbank, die sie zunächst mit einem Taschentuch sauber wischte. »Du warst so seltsam und heiter, dass ich dir eines Tages gefolgt bin und dir nachspioniert habe. Du saßest neben dem Lightning Rock und sprachst mit dir selbst. Und dann kamst du nach Hause und holtest eine Leiter. Nachdem du mich aus dem Haus verbannt hattest, ging ich zu diesem Bau, kletterte die Leiter ein Stück hinab und sägte eine Sprosse durch.«

Faraday schaute hinüber und bemerkte, was er zuvor nicht gesehen hatte: die gebrochene Sprosse war in der Tat nicht wirklich gebrochen, sondern vielmehr sauber angesägt.

»Eine Kleinbauernhütte zu bauen hat mich viele Fähigkeiten gelehrt, Faraday, einschließlich des Gebrauchs einer Säge. Es war deine eigene verantwortungslose Dummheit, dass du in diese Situation geraten bist. Dich um dein Vermögen bringen zu lassen. Zuzulassen, dass wir aus unserem Heim durch die Zwangsräumung hinausgeworfen wurden. Wäre das nicht geschehen, hätte ich weiterhin das Leben einer Dame gelebt, anstatt in eine gewöhnliche Bäuerin mit Schwielen an den Händen verwandelt zu werden.«

»Ich verstehe nicht. Warum wolltest du, dass ich stürze?«

»Du musstest eine Lektion lernen. Du musstest gezeigt bekommen, wie verletzlich du bist. Ich wollte dich beschämen.«

»Und ich bin beschämt!«, erklärte er leidenschaftlich. »Ich habe meine Lektion gelernt. O Bettina, ich werde mich bessern. Hilf mir aus dieser Höhle, und wir werden neu anfangen! Welch ein Leben das sein wird. Ich habe die wunderbarsten Geheimnisse erfahren!«

Er wollte eilig in die Welt der Menschen zurückkehren, um Gelehrte und Kleriker zu treffen und die Botschaft der alten Indianerin mit anderen Begeisterungsfähigen zu teilen.

Aber Bettina sah sich nur um, die Hände im Schoß gefaltet, und sagte: »Ich muss dir etwas sagen, Faraday.«

Ihre Stimme klang seltsam, und ihr Gesicht wirkte verkniffen. Sie fragte Faraday nicht einmal, was dieser unterirdische Ort war. »Diese Wahrheit über meine Abstammung. Meine Schwester hätte darüber nicht reden dürfen, Faraday. Es war nicht richtig. Nach der Demütigung, die ich neulich nachts durch dich erlitten habe, ist es nicht fair, dass ich noch mehr erdulden sollte.«

»Es tut mir Leid, Bettina. Aber ich werde es wieder gutmachen. Hör zu, ich habe die wundersamste göttliche Erscheinung gehabt, während ich hier unten war. Die Geheimnisse des Universums wurden mir offenbart ...«

Sie brachte ihn mit einer Geste zum Schweigen. »Abigail hatte kein Recht, dir von meiner Herkunft zu erzählen. Von meiner Mutter und dem Kutscher. Es stand ihr nicht zu, dir diese Information preiszugeben.«

»Es tut mir so Leid«, sagte er erneut, versprach ihr noch einmal, es wieder gutzumachen, bat sie, ihm zur Leiter zu helfen. Als sie sich nicht regte, sagte er ärgerlich: »Wenn du mir nicht helfen willst, dann werden es andere tun. Ich habe eine Wegbeschreibung von meinem Aufenthaltsort bei Morgana gelassen.«

»Meinst du diese, Faraday?« Bettina war mit einer Segeltuch-Tragetasche über der Schulter in den Kiva gestiegen. Nun griff sie hinein und nahm einen vertrauten Umschlag hervor. »Ich fand dies, als ich Morganas Sachen auspackte, nachdem ich sie von den Candlewells zurückholte.«

Die Karte! Sie zerriss sie vor seinen Augen, und er sah hilflos zu, wie die Schnipsel seiner Verbindung zur Welt wie Schneeflocken auf den Boden des Zeremonialbaus rieselten.

»Du warst mir gegenüber so blind, Faraday. Ich habe den Leuten erzählt, ich sei deine Frau, und du hast es nicht einmal gemerkt.«

»Warum hättest du das tun sollen?«, fragte er. Ihm schwirrte der Kopf. Er war verwirrt. Warum kletterten sie nicht hinaus?

»Dass du dich das überhaupt fragst, spricht für deine gefühllose Begriffsstutzigkeit. Ich musste mir Ehrbarkeit verschaffen, weil ich sie von dir gewiss nicht bekäme!«

»Wir waren nicht ehrlos, Bettina, wir waren durch das Gesetz miteinander verwandt. Und außerdem muss ich zu meiner Verteidigung sagen, dass ich stets glaubte, du würdest Mr. Vickers heiraten. Der, wie ich schließlich erfahre, nicht einmal existiert! Und jetzt hilf mir bitte und lass uns hier heraussteigen. Mein Bein muss behandelt werden.«

»Du dummer Mann«, sagte sie leise. »Soll ich dir wirklich abnehmen, du hättest an Mr. Vickers' Existenz geglaubt? Ist es dir in all diesen Jahren niemals in den Sinn gekommen, wie seltsam es war, dass er nur zu Besuch kam, wenn du fort warst, oder dass Morgana ihn nie gesehen hat? Nein, Faraday! Im tiefsten Herzen wolltest du die Wahrheit über Mr. Vickers gar nicht wissen, weil er eine bequeme Ausrede für dich war, mich allein zu lassen und zu ignorieren.«
Er starrte sie entsetzt an, denn er erkannte jäh, dass sie die Wahrheit sagte.
Sie fuhr mit kalter Ruhe fort: »Ich bin sechsunddreißig Jahre alt, Faraday. Ich bin noch Jungfrau. Es besteht nun keine Hoffnung mehr, dass ich jemals die Liebe eines Mannes kennen lernen werde, weil jegliche Schönheit, die ich einmal besessen haben mag, mit meiner Jugend geschwunden ist. Die Wüste und die Sonne und meine Zeiten der Not mit dir haben auf meinem Gesicht ihre Spuren hinterlassen. Ich bin der Tatsache gegenüber nicht blind, dass ich älter aussehe, als ich bin. Dennoch gibt es einen Ausweg für mich, denn ich habe Morgana erzählt, dass du und ich geheiratet haben, während sie bei den Candlewells war. Ich habe ihr erzählt, dass ich jetzt ihre Mutter anstatt ihre Tante bin. Du hättest deine abscheuliche Keramik-Sammlung nicht verkaufen sollen, um mir Geld zu geben, damit ich fortgehe. Denn ich werde dieses Geld nun dazu benutzen, mein Gasthaus zu errichten.«
»Um Gottes willen ...«
»Hierüber musste ich lange nachdenken«, sagte sie und griff tief in die Tasche ihres geteilten Rockes. »Ich wusste, dass sie einen hübschen Preis eingebracht hätte. Aber dann erkannte ich, dass dieser Gegenstand und ich nicht gemeinsam auf derselben Welt existieren dürften. Ich könnte nicht zufrieden sein, solange ich wüsste, dass dies noch existiert.« Sie streckte die Hand zu ihm aus, um ihm zu zeigen, was sie in der Tasche hatte, und seine Augen weiteten sich vor Schreck und Unglauben.
Es war eine Scherbe der goldenen Olla.
»Ich habe dieses grässliche Gefäß zerbrochen, Faraday«, sagte sie und steckte die Scherbe wieder in die Tasche. »Ich habe es in tausend Splitter zerschlagen und ein kleines Stück davon behalten, um mich an meinen Sieg über dich und deine Indianer zu erinnern.

Ich werde *als deine Witwe* sehr gut leben, mit Morgana als meiner Tochter.«

Das Herz stieg ihm in die Kehle. Er wollte um den Verlust seines wunderschönen Regengefäßes weinen. »Die Leute werden merken, dass ich verschwunden bin. Sie werden suchen …«

»Ich habe bereits angefangen, allen zu erzählen, du befändest dich auf einer ausgedehnten Reise durch Mexiko, auf der Suche nach deinen Schamanen.«

Panik ergriff ihn. »Bettina, hör zu, ich möchte dich heiraten.«

»Beleidige uns nicht beide mit deinen Lügen, Faraday. Das ist sogar deiner unwürdig.«

»Es ist keine Lüge. Ich hatte das bereits beschlossen, bevor du kamst.«

Sie warf ihm einen langen Blick zu, bei dem sein Herz einen letzten, zaghaft hoffnungsvollen Satz tat, weil sie sagte: »Glaubst du ernsthaft, ich könnte nach allem, was geschehen ist, deine Frau sein? Dein Bett teilen? Du bist *tatsächlich* verrückt, Faraday, wie alle behaupten. Aber ich habe den Leuten bereits erzählt, dass wir verheiratet sind, sodass dein Angebot wertlos ist. Ich werde die Vorteile daraus nutzen, deine Frau zu sein, und nicht mehr unter der Erniedrigung durch dich leiden. Ich werde eine angesehene Witwe sein.«

»Witwe?«, fragte er schwach und begriff jetzt endlich, was sein Herz schon die ganze Zeit geahnt hatte: dass sie ihn hier sterben lassen wollte. War das möglich? Nun, wo er genau die Weisheit erfahren hatte, die er so lange gesucht hatte, würden diese Geheimnisse mit ihm sterben?

»Du törichter Mann«, sagte sie traurig und verbittert. »Dein Leben bestand nur aus Luftschlössern und Sandburgen. Du hast sogar deine Tochter nach einem Trugbild benannt. Dennoch wollte ich dich. Und du hast keine Ahnung, wie ich darum gekämpft habe, dich zu behalten, Faraday. Dieses blonde Flittchen, zum Beispiel, als sie zur Casa Esmeralda kam.«

Er sah sie an. »Elizabeth Delafield? Sie kam zum Haus? Um Gottes willen, warum hast du mir das nie erzählt?«

»Ich kenne diese Sorte Frau, Faraday. Besitzergreifend. Eine gierige Goldgräberin. Deiner nicht wert. Trägt Hosen wie ein Mann. Ich sagte ihr, ich sei deine Frau.«

Er keuchte. »Sie hat dir bestimmt nicht geglaubt!«
»Seltsam, sie hatte angenommen, ich sei deine Haushälterin. Hast du das den Leuten erzählt? Dass ich eine Angestellte sei?«
»Elizabeth würde niemals glauben, dass ich sie belogen haben könnte«, sagte er mit schwacher Stimme. Er fuhr sich mit einer Hand übers Gesicht. Lieber Gott, was musste Elizabeth gedacht haben? Konnte sie wirklich glauben, dass er sie getäuscht hätte? Und dann erinnerte er sich daran, wie mühelos er geglaubt hatte, sie hätte *ihm* den Rücken gekehrt.
Er schloss die Augen. Elizabeth. Sie hatte ihn doch nicht zurückgewiesen, sondern lebte in diesem Moment irgendwo auf der Welt in dem Glauben, er hätte sie getäuscht. Und dass ihre Momente der Vertrautheit eigentlich Ehebruch gewesen wären. Oder war sie tot? War das der Grund, warum er ihre Stimme am Lightning Rock rufen gehört hatte? Und nun bestand keine Hoffnung mehr, die Wahrheit jemals geradezurücken.
Faraday versuchte sich zu bewegen. Da war die Leiter, die in die Freiheit aufstieg. Aber sein Körper ließ ihn im Stich.
»Wenn Elizabeth mir nur geschrieben hätte«, stöhnte er.
»Sie hat dir geschrieben, Faraday. Drei Monate nach ihrem Besuch kam ein Brief für dich. Ich nahm mir die Freiheit, ihn zu öffnen.«
»Guter Gott! Kennt deine Grausamkeit keine Grenzen?«
»Ich habe den Brief aufgehoben, Faraday. Ich dachte, er könnte vielleicht eines Tages von Nutzen sein. Möchtest du ihn gerne lesen?«
Sie reichte ihm den Umschlag mit seinem Namen und seiner Adresse – Dr. Faraday Hightower, Casa Esmeralda, Palm Springs, Kalifornien –, in Elizabeths charakteristischer Handschrift geschrieben. Er zitterte, als er ihn öffnete, und las: »Mein geliebter Faraday. Deine Briefe verwirrten mich, und ich habe nicht sofort geantwortet, weil ich nachdenken musste. Ich wusste nicht, was ich von der Situation halten sollte. Ich habe Dir geglaubt, Faraday, als Du sagtest, Du seist Witwer. Und vielleicht tue ich das noch immer. Aber die Frau, die sich als Deine Frau bezeichnete, tat dies höchst überzeugend, daher mein Zweifel. Dazu das kleine Mädchen, das sie Mama nannte. Du verstehst mein Dilemma. Aber nun schreibe ich Dir, nicht weil sich meine Verwirrung und meine verletzten Ge-

fühle gelegt haben, sondern aus Pflichtgefühl. Du hast das Recht, die Wahrheit zu erfahren.
Faraday, ich trage Dein Kind. Ich erwarte keine finanzielle Unterstützung von Dir und auch keine anderweitige Unterstützung. Ich gehe fort. Solltest Du nach mir suchen, wirst Du mich nicht finden. Ich habe den Dekan meiner Fakultät über meinen Zustand informiert, und er hat mich sofort entlassen. Daher verlasse ich die Universität in Schande. Zu Hause bei meiner Familie finde ich keine Aufnahme, da mein Vater jetzt gar nichts mehr mit mir zu tun haben will. Ich bin auf mich allein gestellt. Leb wohl, Faraday. Ich bedauere unsere gemeinsame Zeit nicht, ich werde immer in Liebe an Dich denken, und ich hoffe, Du findest Deine Schamanen.«
Faraday sah seine unerbittliche Schwägerin an. »Wie konntest du mir das vorenthalten?«, flüsterte er heiser. Elizabeth, die mein Kind trägt! Er schloss die Augen. War sie bei der Geburt gestorben? Und weilte ihr Geist nun in der Nähe?
»Ich wollte nicht, dass sie sich in meine Pläne für dich einmischte«, sagte Bettina. Sie erhob sich. »Ich muss zurück. Meine Tochter wird ihr Abendessen haben wollen.«
Er sah sie bestürzt an. »Du kannst mich doch hier nicht hilflos zurücklassen.«
»Ich kann dich in meinem Leben nicht mehr gebrauchen, Faraday. Hier unten, da bist du richtig: in deiner Indianerwelt.«
»Willst du Morgana ihres Vaters berauben?«, schrie er.
»Sie wird dich mit der Zeit vergessen.«
»Aber das ist dem Kind gegenüber grausam. Und ich dachte, du liebst sie.«
»Sie lieben? Morgana war mir nur lästig. Ich habe sie toleriert, Faraday, das ist alles.«
»Aber als sie die Blutvergiftung hatte, als wir dachten, sie würde sterben, warst du so außer dir.«
»Weil das Mädchen das Einzige war, was dich und mich verband. Ohne sie hätte es für mich keinen Grund mehr gegeben, bei dir zu sein. Morgana war meine Versicherung. Jetzt wird sie mir Ehrbarkeit verschaffen. Sie wird mir den Status einer Mutter verleihen. Ich werde nicht länger bemitleidet werden, weil ich eine kinderlose alte Jungfer bin. Eine alte Jungfer, die sitzen geblieben ist, wie man

so sagt. Aber mach dir keine Sorgen, Faraday, solange Morgana meinen Zwecken dienlich ist, wird sie ernährt und gekleidet und zur Dame erzogen werden. Und wenn die Zeit kommt, werde ich dafür sorgen, dass sie eine gute Ehe eingeht, damit ich für den Rest meines Lebens versorgt bin.«

Faraday sah in dem kalten und lieblosen Tonfall Bettinas das kalte und lieblose Leben, das seiner Tochter bevorstand.

»Gib mir eine zweite Chance! Ich habe mich verändert.«

Einen Fuß auf der Leiter, wandte sich Bettina um und sagte: »Ich habe mich auch verändert. Ich liebe dich nicht mehr, Faraday.« Sie griff in ihren Segeltuchbeutel und nahm einen Gegenstand hervor, den sie auf den Boden warf. »Ich wollte dieses hässliche Ding wegwerfen, aber dann beschloss ich, es dir als Souvenir zu schenken. Etwas, wodurch du dich an deine blonde Hure erinnern kannst.«

Als sie die Leiter hinaufsteigen wollte, suchte er verzweifelt nach etwas, was sie umstimmen könnte. »Das ist Mord, Bettina. Machst du dir keine Sorgen um deine unsterbliche Seele?«

Sie hielt inne und blickte zu ihm herab, ein seltsames Schimmern in den Augen. »Meine unsterbliche Seele ist schon lange verloren.«

Ihr Tonfall entsetzte ihn bis ins Mark. »Wovon sprichst du?«

»Auf der *SS Caprica*, in der Nacht, in der Morgana geboren wurde. Sobald du die Kabine verlassen hattest, um die Geburt im Schiffslogbuch festhalten zu lassen, sagte Abigail, etwas stimme nicht. Sie sagte mir, ich solle dich rasch zurückholen. Ich tat es nicht. Ich vermutete, dass du und der Schiffsarzt ihr sonst das Leben retten würdet, und so wartete ich ab. Ich saß da und wartete, bis ihr Leben fast verwirkt war, bevor ich dich holte.«

Faraday konnte die Worte kaum über die Lippen bringen. »Du … hast Abigail sterben lassen?«

»Ich wollte dich für mich, Faraday. Ich war die ältere Schwester, ich hätte zuerst heiraten sollen. Aber ich war nur der Bastard des Kutschers, nicht wahr? Abigail war der Liebling, sie musste ihren Kopf durchsetzen. Ich war entschlossen, dich ihr zu nehmen. Ich habe dir ein wenig Wasser dagelassen, Faraday, damit du Zeit hast, über meine Worte nachzudenken. Aber jetzt muss ich gehen. Ein Architekt kommt aus Los Angeles, und ich habe einen Haufen Entscheidungen zu treffen. Ich verwandele unser Zuhause in ein Gasthaus.«

Faradays Fassungslosigkeit schwand, als plötzlich Wut in ihm aufwallte. Ein Zorn, der stärker war als jedes Tonikum oder Medikament. Nicht mehr schwach oder durstig oder schmerzerfüllt, spürte Faraday Kraft durch seinen Körper strömen. Als Bettina die Leiter hinaufstieg, schoss sein Arm vor, und er packte ihren Knöchel.
»Lass los!«, rief sie. Sie schüttelte ihr Bein, um sich seiner zu entledigen. Er hielt fest. Sie verlor den Halt und krachte auf den Erdboden, landete neben Faraday. Er packte ihr Haar. Sie entzog sich ihm und schlug ihn, schreiend, auf Kopf und Schultern.
Er stieß sie fort und suchte auf dem Boden nach einer Waffe, nach etwas, womit er sie niederschlagen könnte. Seine Finger fanden seinen Füllfederhalter. Er hob den Arm an und führte ihn mit der Spitze voran wieder abwärts. »Ich werde dich töten!«, schrie er.
Bettina rollte sich fort, wich dem Stoß aus.
Sie kam taumelnd auf die Füße, schwankte über ihm und trat ihn mit dem Stiefel. Sie wollte zur Leiter laufen.
Seine Hand schoss erneut zu ihrem Knöchel vor, brachte sie erneut aus dem Gleichgewicht. Sie prallte gegen die Wand des Zeremonialbaus, ließ Staub und Schutt von der Decke regnen.
Faraday richtete sich auf ein Knie auf. Der Schmerz in seinem Bein ließ ihn aufschreien. Er dachte, er würde ohnmächtig. Seine Hand erreichte die unterste Sprosse der Leiter. Er zog sich hoch.
Bettina packte ihn am Kragen und riss ihn mit beiden Händen zurück. Er ergriff sie, zerriss ihre Bluse. Sie kratzte ihm mit den Fingernägeln übers Gesicht. Sie rollten im Staub umher, erst Faraday oben, dann Bettina. Sie schlug ihm mit der Faust ans Kinn, sodass sein Kopf zurückruckte und auf den Boden aufschlug, fand wieder Halt und stolperte auf die Leiter zu.
Stöhnend und den Kopf schüttelnd, richtete sich Faraday auf einen Ellenbogen auf. Bettina stand auf der Leiter. Er griff erneut nach ihrem Knöchel. Sie trat seine Hand fort und entkam ihm.
Faraday schrie und brüllte und protestierte und bat und weinte. Aber sie erreichte das obere Ende der Leiter, zog sie hinter sich hoch und rief zurück: »Verrotte in der Hölle!« Dann schob sie die Abdeckung über das Rauchloch und tauchte ihn in Dunkelheit.
»Um Gottes willen!«, rief er in die Finsternis. »Bettina! Nein!«
Er lauschte. Sein Körper wurde von Schmerzwellen überrollt. Er

zitterte von Kopf bis Fuß. Bald darauf hörte er schwach das Wiehern eines Pferdes und Wagenräder, die sich quietschend entfernten, bis sie nicht mehr zu hören waren.

Er senkte den Kopf auf die Arme und weinte, bis seine Hemdsärmel von Tränen durchnässt waren.

Nach einer Weile setzte er sich auf, trocknete sich das Gesicht und zündete die Laterne an. Er nahm seinen Füllfederhalter auf und schrieb: »Ich wurde doch nicht gerettet. Bettina kam hierher …«

Als er ihr Zwiegespräch und ihren Kampf am Ende beim Aufschreiben erneut durchlebte, musste er wieder weinen, bis er fürchtete, die Tinte würde auf dem Papier verwischen. Während er kleine Schlucke Wasser nahm und in zähes Trockenfleisch biss, erkannte er, dass er noch eine Weile länger wach und am Leben bleiben musste, weil er eine letzte Sache aufschreiben musste.

»Ich bin in meiner Gruft eingeschlossen. Ich werde hier sterben. Ich kann nicht glauben, dass ich mein Leben umsonst gelebt habe, dass ich an diesen Ort und zu diesem Moment geführt wurde, um wie eine Kerze ausgelöscht zu werden, weil mir die Antworten auf das Geheimnis des Chaco Canyon offenbart wurden! Und da ist noch so vieles mehr! Die alte Indianerin enthüllte mir auch die geheime Bedeutung der goldenen Olla, ein wundersames Geheimnis, das aller Welt mitgeteilt werden will. Daher werde ich, solange mir die Laterne noch Licht spendet, solange ich noch Luft zum Atmen habe, diese Weisheit in Worte fassen. Dieses Vermächtnis ist für meine geliebte Tochter, Morgana. Eines Tages wird sie mich finden, und auch wenn ich tot sein werde, werde ich zu ihr sprechen.«

Der Füllfederhalter kratzte rasch über das Papier, und all der Schmerz und die Liebe in Faradays Herzen flossen wie die Tinte in die Worte ein, und als das Licht der Laterne allmählich schwächer wurde, den lebendig begrabenen Mann in Dunkelheit hüllte, kamen die Sterne hervor, wirbelten in ihrem ewigen Himmelstanz über ihm umher, und durch die Wüstenstille war ein neuer Laut zu hören, der Eulen und Kojoten und andere Nachtgeschöpfe in Richtung des riesigen, als La Vieja bekannten Joshuabaumes blicken ließ – ein schriller, jammernder Laut, der von unter dem Wüstenboden aufstieg, sich dünn und klagend in die Nacht erhob und in der Dämmerung verklang, bis wieder Stille einkehrte.

BETTINA

1932

62

»Was ist denn mit deiner Stirn?«
»Still, Kind! Das ist unhöflich!«
Morgana richtete instinktiv ihren Pony, streifte mit den Fingern das kastanienbraune Haar zurecht, um sicherzustellen, dass die Narbe wieder verdeckt war. Obwohl sie diese Frage während der letzten zwölf Jahre schon viele Male gehört hatte, auf viele verschiedene Arten – manchmal schweigend gestellt, indem Leute die Narbe anstarrten –, schmerzte sie sie immer noch. Nicht weil die Narbe sie entstellte, sondern weil sie etwas mit dem Verschwinden ihres Vaters zu tun hatte. Das Mal war eine Erinnerung daran, dass er sie verlassen hatte.
Aber das konnte sie jetzt verdrängen, während sie der Frau das Gästebuch zuschob, die gerade mit einem kleinen Mädchen für einen dreitägigen Aufenthalt im Chateau Hightower angekommen war, weil Morganas Aufmerksamkeit ihrer Tante galt, die gerade das Blumenarrangement in der vorderen Eingangshalle richtete.
Morgana versuchte sich einzureden, es sei nur Einbildung, aber sie wurde das Gefühl nicht los, dass sich Bettina in letzter Zeit seltsam verhielt. Es war nichts, was ein Fremder oder selbst ein Bekannter an ihr bemerken würde. Aber da Morgana während dieser vergangenen zwölf Jahre mit Bettina zusammengelebt hatte, seitdem ihr Vater verschwunden war, kannte sie ihre Tante sehr gut.
Und es stimmte etwas nicht.
Zum einen hatte Bettina ihre Frisur und ihr Make-up geändert, ihre Säume waren höher gerückt, und sie trug zum ersten Mal Parfüm. Morgana wusste, dass ihre Tante kürzlich achtundvierzig geworden war, und fragte sich, ob das für Frauen ihres Alters typisch sei.
Zum anderen hatte Bettina begonnen, mehr Interesse an männlichen Gästen zu zeigen, besonders an solchen, die hoch angesehene Berufe ausübten, wie Ärzte und Anwälte.

Da war vor ein paar Monaten dieser seltsame Vorfall mit dem Geologen aus Chicago. Er hatte ein Zimmer für einen ganzen Monat gemietet und in seinem Brief erwähnt, er wolle für eine Arbeit, die er schrieb, die örtlichen Gesteinsschichten studieren. Aber er blieb nur drei Tage und reiste dann plötzlich wieder ab.
Morgana hatte ihn gefragt, ob es ein Problem mit seinem Zimmer oder mit dem Service gegeben habe. Er hatte nur gemurmelt, er müsse sofort nach Chicago zurückkehren. Daher hatte sie den Zwischenfall aus ihren Gedanken verbannt, bis sie eine Woche später erfuhr, dass er nur ein Stück die Straße hinab in ein Motel umgezogen war, und der örtliche Klatsch behauptete, im Chateau Hightower sei etwas Unangenehmes geschehen, was mit der Eigentümerin zu tun habe.
Morgana wusste, dass ihre Tante Schlafwandlerin war. Sie hatte Bettina gelegentlich gesehen, wie sie an einem Fenster stand oder im Nachtgewand draußen im Garten, während sie zum Mond hinaufstarrte. Am Anfang hatte Morgana gefragt: »Was tust du hier draußen, Tante?« Und Bettina hatte mit entrückter Stimme geantwortet: »Kannst du ihn hören, Tochter? Er fleht darum, herausgelassen zu werden.« Morgana wusste inzwischen, dass es dann das Beste war, ihre Tante einfach wieder zu Bett zu bringen, weil Bettina sich am nächsten Morgen nicht an den Vorfall erinnern konnte und wieder so vernünftig und nüchtern wie immer war.
War es das, was bei dem Geologen passiert war? Hatte Tante Bettina einen ihrer Schlafwandler-Anfälle erlitten, der sie unglücklicherweise ins Zimmer eines Gastes führte? Der junge Geologe mochte es missverstanden haben und daher so überstürzt aufgebrochen sein.
Und dann war da der Zwischenfall mit der armen Polly Crew, einem der Dienstmädchen, die von Bettina beschuldigt wurde, eine unschickliche Beziehung zu einem Gast zu unterhalten. Morgana konnte das von Polly nicht glauben und fragte sich, wie ihre Tante auf diese Idee verfallen war. Bettinas Ausbruch hatte alle erschreckt, als sie das Mädchen scharf zurechtwies.
Morgana fragte sich, ob sie sich Sorgen machen sollte. Aber sie konnte jetzt nichts mehr ausrichten: denn schon in einer Woche wird sie Chateau Hightower verlassen und wird drei Jahre lang fortbleiben.

Das war der Grund für Morganas Zerstreutheit, der Grund dafür, warum sie das kleine Mädchen nicht nach der Narbe auf ihrer Stirn hatte fragen hören. Sie quälte sich mit einem Dilemma herum, für das es keine Lösung gab. Der Gedanke, dass sie an einer dreijährigen Schulung für Krankenschwestern in einem Lehr-Hospital teilnehmen sollte, war Bettinas Idee gewesen. Morgana dagegen hielt an ihrem eigenen Traum fest, die Arbeit ihres Vaters fortzuführen. Sie wollte die Indianer studieren und sich dem kleinen Kreis von Gelehrten anschließen, die sich der Bewahrung der Überreste einer untergehenden Kultur verschrieben hatten. Aber Morgana fühlte sich Tante Bettina verpflichtet, die sie aufgezogen und Opfer für sie gebracht hatte. Es musste schwer für ihre Tante gewesen sein, sagte sich Morgana, weil ihr Vater, so bald nachdem er und Bettina geheiratet hatten, verschwunden war und Bettina sie allein aufziehen musste.

Morgana war zur Dame erzogen worden, dazu, gehorsam und still zu sein. Daher las sie pflichtbewusst die Handbücher über Krankenpflege, Anatomie und Physiologie, die Bettina für sie gekauft hatte, und lernte von ihr, wie man Verbände rollte, eine Spritze handhabte und Medikamente austeilte, sodass Morgana in der Schwesternschule einen Vorsprung hätte. Sie wusste, dass sie nach ihrer Rückkehr in Bettinas Hotel sich um die medizinischen und gesundheitlichen Belange der Gemeinschaft kümmern sollte. Sie wusste, dass Bettina sie schon als »reisende Krankenschwester« sah, die bei den Kleinbauern und deren Kranken und Verletzten willkommen wäre. Aber es war ein Bild, das Morgana bedrückte, die sich lieber mit indianischen Ältesten sprechen und deren Geschichten und Mythen aufschreiben sah.

Der Konflikt beschäftigte sie Tag und Nacht.

Wann immer sie allein in die Wüste hinausging, sehnte sie sich danach, frei zu sein. Nachts verließ sie ihr Bett und stahl sich in die Wüste, wo der Mond Quarz- und Glimmerpartikel beleuchtete, die unter ihren Füßen glitzerten, und Kreosot und Salbeibüsche schwere Düfte in die warme Luft verströmten. Die Stille war so vollständig, dass sie sich einbildete, die Mondkugel am schwarzen Himmel entlangstreichen zu hören, während er von Horizont zu Horizont zog. In diesen Momenten empfand sie ein absolutes und vollkommenes Gefühl der Freiheit. Sternschnuppen über ihr, so verbreitet in der Wüste, schienen sie zu einem Wettrennen herauszufordern. Lauf mit uns, flüsterten sie, und Morgana zog ihre Schuhe aus und jagte wie ein Stern über den Sand.

Die Wüste rief nach ihr: mit ihren mysteriösen Felsenbildern und Pfeilspitzen und den Spuren der Menschen, die dort vor langer Zeit gelebt hatten und gestorben waren. Morgana gab es nur ungern zu, aber ihr gefiel der Gedanke nicht, sich um kranke Menschen kümmern zu müssen. Nur weil ihr Vater Arzt gewesen war, bedeutete das nicht, dass sie die gleiche Neigung hegte. Und Morgana war zweiundzwanzig, also kein Kind mehr. Aber sie schuldete ihrer Tante etwas.

Daher würde sich Morgana nächste Woche um diese Zeit in einem Wohnheim einfinden, das sechsunddreißig Monate lang ihr Zuhause sein sollte und wo sie sich einem Traum widmen müsste, der nicht ihr eigener war.

Bettina bemerkte den Ausdruck auf dem Gesicht ihrer Nichte und wusste genau, was hinter deren Stirn vor sich ging. Morgana wollte nicht weg. Aber Bettina war entschlossen. Es war alles Teil eines sorgfältig orchestrierten Plans.

Bettina trug einen Ehering und führte den Namen Hightower. Wenn sie nach ihrem Ehemann gefragt wurde, antwortete sie, dass er nach zwölf Jahren wohl tot sein müsse, sie sich aber dennoch weigere, sich Witwe zu nennen, solange sie keinen eindeutigen Beweis dafür habe. »Ich habe immer noch die Hoffnung, dass Faraday eines Tages durch diese Tür treten wird.«

In Wahrheit dachte sie kaum jemals an Faraday, aber wenn sie es tat, in einsamen Wüstennächten, wenn der Wind durch die Pappeln ächzte, wenn Kojoten zu nahe beim Gasthaus heulten oder wenn sich die außergewöhnliche Wüstenstille herabsenkte und Bettina spürte, wie ihr Nacken kribbelte und ihr Herz grundlos raste – in solchen Nächten hielt sie inne, was auch immer sie gerade tat, schaute durchs Fenster in die zeitlose Schwärze, und eine kalte Vorahnung befiel sie. Sie hielt den Atem an, lauschte auf ihr Herz und fragte sich, ob ihre Augen jeden Moment ein aus den tintenschwarzen Tiefen der Nacht hervordringendes Gespenst erblicken würden.

Er muss tagelang in der Grube gelegen haben und langsam an Durst, Hunger und Schmerzen gestorben sein.
Doch immer, wenn sie glaubte, das Herz erstarre in ihrer Brust und sie müsse auf der Stelle sterben, hustete sie, bewegte sich, atmete scharf ein, sagte laut etwas, zwang die Erinnerung wieder in ihr mentales Verlies und ermahnte sich, dass Faraday sie wegen einer Grille verlassen habe, dass er selbstsüchtig nach Mexiko gereist war. Ihr Puls wurde wieder normal und die Nacht wieder einfach zur Nacht.
Nun hielt Bettina inne, um sich im Spiegel an der Rezeption zu überprüfen, besonders ihr Haar, um sicherzugehen, dass das künstliche Haarteil darin nicht zu sehen war. Ihr Aussehen sollte »weich« wirken, seitdem sie belauscht hatte, wie ein verärgerter Angestellter, den sie gerade entlassen hatte, sie »hartes Miststück« nannte. Es war nicht gut, wenn die Eigentümerin eines Gasthauses auf ihre Umgebung einen solchen Eindruck machte.
Daher hatte sie den Zug nach Banning genommen, um heimlich Broschüren über Schönheit und Weiblichkeit zu Rate zu ziehen. Das erste Problem war ihr Haar, das bereits dünner zu werden begann. Bettina erstand ein Haarteil. Wenn sie ihr Haar darüber zu Locken und Rollen drapierte, verlieh ihr das, wie sie glaubte, ein verjüngtes Aussehen.
Sie hatte auch ihre weißen Blusen und langen dunklen Wollröcke gegen Baumwollkleidung in Pink- und Hellblau-Tönen ausgetauscht, mit flatternden Ärmeln und Säumen bis zur halben Wade. Ihr Lippenstift war pink. Jetzt konnte niemand sie mehr als hart oder als ein Miststück oder als sonst etwas bezeichnen.
Ihr Haar war heute Morgen, laut Spiegel, perfekt. Kein Polster zeigte sich unter den Locken.
Sie runzelte die Stirn, als sie sich erinnerte, dass ihr Haar noch das geringste Problem war. Bettinas monatliche Unpässlichkeit war unregelmäßig geworden. Sie litt unter Hitzewallungen, Schwindelanfällen und Schlaflosigkeit. Sie war zu einem Arzt in Riverside gegangen, wo man sie nicht kannte, und er hatte ihr gesagt: »Es ist einfach diese Zeit im Leben, Mrs. Hightower.«
»Welche Zeit?«
»Die Menopause.«

Das Wort hatte sie wie ein Hammer getroffen. Das Phänomen war ihr bekannt, aber es war ihr stets wie etwas erschienen, was anderen Frauen widerfuhr, *alten* Frauen.
Menopause. Es war keine Pause. Es war ein Tod. Ihr weiblicher Anteil starb. Und plötzlich erschreckte sie das. Der Arzt hatte sachlich gesprochen, ihr ein Tonikum verschrieben und gesagt, sie müsse es einfach »aushalten«. Für Bettina schien das gleichbedeutend mit Krebs im Endstadium. Eine Jungfrau von achtundvierzig, dachte sie voll Scham und Zorn.
In jener Nacht hatte sie bis in die frühe Dämmerung wach gelegen und ihr Los verflucht, hatte den Kutscher verflucht, der sie gezeugt hatte, hatte ihre Mutter verflucht, Faraday, Abigail und Gott, bis sie sich, als die ersten Strahlen der Sonne durch ihre Vorhänge drangen, ausgelaugt fühlte, ihr Schicksal aber akzeptierte. Wenn es denn so war, dann sollte es so sein. Sie würde diese neue Widrigkeit ebenso annehmen, wie sie auch alle bisherigen angenommen hatte – mit Würde und Mut. Außerdem wusste nur sie selbst, dass sie eine vertrocknende alte Jungfer war. Für die übrige Welt war sie eine Ehefrau und Mutter.
Aber nun war es an der Zeit, ihre besten Jahre zu planen.
Bettina hatte dafür gesorgt, dass Morgana in die Schwesternschule aufgenommen wurde, obwohl ihre Erziehung bestenfalls lückenhaft war. Wenn Morgana das Ausbildungsprogramm beendet hätte, sollte sie den »Ellen White Nurses« beitreten, die Tausenden armer Menschen in Los Angeles selbstlos dienten, und dann nach Twentynine Palms zurückkehren. Damit wäre Bettinas Altersversorgung gesichert. Ein zusätzlicher Bonus war die bekannte Tatsache, dass Krankenschwestern Ärzte heirateten. Bettina stellte sich bereits die Tees und Empfänge vor, die sie für das neue Ehepaar, ihre Stieftochter und deren Arzt-Ehemann, geben würde, wobei Bettina diese noblen Veranstaltungen als die bedeutende Angehörige der oberen zehntausend beherrschen würde, die sie doch gewesen war.
Sie wusste, dass Morgana nicht zur Schwesternschule wollte, aber das Mädchen wagte sich ihr nicht zu widersetzen. Ein vor zwölf Jahren auf ihre Stirn gedrückter glühend heißer Schürhaken hatte ihr jeglichen Ungehorsam ausgetrieben. Morgana war unterwürfig

und fügsam aufgewachsen. Bettina war erstaunt, wie gut sich die Dinge nach allem entwickelt hatten.

Während sie das Speisezimmer der Gäste durchquerte, lächelte sie den Damen und Herren zu, die dort saßen und auf feinem Porzellan und Leinentischtüchern Tee sowie Bettinas feine Kuchen genossen. Nur weil man in der Wüste war, war das kein Grund, unzivilisiert zu sein.

Bettina hatte große Anstrengungen unternommen, um ihr Ansehen in der Wüstengemeinschaft zu vermehren. Sie sorgte dafür, dass alle von ihrer Herkunft aus altem Geldadel in Boston wussten. »Die Liddells kommen dem am nächsten, was in Amerika als Adel gilt«, informierte sie Gäste, die höflich fragten, woher sie käme (ihr Bostoner Akzent verriet sie). Niemand wusste von dem Kutscher. Nicht einmal Morgana kannte die Wahrheit über die Abstammung ihrer Tante, und so konnte Bettina unbesorgt ihre Legende entwerfen. Sie vertraute den Menschen an, ohne damit groß zu prahlen, dass ihre Familie Abkömmlinge der Mayflowerleute seien. Sie erwähnte auch nebenbei ihr Ansehen bei den Daughters of the American Revolution. Die Tatsache, dass nichts von alledem stimmte, störte sie nicht. Die Erbmasse war nur ein Zufall der Geburt. Außerdem verletzten Notlügen niemanden, und sie vermutete in der Tat richtig, dass ihren Gästen und Nachbarn die Vorstellung von einer blaublütigen Amerikanerin in ihrer Mitte gefiel.

Bettina versicherte sich stets, dass ihre Gäste ebenfalls ehrbar waren. Sie hatte anfänglich keine Filmleute in ihr Gasthaus aufgenommen, hatte sie auf der sozialen Leiter niedriger eingestuft als Arbeiter und Emigranten. Aber als immer mehr Filmstars der Sonne und des Zeitvertreibs wegen in die Wüste kamen und quasi ein neues Geschäftsfeld initiierten, wodurch das nahe gelegene Coachella Valley zu einem Wochenend-Tummelplatz wurde, und Bettina sah, welch eine Anziehung die Filmleute ausübten – Touristen kamen und mieteten in der Hoffnung Zimmer, Berühmtheiten zu sehen –, beschloss sie, sie doch als akzeptabel anzusehen, und hieß sie willkommen. Aber die Filmstars kamen nicht. Das Hightower Inn hatte keinen Swimming-Pool und keinen Tennis- oder Golfplatz, und solche Ausgaben wollte Bettina auch nicht tätigen. Um jedoch den Ruf ihres Hauses aufzuwerten, änderte sie den Namen in Chateau

Hightower und wies in ihrem Prospekt darauf hin, dass Berühmtheiten nicht hierher kämen, um auf sich aufmerksam zu machen, sondern um sich inkognito von ihrer erschöpfenden Filmemacherei auszuruhen, und so buchten Touristen Zimmer, um vielleicht doch Jean Harlow oder Clark Gable zu sehen, was Bettina wiederum ermöglichte, ihre Preise zu erhöhen. Auch der nur phantasierte Blick auf eine Berühmtheit war nicht billig.
Bettina fand, dass sie erstaunlich gut zurechtkam. Das Gasthaus gedieh. Sie war angesehen. Faraday würde nicht zurückkommen, um alles zu verderben. Und Morgana würde Krankenschwester und dann einen Arzt heiraten. Absolut nichts und niemand könnte Bettinas perfekten Plan durchkreuzen.

Morgana ordnete gerade die Postkarten, die an der Rezeption zum Verkauf angeboten wurden, als sie durch das vordere Fenster sah, wie vier große Jungen im Kaktusgarten gnadenlos einen kleineren Jungen triezten. Als sie ihn niederschlugen und Morgana Blut fließen sah, stürzte sie zur Vordertür hinaus, schrie die Jungen an – ortsansässige Rüpel, die rasch davonliefen – und kniete sich dann neben deren Opfer.
Die Stirn des Jungen war durch einen Stein verletzt worden.
Morgana half ihm hoch und legte ein sauberes Taschentuch auf den Kratzer. »Na, na«, sagte sie, als sie Tränen in seine Augen steigen sah. »Achte nicht auf sie. Sie sind Feiglinge, wenn sie sich jemanden aussuchen, der so viel jünger ist als sie.«
»Ich bin vierzehn«, sagte er zu ihrer Überraschung. Sie hätte ihn auf höchstens zwölf geschätzt. »Ich werde in ein paar Wochen fünfzehn. Bin ich schwer verletzt?«
»Überhaupt nicht. Lass mich die Wunde verarzten, dann bist du wieder ganz in Ordnung.«
»Ist dir das auch passiert?«, fragte er und deutete auf ihre Stirn.
Sie lächelte. »Etwas Ähnliches«, sagte sie, obwohl Morgana in Wahrheit keine Erinnerung an den Unfall hatte, der die Narbe bewirkt hatte. Mrs. Candlewell hatte ihr erzählt, sie sei gestolpert und gegen einen heißen Ofen gefallen, als sie zehn war, aber Morgana erinnerte sich nicht daran.
»Komm mit rein«, sagte sie und widerstand dem Drang, seine Hand

zu nehmen, weil er, wenn er bald fünfzehn würde, gewiss nicht wie ein kleines Kind behandelt werden wollte.

Als sie sich der Eingangstür zuwandten, kam eine Frau heran, die auf erstaunlich blondem Haar einen schicken Hut trug. »Hallo«, sagte sie zu Morgana. »Ich bin Elizabeth Delafield. Wie ich sehe, haben Sie meinen Sohn Gideon bereits kennen gelernt.«

63

Wäre ich doch nur eine Fliege an der Wand, dachte Polly Crew, während sie in George Martins Ford vor dem Chateau Hightower saß. Sie sah die Rüpel davonlaufen und Morgana Hightower dem verletzten Jungen aufhelfen, und dann hörte Polly, wie sich die Frau als Elizabeth Delafield vorstellte.

Polly lächelte mit grimmiger Zufriedenheit. Sie wünschte, sie könnte dabei sein, wenn es losging und den Ausdruck auf Bettina Hightowers Gesicht sehen, wenn der neue Gast hereinspazierte. Wünschte, sie könnte die Früchte ihres Racheplans miterleben.

Polly hatte als Zimmermädchen im Chateau Hightower gearbeitet, als ein gut aussehender junger Gelehrter namens Zane, ein Naturwissenschaftler, der die örtliche Flora und Fauna studierte, eingetroffen war. Zwischen Polly und Zane hatte sich ein unschuldiger Flirt entwickelt, ein paar tiefe Blicke und ein verlegener Kuss. Aber als Bettina Hightower Wind davon bekam, hatte sie Polly lauthals beschuldigt, flittchenhaft zu sein. Polly hatte wortlos vor Bettina gestanden, während diese ihren Ruf im Handumdrehen ruinierte, und auch Zanes Gesichtsausdruck drückte auf einmal Zweifel aus, obwohl er Polly gesagt hatte, wie reizend er sie fände. Er reiste ab, und man hatte nie wieder etwas von ihm gehört.

Joe Candlewells Frau, Ethel, hatte sich des Mädchens angenommen. Pollys Mutter war bei der Grippeepidemie 1918 gestorben, und als die Wirtschaftsdepression das Land traf, waren Polly und ihr Vater in der Hoffnung in den Westen gekommen, ein besseres Leben anfangen zu können. Er grub in seinem Claim draußen in der Wüste

mühsam nach Gold, während Polly sie beide von ihrem Zimmermädchen-Lohn im Chateau Hightower ernährte.
Orville Crew hatte es stets geschafft, sie durch schwere Zeiten tapfer hindurchzubringen, indem er sagte: »Wir sind vielleicht furchtbar arm, aber wir haben unsere Ehrbarkeit, Polly.« Aber jetzt erlitt er einen Herzanfall und starb allein in seiner kleinen, goldlosen Mine. Nun gab es fast niemanden mehr, der für Polly eintrat.
Obwohl Polly ihre Unschuld beteuerte, wurde sie zu einer Ausgestoßenen. Nur Ethel Candlewell ahnte die Wahrheit: dass Bettina selbst ein Auge auf den gelehrten Zane geworfen hatte. Ethel hatte keinen Beweis, aber sie hatte bemerkt, dass Bettina männlichen Gästen, die gut aussehend und betucht waren, besondere Aufmerksamkeit zukommen ließ, besonders jenen mit einem »Professor« oder »Doktor« vor dem Namen. Es schien, als habe Bettina Polly aus Eifersucht entlassen. Sie empfand Mitleid mit dem armen Mädchen, nahm sie auf und gab ihr ein Zimmer und eine Anstellung hinter dem Tresen in ihrem Laden. Dort arbeitete Polly kummervoll und beschämt, bis ihr ein bemerkenswerter Glücksfall widerfuhr.
Täglich wurde die Post in Candlewells Laden angeliefert, und die Ortsbewohner holten ihre Briefe, Päckchen und Zeitungen dann ab. Eine von Pollys Pflichten war es, die Post, die hereinkam, zu ordnen, und als sie einen an Dr. Faraday Hightower adressierten Brief sah und ihn schon in den Sack fürs Chateau Hightower werfen wollte, hielt sie plötzlich inne.
Faraday. War er nicht derjenige, der vor zwölf Jahren verschwunden war? Bettinas Ehemann? Polly erinnerte sich, Gerüchte darüber gehört zu haben, dass Bettina und Faraday nie wirklich verheiratet waren, dass der Name Hightower und der Ehering Schwindel waren, um Bettina Ehrbarkeit zu verschaffen. Und Polly wusste, wie hoch Bettina Ehrbarkeit schätzte.
Sie steckte den Umschlag heimlich in ihren Rock und öffnete ihn am Abend in der Ungestörtheit ihrer Mansarde.
Der geprägte Briefkopf oben auf dem geschmackvollen Briefpapier lautete: Elizabeth Delafield, PhD. Polly hatte keine Ahnung, was PhD bedeutete, aber dass sie einen Liebesbrief vor sich hatte, erkannte sie sofort.

»Mein lieber Faraday, ich hoffe, dieser Brief findet Dich bei guter Gesundheit und gehobener Stimmung. Ich schreibe Dir nach all dieser Zeit, um dir mitzuteilen, dass mein Buch endlich vollendet ist und veröffentlicht wird. Ich habe mir erlaubt, einige deiner Zeichnungen darin aufzunehmen, und würde dir daher gerne eine Kopie des Buches persönlich überreichen. Ich verstehe, wenn dies vielleicht ungelegen kommt, aber wenn es irgendwie möglich wäre, Dich zu besuchen, dann würde ich die Gelegenheit begrüßen, unsere Freundschaft wieder aufleben zu lassen. Ich denke noch immer gerne an unsere gemeinsame Zeit im Sommer 1916, und ich möchte Dir die Gelegenheit geben, Deinen Sohn kennen zu lernen, der ein kluger Junge ist und nach Dir kommt. Er weiß nicht, wer sein Vater ist. Ich habe ihm Deine Identität all die Jahre vorenthalten. Aber nun möchte ich es ihm erzählen, und hielte es für das Beste, wenn wir das gemeinsam täten. Ich erwarte Deine Antwort. Elizabeth.«

Polly runzelte verwirrt die Stirn. War Bettinas Ehemann schon einmal verheiratet gewesen? Aber das passte nicht. Diese Elizabeth Delafield erwähnte den Sommer 1916. Und Polly wusste, dass Morgana Hightower zweiundzwanzig Jahre alt war, weil ihre Freunde zu Ehren dieser Gelegenheit eine kleine Feier veranstaltet hatten. Das bedeutete, dass Morgana sechs Jahre alt war, als ihr Vater Elizabeth Delafield begegnete. Polly las den Brief erneut und starrte auf die Worte »deinen Sohn kennen zu lernen«. Ein Sohn, von dem Dr. Hightower nichts wusste! Das Ergebnis einer Romanze, von dem Bettina Hightower eindeutig auch nichts wusste, weil Elizabeth erwähnte, dass ihr Besuch »ungelegen« sein könnte.

Wirklich ungelegen, besonders für eine Frau, die so von Ehrbarkeit besessen war. Es wäre für Bettina die schlimmste Demütigung, wenn eine Geliebte ihres Ehemannes mit ihrem Kind der Liebe auftauchen würde.

Polly hatte eine Idee.

Sie plante ihre Rache nicht schadenfroh oder genüsslich. Sie wusste, dass das, was sie tat, falsch war und dass ihr Vater es missbilligt hätte. Aber sie war allein auf der Welt und diese Frau hatte sie grundlos bloßgestellt, sodass Pollys junges Herz so von Zorn und Kummer und Furcht erfüllt war, dass sie handelte, ohne viel nachzudenken.

Sandy Candlewell fuhr ein Mal pro Woche nach Banning, um Vorräte und Telegramme abzuholen. Jeder, der ein Telegramm schicken wollte, gab Sandy einen Zettel mit, und er kümmerte sich im Telegraphenbüro des Bahnhofs darum. Sandy war für seine Diskretion und auch dafür bekannt, dass er die ihm anvertrauten Depeschen nie las. Polly formulierte den Text sorgfältig: »Liebste Elizabeth. Komm sofort. Ich bin allein. Bring unseren Sohn mit. Auf immer Dein, Faraday.« Die Kosten des Telegramms betrugen einen Wochenlohn, aber das war es Polly wert.

Sie hielt ein wachsames Auge auf eine Antwort, und als diese in Form eines Telegramms mit dem Wortlaut: »Mein geliebter Faraday, Gideon und ich werden am Zehnten eintreffen. In Liebe, Elizabeth« bei Candlewells eintraf, hielt Polly ein Streichholz daran und sah zu, wie sich das gelbe Western-Union-Papier kräuselte und verbrannte. Sie verschwendete keinen Gedanken daran, welche Wirkung ihr Handeln auf eine Frau namens Elizabeth Delafield und deren Sohn haben könnte. Polly dachte nicht über jenen Moment hinaus, in dem Bettina Hightowers Leben auf den Kopf gestellt werden würde, wie auch ihr eigenes Leben von ihr auf den Kopf gestellt worden war.

Nun saß sie in George Martins Ford auf der Straße unterhalb des Gasthauses, einen Stoffbeutel mit ihrer kargen Habe, dem Tabaksbeutel ihres Vaters und einer Bibel mit Eselsohren auf dem Schoß, und beobachtete, wie die beiden Neuankömmlinge Morgana ins Haus folgten. Dann bat Polly George weiterzufahren. Er brachte sie nach Banning, wo sie den Zug in eine neue Stadt, in ein neues Leben nehmen würde.

64

»Ich bin Elizabeth Delafield.«

Die Frau äußerte das mit erwartungsvoller Miene, als sollte Morgana auf bestimmte Weise reagieren. Aber der Name sagte ihr nichts. Nachdem sie die Verletzung des Jungen mit Jod und einem Verband versorgt hatte, trat Morgana zum Tresen, um die neuen Gäste aufzunehmen. »Sie haben Glück«, sagte sie. »Wir haben ein Zimmer frei. Eine Absage in letzter Minute. Ansonsten sind wir bis zum Sommer ausgebucht.«

»Aber ich habe reserviert«, sagte Elizabeth und fragte sich, wo Faraday war. Und diese junge Dame war gewiss seine Tochter, Morgana. Warum hatte er ihr nicht von ihrer Ankunft erzählt?

»Wir haben vermutlich nichts erhalten. Das passiert. Die Post kann sehr unzuverlässig sein.«

»Ich habe ein Telegramm geschickt.«

Morgana sah die Besucherin an. Sandy Candlewell ging mit Telegrammen stets sehr sorgfältig um, da sie normalerweise wichtige Nachrichten enthielten. »Es tut mir Leid«, konnte sie nur erwidern. »Aber wir haben einen hübschen Bungalow für Sie und Ihren Sohn.«

Während die Frau sich eintrug, sah sie Morgana weiterhin merkwürdig an, sodass Morgana das Gefühl hatte, sie wolle etwas sagen, was sie aber zurückhielt. Morgana war es gewohnt, dass die Leute sie anstarrten, aber nicht so, wie diese Frau es tat.

Morgana las die Unterschrift im Buch: *Dr. Delafield.* »Oh, Sie sind Ärztin«, sagte sie.

»Anthropologin.« Delafield streckte ihren Arm aus, um Morgana die Hand zu schütteln, und als sich ihre Hände verschränkten, sah Morgana einen Funken lebhaften Interesses in den Augen der Frau. Dr. Delafield hielt Morganas Hand einen Moment länger fest als nötig, wodurch die jüngere Frau erneut das Gefühl hatte, es fände ein stillschweigender Gedankenaustausch zwischen ihnen statt.

»Wenn Sie mit mir kommen wollen«, sagte Morgana, nahm einen Zimmerschlüssel vom Haken und hob einen der Koffer auf, während Dr. Delafield den anderen trug.

»Das Abendessen wird um sieben serviert«, erklärte Morgana, während sie die Veranda entlang und über den Steinweg gingen. »Wir essen alle zur selben Zeit zu Abend. Danach ist die Küche geschlossen.« Sie sah die bemerkenswerte Frau immer wieder an und spürte eine unerklärliche Erregung sie durchströmen.

Dr. Delafield trug ein langärmeliges Männerhemd, das in einer wie eine Männerhose geschnittenen Hose steckte, die aber einen rückwärtigen Reißverschluss aufwies. Morgana hatte schon früher

Frauen in Hosen gesehen, weil solche Kleidung jetzt in den Erholungsorten üblicher war. Aber *jene* Freizeithosen waren unten weit ausladend, hatten den Reißverschluss vorne, wie die eines Matrosen, und wirkten sehr weiblich. Dr. Delafields Kleidung war entschieden männlich. Aber ihr Schmuck war zart und hübsch, ihr blondes Haar sanft gewellt, und die nachgezogenen Augenbrauen erinnerten Morgana an Marlene Dietrich.

Und sie war Anthropologin! Delafield war nicht der erste Anthropologe, dem Morgana begegnete – sie kamen häufig in diese Gegend, um die ortsansässigen Indianer zu studieren –, aber Morgana war nie einem weiblichen Anthropologen begegnet. Wäre es wohl möglich, dachte sie aufgeregt, ihr einige Fragen zu stellen?

Während Elizabeth der jungen Frau über den Hof folgte, konnte sie ihre Aufregung kaum zügeln. Faraday! Vielleicht war er nur wenige Meter von ihr entfernt. Als sie erkannte, wie gut das Gasthaus gedieh, freute sie sich für ihn. Hatte er seine Schamanen gefunden und sich dann niedergelassen?

Sein Telegramm war kurz gewesen. »*Ich bin allein. Bring unseren Sohn mit.*« Aber es hatte genügt. In wenigen Augenblicken wären sie wieder vereint!

»Da sind wir, Ihr Zwei-Zimmer-Bungalow.« Morgana schloss die Tür auf, ging voraus und deutete auf den gemauerten Kamin, die Tür zum zweiten Raum, die Kerosinlampen. »Wir haben hier draußen keine Elektrizität, aber wir haben Badezimmer im Haus. Das ist eine Neuerung, auf die wir besonders stolz sind.«

»Es ist wunderschön«, bestätigte Elizabeth, während sie die indianischen Decken, die grob gewebten Teppiche und die Wüstenbilder an den Wänden ansah und ihren Sohn aufforderte, sich das nächste Zimmer anzusehen und zu entscheiden, welches Bett er nehmen wolle.

»Wir haben kein Telefon«, sagte Morgana. »Aber in Candlewells Laden gibt es eines. Sie können dort auch Ferngespräche führen«, fügte sie hinzu, ohne zu wissen, warum, außer dass sie dachte, eine solch kultivierte Frau, eine Anthropologin, die so viel Energie ausströmte und mit intelligenten Augen lächelte, hätte gewiss wichtige Anrufe zu tätigen.

Als Morgana den Schlüssel übergab und sagte: »Gleich wird ein

Dienstmädchen kommen und Ihnen helfen«, war da wieder dieser Ausdruck auf dem Gesicht der Frau, der Morgana das Gefühl vermittelte, als wollte Dr. Delafield noch mehr sagen. Aber sie tat es nicht, und daher ging Morgana.

Elizabeth sah ihr nach: eine große, schlanke junge Frau mit welligem, kastanienbraunem Haar, die durch ihre gebogene Nase und die Wangenknochen unverkennbare Ähnlichkeit mit Faraday zeigte. Elizabeth war versucht gewesen, direkt nach ihm zu fragen, aber sie wollte sich zuerst frisch machen. Es hatte ihr auch auf der Zunge gelegen, Gideon gegenüber damit herauszuplatzen, dass diese junge Dame seine Halbschwester sei. Seit sie das Telegramm mit der Bitte zu kommen erhalten hatte, war Elizabeth überglücklich und viele Male versucht, Gideon die Wahrheit zu sagen. Aber sie brach ihr Schweigen nicht.

Ihm die Identität seines Vaters zu offenbaren sollte etwas sein, was sie und Faraday gemeinsam taten, wenn der richtige Augenblick gekommen wäre, um sich mit Gideon hinzusetzen und es ihm schonend beizubringen.

Als Elizabeth Faraday vor sechzehn Jahren geschrieben hatte, war sie verletzt und zornig gewesen und hatte sich verraten gefühlt, weil er zur Zeit ihres romantischen Zwischenspiels am Smith Peak verheiratet war. In diesem Brief hatte sie ihm gesagt, er solle nicht nach ihr suchen. Aber nach allem, was sie wusste, hatte er *dennoch* nach ihr gesucht, aber da sie ihre Spuren sorgfältig verwischt hatte, weil sie nichts mehr mit ihm zu tun haben wollte, konnte er sie nicht finden. War er bei diesem Versuch, sie zu finden, sein Kind zu sehen, verzweifelt? Hatte die Erfahrung ihn verbittert? War er schließlich der Verletzte und Zornige gewesen, der sich betrogen fühlte? Elizabeth wollte im Laufe der Jahre viele Male mit Faraday Kontakt aufnehmen, wusste aber nicht, wie. Nun hatte sie den perfekten Vorwand. Ihr Buch wurde endlich veröffentlicht, und Faraday war ein Teil davon, da sie Fotos seiner Zeichnungen mit aufgenommen hatte. Wenn nichts sonst, dann könnte sie sich auf professioneller, geschäftsmäßiger Ebene mit ihm treffen. Vielleicht um über eine Tantiemen-Zahlung zu verhandeln. Dagegen könnte seine Frau doch gewiss nichts einwenden.

Und so hatte sie ihm geschrieben.
Und er hatte zurücktelegraphiert!
»Ich bin allein.« Was bedeutete das? War Faradays Frau gestorben? Elizabeth hoffte, dass es nichts so Tragisches wäre. Seine erste Frau, Morganas Mutter, war auch gestorben, nicht wahr? Elizabeth hoffte, dass die zweite Ehe mit einer gütlichen Scheidung geendet hätte. Elizabeth erinnerte sich an den kultivierten Neu-England-Akzent der Frau und an ihr vornehmes Verhalten. Sie hoffte, es wäre einfach so gewesen, dass Mrs. Hightower die Wüste so sehr missfiel und sie ihre Heimat so sehr vermisste, dass sie nach Boston zurückgekehrt wäre, sich freundschaftlich von Faraday getrennt hätte.
Vor Aufregung zitternd, öffnete Elizabeth schwungvoll die Fensterläden und spähte durch die mit Gaze verhangenen Fenster. Sie dachte an das Mädchen an der Rezeption. Der Name Delafield hatte ihr eindeutig nichts gesagt. Also hatte Faraday seiner Tochter nie von ihnen beiden, von ihrer Beziehung erzählt. Er hatte ihr nicht einmal von Elizabeths Ankunft erzählt. Er war nur vorsichtig, dachte Elizabeth, das entsprach eben seiner Art.
Sie betrachtete den mit Sträuchern und mit um einen Springbrunnen herum arrangierten Tischen und Stühlen hübsch angelegten Hof. Wo war Faraday? Saß er gerade über Büchern, die von Schamanen handelten? Zeichnete er gerade einen Falken im Flug? Oder versuchte er zu entscheiden, was er zu ihrem ersten Treffen nach all diesen Jahren anziehen sollte?
Was genau das war, worum sich Elizabeth vor der Wiederbegegnung auch selbst kümmern müsste. Die Fahrt von Los Angeles war lang und staubig gewesen. Sie wollte sich frisch machen und ihre Aufmachung sorgfältig wählen, bevor sie sich auf die Suche nach ihm begab.
Ihn vielleicht überraschte! Sie hatte nicht gesagt, zu welcher Tageszeit sie und Gideon einträfen, sondern nur das Datum erwähnt. Er erwartete sie höchstwahrscheinlich am Abend. Oder hatte er heute Morgen schon früh draußen gestanden und die Straße beobachtet, nur um sich zurückzuziehen, unmittelbar bevor sie heranfuhr? Während sie sich genüsslich den überraschten Ausdruck, die Freude auf seinem Gesicht vorstellte, öffnete sie ihre Koffer und nahm Blusen und Röcke, Pullover und Freizeithosen hervor. Auch

Strümpfe und Unterwäsche, alles seidig und weiblich und nach ihrem Lieblingsduft, Rose, duftend. Würden sie sich heute Nacht lieben? fragte sie sich. Elizabeth war seit Faraday mit keinem anderen Mann mehr zusammen gewesen.

Sie zitterte in Erwartung jener Küsse, der innigen Umarmung – um danach in seinen Armen zu liegen, wie in den glücklichsten Momenten ihres Lebens.

Nein, den *zweit*glücklichsten, beschloss sie, als sie hörte, wie ihr Sohn im Nebenraum Türen und Schubladen öffnete. Die Nacht, in der Gideon geboren wurde, war der glücklichste Moment gewesen.

Das Buch war nicht der einzige Grund, warum sie hier war. Sie war auch um Gideons willen gekommen.

Seit seiner Geburt hatten Elizabeth und ihr Sohn ein Nomadenleben geführt, während sie von Anstellung zu Anstellung zog, in einer Stadt lehrte, in einer anderen forschte, immer unterwegs, nirgendwo zu Hause. Das Endergebnis war, dass ihre gesamte Habe, all die Besitztümer ihrer fast fünfzehn gemeinsamen Jahre, in diesem Moment in einer einzigen Truhe aufbewahrt wurde. Einige von Gideons alten Spielsachen und Büchern, Elizabeths Privatbibliothek und Fotoausrüstung, Erinnerungen – die Summe der Leben zweier Menschen, in einer alten Truhe enthalten, die ihnen von einem Ort zum anderen gefolgt war. Elizabeth hatte vor, nach der Truhe zu schicken, wenn sie sich in ihrem neuen Zuhause in Mesa Verde niedergelassen hatten.

Oder war es möglich – *wagte sie zu hoffen* –, dass sie die Truhe hierher bringen lassen könnte, dass sie und Gideon von nun an nicht länger umherzögen? *Ein Junge braucht ein beständiges Zuhause, er braucht Wurzeln.*

Ein Dienstmädchen kam mit frischen Handtüchern. »Die junge Dame am Empfang«, fragte Elizabeth, um die Unterhaltung zu eröffnen, »ist sie die Tochter der Besitzer?«

»Ja, das ist Miss Hightower.«

»Und *Mister* Hightower?« Beiläufig gefragt, während sie eine Lampe inspizierte.

»Sie meinen den Doktor? Er ist schon lange fort.«

Elizabeth wandte sich um und sah die mollige, grauhaarige Frau

in der einfachen Dienstmädchen-Kleidung an, die man in unzähligen Motels und Gasthäusern in ganz Kalifornien sah. »Wie bitte? ›Schon lange fort‹?«
Das Dienstmädchen schaute über die Schulter, senkte die Stimme – sie war eine Frau, die gerne tratschte – und sagte: »Na ja, wissen Sie, er verschwand vor zwölf Jahren unter skandalösen Umständen. Ich war zu der Zeit nicht hier, aber es heißt, er sei mit einem Flittchen aus dem Ort davongelaufen. Hat auch Lohngelder gestohlen, heißt es. Hat seine Frau und Tochter verlassen und ging nach Mexiko. Aber von Mrs. Hightower werden Sie das nicht erfahren. Sie spricht nicht darüber. Tut so, als wäre es nie geschehen.«
Mrs. Hightower! Faradays Frau war noch da. Elizabeth sah die Frau an. »Er ist verschwunden?«, hörte sie sich fragen.
»So erzählt man sich«, antwortete die Angestellte, während sie die Handtücher ins Badezimmer brachte. Als sie zurückkam und sagte: »Ziehen Sie für einen ordentlichen Wasserstrahl zwei Mal an dem Hebel«, bemerkte sie das plötzlich bleiche Gesicht, den offenen Mund, den entsetzten Ausdruck nicht.
Als die Frau gegangen war, die Tür hinter sich geschlossen hatte, stand Elizabeth weiterhin wie zur Salzsäule erstarrt da, benommen und unter Schock. Faraday war nicht da? Seit zwölf Jahren fort? Wie war das möglich?
Wer hatte das Telegramm geschickt?
Elizabeth trat zur Tür, öffnete sie und schaute hinaus. Ein Gärtner rechte gerade den Boden rund um den steinernen Springbrunnen. Ein ältlicher Mann mit einer Haut wie eine Kokosnuss. Er spähte unter seinem verbeulten Strohhut zu ihr herüber, als sei er nicht sicher, dass er ihre Frage richtig verstanden hatte. »Señor Faraday? Er lange fort. Niemand weiß, wo.«
Also stimmte es. Während Elizabeth in den Bungalow zurücktrat, blies ein kalter Wind durch ihr Herz. Sie fühlte sich plötzlich hohl, wo sie vorher Aufregung empfunden hatte. Und Entsetzen erwachte in ihr. War er tot? War etwas Schreckliches mit ihm geschehen?
»Mutter? Geht es dir gut?« Gideon saß neben ihr, einen besorgten Ausdruck auf seinem jungen Gesicht.
Elizabeth umarmte ihren Sohn impulsiv, das Kind, das Faraday ihr geschenkt hatte.

»Wer hat dich beunruhigt?«, fragte er und reckte das jungenhafte Kinn vor. »Sag mir seinen Namen, und ich werde ihn zur Rechenschaft ziehen.«

Sie fuhr ihm mit den Fingern durch sein dichtes Haar. Das liebte sie an Gideon – wie er für sie stets Drachen töten wollte. Sie wusste, dass er sich als ihr Beschützer betrachtete und dass er unbedingt erwachsen werden wollte, damit er sich um sie kümmern könnte.

»Ist schon gut, Liebling. Ich bin nur enttäuscht. Dieser alte Freund, von dem ich dir erzählt habe, Dr. Hightower, den du kennen lernen solltest. Ich habe gerade erfahren, dass er nicht hier ist. Er ist schon seit langer Zeit fort.«

Sie führte ein Taschentuch an ihre Augen und atmete tief durch. Es musste eine Erklärung geben. Elizabeth musste immer wieder an die Ehefrau denken. Wer sonst hätte einen an Faraday adressierten Brief geöffnet und mit einem in seinem Namen geschickten Telegramm geantwortet? Aber warum? Um eine Demütigung zu inszenieren? Hegte Mrs. Hightower nach all diesen Jahren noch immer einen Groll?

Sie weiß von dem Buch, entschied Elizabeth. Und sie erwartet ihren Anteil an den Tantiemen, weil immerhin die Zeichnungen ihres Mannes darin enthalten sind, ebenso wie sein Foto und die Erwähnung Faradays selbst. Ja, das musste die Erklärung sein.

Aber warum diese Lüge? Warum hatte sie Elizabeth nicht selbst geschrieben? Warum gab sie vor, Faraday zu sein? *Weil sie wusste, dass ich nicht gekommen wäre, wenn nur sie allein hier ist.*

Plötzlich stieg Zorn in Elizabeth auf. Sie fühlte sich betrogen, hereingelegt. Es war eine abscheuliche List gewesen, sie hierher zu locken. Sie und Gideon würden sofort wieder abreisen. Sie würde dieser Frau nicht die Befriedigung verschaffen zu sehen, wie ihr grausamer Streich funktionierte. Und Bettina würde keinen Penny aus dem Verkauf des Buches bekommen.

»Es ist alles in Ordnung, Liebling«, sagte sie zu Gideon und zwang sich zu einem Lächeln. »Vielmehr sollte ich *dich* fragen.« Mit tränennassen Augen betrachtete sie prüfend den Verband um seine Stirn. Er war sauber. »Geht es dir gut?«, fragte sie und erinnerte sich, dass es eine lange Anfahrt hierher gewesen war, auf gefährlich gewundenen, unbefestigten Straßen und über Bergpässe. Sie fragte sich, ob sie woanders Unterkunft finden könnten, und erinnerte sich dann, was Morgana gesagt hatte – dass der Frühling die beliebteste Jahreszeit für Touristen und Besucher sei, sodass jedes Gasthaus und Motel im Umkreis von fünfzig Meilen belegt sei.

Elizabeth wollte nicht bleiben, aber sie erkannte, dass es für ihren Sohn am besten wäre, wenn sie wenigstens die Nacht über blieben und erst morgen früh wieder abreisten.

Und dann dachte sie an ihr Buch. Sie legte eine Hand auf die Schulter ihres Sohnes und sagte: »Gideon, ich denke, es wäre im Moment das Beste, wenn wir mein Buch niemandem gegenüber erwähnten.«

»Okay«, sagte er.

Das genügte nicht. Er könnte sich verplappern. »Gideon, du weißt, dass mein Freund Dr. Hightower heißt und ihm dieses Gasthaus gehört. Die junge Dame, die uns zum Bungalow geführt hat, ist Dr. Hightowers Tochter, und ich glaube, wir werden auch auf seine Frau treffen. Du könntest versucht sein, ihnen von dem Buch zu erzählen, weil er immerhin darin erwähnt wird. Dennoch …« Elizabeth seufzte. Sie musste erneut zwischen Lüge und Wahrheit wählen.

Als Gideon klein war und Fragen über seinen Vater zu stellen begann, konnte sie schwerlich sagen: »Er war ein Ehebrecher. Er hat mich belogen. Er erzählte mir, er sei nicht verheiratet. Und als ich ihm dann schrieb und ihm mitteilte, dass ich sein Kind erwartete, hörte ich nie wieder etwas von ihm.« Obwohl sie eigentlich nicht glauben konnte, dass Faraday so etwas tun würde, war da nichtsdestotrotz der *Beweis*, und Elizabeth war Wissenschaftlerin, darin geübt, aus Fakten Schlüsse zu ziehen, nicht aus Vermutungen. In der Eingeborenen-Felsmalerei hatte die Häufung von Handabdrücken einige Historiker und Archäologen zu der Annahme verleitet, diese Hände symbolisierten Zugänge zu anderen Reichen oder die Verbindung des Menschen zur Natur, oder ein Schamane habe damit sein Territorium gekennzeichnet. So gerne sich Elizabeth auch der Bewegung anschließen würde, welche die von ihr studierte Felsmalerei romantisierte, argumentierte sie doch, dass der Augenschein ihnen als Einziges vermittele, dass ein Mensch vor langer Zeit seine Hand in Farbe getaucht und an die Wand gedrückt hatte. Punkt.

So war es auch mit Faraday. So gerne sie auch etwas anderes geglaubt hätte, konnte sie doch all die Beweise nicht ignorieren, als sie die Casa Esmeralda damals besucht hatte: die Frau mit dem Ehering, das kleine Mädchen, das sie »Mama« nannte, das Dienstmädchen, das sie mit Mrs. Hightower ansprach.
Aber ein Mysterium blieb: Warum hatte Faraday sie eingeladen, ihn in der Casa Esmeralda zu besuchen?
Elizabeth war früher aufgetaucht als verabredet, als Überraschung. Hatte er wirklich geplant, seine Frau und Tochter in Urlaub zu schicken? Sollten sie und Faraday das Haus für sich haben, bis die Familie zurückkehrte?
So hatten sich ihre Gedanken fast sechzehn Jahre lang im Kreis gedreht, bis sie ihm geschrieben hatte, um ihm von ihrem neuen Buch zu erzählen – und bis zu dem Antworttelegramm, in dem er sie bat zu kommen.
Nun war sie verwirrter denn je. Und auch besorgt. Wohin war Faraday verschwunden?
Ihre Gedanken richteten sich auf ein drängenderes Thema. Elizabeth hatte ihren Sohn jahrelang vor der schmutzigen Wahrheit geschützt und ihm eine hübsche Geschichte erzählt: dass ihr Zwischenspiel mit seinem Vater wundervoll und edel gewesen sei – was stimmte –, dass Elizabeth und sein Vater aber aus guten Gründen nicht geheiratet, sondern sich getrennt und ihre eigenen Leben wieder aufgenommen hatten. Sie wollte Gideon die Wahrheit sagen, wenn er älter war, reif genug war, zu begreifen, was wirklich geschehen war.
Aber was jetzt? Es wäre schrecklich für Gideon, die Wahrheit auf diese Weise zu erfahren – von Fremden. Sie kannte Kleinstädte und wusste, wie schnell sich Neuigkeiten dieser Art verbreiteten. Es würde nicht lange dauern, bis alle im Umkreis von hundert Meilen wussten, dass Gideon Faraday Hightowers unehelicher Sohn war.
»Weißt du, Liebling«, sagte sie, während sie sich bereitmachten, den Bungalow zu verlassen, »Dr. Hightower ist verschwunden, und niemand weiß wohin. Es wäre für seine Frau und Tochter vielleicht ein schmerzliches Thema. Also halte ich es im Moment für das Beste, das Buch für uns zu behalten. Es ist unser Geheimnis, okay?«
»Klar!«

Elizabeth tätschelte Gideons Rücken, wohl wissend, dass er sein Versprechen halten würde, öffnete dann die Tür des Bungalows und wappnete sich für die unvermeidliche Begegnung mit Faradays Frau.

Da Freitag war, briet ein großes Huhn im Ofen.
Während Bettina die gedeckten Tische im Speisezimmer der Gäste inspizierte, nickte sie sehr zufrieden. Wieder ein volles Haus. Morgana hatte berichtet, dass sie den Zwei-Zimmer-Bungalow an eine Frau und ihren Jungen vermietet hatte, die gerade aus Los Angeles eingetroffen waren. Somit blieb nur ein freies Zimmer, was bis zum Morgen, da war sich Bettina sicher, auch vermietet wäre – erschöpfte, spätnächtliche Besucher, welche die Länge und den Zustand des Twentynine Palms Highway unterschätzten, machten zuverlässig Halt, weil sie einfach zu müde waren, um bis zur Grenze von Arizona weiterzufahren. Solchen Gästen berechnete sie für das Zimmer stets den doppelten Preis. Und sie zahlten. Was blieb ihnen denn sonst übrig?
Das Städtchen war gewachsen, seit Bettina als Kleinbäuerin hierher gekommen war. Nach dem Ersten Weltkrieg litten viele Veteranen unter den Auswirkungen des Senfgases, und Twentynine Palms war ideal, weil es eine mäßige Höhe und saubere, trockene Luft aufwies und relativ gut erreichbar war. Veteranen brachten ihre Familien mit hierher und begannen, die 160-Acre-Parzellen als Kleinbauern zu bearbeiten. Chateau Hightower, mit seinem zentralen Adobehaus und mehreren Bungalows und Cottages, war meilenweit bekannt, und so kamen Wanderarbeiter in der Depression zur Hintertür des Gasthauses, um nach Almosen oder Arbeit zu fragen. Da das Wort Almosen nicht zu Bettinas Sprachschatz gehörte, gab sie den Männern Arbeit. Während Bettina die niedrigsten Löhne zahlte, konnte sie durchreisenden Touristen hohe Preise berechnen und machte so einen hübschen Gewinn.
Es gab auch viele Goldgräber in der Region (einige von ihnen erfolgreich), da Arbeitslose auf der Suche nach anderen Möglichkeiten, ihren Lebensunterhalt zu verdienen, hierher kamen. Sie arbeiteten wochenlang zwanzig Stunden am Tag in einer Mine und verließen sie dann, um neue Vorräte zu besorgen, ein wenig Ruhe

zu genießen und bei ihren Familien zu sein. Wenn sie zu den Minen zurückkehrten, machten sie stets für eine von Bettinas herzhaften Mahlzeiten am Chateau Hightower Halt, bevor sie wieder in die Wüste und zu weiteren Wochen der Entbehrungen hinausfuhren. Sie mochte die Minenarbeiter. Sie schraken nie vor ihren Preisen zurück und gaben großzügiges Trinkgeld, in dem Glauben, dass sie *dieses* Mal bald reich würden.

Das Gasthaus bestand anfänglich aus Zeltdachbungalows, die Bettina aus Stämmen hatte bauen lassen, die aus verlassenen Minenbaracken stammten. Aber im Laufe der Zeit tauschte sie das Segeltuch gegen richtige Dächer aus. Das Hauptgebäude, in dessen oberem Bereich Bettina und Morgana lebten und das ansonsten die Küche, den Speiseraum, ein Gästewohnzimmer und die Rezeption umfasste, war aus Adobeziegeln gebaut und wies rundum eine offene Veranda auf, die auf Kaktusgärten, mit Steinen ausgelegte Gehwege und Grillplätze hinausführte. Ein artesischer Brunnen, vor Jahren gegraben, lieferte Wasser, aber Bettina hatte auch steinerne Wasserauffangbecken bauen lassen, um für alle Fälle das Wasser der Sommergewitterschauer und der Schneeschmelze im Winter zu sammeln. Wenn das Wasser im Brunnen tief stand und die Auffangbecken trocken fielen, teilte Bettina ihren Gästen das Wasser in Rationen zu.

Aber es war Frühling, der Brunnen und die Auffangbecken waren gefüllt, und die Zimmer des Gasthauses waren übervoll mit Vasen mit in der Wüste frisch gepflückten Wildblumen. Die Blumen kosteten nichts, aber das wussten die Gäste nicht.

Alles in allem ein perfektes Leben.

Als Elizabeth und ihr Sohn das Gästewohnzimmer betraten, entdeckte Gideon ein in einem großen Mahagonischrank stehendes Radio und lief hin, während seine Mutter die Schultern straffte und sich nach Faradays Frau umsah.

Während sie den übrigen, in Sesseln und auf Sofas sitzenden Gästen höflich zulächelte und auf die Glocke zum Abendessen wartete – ihr Herz schwer vor Enttäuschung und Traurigkeit, aber auch vor Verwirrung, denn wohin war Faraday verschwunden? –, suchte sie nach Spuren von ihm. Aber es hingen keine Zeichnungen Faradays an den Wänden, und Elizabeth konnte auch die Keramiksammlung nicht entdecken, von der er ihr erzählt hatte. Sie hatte sich besonders darauf gefreut, die goldene Olla zu sehen. Faraday hatte gesagt, seine Zeichnungen des Kruges würden ihm nicht gerecht. Aber es war keine Olla da.

Sie ging zum Speisezimmer weiter, mit zunehmender Angst, als sie eine Stimme hörte, die sie noch nicht hatte vergessen können.

»Dummes Mädchen«, sagte Bettina scharf zu einem Dienstmädchen. »Weißt du immer noch nicht, wo die Salatgabel hingehört?«

Battina wandte sich um, sah den Gast im Eingang stehen und sagte: »Guten Abend und willkommen im Chateau Hightower.« Sie hielt inne und schaute. Sie erkannte die Blondine, der sie vor Jahren Tee serviert und von der sie geglaubt hatte, sie wäre für immer aus ihren Leben verschwunden.

»Guten Abend, Mrs. Hightower«, sagte Elizabeth und verhielt sich so höflich wie möglich, um zu verbergen, dass sie ein Nervenbündel war. Aber sie sah sofort, am Ausdruck auf dem Gesicht der anderen Frau, dass ihre Anwesenheit hier überraschte, dass Bettina sie eindeutig nicht erwartet hatte. Also hatte Bettina das Telegramm nicht geschickt.

Erinnerte sich Faradays Frau überhaupt noch an sie, fragte sich Elizabeth. Erinnerte sie sich an den peinlichen Besuch, als sie Tee getrunken hatten und Mrs. Hightower Elizabeth von Faradays Indiskretionen mit Frauen erzählt hatte?

Bettina lächelte. Dass die Frau sie mit »Mrs. Hightower« ansprach, vermittelte ihr Sicherheit. Ihr Status war also ungefährdet.

»Sie müssen Miss Delafield sein. Ich erinnere mich an Sie. Ich war mir nicht bewusst, dass Sie bei uns wohnen würden.«

»Ich hatte ein Telegramm geschickt, das aber offensichtlich verloren ging«, sagte sie zu Bettina. »Gott sei Dank gab es in letzter Minute eine Stornierung ...« *Miss* Delafield? War das ein Irrtum oder eine absichtliche Kränkung? Dennoch konnte Elizabeth es der Frau nicht vorwerfen, dass sie sie nicht mochte. Sie hatte immerhin eine romantische Affäre mit ihrem Mann gehabt. Wenn sie auch zu ihrer Verteidigung hinzufügen musste, dass sie zu dem Zeitpunkt geglaubt hatte, er sei Witwer. Nichts, was man jetzt erwähnen sollte, dachte sie. Aber Elizabeth wollte wissen, was hinter Faradays Verschwinden steckte.

»Ja, normalerweise sind wir zu dieser Jahreszeit vollkommen ausgebucht«, sagte Bettina und betrachtete die wie ein Männerhemd geschnittene Bluse. »Frühling, wissen Sie. All die Blumen, die frische Natur. Aber wir hatten drei Stornierungen im letzten Moment.«

Das stimmte nicht ganz. Der Zwei-Zimmer-Bungalow war von einem Ehepaar namens Green reserviert worden, aber als das Ehepaar ankam, erkannte Bettina, dass »Green« wohl eigentlich »Grün« geschrieben wurde. Also hatte sie ihnen gesagt, dass es bei den Reservierungen eine Verwechslung gegeben habe und es keine freien Zimmer mehr gebe, dass sie aber sicher sei, sie könnten in Gelson's Motel, dreißig Meilen die Straße hinab, noch etwas finden. Das dritte leere Zimmer ergab sich ironischerweise aus dem ersten: Der Gentleman, der sich nach den Greens eintragen wollte, höflich hinter ihnen am Empfang wartend, hatte Bettina einen Distanz herstellenden Blick zugeworfen, als sie ihm das Gästebuch zuschob, und bemerkt, dass er nichts mit Antisemiten zu tun haben wollte. Dann war er gegangen.

»Ich hoffe, Sie haben keinen Luxus erwartet, Miss Delafield«, sagte Bettina. »Wir sind ein einfaches Haus, nicht so wie die extrafeinen Spas in Palm Springs, die den Reichen etwas bieten. Die Menschen kommen wegen des Friedens und der Ruhe hierher und um die Wildnis zu erkunden.«

Elizabeth betrachtete die Mahagonimöbel und das Porzellan und Silber auf dem langen Esstisch. »Ihr Gasthaus scheint recht gut zu gedeihen«, sagte sie, wobei sie diese Scharade hasste und wünschte, sie könnte in ihren Bungalow zurückkehren und ihre bittere Enttäuschung zu verwinden suchen.

Das Gasthaus gedieh überaus gut, aber das würde Bettina dieser Goldgräberin nicht erzählen, die vielleicht mit Hintergedanken gekommen war. Hatte sie nicht vor Jahren behauptet, schwanger zu sein? Chateau Hightower war ein beliebter Aufenthaltsort für abenteuerlustige Touristen, die, anders als die Reichen und Verwöhnten, die nach Palm Springs fuhren, hierher kamen, um das raue Leben zu erfahren, die Wüste zu erkunden und die Natur zu erleben. Sogar im Sommer, wenn die Hitze die meisten Menschen abschreckte, waren Bettinas Bungalows stets ausgebucht, weil Europäer die Hitze erleben wollten. Sie hatte früher geglaubt, es würde ihr nicht gefallen, wenn Ausländer in ihren Bungalows wohnten, aber Bettina hatte entdeckt, dass sie die Deutschen, Skandinavier und Spanier mochte, weil sie sich nie beschwerten, ruhig und höflich waren und ihre Preise nicht infrage stellten. Es gefiel ihnen in der Tat umso besser, je rauer die Bedingungen waren, sodass Bettina bei europäischen Gästen Kerosin, Zucker und Wäscheseife sparen konnte. Als eine Felskletterer-Gruppe aus München eine Klapperschlange in ihrem Bungalow vorfand, hatten sie sich für die Freunde zu Hause glücklich gegenseitig mit dem tödlichen Reptil fotografiert, anstatt ihr Geld zurückzuverlangen (wie es ein Ehepaar aus Michigan getan hatte).

Die Wüste war auch ein Mekka für Künstler und Schriftsteller geworden, und jene, die sich die feudaleren Häuser im Coachella Valley nicht leisten konnten, kamen zu den kleinen Siedlungen im Norden, wo das Licht ebenso phantastisch und die Ausblicke ebenso inspirierend waren. Chateau Hightower konnte sich mehrerer Maler rühmen, die hier gewohnt hatten – und sogar eines Dichters.

Gideon kam herein und sagte: »Mutter, das Radio funktioniert nicht. Die Dame dort drinnen sagte, sie warteten auf das Eintreffen neuer Batterien.«

Gäste waren stets beeindruckt, wenn sie das Radio sahen. Bettina behielt es genau aus diesem Grund. Die Leute brauchten aber nicht zu wissen, dass ihre Gastgeberin die vielen Batterien, die das Ding brauchte, als unnötige Ausgabe ansah und es daher niemals Musik spielen würde.

Als Bettina entsetzt erkannte, dass der Junge Delafield »Mutter« genannt hatte, und dann die Ähnlichkeit bemerkte, erstarrte sie, und alle Farbe wich aus ihrem Gesicht. Nach einem peinlichen Moment entschuldigte Bettina sich, sagte etwas darüber, dass sie sich um die Tischordnung fürs Essen kümmern müsse, und verschränkte ihre Hände, während sie das Speisezimmer verließ, so fest, dass Schmerz durch ihre Finger schoss.

Die Frau war mit Faradays Sohn zurückgekehrt! Wie konnte sie es wagen! Und warum? Was wollte sie?

Plötzlich erkannte Bettina es. *»Ihr Gasthaus scheint gut zu gedeihen.«* Noch immer die Goldgräberin! Die Frau würde ihr Chateau

Hightower wegnehmen, wollte es zweifellos für Faradays Sohn beanspruchen.
»O Gott«, flüsterte Bettina, als sie allein im Flur stand und sich mit einer Hand an der Wand abstützte. Sie war noch nie so verängstigt gewesen. In den zwölf Jahren, in denen sie in dieser elenden Wüste für sich und Morgana ein Leben aufbaute, hatte Bettina allen Arten von Krisen und Missgeschicken gegenübergestanden und sie bewältigt. Morgana würde bald auf die Schwesternschule gehen und dann mit einem Arzt als Ehemann zurückkehren.
Nun war das alles bedroht.

Bettina hatte es sich zur Regel gemacht, dass sich jedermann bei den Mahlzeiten rechtzeitig hinsetzen musste, damit das Servieren erleichtert wurde, und als die Gäste nun ihre Plätze an dem langen Tisch eingenommen hatten, wurde auf einer Servierplatte das gebratene Huhn hereingebracht. Es gelang Bettina durch wohlüberlegtes Teilen, den fetten Vogel auf zwölf Portionen zu strecken. Sie reichte Brust, Bein und Flügel umständlich die Reihen hinab und sagte: »Für Mr. Crocket. Für Miss Rodale.« Zum Schluss ging der Hals an Elizabeth Delafield.
Gideon und die übrigen sechs Kinder saßen an einem separaten Tisch, wo Morgana die ruhige und geordnete Einnahme des Mahls beaufsichtigte. Sie bekamen kein Huhn, sondern große Portionen Kartoffelbrei und ein hellgrünes Gemüse, das sie nicht kannten.
»Was ist das?«, fragte Gideon und hielt auf seiner Gabel ein Stück schlaffes Gemüse hoch.
»Wie schmeckt es denn?«
»Wie grüne Bohnen.«
»Na also.« Die teureren Gemüse durch örtlichen Kaktus zu ersetzen war Bettinas Idee gewesen. Die Kaktusfeige schmeckte, richtig gekocht, in der Tat wie grüne Bohnen, und da die Pflanze in der Wüste im Überfluss wuchs, kostete sie nichts.
Gideon verzog das Gesicht, und Morgana lachte. Sie fand ihn süß, und auch klug. »Ich konnte dich nicht täuschen, oder?«, fragte sie und erkannte sofort, dass er ein Junge war, dem sie gerne ihre Wüste zeigen würde.
Morgana machte es nie etwas aus, als Babysitter für die Kinder

zu fungieren. Sie vermittelten ihr ein Gefühl von Familie. Obwohl sie mit ihrer Tante zusammenlebte, die auch ihre Stiefmutter war, hatte Morgana stets eine Leere in ihrem Herzen gespürt, die sie so gern mit der Liebe von Brüdern und Schwestern und Tanten und Onkeln und Cousins gefüllt hätte.

Während Morgana die Kinder unterhielt, indem sie sie fragte, wo sie herkamen und ob sie jemals zuvor in der Wüste gewesen seien, blickte sie häufig zum Haupttisch und sah die vertraute Blässe um den Mund ihrer Tante, die auf Missfallen schließen ließ. Bettina schien durch Elizabeth Delafields Ankunft aufgebracht. Warum?

Während Bettina das Abräumen des Geschirrs überwachte, hörte sie, wie ein Gast zu Elizabeth bemerkte, ihr Sohn sei ein »schlauer, kleiner Pfiffikus«. Elizabeth erwiderte: »Gideon ist fast fünfzehn«, und der Künstler erklärte, sie sehe viel zu jung aus, um einen so großen Sohn zu haben.

Bettina rühmte sich stets, die Privatsphäre ihrer Gäste zu achten. Dennoch bat sie stets um den Ausweis, wenn sich ein Gast eintrug, nicht weil es vom Gesetz so gefordert wurde, sondern weil sie neugierig war. Sie wusste gerne, wie alt die Frauen waren, wie viel sie wogen, ihren Familienstand. Während sie nun die Eintragungen im Gästebuch über diese Delafield durchsah, sagte sie sich, sie kenne den Typ Frauen, die ihr Haar bleichten, die Augenbrauen rasierten, um sie nachzuziehen, und sich dünn hungerten, um jünger auszusehen, als sie waren. Bettina wollte wetten, dass diese Delafield keinen Tag jünger als fünfundvierzig war und dabei versuchte, für neununddreißig durchzugehen. Aber Führerscheine logen nie.

Und da stand es, neben Elizabeths Unterschrift – Geburtsjahr: 1881.

Bettina starrte darauf. Elizabeth Delafield war einundfünfzig Jahre alt. Drei Jahre älter als sie selbst. Und doch sah sie um so vieles jünger aus.

Bettina spürte, wie sich tief in ihr etwas Dunkles und Wildes regte, während sie an der Rezeption stand und vom Wohnzimmer Lachen herüberklang, Elizabeth Delafields Lachen in das der Männer mit einstimmend, die von ihrer undamenhaften Art eindeutig eingenommen waren. Bettina streckte die Hände aus, um sich festzuhalten. Die Wüste jenseits des Fensters war dunkel und windgepeitscht. Ein Knäuel abgerissenes Dornengestrüpp rollte vorüber, trocken, braun und stachlig, hinausgeweht in die Einsamkeit der Wüste.

Das Bild einer Grube stieg vor ihrem inneren Auge auf, rund, mit gewölbter Decke, aus Adobeziegeln gemacht und unter dem Wüstenboden verborgen. Sie hörte einen Mann in dieser Grube, der um Hilfe rief ….

Bettina rang darum, wieder in die Gegenwart, in den warmen Schein der Lampe vor ihr zurückzugelangen, und erinnerte sich, wer sie war und welche Position sie in der Gemeinschaft innehatte. Besitzerin und Eigentümerin vom Chateau Hightower, dem einzigen anständigen Haus im Umkreis von hundert Meilen. »Hmpf!«, machte sie, als sie sah, dass die Blondine sich als »Doktor« Delafield eingetragen hatte, eine Bezeichnung, welche die Frau über andere stellte. Bettina hielt beharrlich an dem Glauben fest, dass sich nur männliche Ärzte Doktor nennen durften und alles andere erfundene Anmaßung war. Wie konnte sie es wagen! Und auch noch ihr – man konnte es nicht anders nennen – *Bastard*kind zur Schau zu stellen!

Aber Bettina zügelte ihre Wut. Sie war schließlich eine Dame und würde dem blonden Flittchen schon zeigen, aus welchem Holz Bettina Hightower geschnitzt war. Während der Dauer des Aufenthalts der Frau wäre Bettina nur die freundliche Gastgeberin, als die ihre Gäste und Nachbarn sie kannten.

Als sie ins Wohnzimmer zurückkehrte, wünschte Gideon Morgana gerade eine gute Nacht, die ihm ein Buch reichte und sagte: »Darin findest du alles, was du über die ortsansässigen Indianer wissen musst.«

»Meine Mutter ist Expertin für Indianer«, sagte Gideon stolz und fügte dann hinzu: »Aber danke für das Buch. Ich weiß, dass es mir gefallen wird.«

Morgana umarmte den Jungen impulsiv, und Bettina spürte, wie sie vor Angst erstarrte. Die beiden hatten sich von Anfang an gemocht. Das war kein gutes Zeichen. Morgana durfte die Wahrheit nicht erfahren.

»Mrs. Hightower«, sagte Elizabeth, »ich fragte mich gerade, ob es

wohl möglich wäre, zwei Gläser warme Milch in unseren Bungalow bringen zu lassen. Das ist unser abendliches Ritual.«
»Gewiss«, sagte Bettina mit verkniffenem Lächeln.

Elizabeth war in einem Dilemma gefangen, für das es keine Lösung gab.
Als ihr Vater sie enterbt hatte, weil sie unverheiratet schwanger war, hatte sie sich gesagt, es kümmere sie nicht. Aber als ihre Mutter ein paar Jahre später starb und Mr. Delafield seine Tochter nicht an der Beerdigung teilnehmen lassen wollte, hatte Elizabeth den Verlust schmerzlich empfunden. Und dann, gerade erst vor einem Jahr, war ihr Vater letztendlich an seiner jahrzehntelangen Trunksucht gestorben. Sie war an sein Bett im Krankenhaus geeilt, aber er hatte sich selbst in dieser Stunde der Not geweigert, mit ihr zu sprechen, ihr in die Augen zu sehen. Nachdem er gestorben war, hatte sich Elizabeth allein auf der Welt gefühlt, zum ersten Mal in ihrem Leben. Es hatte sie überrascht und erschreckt, und während sie darauf wartete, dass das Gefühl der Einsamkeit nachließe, vertiefte es sich stattdessen, bis sie erkannte, wie schrecklich es war, keine Familie zu haben. Aber das schreckliche Gefühl galt nicht ihr, sondern Gideon. Sollte ihr etwas passieren, wäre er vollkommen allein auf der Welt. Aber so war es nicht. Er hatte eine Schwester.
Elizabeth hatte vorgehabt, mit Faraday darüber zu reden, zu entscheiden, welches der beste Weg wäre, sich dem Thema zu nähern, behutsam, mit Ruhe und Verstand. Stattdessen war Elizabeth hier eingetroffen und hatte festgestellt, dass Faraday schon lange verschollen war. Sie schritt frustriert in dem kleinen Zimmer auf und ab. Gideon hatte das Recht zu erfahren, dass er nicht allein auf der Welt war, dass er mit einem anderen Menschen blutsverwandt war. Andererseits, wie konnte sie ihm das sagen, ohne auch alles andere zu offenbaren?
Es klopfte an der Tür. Elizabeth war überrascht, Bettina davor stehen zu sehen, ein Tablett in den Händen. Elizabeth hatte erwartet, dass ein Dienstmädchen die Milch brächte. »Wir müssen miteinander sprechen«, sagte Bettina jäh.
»Sicher.«
Während Bettina den Bungalow betrat, brachte Elizabeth die Milch

in den Nebenraum und sagte Gideon, sie käme gleich wieder. Sie kehrte ins vordere Zimmer zurück und schloss die Tür. »Nochmals danke für ein wunderbares Abendessen«, sagte Elizabeth, die ihren Teller kaum angerührt hatte.

»Ich will mich nicht rühmen, aber fragen Sie, wen Sie wollen, und man wird Ihnen sagen, dass ich die großzügigste Tafel zwischen Los Angeles und Phoenix biete. Aber ich bin nicht gekommen, um gesellig zu plaudern. Weiß der Junge Bescheid?« Kein Herumreden um den heißen Brei. Bettina musste wissen, ob die Frau gekommen war, um Geld zu erpressen, oder ob sie sicherstellen wollte, dass ihr Bastard in Faradays Testament bedacht war. Vielleicht sogar, um Ansprüche auf das Gasthaus zu erheben, darauf zu bestehen, sie habe ein gesetzmäßiges Recht auf die Hälfte des Gewinns.

Elizabeth dachte, wenn Bettina noch starrer dastünde, würde ihr Rückgrat brechen. Wenn sie sich auf eine Konfrontation vorbereitet hatte, so war das unnötig. Elizabeth war gekommen, um mit Faraday Frieden zu schließen, das war alles. Da das nicht möglich war, würden sie und Gideon wieder abreisen.

»Meinen Sie, ob Gideon weiß, wer sein Vater ist? Nein. Ich wollte zuerst mit Faraday sprechen.«

»Also weiß der Junge nicht, dass Morgana seine Halbschwester ist.«

»Gideon«, sagte Elizabeth betont, »weiß es nicht.« Mein Sohn ist nicht »der Junge«, wollte sie sagen.

»Sehen Sie, Miss Delafield, es ist schlimm genug, dass Faraday uns verlassen und seiner Tochter das Herz gebrochen hat. Wenn Morgana jetzt herausfinden sollte, dass ihr Vater eine Liebelei hatte, aus der ein unehelicher Sohn hervorging, weiß ich nicht, was das bei ihr anrichten würde.«

Elizabeth betrachtete die Frau vor ihr, eine Frau, die sich offenbar sehr um ein beherrschtes Aussehen und Auftreten mühte – als ringe sie um Kontrolle, dachte Elizabeth –, und fragte sich, ob hinter den Worten der besorgten Stiefmutter etwas Unausgesprochenes lag. Bettina schien fast bereit zu kämpfen – worum?

Und dann erkannte Elizabeth es: Ich bin mit Faradays Sohn hierher gekommen. Sie glaubt, wir wären hier, um ihr das Gasthaus wegzunehmen oder um Geld als Faradays Erbe an seinen Sohn zu fordern.

»Obwohl ich nicht Morganas leibliche Mutter bin«, sagte Bettina, »habe ich sie auf die Welt gebracht. Ich hielt sie in meinen Armen, als meine Schwester im Kindbett verblutete. Ich habe Morgana wie mein eigenes Kind aufgezogen, habe ihr mein Leben gewidmet. Ich habe für sie Opfer gebracht und werde nicht zulassen, dass ihr irgendjemand wehtut.«

»Mrs. Hightower, ich bin nicht gekommen, um eine Familie und ein Heim zu behelligen. Ich dachte, Faraday hätte mich eingeladen.« Elizabeth griff in ihre Tasche und nahm das Telegramm hervor.

Bettina nahm das Stück Papier stirnrunzelnd entgegen, und während sie es las, beobachtete Elizabeth bestürzt die Wirkung, die es auf sie hatte. Bettina wurde bleich. Ihre Hand zitterte. Während sie das Telegramm zurückreichte, sagte sie mit unsicherer Stimme: »Wie überaus bizarr. Warum sollte jemand vorgeben, mein Mann zu sein? Sie sind offensichtlich das Opfer eines grausamen Streichs geworden.«

Elizabeth sah sie an. *Oder Sie.*

»Mrs. Hightower, ich habe Gideon nie über die Umstände seiner Geburt belogen. Ich war ehrlich zu ihm und habe ihm gesagt, dass sein Vater und ich nicht verheiratet waren. Aber ich habe Gideon nie den Namen seines Vaters genannt. Ich sagte ihm nur, dass sein Vater und ich aus verschiedenen Welten stammten, getrennte Verpflichtungen hatten und niemals zusammen sein konnten. Was die Wahrheit war.«

Elizabeth steckte das Telegramm wieder in ihre Tasche. »Mein Sohn und ich werden morgen früh abreisen. Ich verspreche Ihnen, dass ich Ihrer Nichte nicht die Wahrheit sagen noch jemals zurückkommen werde.«

65

Am nächsten Morgen fühlte sich Elizabeth elend. Sie hatte nicht gut geschlafen. Quälende Erinnerungen an Smith Peak und den Butterfly Canyon hatten sie in den Nachtstunden bestürmt. Und das Bild von Faraday, der wie ein Sonnengott auf einem Triumphwagen in ihr Leben geplatzt war und ihre Liebe und Leidenschaft und Hoffnung wiedererweckt hatte – um dann spurlos zu verschwinden. Was steckte wirklich hinter seinem mysteriösen Verschwinden? Mit einer Frau davonzulaufen und Lohngelder zu stehlen ergab keinen Sinn. War er einer Spur zu seinen Schamanen gefolgt und hatte sich verirrt – oder Schlimmeres?

Und wer hatte das grausame Telegramm geschickt?

Nachdem Elizabeth den Schlüssel zu ihrem Bungalow abgegeben hatte, erkundete sie das Haupthaus und fand es erneut seltsam, dass sie nirgendwo Erinnerungen an Faraday fand – keine Fotos, keine Bücher mit seinem Exlibri, nichts. Und noch immer kein Anzeichen der Keramiksammlung, von der er ihr erzählt hatte, noch fand sie den Pajute-Korb, den sie ihm geschenkt hatte, noch die goldene Olla, die seine Phantasie so sehr gefesselt hatte. Wo war das alles geblieben?

Schließlich war da noch Faradays Tochter. Wie war sie zu dieser Narbe auf ihrer Stirn gekommen? Ein erschreckendes Mal, das umso schlimmer wirkte, als es ein ansonsten hübsches, makelloses Gesicht verdarb.

All das ging Elizabeth durch den Sinn, während sie in die Morgensonne hinaustrat, wo sich ihr ein erstaunlicher Anblick bot.

Auf dem Kies zwischen dem Gasthaus und der unbefestigten Straße parkte ein originaler roter Doppeldecker-Bus, der offenbar direkt aus London hierher gekommen war!

Es hieß, ein reicher Unternehmer aus New York habe den Bus aus England herüberbringen lassen, um überall im Coachella Valley seine Dienste anzubieten, weil er irrtümlich glaubte, dass sich Filmstars gerne in solch einem auffälligen Transportmittel herumfahren lassen würden. Er hatte nicht begriffen, dass Berühmtheiten der Anonymität wegen nach Palm Springs kamen, und daher schlug sein Unternehmen fehl. Als niemand das Fahrzeug kaufen wollte, ließ er es in den Sanddünen zurück und kehrte, die Wüste, Filmstars und den Westen im Allgemeinen verfluchend, nach New York zurück, während Joe Candlewell, einer der ersten Wüstenpioniere und selbst Unternehmer, ein Gespann Maultiere zu dem verlassenen Gefährt führte und es die vierzig Meilen nach Twentynine

Palms zurückschleppte, wo es, wie er sich dachte, zumindest eine interessante Attraktion am Straßenrand darstellen würde.

Auf raue Art gut aussehend, gehörte Joe zu jenem besonderen Schlag Männer, welche die Wüste wegen ihrer Einsamkeit und Herausforderung anzog, Männer mit einem starken Charakter und einem unerschütterlichen Glauben an sich selbst – einsame Kerle, die einen strengen Ehrenkodex pflegten und in die Wüste kamen, um mit ihren eigenen Händen einen gerechten Anteil an Gottes üppiger Erde zu beanspruchen. Joe Candlewell und seinesgleichen waren ebenso ein Teil des Wüstenmysteriums wie die wogenden Sanddünen und der von Sternschnuppen übersäte Himmel – zäh und selbstgenügsam, aber mit einer Art, die Frauen das Gefühl vermittelte, feminin und begehrt zu sein. Weibliche Gäste des Chateau Hightower äußerten, dass die Männer in dieser Gegend anders seien als sonst auf der Welt. »Wie Wüstenscheichs des Westens«, bemerkte eine Romanschriftstellerin, die im Chateau Hightower das ganze Frühjahr über an einem Buch geschrieben hatte. Sie behauptete, dass die Sonnenuntergänge in Twentynine Palms etwas ganz Besonderes und fast ebenso atemberaubend seien wie die Männer. Sie hatte Joe Candlewell, einen attraktiven Mann in den Fünfzigern, walisischer Abstammung, der den Frauen den Kopf verdrehte und sie für sich einnahm, als Modell für ihren aktuellen, verwegenen Romanhelden benutzt.

Joes ehrgeiziger, fünfundzwanzigjähriger Sohn Sandy, der in dem roten Londoner Bus noch mehr Potenzial sah, brachte den Motor wieder in Schuss, wechselte die Reifen, reparierte die Sitze, malte in großen, gelben Buchstaben auf die Seite: *Sandy's Adventurous Desert Tours*, fuhr damit Touristen durch die Wildnis und verkündete während der Fahrt durch ein Megaphon: »Ich zeige Ihnen die Wüste, Ladys und Gentlemen, wo das Leben hart und der Tod so natürlich ist wie die Luft.«

Es war ein großer Erfolg.

Sandys Ehrgeiz erstreckte sich nicht nur auf den Bus. Er war sich sicher, dass die Bundesregierung diese Gegend bald zum Naturschutzgebiet und Nationalpark erklären würde, was mehr Touristen bedeutete. Joshua Tree könnte so bekannt wie Yosemite oder Yellowstone werden, und da wollte Sandy Felsklettern und Camping- und Wandertouren anbieten. Er hatte vor, Zelte, Ausrüstung, Landkarten und sein Wissen zu vermieten und zu verkaufen. Er wollte auf der Woge der derzeitigen Naturbegeisterung der Amerikaner reiten. Wenn er dabei ein Vermögen machte, würde er sich nicht beklagen.

Der Busfahrer, Sandy, sprang herab, ein gut aussehender junger Mann mit einem strahlenden, sonnigen Lächeln, gebräunt und breitschultrig, rief: »Hallo!« und winkte mit einem muskulösen Arm.

Fünf Gäste traten aus dem Chateau Hightower und bestiegen den Bus, in dem bereits andere saßen. Morgana folgte mit einem großen Korb. »Bin wieder ausgebucht«, sagte er und strahlte mit gesunden, weißen Zähnen. »Muss die Straße hinab noch sechs weitere Fahrgäste einsammeln, und dann geht es los.«

Morgana, in einem gestreiften Jersey-Oberteil, das in einen Faltenrock gesteckt war, reichte Sandy den Picknickkorb, der ihn auf dem Vordersitz verstaute.

Als er sich wieder umwandte, um ihr zuzulächeln, tat Morganas Herz einen Satz.

Keine Seele auf der ganzen Welt, am wenigsten Sandy selbst, hatte eine Ahnung davon, wie verzweifelt verliebt sie in ihn war. Morgana konnte den Tag nicht benennen, an dem sich alles verändert hatte. Da war kein Eintrag in ihrem Kalender, auf den sie mit dem Finger deuten und sagen könnte: »Das war der Moment, in dem ich aufhörte, nur seine Freundin zu sein, und von einer Romanze zu träumen begann.«

An einem Tag war Sandy noch mager und pickelig, und am nächsten war er schon groß und breitschultrig. Morgana selbst, gerade noch ein wildes Mädchen, das mit Sandy auf Bäume kletterte, war eines Morgens aufgewacht, um festzustellen, dass sie sich in seiner Nähe plötzlich schüchtern fühlte, von ihm träumte und sich fragte, wie es wäre, von ihm geküsst zu werden.

Es war zuerst ein mädchenhaftes Schwärmen und dann eine zunehmende Verliebtheit, bis Morgana eines Abends, als sie und Sandy sich eine Coca-Cola teilten und im Radio Benny Goodman hörten, erkannte, dass sie sich danach sehnte, von ihm in die Arme genommen zu werden, dass sie voller Begehren war zu erfahren, wie körperliche Liebe mit ihm wäre.

Aber das könnte sie ihm niemals sagen, und auch sonst keinem Menschen.
Die Schwesternschule wartete auf sie. Und selbst wenn sie wie durch ein Wunder zu Hause bleiben dürfte und Sandy ihr, durch eine göttliche Fügung, erklären sollte, dass er ihr gegenüber genauso empfand, bestünde keine Hoffnung auf eine gemeinsame Zukunft. Tante Bettina würde das niemals gutheißen. »Wenn du heiratest, Tochter«, hatte sie bei mehr als einer Gelegenheit gesagt, »wird es ein standesgemäßer Mann sein, der seinen Lebensunterhalt nicht mit körperlicher Arbeit verdient. Du bist eine Hightower. Nur das Beste wird für dich genügen. Mindestens ein Anwalt. Vorzugsweise ein Arzt.«
Konnte eine Liebe unter einem schlechteren Stern stehen?
»Sandy«, sagte sie nun, »ich möchte dir Dr. Delafield vorstellen. Sie und ihr Sohn wohnen bei uns.«
»Howdy, Ma'am«, sagte er grinsend.
»Nett, Sie kennen zu lernen«, erwiderte Elizabeth, während sie ihre Hand in Sandys große, schwielige Hand legte. Als sie in seine lächelnden Augen sah, fand sie, dass er geradlinig, ehrlich und anständig wirkte. Außerdem dachte sie, dass er auf einer Filmleinwand fabelhaft aussähe.
Als sie ein schrilles Lachen hörte, schaute Elizabeth zur Eingangstür des Gasthauses hinüber, wo Bettina neben einem großen Wagenrad voller Tontöpfe mit roten Geranien stand. Sie trug ein luftiges Baumwollkleid, das um ihre Knie flatterte, plauderte mit einem der Gäste, dem hier wohnenden Künstler, und wirkte im Morgensonnenschein unbeschwert und glücklich. Aber ihr Lachen klang gereizt.
»Mutter, darf ich mitfahren?« Gideons Blick ruhte auf dem Wort *Adventurous*. Er trug die brandneuen Shorts, die Elizabeth für die Reise gekauft hatte, und bis zu seinen Knubbelknien hochgezogene gestreifte Socken. Das Hemd war nur halbwegs in die Hose gestopft, und sein angeklebtes Haar stand als Stirnlocke hoch – so wirkte er eher wie ein Bub als wie ein Jugendlicher an der Schwelle zum Mannesalter. Elizabeth wünschte, sie könnte ihn in lange Hosen stecken, weil sie dachte, das würde seiner Selbstachtung helfen, aber es war schwierig, passende Größen zu finden.

Gideon war nur einen Meter zweiundfünfzig groß, und das machte ihr Sorgen. »Die meisten Jungen machen zwischen dreizehn und vierzehn einen Wachstumsschub durch«, hatte der letzte Kinderarzt ihr gesagt. »Während dieses Jahres können sie bis zu zehn Zentimeter wachsen. Danach schreitet das Wachstum noch bis zum Alter von achtzehn Jahren fort, aber weitaus langsamer. Einige wachsen sogar noch nach diesem Alter. Bei Gideon, der jetzt vierzehn ist, ist es jedoch möglich, dass er nicht mehr viel größer wird. Wie war der Wachstumsstand seines Vaters in jugendlichem Alter? War er ein Spätentwickler? Es könnte erblich sein.«
Leider hatte Elizabeth keine Ahnung, wann Faraday, der groß war, diese Größe erreicht hatte. Sie betete, dass Gideon noch einige Zoll größer würde. Sie wusste, dass ihm seine Größe Kummer bereitete und dass sie ihn zum Ziel bösartigen Spotts machte.
Sandy Candlewell hatte Gideons Frage gehört und sagte: »Tut mir Leid, Junge. Wir sind voll besetzt. Aber morgen habe ich noch Plätze frei.«
Elizabeth hatte nicht vorgehabt, auch nur noch eine Stunde länger an diesem Ort zu bleiben, aber als sie den niedergeschlagenen Ausdruck auf Gideons Gesicht sah und dachte, dass es ihm gut tun würde, nach draußen ins Freie zu kommen, frische Luft und Sonnenschein zu tanken – die Ärzte sagten, er müsse seine Konstitution stärken, da seine Widerstandskraft nicht die eines gesunden vierzehnjährigen Jungen sei –, sagte sie: »Wir werden selbst eine Rundfahrt machen, bevor wir nach Colorado hinauffahren. Wie wäre das?«
Aber als sie zu ihrem Kombi gehen wollten, in den die Koffer bereits eingeladen waren, sagte Morgana: »Dr. Delafield, die Wüste kann gefährlich sein, wenn Sie mit dieser Gegend nicht vertraut sind. Sie brauchen einen richtigen Führer. Außerdem könnten Sie das Beste verpassen.«
»Wen könnten wir denn als Führer engagieren?«
»Nun, mich natürlich! Ich kenne die Wüste wie meine Westentasche.«
Bettina kam heran und sagte scharf: »Morgana, du hast noch einiges zu erledigen. Du fährst in einer Woche, erinnerst du dich?«
»Es geht nur um heute Morgen, Tante Bettina. Ich möchte Dr.

Delafield so gerne die Joshuabäume zeigen.« Morgana wandte sich an den Jungen. »Gideon, wie würde es dir gefallen, nach Afrika zu fahren?«

»Du machst Scherze!« Seine Augen strahlten vor Aufregung.

»Ich werde dir beweisen, dass ich nicht scherze.« Zu Elizabeth sagte sie: »Ich bin gleich zurück. Wir brauchen noch einen Picknickkorb«, und sie lief wieder ins Haus, bevor Elizabeth Einwände erheben konnte.

»Ist Morgana nicht großartig?«, fragte Gideon, und Elizabeths Herz sehnte sich danach zu sagen: Sie ist deine Schwester.

Elizabeth sah die Sorge in Bettinas Augen und teilte ihre Ängste, aber nicht aus denselben Gründen. Obwohl sie einerseits wollte, dass die Wahrheit herauskam, damit Morgana und Gideon von ihrer besonderen Beziehung erführen, wollte sie andererseits jedoch keine Verbindung zu Bettina Hightower schaffen.

Es war nichts, was Elizabeth hätte benennen können. Sie konnte es nicht mit Worten beschreiben. Aber da war etwas an dieser Frau, was Elizabeth vage beunruhigte. Die Art, wie Bettina sie gestern beim Abendessen anschaute, die seltsame Schärfe in ihrer Stimme, das merkwürdige Leuchten, das manchmal in ihre Augen trat. Elizabeth hatte das komische Gefühl, dass Faradays Witwe irgendwie aus dem Gleichgewicht gebracht war, als balanciere sie auf einem gefährlichen Drahtseil und brauche jedes bisschen Willen und Kraft, um sich darauf oben zu halten.

Daher wollte Elizabeth keinen Ausflug mit Faradays Tochter unternehmen. Was wäre, wenn sie versehentlich etwas sagte? Ein Versprecher, ein unbedachtes Wort über Faraday, und alles läge offen zutage. Als Morgana also mit dem Picknickkorb, einer Decke, einem Fernglas, einem Sonnenschirm und einem Strohhut auf dem Kopf zurückkehrte, sagte Elizabeth: »Es tut mir Leid, dass Sie sich solche Mühe gemacht haben, meine Liebe. Aber mein Sohn und ich müssen wirklich aufbrechen.«

Gideon erwiderte: »Aber, Mum, wir haben noch eine Woche Zeit, bevor du deine neue Stelle antrittst.«

»Es ist nur eine Vormittags-Tour«, sagte Morgana. »Sie werden froh sein, wenn Sie sie gemacht haben, Dr. Delafield.«

Zwei Paar eifrige und hoffnungsvolle Augen sahen Elizabeth an.

Und dann sagte Morgana: »Es gibt draußen in der Nähe des Arch Rock ein Geheimnis, das bisher noch niemand lösen konnte. Vielleicht macht Sie das neugierig genug, es zu versuchen?«

Bevor Elizabeth weitere Einwände erheben konnte, kletterte Gideon auf den Rücksitz des Kombis und sagte: »Komm schon, Mutter. Du weißt, dass du einem Geheimnis nicht widerstehen kannst!«

Elizabeth hörte die eifrige Bitte in der Stimme ihres Sohnes, sah Morganas offenes Lächeln, schaute zu Bettina und sah etwas Dunkles in deren Augen lauern, bevor auch sie lächelte. Elizabeth empfand ein jähes Frösteln, fragte sich, wie weit Bettina gehen würde, um zu beschützen, was ihr gehörte, und fragte Morgana: »Glauben Sie, Sie können dieses Ding fahren?«

Morgana betrachtete das schicke, glänzende Fahrzeug und sagte: »Das wäre nach unserem alten Truck ein Genuss.«

Elizabeth reichte ihr die Schlüssel, glitt auf den Beifahrersitz und fragte sich, ob sie gerade einen riesigen Fehler beging. Morgana setzte sich hinters Steuer und machte eine dramatische Inszenierung daraus, in die »unerforschte Wildnis« aufzubrechen.

Sie ließen Bettina tief in Gedanken versunken vor dem Gasthaus zurück.

»Es muss toll sein, hier aufzuwachsen«, sagte Gideon, während er die hoch aufragenden Palmen und die Eselhasen und Waldkaninchen betrachtete. Sie fuhren zuerst zur Oase von Mara, wo in Adobebaracken noch einige friedliche Serrano- und Chemehuevi-Indianer lebten und sich um kleine Gemüsegärten kümmerten.

Im Gasthaus aufzuwachsen, wo jederzeit Fremde kamen und gingen und das Geld manchmal so knapp war, dass Bettina für ihre Nichte und für sich selbst gebrauchte Kleidung kaufte, war nicht wirklich das, was Morgana toll nennen würde. Morgana hatte vage, weit zurückreichende Erinnerungen an zarte Puppen mit wunderschönen Kleidern, knuddelige Teddybären und ein vollständig möbliertes, viktorianisches Puppenhaus. Aber nachdem sie die Casa Esmeralda verlassen hatten, konnten sie sich kein richtiges Spielzeug mehr leisten, und so bastelte Morgana Puppen aus Karton und zog ihnen aus einem Sears-Roebuck-Katalog ausgeschnittene Kleider an. »Ja, es ist toll, hier zu leben«, sagte sie lächelnd.

Elizabeth suchte in ihrer großen Tasche nervös nach ihren Zigaretten. Dies *war* ein Fehler. Sie wünschte, sie hätte darauf bestanden, nach Colorado aufzubrechen. Was wäre nötig – eine Geste, eine Drehung des Kopfes, das Wölben einer Augenbraue –, damit Morgana jäh Gideons Ähnlichkeit mit ihrem Vater erkannte? Oder was wäre, wenn Gideon, aus einem Impuls heraus, vergaß, dass er das Buch nicht erwähnen sollte und Morgana gegenüber damit herausplatzte?

Die beiden mussten so bald wie möglich wieder getrennt werden, beschloss Elizabeth. Sobald wir an unserem Ziel ankommen, werde ich Gideon ermutigen, die Gegend zu erkunden. Und was dann? Eine Migräne vortäuschen? Nein, das würde nicht gehen. Sie würde nicht fahren können, wenn sie eine Migräne hätte.

Elizabeth sah auf ihre Uhr. Vielleicht ein Anruf, den sie zu tätigen vergessen hatte. Das würde gehen, und das würde sie so bald wie möglich zum Gasthaus zurückführen. Von dort würden sie direkt zum Laden weiterfahren, wo es ein Telefon für Ferngespräche gab.

Elizabeth zündete sich eine Camel an, um ihre Nerven zu beruhigen, und sagte: »Sie lieben die Wüste, nicht wahr, Morgana?«

»Leidenschaftlich.« Sie drehte ihr Fenster herunter, um den Wind in ihrem Haar zu spüren. »Vor langer Zeit, als ich sehr klein war, sagte mein Vater, ich hätte Sand in den Adern. Wissen Sie, was mich erstaunt, Dr. Delafield? Die Menschen kommen in die Wüste und wollen etwas damit ›tun‹. Sie verändern. Sie zu etwas anderem machen. Vor zwei Jahren kam ein Mann aus Ohio hierher und sagte, er wolle Büffel aus der Prärie herbeischaffen, sie freilassen und dann Millionäre auf Jagdsafaris hierher bringen. Er sagte, er wolle auch Löwen aus Afrika importieren, glaube aber selbst nicht, dass die Tiere die Reise überlebten. Joe Candlewell trommelte alle Bewohner des Tals zusammen, und dann erklärten wir dem Mann aus Ohio, dass es ihm Leid tun würde, wenn er auch nur einen Eselhasen in unsere Wüste brächte. Er wurde nie wieder gesehen.«

Jener Tag, an dem die Menschen von Twentynine Palms eine vereinte Front gegen den Millionär aus dem Osten gebildet hatten, hatte sich Morgana tief eingeprägt. Sandy Candlewell war frühmorgens zum Gasthaus gekommen und hatte verkündet, sein Vater trommele gerade alle Bewohner des Tals zusammen. Morgana war in seinen Truck gesprungen, hatte neben Sandy gesessen, während sie

im Konvoi zu dem Motel fuhren, wo der Unternehmer wohnte, und hatte dann Schulter an Schulter mit ihm gestanden, während Joe Candlewell dem Mann aus Ohio zeigte, wo der Hammer hing.
Morgana war nie stolzer und mehr mit den Menschen ihrer Gegend verbunden gewesen als in diesem Moment. Sie war nicht darauf vorbereitet gewesen, wie ihr Sandy Candlewell plötzlich erschien – nicht mehr als der Junge aus derselben Straße, mit dem sie Eidechsen gefangen hatte und auf Bäume geklettert war, sondern als Mann, der groß und stark und gut aussehend war. In jener Nacht hatte sie schlecht geschlafen. In den darauf folgenden Nächten, als Sandy in ihren Träumen auftauchte, warf sie ihre Decken von sich und staunte über das unerwartete, neue Verlangen, das in ihr wuchs.
Ja, dachte Morgana, während sie den Kombi auf eine ausgefahrene Spur lenkte, die von einem Schild als *Utah Trail* ausgewiesen wurde, sie konnte den Tag doch benennen, an dem sie sich verliebt hatte und ihr Herz einem hoffnungslosen Traum überließ.
»Dr. Delafield«, sagte sie, während sie die Erinnerungen verdrängte, »wussten Sie, dass es Bestrebungen gibt, dieses ganze Land zum Naturschutzgebiet erklären zu lassen? Ich bin absolut dafür. Die Menschen kommen hierher und schlagen die Joshuabäume als Feuerholz oder um Zäune zu bauen. Sie graben Kakteen aus und nehmen sie mit in ihren Garten zu Hause. Rowdys schießen mit Pistolen auf Bilderschriftzeichen von Indianern.«
Elizabeth schloss die Augen, plötzlich an einen warmen, sonnigen Tag vor langer Zeit erinnert, als sie und Faraday auf zwei Männer getroffen waren, die auf eine Felswand schossen. Danach hatte Faraday sie in die Arme genommen, um sie zu trösten, und sie hatten sich zum ersten Mal geliebt. Sie fragte sich, ob das der Nachmittag war, an dem sie Gideon empfangen hatte.
»Ich habe so viele Felszeichnungen gesehen, die sinnlos zerstört worden sind«, sagte Elizabeth. »Was denken sich die Leute? Würden sie die Mona Lisa als Zielscheibe benutzen? Aber es macht ihnen nichts aus, auf über eintausend Jahre alte Felsenbildwerke zu schießen. Tatsächlich«, fügte sie hinzu, »bin ich auf dem Weg nach Colorado, um als Archäologin und Ranger im Mesa-Verde-Naturschutzgebiet zu arbeiten.«

»Ich wusste nicht, dass Frauen Ranger werden können!«, staunte Morgana.
»Wir arbeiten nicht in der Wachpatrouille. Wir reden. Halten Vorträge und führen Wanderungen durch die Ruinen. Ich weiß nicht viel über Vögel oder Wildtiere, aber geben Sie mir eine Pfeilspitze in die Hand, und ich sage Ihnen, was der Mensch, der sie gefertigt hat, gegessen hat. Ich verrate Ihnen ein Geheimnis. Es ist eine Verschwörung gegen uns im Gange.«
»Gegen uns?«
Halte das Thema unpersönlich, dachte Elizabeth. Dann besteht keine Gefahr für einen Versprecher. »Gegen Frauen«, sagte sie. »Frauen, die in den Dienst der Nationalparks eintreten. Die Männer wollen uns nicht.«
»Warum?« Der Kombi geriet in eine Furche und wurde durchgerüttelt. Gideon schrie begeistert und drehte sein Fenster herunter, um den Kopf hinauszustrecken.
»Die ersten Parkwächter waren Kavalleristen«, erklärte Elizabeth, »Übriggebliebene vom Militär, die Yellowstone und Yosemite beschützten. Raue Männer, die kaum lesen konnten und keine Erfahrung im Umgang mit der Öffentlichkeit hatten, aber beim Beschützen der Parks vor Wilderern und verheerenden Feuern gute Arbeit leisteten. Also schuf der Park Service einen eigenen neuen Ranger-Posten, Naturkunde-Ranger genannt, und heuerte Männer an, die gut mit Menschen umgehen können. Diese Männer sind höflich, gebildet und aus gesellschaftlich besseren Schichten. Die rauen Ranger machen sich über sie lustig, nennen die Naturkunde-Ranger ›Rosenzüchter‹. Dieser Kampf zwischen den Rangern vom Militär und den Naturkunde-Rangern hat eigentümliche Auswirkungen für Frauen hervorgebracht. Um dem Vorurteil über ihre »männlichen« Aufgaben nicht neue Nahrung zu geben, protestieren die Naturkunde-Ranger gegen die Aufnahme von Frauen in ihre Ränge, weil sie befürchten, dass wir dem männlichen Image ihres Berufes schaden. Sie sehen weibliche Ranger als Gefahr für ihre Männlichkeit und haben sich daher mit den Rangern vom Militär zusammengeschlossen, um uns Frauen herauszuhalten.«
Elizabeth zog genussvoll an ihrer Camel. »Und das ist der Grund dafür, warum es bis heute nur eine Hand voll weibliche Natur-

kunde-Ranger in den Vereinigten Staaten gibt. Aber das wird sich eines Tages ändern. Vielleicht angefangen mit jungen Frauen wie Ihnen.«

»Wie mir!« Morgana lachte. Und sie dachte erneut an ihren Traum, die Indianer zu studieren, ihren Wanderrouten nachzuspüren und die Stämme zu identifizieren, die vor langer Zeit durch diese Gegend gekommen waren. Sie sehnte sich danach, die Vergangenheit zum Leben zu erwecken und dem Substanz zu verleihen, was bis heute nur Mythen, Legenden und Mutmaßungen waren. Aber Bettina wollte, dass sie die Schwesternschule besuchte, und Morgana schuldete ihrer Tante doch so viel. Es war eine nüchterne Entscheidung, die Morgana gefällt hatte und mit der sie leben konnte … bis jetzt. Dr. Delafield, die Anthropologin, gab Morganas Traum neue Kraft, machte ihn konkreter. Während sie in die weite, offene Wüste fuhren, kämpfte Morgana erneut mit der Frage, ob sie wirklich ihre Schwesternausbildung antreten sollte.

Sie fuhren an einer eingestürzten Baracke vorbei, an der ein verblasstes Schild hing mit der Aufschrift: *»Es gibt nirgendwo in der Nähe dieses Ortes einen Ort wie diesen Ort, also muss dies der Ort sein.«*

Morgana sagte: »Die Hütte gehörte während der Goldgräberzeit der 1880er einem Tabakhändler. Er verkaufte den Bergarbeitern und den Indianern Zigarren und Pfeifen, bis der Boom endete.«

Verblasste Blechschilder lagen rostend in der Sonne – »Raucht Cremo-Zigarren. Zwei für 25 Cents« – und Elizabeth dachte an die Geschichten und an die Hoffnungen und Träume, die in diesem Sand begraben lagen.

Faraday kam mit seinen Träumen hierher.

Das Gelände veränderte sich. Die Ebene ging in Hügel über, und seltsame Felsblöcke ragten aus der Erde, hoch aufgetürmt und in ungewöhnlichen Formationen. Überall wuchsen Joshuabäume. Es war Spätfrühling, und die Wildnis war mit Wildblumen in lebhaften Rot-, Blau- und Gelbtönen bedeckt. Vögel zwitscherten und schwangen sich in Scharen empor, ebenso wie Schmetterlinge.

Gideon schrie auf. »Seht nur!« Und Morgana hielt den Wagen an. Am Fuß eines Felsblocks sahen sie einen kleinen Vogel sich im Sand abmühen.

»Das ist ein Falkenjunges«, erklärte Morgana. »In dieser Jahreszeit sehen wir häufig fette kleine Falken und Eulen panisch auf dem Boden herumhüpfen. Sie lernen gerade fliegen, und es ist schwer für die dicken kleinen Wesen aufzusteigen, weil sie bisher nur im Nest gesessen und gefressen haben. Wenn sie auf den Boden gefallen sind, erschöpfen sie sich durchs Umherflattern, weil sie wieder zum Nest hinaufgelangen wollen. Gewöhnlich füttern die Eltern das Junge auf dem Boden, bis es kräftig genug ist, richtig zu fliegen.«
Gideon schaute bestürzt zu dem aufgeregten kleinen Vogel, der seinen Schnabel geöffnet hielt und hektisch atmete. »Können wir ihm nicht helfen?«
»Wir warten ab«, sagte Morgana und fuhr weiter. »Man sollte der Natur besser ihren Lauf lassen. Wenn wir zurückkommen und das Junge noch da ist, nehmen wir es mit nach Hause. Das habe ich auch früher schon getan. Ein paar Tage Fressen und Ruhe, und sie sind flugbereit.«
Schließlich hielt sie den Kombi auf dem Sandweg an. »Gideon, weißt du noch, dass ich dich gefragt habe, ob du gerne nach Afrika reisen würdest? Nun?« Sie deutete durch die Windschutzscheibe.
Gideon schaute hinaus, runzelte die Stirn, und dann weiteten sich seine Augen. »Das ist ein Elefant!«
»Siehst du? Afrika, wie ich versprochen habe.« Jahrtausende Wind, Sand und Regen hatten in ein Gewirr hoch aufragender, beigefarbener Felsblöcke einen fünfunddreißig Fuß weiten Bogen hineingeschnitten, der in der Tat an einen Elefantenrumpf erinnerte. Er wurde Arch Rock genannt, und Gideon war schon ausgestiegen und lief hin, bevor Elizabeth ihn ermahnen konnte, vorsichtig zu sein.
»Also«, sagte Elizabeth, die Hände auf die Hüften gestemmt, während sie die Landschaft prüfend betrachtete. »Was ist das Geheimnisvolle, das ich mir ansehen soll?«
Morgana errötete. »Das habe ich nur erfunden.«
Elizabeth lächelte. »Das dachte ich mir.« Sie bemerkte, wie sich die junge Frau hier draußen in der Wüste verändert hatte. Sie öffnete sich, blühte sprichwörtlich auf, als habe sie einengende Ketten abgeschüttelt. Bei Faraday war es am Smith Peak genauso gewesen. Er war schwermütig und ernst eingetroffen, hatte sich aber mit jedem Tag mehr verändert, bis er schließlich lachen konnte und aus-

gelassen wurde. Welcher Schatten lag auf Vater und Tochter und hinderte sie daran, ihr wahres Selbst auszuleben?
Sie schlenderten, während Gideon vorauslief und endlose Fragen stellte, die Morgana geduldig beantwortete.
Elizabeth erinnerte sich, wie er am Vorabend über Morgana gesprochen hatte. »Hast du die Narbe an ihrer Stirn gesehen? Sie sagt, sie wurde auch verletzt, hatte eine Wunde genau wie meine und trug auch einen Verband. Als ich ihr erzählte, dass Jungen mich wegen meines Namens hänseln und mich Giddyap nennen, erzählte Morgana, dass die Kinder sie immer Wirrkopf nannten.«
Morgana sagte dies. Morgana sagte das. Elizabeth hatte noch nie erlebt, dass sich Gideon einem Fremden so rasch öffnete. War das Instinkt? Spürten ihre Seelen, dass sie Geschwister waren? »Gideon, Liebling«, rief sie und dachte, dass sie diesem Ausflug noch dreißig Minuten einräumen wolle und dann eine Ausrede erfinden würde, um in die Stadt zurückfahren zu können, »warum erkundest du die Gegend nicht ein wenig?« Zu ihrer Erleichterung lief er begeistert davon.
Elizabeth und Morgana setzten sich auf einen niedrigen Felsblock am Fuße des Arch Rock. Als sie ein Motorengeräusch hörten, wandten sie sich um und sahen den roten Londoner Bus, der sich näherte. Sie bedeckten Mund und Nase, denn obwohl Sandy langsamer fuhr, entstand eine Staubwolke. Alle winkten fröhlich, und der Bus setzte seinen Weg in die unfruchtbare, kalifornische Wüste fort.
Während Elizabeth eine weitere Camel hervorzog und sie anzündete, sah sie, dass Morganas Blick auf den Bus gerichtet blieb und sie ihm nachblickte. Als ihr wieder einfiel, wie schüchtern das Mädchen vorhin gewesen war, in der Nähe des gut aussehenden jungen Fahrers, fragte sie: »Ist dieser nette, junge Mann Ihr Freund? Der den Bus fährt, meine ich.«
»Sandy?« Morgana errötete. »O nein! Wir sind nur so befreundet. Wir kennen uns seit unserer Kindheit.«
Elizabeth bemerkte, wie Morganas Blick zu dem sich entfernenden Bus schweifte, als wäre ihr Herz, als er vorüberfuhr, hinaufgesprungen. Sie sah, wie sich Morgana rasch über die Lippen leckte und ihre Wangen plötzlich rot aufflammten. »Spüre ich da nicht

doch mehr?«, fragte Elizabeth lächelnd. »Es sind schon früher Kinderfreundschaften zu Romanzen geworden, wissen Sie.«
Morgana seufzte. »Ist das so offensichtlich?«
»Nur für jemanden, der selbst eine heimliche Liebe hegte.«
»Ich würde *sterben*, wenn ich denken müsste, dass Sandy etwas vermutet.«
»Sind Sie so sicher, dass er Ihre Gefühle nicht erwidert?«
»Sandy betrachtet mich als eine kleine Schwester. Er nennt mich ›Kindchen‹. Ich glaube, er ist in Adella Cartwright verliebt. *Sie* hat jedenfalls ein Auge auf *ihn* geworfen.«
Elizabeth schloss die Augen vor dem Wüstenwind und erinnerte sich an Dreiecksgeschichten, die ihr in der Vergangenheit begegnet waren; ganz besonders eine, wo sie einmal selbst die dritte Partei gewesen war und wie tragisch diese geendet hatte.
»Dr. Delafield, wird Liebe leichter, wenn man älter wird? Ich meine«, sagte Morgana und rang die Hände, »Liebe ist wunderbar, das weiß ich, aber sie ist auch schmerzhaft und erschreckend.«
Elizabeth betrachtete das junge Gesicht, den glatten Teint, die hellen, klaren Augen, und erinnerte sich an dieses Alter, vor dreißig Jahren. Erinnerte sich auch an einen jungen Mann …
Elizabeth besuchte damals eine Universität im Norden des Staates New York, um ihr Anthropologie-Studium abzuschließen. Einer der Kurse, die sie benötigte, um ihre Pflichtkurse in Somatologie zu absolvieren, war Anatomie und Physiologie am angrenzenden medizinischen Institut. Elizabeth war die einzige Frau in ihrem Kurs, und der Anatomieprofessor weigerte sich, eine Gruppe zu unterrichten, in der sich eine Frau befand. So wurde vereinbart, dass Elizabeth vor dem Hörsaal sitzen und dort bei offener Tür zuhören und sich Notizen machen sollte. Aus dem Autopsiekurs wurde sie jedoch vollkommen ausgeschlossen. Aber ohne das Sezieren von Leichen gesehen zu haben, konnte sie den Anatomie- und Physiologiekurs nicht abschließen und das Somatologie-Examen nicht bestehen, und ihr würde so letztendlich der universitäre Abschluss versagt bleiben.
Kein Bitten beim Dekan, keine Eingaben an die Universitätsbehörde oder der Versuch, dem Anatomie-Dozenten schöne Augen zu machen, verschafften ihr Zugang zu einer Welt, die Frauen den

Männern zufolge verboten war. An aufgeklärteren Universitäten, so hatte sie gehört, wurden weiblichen Studenten solche Freiheiten gewährt, aber Elizabeth konnte es sich nicht leisten, eine solche Lehranstalt zu besuchen, und wenn sie an der Uni im Norden New Yorks erfolglos bliebe, müsste sie mit, wie ihr Vater sagen würde, »eingezogenem Schwanz« nach Hause zurückkehren.

Elizabeth war außer sich vor Sorge und am Ende mit ihrem Latein, als die Rettung in Form von Christopher Iverson nahte, einem höheren Semester, der Elizabeth während einer Vorlesung über alte Kulturen aufgefallen war. Groß, blond und charmant, war Christopher einer der wenigen Studenten, die die Präsenz der wenigen Frauen auf dem Campus tolerierten, stets höflich war, nie abfällige Bemerkungen machte und Elizabeth sogar ein großzügiges Lächeln gönnte, wenn sie sich begegneten.

Wie Morgana, war sie zweiundzwanzig und heimlich wahnsinnig verliebt gewesen.

Es war ein sonniger Tag, und Elizabeth saß gerade zu Mittag auf dem Campusrasen und aß ihr Sandwich, als der gut aussehende Christopher Iverson fragte, ob er sich zu ihr setzen dürfe. Elizabeths Herz tat einen Sprung bis in die Wolken. Sie plauderten und teilten sich Obst, und in einem unbedachten Moment offenbarte Elizabeth ihm ihren Kummer wegen des Anatomiekurses und ihre Angst, den Abschluss nicht zu bekommen.

Christopher furchte seine wunderbare Stirn und sagte, dass man gewiss etwas tun könne, um ihr Dilemma zu lösen. Er verabschiedete sich mit dem Versprechen, darüber nachzudenken, während er ihr noch verschwörerisch zublinzelte und Elizabeth sich noch heftiger in ihn verliebte.

Christophers Lösung bestand darin, Elizabeth in das Leichenlabor zu schmuggeln, ihr gedruckte Vorlesungsnotizen und Diagramme zu besorgen, ihr zu erklären, was sie wissen musste, um das Examen zu bestehen, und sie gleichzeitig einen Blick auf einen Leichnam werfen zu lassen, damit sie wahrheitsgemäß behaupten könne, an einem Autopsietisch gestanden und die Arbeit eines Pathologen gesehen zu haben.

Eines Abends kam er spät zu ihrem Wohnheim, und Elizabeth, von dem aufregenden Gefühl des Abenteuers und der Romanze erfüllt, schlüpfte hinaus. Christopher lachte und hielt ihre Hand, als sie zur Fakultät eilten, Elizabeth durch ihre weiten Röcke und das Korsett behindert, die sie damals trug.

Am dunklen, stillen Backsteingebäude angekommen, öffnete Christopher einen Hintereingang, trat beiseite, um Elizabeth vorzulassen, schloss sich ihr dann an, flüsternd und auf schmeichelhafte Art lächelnd, und lobte sie, wie tapfer sie sei.

Das Leichenlabor befand sich am Ende eines langen, zugigen Ganges, der von seltsamen und unangenehmen Gerüchen erfüllt war. Christopher ließ Elizabeth erneut höflich den Vortritt, folgte ihr und schloss die Tür hinter sich. Er schaltete das elektrische Deckenlicht ein und …

Da waren all die anderen Studenten aus Elizabeths Kurs, dreißig von ihnen, mit sonderbarem Gesichtsausdruck in das Labor gepfercht. Elizabeth sah Christopher verwirrt an, und auch er hatte ein sonderbares Leuchten in den Augen, als er sagte: »Ihr Weiber gehört nicht hierher«, das Tuch zurückschlug und eine weibliche Leiche freilegte.

Elizabeth sah hin.

Sie hatten den Leichnam obszön drapiert.

Sie fiel in Ohnmacht, und als sie später wieder zu sich kam, lag sie auf dem Boden, allein in dem Labor, der Leichnam mit einem Tuch bedeckt.

Danach streiften Elizabeth in den Gängen und Vorlesungsräumen kalte Blicke. Die männlichen Studenten ließen die Frau, die wagte, in ihre Welt einzudringen, spüren, dass sie in ihre Schranken gewiesen worden war.

Es war Professor Keene, der, im Bewusstsein, wie schwer es für Frauen war, in dieser eifersüchtig bewachten Männer-Bastion vorwärts zu kommen, ihren Dekan davon überzeugte, auf die Autopsie-Bestimmung zu verzichten, damit Elizabeth ihren Abschluss ablegen konnte – mit Auszeichnung.

Aber der Vorfall hatte bei ihr Narben hinterlassen, und es fiel ihr von da an schwer, Vertrauen zu fassen. Dieser Vorfall war es auch, der sie dazu veranlasst hatte, Hosen zu tragen – als Zeichen des Widerstands.

Morganas Stimme drang an Elizabeths Ohr, während sie die

schmerzvolle Erinnerung wieder unterdrückte. »Dr. Delafield, ich möchte Sandy sagen, was ich empfinde, aber ich fürchte, er wird mich auslachen.«
Elizabeth nickte. »Angst vor Ablehnung ist einer der mächtigsten Beweggründe, wenn jemand schweigt.« Eine weitere Angst ist die, verletzt zu werden, fügte sie im Stillen hinzu. Es war, als hörte sie ihre eigene Stimme durch die Jahre vom Butterfly Canyon herauf-hallen: »Faraday, man hat mir sehr wehgetan. Ich könnte nicht noch einmal ein gebrochenes Herz überleben.« Faraday hatte ihr versprochen, dass er ihr niemals wehtun würde ... und doch hatte er genau das getan.
Ihre Kehle verengte sich, und Tränen stiegen ihr in die Augen. Doch Elizabeth drängte ihre Empfindungen zurück und sagte: »Ihre Tante erwähnte etwas davon, dass Sie in wenigen Tagen fortgehen. Darf ich fragen, wohin?«
Morganas Gedanken weilten bei Sandy und dem Wunsch, bei den Touristen im Bus zu sein, um seine muskulösen Arme zu betrachten, wenn er das große Lenkrad betätigte, über seine Scherze zu lachen, ihre Hand in seine zu stehlen, wenn er ihr aus dem Bus half, und vielleicht würde sie ja auf den Stufen stolpern und fallen, und Sandy würde sie auffangen und festhalten – mit derartigen Gedanken im Hinterkopf erzählte Morgana von dem Lehrkrankenhaus in Loma Linda, wo sie während der nächsten drei Jahre wohnen und studieren würde. »Ich hatte Glück, angenommen zu werden. Sie stellen hohe Ansprüche und bekommen viele Bewerbungen. Ich habe die Aufnahmeprüfung mit Bravour bestanden.«
»Wie haben Sie es geschafft, hier draußen, mitten im Nichts, zu lernen? Ich kann mir nicht vorstellen, dass es in der Nähe Schulen gibt.«
»Inzwischen gibt es hier Schulen, für die ersten acht Klassen, aber fürs College muss man die Stadt verlassen und in ein Internat gehen. Als ich klein war und wir es uns noch leisten konnten, bezahlte Tante Bettina Erzieherinnen und Privatlehrer für mich. Und als wir von Palm Springs hierher zogen, unterrichtete sie mich selbst. Mein Vater hat mich auch unterrichtet. Er interessierte sich sehr für die Indianer, reiste umher und sammelte Geschichten und Bilder und Keramik. Er und ich haben Stunden damit verbracht,

das durchzusehen, was er gefunden hatte.« Morgana schluckte bei der bittersüßen Erinnerung schmerzlich. »Und dann mietete ein Kriegsveteran, dessen Lungen durch Senfgas Schaden erlitten hatten, einen unserer Bungalows. Er war gebildet und bot an, mich gegen freie Kost zu unterrichten. Er war sehr freundlich und geduldig und wusste alles unter der Sonne. Nachdem er gestorben war, weil das Gas ihn zu sehr geschädigt hatte, war ich bereit fürs College, aber Tante Bettina konnte es sich nicht leisten, mich fortzuschicken, sodass ich mich für einen Fernkurs einschrieb, der einen vollständigen vierjährigen Studienplan anbot, und ich erhielt meinen Abschluss. Außerdem hat mein Vater eine wundervolle Büchersammlung hinterlassen. Ich habe all diese Bücher gelesen. Aber ich wünschte mir, ich könnte eine richtige Hochschule besuchen.«

Bei Morganas Hinweisen auf ihren Vater wurde Elizabeth vorsichtig. Faraday war ein Thema, das es um jeden Preis zu vermeiden galt. »Aber gehen Sie jetzt nicht auf eine ›richtige‹ Hochschule? Die Schwesternschule?«

»Es bedeutet, in einem Krankenhaus zu wohnen und zu arbeiten und dort auch Unterricht zu nehmen. Es ist nicht wie eine richtige Hochschule.«

Elizabeth betrachtete Morganas Profil, das Faradays kräftige Nase und Kinn zeigte, aber nicht so ausgeprägt war, um dem Mädchen die Schönheit zu nehmen. »Sie klingen nicht allzu begeistert darüber.«

»Es ist Tante Bettinas Idee, dass ich dort hin soll. Aber ich gebe zu, Krankenschwester zu werden, ist eine sehr gute Idee, denn Krankenschwestern werden immer gebraucht, oder?«

Elizabeth stieß beiläufig Rauch aus und dachte über Faradays Frau nach … oder war sie jetzt Witwe? War es vielleicht sogar möglich, dass Faraday sie verlassen hatte? Nein, nach dem, woran Elizabeth sich erinnerte, hing Faraday zu sehr an seiner Tochter.

»Was würden Sie lieber studieren?«

Es war, als hätte Elizabeth eine Glühbirne eingeschaltet. Auf dieselbe Art wie ihr Vater wurde Morgana augenblicklich lebhaft, wenn sie über ihre Leidenschaft sprach: »Indianerkunde. Ihre Kultur. Ihre Geschichte. Ihre Weisheit und ihr Wissen. Sie wissen, was ich meine, Dr. Delafield. Gideon sagte, Sie wären Expertin für Indianer.«

»In gewisser Hinsicht«, sagte Elizabeth lachend. »Es gibt Hunderte von Stämmen und Nationen auf diesem Kontinent, die sich sehr voneinander unterscheiden.«

»Genau! Wir haben Gäste, die in der Erwartung zu uns kommen, unsere Indianer hier mit Kriegskopfschmuck aus Federn vorzufinden. Die Menschen in Europa sehen Bilder von Sioux-Indianern und fragen sich, warum sich unsere Agua-Caliente-Gruppe nicht genauso kleidet. Die Sioux leben in einem kalten Klima, also brauchen sie das Wildleder und die Büffelkleidung. Aber die Wüstenindianer tragen kaum überhaupt etwas, weil es so heiß wird.«

»Wissen Sie, Morgana«, sagte Elizabeth nachdenklich, »Sie könnten erwägen, die beiden Studien, Krankenpflege und Indianerkunde, zu verbinden und auf diese Weise Ihre Tante *und* sich selbst zufrieden stellen.«

»Wie?«

»In den Reservaten wird verzweifelt medizinisches Personal gesucht. Eine qualifizierte Krankenschwester würde mit offenen Armen willkommen geheißen.«

»Das würde meine Tante niemals gutheißen!«, erwiderte Morgana, aber der Gedanke faszinierte sie. Wie auch diese bemerkenswerte Frau, die mit der Anmut eines Filmstars ruhig eine Zigarette rauchend da saß. Morgana hatte plötzlich viele Fragen. So eine weltkluge Frau wüsste doch gewiss alles über Männer und Romanzen, wüsste, wie man jede Situation ruhig und weise handhabte. Hatte Dr. Delafield viele Liebhaber gehabt, oder gab es nur eine große Leidenschaft in ihrem Leben? Wer war Gideons Vater? Hatte er Dr. Delafields Herz im Sturm erobert? Morgana stellte sich eine Filmromanze voller Leidenschaft und Tragik, Verzückung und Rückschlägen, Herzeleid und Freude vor, bis zur Schlussszene, wo Dr. Delafield den Mann beim Happy End küsste.

Da sie unbedingt mehr über diese bemerkenswerte Frau erfahren, aber nicht unverschämt erscheinen wollte, fragte Morgana: »Ist Mr. Delafield auch Anthropologe?«

Elizabeth sah sie bestürzt an. »Mister Delafield?«

»Gideons Vater.«

Elizabeth überlegte sich ihre Antwort gut. Sie hatte das Etikett »unverheiratete Mutter« für sich verschmäht. Es hatte sie während der Schwangerschaft nicht gekümmert, was die Leute über ihren Familienstand dachten, und daher hatte sie nie das Verwirrspiel mitgemacht, in das sich viele Frauen in ihrer Situation flüchteten, indem sie sich Witwen nannten. Sie war während des Ersten Weltkriegs schwanger. Sie hätte den Leuten ohne weiteres erzählen können, ihr Mann sei in Frankreich gefallen.

Und dann war ihr das zerbrechliche, winzige Baby in die Arme gelegt worden, und der heftige Drang, es zu beschützen, erfüllte sie. Niemand würde ihren Sohn einen Bastard nennen. Elizabeth hasste es zu lügen, hatte immer an die Wahrheit geglaubt. Aber die Geburt Gideons hatte sie gelehrt, dass manchmal eine Lüge notwendig war.

»Sein Vater ging vor langer Zeit, noch bevor Gideon geboren wurde.« Elizabeth schaute auf ihre Uhr. Dies war ein guter Zeitpunkt, sich des überfälligen Telefonanrufs zu erinnern, den sie sofort tätigen müsste. »Es tut mir Leid«, begann sie, wurde aber von Morgana unterbrochen, die ausrief: »Oh, der arme Junge! Ich fühle mit ihm. Mein Vater verließ uns, als ich zehn war.« Sie fügte rasch hinzu: »Nicht dass Sie keine gute Mutter wären, Dr. Delafield. Das sind Sie, das kann jeder sehen. Aber Väter haben auch ihre Bedeutung, finden Sie nicht?«

Elizabeth erkannte plötzlich ein Sehnen in Morganas großen Augen, als suche sie nach einer Möglichkeit, den leeren Platz ihres Vaters auszufüllen. Und da war auch Traurigkeit. Elizabeth erkannte die Frage, die hinter diesen erwartungsvollen Augen stand: Warum hat mein Vater mich verlassen?

Aber das war gefährlicher Boden, und Elizabeth wollte aufbrechen. Als sie Gideon gerade zurückrufen wollte, fuhr Morgana fort: »Die Leute hier in der Gegend sagen, mein Vater sei ein begabter Künstler gewesen. Ich erinnere mich, wie ich auf seinem Schoß saß und seine Zeichnungen betrachtete. Aber ich war zu jung, um sie richtig zu würdigen. Ich würde alles darum geben, sie jetzt noch einmal ansehen zu können.«

Elizabeth sah sie bestürzt an. »Sie sind nicht in Ihrem Besitz?«

»Anscheinend hat er sie alle fortgegeben«, sagte Morgana und schaute blinzelnd über die Wüste hinweg, die mit ihren Wildblumenfeldern an einen bunten Quilt erinnerte.

Elizabeth saß regungslos da. Zuerst die Gerüchte im Ort darüber, dass Faraday Geld gestohlen habe und mit einer ehrlosen Frau davongelaufen sei, und nun seine Tochter, die nicht einmal sein Vermächtnis besaß, seine gottgegebene Gabe, Natur ausgezeichnet auf Papier zu bannen. Das war zu viel.

»Verzeihen Sie«, sagte Morgana und schaute zu der Frau hoch, die sich vor dem Himmel abzeichnete. »Normalerweise spreche ich nicht über meinen Vater. Aber vermutlich hat die Tatsache, Gideons Situation zu kennen …« Sie zuckte die Achseln. »Die Erinnerungen, die ich an meinen Vater habe, sind mir kostbar.«

Elizabeths Herz war von Empfindungen erschüttert. *Auch ich habe kostbare Erinnerungen an ihn.*

»Wenn mein Vater jetzt hierher käme, wissen Sie, was dann meine erste Frage an ihn wäre? ›Wo warst du?‹ Aber es gibt noch etwas, was ich ihn schon lange fragen wollte. Ich träume davon.«

Morgana nahm ihren Sonnenhut ab und strich sich den Pony zurück. »Bestimmt haben Sie diese Narbe bemerkt. Alle bemerken sie. Ich weiß nicht, wie ich dazu gekommen bin. Wenn ich meine Tante danach frage, sagt sie nur, es sei ein Unfall gewesen, aber nicht mehr. Aber manchmal … in meinen Träumen … sehe ich meinen Vater, der sich besorgt über mich beugt. Er macht sich Sorgen um meine Stirn. Die Träume sind so real, dass ich mich manchmal frage, ob sie eine Erinnerung sind. Wenn er jetzt hierher käme, würde ich ihn fragen, wie ich zu dieser Narbe gekommen bin.«

Elizabeth wollte sagen: »Du hattest die Narbe nicht, als ich deinen Vater kannte. Er zeigte mir dein Bild, und deine Stirn war vollkommen glatt.« Sie wollte auch sagen: »Ich habe ebenfalls Fragen an deinen Vater.«

»Ich schäme mich deswegen«, sagte Morgana und setzte ihren Sonnenhut wieder auf.

Elizabeth konnte jetzt nicht einfach aufstehen. Sie würde sich in wenigen Minuten an den Telefonanruf erinnern. »Sie schämen sich wegen der Narbe? Warum?«

»Ich weiß nicht. Aber ich denke darüber nach, wie Kain in der Bibel für seine Sünden gebrandmarkt wurde. Ich frage mich, ob die Verbrennung kein Unfall, sondern eine Strafe für etwas war, was ich getan habe. Manchmal, wenn ich mich im Spiegel ansehe, empfinde ich so etwas wie Schande und Bestrafung, und ich frage mich, ob …«

»Ob was?«

Klare, große Augen sahen Elizabeth direkt an. »Ob mein Vater wegen etwas fortging, was ich getan habe.«

»Morgana, Sie geben sich die Schuld für sein Verschwinden?«

»Meine Tante sagt, ich sei ein sehr eigenwilliges Kind gewesen. Ich hätte oft nicht gehorcht. An dem Abend, an dem ich mir die Stirn verbrannte, spielte ich in der Küche. Sie sagt, ich hätte zu Bett gehen sollen, hätte mich aber geweigert. Sie sagt, dass es, als ich stolperte und gegen den Ofen fiel, meine Strafe dafür war, dass ich ein ungezogenes kleines Mädchen war.«

Elizabeth runzelte die Stirn. Das Wort ungezogen hatte Faraday nicht benutzt, um seine Tochter zu beschreiben. Auch nicht Begriffe wie eigensinnig und ungehorsam.

»Danach hat mein Vater uns verlassen«, sagte Morgana leise. »Meine Tante hat es nie so deutlich ausgedrückt, aber ich glaube, dass er ging, weil er meine Streiche nicht mehr ertragen konnte. Er war ein Gelehrter. Ein ruhiger Mensch. Er konnte es nicht ertragen, ein lärmendes Kind in der Nähe zu haben.«

Elizabeth war entsetzt. Was für Geschichten hatte die Tante ihrer Nichte eingeredet? Warum sollte sie wollen, dass Morgana mit Schuld und Scham beladen wäre? »Wissen Sie«, sagte Elizabeth nachdenklich, »die plastische Chirurgie könnte das beheben. Sie können heutzutage schon Wunder vollbringen. Ein Chirurg könnte eine dünne Hautschicht irgendwo an Ihrem Körper entnehmen und sie auf Ihre Stirn übertragen. Ich wette, es wäre hinterher fast unsichtbar.«

»Solch eine Operation könnten wir uns niemals leisten. Und mich stört die Narbe nicht«, sagte Morgana und fügte eilig hinzu: »Eigentlich nicht.« Dennoch wäre es schön, die Entstellung los zu sein, dachte sie. Tante Bettina mahnte sie stets, die Narbe verborgen zu halten. Immer wenn Morgana ein leises Hüsteln hörte und sich umwandte, sah sie ihre Tante auf die Stirn deuten und bedeckte die Verunstaltung rasch.

»Morgana«, sagte Elizabeth, und ihr Herz flog dem Mädchen zu, das Faradays Tochter war. Und Gideons Schwester. »Kennen Sie das

Buch mit dem Titel *Der scharlachrote Buchstabe* von Nathaniel Hawthorne?«

»Ich habe davon gehört, aber ich habe es nie gelesen.«

»Treiben Sie nach Möglichkeit das Buch auf«, sagte Elizabeth, beließ es dabei und dachte: Es ist Zeit zu gehen. Sie sah sich nach Gideon um, konnte ihn aber nicht sehen.

»Wissen Sie, was mir Sorgen macht?«, fragte Morgana, während sie aufstand und sich auch nach dem Jungen umsah. Sie hoffte, dass er nicht zu weit gelaufen war. In der Ferne kreisten Geier am blauen Himmel. »Es gibt in dieser Gegend eine berühmte Geschichte über einen alten Minenarbeiter namens John Lang, der einen Zettel an der Tür seiner Hütte befestigte, auf dem stand: ›Bin gleich zurück.‹ Zwei Monate später wurde sein mumifizierter Körper draußen in der Wüste gefunden. Ein paar Männer bauten eine Straße und entdeckten im Gestrüpp Mr. Langs Leichnam. Er lag unter einer Segeltuchplane, als hätte er geschlafen, und in der Nähe fand man die Asche seines Lagerfeuers und ein noch in Papier gewickeltes Stück Speck.« Sie wandte sich mit flehentlichem Blick zu Elizabeth um. »Das war erst vor sechs Jahren, Dr. Delafield. Ein Mann, der diese Gegend bestens kannte, ging hinaus und starb, einfach so. Höchstwahrscheinlich an der Kälte, sagten alle. Aber es verfolgt mich, dass mein Vater ein ähnliches Schicksal erlitten haben könnte, dass er gerade jetzt dort draußen ist und darauf wartet, begraben zu werden.«

»Ich dachte, er ging nach Mexiko«, begann Elizabeth und hielt dann rasch inne. »Ich meine, einer Ihrer Gäste …«

»Ist schon in Ordnung. Die Geschichte meines Vaters ist in dieser Gegend schon legendär. Alle sagen, er sei mit einer Frau nach Mexiko davongelaufen. Vielleicht hat er das getan. Wenn dem so ist, kann ich ihm vermutlich niemals verzeihen. Aber vielleicht stimmen die Geschichten ja nicht.«

Elizabeth hegte denselben Verdacht, und nun kam ihr unerwartet noch ein Gedanke: Warum nicht nach ihm suchen?

Einfach so nach Mexiko davonzulaufen, zwölf Jahre fortzubleiben – das passte nicht zu seinem Charakter. Selbst am Smith Peak, wo er längere Zeit von zu Hause fortgeblieben war, ritt Faraday immer wieder nach Barstow hinein, um Telegramme zu schicken. Vielleicht, dachte sie, und der Gedanke gefiel ihr, sollte sie sogar einen Pinkerton-Detektiv anheuern. Auf einmal fragte sich Elizabeth, ob Bettina selbst irgendetwas unternommen hatte, um ihren Mann zu finden, oder ob sie sein Verschwinden einfach so hingenommen hatte.

»Wissen Sie«, begann Elizabeth vorsichtig, »*gar nichts* über ihn? Außer der Tatsache, dass er Arzt und Künstler war?«

»Ich habe frühe Erinnerungen. Wir standen uns sehr nahe. Aber ich war zehn, als er verschwand, und Tante Bettina wollte danach nie mehr über ihn sprechen. Sie hat keine Fotografien von ihm behalten, und keinen seiner Briefe. Sie sagte nur, dass er hierher in die Wüste kam, um nach Gold zu suchen.«

Elizabeth sah Morgana an, erinnerte sich, dass Faraday Tagebuch geführt hatte, alles festgehalten hatte, was er erfuhr. »Wollen Sie mir damit sagen«, fragte sie mit erstaunt gewölbten Augenbrauen, »dass Sie nichts besitzen, was ihm gehörte?«

»Wir haben nicht einmal mehr seine Keramik-Sammlung. Tante Bettina hat alles verkauft, um das Gasthaus zu finanzieren.«

Elizabeth war sprachlos. Das umfangreiche und unbezahlbare Erbe Faraday Hightowers – fort. Aber warum hatte seine Frau seine Sachen veräußert, wenn sie vermutlich erwartet hatte, dass er eines Tages zurückkäme?

Während der Wüstenwind an ihren Ärmeln und an Morganas Rock zerrte und beide überlegten, wohin Gideon entschwunden war, und während sich eine gefleckte Eidechse auf einem nahe gelegenen, roten Felsen niederließ, um die beiden Eindringlinge zu beobachten, traf Elizabeth eine Entscheidung. Gleichgültig, was Faraday getan hatte, nachdem er Smith Peak verlassen hatte, und ob er sie angelogen hatte, als er sagte, er sei Witwer: Es war wichtig, dass seine Tochter die Wahrheit über ihn erfuhr. Sie verdiente es, seine spirituelle Seite kennen zu lernen und sein Talent als Künstler selbst zu sehen. »Morgana«, sagte Elizabeth zögernd, drückte ihre Zigarette im Sand aus und wickelte den ausgedrückten Zigarettenstummel dann in ein Taschentuch, um ihn mit zurück zum Gasthaus zu nehmen – eine Angewohnheit, die sie im Laufe der Zeit entwickelt hatte, um Ausgrabungsstätten sauber zu halten –, »ich muss Ihnen etwas gestehen.«

Sie atmete tief ein, um sich zu beruhigen und sagte: »Ich kannte Ihren Vater, kurze Zeit, vor vielen Jahren.«
Morganas Augen weiteten sich. »Tatsächlich?«
Elizabeth trat zum Kombi, öffnete die rückwärtige Tür und holte ein Päckchen hervor. Sie reichte es, in Papier gewickelt und mit Kordel zugebunden, Morgana. »Darum kam ich hierher, um Ihrem Vater dies zu geben. Aber nachdem ich erfuhr, dass Faraday vor zwölf Jahren weggegangen sei, wusste ich nicht, was ich denken sollte. Ich wusste nicht, ob ich Ihnen dies geben oder abreisen sollte, ohne etwas zu sagen.«
Morgana löste gespannt die Kordel, wickelte das Papier ab und hielt dann ein Buch mit dem Titel *Native Rock Art Of The American Southwest* in Händen, mit einem Foto indianischer Bilderschriftzeichen auf dem Schutzumschlag.
»Ein Buch über indianische Felsmalerei im amerikanischen Südwesten?«, sagte Morgana erstaunt.
»Als ich Ihrem Vater begegnete«, sagte Elizabeth, »dokumentierte ich mit meiner Kamera gerade indianische Kunst, die vom Untergang bedroht war. Er schloss sich unserem Lager eine Weile lang an und zeichnete. Als ich dieses Buch zusammenstellte, eine Sammlung meiner Fotos, beschloss ich, einige der Werke Ihres Vaters mit hineinzunehmen.«
Morgana hob den Buchdeckel vorsichtig an, wandte die Titelseite um und erstarrte, als sie das erste Foto sah: Es zeigte das Team vom Smith Peak. In der Mitte standen Elizabeth und Faraday. Morgana keuchte. »Ist das mein Vater? Ja, so steht es unter dem Bild!«
Elizabeth biss sich auf die Lippen. Sie musste jetzt vorsichtig sein. Obwohl sie Twentynine Palms so schnell wie möglich verlassen wollte, Highway und Berge und Meilen zwischen sich und die beiden Frauen legen wollte, die Faraday zurückgelassen hatte, konnte sie das Mädchen doch nicht über ihren Vater im Ungewissen lassen.
»Er kam nicht nach Westen, um nach Gold zu suchen, Morgana, er suchte nach *Gott*. Ihr Vater war ein zutiefst gläubiger Mensch. Wussten Sie das nicht? Als Ihre Mutter starb, machte er eine Glaubenskrise durch. Er suchte auf der ganzen Welt nach spirituellen Antworten, und als er von einem uralten Stamm indianischer

Schamanen hier im Südwesten hörte, folgte er ihrer Spur genau in diese Wüste.«

Morgana sah sie mit großen, ernsten Augen an. »Mein Vater befand sich auf einer spirituellen Suche?«

»Zunächst ja, aber dann wurde er von der Indianerkultur gepackt. Er wollte alles aufzeichnen und bewahren, was er sah.«

»Daran erinnere ich mich!«, rief Morgana. »Ich wartete am Fenster, und wenn ich ihn heranreiten sah, lief ich ihm entgegen. Er brachte mir immer Geschenke mit, und dann erzählte er mir die wundervollen Geschichten, die er gehört hatte, und zeigte mir seine wunderschönen Zeichnungen.«

Während Elizabeth zusah, wie Morgana langsam die Seiten umwandte und mit den Fingerspitzen sanft die Zeichnungen ihres Vaters berührte, ihre Miene voller Ehrfurcht und Erkenntnis, erfüllte sie der Gedanke mit Traurigkeit, dass dieses Buch alles war, was Morgana von ihrem Vater geblieben war. Dass es alles war, was von Faraday geblieben war.

Vielleicht sollte dieser Moment sein, entschied sie. Die Zeit war gekommen, dass die Tochter die Wahrheit über den Vater erfuhr, und dass sie eine letzte Erinnerung an ihn erhielt. Und vielleicht war auch der Zeitpunkt gekommen, dass Gideon, wie Morgana, die Wahrheit erfuhr.

Gideon hatte Elizabeth dabei geholfen, das Buch zusammenzustellen. Er wusste alles über den Fremden, der eines Abends im Lager am Smith Peak aufgetaucht war und Professor Keene das Leben gerettet hatte. Gideon hatte seiner Mutter auch dabei geholfen, die Fotos für das Buch auszuwählen – Schnappschüsse lächelnder Arbeiter, Mahlzeiten rund ums Lagerfeuer, über Mikroskope gebeugte Studenten und Gideons Mutter, die mit einem Mann namens Faraday Hightower an der Wand einer Schlucht stand, beide den Bilderschriftzeichen zugewandt, aber die genauere Betrachtung des Fotos zeigte, dass ihre Blicke in Wahrheit auf dem jeweils anderen ruhten.

Gideon war vielleicht klein für sein Alter, aber er war intelligent. Obwohl Elizabeth ihn behütete, wusste er inzwischen, wie Kinder gezeugt wurden, und es dauerte sicher nicht mehr lange, bis er von seinem Geburtstag ausgehend rückwärts zählte und feststellte, dass seine Mutter, neun Monate zuvor, nur mit ihrem Forschungsteam – alles Studenten, die jünger waren als sie selbst –, dem kränklichen Professor Keene und einem Fremden namens Hightower an einem abgelegenen Wüstenort gewesen war.

Als Morgana zu einem Foto kam, das die Zeichnung der goldenen Olla zeigte, rief sie: »Das ist es! Der wunderschöne Krug, den mein Vater in Pueblo Bonito gefunden hat! Er und ich saßen stundenlang zusammen und untersuchten ihn, spekulierten darüber, was das Muster uns sagen wollte. Oh, Dr. Delafield, das ist so wundervoll!«

»Die Schwarzweißfotos werden dem Krug nicht gerecht. Man muss die Farbe sehen, um seine Schönheit vollkommen würdigen zu können. Wie ein goldener Pfirsich. Wissen Sie, wie Ihr Vater sie genannt hat? Die Farbe der Hoffnung.«

»Die Farbe der Hoffnung«, murmelte Morgana und strich mit den Fingerspitzen über das Foto, zog das wirre Muster nach, erinnerte sich an Nachmittage mit ihrem Vater, *goldene* Nachmittage, golden wie der Krug.

Sie wandte die Seite um, und ein vertrautes Gesicht sah sie an. »Das ist das Mädchen!«, sagte sie. »Ich dachte, ich hätte sie mir eingebildet, aber das ist sie, das Hopi-Mädchen mit der Tätowierung. Jetzt erinnere ich mich! Mein Vater sagte, er und ich gehörten einem Geheimclan an. Er sagte, wir wären Mitglieder des Teddybär-Clans.«

Als Elizabeth sah, wie Morgana durch Tränen lächelte und ihre Augen dann mit einem Taschentuch trocknete, traf sie eine weitere Entscheidung. Sie würde Gideon die Wahrheit sagen, wenn sie allein und nicht mehr in dieser Gegend wären, vielleicht in Colorado, bevor sie sich in ihrem neuen Zuhause in Mesa Verde niederließen. Sie würde ihn bitten, es Morgana nicht zu erzählen, weil es, obwohl sie seine Halbschwester war, zu ihrem Besten wäre, wenn sie die Wahrheit nicht kannte. Zumindest noch eine Weile nicht. »Ihr Vater hat sie verlassen, Gideon«, wollte Elizabeth sagen. »Ihr zu sagen, dass er auch ein Ehebrecher war, dass er ein uneheliches Kind gezeugt hat, wäre so, als würde man Salz in die Wunde streuen.« Und Gideon, der kleine Gentleman, der er war, würde sich ehrenwert verhalten wollen, indem er Morgana vor weiterem Kummer bewahrte.

»Lassen Sie uns jetzt zum Gasthaus zurückfahren«, sagte Elizabeth sanft. »Sie können das Buch behalten. Sie können es sich nach Herzenslust ansehen. Gideon und ich müssen aufbrechen.«
»Dr. Delafield, glauben Sie, dass mein Vater verrückt war?«
Elizabeth starrte sie an. »Wie bitte?«
»Es gibt hier am Ort eine Legende über meinen Vater – die Leute sagen, er sei verrückt gewesen. Dr. Delafield, ich habe tagelang geweint, als er damals nicht zurückkam. Ich habe stundenlang im Hof gesessen und die Straße beobachtet. Tante Bettina war sehr böse auf mich, aber ich wollte die Hoffnung nicht aufgeben, dass er zurückkäme. Wochen wurden zu Monaten, ich hoffte auf Briefe von ihm, hielt weiterhin auf der Straße nach seinem Pferd Ausschau. Ich war untröstlich. Ich habe nie begriffen, wie er mich verlassen konnte, wo wir uns doch so nahe standen. Er hat sich nicht einmal verabschiedet. Aber …« Sie presste das nasse Taschentuch zusammen. »Wenn er verrückt war, dann bedeutet das, dass er uns nicht willentlich verlassen hat. Vielleicht wusste er nicht einmal, was er tat.«
»Oh, Morgana«, sagte Elizabeth und legte dem Mädchen eine Hand auf die Schulter.
»Tante Bettina sagt, mein Vater sei von einem Wahn besessen gewesen, dass er eine Geisteskrankheit hatte, die allmählich schlimmer wurde, bis er den Verstand verlor.«
»Ihr Vater war nicht geisteskrank, Morgana. Er war vielleicht ein Träumer und schwebte in höheren Regionen, aber er war geistig ebenso gesund wie Sie und ich.«
»Aber wenn er geistig gesund war, würde das bedeuten, dass er uns absichtlich verlassen hat. Und wenn er das *nicht* getan hat, dann hat meine Tante Recht und er war nicht bei Verstand und hat uns einfach vergessen. Beides ist undenkbar.«
Es gab eine dritte Alternative, die Elizabeth nicht äußern wollte. Aber Morgana tat es. »Wäre mein Vater tot, hätte ihn dann nicht jemand gefunden, hätte die Polizei es uns nicht gesagt?«
»Manchmal verschluckt die Wüste Menschen einfach, Morgana.«
Aber Morganas Blick kehrte zu dem Mädchen mit der Kürbisblüten-Frisur zurück. Während sie die drei auf die Stirn des Mädchens tätowierten Linien ansah, berührte Morgana ihre eigene Stirn. »Ich

erinnere mich nicht, wie ich diese Narbe bekam. Aber ich erinnere mich, dass ich mich mit einer Schreibfeder selbst zu tätowieren versucht habe. Ich wollte wie dieses Mädchen aussehen.«
Sie hob tränennasse Augen. »Sie sagten, mein Vater sei auf einer spirituellen Suche gewesen. Warum kam er *hier*her, gerade in diese Gegend?«
Elizabeth dachte einen Moment nach, nahm dann das Buch auf den Schoß, holte einen Stift aus ihrer Tasche und fertigte auf der Innenseite des rückwärtigen Buchdeckels rasch zwei Zeichnungen an. »Dies waren die Hinweise, denen Ihr Vater gefolgt ist. Er zeigte sie mir. Sie sind nicht genau, aber den Originalen sehr ähnlich.«
Morgana neigte den Kopf und zerbrach sich über die beiden Zeichnungen den Kopf, von denen die erste sofort als Joshuabaum erkennbar war, aber die andere ließ sich nicht so leicht erfassen: ein Quadrat mit einer durchlaufenden gezackten Linie.
»Danke«, sagte sie leise, schloss das Buch und drückte es an die Brust. Später würde sie über jedes Wort und jeden Satz und jedes Foto nachgrübeln, sie würde das Gesicht des Mannes auf den Bildern studieren und sich die Zeichnungen, die er angefertigt hatte, einprägen. Und ihre Kindheitserinnerungen an einen sonnendurchfluteten Innenhof und die Liebe eines Vaters noch einmal durchleben.
Während Morgana das Buch festhielt, sah sie Elizabeth mit glänzenden Augen an und sagte voller Inbrunst: »Dr. Delafield, dies ist das wunderbarste Geschenk, das ich je bekommen habe. Sie haben mir einen Teil meines Vaters zurückgegeben. Wie kann ich Ihnen jemals dafür danken?«
Elizabeth wandte den Blick ab. Ihre Kehle verengte sich. Sie hatte noch einen Teil von Morganas Vater. Sie hatte seinen Sohn.
Sie erhob sich jäh, klopfte ihre Freizeithose ab. »Wir müssen wirklich aufbrechen.« Sie sah sich um. »Gideon? Gideon!«
Er war auf Erkundungstour gegangen und auf eine seltsame Felsformation gestoßen: ein gewaltiger, quadratischer Felsblock mit einer durchlaufenden gezackten Linie, als wäre ein Blitz in dem Fels eingefangen worden. Er lief zurück, um seiner Mutter davon zu erzählen, aber sie unterbrach ihn und sagte, sie müssten aufbrechen.

Auf dem Rückweg hielten sie an der Stelle an, wo sie den eben flügge gewordenen Falken gesehen hatten. Er war fort. Das Junge war aufgestiegen.
Im Gasthaus reichte Morgana Elizabeth den Picknickkorb, den sie nicht angerührt hatten, und sagte: »Denken Sie daran, bei Candlewells Laden zu halten, um zu tanken und zusätzliches Wasser mitzunehmen.« Sie umarmte Gideon. »Leb wohl. Vielleicht sehen wir uns irgendwann wieder.«
»Versprich mir, dass du mir schreiben wirst.« Und Morgana versprach es.
Als sie die Straße hinabfuhren, vom Chateau Hightower fort, begann sich Elizabeth zu entspannen. Es war knapp gewesen, aber bald wären sie weit weg, in Colorado, und hätten keinen Grund, jemals wieder hierher zu kommen.
Dann dachte sie: Wir werden vor Bettina Hightower sicher sein. Und fragte sich, warum sie so etwas denken sollte.

Da Morgana weder ihrer Tante noch jemandem vom Personal begegnen wollte, schlüpfte sie leise ins Haupthaus und eilte die Treppe hinauf zu ihrem Zimmer. Sie hasste es, Dr. Delafield fortfahren zu sehen. Morgana hatte tausend Fragen über ihren Vater. Eine spirituelle Suche! Warum hatte ihre Tante gesagt, er sei zum Goldsuchen gekommen? Und seine Zeichnungen waren atemberaubend. Wohin waren sie alle verschwunden?
Sie setzte sich mit dem Buch auf dem Schoß aufs Bett und betrachtete lange und intensiv das Gesicht eines Mannes, an den sie sich kaum erinnern konnte. Groß und hager, sonnenverbrannt und bärtig, war er ein attraktiver Mann. Und wie er da so neben Dr. Delafield stand, gaben sie ein eindrucksvolles Paar ab.
Sie wandte die Seiten jetzt langsamer um, verschlang jedes Bild und Wort mit Blicken, las die Bildunterschriften zum ersten Mal und hielt inne, als sie zu einem Datum kam. Juli 1916.
Vor weniger als sechzehn Jahren.
Etwas regte sich am Rande von Morganas Bewusstsein. Ein bohrender, kleiner Kobold, der sie nicht in Ruhe lassen wollte.
Während sie die Bilder und die Zeichnungen betrachtete, fiel ihr ein, dass Dr. Delafield ihr das Buch fast nur widerwillig offenbart

hatte, es Morgana erst gezeigt hatte, nachdem sie erfahren hatte, dass Morgana nur noch wenige Erinnerungen an ihren Vater besaß. Warum hatte sie ihr das Buch nicht eher gezeigt? Im Rückblick schien es, als hätte Elizabeth vorgehabt abzureisen, ohne ihr oder Bettina etwas davon zu sagen. Warum?

Morgana kehrte zu dem Foto mit dem Datum Juli 1916 zurück, und es kam ihr plötzlich in den Sinn, dass Gideon gesagt hatte, er würde bald fünfzehn. Was bedeutete ... sie zählte an ihren Fingern ab ... dass er ungefähr im Juli 1916 empfangen worden sein musste.

Neben dem Gruppenfoto mit ihrem Vater in der Mitte gab es noch ein weiteres persönliches Foto, dies nur von Faraday und Elizabeth. Sie standen an einer mit Felsmalereien bedeckten Wand. Morgana hatte beim ersten Betrachten nicht bemerkt, was sie jetzt bemerkte: Die beiden bestaunten nicht die Kunst auf der Felswand, sondern sahen sich gegenseitig an.

Morgana trug an einer goldenen Kette, unter der Bluse verborgen, einen Glücksbringer um den Hals. Sie trug ihn schon, seit sie klein war, und wann immer sie sich tief in Gedanken zurückzog, suchten ihre Fingerspitzen den beruhigenden Talisman und berührten ihn wie geistesabwesend. Das tat sie auch jetzt, sie liebkoste den beruhigenden Anhänger, der eine Verbindung zu ihrer Kindheit war, und als sie es tat, kam ihr ein Gedanke.

Sie sprang vom Bett und griff nach einer Dose auf dem obersten Regal ihres Schrankes. Sie hatte den Inhalt seit Jahren nicht mehr angesehen, da die Dose alte Fotos von Leuten enthielt, die sie nicht kannte – verstorbene Großeltern, namenlose Cousins. Fotos, die sie vor dem Müllhaufen gerettet hatte, auf den Bettina sie vor zwölf Jahren geworfen hatte. Morgana erinnerte sich plötzlich, dass bei der Sammlung ein Foto von ihrem Vater als Junge war. Sie nahm es hervor und atmete scharf ein. Es hätte ein Foto von Gideon sein können!

Morgana flog die Treppe hinab, sprang in den alten Truck, den Bettina vor Jahren gekauft hatte, raste die Straße hinab und hielt durch die staubige Windschutzscheibe Ausschau nach dem Kombi.

Da war er, vor Candlewells Laden. Elizabeth und Gideon stiegen gerade ein und schlossen die Türen. Morgana drückte auf die Hupe. Sie sprang bei noch laufendem Motor aus dem Truck, lief zu Elizabeths Wagen und rief und winkte. »Ich kenne die Wahrheit!«, keuchte sie atemlos, als sie sie erreichte. »Gideon! Es ist absolut wunderbar. Du bist mein Bruder!«

66

»Nun, kleines Fräulein«, murmelte Bettina. »Dann ist die Katze jetzt wohl aus dem Sack, oder?«

Erstaunt darüber, dass Morgana so hinausgestürzt und mit dem Truck die Straße hinabgerast war, ging sie zum Zimmer ihrer Nichte hinauf und fand dort …

Ein Buch. Und das Kinderfoto.

Also kannte Morgana die Wahrheit. Und wie sie Morgana kannte, würde das Mädchen aller Welt von ihrem neuen Bruder erzählen wollen.

Bettina verließ das Schlafzimmer und zog entschlossen die Tür zu, blieb aber stehen, als sie Menschen kommen und die Treppe hinabgehen hörte.

Diese neue Wendung der Ereignisse war nicht gut. Sie würde den Skandal zu nahe an Bettinas Schwelle herantragen. Es nützte nichts, die Delafields zu bitten abzureisen. Es bestand ja immer noch die Gefahr, dass das Flittchen und ihr Bastard irgendwann zurückkämen. Bettina musste eine dauerhaftere Lösung für das Problem des Delafield-Jungen ersinnen. Und im nächsten Moment erkannte sie mit jäher Klarheit genau, was getan werden musste.

»Es war mir entsetzlich, dir die Wahrheit vorzuenthalten, Gideon mein Liebling«, sagte Elizabeth. »Aber wir leben in einer so engstirnigen Welt.«

Sie waren noch immer bei Candlewells, saßen an einem Terrassentisch unter einer Laube mit purpurfarbenen Bougainvilleen. Elizabeth hatte den Picknickkorb hervorgeholt, den Morgana ihnen für die Fahrt gegeben hatte, aber niemand rührte die Sandwichs und das Obst an. Ethel Candlewell versorgte sie mit kalter Coca-Cola,

die sie im Schatten genießen sollten, aber auch die Gläser blieben stehen.
»Du weißt, dass dein Vater und ich nicht vor einen Pfarrer traten und Worte aus einem Buch zitierten«, sagte Elizabeth leise, obwohl außer ihnen niemand im Picknickbereich neben dem Laden und der Tankstelle saß. »Aber wir haben einander sehr geliebt, und du warst das Ergebnis dieser tiefen Liebe und Hingabe. Das habe ich dir immer gesagt. Leider konnte ich dir den Namen deines Vaters nicht nennen.«
Sie legte eine Hand auf die ihres Sohnes und sagte: »Gideon, ich habe seinen Namen all diese Jahre zurückgehalten, weil ich auf den richtigen Moment gewartet habe. Und nun weiß ich, dass es keinen richtigen Moment geben wird. Ich hatte keine Ahnung, dass Faraday verschwunden war. Kannst du mir verzeihen?«
»Ist schon in Ordnung, Mutter, ich verstehe«, sagte er auf die Art, die sie manchmal überraschte, die Stimme ruhiger Reife von einem Jungen, der zu jung wirkte, um irgendetwas zu verstehen. »Und jetzt habe ich eine prima Schwester.«
»Mehr als das«, sagte Morgana, während sie leicht den Verband an seiner Stirn berührte. »Du wirst dort eine kleine Narbe zurückbehalten. Dann sind wir Mitglieder eines besonderen Clans.« Sie sagte dies, weil sie, auch wenn er tapfer sprach, Angst und Unsicherheit in seinen Augen erkannte. Abgesehen von seiner Größe könnten ihn die Rowdys jetzt auch noch piesacken, weil er unehelich war.
Auch andere Gedanken gingen Morgana durch den Kopf: Elizabeth Delafield und ihr Vater waren Liebende gewesen! Es war solch eine wunderbare, romantische Vorstellung! Ihre junge Phantasie erschuf Bilder von Sonnenuntergängen und Nächten der Leidenschaft und ewigen Liebesschwüren. Die Liebe zwischen ihrem Vater und Elizabeth öffnete ihr Herz und ihren Geist für die Liebe, die sie mit Sandy Candlewell erleben mochte, wenn sie nur den Mut hätte, ihn wissen zu lassen, was sie empfand.
Morgana hatte das Szenario in ihrer Phantasie hundertmal geprobt. Jedes fand an einem anderen Ort, zu einer anderen Tageszeit statt, ihr Verhalten änderte sich, und ihr Herangehen variierte. Sandy war stets ohne Kopfbedeckung, weil sie es liebte, wie ihm das

blonde Haar in die Stirn fiel, und er hatte stets seine Hemdsärmel aufgerollt, weil seine Unterarme muskulös und gebräunt waren. In der Phantasie spielte sie auf viele Arten durch, wie sie Sandy ihre Gefühle gestand, aber es endete immer damit, dass Sandy ihr seine Liebe ebenfalls gestand und sagte, er sei froh, dass sie den Mut aufgebracht hätte, das Thema anzusprechen, weil er einfach zu schüchtern gewesen sei, es selbst zu tun.

Leider musste der Traum eine Phantasie bleiben, wegen Tante Bettina. Sie war freundlich zu den Candlewells, glaubte aber, dass sie und Morgana etwas Besseres wären, und erinnerte ihre Nichte häufig an diese Tatsache, als könnte sie Morganas Gedanken lesen und wüsste von ihren romantischen Tagträumen. »Kein Junge aus der Gegend für dich«, hatte Bettina mehr als einmal erklärt, wenn Morgana das Thema aufbrachte, dass sie eines Tages heiraten wollte und wie die meisten Mädchen von einer märchenhaften Hochzeit und Flitterwochen in einem fremden Land träumte.

Und Bettina war ein Hindernis, fürchtete Morgana, das keine Liebe oder Leidenschaft überwinden könnte.

Außerdem war da das Problem Adella Cartwright. Jedermann wusste, dass sie ein Auge auf Sandy geworfen hatte, und Adella war ein sehr willensstarkes Mädchen, das gewöhnlich bekam, was es wollte.

Aber nun wünschte sich Morgana sehnsüchtig zu erleben, was Elizabeth und ihr Vater erlebt hatten, wollte diese wunderbare Leidenschaft kennen lernen. Hatte sie den Mut, Sandy ihre Gefühle zu gestehen?

Sie wandte sich zu Elizabeth um. »Darf ich Ihnen eine persönliche Frage stellen? Warum hat mein Vater Sie nicht geheiratet?«

»Er konnte nicht. Er war bereits verheiratet.«

Morgana runzelte die Stirn. »Nein, das war er nicht. Nicht 1916.«

»Doch, das war er …« Aber Morgana schüttelte den Kopf. »Morgana, bist du sicher?«

»Das sollte ich wohl wissen. Er und Tante Bettina haben vor zwölf Jahren geheiratet, unmittelbar bevor Daddy verschwand.«

Elizabeth starrte sie an. »Aber ich habe euch besucht, als ihr in der Casa Esmeralda lebtet, vor fast sechzehn Jahren, und Mrs. Hightower sagte, sie sei Faradays Frau.«

»Nicht damals. Sie war seine Schwägerin. Haben Sie das vielleicht missverstanden?«
Plötzlich wurde alles klar. Elizabeth hatte schon vermutet, dass Faraday ihren Brief, in dem sie ihm von der Schwangerschaft erzählte, nie bekommen hatte. Nun wusste sie es mit Sicherheit.
»Ja«, sagte Elizabeth. »Was in der Casa Esmeralda geschah, könnte einfach ein Missverständnis gewesen sein. Ich glaubte verstanden zu haben, dass Ihre Tante sich als Faradays Frau bezeichnete. Vielleicht habe ich mich verhört. Solche Dinge passieren.« Elizabeth sagte das um Morganas willen. Sie selbst glaubte kein Wort davon, sondern rang in Wahrheit darum, ihren neu aufkommenden Zorn zu zügeln.
»Und Ihr Brief an ihn ging vermutlich verloren«, bot Morgana an, die die Vergangenheit auch von undenkbar in annehmbar verwandeln wollte. Sie konnte sich nicht vorstellen, dass Tante Bettina so grausam gewesen wäre, ihn zu unterschlagen.
»Höchstwahrscheinlich.«
Sie verfielen in Schweigen, die Frau mittleren Alters, die junge Frau, der Junge mit der hochstehenden Haarlocke, alle betrachteten das Coca-Cola-Glas in ihren Händen und dachten darüber nach, jeder auf seine Weise, wie erstaunlich schnell sich das Leben ändern konnte. »Es ist seltsam«, murmelte Elizabeth. »Vor zwölf Jahren, ungefähr zu dem Zeitpunkt, zu dem dein Vater, wie du sagtest, verschwand, hatte ich einen immer wiederkehrenden Traum, in dem ich sah, wie er sich in der Wüste verirrte. Ich rief ihm zu. Ich sagte ihm, er solle meiner Stimme folgen, dann würde er gerettet. Ich hatte den Traum mehrere Nächte hintereinander, und dann eines Nachts hörte er auf und kam niemals wieder. Aber er war für mich so real, und er stand mir während der nächsten Tagen so detailliert vor Augen, dass es fast war, als wäre ich wirklich mit Faraday hier draußen in der Wüste gewesen und hätte ihm geholfen, seinen Weg nach Hause zu finden.« Sie sah Morgana an. »Ich habe mich oft gefragt, was der Traum bedeutete.«
Sie erhoben sich vom Tisch. »Da ist noch etwas«, sagte Elizabeth und nahm das zerknüllte Telegramm aus ihrer Tasche. »Weißt du, wer das geschickt hat?«
Sie erklärte Morgana, dass sie Faraday einen Brief geschrieben, als

Antwort dieses Telegramm erhalten und dann ein weiteres Telegramm mit ihrem und Gideons Ankunftsdatum geschickt hatte.
Morgana konnte sich gut vorstellen, was dahinter steckte. »Eine ehemalige Mitarbeiterin von uns. Meine Tante hat sie entlassen, und es gab Streit. Das Mädchen bekam eine Anstellung bei Candlewells, erledigte die Post und Telegramme. Ich denke, das sollte wohl ein Scherz sein«, sagte Morgana, obwohl sie nicht glaubte, dass Polly Crew einen Streich spielen, sondern sich eher an Bettina hatte rächen wollen.
»Wie dem auch sei, wir sollten aufbrechen«, sagte Elizabeth. »Ich möchte Banning noch vor der Dunkelheit erreichen.« Sie wollte so weit wie möglich fort von diesem Ort. Sie musste nachdenken, mit ihren Gedanken und Gefühlen allein sein.
All diese Jahre, und nun stellte sich heraus, dass Faraday nach alledem doch frei gewesen wäre. Es gab keine Ehefrau, keinen Ehebruch. Diese Frau hatte eine grausame Täuschung arrangiert, um Faraday für sich zu behalten. *Wir hätten verheiratet sein können. Faraday und ich hätten Gideon gemeinsam aufziehen können.*
Der Zorn in ihr wuchs. Sie wollte auf diese Frau einschlagen, die ihr Leben ruiniert hatte – was umso mehr Grund dafür war, so schnell wie möglich von hier fortzugehen.
Aber Gideon widersprach. »Mutter, du trittst deine Anstellung in Mesa Verde doch erst in einer Woche an. Lass uns so lange hierbleiben, *bitte.*«
»Dann müssen wir eine Unterkunft finden.«
»O nein!«, rief Morgana. »Kommen Sie zum Gasthaus zurück! Sie sind keine Gäste mehr, Sie gehören zur *Familie.*«
Als sie sah, wie Elizabeth zögerte, sagte Morgana: »Wir müssen es meiner Tante erzählen. Sie muss wissen, dass ich die Wahrheit erfahren habe.«
»Ich habe das Gefühl, dass sie die Nachricht nicht allzu gut aufnehmen wird«, sagte Elizabeth, sich an Bettinas steifen Besuch am Vorabend im Bungalow erinnernd. »Deine Tante könnte Gideon und mich auffordern zu gehen. Sie hätte das Recht, das zu tun, und ich würde es respektieren wollen. Was auch immer vor sechzehn Jahren geschehen ist, ob sie zu der Zeit mit Faraday verheiratet war, ob ich mich verhört habe oder ob sie sogar gelogen hat … das

ist alles Vergangenheit. Womit wir uns jetzt befassen müssen, ist die Tatsache, dass Bettina Faradays Ehefrau ist und Respekt verdient.« Elizabeth sprach um Morganas und Gideons willen ruhig und vernünftig. Tief im Inneren wollte sie auf Bettina losstürmen und ihr sagen, was für eine widerliche Person sie sei. Aber um Morganas und Gideons willen würde Elizabeth Frieden bewahren. Wenn Bettina darauf bestünde, dass sie gingen, dann würden sie gehen.

Aber als sie am Gasthaus eintrafen, wartete Bettina draußen bereits auf sie und wirkte besorgt. »Morgana, als du mit dem Truck davongerast bist, wusste ich, dass etwas nicht stimmte. Ich ging in dein Zimmer hinauf und fand das Foto von Faraday. Also kennst du jetzt die Wahrheit, dass Gideon dein Halbbruder ist.« Sie wandte sich Gideon zu, streckte die Hand aus und sagte: »Ich bin sehr froh, die Bekanntschaft des Sohnes meines verstorbenen Mannes zu machen.«

Während Frau und Junge sich die Hand schüttelten, sah Morgana ihre Tante an. Es war das erste Mal, dass Bettina einen Hinweis darauf gab, dass sie Faradays Tod akzeptierte. Morgana nahm das als gutes Zeichen. Nicht, dass sie wollte, dass ihr Vater tot war, aber dies war vielleicht der erste Schritt dahin, mit ihrem neuen Leben gemeinsam weiterzumachen.

»Offen gesagt, bin ich froh, dass die Wahrheit heraus ist«, sagte Bettina. »Geheimnisse sind so belastend.«

Sie wandte sich zu Elizabeth um. »Ich muss Ihnen etwas gestehen, ein weiteres Geheimnis, das ich schon zu lange mit mir herumtrage. Miss Delafield, ich habe Sie getäuscht, als Sie zur Casa Esmeralda kamen. Ich war damals nicht mit Faraday verheiratet. Aber ich habe dies um seinet-, nicht um meinetwillen gesagt. Er war ein sehr netter und charmanter Mann. Und zu dem Zeitpunkt war er reich, und von Stand. Viele Frauen missverstanden seine freundliche Haltung ihnen gegenüber. Sie kamen vorbei, hofften auf mehr. Und so gab ich zu seinem Schutz vor, seine Frau zu sein. Faraday billigte das. Ich habe es nicht hinter seinem Rücken getan. Ich hatte keine Ahnung, dass Sie anders waren, Miss Delafield. Er hatte mir nichts von Ihnen erzählt. Ich entschuldige mich für den Schaden, den ich angerichtet habe.«

Elizabeth blieb misstrauisch, stellte das Geständnis aber nicht infrage. »Hat Faraday meinen Brief vor sechzehn Jahren bekommen?«
»Ich weiß nichts von einem Brief. Gott sei mein Zeuge, dass das die Wahrheit ist.« Bettina wandte sich ab und führte sie hinein, und als sie im Foyer waren, sagte sie: »Ich denke, es ist das Beste, wenn wir dies alles im Moment noch geheim halten, bis wir entscheiden, was zu tun ist. Sind Sie einverstanden?«
Elizabeth stimmte bereitwillig zu. Obwohl Gideon gesagt hatte, es mache ihm nichts aus, konnte man nicht wissen, wie die Einheimischen ihn behandeln würden, wenn die Wahrheit über seine Herkunft und Geburt bekannt würde.
Bettina wandte sich an Morgana: »Warum lernt ihr beiden, du und Gideon, euch nicht besser kennen, Liebes? Ihr habt jetzt so vieles zu bereden. Geht in dein Zimmer, während Miss Delafield und ich uns unterhalten. Wir werden entscheiden müssen, wie wir mit dieser Situation angemessen umgehen.«
Hinter der Rezeption befand sich ein kleines Büro, wo Bettina Elizabeth einen Platz anbot. Als sie sich dann ihr gegenüber niederließ, verschränkte sie die Hände im Schoß und sagte: »Sie verstehen gewiss, dass dies eine sehr delikate Situation ist. Sie und ich haben beide hart dafür gearbeitet, unsere Kinder vor unangenehmem Klatsch zu bewahren.«
Elizabeth nickte zurückhaltend und fragte sich, wo diese kleine Unterhaltung wohl hinführen sollte.
»Dies ist eine kleine Gemeinde, und es wäre nicht gut für Gideon, wenn die Leute die Wahrheit erführen. Ich fürchte, es könnte auch negative Auswirkungen auf Morgana haben, wenn ihr Vater ein Ehebrecher war und all das.«
»Er war es nicht, zu jenem Zeitpunkt«, erklärte Elizabeth.
»Ganz recht. Aber wir befinden uns im Hier und Jetzt, und wir haben plötzlich einen erwachsenen Jungen, der Morganas Halbbruder ist und dessen Mutter nicht mit seinem Vater verheiratet war. Wie präsentieren wir ihn, und Sie selbst, Miss Delafield, dieser kleinen Gemeinde? Ich kann nicht zulassen, dass Chateau Hightower in einen Skandal verwickelt wird. Sie verstehen, was ich meine.«
Elizabeth verstand nur zu gut. Es war zu Anfang sehr schwierig

für sie gewesen, eine unverheiratete Mutter zu sein. Der örtliche Schlachter und der Bäcker wollten sie in ihren Geschäften nicht bedienen. Sie wurde aus den Gesellschaftskreisen der Frauen ausgeschlossen. Als sie in eine neue Stadt zogen, wo sich Elizabeth eine Stellung als Lehrerin sichern konnte, kam die Frage nach Gideons Vater entweder niemals auf, oder Elizabeth mied das Thema, und so war ihr Sohn dem Stigma der Unehelichkeit entronnen. Aber nun war die Situation anders, und man musste sich dem Thema stellen.

Bevor Elizabeth antworten konnte, fuhr Bettina fort: »Miss Delafield, ich möchte Ihnen einen Vorschlag machen. Ich versichere Ihnen, es ist im besten Interesse des Jungen. Und auch in Morganas.«

Die Ankunft der beiden Delafields hatte lang unterdrückte Erinnerungen in Bettina ausgelöst. Auf einmal stand ihr die Zeit vor Augen, als sie acht Jahre alt war und erfuhr, dass Papa gar nicht ihr Vater war. Ihre Eltern stritten im Nebenraum und sprachen von Bettina als »unehelich« und »Bastard«. Sie wusste nicht, was die Worte bedeuteten, aber sie klangen unheilvoll. Als sie größer wurde, erfuhr sie, dass das, was ihre Mutter getan hatte, unanständig und unverzeihlich war. »Der Kutscher!«, flüsterten die Dienstmädchen und Küchenhilfen, als wäre die Indiskretion irgendwie akzeptabler gewesen, wenn es ein Bankier oder ein Graf gewesen wäre.

Ihr innig geliebter Papa, Mr. Liddell, konnte es danach nicht mehr ertragen, sie anzusehen. Er berührte sie nicht mehr und sprach auch nicht mehr mit ihr. All seine Liebe und Aufmerksamkeit kamen nun Abigail zugute. Bettina wurde schließlich auf ein Internat geschickt, während Abigail zu Hause bleiben durfte. Erst nachdem Papa plötzlich an einem Herzanfall starb, durfte Bettina zurückkehren. Ihre Mutter versuchte, ihr die Dinge zu erklären, nannte Bettina ein Kind der Liebe, da sie und der Kutscher sich sehr geliebt hätten, dass Mr. Liddell ein kalter und harter Mann war, dass das einzige Glück, dass sie jemals gekannt hatte, in den Armen von Jeremy, dem Kutscher, lag. Aber Bettinas Herz war damals zu hart, um bewegt zu werden. Ihre Mutter war die rote Hure von Babylon.

Genau wie Elizabeth Delafield. Bettina malte sich aus, wie die Leute hier im Ort reagieren würden, sollten sie die Wahrheit erfahren. Wie sie diese Hure schmähen und sie verächtlich behandeln würden. Und Bettina fürchtete Verwicklungen, die auch ihren Ruf schädigen könnten. Würden ihre Nachbarn sie als die leidende Witwe ansehen und auf ihrer Seite stehen? Oder würde der Schatten von Faradays moralischer Verworfenheit auf alle vier fallen und auch Bettina und Morgana zu Außenseitern machen? Zumindest müsste Bettina befürchten, als lächerliche Figur dazustehen.
Aber nichts davon war jetzt wichtig. Alles hatte sich verändert.
»Ein Junge sollte den Namen seines Vaters tragen«, sagte sie. »Denken Sie an seine Möglichkeiten, eine gute Heirat einzugehen. Die Familie seiner zukünftigen Braut wird etwas über seine Abstammung wissen wollen. Was würde er sagen?«
»Ich hege dieselbe Sorge, Mrs. Hightower, aber ich werde nicht lügen und vorgeben, dass Faraday und ich verheiratet gewesen wären.«
»Es gibt noch eine andere Möglichkeit. Eine Möglichkeit, bei der Gideon *legal* ein Hightower würde. Obwohl es erhebliche Ausgaben von meiner Seite und viel von meiner kostbaren Zeit erfordern würde, wäre ich, um unsertwillen und um der Erinnerung an meinen liebevollen Ehemann willen, bereit, seinen Sohn, Gideon, zu adoptieren.«

67

»Hast du Angst, mein Liebes?«, fragte Elizabeth.
Morgana fuhr sich mit der Bürste durchs Haar, als wollte sie es ausreißen. »Angst? Nein«, sagte sie mit nervösem Lachen. »Sorge? Ja! Ich war meiner Tante gegenüber noch nie ungehorsam.«
»Ich bin mir sicher, dass alles gut gehen wird«, sagte Elizabeth und bemerkte, dass Morgana ihr Haar jetzt zurückkämmte, sodass die Stirn freilag.
Elizabeth hatte nur einen Tag gebraucht, um die subtile Art zu erkennen, mit der Bettina Morgana kontrollierte. Das Mädchen war sich dessen nicht bewusst. Ein Zeichen von Bettina, und Morgana

bedeckte rasch ihre Stirn. »Wie als Bestrafung«, hatte Morgana am Arch Rock gesagt. »Ich schäme mich deswegen.«

So, Bettina, hatte Elizabeth gedacht, so machst du es also. Sie war zu Candlewells gefahren und hatte einen Anruf nach Los Angeles getätigt. Zwei Tage später war mit dem Zug ein Päckchen eingetroffen, und Sandy Candlewell hatte es zum Gasthaus gebracht. Nathaniel Hawthornes *Der scharlachrote Buchstabe*. Als sie Morgana das Buch reichte, sagte Elizabeth nichts, außer dass es ihr vielleicht Freude machen werde. Morgana verschlang es innerhalb von zwei Tagen, und als sie fertig war, hatte sie sich verändert.

Hester Prynne, öffentlich für Ehebruch verdammt und von den Menschen Bostons gezwungen, ein Kennzeichen der Erniedrigung zu tragen, ein auf ihre Brust gesticktes rotes »A«, schockierte die örtlichen Bürger, indem sie den scharlachroten Buchstaben von einem Zeichen für ihre Schande in ein Symbol verwandelte, das ihre Erfahrungen und ihren Charakter repräsentierte, das sie mit Stolz trug, als wollte sie sagen: Meine vergangene Sünde gehört zu dem, was ich bin. Vorzugeben, es wäre niemals geschehen, hieße, einen Teil meines Selbst zu verleugnen.

An dem Abend, an dem Morgana das Buch beendete, stellte sie sich vor den Spiegel über ihrer Frisierkommode und hob die Öllampe an, sodass ihr Gesicht vollkommen beleuchtet war. Die Narbe hob sich stark ab, wie ein Mondkrater von der Größe eines Silberdollars, runzelig und gefurcht, hässlich. Morganas scharlachroter Buchstabe.

Zwölf Jahre lang war sie Tante Bettinas Anweisungen gefolgt, hatte den Pony, Hüte, Kopftücher, Kosmetik benutzt. Bettina sagte »Bedecke dich, Tochter«, und Morgana griff nach einem Kamm, einem Hut, dem Gesichtspuder.

Warum hatte sie zugelassen, dass Tante Bettina ihr Leben so kontrollierte? So weit, wie sie zurückdenken konnte – bis zu einem ganz vage erinnerten Stadthaus in Boston –, hatte ihre Tante jede Minuten, jede Stunde, jeden Tag ihres Lebens beherrscht. Hawthornes Buch zu lesen war, als ob sich eine Tür öffnete. Plötzlich strömten ihr Kraft und Zuversicht zu, und alles schien Morgana jetzt so einfach. Wie Hester *konnte* sie mit ihrem Leben tun, was sie wollte. Und es hätte nichts mit mangelnder Dankbarkeit gegenüber all dem zu tun, was ihre Tante für sie getan hatte. Morgana wollte weiterhin hier leben und bei der Führung des Gasthauses helfen, aber sie würde es zu ihren eigenen Bedingungen tun.

»Diese Narbe unterscheidet mich von anderen«, hatte sie Elizabeth am nächsten Tag erklärt. »Sie steht für meine Persönlichkeit. Sie bezeichnet ein Ereignis in meinem Leben, das lebenswichtig war, auch wenn ich mich nicht daran erinnern kann. Vielleicht werde ich das eines Tages. Aber inzwischen werde ich aufhören, vor dem davonzulaufen, wer ich bin, und stattdessen dafür einstehen.«

An jenem Abend, im Wohnzimmer, hatte Elizabeth Bettinas Blick bemerkt, als sie Morganas freie Stirn sah. Die üblichen Zeichen hatten nicht gewirkt, und Bettina hatte schließlich aufgegeben. War sie sich der Tatsache bewusst, dass ihr starker Einfluss auf ihre Nichte allmählich nachließ?

Morgana bestand jetzt auch häufiger darauf, über ihren Vater zu sprechen. In der Vergangenheit hatte ein Wort von Bettina sie zum Schweigen gebracht, aber nun fügte Morgana sich nicht mehr. »Ich möchte über ihn sprechen«, hörte Elizabeth sie zu ihrer Tante sagen. »Ich möchte alles wissen, was es über ihn gibt. Was geschah mit seinen Zeichnungen? Was wurde aus seiner Keramiksammlung?«

Besonders die goldene Olla war Teil von Morganas neuer Wissbegier geworden. Sie betrachtete stundenlang das Foto der Zeichnung ihres Vaters, sah in deren komplexem Muster ungezählte Zukunftswege, unendliche Möglichkeiten. Aus einem einzigen Symbol – sei es ein Baum oder ein Stern oder ein Elch – erwuchsen weitere Symbole, Linien verbanden sich, bildeten ein Netz. Morgana legte ihre Fingerspitze auf ein Symbol und führte sie von da aus nach oben oder seitwärts oder nach unten. Sie sah sich als eines jener Symbole. Als die winzige, gefleckte Katze, die wahrscheinlich ein Jaguar war, oder die Kugel mit einem Schwanz, die einen Kometen symbolisieren mochte. Und so erkannte sie, dass das symbolisierte Objekt – sie selbst – in viele Richtungen ziehen und auf viele verschiedene Arten enden konnte. Sie erkannte, dass man nicht an *eine* Zukunft gebunden war. Sie musste keinem bestimmten Weg folgen.

»Du bist ihr gegenüber nicht ungehorsam, Liebes«, sagte Elizabeth nun, während Morgana sich fertig kämmte und nach ihren Kleidern griff. »Du machst einfach deinen Standpunkt zu dem Thema klar. Du möchtest keine Krankenschwester werden. Du hast andere Ziele. So einfach ist das.«

Während Elizabeth zusah, wie Morgana in ihre neue »sportliche« Kleidung schlüpfte – eine Freizeithose, die Elizabeth ihr gegeben hatte –, sagte sie: »Als ich in deinem Alter war und ein College besuchte, war die einzige Körperertüchtigung für Studentinnen zehn Minuten Freiübungen in langen Wollröcken und Petticoats, die über den Boden schleiften, mit steifen Kragen und starren Knochenkorsetts, die unsere Taillen auf achtzehn Zoll zusammendrückten. Ihr Mädchen habt heute so viel mehr Freiheit. Tennis wurde toleriert, aber es war nicht als Wettkampfsportart zugelassen. Und Fahrradfahren war streng verboten.«

Elizabeth dachte: Hätte Faraday ihren Brief vor sechzehn Jahren erhalten, hätte er sie vielleicht geheiratet, und Elizabeth wäre Morganas Stiefmutter geworden. Wie anders die Zukunft des Mädchens dann ausgesehen hätte!

Aber vielleicht könnte das noch geschehen.

Bevor Elizabeth nach Twentynine Palms gekommen war, hatte sie eine alte Kollegin aufgesucht, die an der Universität von Kalifornien in Los Angeles lehrte. Sie hatte den neuen Campus in Westwood besucht und war mit Broschüren, Literatur und einer Ausgabe der *Daily Bruin*, der Studentenzeitung, zurückgekommen, denn es dauerte nicht mehr allzu lange, bis Gideon überlegen würde, welches College er besuchen sollte, und Elizabeth wollte, dass er das beste besuchte.

Die UCLA war eine gute Universität, fortschrittlich, mit über fünftausend Studenten, an der Frauen ebenso viele höhere Abschlüsse erwarben wie Männer. Morgana stünde nicht den Vorurteilen gegenüber, mit denen sich Elizabeth vor dreißig Jahren auseinander setzen musste.

Natürlich müsste Morgana eine Anstellung finden. Selbst wenn Bettina anböte, ihr finanziell zu helfen, war da immer noch das Problem, dass sie in der Nähe des Campus wohnen müsste. Elizabeth könnte, Gott sei Dank, ein wenig helfen.

Genauso wie sie selbst in einer kritischen Zeit ihres Lebens Hilfe erfahren hatte.

Als Elizabeth vor der Frage gestanden hatte, wie sie ihren Lebensunterhalt verdienen sollte, während sie ein Kind aufzog, hatte Professor Keene sie damit überrascht, dass er sie einlud, bei ihm zu wohnen. Er schätze sie sehr, sagte er, und er hatte nie eigene Kinder. Außerdem war ihr Kind der Sohn des Arztes, der ihm das Leben gerettet hatte. Keene hatte sogar angeboten, sie zu heiraten, obwohl er bereits in den Siebzigern war. Er war ein vollendeter Gentleman und wollte Elizabeth und ihrem Sohn das gewähren, was er als Ehrbarkeit ansah. Aber Elizabeth sah das anders. Sie sah keine Schande in dem, was sie getan hatte, noch in der Tatsache, dass sie nicht verheiratet war. Als Keene wenige Jahre später starb, ging sein gesamter Besitz, der sich als beträchtlich erwies, an sie und Gideon über, was Elizabeth die Freiheit verschaffte, ihrem Traum nachzugehen, an einer Kampagne zur Erhaltung indianischer Felsenbildwerke zu arbeiten.

Die Erinnerungen an Professor Keene brachten Elizabeth wieder zu Bettina Hightowers erschreckendem Vorschlag von vor wenigen Tagen zurück: ihr Angebot, Gideon zu adoptieren.

Elizabeth hatte Bettina erklärte, sie würde einem solchen Arrangement keinesfalls zustimmen. Gideon hatte mit einer Mutter genug und war mit seinem Nachnamen glücklich.

»Sie werden immer noch seine Mutter sein«, hatte Bettina gedrängt. »Ich wäre nur seine Stiefmutter. So etwas ist nicht unüblich, wissen Sie, zum Beispiel im Fall von Scheidungen, wenn der Vater erneut heiratet. Ein Kind kann eine Mutter *und* eine Stiefmutter haben. Und dann werden Gideon und Morgana wahrhaft Bruder und Schwester sein. Sie werden beide Hightowers sein.«

Elizabeth wollte gerne zulassen, dass Gideon eine Beziehung zu seiner Schwester aufbaute. Aber eine Adoption stand außer Frage.

»So!«, sagte Morgana. »Wie sehe ich aus?«

Elizabeth erhob sich vom Bett und nahm das Mädchen bei den Schultern. »Als könntest du die Welt erobern«, sagte sie. Elizabeth hatte Morgana nichts von dem ungeheuerlichen Vorschlag erzählt, noch hatte sie es Gideon gesagt. Sie und ihr Sohn brachen morgen nach Colorado auf. Bettina und ihre absurde Idee würden in Vergessenheit geraten.

Als Morgana Elizabeth verließ und sich auf die Suche nach Bettina machte, fühlte sie sich so mutig und gestärkt wie nie. Es war, als wäre Dr. Delafield eine gute Fee, die überall, wohin sie ging, magischen Staub ausstreute. Morgana wollte Tante Bettina ihre Sache ruhig und logisch vortragen, zuhören, was ihre Tante zu sagen hätte, höflich darüber nachdenken und dann auf ihre eigenen Wünsche drängen, wobei sie ihrer Tante eilig versichern würde, dass sie ihr ewig dankbar wäre, weil sie so viel für sie geopfert und Morgana ein gutes Leben ermöglicht hätte, und dass sie dafür sorgen würde, dass sie vielfach dafür belohnt würde.

Während Morgana darüber nachdachte, was sie tun könnte, wenn Tante Bettina erst ihre Zustimmung gegeben hätte, von der Schwesternausbildung zurückzutreten – an die UCLA schreiben, sich möglicherweise andere Unis ansehen, vielleicht Elizabeth und Gideon in Mesa Verde einen Überraschungsbesuch abstatten –, streiften ihre Gedanken auch zu Sandy Candlewell.

Wenn in ihrer neuen Freiheit nur Platz für ihn wäre! Es war eine Sache, Tante Bettina davon zu überzeugen, sie auf ein reguläres College gehen und indianische Studien betreiben zu lassen, aber etwas ganz anderes, zu hoffen, dass sie Sandy als potenziellen Schwiegersohn akzeptierte. »Sie sind Waliser«, würde sie sagen. »Joe hat immer Schmiere unter den Fingernägeln. Und hast du bemerkt, wie fett seine Frau wird?«

Kein Candlewell wäre für ihre Nichte gut genug.

Außerdem nannte Sandy Morgana, wann immer er in der Nähe war, »Kindchen« und behandelte sie wie die kleine Schwester. Warum hegte sie überhaupt romantische Vorstellungen? Besonders wenn sie erst ihren College-Abschluss hätte. Sandy neckte sie schon jetzt immer, wie gebildet sie sei, wie weit sie ihm im Lernen und wissensmäßig überlegen sei. Ein Abschluss einer Universität würde ihn sich bestimmt noch unterlegener fühlen lassen. Männer heirateten niemals Frauen, die ihnen bildungsmäßig überlegen waren.

Während Morgana den Empfangsbereich betrat und das Stubenmädchen fragte, wo Mrs. Hightower sei, hielt sie ein neuer Gedanke auf, der ihr jäh in den Sinn kam.

Wenn Sandy ihr durch eine glückliche Fügung erklärte, dass er ihre

Gefühle erwiderte, würde sie ihre Chance auf eine höhere Bildung dann opfern, um mit ihm zusammen zu sein?
Dieser neue Gedanke verwirrte sie so sehr, dass sie zuerst nicht sah, wie Sandys Truck draußen vorfuhr und auf dem Kies ausrollte.
Aber sie hörte den Motor und schaute hinaus. Sie wusste, warum er hier war, es war Mittagszeit. Einmal in der Woche machte Sandy gegen ein geringes Entgelt bei den weit entfernten Parzellen und Betrieben die Runde, sammelte abgehende Post und Pakete ein und brachte sie für den U.S. Mail-Truck zum Laden.
Als Morgana Sandy vom Führersitz heruntersteigen sah, tat ihr Herz einen Satz. Vor vier Tagen, als sie im Schatten von Candlewells Patio saß, der an den Laden angrenzte, und mit Elizabeth und Gideon sprach, hatte Morgana sich gefragt, wie sie herausfinden könnte, was Sandy für sie empfand. Dann hatte sie den *Scharlachroten Buchstaben* gelesen, und nun blickte eine mutigere Morgana hinaus und sah Sandy ins mittägliche Sonnenlicht treten, seine bloßen Arme vor Wüstenbräune schimmernd, sein dunkelblondes Haar so hell leuchtend wie sein Lächeln, während er einem der Gärtner des Gasthauses zuwinkte.
Ich werde es tun, entschied Morgana auf der Stelle. Und plötzlich löste sich das Dilemma, mit dem sie zwei Jahre gerungen hatte, seit dem Tag, an dem sie sich in Sandy verliebt hatte.
»Hallo!«, rief sie, während sie hinaustrat. »Heute keine abgehende Post oder Pakete, Sandy.«
Er blieb stehen und sah sie an. »Morgana! Guter Gott, was trägst du denn da?«
Sie blickte an sich herab. »Elizabeth hat sie mir geschenkt. Damenhosen. Sind die nicht schick?«
Er runzelte die Stirn. »Sie verdecken deine Beine.«
Sie sah noch einmal an sich herab und spürte einen scharfen Schmerz in der Brust.
Und dann: »Meine Güte, Mädchen!«, erklang eine höhere Stimme aus dem Wagen. Die Beifahrertür wurde geöffnet, und Adella Cartwright sprang herab. »Morgana, du trägst *Hosen*?«
Morgana sah sie an und spürte, wie sich der Schmerz in ihrer Brust verstärkte. Der Wohlstand auf der Farm ihres Vaters, selbst wäh-

rend dieser Wirtschaftsdepression, war an Adellas hübschem Rock, ihrer Bluse und ihrem karottenfarbenen, im neuesten »Kappenschnitt« frisierten Haar klar ersichtlich. Alle wussten, dass die einundzwanzigjährige Adella mit ihrem unbeschwerten Wesen und ihrem hübschen, leicht sommersprossigen Gesicht jeden Mann im Tal haben konnte. Ebenso bekannt war, dass ihre Wahl auf Sandy gefallen war.

»Ich muss sagen«, bemerkte Adella, während sie neben Sandy trat und, zu Morganas Entsetzen, ihren Arm durch seinen schob, »dass das wirklich ein interessanter Anblick ist.«

Morgana fehlten die Worte. Sie hatte Adella immer um ihre Unbekümmertheit in Gegenwart des anderen Geschlechts beneidet, aber sich bei Sandy solche Freiheiten herauszunehmen schien ihr selbst für Adella zu viel. Und nun standen die beiden mit überraschtem Ausdruck auf den Gesichtern da und machten Bemerkungen, die zeigten, dass ihnen Morganas neue Kleidung überhaupt nicht gefiel. Morgana spürte, wie ihr Selbstvertrauen schwand.

Sandy sagte leise: »Ich finde, du siehst toll aus, Morgana«, was sie aber nicht hörte, weil ihr Pulsschlag in ihren Ohren pochte, ein Auto auf der Straße vorbeidröhnte und ihr mexikanischer Gärtner gerade rief: »Hola, Señor Candlewell!«

Morgana wusste nicht, was sie sagen sollte, sodass sie einfach nur dastand, während Adella Sandy am Arm zog und sagte: »Wir müssen wirklich los, sonst kommen wir zu spät.« Sie lächelte Morgana süßlich zu, marschierte dann zum Truck zurück, zog sich auf den Beifahrersitz und winkte leicht.

Sandy wartete, scharrte mit den Füßen, sah Morgana an, als stauten sich Worte hinter seinen Lippen, zuckte schließlich mit den Achseln, sagte: »Wiedersehen« und war fort.

Morgana stand wie angewurzelt da, in den neuen Freizeithosen, die Elizabeth ihr geschenkt hatte, und fühlte sich verletzt.

68

Die Leute nannten sie Teufel.

Staubteufel, Sandteufel, Erdteufel. Wilde, kleine Wirbelwinde, die an heißen, stillen Nachmittagen plötzlich in der Wüste auftauchten. Sie materialisierten sich jäh aus dem Nichts, peitschten Sand, Kies und Eidechsen auf, fegten durch Kakteen und Dünen, als wollten sie der Welt ein Ende bereiten, und verschwanden dann so plötzlich, als wäre ein unsichtbarer Stecker gezogen worden.

Elizabeth wartete in ihrem Wagen darauf, dass der kurze Wirbelwind verginge, der durch Candlewells Tankstelle fegte und Müll und Schutt aufwirbelte, bis er ins Gestrüpp hinauswogte und sich zerstreute.

Sie war zum Laden gekommen, um Vorräte für ihre Fahrt nach Colorado zu besorgen. Sie und Gideon würden am Morgen aufbrechen. Während sie an Schildern vorbeiging, auf denen LEBENDE KLAPPERSCHLANGEN und ECHTE INDIANERKÖRBE ZU VERKAUFEN stand, dachte sie über die seltsamen Wendungen nach, die ihr Leben in den letzten Wochen genommen hatte. Als sie die Nachricht erhalten hatte, dass sie die Anstellung in Mesa Verde bekommen hatte, wollte sie auf direktem Weg nach Colorado fahren. Aber dann hatten sie den Abstecher nach Twentynine Palms unternommen, was eigentlich nur an dem dummen Streich einer verärgerten Angestellten lag. Wie drastisch sich ihre kleine Familie in dieser kurzen Zeit verändert hatte! Gideon hatte jetzt eine Schwester. Er war nicht länger allein auf der Welt.

Und Elizabeth merkte zu ihrer Überraschung, dass sie über eine neue Lebensaufgabe nachdachte. Sie wollte herausfinden, was mit Faraday geschehen war.

Während ihres kurzen Aufenthalts in Twentynine Palms hatte sie gelegentlich mit den Leuten am Ort geplaudert, aber niemand wusste etwas über sein Verschwinden. Sie hatte Joe Candlewell gefragt, ob irgendwelche Suchmannschaften ausgesandt worden waren. Aber Joe hatte gesagt: »Nein, Bettina sagte uns, er sei nach Mexiko gegangen, wonach sollten wir also suchen?«

Elizabeth konnte die Angst nicht abschütteln, dass an der Sache etwas faul war. Sie hegte keinen Zweifel, dass Faraday tot war.

Aber sie wollte es genau wissen und die Einzelheiten seines Todes erfahren. Sie verstand nicht, wie Bettina das Verschwinden ihres Mannes so gleichgültig akzeptieren konnte. Sie hatte nicht einmal eine Vermisstenanzeige aufgegeben. Elizabeth hatte noch genug Geld aus Professor Keenes Besitz, um einen Pinkerton-Detektiv anzuheuern. Sie würde ihn seine Suche hier beginnen lassen, in Twentynine Palms, und ihn in den Polizeirevieren der benachbarten Gemeinden Nachforschungen anstellen lassen. Vielleicht war im Laufe der Jahre eine unidentifizierte Leiche aufgetaucht, die noch in den Polizeiakten vermerkt war, ein ungelöster Fall, vielleicht in Redlands oder San Bernardino.

Wenn nötig, würde sie ihre Arbeit in Mesa Verde aufgeben und Faraday selbst suchen, nachdem sie Gideon in einem Internat untergebracht hätte.

Im Laden, der mit allen Arten von Waren voll gestopft war, nahm sie Kaugummi, Getränke und Zigaretten und betrachtete angesichts der langen Fahrt das kleine Angebot an Zeitschriften und Zeitungen. Während Elizabeth eine Ausgabe von *Modern Screen* durchblätterte und achtlos die Fotos von Gary Cooper und Helen Hayes am Drehort ihres neuen Films *In einem anderen Land* ansah, drang von der anderen Seite einer Regalreihe, auf der Mehl, Frühstückskost und Brot gestapelt waren, eine Stimme an ihr Ohr.

»Arme Bettina.«

»Allerdings«, erklang eine weitere Stimme. »Stell dir nur vor, wie schrecklich es gewesen sein muss, als diese Frau plötzlich auf ihrer Schwelle erschien.«

»Und dann auch noch mit dem Jungen!«

Elizabeth hob den Kopf und sah sich um. Die beiden Frauen befanden sich auf der anderen Seite der Regale. Als sie erkannte, dass sie über sie sprachen, wollte sie sich zurückziehen, weil sie sich sagte, sie hätte kein Interesse daran, was der örtliche Klatsch zu vermelden hatte. Aber sie konnte sich nicht regen.

»Die hat Nerven! Glaubst du, es ist wirklich Faradays Sohn?«

Elizabeth erkannte eine der Stimmen – Selma Cartwright, die eine Hühnerfarm fünf Meilen die Straße hinab besaß. Selma sprach mit deutlichem Lispeln. Die andere Sprecherin konnte Elizabeth nicht erkennen.

»Ich zweifle nicht daran. Du kanntest Faraday nicht. Ich kannte ihn, seit sie zum ersten Mal in dieses Tal kamen. Ein gut aussehender Mann. Charmant. Er behandelte mich wegen eines verstauchten Knöchels. Wunderbare Art, mit Kranken umzugehen. Daher fragte ich mich, wie er mit solch einem kalten Fisch wie Bettina verheiratet sein konnte. Mich hat es nicht überrascht zu hören, dass er anderweitig Aufmerksamkeit suchte, wenn du verstehst, was ich meine.«

Elizabeths Wangen brannten, während sie am Fleck verwurzelt schien.

»Stell dir vor, wie dieses Flittchen von Bettina erwartete, dass sie das uneheliche Kind ihres Mannes akzeptieren sollte.«

Elizabeths Gedanken rasten. Woher wussten sie das? Und dann fiel es ihr ein: Morgana, wie sie zu ihrem Wagen lief und rief: »Gideon, du bist mein Bruder.« Offensichtlich hatten Leute im Laden es gehört, und der Klatsch verbreitete sich wie ein Lauffeuer.

Elizabeth runzelte die Stirn. Aber Faraday war zu dem Zeitpunkt nicht mit Bettina verheiratet. Und dann erkannte sie es – sie wussten keine Einzelheiten und füllten die Lücken, wie es überall bei Klatsch üblich war, daher selbst.

»Leid tut mir nur der Junge.«

Plötzlich wurde Elizabeth zornig. Wie konnten sie es wagen, ihren Sohn zu bemitleiden! Sie legte ihre Einkäufe aufs nächstgelegene Regal und eilte hinaus.

Draußen lehnte sie sich gegen ihren Kombi, presste eine Hand auf ihren Magen und rang nach Atem. Sie musste nachdenken. Auch wenn sie nach Colorado gingen, wollte Gideon doch bestimmt seine Beziehung zu Morgana fortführen, zu Besuch hierher zurückkommen – während die Leute ihn anstarrten und hinter seinem Rücken flüsterten.

Sie bemerkte einen Staubteufel ungefähr eine halbe Meile draußen in der Wüste, einen Miniatur-Tornado, der Pflanzen und Felsen und alles in seinem Weg Liegende mitriss. Das bin ich, dachte sie und fühlte sich, als würde sie selbst von einem Wirbelsturm ergriffen und umhergewirbelt und wieder weggeworfen, bis sie nicht mehr wusste, wo oben und unten war.

Erinnerungen stürzten auf sie ein. Der Dekan ihrer Universität, der sie mit höchster Abscheu ansah und sagte: »Ihr Zustand … unver-

heiratet …« Als stockten ihm die Worte in seiner scheinheiligen Kehle.
Ihr Vater, als sie im Krankenhaus an sein Bett eilte, wie er den Kopf abwandte und sie eine Hure nannte.
Elizabeth erkannte, dass sie den Kopf in den Sand gesteckt und die harte Realität des Lebens ignoriert hatte. Aber nun wusste sie, dass sich die Welt schwerlich ändern würde. Menschen kümmerten sich nicht um die Umstände Einzelner, um die persönlichen Gründe in einer Beziehung. Eine Frau, die schwanger wurde, ohne verheiratet zu sein, wurde als Flittchen gebrandmarkt.
Sie presste die Hände auf den Mund und unterdrückte ein Schluchzen. All diese Jahre hatte sie sich so tapfer und stark gefühlt wie Hester Prynne und der Welt getrotzt. Aber in Wahrheit hatte Elizabeth ihre geheime Schande verborgen, hatte in Städten gelebt, wo sie niemand kannte, hatte vorgegeben, die höflichen Fragen über ihren Ehemann nicht zu hören, hatte sich vor Morgana gerühmt, sie hätte niemals gelogen oder vorgegeben, verheiratet gewesen zu sein. Aber hatte sie nicht doch genau das getan?
Während sie sich einer Passage in der Bibel darüber entsann, wie Gott die Kinder für die Sünden der Väter bestrafte, stieg sie wieder in ihren Kombi und saß dann hinter dem Steuer, bevor sie den Motor startete.
Sie musste an Gideons wahre Interessen denken. Sie könnte es nicht ertragen, von ihrem Sohn getrennt zu sein, aber sie erkannte, dass es sie, wenn sie jetzt mit Gideon abreiste, ihn nach Colorado brachte, nur wie Diebe erscheinen lassen würde, die in die Nacht flüchten und die Gerüchte über sie bestätigen. Der Skandal könnte Gideon sein restliches Leben lang verfolgen.
Aber wenn er blieb und legal ein Hightower würde, könnten die Leute ihn allmählich akzeptieren, und das Stigma geriete in Vergessenheit.
Elizabeth dachte an die Aussichten ihres Sohnes auf eine gute Heirat und gab widerwillig zu, dass Bettina Recht hatte. Elizabeth konnte die zukünftige Braut sehen – wunderschön, intelligent, aus einer guten Familie. Und Gideon hoffnungslos in sie verliebt. Sie stellte sich auch den Vater der Braut vor, wie er fragte: »Wer ist Ihr Vater, junger Mann?«

»Faraday Hightower, Sir.«
Ein starkes Stirnrunzeln. »Warum lautet Ihr Nachname dann Delafield?«
»Meine Eltern waren nicht verheiratet, Sir.«
Und dann sah sie dasselbe Szenario, bei dem Gideon erwiderte: »Mein Vater war Faraday Hightower, ein bekannter Bostoner Arzt.« Und der zukünftige Schwiegervater lächelte dem jungen Gideon Hightower zu.
Außerdem hatte er durch ihr Nomadenleben nirgendwo Wurzeln geschlagen. Ihr ganzer Besitz wurde in einer Lagerkiste aufbewahrt. Das war für einen Jungen keine Art zu leben. Er brauchte ein eigenes Zimmer, einen Ort, wo er Wimpel an die Wände hängen konnte und einen Schrank für sein altes Spielzeug und seinen neuen Baseball-Handschuh hatte.
Elizabeth startete den Motor und lenkte den Kombi auf die unbefestigte Straße. Obwohl sie es nur ungern zugab, war das, wie Bettina vorgeschlagen hatte, die dauerhafte Lösung für Gideons Problem. Als Faradays Ehefrau befand sich Bettina in einer Position, in der sie Gideon legal und offiziell von einem Delafield zu einem Hightower machen könnte. Und immerhin wäre es das, wie Bettina gesagt hatte, was Faraday wollen würde.
Aber Elizabeth wollte zuerst mit einem Anwalt sprechen, einem Freund in Philadelphia, der den Nachlass von Professor Keenes Besitz für sie geregelt hatte und sich später auch den Vertrag mit ihrem Herausgeber angesehen hatte. Sie würde ihn sofort anrufen und um Rat fragen – nicht von Candlewells Laden aus, wo sie nicht ungestört wäre, sondern von einem Hotel in Palm Springs aus, das, wie sie gehört hatte, Ferngespräche vermittelte.
Wenn sie zulassen sollte, dass Bettina Gideon adoptierte, wollte sie sichergehen, dass ihr Sohn geschützt war und auch ihre Rechte gesichert wurden.

69

Gideon brauchte ein eigenes Zimmer.
Tapeten wären eine Möglichkeit. Normalerweise hätte Bettina eine solche Ausgabe nicht in Erwägung gezogen, aber wenn Gideon den Raum bekommen sollte, der einst Faradays Arbeitszimmer war – jetzt als Lagerraum genutzt –, dann musste er persönlicher gestaltet, ganz zu seinem Raum gemacht werden. Sein kleines Königreich, dachte Bettina. Und wenn Faraday aus Mexiko zurückkäme und sein altes Arbeitszimmer wieder benutzen wollte, fände sich bestimmt eine Lösung.
Sie betrachtete die Tapetenmuster und runzelte die Stirn. *Kam* Faraday aus Mexiko zurück? Sie hob den Blick zum Fenster über ihrem Schreibtisch und schaute in den Wüstennachmittag hinaus, wo lange Schatten über den Sand liefen, die Sonne Felsblöcke von Grau in Gold verwandelte und Gestrüpp und Kakteen neue Gestalt annahmen. Bettina blickte in die Wildnis, die sie so lange verabscheut hatte, und erinnerte sich plötzlich.
Faraday kam niemals mehr zurück.
»Tante Bettina? Kann ich mit dir reden?«
»Ja«, murmelte sie, ohne sich umzudrehen, schüttelte den Kopf und fragte sich, was es war, worüber sie gerade nachgedacht hatte.
Obwohl Morganas Zuversicht durch ihre Begegnung mit Sandy und Adella erschüttert war, blieb sie beim Thema ihrer Zukunft doch beharrlich. Und daher sagte sie mit fester Stimme: »Tante Bettina, bitte versteh, dass ich all das zu schätzen weiß, was du für mich getan hast, und dass ich dir ewig dankbar sein werde, aber ich möchte nicht auf die Schwesternschule gehen. Ich möchte auf die Universität von Kalifornien in Los Angeles gehen und einen Abschluss in Volks- und Indianerkunde machen.«
Bettina betrachtete die Muster in ihrer Hand. Welches würde Gideon gefallen?
Die Delafield hatte ihren Adoptionsvorschlag brüsk abgelehnt, aber Bettina wusste, dass sie dennoch bald einwilligen würde. Wenn sie erst den Klatsch hörte, würde sie den Ruf ihres Sohnes schützen wollen.
Bettina war stolz darauf, wie sie das gemanagt hatte. Sie hatte

sorgfältig planen müssen. Es wäre zum Beispiel sinnlos gewesen, Ethel Candlewell ihr Geheimnis zu erzählen, weil Ethel dafür bekannt war, schweigen zu können. Selma Cartwright andererseits konnte nicht einmal ein Geheimnis bewahren, wenn ihr eigenes Leben davon abhinge. Und so war Bettina zur Hühnerfarm der Cartwrights gefahren, um ihr Freitags-Brathähnchen zu besorgen, hatte sich dort ihre schreckliche Prüfung von der Seele geredet – dass eine Frau aus Faradays Vergangenheit mit ihrem Kind der Liebe aufgetaucht sei – und hatte Selma hoch und heilig versprechen lassen, niemandem etwas davon zu erzählen, wohl wissend, dass die Geschichte am Morgen bereits den nächsten Landkreis erreicht hätte.

Danach konnte Eilzabeth Delafield nur noch eines tun.

Bettina lächelte. Gideon würde bald ihr gehören.

»Tante Bettina?«

Mit dem Rücken zu Morgana, sagte sie unbestimmt: »Wird es nicht zu teuer, wenn du zur Universität gehst? Ich weiß nicht, inwieweit ich dich unterstützen kann …«

»Ich kann eine Anstellung finden«, sagte Morgana rasch und nun mutiger. »Ich habe Erfahrung im Führen eines Hotels. Ich kann als Kellnerin arbeiten. Ich kann kochen.«

»Wenn das dein Wunsch ist.«

Morgana blinzelte. Sie war auf einen Kampf vorbereitet gewesen. »Du hast nichts dagegen?«

Bettina zuckte die Achseln und nahm ein weiteres Tapetenmuster hoch. Dasjenige mit dem Football-Motiv. »Es ist dein Leben, Liebes.«

Als Bettina zu Morganas Zimmer hinaufgegangen war, um nachzusehen, warum das Mädchen so eilig mit dem Truck davongefahren war, und das Foto von Faraday als Junge gesehen hatte, war es, als wäre in ihrem Kopf plötzlich eine helle Glühbirne eingeschaltet worden. Einen Moment zuvor hatte sie gewollt, dass das Delafield-Flittchen und ihr Bastard von hier verschwänden. Aber im nächsten Moment hatte Bettina Gideon vor sich gesehen, wie er erwachsen wurde und genau wie Faraday aussah.

Und als sie den gut aussehenden, jungen Mann vor sich sah, der Gideon sein würde – das Abbild seines Vaters –, wusste Bettina

über jeden Zweifel hinaus, dass er in Faradays Fußstapfen treten und ein brillanter Arzt werden musste.
Es gab im Gebiet von Twentynine Palms keinen Arzt, keine angemessene medizinische Versorgung. Im Falle einer ernsthaften Erkrankung, einer Operation oder Schwangerschaft fuhren alle zum fünfundachtzig Meilen entfernten Adventisten-Krankenhaus in Loma Linda. Bei kleineren Verletzungen und Unpässlichkeiten wandten sich viele Ortsansässige an Bettina Hightower, da sie einst mit einem Arzt verheiratet war und alle seine medizinischen Bücher, Vorräte und Instrumente geerbt hatte.
Bettina hatte ihren Status als Witwe eines Arztes stets genossen (in Boston wäre sie als der Bastard des Kutschers bekannt gewesen), wenn die Menschen wegen Bienenstichen, Halsschmerzen und verstauchten Knöcheln zu ihr kamen, und sie hatte immer einen Vorrat an Wasserstoffsuperoxid, Jod, Ammoniak und Zaubernuss sowie Verbände und Schienen zur Hand. Aber wie viel bedeutender wäre es, einen richtigen Arzt am Ort ansässig zu haben: ihren eigenen Sohn!
»Meinst du das ernst?«, fragte Morgana, und Bettina wandte sich überrascht um. Sie hatte vergessen, dass das Mädchen da war.
»Natürlich meine ich es ernst«, sagte Bettina, ihre Gedanken wieder konzentriert. »Du kannst tun, was du willst. Du hast doch bestimmt nichts dagegen, wenn dein Zimmer vermietet wird. Wir haben noch etwas Farbe vom Streichen des Speiseraumes übrig. Ist draußen an der Rückseite verstaut. Ich werde das ganze Haus von oben bis unten malen lassen.«
»O danke, Tante Bettina! Ich dachte wirklich, du würdest darauf bestehen, dass ich Krankenschwester werde.« Morgana umarmte ihre Tante und lief hinaus.
Während Bettina die Tapetenmuster beiseite legte, um weitere aufzunehmen, kehrten ihre Gedanken zu Gideon zurück. Morgana kümmerte sie nicht mehr. Ein Sohn war einer Tochter immer vorzuziehen und ein Arzt einer Krankenschwester.

70

Sandy Candlewell hätte sich ohrfeigen können.
Während er hinter dem Laden seiner Eltern Saatsäcke auslud, schalt er sich, weil er solch ein Tölpel gewesen war. Er würde den Ausdruck auf Morganas Gesicht niemals vergessen, als er wegen der Post vorfuhr, ihre Freizeithosen sah und sagte: »Sie verdecken deine Beine.« Sandy hatte nicht gewollt, dass es so herauskam. Er fand die Hosen bezaubernd. Alles an Morgana war bezaubernd. Aber es hatte auf seine übliche, direkte Art wie Kritik geklungen.
Er hatte versucht, es sofort wieder gutzumachen, glaubte aber nicht, dass Morgana es gehört hatte. Und da war Adella, die darauf bestanden hatte, dass sie weiterfuhren. Er hatte ihr einen Gefallen getan, als er sie mit einem verschnürten Päckchen die Straße entlanggehen sah, hatte angehalten und ihr angeboten, sie mitzunehmen, damit sie rechtzeitig zur Postannahmestelle käme.
Es war ihm schrecklich gewesen, so eilig davonzufahren, Morgana mit betroffener Miene dort stehen zu lassen, und nun quälte er sich mit dem Gedanken, wie er das wieder gutmachen könnte. Morgana fuhr in wenigen Tagen zur Schwesternschule und sollte dann *drei Jahre* fortbleiben.
Er hielt inne, um sich den Schweiß von der Stirn zu wischen, und dachte an die kommenden drei Jahre voller Sehnsucht und Einsamkeit für einen Sanford Candlewell, der Morgana seit dem Tag liebte, an dem sie Seite an Seite gestanden und einem reichen Zugereisten erklärt hatten, sie würden nicht zulassen, dass er Tiere zur Jagd in ihre Wüste brächte. Morgana hatte an jenem Tag so groß und aufrecht dagestanden, und es war etwas an ihrer Stimme, an der Art, wie das Sonnenlicht die rötlichen Glanzlichter in ihren kastanienbraunen Locken einfing, an der Art, wie der Wind den Saum ihres Kleides um ihre wohlgeformten Waden flattern ließ – plötzlich war Morgana Hightower kein kleines Mädchen mehr, und Sandy war verwirrt und unruhig und mit aufwühlenden, neuen Vorstellungen in seinem Kopf nach Hause gegangen.
Seine Leidenschaft hatte während der folgenden Wochen noch zugenommen, während der Gedanke an Morgana ihn nicht mehr losließ, sein Herz jedes Mal einen Satz tat, wenn sie erschien, sein

Puls raste, wenn sie ihm den Picknickkorb für die Touristen reichte und ihre Hand dabei seine streifte, bis er schließlich begriff, dass er verliebt war. Von Natur aus offen, hatte Sandy geplant, Morgana zu einem Picknick mitzunehmen – vielleicht zum Arch Rock, einem ihrer Lieblingsplätze – und ihr geradeheraus zu sagen, was er empfand. Es war immerhin an der Zeit, dass er heiratete. So viele Mütter von passenden Töchtern neckten ihn bereits, weil er schon fünfundzwanzig und noch Junggeselle war. Aber bevor er Morgana einen Heiratsantrag machen konnte, überraschte sie ihn mit der Nachricht, dass ihre Tante sie auf einer Schwesternschule unterbringen wollte, und Sandy war verstummt, weil dies eine neue Hürde war und er sorgfältig darüber nachdenken musste.

In den Monaten, die seitdem vergangen waren, hatte Sandy seine Gefühle geheim gehalten, auch wenn sein Verlangen nach Morgana wuchs, je näher der Tag ihrer Abreise heranrückte. Es verfolgte ihn Tag und Nacht, und nun, während er weiterhin die schweren Saatsäcke auslud, brachte der Gedanke ihn fast um, dass Morgana bald in die Welt hinausginge, wo sie mit weltklugen Menschen zusammenträfe. Sandy wusste, dass er mit gebildeten Leuten wie Professoren und Doktoren nicht mithalten konnte, und der Gedanke entsetzte ihn, dass Morgana vielleicht niemals zurückkäme. Wie könnte das einfache Volk von Twentynine Palms den Intellektuellen das Wasser reichen, welche, wie Sandy es sich vorstellte, supergescheit durch die geweihten Gänge eines Universitätscampus schritten?

Er hielt erneut inne, um in die Wüste hinauszublicken, die sich zu den fernen Bergen hin erstreckte. Die Sonne ging unter, und Sterne erschienen am purpurnen Himmel. Er hatte noch mehrere Aufgaben zu erledigen, bevor der Tag vorüber war, aber er konnte nur an Morgana denken.

Sandy liebte es, dass sie so klug und belesen war. Wenn die Reisebücherei zweimal im Monat nach Twentynine Palms kam, war Morgana stets die Erste, die den Wagen vor Candlewells Laden empfing, die Arme voller Bücher. Sandy selbst war nicht über die achte Klasse hinausgelangt, hatte die Schule verlassen, um in der Werkstatt seines Vaters zu arbeiten, zufrieden damit, gut lesen und Zahlen zusammenrechnen zu können. Er wusste, dass seine Stärke nicht das Lernen, sondern das *Tun* war. Es gab nichts, was Sandy Candlewell nicht reparieren, verbessern, aufpolieren, improvisieren oder erfinden konnte. Die Leute aus der ganzen Gegend wandten sich an ihn, um defekte Motoren wieder zum Leben zu erwecken, kaputten Maschinen wieder Leben einzuhauchen, das Irreparable zu reparieren – kurz gesagt, er hatte Erfolg, wo andere versagten. Die Tatsache, dass er keine Bücher las, störte sie nicht. Alle sagten, Sandy Candlewell sei ein kräftiger und freundlicher rettender Engel, und das allein zählte.

Aber er wusste, dass das für ein Mädchen wie Morgana nicht genug sein konnte, deren Wissensdurst wie der Durst einer Wüste nach Wasser war. Obwohl es ihn fast umbrachte, seine Gefühle für sie zu verschweigen, wollte er Morgana die Freiheit lassen, hinauszuziehen und etwas aus sich zu machen. Er konnte ihr nur einen Ehering und Babys bieten.

Aber er konnte es nicht so belassen, wie es im Moment war. Der Ausdruck auf ihrem Gesicht, als sie auf ihre neue Damenhose herabgeschaut hatte, verfolgte ihn. Sandy musste wenigstens das wieder gutmachen, sie wissen lassen, dass er immer liebevoll an sie denken würde, egal, wohin sie von ihm fortging, und ihr alles Gute wünschen.

Morgen Nachmittag, entschied er, wenn er mit dem großen, roten Bus von der Wüstentour zurückkäme, würde er mit ihr reden.

Ich werde morgen ganz früh abreisen, beschloss Morgana, während sie für den Abendbrottisch Wildblumen pflückte. Hier verschwinden, bevor Sandy mit seinem roten Bus kommt, um Gäste für die Wüstentour abzuholen.

Jetzt, wo sie frei war, hatte es keinen Sinn mehr, Zeit zu verschwenden. Elizabeth und Gideon brachen beim ersten Tageslicht nach Colorado auf, und Morgana würde bis Los Angeles mit ihnen fahren und in einem Hotel wohnen, während sie den UCLA-Campus besichtigte und Vorbereitungen für die Einschreibung traf.

Sie war sich bewusst, dass die Entscheidung, so abrupt zu gehen, nicht so sehr in ihrem Eifer begründet lag, mit ihren Studien zu beginnen, als vielmehr in der bitteren Erkenntnis, dass ihre Träume von Sandy Candlewell immer nur das sein würden: Träume.

Er mochte Damenhosen nicht. Das war offensichtlich. Und er hatte eine Verabredung mit Adella gehabt, die sie eilig wahrnehmen wollten. Morgana war ja nicht blind.
Denk nicht über das nach, was vielleicht hätte sein können, sagte sie sich, während sie Mojave-Astern – hell lavendelfarbene Blütenblätter, die von einem Mittelpunkt so hell wie die Sonne ausgingen –, tief orangefarbene Mariposa-Lilien sowie hellrote und purpurfarbene Kaktusblüten und blaue Canterberry-Glocken pflückte. Für das Mittelstück des Tisches nahm sie die große, weiße Blüte der Engelstrompete. Und als Grün eine Hand voll belaubte Kerzenstrauchstiele.
Normalerweise genoss Morgana diese abendliche Aufgabe, die Freiheit zwischen Erde und Himmel mit nur den Falken und ihren Gedanken als Begleiter, aber heute Abend konnte sie nur an Sandy denken und daran, dass sie ihn verließ. Sie hatte gedacht, dass sie freudig erregt wäre, wenn Tante Bettina ihr erlaubte, das Studium an der Universität aufzunehmen. Aber sie empfand nur eine unerklärliche Leere. Vielleicht hatte sie tief im Inneren geglaubt, dass Sandy sie aufgrund ihrer Unabhängigkeit anders betrachten würde, dass er ihr vielleicht schreiben und sie besuchen würde, während sie an der UCLA war. Vielleicht sogar auf sie warten würde.
Aber Morgana wäre fast zweihundert Meilen entfernt. Bestenfalls eine Fünf-Stunden-Fahrt. Wie konnte sie hoffen, auf diese Entfernung eine Beziehung zu unterhalten? Nicht, wenn so viele andere junge Frauen, besonders Adella Cartwright, Sandy im Visier hatten.
Also würde sie ihr Leben so leben, wie ihr Vater es getan hatte, sich dem Streben nach Wissen verschreiben, und wenn ihr eine Romanze begegnete, dann würde sie ihr entgegengehen, wie Elizabeth es getan hatte, und …
»Hi, Morgana.«
Sie fuhr herum, ließ ihren Arm voll Blumen beinahe fallen. »Sandy!«
Er lächelte schüchtern und wusste nicht, was er als Nächstes sagen sollte. Sandy hatte keine Ahnung, was er hier tat. Als er die Entscheidung getroffen hatte, morgen Nachmittag mit Morgana zu sprechen, hatte er gedacht, er würde sich daran halten. Aber ein

unwillkürlicher Zwang hatte ihn veranlasst zu duschen, saubere Kleidung anzuziehen und zum Chateau Hightower zu fahren, wo sie, wie er wusste, auf dem Feld hinter dem Haus Blumen pflücken würde.

Sie sah aus wie eine Braut, wie sie so dastand, dachte er. Bis auf die Hose. Das war der Grund, warum er gekommen war, sagte er sich. Um sich zu entschuldigen. Um ihr zu sagen, dass er fand, sie sähe großartig darin aus. Er kam, um ihr zu sagen, dass er sie vermissen würde, wenn sie in der Schwesternschule wäre, dass er hoffe, sie habe eine wunderschöne Zeit mit neuen Menschen, und dass er weiterhin hoffe, sie dächte hin und wieder an ihre Freunde in Twentynine Palms.

Aber als er nun dort stand und ihren Anblick vor dem Sternenhintergrund in sich aufnahm, erkannte er den wahren Grund, warum er gekommen war.

Morgana wartete. Sie nahm selbst aus dieser Entfernung von wenigen Metern sein Aftershave wahr, und den Geruch der Badeseife, und sie sah, dass sein dunkelblondes Haar noch feucht war. Er hatte geduscht und sich umgezogen, bevor er hierher kam, und trug sogar sein weißes Sonntagshemd, wenn auch ohne die Krawatte.

»Ja?«, fragte sie, und der Atem stockte ihr in der Kehle. Während die Lichter anderer Häuser und Hütten die dunkler werdende Landschaft wie auf die Erde gefallene Sterne sprenkelten, fühlte sie sich plötzlich vollkommen mit Sandy allein, als wäre die gesamte Weltbevölkerung verschwunden.

»Ich bin gekommen, um dir etwas zu sagen.« Er tat einen Schritt vorwärts. Er konnte den Blumenduft des Straußes riechen, den sie an ihre Brust hielt.

»Ja?«, sagte sie erneut und fragte sich, was käme, spürte aber, dass es ein wichtiger Moment war. Sie hatte Sandy noch nie so erlebt.

Er räusperte sich. »Ich habe, ch, gerade Radio gehört, und in den Nachrichten sagten sie, dass Präsident Roosevelt Death Valley zum Naturschutzgebiet erklärt hat.«

»O Sandy!«, sagte sie und zwang sich zu einem Lächeln, um ihre Enttäuschung zu verbergen. »Das ist *wirklich* eine wunderbare Neuigkeit.«

»Mrs. Hoyt und die International Deserts Conservation League

werden sich mit Roosevelt persönlich treffen und ihn davon zu überzeugen versuchen, dass der Joshuawald auch ein Naturschutzgebiet sein sollte. Morgana, es ist nur eine Frage der Zeit, und all dies wird geschützt sein. Na ja«, er trat mit dem Stiefel einen Stein fort, »ich dachte, du würdest es wissen wollen.«
»Ich habe auch Neuigkeiten«, sagte sie und bemerkte, wie der Abendwind sein Haar trocknete, es zauste und wehen ließ. Er hatte keine Brylcreme darauf getan, wie er es gewöhnlich tat, wenn er sich herausputzte. Sie mochte es, wenn sein Haar so locker war, und fragte sich, wie es sich unter ihren Fingern anfühlen würde. »Ich habe endlich den Mut gefunden, Tante Bettina zu sagen, dass ich nicht zur Schwesternschule gehen will, und sie war nicht böse auf mich! Tatsächlich sagte sie, ich könnte tun, was auch immer mich glücklich macht.«
»Wirklich?«, fragte Sandy. Er war völlig überrascht. Jedermann im Tal wusste, dass Bettina Hightower eine energische Frau war und stets alles nach ihrem Willen ging. Er fragte sich, warum sie dieses Mal nachgegeben hatte. Aber im Grunde kümmerte es ihn nicht. Morgana ging nicht fort!
»Und Tante Bettina war überhaupt wunderbar«, fügte sie rasch hinzu, von Sandys offensichtlicher Freude ermutigt. »Sie wird mir vielleicht sogar mit der Finanzierung helfen.«
Er furchte die Stirn. »Mit der Finanzierung?«
»Ich werde mich an der UCLA anmelden! Dr. Delafield kennt dort Leute. Sie wird ein Empfehlungsschreiben aufsetzen. Ich fahre morgen früh.«
»Die UCLA?«, echote er. »Die Universität in Los Angeles?«
»Der neue Campus ist in Westwood, das hinter Los Angeles liegt, auf dem Weg zum Meer. Es ist weit, aber es ist eine erstklassige Universität.«
Er beobachtete in der Dämmerung ihre lebhaften Züge, die dunkler werdende Wüste im Hintergrund. Morgana sah in der hell cremefarbenen Bluse und der Hose zwischen dem Kaktus und den Wildblumen fast ätherisch aus. Und sie barg noch immer diesen unwahrscheinlichen Strauß in den Armen.
»Ich kann eine Anstellung bekommen, und mit Tante Bettinas Hilfe …« Sie führte ihre Pläne, die Indianerkulturen zu studie-

ren, weiter aus, und Sandy war in seinen eigenen Gedanken versunken. Dass sie andere Studien verfolgen wollte, überraschte ihn nicht, aber dass Bettina es erlaubte, schon. Und dass sie finanziell helfen würde? Morgana sah ihre Tante durch eine rosarote Brille. Niemand sonst im Tal konnte diese geizige, anmaßende Bettina Hightower leiden.
Aber das alles war nichts gegen seine eigene, vernichtende Enttäuschung. Die UCLA war schlimmer als die Schwesternschule! Es bedeutete vier Jahre, und weiter weg, und unter einer noch gebildeteren Gesellschaft. Sandy hatte keine Chance.
Morgana wurde ernst. »Sandy, du musst zunächst noch etwas wissen. Wenn ich fort bin, wirst du Gerüchte hören ...«
Während sie ihm von Elizabeth Delafield und Gideon erzählte, Klatsch über den neu entdeckten Halbbruder, den Sandy bereits gehört hatte, wanderten seine Gedanken zu einer Zeit zurück, als er dreizehn Jahre alt war und Dr. Hightower seine Tochter zu ihrer Parzelle brachte. An jenem Tag vor zwölf Jahren, als der Doc ein blasses, kleines Mädchen mit einem großen, wie ein indianisches Band um ihren Kopf geschlungenen Verband brachte, hatte er etwas über einen Unfall mit einem Ofen gesagt. Das Mädchen selbst hatte nie ein Wort erwähnt. Sie blieb einige Tage bei ihnen, ein ruhiges, kleines Ding, das man kaum bemerkte, und dann kam die Tante und brachte sie wieder zu ihrer Parzelle. Direkt danach verschwand der Doc und kehrte nie zurück. Bald darauf machte die Geschichte die Runde, dass Dr. Hightower mit einer Frau fragwürdigen Charakters nach Mexiko davongelaufen sei. Ungefähr zur gleichen Zeit wurden die Lohngelder von einer der Dale-Minen vermisst, und die Gerüchte besagten, Hightower hätte sie gestohlen.
Diese Geschichten hatten Sandy damals überrascht, weil er sich an Dr. Hightower als an einen großzügigen, aufrichtigen Mann erinnerte, aber man kannte nie jemanden wirklich. Sandy war froh, dass nach all diesen Jahren alles so gut geworden war und dass Morgana mit einem Bruder vereint war, den sie nie gekannt hatte.
»Wir halten es im Moment noch geheim«, sagte sie. »Du weißt, wie die Leute reden.«
»Ich verstehe«, sagte er ruhig und fragte sich, ob er ihr von dem Klatsch erzählen sollte, den Selma Cartwright von hier bis Ban-

ning verbreitete. Aber dann betrachtete er ihre Haare, die nun das Sternenlicht einfingen, der Mond stieg auf und tauchte Morgana in seinen elfenbeinfarbenen Schein, sein Körper brannte vor Sehnsucht und Verlangen, und es brachte ihn fast um zu wissen, dass sie morgen abfuhr und lange Zeit fort wäre. »Nun«, sagte er und schaute über die Schulter ins absolute Nichts. »Ich sollte vermutlich zurück nach Hause. Mom wird das Abendessen bereithaben und sich fragen, wo ich bleibe.« Er biss sich auf die Zunge. Er klang wie ein Dreizehnjähriger! Kein Wunder, dass Morgana ihn nie als jemand anderen als den Jungen von nebenan betrachten konnte. Und an all diese weltklugen Männer zu denken, denen sie begegnen würde ...

»Dann werde ich dich morgen früh vermutlich nicht mehr sehen«, sagte er mit angespannter Stimme. »Es haben sich das ganze Tal entlang Touristen für die Wildnistour angemeldet. Wir müssen früh aufbrechen, wenn wir eine Wüstenschildkröte oder ein Rudel Kojoten sehen wollen. Die Tiere verschwinden während des Tages, nun, das kennst du ja.« Sandy war verlegen, weil er Morgana Dinge erzählte, die sie genauso gut wusste wie er. Aber er musste seinen Mund mit solchem Geschwätz füllen, sonst würde er mit dem herausplatzen, was Morgana *nicht* wusste, und das würde ihn noch verlegener machen.

»Weißt du«, sagte sie rasch, »die Universität ist nur 160 Meilen entfernt. Du kannst mich besuchen. Und ich werde an den Wochenenden nach Hause kommen, und in den Ferien und im Sommer ...« Sie brach ab. Warum erzählte sie ihm das alles?

»Vielleicht«, sagte er und steckte die Hände in die Taschen. »Nun. Dann gute Nacht.«

Ihre Arme zitterten unter den Wildblumen. »Gute Nacht«, gelang es ihr kaum zu flüstern.

Er drehte sich um und ging davon, seine Stiefel auf dem Sand und Kies und Quarz knirschend.

Morgana konnte sich nicht regen. Sandy sah aus, als ginge er nicht nur auf die Stadt zu. Er ging aus ihrem Leben hinaus. Ein Schluchzen entrang sich ihrer Kehle. Sie wollte es unterdrücken, aber Sandy hörte es. Er wandte sich um, sah die Tränen in ihren Augen und kam zurück, erreichte sie in fünf langen Schritten, zog sie in seine

Arme und bedeckte ihren Mund mit einem langen, harten Kuss, die Wildblumen zwischen ihnen zerdrückend, die den starken Duft und den Wohlgeruch nach Natur und Leben ausströmten.
»O Gott, ich liebe dich, Morgana«, sagte er, als er seinen Mund von dem ihren löste und nicht fassen konnte, dass er sie an seinem Körper spürte, ihre Nähe und Schönheit spürte, das ganze erstaunliche Wunder, das sie darstellte.
Tränen strömten ihre Wangen herab. »Ich liebe dich auch, Sandy. Ich dachte nie, dass du mir gegenüber auch so empfindest.«
»Warum nicht?« Sein Blick streifte ihr Gesicht, ihr Haar, ihre Schultern.
»Adella Cartwright ...«
»Ist eine eitle kleine Ziege!« Er küsste sie erneut, dieses Mal langsamer und zärtlicher, auch wenn ein Zittern heftigen Begehrens ihn überfiel und er sie am liebsten direkt hier in dieser Wiese von Astern und Lilien und Kaktusblüten lieben wollte.
»Ich kann es nicht ertragen, wenn du weggehst, Morgana.«
»Ich werde nicht weit fort sein.«
»Ich werde dich besuchen.«
»Und ich werde nach Hause kommen.«
Sie sprachen gleichzeitig, aufgeregt, sprudelten ihre so lang verborgenen Gefühle gemeinsam heraus. »Heirate mich, Morgana. Sag, dass du mich heiraten wirst.«
»Ja, Sandy, o ja! Aber ich muss zur Universität ...«
Seine Fingerspitzen auf ihrem Mund brachten sie zum Schweigen. »Natürlich musst du das. Ich würde es nicht anders wollen. Und wenn du deinen Abschluss hast, werden wir Besucher über die Wüste und die Indianer, die hier lebten, belehren.«
Morgana schmiegte sich an ihn, ungeachtet der rötlichen, purpurnen und gelben Blütenblätter, die ihre Bluse befleckten, und der belaubten Kerzenstrauchstiele, die in ihre bloßen Arme stachen. Im Moment existierte nur Sandys kräftiger, muskulöser Körper. Und die glorreiche Zukunft, die sie vor sich sahen.
Er sah lächelnd zu ihr herab, ein Strahlen in seinen Augen, und murmelte: »Mein gescheites Mädchen. Mit deiner Klugheit und meinen Muskeln wird unser Leben superperfekt sein.«

71

»Bitte, Gott«, betete Gideon auf Knien verzweifelt, »ich werde alles tun.«

Seine Mutter hatte ihn sein ganzes Leben lang beschützt. Aber nun entschied Gideon, dass es an der Zeit sei, den Spieß umzudrehen. Als sie vor einer Woche draußen neben dem Laden saßen und sie ihm die Wahrheit über seinen Vater erzählte, hatte es ihn geschmerzt zu sehen, wie unwohl sie sich dabei fühlte, wie schamerfüllt sie war. Er hasste es, sie so leiden zu sehen.

Gideon wollte seine Mutter mehr beschützen als alles andere auf der Welt, was der Grund dafür war, warum er seine geringe Größe bedauerte. Wir konnte ein so kleiner Junge für seine Mutter ein Ritter in glänzender Rüstung sein? Gideon hatte jeden Abend darum gebetet, dass Gott es plötzlich für angemessen erachten möge, ihn wachsen zu lassen, als wäre Gott so sehr mit anderen Projekten beschäftigt gewesen, dass Gideon Delafield seiner Aufmerksamkeit irgendwie entgangen war.

Aber Gideons Hoffnungen waren nun obenauf, seit er die Identität seines Vaters erfahren und auf Fotos gesehen hatte, dass sein Vater sehr groß gewesen war.

Er wollte nicht nur seine Mutter beschützen. Gideon Delafield träumte davon, Menschen zu retten. Er sehnte sich danach, ein Held zu sein. Er verschlang die Romane von Edgar Rice Burroughs und Rafael Sabatini. Er sehnte sich danach, Captain Blood, Robin Hood, die drei Musketiere und all die Ritter zu sein, die jemals auf edlen Streitrössern galoppierten. Und obwohl er überwiegend davon träumte, wunderschöne Damen zu retten – zuerst seine Mutter, und jetzt auch Morgana –, endete Gideons Altruismus damit nicht. Jeder Verlierer, der einen Fürsprecher brauchte, jeder lächerliche Zwerg, jedes Opfer, das es verdiente, gerettet zu werden, fiel in Gidcons Zuständigkeitsbereich.

Wenn er nur ein wenig wachsen könnte.

Morgana sagte immer, die Wüste könnte ihn stärken. Das stimmte. Er war erst wenige Tage hier, und seine Arme fühlten sich schon kräftiger an. Das kam vom Felsenklettern, etwas, was Gideon nie zuvor gemacht hatte. Als er Arch Rock erst einmal gesehen hatte, war es, als wäre ein vollkommen neues, verborgenes Selbst aus einem Schrank gesprungen und hätte gesagt: »Ha! Hier bin ich: Gideon, der Kletterer.« »Er erklimmt die Felsen wie ein Affe«, sagte seine Mutter und strahlte vor Glück über das neue Aufblühen ihres Sohnes (obwohl sie, um die Wahrheit zu sagen, immer noch wie eine besorgte Glucke über ihm wachte). Aber auf einmal fühlte Gideon sich stolz und heldenhaft. Er konnte es nicht erwarten, nach Colorado zu gelangen und die dortigen Ruinen zu erklimmen.

Als er ein Klopfen an der Tür des Bungalows hörte, erhob er sich (er hatte neben seinem Bett gebetet und wieder einmal versucht, Gott zu einem raschen Handel zu verleiten) und ging nachsehen.

Es war Morganas Tante, Mrs. Hightower, die einen Teller mit Keksen in der Hand hielt, die Augen unter dem Verandalicht ungewöhnlich hell schimmernd. »Hallo, Gideon. Du bist schon im Pyjama«, sagte sie und trat unaufgefordert ein.

»Meine Mutter ist nicht da.«

»Ich wollte *dich* besuchen, Lieber. Können wir über etwas reden? Etwas sehr Wichtiges?« Bettina hatte den ganzen Nachmittag darüber nachgedacht, wie genau sie das Thema der Adoption des Jungen anschneiden sollte. Sie hatte beschlossen, es nicht seiner Mutter zu überlassen, die ihn gewiss gegen den Gedanken einnähme. Bettina würde das Thema positiv formulieren, vielleicht mit der Bemerkung beginnen: »Wäre es nicht schön, wenn Morgana rechtmäßig deine Schwester würde? Und wenn du eine Weile hier bleiben, sie kennen lernen und die Wüste erkunden könntest? Du kannst hier zur Schule gehen, und wir regeln es, dass du mit deiner Mutter telefonieren kannst, und du kannst ihr schreiben, sie kann zu Besuch kommen.«

Aber als Bettina die Kekse hinstellte und sich zu dem Jungen umwandte, fiel ihr auf, wie das Licht seine Züge auf interessante Art beleuchtete, ein Aspekt, den sie zuvor nicht bemerkt hatte. Bis jetzt war er ein Junge gewesen. Aber der Schein vom Verandalicht, als er die Tür schloss, die Art, wie es seine edle Stirn und die Nase beleuchtete, das Gesicht, das noch nicht das Antlitz eines Mannes war, aber schon stark erahnen ließ, was für ein gut aussehender Mann er sein würde, erweckte in Bettina plötzlich den Gedanken: wie ähnlich er Faraday ist.

In diesen langen Jahren hatte sie ihre verschüttete Leidenschaft für Faraday vergessen. Aber nun flammte sie erneut auf, als winziger Funke, als hätte die Leidenschaft wie eine noch nicht erloschene, warme Glut tief in ihr geschlummert. Ein kleiner Funke, der nun Wärme durch sie hindurchströmen ließ, als sie bemerkte, dass Gideon, wenn auch klein, so doch kein magerer Junge wie so viele in seinem Alter war. Es zeigten sich bereits Anzeichen der breiten Schultern, die er einmal haben würde, des kräftigen Halses, der Hände, die selbst jetzt schon unproportional groß waren. Ein Foto, das sie einmal von Michelangelos David gesehen hatte, kam ihr unerwartet in den Sinn, und Bettina merkte überrascht, dass sie die Jahre zählte und dachte: Er wird bald zwanzig sein. Ein Mann.

Sie setzte sich aufs Sofa und klopfte neben sich aufs Polster. »Komm, setz dich zu mir, Gideon, Lieber.«

Er setzte sich vorsichtig, wahrte Distanz. »Gideon, Lieber, wie fändest du es hier zu bleiben, während deine Mutter allein nach Mesa Verde ginge?«

Seine Wachsamkeit nahm zu. Warum war sie so plötzlich nett zu ihm? »Warum sollte ich das tun?«

»Weil es dir hier gefällt. Und du wärst bei Morgana, deiner Schwester.«

Als er schwieg, fügte Bettina hinzu: »Weißt du, dein Vater hat dieses Anwesen gegründet. Er hat in dieser Gegend einen guten Namen, wie du gemerkt hast. Würdest du nicht gerne in seine Fußstapfen treten?«

»Ich möchte mit meiner Mutter gehen, Mrs. Hightower.«

»Nenn mich Tante Bettina, Lieber. Im bin immerhin die Schwägerin deines Vaters und die Stiefmutter deiner Schwester. Ich denke, das macht mich zu deiner Tante. Oder«, sagte sie weich und bemerkte zum ersten Mal, dass seine Augen die gleiche Farbe hatten wie Faradays, »du könntest mich Bettina nennen, wenn dir das lieber ist.«

Er schwieg weiterhin, presste nur die Lippen zusammen und schaute zur Eingangstür in der Hoffnung, dass seine Mutter jeden Moment hereinkäme. Sie hatte ihm mittags gesagt, sie hätte dringend etwas in Palm Springs zu erledigen, wäre aber zurück, ehe er schlafen ginge. Wo blieb sie nur?

»Weißt du, Lieber«, sagte Bettina und rückte näher an ihn heran. »Du hast den Haaransatz deines Vaters. Er hatte auch einen in der Mitte der Stirn ganz leicht spitz zulaufenden Haaransatz … genau hier.« Und sie streckte die Hand nach seiner Stirn aus.

Er zuckte zurück.

»Du wirst ihm sehr ähnlich werden«, sagte Bettina, während ihr Blick langsam über das attraktive, junge Gesicht glitt. »Du wirst sogar noch besser sein als er, könnte ich wetten, weil dein Vater die Angewohnheit hatte, keine Verantwortung zu übernehmen. Aber du wirst Verantwortung übernehmen, nicht wahr?«

Ihre Stimme war kehlig geworden, und Gideon gefiel es nicht, wie sich ihre Atmung veränderte. Ihre Wangen röteten sich, als sie ihm erneut näher rückte. Nun konnte er sie riechen – widerlicher Blumenduft, ein Hauch von Wäscheseife aus ihrer Kleidung und die Lakritze in ihrem Atem. Als sie sich die Lippen leckte, sah er, dass ihre Zunge vom Lutschen von Sen-Sen schwarz war.

»Du bist so schüchtern«, sagte sie und legte ihre Hand an seine Wange. »Solch ein schüchterner, kleiner Mann. Aber nicht mehr lange, denke ich.«

Gideon rückte von ihr fort, spürte die Sofalehne hinter sich. Bettina schloss die Lücke und hob ihre Hand von seiner Wange, um mit den Fingern durch sein Haar zu fahren. »Du wirst solch ein gut aussehender Mann sein«, flüsterte sie heiser.

»Ich werde besser nachsehen, wo meine Mutter ist«, sagte er mit klopfendem Herzen.

»Du hast es vermisst, einen Vater zu haben. Ich weiß, wie das ist. Als ich klein war, war ich Papas Liebling. Er mochte mich sogar lieber als Abigail, die verwöhnt war, wie er sagte. Papa und ich spielten zusammen Klavier und gingen spazieren, und er schwang mich herum und nannte mich seine Prinzessin.«

Bettinas Gesicht verdüsterte sich. »Aber das war, bevor er das mit dem Kutscher herausfand und …« Sie sah Gideon verschwommen an, kurzzeitig Verwirrung in den Augen. »Danach wollte Papa nichts mehr mit mir zu tun haben. Ich verstand nicht, warum er mich zurückwies. Du musst dich wegen *deines* Vaters dasselbe fragen …«

Ihre Stimme verklang, während sich ihr Blick wieder auf seinen

vertrauten Haaransatz und die Farbe der Iris konzentrierte, an die sie sich erinnerte. Das Gesicht war jünger, und doch …
Bettina spürte, wie sich in ihrem Kopf ganz leicht etwas verlagerte, etwas sanft von seinem Platz rückte. Sie vergaß, was sie hatte sagen wollen. Der Bungalow fühlte sich nicht mehr vertraut an. Das war schon früher manchmal geschehen, wie ein kurzes Heraustreten aus dem Hier und Jetzt, bei dem ihr Menschen und Umgebung kurzzeitig fremd wurden. Aber eines blieb, dieses Mal, real und vertraut: das Gesicht, in das sie blickte, mit ausdrucksvollen Augen und einem edlen Kinn, das eines Tages bärtig wäre.
»Erinnerst du dich daran, als wir uns zum ersten Mal begegneten, Faraday?«, murmelte sie. »Du warst so nett zu mir. Du kamst Abigail besuchen, aber du nahmst dir Zeit, mir Aufmerksamkeit zu schenken. Du sagtest, dass du mein Kleid mochtest. Du sagtest, ich sähe darin hübsch aus. Ich war nicht an Komplimente von so gut aussehenden Männern gewöhnt. Das war der Moment, in dem ich mich in dich verliebte.«
Sie beugte sich näher heran, drängte Gideon gegen die Sofalehne und flüsterte: »Wusstest du das, Faraday? Wusstest du, dass ich dich all diese Jahre geliebt habe?«
Als ihre Lippen sanft seine berührten, schloss Bettina die Augen und genoss den Kuss. Aber Gideon, zitternd und den Tränen nahe, legte die Hände auf Bettinas Schultern und schob sie mit aller Kraft von sich, stieß sie von der Couch auf den Boden.
Sie sah erschreckt zu ihm hoch. »Warum hast du das getan?«, fragte sie in verletztem Tonfall. Sie schaute blinzelnd auf den Boden unter ihr, die Augenbrauen in tiefer Konzentration gefurcht. Sie erinnerte sich an ein anderes Mal, als ein Mann sie zu Boden gestoßen hatte. Faraday … von seinem Bett …
Gideon sprang vom Sofa auf und flüchtete sich dahinter. »Sie sollten besser gehen. Meine Mutter wird jeden Moment hier sein.«
Bettina starrte zu ihm hoch, während sie spürte, wie sich in ihrem Kopf erneut etwas verlagerte, bis es wieder an seinen richtigen Platz rückte. Sie erhob sich, strich sich über den Rock und sagte: »Das war nicht sehr nett.«
»Gehen Sie einfach«, sagte er und wischte sich mit dem Pyjamaärmel über den Mund, während er heftig errötete.

Bettina sah ihn einen Moment verwirrt an, dann trat sie zur Tür, hielt noch einmal inne, während sie sie öffnete, und sah den Jungen abwehrend hinter dem Sofa kauern. Sie blickte sich stirnrunzelnd in dem kleinen Bungalow um. Sie blinzelte erneut, räusperte sich. »Das hättest du nicht tun sollen«, sagte sie mit kräftigerer Stimme. »Nein. Das hättest du eindeutig nicht tun sollen.«

72

Elizabeth träumte von einem Lagerfeuer. Es musste das Lager am Smith Peak sein, entschied sie, am Eingang des Butterfly Canyon. Sie hatten dort viel Mesquitestrauch verbrannt, der einen stechenden Geruch abgab. Der Rauch war in ihrem Traum sehr stark. Er rollte in großen, heißen Wogen über sie hinweg. Ihre Augen brannten. Sie hustete. Warum loderte das Lagerfeuer so hoch? Warum bändigte Joe es nicht? Wo war der Wassereimer?

Der Rauch wurde dichter. Sie rang nach Atem.

Sie öffnete ruckartig die Augen. Sie erkannte, dass sie im Schlaf gehustet hatte. Warum roch sie noch immer Lagerfeuer?

Sie setzte sich auf. Ihr Schlafzimmer war von Rauch erfüllt.

Elizabeth wurde sofort hellwach. »Gideon?«

Sie sprang aus dem Bett, stolperte über Koffer. Sie hatte gestern Abend abreisen wollen, als sie Gideon weinend vorfand und ihn sagen hörte, er wolle weg von diesem Ort. Obwohl er nicht erzählen wollte, warum, genügte es Elizabeth, dass ihn etwas aufgeregt hatte. Auf der Fahrt nach Colorado würde er ihr erzählen, was geschehen war. Aber die Straße war gewunden und trügerisch, und für die Bergpässe waren Frühlingsgewitter angesagt. Daher hatte sie beschlossen, erst in der Morgendämmerung aufzubrechen.

Sie ergriff den Knauf der Tür zwischen den beiden Räumen. Er wollte sich nicht drehen. Die Tür war verschlossen. »Gideon!« Sie pochte an die Tür. Unter seiner Tür quoll Rauch hervor.

Die Eingangstür war ebenfalls verschlossen. Wie konnte das sein?

Sie nahm einen Stuhl, schwang ihn gegen das Fenster und zerbrach es. Sie kletterte durch die geborstene Glasscheibe, stürzte in die Nacht hinaus und lief zum nächsten Fenster. Als sie hindurch spähte, sah sie Gideon bewusstlos auf dem Bett liegen. Er war in Rauch gehüllt.

Elizabeth zerbrach auch sein Fenster und kletterte hinein. Flammen schossen an allen vier Wänden empor, vereinnahmten den Häkelteppich und die Gardinen und leckten über Gideons Bett die Decke entlang.

Verzweifelt schluchzend, schlang Elizabeth eine schützende Decke um Gideon, während Rauch ihre Lungen erfüllte und in ihren Augen brannte, schleppte ihn zum Fenster und rief um Hilfe. Joe Candlewell war bereits da, der vorbeigefahren war und den Rauch gesehen hatte. Er griff durchs Fenster. »Heben Sie seine Beine an!«, rief er Elizabeth zu. »Beeilen Sie sich!«

Elizabeth kämpfte in der intensiven Hitze und dem blind machenden Rauch, hob den leblosen Körper ihres Sohnes an, damit Joe ihn erreichen konnte. Es gelang ihnen, Gideon auf den Fenstersims zu hieven, und dann zog Joe ihn ganz hinaus. In dem Moment, in dem Elizabeth Gideon losließ, fing ihr Nachthemd Feuer.

Sie schrie, während sie durchs Fenster kletterte, ihre Beine und Füße in Flammen, ihr dünnes Nachthemd in Fetzen, während sich auf der verkohlten Haut Blasen bildeten. Sie landete schreiend und sich windend auf dem Boden. Ihr Haar entflammte, wurde von blond zu schwarz.

Leute liefen herbei. Männer packten den zusammengesunkenen Jungen und warfen die brennende Decke ab. Aber Elizabeth konnte niemand mehr helfen, während sie sich auf dem Boden wand, mit den geschwärzten Armen um sich schlug, ihr Körper eine brennende Fackel. Jemand kam zu spät mit einem Eimer Wasser.

Als Morgana Rufe und Schreie hörte, sprang sie aus dem Bett, schaute aus dem Fenster und sah Flammen in den Nachthimmel zucken. Sie flog die Treppe hinab, um sich anderen in Pyjamas und Morgenmänteln anzuschließen, die sich verstört auf dem Hof zusammenscharten, sich von den Flammen fern hielten. Sie blieb jäh stehen und blickte auf die brennende Gestalt auf dem Boden, hörte die unirdischen Schreie aus deren weit geöffnetem Mund dringen.

Zuerst begriff sie nicht, was sie da sah. Und dann: »Mein Gott!«, und sie lief zu Elizabeth. Joe Candlewell warf eine Decke über die brennende Frau, und Eimer Wasser regneten auf sie herab, bis die Flammen erstickt waren und ihr Körper still lag.

Morgana sank neben der verkohlten und blutigen Gestalt auf die Knie. Elizabeth war tot.

Mehr Leute trafen ein, vom Anblick der Flammen von der Straße aus alarmiert, und man bildete eine Eimerkette. Rauch und Dampf zischten in die Nacht hinauf, während Männer Schaufeln voll Sand auf den brennenden Bungalow warfen und kleinere Flammen austraten, die im nahe gelegenen Gestrüpp aufloderten.

Morgana trat zu Gideon und nahm ihn in die Arme. Er war kraftlos, seine Augen geschlossen. Sie rief in die Menge: »Bringt ihn hier weg, bevor er aufwacht!«

Es war Sandy Candlewell, der den schlafenden Jungen hochhob und ihn ins Haupthaus trug.

Bettina tauchte auf, im Nachthemd und mit Lockenwicklern im Haar. Sie bahnte sich ihren Weg durch die Menge und blickte auf den verkohlten Körper Elizabeth Delafields hinab. »Was *ist* das?«

Morgana trat zu ihr. »Tante, du solltest besser nicht …«

»Soll das ein *Mensch* sein?«

Während Morgana Bettina bei den Schultern nahm, um sie fortzuführen, wirbelte Asche und Glut von dem brennenden Bungalow auf, und ein Funken streifte Morganas Stirn. Plötzlich stand vor ihrem geistigen Auge ein Bild: in der Küche, ein rot glühender Schürhaken, der aus dem Ofen genommen und mit solch sengendem Schmerz auf ihre Stirn gedrückt wurde, dass Morgana bewusstlos wurde.

Es war kein Unfall! Bettinas schmerzhafter Griff um ihr Handgelenk, der sie aufrecht hielt, sodass Morganas Füße kaum den Küchenboden berührten. Bettina, wie sie etwas über Indianer schrie. Und dann der Schürhaken, sengend, verbrennend, auf Morganas Stirn, bis alles schwarz wurde, und als sie erwachte, befand sie sich mit einem Verband um den Kopf im Schlafzimmer ihres Vaters.

Sandy Candlewell schlang sofort die Arme um Morgana. Die Schreie und Rufe der von panischem Schrecken erfassten Menge versanken in Stille, während Morgana spürte, wie sie immer leich-

ter wurde. Das Feuer und der Nachthimmel, die hellen Flammen und die noch helleren Sterne schwanden, während nur noch Bettinas weißes, erschrockenes Gesicht vor ihr stand.
Unmittelbar bevor Morgana ohnmächtig wurde, *begriff* sie plötzlich. Ihre Tante hatte ihr die Brandverletzung absichtlich zugefügt.

73

Elizabeths Leichnam wurde in Candlewells Kühllager gebracht, bis der Leichenbestatter aus Redlands kommen und die Todesursache feststellen konnte, eine rechtliche Formalität, wann immer jemand durch ein Feuer umkam. Der Bezirkssheriff inspizierte das halbwegs verbrannte Gebäude und entschied, dass das Feuer durch unsachgemäß gelagerte Farben, Lumpen und Terpentinreste hinter dem Bungalow ausgelöst worden war. Das Feuer und der Todesfall waren ein Unfall gewesen. Elizabeth Delafield wurde auf dem kleinen Friedhof unweit der Oase von Mara beigesetzt, wo Indianer, Forscher, Soldaten, Cowboys, Viehtreiber, Goldsucher und Kleinbauern begraben lagen, viele der Gräber nicht bezeichnet und namenlos. Elizabeths Grab bekam später eine hübsche Stein-Gedenktafel, und heute kamen die Menschen meilenweit zur Beerdigung her.
Gideon wich keine Sekunde von Morganas Seite. Er schlief sogar auf einem Feldbett in ihrem Schlafzimmer. Ein ernster, stiller Junge, der sich nicht an das Feuer erinnerte, der den Leichnam seiner Mutter nicht gesehen hatte. Sie sagten ihm, sie wäre an einer Rauchvergiftung gestorben, während sie ihm das Leben rettete. Niemand sprach von der menschlichen Fackel, die im Hof verkohlt war.
Bettina ging bleich und still ihrer Pflicht nach, sich um die Bedürfnisse der vielen Trauernden zu kümmern, die nach der Beerdigung ins Gasthaus kamen. Alle brachten Essen mit und halfen Bettina, das Buffet zu decken und die Gäste zu versorgen, eine so große Menschenmenge, dass sie bis in den vorderen Hof hinaus standen, wo der rote Bus parkte, da Sandy die Menschen aus weit entfernten

Orten wie Yucca Valley und Desert Hot Springs hierher gefahren hatte. Die Mitglieder der Gemeinde, in der die Häuser meilenweit auseinander lagen, in der sich die Menschen jedoch zusammengehörig fühlten, einander in einer Krise beistanden und alle sogar die abgesondertsten Einsiedler als »Familienangehörige« ansahen, drückten Gideon, Bettina und Morgana, diesem unheimlich stillen Trio, ihr herzliches Beileid aus.

Nachdem alle gegangen waren und die Dienstmädchen aufräumten, ging Bettina ins Wohnzimmer, wo Morgana mit Gideon saß.

»Ich habe etwas anzukündigen«, sagte sie entschieden zu dem Jungen. »Du reist morgen ab. Pack am Morgen deine Sachen. Ich werde dafür sorgen, dass dich jemand nach Banning bringt. Danach kümmert es mich nicht mehr, wohin du gehst.«

Morgana starrte sie an. »Was meinst du?«

»Ich meine, dass Gideon nicht länger hier bleiben wird. Ich kann nicht die Verantwortung für einen Heranwachsenden übernehmen, der hier nutzlos wäre.«

Morgana erhob sich und reckte das Kinn. »Wenn Gideon geht, dann gehe ich mit ihm.«

Bettina sagte zu ihrer Überraschung: »Wie du willst. Ihr seid beide eine Last für mich. Ich wurde zu etwas Höherem erzogen, als zwei Bastarde unter meinem Dach zu dulden.« Sie drehte sich um und ging hinaus, den Kopf hoch erhoben, mit starrem Rückgrat, während die beiden ihr nachsahen.

Bettina fühlte sich schon viel besser. Sie hatte Pläne. Das Feuer hatte ihr einen guten Vorwand geliefert, im Gasthaus einige Erneuerungen vornehmen zu lassen, und sie wollte einen Swimming-Pool bauen lassen, um eine bessere Klientel anzulocken. Reiche Geschäftsleute, Doktoren und Anwälte, die zur Entspannung in die Wüste kamen. Es gab keinen Grund dafür, warum sie nicht im Chateau Hightower wohnen sollten, genauso wie es keinen Grund dafür gab, warum Bettina weiterhin eine Witwe sein sollte. Zwölf Jahre Trauer genügten. Es war an der Zeit, an die Zukunft zu denken. Wieder zu heiraten. Aber nur einen Mann mit Geld und Ansehen, und mit zwei erwachsenen Kindern in der Nähe würde sie keinen solchen Mann einfangen können.

Also mussten sie gehen.

In dieser Nacht drehte und wälzte Bettina sich in schaurigen Träumen umher und erwachte vor der Dämmerung, während die Träume noch an ihr hafteten wie nächtlicher Nebel. Sie öffnete die unterste Schublade ihrer Frisierkommode, griff hinter die von Mottenkugeln geschützte Winterkleidung und tastete nach einem Gegenstand, den sie während der vergangenen zwölf Jahre dort verborgen hatte.

Sie nahm ihn hervor und wickelte ihn im blassen, durch das offene Fenster dringenden Licht aus.

Er lag auf einer Seidenunterlage – die Form und Größe einer Untertasse, orangegolden mit in roter Tinte darauf gemalten geheimnisvollen Symbolen. Die Scherbe der goldenen Olla, die sie behalten hatte. Sie schien plötzlich wichtig. War sie ihr in ihren Träumen erschienen? Sie erinnerte sich an die Nacht, in der sie den Krug zerschlagen hatte. Faraday hatte ihr gesagt, sie solle verschwinden und niemals wiederkommen, und dann hatte er Morgana zu den Candlewells gebracht und war davongegangen, um sich in diese lächerliche unterirdische Grube zu setzen. Bettina war zur Parzelle zurückgekehrt – zu dem Haus, das *sie* gebaut hatte – und hatte die Olla mit wildem Entzücken auf den Fliesen zerschmettert. Dann hatte sie den Absatz in die Scherben gebohrt, bis die scheußliche Erinnerung daran, dass Faraday die Indianer ihr vorzog, zu Staub zertreten war. Erst am nächsten Morgen, als sie aufräumte, hatte sie die Scherbe gefunden. Anstatt sie fortzuwerfen, hatte sie sie angestarrt, von dem Muster kurzzeitig fasziniert, und hatte sie dann behalten, um sie Faraday in der Grube zu zeigen. Danach hatte sie sie versteckt.

Aber nun, während sie die Scherbe drehte und wendete, erschloss sich ihr das Muster immer deutlicher, und als sie vollends erkannte, was sie sah, schrie sie auf.

In dem Muster war ein Ungeheuer verborgen. Ein unnatürliches, aus bösen, heidnischen Geistern hervorgebrachtes Wesen.

Abscheu ergriff sie. Sie wickelte die Scherbe hastig wieder in das Seidentuch, legte sie in ihr Versteck zurück, warf ihren Morgenmantel über und lief zu dem verkohlten Bungalow hinaus. Joe Candlewell hatte gesagt, es sei riskant, Farben und Verdünner in der Nähe von Gebäuden zu lagern. Er hatte Recht. Bettina fand an der Stelle, wo Elizabeth auf dem Boden verbrannt war, schwarze Stofffetzen. Die Sonne war noch nicht über den Horizont gestiegen. Die Luft war kalt, die Wüste still.

»Bettina …«

Sie fuhr herum. »Wer ist da?«

Nichts regte sich in der dämmerigen Stille. Nicht einmal der Hahn hatte bisher mit seinem morgendlichen Weckruf begonnen. Die Cottages und Bungalows lagen dunkel und still. Alle Gäste waren gegangen, waren anderswo untergekommen. Bettina erschauderte und raffte ihren Morgenmantel am Hals zusammen. Sie wusste, wer da ihren Namen rief. Sie hörte ihn seit Jahren. Faraday.

Lebte er noch? Trieb er nach all dieser Zeit noch sein Spiel mit ihr? Von dem Anfang vor vielen Jahren an, als er ihr sagte, sie sähe hübsch aus, sie neckte, sie glauben machte, er hege eine besondere Zuneigung zu ihr. Sie quälte.

War es ihm irgendwie gelungen, aus dem Kiva herauszugelangen? War dieses Telegramm der Beweis? Das Telegramm, das er der Delafield geschickt und in dem er sie gebeten hatte zu kommen.

Sie musste sich versichern, dass er wirklich tot war.

Sie lud eine Leiter und eine Schaufel und Äxte auf die Ladefläche des kleinen Trucks, ging zum Haus zurück, um sich anzuziehen, und fand Morgana und Gideon beim Frühstück vor. Sie griff in eine Kaffeedose, nahm ein paar Dollarscheine heraus und warf sie auf den Tisch. »Gebt das Sandy Candlewell als Bezahlung dafür, dass er euch nach Banning fährt. Ich habe etwas zu erledigen. Seht zu, dass ihr beide fort seid, bevor ich zurückkomme.«

Sie fuhr mit Vollgas davon, quer über die Felder, und ließ eine Staubspur hinter sich. Das Fahrzeug ächzte und quietschte, während Bettina das Gaspedal durchdrückte, ihre Finger das Lenkrad umklammernd wie Klauen, ihr Körper vorgebeugt, während sie durch die Windschutzscheibe hindurch nach vertrauten Orientierungspunkten Ausschau hielt. Es war zwölf Jahre her, aber in ihren Gedanken war es wie gestern.

Schließlich fand sie das Gewirr von Felsblöcken, wo die Straße endete. Sie würde die Leiter dort hintragen müssen, wie sie es schon vor zwölf Jahren getan hatte. Es war dieselbe Leiter, die sie benutzt hatte, um Faraday in seiner Indianergrube aufzusuchen.

Der Morgen war bereits warm. Die Luft war so ruhig und still, dass sie den Schwingenschlag eines Raben hörte, der über sie hinwegflog. Überall in der flachen Wüste, die sich bis zu den lavendelfarbenen Bergen erstreckte, waren aufspringende Staubteufel zu sehen, die in Trichtern aus Kies und Bewuchs über den Sand wirbelten und dann erstarben. Bettina hatte die Wüste noch nie so sehr verabscheut wie in diesem Moment.

Sie rang mit der unhandlichen Leiter, hievte sie über Felsblöcke und zwängte sie durch schmale Spalte, bis sie den verborgenen Joshuabaum erreichte, den alle La Vieja nannten. Als sie mit der Leiter die kleine, beengte Schlucht betrat, kam ein starker Wind auf, wehte ihr den Hut vom Kopf. Der Wind pfiff durch die Felsblöcke und trieb ihr brennenden Sand in die Augen. Blitzschnell, wie Sandteufel es stets taten, blies der Miniatur-Tornado in Kreisen um sie herum, brachte sie aus dem Gleichgewicht und ließ sie die Orientierung verlieren. Bettina war innerhalb von Sekunden in einem Strudel aus Sand und Kies und Staub gefangen, während Zweige und Kaktusstücke um sie herumflogen. Der Wind riss ihr die Leiter aus den Händen und schmetterte sie gegen den Felsen mit der durchlaufenden gezackten Linie, das Holz krachte und splitterte. Bettina glaubte, durch den wirbelnden Sand hindurch eine Gestalt zu erkennen – eine Frau, die dort stand und sie beobachtete. Sie sah indianisch aus.

Der Wind peitschte nun heftiger. Bettina suchte nach einem Halt. Und dann sah sie, wie der Wind Stücke der zerbrochenen Leiter aufwirbelte. Sie beobachtete entsetzt, wie die scharfen Splitter in dem tornadoartigen Wind aufstiegen und auf sie herunterschossen. Sie sprang aus dem Weg. Sie hob die Hände, um ihren Kopf zu schützen, kämpfte gegen den wirbelnden Mahlstrom an und rief der Indianerin zu: »Stehen Sie nicht einfach nur da! Helfen Sie mir!«

Während Bettina zu der Stelle zurücktaumelte, wo sie den Truck geparkt hatte, stachen sie Dornenzweige. Und plötzlich spürte sie einen scharfen Schmerz in den Rippen. Ihr blieb die Luft weg, und sie sank gegen einen Felsblock. Der Wind erstarb im selben Moment, und Bettina, die sich das Haar aus dem Gesicht strich und Sand aus ihren Augen blinzelte, blickte abwärts und sah eine Leitersprosse aus ihrer Brust ragen.

Sie sank auf die Knie. Der Schmerz war unerträglich. Warme Nässe breitet sich über ihren Rücken aus. Sie war gepfählt worden.
»Helfen Sie … mir …« stöhnte sie. Aber die Indianerin war fort.

»Du musst essen«, sagte Morgana sanft zu Gideon, der schweigend am Küchentisch saß, sein Käse-Tomaten-Sandwich und sein Milchglas unberührt. »Du bist nur noch Haut und Knochen.«
Er flüsterte nur: »Meine Mutter ist gestorben, um mich zu retten.«
»Ich weiß, Lieber«, sagte Morgana. Sie verstand seinen Schmerz, weil auch ihr Herz schmerzerfüllt war.
»Ich hätte aufwachen müssen! Warum habe ich weitergeschlafen? Es ist meine Schuld, dass Mutter tot ist.« Er wischte sich mit dem Ärmel die Nase. »Wo sollen wir nun hin?«
»Mach dir keine Sorgen. Wir finden einen Platz.« Morgana dachte an die Schwesternschule. Sie konnte noch immer dorthin gehen. Der Unterricht war im Voraus bezahlt worden. Aber was sollte mit Gideon werden? Vielleicht würde ihr die Schule das Geld zurückerstatten, und sie könnten davon leben.
»Morgana!« Sie wandten sich um und sahen Selma Cartwright im Eingang stehen. »Deine Tante hatte einen Unfall. Wanderer haben sie gefunden. Sie ist schwer verletzt!«

Joe Candlewell wusste nicht, was er tun sollte. Er hatte während all der Jahre hier in der Wüste noch nie eine solch entsetzliche Wunde gesehen. Bettina Hightower war buchstäblich auf einen dicken Holzspan aufgepfählt worden, und er hatte Angst, ihn herauszuziehen.
Er schaute auf und sah Morgana das Schlafzimmer betreten. »Wanderer haben sie hierher gebracht«, sagte Joe, »weil sie nicht wussten, wer sie war oder wohin sie sie bringen sollten. Morgana, ich glaube nicht, dass wir sie zum Gasthaus bringen können. Und …« Er blickte über die Schulter und leckte sich nervös die Lippen. »Da ist ein Stück Holz … ich habe Angst, es herauszuziehen. Das könnte die Blutung verschlimmern.«
Die Frau, die auf dem Quilt lag, erinnerte kaum noch an Bettina. Ihre Haut war schmutzig-bleich. Ihr Kopf, den Bettina stets hoch aufgerichtet hielt, lag in einem unnatürlichen Winkel. Ihr Haar

war so zerzaust, dass eines ihrer Haarteile hervorsah. Sie wirkte klein und verletzlich – und war verletzt.
Morgana eilte zum Bett und blickte auf die Frau hinab, die sie und Gideon nur wenige Stunden zuvor auf die Straße gesetzt hatte.
Bettinas Augen öffneten sich und zuckten hin und her, suchten den Raum über dem Bett ab. »Mama?«
»Ich bin es, Tante, Morgana.«
»Mama, bist du das?«
Morgana setzte sich aufs Bett. »Ich bin deine Nichte.«
Die Stimme drang erstickt, rau hervor. »Mama, es tut mir so Leid. Ich wollte einfach, dass mich jemand liebt. Aber kein Mann wollte mich heiraten. Die Dienstboten nannten mich ›arme Bettina‹. Ich wusste, was das bedeutete. Und wenn ich nicht heiraten könnte, wie konnte ich dann ein Kind haben? Ein Baby, das eines Tages aufwachsen würde, um mich zu lieben? Nur die Tochter meiner Schwester, die mich hasst.«
»Ich hasse dich nicht, Tante«, sagte Morgana, während sie entsetzt auf das Holzstück starrte, das aus Bettinas Brust aufragte. Es sah wie eine gesplitterte Leitersprosse aus. Es war ein Wunder, dass Bettina noch lebte.
»Du hast Schmerzen«, sagte Morgana sanft. »Du bist verletzt.« Sie sah zu Joe hoch, der den Kopf schüttelte. Ethel hatte ihr gesagt, der Doktor könne erst in einer Stunde da sein. Bettina hatte keine Stunde mehr Zeit.
»Ich musste es tun«, stöhnte sie.
»Was tun, Tante?«, fragte Morgana, alarmiert von der Blutmenge, die durch die schweren Kleider über Bettinas Brust sickerte. Joe hatte Watte um den Pfahl gepackt.
Bettina rang nach Atem. Ihre Worte drangen abgehackt hervor. »Ich musste … Abigail … sterben lassen. Sie … erzählte Faraday … von meiner Mutter … und dem Kutscher.«
Morgana legte eine Hand auf die Stirn ihrer Tante, die erschreckend kühl war. »Tante Bettina, wovon sprichst du?«
Blut rasselte in Bettinas Kehle, während sich der schreckliche Holzpfahl mit ihrem mühsamen Atem hob und senkte. »Ich wusste es damals nicht. Ich wollte Faraday. Er gehörte mir. Darum musste ich Abigail verbluten lassen. Aber … sie hatte …«

Morgana zog ihre Hand zurück. »Was hast du gesagt?«
»Faraday ... und der Schiffsarzt hätten sie ... retten können. Ich musste warten, bis ...«
Morgana starrte sie an. »Du hast meine Mutter verbluten lassen?«, flüsterte sie.
»Ich hatte das Baby. Ich hatte Morgana. Und ich musste auch Faraday bekommen. Aber sie hatte ihm von meiner Mutter und dem Kutscher erzählt.«
Morgana fand keine Worte. Bettina hatte ihre eigene Schwester getötet?
Bettinas Augen rollten hin und her. »Die midianitischen Händler«, flüsterte sie.
Morgana beugte sich nahe heran, da Bettinas Stimme so schwach war. »Was hast du gesagt, Tante?«
»Die Brüder ... haben ihn den midianitischen ... Händlern verkauft.«
»Ich verstehe nicht«, sagte Morgana mit erstickter Stimme.
Wilde, wirre Augen hefteten sich auf Morganas Gesicht. Bettina starrte sie an, während die Großvateruhr im Flur die Stunde schlug. Ihr Atem wurde mühsam. Sie rang nach Luft. Sie streckte die Hand aus und tastete nach Morganas Hand. »Sie haben sie Morgana genannt«, flüsterte Bettina und sah ihre Nichte unstet an. »Sie haben das Baby nach etwas benannt, was nicht existiert. Es sind alles Hirngespinste und Luftschlösser, nicht wahr?«, flüsterte sie.
Plötzlich riss Bettina die Hand von dem Quilt hoch. »O mein Gott!«, schrie sie. Ihre Finger legten sich um den blutigen Pfahl, und bevor Morgana sie aufhalten konnte, riss Bettina das Holzstück aus ihrer Brust und schrie: »Faraday!«
Blut spritzte hervor. Morgana sprang auf. Joe war neben dem Bett, drückte eine große, schwielige Hand auf die Wunde. »Holt mehr Verbände!«, rief er. »Handtücher! Irgendwas!«
Morgana stand erstarrt da, während Bettina schrie: »Faraday, mein Liebster!«, und Morgana hörte dieselbe Stimme vor langer Zeit schreien: »Indianer!«
»Verdammt!«, rief Joe. »Handtücher!«
Ethel hatte ihn gehört und lief herbei. Sie schob Morgana aus dem

Weg, setzte sich aufs Bett und presste dicke Frottiertücher auf den sich ausbreitenden, karmesinroten Fleck.
Morgana taumelte rückwärts, unfähig, den Blick von dem weißen, verzerrten Gesicht ihrer Tante zu wenden. Bettina war nicht wieder zu erkennen.
Sie hustete Blut und schlug mit den Armen um sich, bis sie schließlich die Augen schloss – ihre Brust rasselte, ihr Körper erschauderte – und sie mit einer Zuckung ihren letzten Atemzug tat und dann still war.

74

»Lass uns sofort heiraten«, sagte Sandy Candlewell am nächsten Morgen. »Ich möchte mich um dich kümmern, Morgana. Und ich werde Gideon rechtmäßig adoptieren, damit niemand ihn dir nehmen kann. Du kannst zur Universität gehen, wenn du das noch immer willst, und ich werde hier für dich das Gasthaus führen. Morgana, bitte.«
Lieber Sandy. Die Liebe, die sie für ihn empfand, war sanft und süß. Er war ein Trost. Verlässlich und sicher. Aber er gehörte zu einem Leben, das nicht mehr existierte.
»Gib mir Zeit«, sagte sie nur. Im Moment musste sie ein Kleid finden, in dem sie ihre Tante beerdigen konnte.
Morgana prallte zurück. Bettinas Zimmer war normalerweise aufgeräumt und peinlich sauber, aber nun fand Morgana überall verstreute Kleider vor, sogar saubere aus dem Schrank gezerrt und auf den Boden geworfen, als hätte ihre Tante sie hysterisch durchwühlt, nach dem richtigen Kleid gesucht, das sie bei ihrer mysteriösen Fahrt in die Wüste tragen könnte.
Morgana sah die verstreuten Kleider durch, um etwas Sauberes zu finden, und während sie die Röcke und Blusen von Unterkleidern und Nachthemden trennte, stieß sie auf das Kleid mit dem Punktmuster, das Bettina am Abend des Feuers getragen hatte. Morgana erinnerte sich daran, weil Bettina es stets an Freitagen trug, da es ein »gutes« Kleid war. Als Morgana es beiseite warf, fiel etwas aus

einer der Taschen – ein kleine Pappschachtel mit dem Stempel einer Apotheke.
Sie sah verwirrt hinein. Die Schachtel war leer, bis auf einen Rest weißen Pulvers. Auf der Außenseite stand handschriftlich schlicht: »Beruhigungsmittel.«
Morgana runzelte die Stirn. Bettina hielt nichts von Medikamenten und Arzneien und sagte, sie seien Krücken für schwache Menschen. Was tat sie also damit?
Morgana suchte weiterhin in den Kleidern umher, und als sie Bettinas Morgenmantel hochhob, nahm sie anhaftenden Rauchgeruch wahr. Sie hielt den Stoff an die Nase und entdeckte dann noch einen anderen Geruch – den unmissverständlichen Geruch nach Terpentin.
Mit kalter, böser Vorahnung sah sie in den Taschen nach und fand eine kleine Packung Streichhölzer.
»Lieber Gott«, flüsterte sie, und ihre Knie gaben plötzlich nach. Sie stolperte aus dem Schlafzimmer und lief nach unten, wo Gideon mit den Knöpfen des nicht funktionierenden Radios spielte.
Morgana rang um Fassung, kniete sich neben ihn und fragte: »Gideon, in der Nacht des Feuers, habt ihr beide, du und deine Mutter, da wie üblich eure warme Milch getrunken?«
Seine Augen wurden groß und rund, als sie seine Mutter erwähnte.
»War es so, Gideon?«, fragte sie sanft.
Seine Augen füllten sich mit Tränen. »Ja.«
Morgana schluckte schmerzlich. »Und habt ihr eure Milch beide getrunken?«
Eine Träne rollte seine Wange hinab. »Mutter stieß ihr Glas versehentlich um. Ich bot ihr meines an, aber sie sagte, ich müsse die Milch selbst trinken, weil ich der Heranwachsende sei. Das Letzte, was sie zu mir sagte, war: ›Man soll nicht über verschüttete Milch weinen.‹ Ich hätte aufwachen müssen!«, rief er. »Ich bin nicht aufgewacht! Darum ist sie gestorben!«
Er brach in Tränen aus, und Morgana nahm ihn in die Arme. So hielten sie sich lange Zeit fest, neben dem Radio sitzend, das wunderschön aussah und wertvoll und hübsch war, aber niemals benutzt wurde, weil Bettina fand, die Batterien seien zu teuer.

Schließlich setzte sich Morgana auf und sagte: »Nun hör mir zu, Gideon. Es ist nicht deine Schuld, dass du nicht aufgewacht bist. Ich habe eine Schachtel mit Schlafpulver in der Tasche von Tante Bettinas Kleid gefunden. Sie hat es in dieser Nacht in eure Milch gegeben. Es war ein Versehen«, fügte sie hastig hinzu. Morgana wurde erneut von Entsetzen gepackt. Bettina hatte ihre eigene Schwester verbluten lassen, und dann hatte sie Elizabeth Delafield getötet. »Es war gewiss für einen anderen Gast bestimmt oder vielleicht für meine Tante selbst. Sie hatte Schlafprobleme. Sie war Schlafwandlerin.«

Morgana rang um Haltung, während sie mit fester Stimme hinzufügte: »Nun weißt du es. Tante Bettina hat einen Fehler gemacht, du hast das Schlafpulver bekommen, und deshalb bist du nicht aufgewacht. Siehst du? Es war nicht deine Schuld. Du hättest nicht aufwachen können, selbst wenn du gewollt hättest. Aber weißt du was? Ich denke nicht, dass wir jemandem davon erzählen sollten. Es hat keinen Zweck, wenn alle schlecht über die Toten denken.«

75

Es war der Raum, den Bettina für Gideon umgestalten wollte – das Arbeitszimmer ihres Vaters, seit langem als Lagerraum benutzt.

Rasch fand Morgana die Kartons mit den medizinischen Lehrbüchern, die Faraday aus Boston mitgebracht hatte. Sie betete darum, dass sie darin die Antwort finden würde, die sie verzweifelt brauchte.

Ganz unten in einem der Kartons fand sie das Buch: *Hysterie und der Geist*.

Morgana hielt inne, bevor sie es aufschlug.

An dem Tag, an dem Bettina gestorben war, als Morgana beim Leichnam ihrer Tante saß, ebenso taub und leblos wie Bettina, hatte sie Selma Cartwright und Ethel Candlewell im Nebenraum reden hören, die nicht wussten, dass Morgana in Hörweite war.

»Ich hatte schon immer vermutet, dass Bettina geistig labil war«,

sagte Selma in dem wichtigtuerischen Tonfall, für den sie bekannt war. »Wie Faraday. Zwei von einem Schlag.«
»So etwas zu sagen«, erklang Ethels Erwiderung. »Wo die arme Frau tot im Nebenraum liegt. Du liebe Güte, ein weiterer Zug zum Friedhof.«
»Wenn du schlau wärst, würdest du Sandy Morgana nicht heiraten lassen.«
»Warum nicht?«, erklang Ethels bestürzte Frage. »Morgana ist ein wunderbares Mädchen, und sie lieben sich.«
»Der Apfel fällt nie weit vom Stamm«, erwiderte Selma viel sagend. »Wenn du verstehst, was ich meine.«
»Oh, um Gottes willen! Selma, ich plane eine Beerdigung. Ich habe vieles zu bedenken.«
»Was ist, wenn es in der Familie liegt?«
»Mach dich nicht lächerlich. Faraday war nicht geisteskrank. Nur exzentrisch.«
Selma fuhr fort: »Vermutlich können zwei geistig labile Menschen zueinander finden. Vielleicht suchen sie nach ihresgleichen, ohne zu wissen, was sie tun.«
»Was hat das mit Morgana zu tun?«
»Sie könnte dieses schlechte Blut in sich tragen. Von ihres Vaters Seite und von ihrer Mutter Seite. Wir haben Bettinas Schwester nicht gekannt. Sie hätte ebenso verrückt sein können.«
»Selma Cartwright, du weißt, dass ich solches Gerede unter meinem Dach nicht dulde. Weißt du, wo ich meine Brille hingelegt habe? Ich kann meine eigene Schrift nicht lesen. Was heißt das hier?«
»Ich würde keinen meiner Söhne ein Mädchen heiraten lassen, das vielleicht geistig labile Kinder zur Welt bringt. Es ist doch bekannt, dass Geisteskrankheiten in der Familie vererbt werden.«
»Morgana ist ein sehr nettes Mädchen, und ich habe ihren Vater geachtet. Und jetzt will ich nicht weiter darüber reden. Wenn du mich entschuldigst – ich muss diesem armen Mädchen helfen, ihre Tante zu begraben.«
Morgana hatte diese Unterhaltung zu dem Zeitpunkt nur wie betäubt wahrgenommen, aber dann, nachdem ihr der Sinn bewusst geworden war und sie tage- und nächtelang Zeit hatte, darüber

nachzugrübeln, fragte sie sich, ob nicht ein Körnchen Wahrheit an dem war, was Selma Cartwright gesagt hatte.
Morgana schlug das Buch auf, das von einem in Wien ausgebildeten Psychiater geschrieben war. Sie las: »Psychoneurologische Symptome kommen vor, wenn psychologisch schmerzliche Erfahrungen während der Kindheit nur wenig Verdrängung ermöglichen ...« »Psychische Traumata ...« »Hysterie wird durch unbewusste Wünsche oder vergessene Erinnerungen verursacht ...«
Morgana rieb sich die Augen. Das war ihr zu hoch. Sie las rasch weiter. »Wenn der Schaden die Selbstachtung anormal stark verzerrt, nennt man die daraus resultierende Störung eine Persönlichkeitsstörung.«
Nichts davon ergab für Morgana einen Sinn, und doch hatte sie das Gefühl, dass die Worte ihre Tante beschrieben. Ein Kindheitstrauma. Die Zurückweisung durch den geliebten Vater nach Aufdeckung ihrer Abkunft vom Kutscher?
Eine Persönlichkeitsstörung. *Bettina hatte Elizabeths Bungalow absichtlich in Brand gesetzt.*
Morgana schloss das Buch. Hier würde sie die Antwort nicht finden. Vielleicht würde sie sie überhaupt nie finden. Sie wusste nur, dass ihre Tante, mit der sie durch ihre Mutter blutsverwandt war, einen labilen Geist besessen hatte. Selma Cartwrights Worte gingen Morgana nicht aus dem Kopf: »Diese Dinge liegen in der Familie.«
Selma hatte Recht. Solange Morgana nicht mehr Informationen über ihre Familie besaß, durfte sie Sandy Candlewell nicht heiraten.

76

Schließlich nahm Morgana die beängstigende Aufgabe in Angriff, die persönlichen Papiere ihrer Tante durchzusehen. In einer Schublade der Frisierkommode fand sie eine Fülle von Dokumenten – Geburtsurkunden von Faraday Hightower und Abigail Liddell, Sterbeurkunden von zwei Liddells und Abigail, eine Heiratsurkunde von Faraday und Abigail, Morganas Geburtsurkunde. Aber keine

Geburtsurkunde von Bettina, und auch keine Heiratsurkunde von Bettina und Faraday.
Morgana fand das seltsam. Ihre Tante hätte sie doch bestimmt bei den übrigen Dokumenten aufbewahrt.
Sie trat zu dem Hochzeitsfoto auf dem Kaminsims und betrachtete es, um nachzusehen, ob Bettina die Heiratsurkunde hinter das Bild gesteckt hätte. Aber da war keine Urkunde, und als sie das Bild wieder auf den Kaminsims stellte, sah sie, was sie nie zuvor bemerkt hatte: dass Bettinas Gesicht nicht zum ursprünglichen Bild gehörte.
Plötzlich begriff sie die Wahrheit: *Sie waren nie verheiratet*. Der Ehering, das »Mrs. Hightower«-Getue, gehörten zu Bettinas Wahnvorstellungen.
Als Morgana den restlichen Inhalt der Schubladen durchsah, fand sie in der untersten einen rätselhaften Gegenstand. Ein abgebrochenes Stück Keramik von der Größe von Morganas Hand war in ein Taschentuch eingewickelt, wunderschön aprikosenfarben mit einem in Tiefrot aufgemalten Muster.
Sie erkannte entsetzt, dass es von der goldenen Olla stammte. Morgana schloss die Augen und verschränkte die Finger um das Bruchstück. Es war eine Verbindung zu ihrem Vater. Er hatte diesen Krug gehütet. Die Olla, von der »Farbe der Hoffnung« war etwas, was sie beide gemeinsam hatten. Sie würde dieses Bruchstück ebenfalls so hüten, als wären es Diamanten.
Schließlich musste sich Morgana den Finanzunterlagen des Gasthauses zuwenden. In dem kleinen Büro hinter der Rezeption gab es einen Metallsafe, den Morgana aufstemmen konnte. Sie fand ein Hauptbuch und sah erstaunt, dass sie Geld besaßen. Das Gasthaus war nicht das Verlustunternehmen, das Bettina stets beklagt hatte. Erleichterung durchströmte Morgana. Sie und Gideon besaßen genug Geld, um das Gasthaus weiterzuführen, den verbrannten Bungalow wieder aufzubauen und selbst ordentlich zu leben.
Aber dann wandte sie die Seite um und sah die erste einer Reihe von mysteriösen Barabhebungen. Auf der Rückseite des Hauptbuches war ein Umschlag mit Quittungen angeheftet, deren Daten und Beträge mit den Abhebungen übereinstimmten. Die Quittungen

stammten alle von der Church of Redemption, der Erlösungskirche, die Adresse ein Postfach in San Bernardino.

Morgana erinnerte sich an den reisenden Priester im Jahr zuvor, der draußen auf der stoppeligen Ebene eine Woche der Erweckung und Glaubensheilung abgehalten hatte, die Fahne, *Church of Redemption,* im Wind flatternd. Die meisten Leute waren aus Neugier und zum Zeitvertreib dorthin gegangen. Aber Morgana erinnerte sich, dass Bettina von einem heftigen religiösen Fieber befallen wurde. Sie hatte sich jeden Abend spät hinaus geschlichen, um den Priester in seinem von Pferden gezogenen Wohnwagen zu einer »persönlichen, seelsorgerischen Beratung« aufzusuchen, und Morgana sah, dass die erste Barabhebung von der Bank in der gleichen Woche getätigt wurde. Danach hatte Bettina ein Mal im Monat Geld abgehoben, um es der Church of Redemption zu schicken.

»O Tante Bettina«, flüsterte Morgana. »Wie sehr muss es dich gequält haben, dass du deine Schwester hast sterben lassen. Die Schuld muss zu viel für dich gewesen sein.«

Sie sah mit zitternden Händen die Akten weiter durch, bis sie einen Ordner fand, der die Korrespondenz zwischen Bettina und einer Bank in Redlands enthielt. Der erste Brief, von vor vier Jahren – zwei Tage nach Morganas achtzehntem Geburtstag –, informierte Miss Morgana Hightower darüber, dass Dr. Hightower für sie ein Treuhandkonto eingerichtet habe, über das sie nun, da sie ihren achtzehnten Geburtstag erreicht habe, verfügen könne. Die Summe waren erstaunliche fünftausend Dollar. Weiterhin hieß es in dem Brief, Dr. Hightower habe bestimmt, dass niemand sonst das Geld anrühren dürfe, nicht einmal Morganas Tante, Bettina Liddell.

Morgana hatte den Brief nie zuvor gesehen. Und woher kam das Geld? Es gab das Gerücht, dass ihr Vater Lohngelder gestohlen hätte, bevor er nach Mexiko ging. War es *dieses* Geld? Das konnte nicht sein. Niemand raubt Lohngelder und deponiert das Geld dann bei einer Bank.

In einem zweitem Brief, eine Woche später datiert und an Bettina gerichtet, hieß es: »Sehr geehrte Mrs. Hightower, auch wenn Sie sagen, Sie seien die Stiefmutter Ihrer Nichte, können wir die Mittel dennoch nicht freistellen, da die Anweisungen Ihres Mannes eindeutig waren. Nur Morgana Hightower kann das Konto beanspruchen.«

Der dritte Brief informierte Bettina darüber, dass sie ihre Nichte gerne mit zur Bank bringen könne und dass Morgana bitte ihre Geburtsurkunde mitbringen solle.
Der einzige danach noch abgeheftete Beleg war eine Quittung über den Saldo des Kontos, den Bettina auf dem Betriebskonto des Gasthauses deponiert hatte.
Morgana dachte verwirrt zurück. Da war diese Woche kurz nach ihrem achtzehnten Geburtstag, als Bettina einige Tage fort war. Zur selben Zeit kündigte eines der Zimmermädchen des Gasthauses, das auch achtzehn Jahre alt war. Und als Bettina zurückkehrte, war sie in Hochstimmung und hatte sich neu eingekleidet.
Morgana sah hektisch die restlichen Finanzunterlagen durch und fand immer mehr Abhebungen vom Konto des Gasthauses sowie Scheckbelege über zunehmend größere Beträge an die Church of Redemption.
Es war nicht nur kein Geld mehr übrig, sondern Bettina hatte auch eine Hypothek auf den Besitz aufgenommen, und es gab Briefe von Gläubigern, die Zahlung forderten, sowie eine Notiz von der Bank, die Bettina darüber informierte, dass die Bank den Besitz beschlagnahmen würde, wenn die Darlehenszahlungen nicht sofort auf den aktuellen Stand gebracht würden. Die Notiz war auf drei Tage vor Bettinas Tod datiert.
Morgana betrachtete die überall um sie herum ausgebreiteten Papiere und Dokumente. Sie würde das Gasthaus verlieren. Die zweite Zwangsräumung in ihrem Leben.

77

»Keine Sorge, Kind«, sagte Joe Candlewell unter der Motorhaube eines Ford her, den er gerade reparierte, »wir werden tun, was wir können, um dir zu helfen. Eine Wüstengemeinschaft hält in harten Zeiten stets zusammen. Wir kümmern uns um unsere Leute.« Den Rest äußerte er nicht, nämlich dass alle dachten, was für ein armes Wesen sie doch sei, ihre Mutter im Kindbett gestorben, dann vom

Vater verlassen und nun die Tante tot. Es war, als wäre das arme Mädchen drei Mal verwaist. Und ihr kleiner Cousin, der kaum älter als zwölf schien und seine Mutter auf so grausame Weise verloren hatte. Joe wollte den Hut herumreichen und dafür sorgen, dass die Leute den beiden Waisen einen Platz zum Wohnen und vielleicht auch eine Beschäftigung gaben. Aber jetzt, mitten in der Depression, konnten sie das Gasthaus nicht retten.

Sandy brachte erneut das Thema Heirat auf, aber Morgana wollte das nicht mehr in Betracht ziehen, weil es ihm gegenüber nicht fair wäre. Sandy wollte Kinder, aber bis sie die Wahrheit über ihre Familiengeschichte kannte, ob eine Geisteskrankheit in ihrem Blut lauerte oder nicht, würde sie keine Babys in die Welt setzen. Und ein Habenichts war sie auch noch.

Es wäre wohl das Beste, wenn sie und Gideon woanders neu anfingen. Es hätte zu wehgetan, nur ein kurzes Stück vom Gasthaus entfernt zu leben, während Fremde es führten. Oder vielleicht würde es einfach verkommen, wie andere Gasthäuser am Straßenrand, und das könnte sie erst recht nicht ertragen.

Alle erklärten, wie tapfer Morgana sich hielte. Sie hatten keine Ahnung, dass in ihr keine Tapferkeit war. Was sie für Tapferkeit hielten, war nur Leere. Wann immer Erinnerungen an die Nacht des Feuers in ihr aufstiegen, verdrängte sie sie. Nachts nahm sie Schlafpulver, das sie am Träumen hinderte. Sie konnte nicht weinen. Schuld verfolgte sie, weil sie bereits vermutet hatte, dass mit ihrer Tante etwas nicht stimmte, aber deshalb nichts unternommen hatte, und nun war Elizabeth tot.

Gideons und ihre Koffer waren gepackt und wurden auf den Truck geladen. Morgana wollte fort sein, bevor der U.S. Marshall mit einem formellen Räumungsbefehl auftauchte. Sie hatte in Gideons Namen einen Brief an Elizabeths Verleger geschrieben und ihn darüber informiert, dass die Autorin verstorben sei und zukünftige Tantiemen an Dr. Delafields Sohn zu schicken seien. Obwohl sich das Buch nur bescheiden verkaufte, traf daraufhin dennoch ein Scheck ein, der Morgana und Gideon dabei helfen würde, in Los Angeles eine preiswerte Unterkunft zu finden, während Morgana nach Arbeit suchte. Sie hatte Erfahrung in der Gastronomie, beim Führen eines Hotelbetriebes, wie auch im Kochen und Kellnern

für große Gästegruppen. Ihre größte Angst war, dass ihr Alter ein Handicap sein könnte, da sie erst zweiundzwanzig war. Gideon bestand darauf, dass *er* sich Arbeit suchen wolle, aber davon wollte Morgana nichts hören. Er würde zur Schule gehen, Punktum!
Sie hatte auch nach der Truhe geschickt, die Elizabeth in der letzten Stadt gelagert hatte. Das war alles, was Gideon von seiner Mutter und ihrer kurzen gemeinsamen Zeit geblieben war, eine Kiste voller Bücher, Fotoausrüstungsgegenstände und Erinnerungen. Aber kein Geld, und nur wenig von materiellem Wert. Die Kiste stand bei ihrem Gepäck im Heck des Trucks.
Die Dienstmädchen weinten. Allen tat es Leid, Morgana gehen zu sehen. Auch Gideon, da das Personal des Gasthauses auch ihn lieb gewonnen hatte. »Behandelt die neuen Besitzer mit Respekt, und leistet ihnen die gleichen großartigen Dienste wie meiner Tante und mir«, sagte Morgana unter zurückgehaltenen Tränen zu den Mädchen. Sie verbarg ihre Angst vor ihnen, erweckte den Anschein, als gingen sie und Gideon zuversichtlich fort. In Wahrheit hatte sie schreckliche Angst. Sie besaßen nicht viel Geld. Was würden sie tun, wenn es ihnen ausging, sie und ihr Bruder allein in einer großen, fremden Stadt?
Sie dachte an den unter ihrem Kleid verborgenen goldenen Talisman, der an einer dünnen goldenen Kette hing. Sie trug ihn schon fast ihr ganzes Leben lang. Wenn sein Glück verbraucht wäre, könnte sie ihn vielleicht zu einem guten Preis verkaufen.
Ein Wagen kam heran, hielt auf dem kiesbedeckten Parkplatz vor dem Gasthaus, und ein junger Mann stieg aus, mit dunklem Anzug und flottem Hut. Die Dienstmädchen betrachteten ihn, während er zur Eingangstür schritt, eine lederne Aktentasche in der Hand.
»Hallo«, sagte er mit charmantem Lächeln, »ich suche Dr. Faraday Hightower. Bin ich hier richtig?«
Morgana betrachtete sein nettes Lächeln. Die Augen waren von der Krempe seines Filzhutes beschattet. »Dr. Hightower ist mein Vater.«
Der Fremde streckte eine glatte, gut gepflegte Hand aus. »Mike Singletary«, sagte er, »von der Anwaltskanzlei Whalen, Adams, Edwards und Lipp. Kann ich Ihrem Vater sprechen?«
»Er ist nicht da. Er wird seit 1920 vermisst.«

»Oh!«
»Sie glauben, er sei tot«, platzte eines der Dienstmädchen heraus.
»In diesem Falle«, sagte der junge Mann, öffnete seine Aktentasche und nahm einen Umschlag aus Manilapapier hervor, »gehört das wohl Ihnen.«
Morgana runzelte die Stirn, während sie die krakelige Schrift auf dem Umschlag las: Zu Händen Faraday Hightowers in 29 Palms, Kalifornien, im Falle meines Todes.
»Was ist das?«
»Ich habe keine Ahnung, Miss. Ich bin nur der Bote.« Sein Lächeln wurde breiter, sodass zwei Grübchen entstanden. »Da ich nur ein kleines Licht in einer großen Kanzlei bin, werde immer ich dazu ausersehen, Dinge zuzustellen.« Und dann fügte er hinzu, weil er sie sehr hübsch fand: »Aber *eines Tages* werde ich dort Partner sein.«
Die Prahlerei fiel auf taube Ohren, da Morgana gerade den Umschlag öffnete und den Inhalt hervorzog.
Gideon, der sich in Candlewells Laden verabschiedet hatte, kam die Straße herunter. Nachbarn, die den glänzenden Wagen und den groß gewachsenen Fremden bemerkt hatten, versammelten sich vor dem Gasthaus. »Was ist, Morgana?«, fragte Gideon atemlos, und der junge Anwalt fügte hinzu: »Ich hoffe, es sind gute Neuigkeiten«, während die Dienstmädchen seinen Nadelstreifenanzug beäugten und untereinander flüsterten.
Da waren zwei Umschläge. Der erste enthielt einen Brief von einem Mann namens Bernam. Da weitere Nachbarn kamen, um zu sehen, was vor sich ging, die Dienstmädchen ausreichend kühn wurden, um mit dem gut aussehenden Neuankömmling zu sprechen und Gideon Morgana besorgt ansah, las sie schweigend: »Lieber Doc, ich habe nie vergessen, was Sie für mich getan haben, als Sie Sarahs Leben retteten. Wie Sie wissen, hatte sie sich von ihrer Beinwunde gut erholt und war wieder so gut wie neu. Ich erzählte Ihnen, dass ich mich zur Ruhe setzen wollte. Und genau das wollte ich tun, als Sie mich für diese List bezahlten, die wir bei dem McClory-Burschen angewandt haben. Aber nachdem wir uns verabschiedet hatten, spürte ich das Goldfieber noch immer in mir, sodass ich dachte, ich versuche es noch einmal. Ich und Sarah zogen in Richtung Ca-

lico, und ich steckte mit dem Geld, das Sie mir gezahlt hatten und das genau richtig kam, einen Claim ab. Nachdem ich tatsächlich fündig geworden war, verlor ich das Interesse. Es war vermutlich nur der Treffer, hinter dem ich mein Leben lang her war, nicht das Gold. Daher liegt alles bei einer Bank, da Sarah und ich nicht viel brauchen – wir sind in unserer Wüstenbehausung glücklich. Was soll ich mit ausgefallenen Dingen? Ha ha. Ich weiß nicht, wie lange wir noch da sein werden. Da ich keine Kinder habe, hinterlasse ich alles Geld Ihnen und Ihrem süßen kleinen Mädchen. Sie verdienen es. Sie haben meinen Traum wahr gemacht. Wenn Sie Sarah nicht gerettet und mir nicht das Geld für einen letzten Claim gegeben hätten, hätte ich meinen Traum niemals gefunden. Ihr Bernam.«

Der zweite Umschlag enthielt einen Kontoauszug. Der Saldo raubte Morgana fast die Sinne. Es war ein Vermögen.

»Was ist los, Morgana?«, fragte Gideon, als sie blass wurde.

»Alles in Ordnung«, sagte sie zu ihm. »Wir können das Gasthaus doch behalten.«

Während die Dienstmädchen und Zuschauer jubelten und klatschten, Mr. Singletary sich im Zentrum schmeichelhafter Aufmerksamkeit wieder fand und Ethel Kennedy Gideon heftig umarmte, griff Morgana in ihre Tasche und holte einen kleinen, in einen Seidenschal gewickelten Gegenstand hervor. Sie hielt das einzige verbliebene Bruchstück der goldenen Olla in der Hand, betrachtete die seltsamen Symbole, die in Rot auf einen apricotfarbenen Hintergrund gemalt waren, und erinnerte sich der Stunden, die sie damit verbracht hatte, die Fotos der Zeichnung ihres Vaters von dem großen Regenkrug zu studieren, wie sie ihre Fingerspitze auf ein Symbol gelegt und die vielen Verbindungen nachgezogen hatte, die davon ausgingen. In der Mitte dieser Scherbe befand sich ein Symbol, das wie ein winziger Mensch aussah.

Morgana erkannte nun, dass es sie selbst verkörperte und dass ihre Tante es nicht zufällig behalten hatte, ob Bettina sich dessen bewusst gewesen war oder nicht. Alles geschah aus einem Grund, wie Elizabeth immer zu sagen pflegte.

Morgana wusste, was sie tun musste. Sie würde nicht zur UCLA gehen. Sie hatte eine neue Berufung, eine, die keinen Besuch einer Uni oder den Betrieb des Gasthauses beinhaltete. Morgana wollte die Wahrheit über das herausfinden, was mit ihrem Vater geschehen war. Er war ein Heiler. Er hatte einer Frau das Leben gerettet. Sarah Bernam. Und die in dem Muster auf der Olla verborgene Botschaft war die Passion seines Lebens gewesen.

Auch um Elizabeths willen wollte Morgana herausfinden, was mit Faraday geschehen war, weil er die große Liebe ihres Lebens gewesen war. Und um Gideons willen würde sie beweisen, dass Faraday Hightower seine Kinder nicht verlassen hatte.

Morgana legte noch einen letzten Schwur ab an diesem siebenten Tag, nachdem Bettina zur Ruhe gebettet worden war. Weil sie, aufgrund der Möglichkeit einer Geisteskrankheit in ihrer Familie, Angst davor hatte, Kinder zu bekommen, würde sie ihr Herz hüten und sich niemals wieder verlieben.

MORGANA

1942

78

Morgana war so aufgebracht, dass sie die Wüstenschildkröte auf der Straße vor sich fast nicht gesehen hätte und ihr nur gerade noch ausweichen konnte.

Sie blickte zurück, um sicher zu sein, dass der alte Wüstenbewohner unversehrt geblieben war, und fuhr dann weiter, drückte das Gaspedal bis zum Boden durch, während der Truck die Cottonwood Spring Road entlangsauste, von der Wüste abwärts in die Ebene, die Joshuabäume, Feigenkakteen und Kerzensträucher hinter sich lassend, um in ein ebenes Meer aus Kreosot einzutauchen. Sie war so mit ihren Gedanken beschäftigt, dass sie Explosionen in der Nähe irrtümlich für Donner hielt.

Gideon.

Der beim Frühstück verkündet hatte, dass er sich freiwillig melden wolle.

»Nur über meine Leiche«, hatte Morgana gemurmelt. Sie hatte gewusst, dass dies kommen würde, und war bereit, mit ihm den Kampf auszufechten.

Gideon hatte die Achseln gezuckt und seinen Toast mit Butter bestrichen. »Moggie, die Vereinigten Staaten stehen jetzt offiziell im Krieg. Pearl Harbor liegt vier Monate zurück. Es ist meine Pflicht, Soldat zu werden.«

»Deine Pflicht – das sind *wir.*« Sie hatte von dem Sparbuch aufgeblickt, das sie gerade geprüft hatte. »Du und ich sind alles, was wir haben, Gideon. Ich wäre allein, wenn du dich freiwillig melden würdest.«

»Das müsste nicht so sein, Mogs. Clyde Billings wollte dich heiraten.«

»Ich will Clyde nicht heiraten«, sagte sie. *Gerade* Clyde nicht, fügte sie im Stillen hinzu. Morgana kämpfte seit drei Jahren gegen den Charme des gut aussehenden Grundstücksmaklers. Clyde war höllisch attraktiv, witzig und intelligent, fröhlich und freundlich. Morgana hatte sich nicht erlaubt, sich in ihn zu verlieben, aber es erforderte all ihre Willenskraft. Die einzigen Männer, denen gegenüber sie sich Offenheit und Freundlichkeit gestattete, waren entweder verheiratet oder hatten eindeutig kein Interesse an ihr. *Sichere* Männer. Und Clyde Billings war nicht sicher.

»Ehrlich, Mogs, ich weiß nicht, warum du nicht heiraten willst. Ich würde mich besser fühlen, wenn es noch einen anderen Mann in deinem Leben gäbe.«

Morgana hatte Gideon nie gesagt, aus welchem Grund sie nicht heiraten wollte. Er wusste nichts von ihren Ängsten vor ererbter Geisteskrankheit und dass sie es niemals riskieren würde, Kinder in die Welt zu setzen.

Morgana hatte versucht, Antworten zu finden. Sie las Bücher über Psychologie, schrieb Briefe an Professoren und Spezialisten, fuhr sogar nach Los Angeles, um Rücksprache mit Psychiatern zu halten, die alle darin übereinstimmten, dass es in der Tat Formen von Geisteskrankheiten gebe – Schizophrenie und manisch-depressive Störungen –, die erbliche Anteile haben, und dass unter Umständen die Gefahr bestünde, Morgana könne die Geisteskrankheit ihres Vaters an ihre Kinder weitergeben. Da sie sich auch über die neuesten Nachrichten der Genforschung bei Chromosomen und etwas, was kürzlich als DNA definiert wurde, auf dem Laufenden hielt, wuchs ihre Überzeugung, dass sie niemals Kinder haben dürfe.

»Komm schon, Moggie. Dies ist wichtig. Wichtiger als wir beide.«

»Jetzt im Moment ist nur wichtig, dass die Wasserpumpe repariert wird und nächstes Wochenende zweiundzwanzig Gäste anreisen.«

Das Gasthaus war geschäftiger denn je. Kürzlich war eine neue Goldmine entdeckt worden, welche die üblichen Horden Hoffnungsfroher in die Gegend und weitere Übernachtungsgäste ins Hightower Inn brachte (Morgana hatte das »Chateau« im Namen schon lange abgelegt).

Auch wenn Gideon es nicht sagte, war Patriotismus nicht der einzige Grund, warum er sich freiwillig melden wollte. Als er jünger war, waren das Zusammenleben mit seiner Schwester und die Ausflüge in die Wüste, um nach Spuren ihres Vaters zu suchen, ein wunderbares Abenteuer gewesen. Aber inzwischen war er vierundzwanzig und wollte in die Welt hinaus. Außerdem war die spirituelle Suche ihres Vaters eher Morganas Leidenschaft als seine. Es gab keinen Mann, keine Romanze in Morganas Leben – obwohl ein paar Leute in der Gegend Interesse bekundeten und sie Heiratsanträge bekommen hatte. Sie pflegte stattdessen Beziehungen mit Landkarten und dem Kompass. Sie schien ihren Traum, die Indianer zu studieren und schwindende Kulturen zu bewahren, vergessen zu haben, denn es kümmerte sie nur noch, die Vergangenheit zu klären und herauszufinden, was mit ihrem Vater geschehen war. Soweit es Gideon betraf, war die Vergangenheit vorbei. Er musste seine *Zukunft* finden.

Aber das bedeutete nicht, dass es leicht sein würde, seine Schwester zu verlassen. Sie war mehr als das: Sie war seine ganze Familie, seine Retterin, sein Idol. Während der albtraumhaften Monate, die dem Tod seiner Mutter folgten, waren es Morganas Arme, die ihn gehalten hatten, ihre sanfte Umarmung, die ihn beschwichtigt hatte, ihre tröstende Stimme, die ihm gesagt hatte, es sei gut, alles sei gut. Sie hatte ihn geküsst und bekocht und bemuttert, und dann hatte sie ihn in die Wüste hinaus mitgenommen, um ihm ihre Wunder zu zeigen, und hatte ihn gelehrt, dass der Geist seiner Mutter dort draußen zwischen den Felsen sei, in den uralten Bilderschriftzeichen der Indianer, mit dem Wind reitend, immer bei ihm.

»Mogs«, sagte er ernst, »du kannst deinen Kopf nicht in den Sand stecken. Der Krieg verschwindet nicht, nur weil du ihn ignorierst. Außerdem sagen alle, die Wehrpflichtgesetze werden nächstens geändert, und dann werde ich eingezogen und *muss* gehen.«

Morgana verließ ihren Sessel, setzte sich neben ihn, nahm ihn bei den Schultern, zwang ihn, sie anzusehen, und sagte leidenschaftlich: »Bis das geschieht, Gideon, werde ich dich nicht gehen lassen. Deine Mutter starb, und eine Woche später starb meine Tante. Die beiden Frauen, die uns aufgezogen haben, die alles waren, was wir auf der Welt hatten, sind innerhalb weniger Tage beide gegangen. Du und ich waren seitdem allein, haben gemeinsam gekämpft, haben uns unser Leben aufgebaut, aufeinander Acht gegeben. Wenn du zur Navy gehst, wie kann ich dann noch auf dich Acht geben? Wie willst du noch auf mich Acht geben?«

Gideon war für sie mehr als nur ein Bruder. Da seine Ähnlichkeit mit Faraday mit jedem vergehenden Jahr offensichtlicher wurde, war es ein wenig so, als hätte sie ihren Vater zurückbekommen.

Als er die Tränen in ihren Augen sah, sagte er: »Ach, Moggie. Weine nicht.«

»Mein letztes Wort ist Nein, Gideon Delafield, ohne weitere Diskussion.« Obwohl Morgana es schon vor langer Zeit aufgegeben hatte, so zu tun, als seien sie Cousins, und die Tatsache offen zugab, dass sie Bruder und Schwester waren, und obwohl sie darauf bestand, es sei sein Recht, sich Hightower zu nennen, hatte Gideon das Gefühl, dass das ein Verrat an seiner Mutter wäre. Aber auch wenn er seinen Namen nicht änderte, hatte sich etwas anderes sehr wohl verändert. Als Gideon sechzehn wurde, erfolgte ein Wachstumsschub, und er wurde bis zu seinem achtzehnten Geburtstag um fünf Zoll größer. Er galt noch immer als klein, aber mit den Muskeln, die er entwickelt hatte, und einer Art, »groß« zu gehen, war er kein lächerlicher Zwerg mehr.

Jetzt wollte er ein Held sein. Und in die Navy einzutreten war die Fahrkarte dorthin.

Als er weiter protestierte, merkte Morgana, wie sie die Nerven verlor. »Um Gottes willen, Gideon, in die Navy einzutreten wird dich keine acht Zoll größer machen.« Sie bedauerte ihre Worte augenblicklich. Der Ausdruck auf seinem Gesicht, der Schock und der Schmerz …

»O Gott, Gideon, es tut mir Leid«, hatte sie gesagt, die Arme nach ihm ausgestreckt und sich plötzlich elend gefühlt. Gideon war der eine Mensch, den sie mehr liebte als irgendjemanden sonst auf der Welt, und der letzte, den sie verletzen wollte.

»Ist schon in Ordnung, Mogs«, sagte er leise und wandte den Blick ab. »Es ist der Krieg. Er lässt uns alle verrückte Dinge sagen.«

Morgana hatte ihn ohne ein weiteres Wort am Frühstückstisch zurückgelassen, weil sie den Familien, die in der Nähe von Cottonwood Spring lebten, die Lieferung der diesjährigen sauer eingelegten Tomaten versprochen hatte und mit der Lieferung bereits eine Woche im Rückstand war. Während der Truck über die flache Wüste raste, den Bergpass hinab auf die freie Ebene zu, fühlte sich Morgana wegen ihrer Worte gegenüber Gideon elend. Aber er hatte sie auch verletzt, als er sie beschuldigte, den Kopf in den Sand zu stecken, dem Leid der Menschen gegenüber blind zu sein. Denn so war es nicht. Morgana war eine leidenschaftliche Kriegsgegnerin. Sie war gegen jegliche Art von Gewalt. Die Entdeckung, dass ihre Tante eine Mörderin gewesen war, hatte Morgana auf einen klaren, pazifistischen Weg geführt. Und wenn Gideons Name auf der Wehrliste erschiene, würde sie mit Klauen und Zähnen gegen seine erzwungene Einbeziehung zum Militär angehen.

Eine laute Explosion erschütterte den Truck und zerstreute Morganas Gedanken. Jäh in die Realität zurückgerissen, wurde sie augenblicklich zornig. Minenarbeiter sprengten in der Nähe! Und das war illegal.

Sie zog das Lenkrad scharf nach links, fuhr von der Hauptstraße ab in die Ebene und ließ den klapprigen Wagen über Felsen, Schlaglöcher und Gestrüpp holpern. Eine zweite Explosion bewirkte auf der anderen Seite eines niedrigen Hügelgrats eine Wolke aus Sand und Geröll. Morgana trat aufs Gaspedal.

Aber als sie die Hügel umrundete und Landvermesser, Minenausrüstung und ein Behelfslager zu finden erwartete, hielt sie den Truck abrupt an und sah ungläubig hin.

Ein Bataillon gepanzerter Fahrzeuge, hässlich grün und mit großen, weißen Sternen versehen, zog wie alternde Dinosaurier knirschend durch die Wüste, ungestalte Metallkolosse, die alles in ihrem Weg niederwalzten. Armeepanzer! Morgana konnte ihren Augen kaum trauen. Und als erneut ein Panzer sein Geschütz abfeuerte und daraufhin ein riesiger Sandpilz ins morgendliche Sonnenlicht stieg, sprang sie aus dem Truck und lief los. Den breitkrempigen Sonnenhut auf den Kopf gedrückt, lief sie den Panzern unmittelbar in den Weg, winkte mit ihrem freien Arm und schrie. Männer in den offenen Luken riefen einander zu und deuteten auf sie. Morgana nahm ihren Sonnenhut ab und benutzte ihn als Flagge, winkte mit beiden Armen, pflanzte sich im Weg eines großen Metallungeheuers auf.

Die Panzer kamen langsam zum Stehen. Weitere Luken wurden geöffnet, und Männer kamen hervor wie in die Sonne blinzelnde Maulwürfe. Ein Pfiff erklang in der stillen Luft. Zwei weitere Pfiffe nahmen das Signal auf. Morgana setzte ihren Sonnenhut wieder auf und stand dann mit den Händen auf den Hüften da, als wolle sie die Panzer herausfordern, sie zu überrollen.

Ein Jeep brach aus der Reihe aus und fuhr auf sie zu, und der Beifahrer sprang heraus, noch bevor das Fahrzeug anhielt. »Was machen Sie hier?«, brüllte er. Er trug Offiziersabzeichen, aber Morgana hatte keine Ahnung, welchen Rang sie anzeigten.
»Und was zum Teufel machen *Sie* denn hier?«
Er riss seine Sonnenbrille herunter und offenbarte tief liegende, braune Augen. »Sie befinden sich in Sperrgebiet.«
Der Wind nahm zu. Morganas Hut drohte ihr vom Kopf zu wehen. Sie hielt ihn mit der linken Hand fest. »Sperrgebiet! Dies ist die Wüste! Ich werde nicht zulassen, dass Sie und Ihre Panzer meine Wüste kaputtwalzen.«
»*Ihre* Wüste?« Der Offizier knöpfte seine Feldjacke auf und stützte die Hände auf die Hüften. »Miss, wir sind das Militär der Vereinigten Staaten, und wir haben ein Recht, hier zu sein.«
»Das kümmert mich verdammt wenig. Sie könnten Präsident Roosevelt sein, und ich würde dennoch nicht zulassen, dass Sie dieses Land schänden.«
Der Fahrer des Jeep lief herbei. »Pater O'Neill, der Kommandant möchte wissen, warum wir angehalten haben.«
Morganas Augen weiteten sich. *Pater* O'Neill? Und dann sah sie den schwarzen Brustlatz und den weißen Kragen unter dem Khakihemd.
»Habe ich gerade ›was zum Teufel‹ zu einem Geistlichen gesagt?«
Er lächelte. »Sie haben auch ›verdammt‹ gesagt.«
»Es tut mir Leid, ich hatte einfach nicht erwartet, heute auf ein Schlachtfeld zu treffen. Was tun diese Panzer hier?« Sie bemerkte, dass er ein attraktives Lächeln hatte.
»Sie haben noch nichts von dem neuen Desert Training Center beim Camp Young gehört?«, fragte O'Neill. »Wir sind hier, um die Truppen auf den Kampf in Nordafrika vorzubereiten. Es stand gewiss in allen Ihren Lokalzeitungen.«
Im Gasthaus gab es so viel zu tun, dass Morgana seit Wochen nicht mehr in die Zeitung geschaut hatte.
Als er ihre bekümmerte Miene sah, sagte er in freundlicherem Tonfall: »Ich fürchte, Sie werden sich daran gewöhnen müssen. Wir werden eine Weile hier sein.«
Sie sah ihn nachdenklich an. »Warum leitet ein Kaplan ein Kriegsspiel?«

Er errötete. »Sie brauchten einen Offizier, und ich war verfügbar.« Er nahm seinen Hut ab, um sich über die schwitzende Stirn zu wischen, und Morgana sah üppiges braunes Haar ohne Anzeichen von Grau. Sie vermutete, dass der Kaplan um die fünfunddreißig war.

Er errötete stärker, und Morgana bemerkte erneut, wie attraktiv er war. Als sie das kleine Kreuz am Kragen seiner Jacke sah, das Abzeichen des Chaplain Corps, erinnerte es sie daran, dass er ein Priester war, der ›sicherste‹ Mann auf der Welt, sogar noch sicherer als verheiratete Männer.

»Ich bin Morgana Hightower.« Sie streckte eine Hand aus.

»Robert O'Neill. Kaplanmajor.« Sein Händedruck war fest. »Morgana! Ein interessanter Name.«

»Ich wurde nach einer Illusion benannt.«

Er wölbte eine Augenbraue.

»Ah, die Fata Morgana. Und sind Sie ebenso unwirklich?«

Sie lachte. »Hören Sie sich um. Die Leute werden Ihnen sagen, dass ich ein wenig *zu* wirklich bin.« Und sie merkte, dass sie sich, zum ersten Mal seit ihrem Schwur, sich nie wieder zu verlieben, erlaubte, die Gesellschaft eines Mannes zu genießen und sogar ein wenig harmlos zu flirten. Ihre Abwehr bestand schon so lange, dass sie vergessen hatte, wie schön das sein konnte. Sie erlaubte es sich, weil sie wusste, dass sie ›sicher‹ war. Man konnte sich unmöglich in einen Priester verlieben.

»Ich denke, die Pause war lang genug für die Männer«, sagte er und gab denjenigen ein Zeichen, die aus ihren Panzern geklettert waren, um die junge Frau zu betrachten. »Es war mir ein Vergnügen, Sie kennen zu lernen, Miss Hightower, aber wir haben einen Zeitplan einzuhalten und die Artillerie zu testen.«

Sie betrachtete die Panzer mit ihren geöffneten Luken und die Männer, die ihr zuwinkten und -pfiffen, sowie die gewaltigen Geschütze, die auf die jungfräuliche Wildnis gerichtet waren, und kehrte dann schweren Herzens zu ihrem Truck zurück.

Der Krieg war in ihre Wüste gekommen.

79

»Es ist nicht unser Krieg, Gideon«, sagte sie, als er das Thema, sich freiwillig zu melden, erneut aufbrachte.

»Es ist Amerikas Krieg, wodurch es auch unserer ist. Pete Candlewell und George Martin haben sich schon freiwillig gemeldet.«

»Diese Familien können sie entbehren. Die Martins haben sieben Jungen. Aber ich habe nur dich. Gideon, denk an mich.«

»Ich denke an die Männer auf der *Arizona*.«

Morganas Schultern sackten herab. »Gideon, wie kannst du so etwas Schreckliches sagen.« Sie empfand Mitleid für die Familien der Seeleute, die während der Bombardierung umgekommen waren, aber auch wenn Gideon in die Navy eintrat, brachte das niemanden von ihnen zurück.

Sie sah ihren Bruder fest an und sagte mit zitternder Stimme: »Ehrenwort, Gideon. Wenn du dich freiwillig meldest, verspreche ich dir, dass ich niemals wieder mit dir reden werde.«

Er war ernsthaft entsetzt. »Du zwingst mich, zwischen meinem Land und dir zu wählen?«

»Wenn du zu einem Rekrutierungsbüro gehst, will ich dich niemals wieder durch diese Eingangstür treten sehen. Habe ich mich klar ausgedrückt?«

Zwei Tage später fuhr sie durch ein uraltes, ausgetrocknetes Flussbett um ein entlegenes Gehöft zu besuchen, und traf auf zwei kleine Panzer, einen Waffentransporter und einen kleinen Jeep, die bis zu ihrem Fahrwerk im Sand versunken waren. Die jungen Soldaten erzählten Morgana, dass sie schon seit zwei Tagen auf Zugfahrzeuge warteten. Fünfzig Fuß Seil waren nötig, sagten sie, um sie herauszuziehen. Sie waren heiter, aber es griff ihr ans Herz, wie eifrig sie auf sie einredeten, ihr erzählten, woher sie kamen, obwohl sie nicht danach gefragt hatte, bestrebt waren, über ihr Zuhause zu sprechen, wie jeder um ihre Aufmerksamkeit rang, und sie sah, wie herzzerreißend ihr Heimweh war. Als sie bemerkte, dass die Soldaten zusammen nur einen Fünfzig-Gallonen-Behälter Wasser und eine Kiste Feigen zur Verfügung hatten, verteilte Morgana die Lebensmittel, die sie in ihrem Truck hatte – frisches Obst, Tomaten und Gurken, Brotlaibe und Milchflaschen. Und die Art, wie die

jungen Männer diese Gaben schüchtern und doch gierig annahmen, nackte Dankbarkeit in den Augen, führte dazu, dass Morgana besorgt und zornig davonfuhr und den Krieg mehr hasste denn je.
»Du hättest das sehen sollen!«, erklärte Ethel Candlewell an diesem Nachmittag hinter ihrem Ladentresen. »Zelte, so weit das Auge reicht. Jungens, die im Freien duschen müssen. Erbärmliche Bedingungen.« Ethel war auf dem Rückweg von einem Besuch bei ihrer Schwester am Camp Young vorbeigefahren. »Das ist keine Art, unsere Soldaten zu behandeln, wenn du mich fragst.«
Morgana sagte sich, dass das, was die Armee mit ihren Männern tat, deren eigene Sache war. Ihr eigener Beitrag zum Krieg bestünde darin, zu rationieren, mit weniger zurechtzukommen und einen Victory-Garten anzulegen in dem sie Gemüse anbaute. Aber sie würde den Krieg nicht dadurch unterstützen, dass sie ihren einzigen Bruder opferte.

80

Sie waren überall.
Täglich trafen neue Rekruten ein, und das Militär nutzte jeden verfügbaren Winkel der Wildnis, um Kampfbedingungen in Nordafrika zu simulieren. Daher konnte Morgana nirgendwo mehr hingehen, ohne auf einen Schießstand, Feldübungen oder tief fliegende Kampfflugzeuge zu treffen.
Sie erfuhr, dass sich das Desert Training Center vom Westen Ponomas in Kalifornien fast bis Phoenix, Arizona, erstreckte, und von der mexikanischen Grenze in der Nähe von Yuma nordwärts bis Searchlight, Nevada. Innerhalb dieses riesigen Gebietes errichtete die Army zusätzlich zum Camp Young zeitweilige Lager für eintreffende Truppen, deren Männer die Wüste meistens zum ersten Mal erlebten. Es war erst April. Was würden sie im Juli und August tun, wenn die Tagestemperaturen neunundvierzig Grad erreichten?
Während Morgana sich unwillkürlich um die Rekruten sorgte, merkte sie, dass sie an zwei Fronten einen mentalen Kampf aus-

focht: denjenigen mit ihrem Gewissen, weil sie die Tausende von Jungen in Soldatenuniform zu ignorieren versuchte, die fast in ihrem Hinterhof standen, und denjenigen gegen Gideons tägliches Flehen, ihm zu erlauben, sich freiwillig zu melden. Eine weitere schlaflose Nacht, und sie gelangte zu der Entscheidung, dass sie den Behörden im Camp Young etwas Wichtiges mitzuteilen habe, so unangenehm die Aufgabe auch war.

Sie frisierte sich mit Sorgfalt, versicherte sich, dass der schulterlange Pagenschnitt richtig saß, rundum ordentlich und an den Seiten perfekt gelockt war. Dann erwog sie mehrere Kleider, bevor sie einen cremefarbenen Rock und eine rosafarbene Bluse wählte, und während sie Lippenstift auftrug, sagte sie sich, dass sie präsentabel aussehen musste, wenn sie bei den Verantwortlichen Gehör finden wollte, sie nicht glauben machen durfte, sie sei einer jener Wüstenbewohner, die am Rande von Zivilisation und Realität lebten. Die Kleidung und der Lippenstift hatten nichts mit Kaplan Pater O'Neill zu tun, der während dieser vergangenen Tage ständig in ihrem Kopf herumspukte. Und wenn sie um ein Gespräch mit ihm bäte, dann nur, weil sie wohl kaum einfach hinfahren und sagen konnte: »Ich möchte mit dem Verantwortlichen sprechen.«

Dennoch erkannte sie, als sie sich eine Stunde später dem Lager näherte, dass sie sich darauf freute, den beeindruckenden Kaplan wiederzusehen.

Camp Young lag südöstlich von Cottonwood Spring, am östlichen Rand des Coachella Valley an der Straße nach Blythe, mitten im Nirgendwo. Auf der flachen Hochebene, von dünenfarbenen Hügeln umgeben, sah Morgana Zeltreihen und Baracken mit Blechdächern stehen, aber es war kein festes Gebäude in Sicht. Jeeps, Panzer und Militärfahrzeuge aller Arten. Überall Männer. Rufe erfüllten die Luft. Sogar ein Signalhorn erklang. Morgana hatte nicht erwartet, ein so großes und geschäftiges Lager vorzufinden.

Sie sammeln sich für den Krieg.

Sie fuhr zum Wachtor, wo ein hölzerner Schlagbaum den Weg versperrte. Ein junger Wachsoldat mit einem Gewehr trat vor und fragte nach ihrem Anliegen.

Als sie darum bat, zu Major O'Neill gebracht zu werden, fragte der Wachsoldat erneut nach ihrem Anliegen.

»Es ist etwas Persönliches«, sagte sie und ignorierte die Soldaten, die sich am Zaun versammelten und zusahen.

»Es tut mir Leid, Miss, aber dies ist eine Militäranlage, und Zivilisten …«

»Ach, um Himmels willen!« Sie stieg aus ihrem Truck, rückte den Sonnenhut auf ihrem Kopf zurecht und sagte: »Wenn Sie Major O'Neill einfach informieren würden, dass ich hier bin.«

Ein Offizier schritt heran, ohne Jacke, mit offenem Kragen, die Krawatte gelockert. »Gibt es ein Problem, Corporal?« Morgana wusste, dass er ein Offizier sein musste, weil der Wachsoldat augenblicklich Haltung annahm und salutierte und die Männer am Zaun sich zerstreuten.

»Ich bin gekommen, um mit Major O'Neill zu sprechen, aber dieser Mann will mich nicht einlassen.«

Der Offizier war groß, Mitte fünfzig, mit einer langen Nase und traurigen Augen. »Sind Sie eine Verwandte?«

»Ich bin eine Bekannte«, sagte Morgana und dachte, dass Fort Knox nicht besser bewacht sein könnte. »Ich bin nicht gekommen, um zu spionieren. Aber es gibt einige Dinge, die Sie bezüglich Ihres Wüstenfeldzugs wissen sollten.«

Der Offizier befahl dem Wachsoldaten, O'Neill zu rufen, und fragte Morgana: »Dinge, die wir wissen sollten?«

Sie schaute durch den Zaun blinzelnd zu den Schwadronen von Männern, die marschierten und exerzierten. »Ich glaube nicht, dass viele Ihrer Rekruten aus der Wüste stammen. Dies ist nicht wie ein Picknick am Strand. Es gibt ausgetrocknete Salzbetten, flache, weite Täler, Felsen und Schluchten. Das Wetter ist extrem. Die Temperaturen können im Sommer bis auf neunundvierzig Grad im Schatten ansteigen und im Winter bis unter den Gefrierpunkt sinken. Trügerische Sandstürme kommen fast oder ganz ohne Vorwarnung auf, und plötzliche Gewitter können tödliche Blitzfluten aussenden. Es gibt Klapperschlangen, Skorpione und Taranteln.«

»Wir haben diese Dinge bereits bemerkt, Miss.«

»Aber sind Sie sich auch der Tatsache bewusst, wie lästig die Fliegen im Sommer werden? Ihre Leute werden viel Schutz brauchen. Ich schlage FLIT vor.«

»Das wurde bereits geordert.«

Sie schaute blinzelnd ins Sonnenlicht und dachte, das Lager könne einige Palmen gebrauchen. »Ich habe neulich einige Männer im Manöver gesehen, mit hohen Stiefeln. Solches Schuhwerk ist in heißem Klima ungeeignet, da es die Blutzirkulation einschränkt. Tatsächlich sollte, mit Ausnahme von Schuhsohlen, überhaupt kein Leder getragen werden. Ich schlage vor, dass Sie das Leder durch dickes Leinen ersetzen. Auch die Shorts, die ich einige Männer habe tragen sehen, sollten in der Wüste besser nicht benutzt werden. Sie setzen die bloßen Beine Verletzungen durch Dornen, Steine und Insekten aus, und solche Verletzungen entzünden sich sehr leicht.«

»Verstehe«, sagte der Offizier. »Haben wir *irgendetwas* richtig gemacht?«

Sie dachte einen Moment nach und betrachtete prüfend die Soldaten, die es wieder zum Zaun gezogen hatte, die ihre Finger in dem feinmaschigen Drahtgeflecht verschränkten und neugierig zusahen. »Die olivfarbenen Mützen mit dem breiten Schirm sind ein guter Schutz gegen die intensive Sonnenbestrahlung.«

»Danke, Miss«, sagte er mit einem Lächeln, das einen schiefen Schneidezahn offenbarte. »Ich werde diese Informationen gewiss höheren Orts weitergeben, das steht fest. Ah, wie ich sehe, kommt Pater O'Neill.« Er wandte sich an den Wachsoldaten, sagte: »Rühren, Soldat«, und ging davon.

Morgana kletterte wieder in den Truck und wartete darauf, dass O'Neill den Wachposten erreichte. Als der Schlagbaum angehoben wurde, fuhr Morgana hindurch.

»Guten Morgen!«, rief der Kaplan. Er trug saubere Khakikleidung, Hose und Hemd perfekt gebügelt, ein kleines Kreuzabzeichen an seinem Kragen glänzend. Er hatte keine Kopfbedeckung, sodass kurzes, braunes, goldgesprenkeltes Haar sichtbar war.

»Ich würde Sie gerne sprechen, Major, wenn ich darf. Wo soll ich parken?«

Die Zuschauer zerstreuten sich, der Schlagbaum wurde wieder herabgelassen, und Morgana ließ den Truck am Zaun stehen. Als O'Neill herankam, sagte er: »Ich habe Sie mit dem alten Mann reden sehen.«

»Alter Mann?«

»General Patton. Er leitet den gesamten Wüstenfeldzug. Wussten Sie das nicht?«
»Dann war er der richtige Ansprechpartner. Ich habe ihm gerade einige Ratschläge erteilt.«
O'Neill lächelte und runzelte gleichzeitig die Stirn. »Sie haben General Patton Ratschläge über den Krieg erteilt?«
»Ich weiß nichts über den Krieg. Aber ich kenne die Wüste.«
Er lud sie auf einen Kaffee in die Kantine ein, aber Morgana wollte die Einladung eigentlich nicht annehmen. Sie hatte erledigt, weshalb sie gekommen war – diese Männer darüber zu informieren, was ihnen hier draußen bevorstand –, und es gab keinen Grund mehr zu bleiben. Dennoch sagte sie: »Eine Tasse Kaffee wäre genau das Richtige.«
Die Kantine bestand aus einem rohen Holzboden und Segeltuchwänden und war von Küchendünsten und Zigarettenrauch erfüllt, während aus Lautsprechern an der Decke leise Musik erklang. Es waren zu dieser vormittäglichen Stunde nur wenige Männer in der Kantine, die hier und da bei Zeitungen, Kreuzworträtseln, Donuts und Kaffee saßen. Einige trugen Drillichanzüge, andere waren in Uniform. Es gab Gruppen, die sich leise unterhielten, während andere Männer allein saßen. Morgana fiel auf, wie jung sie alle aussahen.
Während sie und Major O'Neill sich an einen langen, verwaisten Tisch setzten, fragte er: »Wie nehmen Sie Ihren Kaffee?«, und kam dann mit zwei Bechern und einer um zwei süße Zimtbrötchen gewickelten Serviette zurück.
»Es ist so ruhig«, sagte Morgana, während sie Zucker in ihren Kaffee rührte. Am nächsten Tisch kauerte ein Soldat, der kaum älter als achtzehn sein konnte, über einem Block, schrieb ungehemmt und hielt nur hin und wieder inne, um die Spitze seines Tintenbleistifts anzulecken.
»Sie sollten diesen Raum zu Essenszeiten sehen«, sagte O'Neill, während er die süßen Zimtbrötchen hinlegte.
Und zur Postausgabe, dachte Morgana, die sich vorstellte, wie viel Heimweh diese Jungen empfinden mussten, wie verzweifelt sie eine Verbindung zu Familie und Vertrauten suchten.
Als sie sich auf ihrem Metallstuhl zurechtzurücken suchte, sagte

O'Neill: »Ich fürchte, die Möbel sind nicht auf Bequemlichkeit ausgerichtet.«
»Dieser Raum könnte auch ein wenig Heimeligkeit gebrauchen, wie Tischtücher und Blumen.«
»Er ist absichtlich spartanisch gehalten. General Patton möchte das ›Aufpolieren‹ auf ein Minimum beschränken und sich auf die taktische und technische Einweisung konzentrieren. Die Mehrheit der Männer hier gehört zur Infanterie, und sie sind hier, um ihre physische Belastbarkeit zu verbessern. Beispielsweise werden die Wasservorräte für alle, einschließlich der Offiziere, auf nur eine Feldflasche pro Tag begrenzt.«
»Und das meine ich«, unterbrach sie ihn. »Ich wette, Ihre Offiziere unterliegen dem Irrglauben, dass Wasser rationiert werden sollte.«
»Sollte es nicht?«
»Wenn Sie in der Wüste sind und Durst haben, dann trinken Sie Ihr Wasser. Der Körper wirkt wie ein Reservoir. Wir haben schon Menschen gefunden, die an Auszehrung gestorben sind, mit vollen Feldflaschen.«
In dem Moment erfüllte Musik die Luft, eine Melodie von Glenn Miller mit dem Text: *»Don't go walkin' down Lover's Lane with anyone else but me, Till I come marchin' home.«*
»Major O'Neill – oder heißt es Kaplan?«, fragte Morgana, die sich verlegen und plötzlich traurig fühlte und sich fragte, warum sie nicht einfach aufstand und ging.
»Es geht beides. Die meisten Rekruten nennen mich Pater.«
»Neulich, als ich die Panzer anhielt, sagten Sie, Sie seien den Manövern zugeteilt worden, weil ein Offizier gebraucht wurde und Sie verfügbar waren. Das fällt mir schwer zu glauben.«
Er lachte leise. »Ich bin ein schlechter Lügner.«
»Warum waren Sie dann dort?«
»Wenn ein Kaplan den Truppen beistehen will, muss er sich mit den Männern verbünden; und mit ihnen ins Manöver zu ziehen ist eine gute Möglichkeit, diesen Bund zu begründen. Kapläne sind überall, auf Übungsplätzen, an Schießständen, in Messen. Wir tragen keine Waffen und sind auch nicht an der Waffe ausgebildet. Aber wir nehmen an den Streckenmärschen und Gasmaskenübungen teil.

Was auch immer die Männer durchzustehen haben, stehen auch die Kapläne durch.«
Sie bemerkte, dass er seinen Kaffee noch nicht gekostet hatte, sondern nur darin rührte und in die umherwirbelnde Flüssigkeit schaute, als hätte er darin etwas verloren. Schließlich fragte er: »Warum haben Sie die Panzer angehalten? War das wirklich, um die Wüste zu beschützen?«
Sie war verblüfft. Woher konnte er das wissen? Oder konnte sie vielleicht genauso schlecht lügen wie er? »Warum fragen Sie das?«
»Ich fand Ihre Reaktion auf die Panzer sehr heftig. Verzeihen Sie«, sagte er. »Während meiner Zeit als Kaplan und auch davor, als Gemeindepriester, lernte ich zu hören, was Menschen *nicht* sagen. Und manchmal vergesse ich, dass nicht jeder, der mit mir spricht, Rat sucht. Sozusagen ein Berufsrisiko.«
»Ich bin gegen Krieg, Major. Ich bin gegen das Militär, gegen Geschütze, gegen Panzer, gegen Uniformen.«
Der Kaffee wurde immer weiter gerührt, der Blick war auf den Strudel in seinem Becher gerichtet. »Darf ich fragen, warum? Ich meine, geht es um Ihren Glauben?«
»Vor Jahren gab es Gewalt in meinem Leben. Gewalt in meiner Familie. Daher stößt mich jegliche Art von Kampf und Aggression ab.«
Sie erwartete, dass er als Nächstes die Worte äußern würde, die Gideon geäußert hatte, über die Verteidigung des Landes. Aber das tat er nicht. Tatsächlich spürte sie, dass Kaplan O'Neill etwas auf der Seele lag.
Als er den Blick hob, sah er sie direkt und gedankenvoll an. Er hatte ein kantiges Gesicht mit einer starken Kinnpartie und tief liegenden, dunkelbraunen Augen unter geraden Augenbrauen. Morgana hatte das äußerst seltsame Gefühl, dass er mit einem ungeheuerlichen Geständnis herausplatzen würde, und das beunruhigte sie.
Der Moment wurde durch einen Soldaten unterbrochen, der bat: »Verzeihen Sie, Pater, könnten Sie die Sahne bitte weiterreichen?«
Morgana erkannte überrascht, dass innerhalb nur weniger Minuten fast alle Stühle an ihrem Tisch besetzt worden waren.
Als ein Soldat, der neben O'Neill saß, fragte: »Verzeihen Sie, Pater,

wissen Sie, wie spät es ist?«, war Morgana beeindruckt. Der Kaplan war eindeutig ein beliebter Mann.

»Sind Sie gerne bei der Army?«, fragte sie, probierte den Kaffee und fand ihn bitter.

»Ich glaube nicht, dass, bis auf die höchsten Offiziere, irgendjemand von uns *gerne* hier ist.« Er sah die unausgesprochene Frage in ihren Augen. »Warum bin ich also eingetreten? Als der Krieg in Europa begann, wusste ich, dass es nicht lange dauern würde, bis die Vereinigten Staaten hineingezogen würden. Also meldete ich mich freiwillig, wohl wissend, dass Kapläne gebraucht würden. Ich machte die Ausbildung zum Kaplan, und da ich meinen Abschluss am Union Theological Seminary gemacht hatte und als Kaplan für die Theologische Fakultät an der Columbia University arbeitete, wurde ich als Offizier eingestuft. Wie sich herausstellte, hatte ich die richtige Ahnung. Noch vor vier Monaten, vor Pearl Harbor, gab es erst hundertvierzig reguläre Army-Kapläne. Seit dem Angriff verdoppelt sich diese Anzahl täglich, da sich Geistliche eifrig freiwillig melden.«

Während Morgana das kleine Kreuz an seinem Hemdkragen betrachtete, kam ihr etwas in den Sinn. Sie fragte: »Major, darf ich eine Frage zu Ihrem Bibelwissen stellen?«

»Sicher. Darum bin ich hier.«

»Was bedeutet ›Seine Brüder verkauften ihn an die midianitischen Händler‹?«

»Das stammt aus der Geschichte Josephs in der Genesis. Joseph bekam von seinem Vater einen bunten Mantel geschenkt, der unter seinen Brüdern Eifersucht bewirkte. Darum schmiedeten sie den Plan, Joseph als Sklaven an die Midianiter zu verkaufen. Warum?«

»Ich habe nur mal davon gehört.« Die Musik wechselte zu *Chattanooga Choo Choo*. »Ich sollte zurückfahren. Wir haben sehr viel zu tun«, sagte sie, obwohl sie sich nicht rührte.

»Viel zu tun?«

»Ich führe ein Gasthaus in Twentynine Palms, und wir sind ausgebucht. Ich werde für den Ansturm aufs Mittagessen gebraucht.«

In der Kantine war es warm geworden. Morgana nahm ihren Strohhut ab, um sich das Gesicht zu fächeln.

»Wie lange leben Sie schon …«, begann der Kaplan, während er auf

ihre entblößte Stirn schaute. Seine Gedanken stockten, er blickte rasch fort, hustete, erholte sich wieder und fragte: »Wie lange leben Sie schon in der Wüste?«
Morgana setzte ihren Hut wieder auf, verbarg ihre Stirn. Sie hatte vergessen, dass die Tätowierung Fremde manchmal erschreckte.
»Seit ich klein war.«
»Daher kennen Sie die Wüste so gut. Ihre Eltern kamen als Kleinbauern hierher?«
»Mein Vater war früher ein frommer Christ, aber dann durchlebte er eine Glaubenskrise und kam auf der Suche nach einer Antwort darauf hierher.«
»Hat er sie gefunden?«
»Ich weiß es nicht. Er verschwand vor zweiundzwanzig Jahren. Unmittelbar vor seinem Verschwinden erzählte er mir, er habe eine wundervolle Entdeckung gemacht. Ich weiß nicht, was es war, aber es handelte sich um etwas irgendwo draußen in der Wüste. Ich habe danach gesucht, nach seinen Spuren, aber ich hatte kein Glück.«
»Wie außergewöhnlich«, murmelte er und sah sie erneut an. Major O'Neill hatte eine Art, zwischen entspannt und ungezwungen und ernst und nachdenklich zu schwanken. »Wie sucht man fast eine Million Quadratmeilen nach einem einzelnen Menschen ab?« Er schaute auf ihre linke Hand und war überrascht, keinen Ehering zu sehen. Warum war eine solch attraktive junge Frau nicht verheiratet?
»Ich habe einige Hinweise, an denen ich mich orientieren kann«, sagte Morgana. Sie bemerkte, dass der Major sie stirnrunzelnd ansah, und das verunsicherte sie. Sie fragte sich, was an ihr war, das ihn so finster dreinblicken ließ. War es die Tätowierung? Sollte sie sie erklären? Während der Kaplan sie weiterhin forschend ansah und Morgana beschloss, sie könnte ebenso gut aufstehen und sich verabschieden, bat ein weiterer junger Rekrut, dessen Haar erst kürzlich rasiert worden war, dass sein Schädel ganz zerbrechlich wirkte, den Kaplan, die Milch weiterzureichen.
Jetzt waren alle Plätze am Tisch besetzt, von Jungen, die aßen und rauchten, Zeitschriften lasen, Briefe schrieben, ihre Aufmerksamkeit aber, ihrer Körpersprache nach zu urteilen, eindeutig auf den Major gerichtet hielten. War er ihre Vaterfigur, auch wenn sie ver-

mutete, dass er nicht älter als fünfunddreißig war? Vertrauten sich ihm diese jungen Männer an, trugen sie ihm ihre Ängste und ihr Heimweh vor?
Sie erhob sich, ohne ihren Kaffee zu Ende getrunken oder das süße Zimtbrötchen angerührt zu haben, dankte dem Major für seine Gastfreundschaft und bestand darauf, er müsse sie nicht zu ihrem Truck zurückbegleiten. Aber er tat es dennoch, und bevor sie davonfuhr, sagte sie: »Ich verspreche, Sie nicht mehr zu belästigen. Bestimmt wissen Ihre Generäle alles über das Überleben in der Wüste.«
»Sie können mich gerne jederzeit wieder besuchen«, erwiderte er.
Aber Morgana wusste, dass sie das Camp Young, die Army und Kaplan Robert O'Neill zum letzten Mal gesehen hatte.
Und doch verweilten ihre Gedanken, während sie die einsame Wüstenstraße entlangfuhr, hartnäckig bei dem für sie erstaunlichen Major. Etwas an ihm beunruhigte sie, etwas, was sie nicht benennen konnte. Während sie den Truck zur Hochebene hinauflenkte und sich die Landschaft veränderte – Kiefern und Wacholder wuchsen um dichte Ansammlungen von Joshuabäumen –, wurde es ihr klar: Wie konnte ein Mann Gottes bereitwillig an Gewalt teilhaben?
Als sie sich Arch Rock näherte, verlangsamte sie den Truck und hielt an. Die Mittagssonne verlieh dem »Elefanten« eine hell bronzefarbene Patina. Morgana erinnerte sich, wie Gideon hier zum ersten Mal geklettert war und Elizabeth ihr das Buch mit den Fotos der Zeichnungen ihres Vaters geschenkt hatte. Es schien ein Lebensalter her.
Morgana umklammerte das Lenkrad, presste die Stirn auf ihre Handrücken und schloss fest die Augen, bis Tränen kamen. All diese Jungen! Diese frischen, jungen Gesichter! Lächelnd und lachend, während sie zu töten lernten. Wie viele von ihnen würden nicht zurückkehren? Gideon hatte Recht. Es war nur eine Frage der Zeit, und Millionen würden eingezogen, ob sie an den Krieg glaubten oder nicht.
Der Gedanke an den Krieg und das Töten machte sie ganz elend. Sie wünschte, sie könnte sich vor die Armeen werfen und sie aufhalten, so wie sie die Panzer aufgehalten hatte. Aber sie war nur eine Frau. Was wäre, wenn alle Männer auf der Welt die Waffen niederlegten und sagten: Wir gehen nicht?

Doch das würde niemals geschehen. Sie dachte an die Kriegsdienstverweigerer – Männer, die aus religiösen, moralischen oder philosophischen Gründen nicht zum Militär gingen. Könnte sie ihren Bruder davon überzeugen, diesen Weg einzuschlagen? Nein. Gideon sehnte sich danach, ein Held zu sein.
Sie weinte um die Jungen im Camp Young. Um Gideon.
Und dann kam ihr eine Zeile aus einem Film in den Sinn: »*Ich bin nicht müde, Scarlett. Der Mann könnte Ashley sein. Und nur Fremde hier, die ihn trösten.* Jeder *hier könnte Ashley sein …*«

81

Gideon und ein Angestellter reparierten auf dem Hinterhof des Gasthauses die Wasserpumpe, aber Gideons Gedanken waren meilenweit entfernt.
Wie sollte er sich mit Morgana einigen?
Er wusste, wie sehr sie gegen den Krieg war. Er hatte sogar eine Vermutung, wo ihre Anti-Gewalt-Überzeugung herrührte. Er selbst fand jedoch, dass der Kampf nötig war. Man durfte Tyrannen nicht erlauben, Menschen zu misshandeln und zu unterwerfen. Und der Kriegseintritt war für Gideon eine Chance, groß zu sein, nicht von der Statur her – mit vierundzwanzig wusste er, dass er nicht mehr wachsen würde –, aber es gab andere Arten, Größe zu zeigen.
Wie brachte er Morgana dazu, zu akzeptieren, dass er sich freiwillig meldete? Er wünschte, sie hätte einen Ehemann. »Weißt du nicht, dass die Leute dich eine alte Jungfer nennen?«, hatte er einmal in der Hoffnung gesagt, sie dazu zu bringen, einen der Heiratsanträge, die sie bekam, anzunehmen.
Morgana hatte nur gelacht. »Ich bin zweiunddreißig Jahre alt, Gideon. Wohl kaum alt! Außerdem bin ich zu beschäftigt, um mich gerade jetzt, wo ich mich um das Gasthaus kümmern muss und versuchen will, Vater zu finden, mit einem Ehemann abzugeben. Manche Dinge haben eben Vorrang.«
Vor zehn Jahren hatte sie versprochen, die Wahrheit über ihren Va-

ter herauszufinden, und das hatte Gideon in der ersten Zeit getröstet. Aber als die Zeit verging und seine seelischen Wunden heilten, erklärte er Morgana, dass er sich mit der Abwesenheit seines Vaters ausgesöhnt habe. Nach zwanzig Jahren war es offensichtlich, dass Faraday Hightower tot war. Gideon hatte auch seinen Frieden mit der Tatsache gemacht, dass Faraday seine Mutter niemals geheiratet hatte. Während er zum Mann heranwuchs, begann er zu begreifen, wie komplex Beziehungen zwischen Männern und Frauen sein konnten, dass nichts einfach war. Und vielleicht hatte sein Vater sogar nie erfahren, dass Elizabeth schwanger war. Gideon hatte versucht, Morgana auch das zu erklären, in der Hoffnung, dass sie sich auf ihr eigenes Leben und ihre Zukunft konzentrieren würde, aber sie wollte die Suche nicht aufgeben. Inzwischen vermutete Gideon, dass sie nicht mehr so sehr nach einem Beweis dafür suchte, dass ihr Vater tot war, als vielmehr nach einem Beweis für diese alten Schamanen. Ohne sich dessen bewusst zu sein, hatte Morgana ihre eigenen Ziele und Träume aufgegeben und die spirituelle Suche ihres Vaters übernommen.

Zu Anfang hatte sie einen Pinkerton-Detektiv angeheuert, um Faraday Hightower zu finden. Sie erzählte dem Detektiv alles, was sie wusste. Sie bezahlte den Detektiv dafür, die Mitglieder von Elizabeths Team vom Smith Peak ausfindig zu machen, um zu erfahren, ob jemand von ihnen etwas von Dr. Hightower wusste. Morgana schickte den Mann auch nach Boston, um alte Freunde und Kollegen, Nachbarn, Patienten zu befragen. Der Detektiv fuhr sogar zum Chaco Canyon und spürte einen alten Cowboy namens Wheeler auf.

Nach zwei Jahren, in denen er eine dicke Akte über Faraday Hightower angelegt hatte, konnte der Detektiv keine weiteren Hinweise finden, konnte niemanden mehr finden, mit dem Hightower seit seinem Verschwinden Kontakt gehabt hätte. Aber Morgana weigerte sich zu akzeptieren, dass er endgültig verschwunden war.

War die Tätowierung nicht der Beweis dafür? fragte sich Gideon.

Es war unerwartet ein Jahr nach dem Feuer geschehen. Zwölf Monate lang hatte sich Morgana mit Fassung und ruhiger Zurückhaltung um die Führung des Gasthauses gekümmert. Sie pflegte keinen Umgang mit den Gästen. Sie und Gideon sprachen niemals über Bettina und Elizabeth und das, was mit ihnen geschehen war, aber als sich Bettinas Todestag jährte, war Morgana nachts schreiend aufgewacht. Sie wollte Gideon nicht erzählen, worum es in ihrem Albtraum ging, aber wenige Tage später fuhr sie nach Los Angeles und kehrte mit einer narbenfreien Stirn zurück. Alle staunten über die gekonnte Arbeit, die der plastische Chirurg geleistet hatte, indem er die Narbe durch glatte, von Morganas Oberschenkel entnommene Haut ersetzte. Nach einer Weile war selbst die Naht kaum noch sichtbar. Man musste schon genau hinschauen, um überhaupt etwas Ungewöhnliches zu bemerken, und alle gratulierten ihr dazu, dass sie es hatte machen lassen.

Und dann fuhr sie ohne Erklärung erneut weg, dieses Mal für eine Übernachtung in San Diego. Und als sie zurückkehrte, zeigte ihre Stirn drei neue, dunkelblaue, vertikale Linien.

»Warum, Mogs?«, hatte Gideon gefragt. »Warum hast du das getan?«

»Weil es da war, als mein Vater mich zuletzt gesehen hat«, sagte sie schlicht.

Er war sich zuerst nicht sicher gewesen, dass die neue Tätowierung eine gute Idee war, aber seitdem war Morgana wieder so, wie sie vor dem Feuer und den beiden Todesfällen gewesen war – freundlich, offen, selbstbewusst. Es war fast, als ob die Operation ihrer Stirn die Dämonen freigelassen hätte, die sie geplagt hatten. Gideon hoffte, dass es so war, dass es seiner Schwester wirklich gut ging, denn er war entschlossen, in diesem neuen Krieg zu kämpfen.

Morgana betrat den Hinterhof, wo ihr Bruder die Wasserpumpe reparierte, sein Haar verwuschelt wie bei einem kleinen Jungen und mit Flecken im Gesicht. Nicht sehr groß, aber kräftig war er. Ihr Herz schrie auf. Sie würde ihn so sehr vermissen, dass kein Messerstich dem Schmerz darüber gleichkäme.

»Gideon«, sagte sie.

Er richtete sich auf und wischte sich die Hände an einem Lappen ab.

»Ich habe meine Meinung geändert. Du kannst dich freiwillig melden.«

Er grinste. »Danke, Mogs. Das habe ich bereits.«

82

Der Aufschlag des Schraubenschlüssels gegen den Motorblock war so laut, dass Suzie Knapp sicher war, die Leute in San Bernardino könnten ihn noch klingen hören. Sie hatte Morgana schon früher frustriert und verärgert erlebt, aber niemals auf so physisch direkte Art.

»Warum will dieses Ding bloß nicht funktionieren!«, rief Morgana. Sie stand über den offenen Motor des Trucks gebeugt und hatte bereits zehn Minuten mit dem wütenden Versuch verbracht, ihn zu starten. Suzie sagte, es täte ihr Leid, aber ihr Mann sei zwanzig Meilen entfernt bei der Arbeit. »Soll ich zu den Candlewells laufen und nachsehen, ob Joe da ist?«

Suzie Knapp, eine rundliche Person mit Rotschopf, deren Sommersprossen sie jünger als dreiunddreißig erscheinen ließen, war die Tochter von Kleinbauern aus Wisconsin, die einen Molkereibetrieb führten, der Siedlern und kleinen Gemeinden im Umkreis von fünfzig Meilen Milch, Sahne, Käse und Butter lieferte. Suzies Mann war der ortsansässige Zimmermann, und sie hatten drei Kinder. Wenn Jim Knapp zu wenig zu tun hatte, half Suzie im Hightower Inn aus.

Außerdem war sie Morganas beste Freundin.

»Ich habe keine Zeit, um zu den Candlewells zu laufen!«

»Morgana, beruhige dich. Meinst du nicht, dass du gerade ein wenig überreagierst?«

»Ich überreagiere nicht!« Morgana starrte den widersetzlichen Motor finster an. Überreagieren. Das war es, was auch Major O'Neill gesagt hatte. Dass ihre Reaktion auf die Panzer ein wenig heftig war. Was hatten sie alle nur?

»Ich meine nur«, begann Suzie und schluckte die Worte dann hinunter. Morgana war schon gereizt, seitdem sie letzte Woche vom Camp Young zurückgekommen war. Sie wollte nicht über das reden, was dort geschehen war – vermutlich war sie hingefahren, um den Soldaten Ratschläge zum Überleben in der Wüste zu erteilen –, aber etwas hatte sie aufgewühlt. Suzie hatte Morgana noch nie so reizbar erlebt.

Suzie sagte gerade: »Vielleicht ist Sandy aus Banning zurück«, als

sie mitten im Satz innehielt und mit großen Augen an Morganas Schulter vorbeischaute.
Morgana wandte sich um, und als sie Major O'Neill auf dem staubigen Hof stehen sah, während Hühner um seine Füße herum pickten, tat ihr Herz einen Satz.
Seit ihrem Besuch im Camp Young und ihrem Schwur, nie wieder dorthin zurückzukehren, nichts mehr mit der Army und dem Krieg zu tun haben und besonders diesen Mann niemals wiedersehen zu wollen, war eine Woche vergangen. Aber in dieser Woche, während sie ihre letzten Tage mit Gideon verbrachte, bevor er seine Sachen packte und den Zug nach San Diego nahm, wollten ihre verräterischen Gedanken nicht von dem verwirrenden Kaplan ablassen.
»Major!«, sagte sie. O'Neill war in staubigem Drillichanzug, einer staubigen Feldjacke, staubigen Stiefeln und Handschuhen ein Anblick für sich.
»Miss Hightower«, sagte er, sich nervös räuspernd. Er war höchst ungern hier. Er hatte versucht, diesen Auftrag zu umgehen, jemand anderen – seinen Kaplansassistenten – zu schicken, aber letztendlich hatte der für die Truppenmoral zuständige Offizier O'Neill davon überzeugt, dass er es tun musste. »Sie sind der einzige Mensch, der eine Art Verbindung zur örtlichen Gemeinde aufgebaut hat, Pater. Wir brauchen dringend Ihre Hilfe.«
Unglücklicherweise war seine »Verbindung« eine Frau, die ihm auf eine Art unter die Haut ging wie noch keine Frau zuvor. Von dem Moment an, in dem er sie wie einen Racheengel des Herrn vor den Panzern hatte stehen sehen, suchte sie seine Gedanken und sogar seine Träume heim. Als sie mit ihren Ratschlägen über das Leben in der Wüste ins Lager kam, hatte er sie zum Kaffee eingeladen, weil es ihm höflich erschien. Aber mit ihr zusammenzusitzen, sie über die Suche nach ihrem Vater in der Wüste erzählen zu hören und sich nach der erstaunlichen Tätowierung auf ihrer Stirn zu fragen, hatte die Dinge nur schlimmer gemacht. O'Neill hatte sie seitdem nicht mehr aus dem Kopf bekommen, und er erkannte, dass die einzige Lösung des Dilemmas darin bestand, ihr vollkommen aus dem Weg zu gehen.
Und nun war er hier, auf ihrem eigenen Grund und Boden. Gleich

würde er um fünf Minuten ihrer Zeit bitten, obwohl er wusste, dass schon fünf *Sekunden* verhängnisvoll wären. »Ich hoffe, ich komme nicht ungelegen.«
»Nein«, sagte sie rasch und versuchte sich vorzustellen, wie sie aussehen musste. War ihr Haar zerzaust? O Gott, sie trug Gideons Overall.
»Ich habe mich gefragt, ob ich einen Moment mit Ihnen sprechen könnte, Miss Hightower.«
»Ich wollte gerade wegfahren. Wenn ich dieses verdammte Ding gestartet bekäme.« Sie trat gegen einen Reifen des Trucks.
»Es dauert nur eine Minute.«
»Ich habe keine Minute Zeit, Major«, sagte sie, warf den Schraubenschlüssel hin und zog zwanglos den Overall aus. Darunter trug sie eine Bluse und einen Rock, der jetzt ziemlich zerknittert war. »Ich muss dringend zum Queen Valley.« Sie runzelte die Stirn. »Sie haben nicht zufällig einen überzähligen Vergaser in Ihrem Jeep?«
»Ich habe keinen Jeep. Ich bin mit dem Motorrad hier.«
Sie sah ihn an. »Wirklich?« Sie konnte es sich nicht vorstellen, ein Geistlicher auf einem Motorrad!
»Bitte, Miss Hightower, nur auf ein rasches Wort.«
»Würden Sie mich mitnehmen, bitte?«
»Verzeihung? Sie mitnehmen?« Es hatte eher wie ein Befehl als wie eine Bitte geklungen.
»Zum Queen Valley hinaus. Wir müssen uns beeilen.«
»Aber was …«
»Ich werde es Ihnen später erklären. Dann können Sie so lange mit mir sprechen, wie Sie wollen.« Major O'Neill war der letzte Mensch auf Erden, mit dem sie allein sein wollte, aber eine dringende Angelegenheit in der Wüste ließ sie ihre persönlichen Probleme beiseite schieben. Er besaß ein Transportmittel, und dies war ein Notfall. Zu ihrer Freundin sagte Morgana: »Suzie, übernimm bitte für mich im Gasthaus«, nahm den Sonnenhut aus ihrem Truck und meinte: »Gehen wir, Major!«
Suzie Knapp, die schon gewusst hatte, dass sie Jim Knapp heiraten würde, bevor sie einander überhaupt offiziell vorgestellt wurden, Suzie, die sich rühmte, über Romanzen absolut Bescheid zu wissen, sah nun, wie Morgana verlegen ihr Haar richtete und der gut

aussehende Offizier errötete, und begriff plötzlich den Grund für Morganas Gereiztheit in der letzten Zeit. »Nimm dir alle Zeit, die du brauchst«, rief sie ihnen mit wissendem Lächeln nach.

Morgana mochte keine Motorräder, aber sie hatte die Maschinen in Camp Young gesehen, die stabile, sicher wirkende Beiwagen aufwiesen. Als sie durch die Hintertür des Gasthauses trat, blieb sie jedoch jäh stehen und schaute. Da stand das Militärmotorrad, von Nachbarskindern umringt, die neugierig darauf starrten.

Aber da war kein Beiwagen.

Sie legte eine Hand auf ihre Brust, spürte den kleinen, goldenen Talisman unter dem Stoff ihrer Bluse und betete dafür, dass er ihr auf der Maschine Sicherheit verliehe.

»Hier«, sagte O'Neill und reichte ihr den Helm, der am Lenker gehangen hatte. Sie schob den Sonnenhut zurück, sodass er nun auf ihrem Rücken hing, setzte den stählernen Kampfhelm auf ihr Haar und schloss den Riemen unter dem Kinn.

Major O'Neill setzte sich eine Brille auf die Nase und stieg auf, und Morgana nahm auf dem Sitz hinter ihm Platz. Sie suchte nach etwas, um sich festzuhalten, aber da war nichts, sodass sie die Arme um seine Taille schlingen musste und sich sagte, es sei in Ordnung. Er war Priester.

Und als sie die Arme um ihn legte, der Motor aufbrummte und sie losfuhren und sie sich festhielt und erstaunt war, unter den Schichten Khakikleidung seinen harten Körper zu spüren, wurde Morganas Mund trocken, ein Klumpen bildete sich in ihrer Kehle, und zu spät wurde ihr klar, dass sie vielleicht doch besser Joe Candlewell hätte um Hilfe bitten sollen.

In der Oase von Mara, wo sie Touristen Fotos von den Indianern machen sahen, rief Morgana über den knatternden Motor hinweg: »Fahren Sie weiter, Major. Ich sage Ihnen, wann Sie abbiegen müssen. Und bitte beeilen Sie sich!« Sie fuhren auf den Utah Trail hinaus, preschten die unbefestigte Straße entlang und fuhren über Hügel in das zerklüftete Gebiet des Joshua-Tree-Naturschutzgebiets hinab. Dort standen Wälder von Yuccapflanzen, und wuchtige Felsblöcke wirkten, als seien sie planlos hingeworfen worden. Morgana hielt die Arme fest um Major O'Neills Taille geschlungen, weil die Straße trügerisch war und das Motorrad mehrmals durch die Luft flog. Sie war auf Pferden im Galopp durch dieses Land geritten und im Truck und in Autos durch die Wüste gebrettert, aber das Motorrad war wieder eine neue, erfrischende Erfahrung. Sie wollte aufjauchzen angesichts der Freude und Freiheit, die sie empfand. Aber eine ernste Aufgabe lag vor ihr.

Sie betete darum, dass sie die Jäger rechtzeitig erreichten.

»Wohin fahren wir?«, rief O'Neill über die Schulter.

Immer weiter, immer und ewig, lass uns niemals anhalten. »Wir fahren ins freie Gelände. Fahren Sie einfach weiter. Ich sage Ihnen, wo wir abbiegen müssen«, rief sie zurück und fragte sich, worüber er mit ihr sprechen wollte, als er zum Gasthaus kam. Er hatte nervös gewirkt, wie er dort im Hof gestanden hatte. Fast widerstrebend, dort zu sein, als habe er etwas Unangenehmes zu erledigen.

Sie vertrieb ihn gewaltsam aus ihren Gedanken. Sie rasten gegen die Zeit an.

George Martin besaß vier Privatflugzeuge und unterhielt einen Flugdienst, der die gesamte Wüstenregion versorgte. Er war vom Colorado River zurückgekehrt, als er tief übers Queen Valley flog und etwas sah, was eindeutig ein Wildererlager war. Er hatte sofort Morgana angerufen. Überall im Park waren während der letzten Monate verstümmelte Kadaver von Steinadlern gefunden worden. Sie wollte die Wilderer auf frischer Tat ertappen.

»Hier!«, rief Morgana, als sie eine gewaltige Barriere aus himmelhoch aufgetürmten Felsblöcken erreichten. »Jetzt! Halt!« Major O'Neill verlangsamte das Motorrad, und Morgana sprang ab, bevor es ausgerollt war, löste ihren Helm und ließ ihn in den Sand fallen. Während sie auf eine Lücke zwischen den Felsblöcken zueilte, wo sich Palmen in den blauen Himmel erhoben, knatterte das Motorrad mehrmals so laut, dass es wie Gewehrschüsse klang. Morgana schaute zurück und sah Major O'Neill mit den Händen auf den Hüften dastehen und kopfschüttelnd das Motorrad betrachten. Etwas stimmte mit der Maschine nicht, aber Morgana lief weiter.

Sie roch den Kadaver des Köders, bevor sie ihn sah. Ein gehäutetes Schwein, das in der Hitze verweste. Fliegen schwirrten in der Luft, während Raben an dem Fleisch pickten und untereinander rangen, die großen, schwarzen Schwingen flatternd. Die Wilderer waren fort, die zurückgelassene Asche des Lagerfeuers war noch warm, und frische Reifenspuren führten in drei verschiedene Richtungen davon.

Morgana hörte, wie sich Schritte näherten, und dann flüsterte Major O'Neill: »O mein Gott!«

»Wir sind zu spät gekommen«, sagte sie, während sie auf die Knie sank, um ein blutiges Objekt im Sand zu inspizieren.

»Was ist das?«, fragte der Major, und dann erkannte er, was es war. Die Überreste eines Steinadlers, dessen Schwingen, Krallen und Schwanz abgehackt worden waren.

Morgana sah mit tränennassen Augen zu O'Neill hoch. »Sie haben versucht, ihn lebend zu fangen. Sie müssen ihn entweder verletzt oder getötet haben, also bargen sie, was sie konnten, und ließen den Rest zurück.«

»Ich wusste nicht, dass in dieser Gegend Steinadler hausen«, sagte er, weil er etwas sagen musste, aber nicht wusste, was.

»Dort drüben, dieser Gipfel, das ist der Queen Mountain. Naturforscher fanden dort oben einen Adlerhorst. Die Wilderer bekamen Wind davon und verfolgten den Steinadler, um die Grenzen seines Gebietes auszuloten. So arbeiten sie. Dann legen sie tote Tiere als Köder aus und warten. Wenn der Steinadler zum Fressen kommt, schießen sie mit der Armbrust Netze ab. Das ist gefährlich für die Vögel. Sie werden oft getötet oder verstümmelt.«

»Warum sollte jemand Steinadler fangen wollen?«

»Sammler zahlen große Summen, um einen wilden Adler in ihren Privatvolieren zu haben. Millionäre, die nichts Besseres mit ihrem Geld anzufangen wissen.« Sie erhob sich und trat gegen den Sand.

»Aber … warum schnitten sie …«

»Trophäen«, sagte sie mit angespannter Stimme. »Es gibt Leute, die Adlerteile kaufen.« Sie sank auf einen Felsblock. »Noch mehr Gewalt …«, murmelte sie.

»Soll ich sie begraben?«

Morgana schaute mit tränenüberströmtem Gesicht auf. Sie begraben? Der Kragen des Priesters, die Kreuze an seiner Uniform, der Ausdruck des Mitleids und Kummers in seinen dunkelbraunen, tief liegenden Augen. Würde er über diesen armen Wesen auch ein Gebet sprechen? »Nein, danke«, sagte sie leise, erhob sich erneut und wischte sich die Tränen fort. »Von den Überresten ernähren sich Raben und andere Vögel, und auch Kojoten und Ameisen, bis die Wüste wieder sauber ist.«

Die beiden Menschen standen einen Moment schweigend da, während die Raben kämpften und schrien und Geier über ihnen zu kreisen begannen, und dann sagte Morgana: »Wir können ebenso gut zurückfahren.« Und sie lief in Richtung Motorrad.

»Ich fürchte, ich habe weitere schlechte Nachrichten«, sagte O'Neill. »Das Motorrad hat sich überhitzt. Ich weiß nicht, was das Problem ist. Ich habe nach dem Öl gesehen, aber das scheint in Ordnung. Es könnte ein Problem mit den Ventilen sein, aber ich habe nicht das Werkzeug, um sie zu reparieren.«

Sie sah ihn an. »Wollen Sie damit sagen, wir müssen hier warten?« Sie wollte nicht hier draußen mit ihm gestrandet sein. Er war verdammt zu attraktiv. *Auch wenn* er ein Priester war.

»Ich fürchte, ja«, sagte er, und sie sah den kurzzeitig bestürzten Ausdruck auf seinem Gesicht. *Er will auch nicht hier draußen mit mir gestrandet sein.*

»Nun«, sagte sie, als sich der Wind drehte und den Geruch von verwesendem Fleisch herantrug. »Hier können wir nicht bleiben.« Sie betrachtete prüfend die mit Joshuabäumen, Kakteen und gewaltigen Felsblöcken gesprenkelte Landschaft und entdeckte einen Felsvorsprung, der Schatten bot. »Wie lange?«, fragte sie.

Er zuckte die Achseln. »Eine halbe Stunde.«

Sie stapften schweigend über den Sand, Morgana mit dem Gefühl, als hätte sie den Steinadler im Stich gelassen, während Major O'Neill seinen eigenen Gedanken nachhing. Dies schien nicht der richtige Zeitpunkt, um das Thema anzuschneiden, weswegen er zu ihr gekommen war. So wie sie um den toten Vogel geweint hatte. Und nun ihre eingesunkenen Schultern, als drücke die Last der Wüste sie nieder. Wie konnte er dieser Last noch das Gewicht von achttausend Soldaten hinzufügen?

Als sie den Schatten erreichten, sank Morgana auf einen Felsblock und strich sich das feuchte Haar aus dem Gesicht. Sie sah O'Neill ihre Stirn betrachten und dann wieder fortschauen. Sie machte eine Geste, er möge sich setzen, aber er sagte, er müsse sich die Beine vertreten. Er lief wenige Meter fort und wieder zurück, ging mit dem Schritt eines Unentschlossenen über den Sand. Er sah sie nicht an. Alles erweckte seine Aufmerksamkeit – Falken, Wolken, ferne Berge –, sodass Morgana dachte, er ränge wohl gerade mit einem Entschluss.

»Ich sollte die Tätowierung erklären«, begann sie.

Er hielt inne und sah zu ihr hinunter, sein Gesicht im Schatten, der blaue Himmel hinter ihm scharf abgegrenzt. »Das müssen Sie nicht.«

»Ich vergesse, dass sie da ist, und dass sie Menschen erschreckt. Ich hatte die Stirntätowierung schon einmal, als ich ein kleines Mädchen war. Ich weiß nicht, wie ich dazu kam. Meine Tante Bettina, bei der ich nach dem Verschwinden meines Vaters lebte, wollte es mir nie sagen, und ich erinnere mich nicht, wie sie dorthin kam. Ich war zu dem Zeitpunkt noch sehr klein. Ich besitze einige alte Fotos, auf denen die Male auf meiner Stirn zu sehen sind. Ich weiß, dass ich sie mindestens zwei Jahre lang hatte und dass mein Vater, meiner Erinnerung nach, nie etwas dagegen hatte. Bettina mochte die Tätowierung nicht. Und ich denke, darum hat sie meine Stirn verbrannt.«

Er blinzelte. »Wie bitte?«

»Mit einem heißen Schürhaken. Sie wollte sie auslöschen.«

»Gütiger Himmel.« Er setzte sich neben sie, und sein Arm streifte ihren.

»Ich hatte lange Zeit danach eine Narbe, bis ich sie von einem Schönheitschirurgen entfernen ließ.«

Sein Blick schweifte zu ihrer Stirn. Sie konnte seine Augen fast auf ihrer Haut spüren, die dunkelbraune Iris, die wirkte, als müsste sie sich warm anfühlen.

»Der Chirurg hat die Narbe wundervoll beseitigt«, sagte sie und fragte sich, warum sie ihm das alles erzählte. »Alle sagten, meine Stirn sähe großartig aus. Aber dann überkam mich ein unerklärlicher Zwang. Ich erinnere mich kaum noch an die Zugfahrt nach San Diego, wo ich ein Tätowierstudio aufsuchte und Seeleute mich ansahen, als ich auf dem Stuhl saß. Ich weiß nur, dass danach eine Art Frieden in meine Seele einkehrte. Und eine neue Kraft. Ich denke, die Narbe symbolisierte die Tyrannei, die meine Tante über mich ausgeübt hatte, nachdem mein Vater verschwunden war. Ich

durfte bei ihr nicht mein eigenes Leben leben. Ich wollte die zwölf Jahre unter ihrer Knute auslöschen.«
Sie sah ihn an. »Klingt das verrückt?«, fragte sie, erstaunt darüber, dass sie vor diesem Fremden gerade einen sehr persönlichen Teil ihres Lebens ausgebreitet hatte.
»Nein. Sie wollten wieder das kleine Mädchen sein, das Sie waren, bevor Ihr Vater fortging.«
»Ja«, sagte sie und wunderte sich über sein Verständnis. Sie bemerkte, dass ein kleiner Flecken Gold in der rechten dunkelbraunen Iris schwamm.
Sie schaute fort. Da war etwas an Major O'Neill, was sie zum Reden ermutigte. Sie stellte sich vor, dass er mit seinen Männern wundervoll umging. »Auch die Scham verschwand.«
»Die Scham?«
»Jedes Mal, wenn Tante Bettina mir sagte, dass diese Narbe eine Erinnerung an meinen Ungehorsam sei und dass Gott mich dafür bestraft hätte, ein trotziges Kind zu sein, fühlte ich mich gebrandmarkt. Aber als die Narbe entfernt und die Tätowierung wiederhergestellt war, kam auch meine Selbstachtung zurück.«
Während sie sprach, sah Major O'Neill sie unverwandt an, aber sie bemerkte, dass er einen Ring an seiner Hand immerzu drehte, auf dieselbe Art, wie er in der Kantine seinen Kaffee umgerührt hatte. Oberflächlich ruhig, aber darunter brodelte es wohl.
»Nachdem die Tätowierung wieder auf meiner Stirn war, wollte ich wissen, von welchem Stamm sie stammte, von welchem Clan – von den Cherokee? Den Sioux? Und was bedeuten die drei Linien? Ich habe einige Nachforschungen über Stammestätowierungen angestellt – tatsächlich habe ich sehr viel Material gesammelt und denke daran, es eines Tages als Buch zu veröffentlichen.«
Sie lächelte befangen und fügte hinzu: »Sie wissen, wie das ist. Man will ein Interesse verfolgen, aber dann gerät einem das wahre Leben in den Weg. Die Bungalows brauchen neue Dächer, wir müssen einen neuen Brunnen graben, solche Dinge.«
»Haben Sie jemals herausgefunden, was das Zeichen bedeutet?«
Sie schüttelte den Kopf. »Es gibt eine große Bandbreite von Gesichtsnarben unter den vielen Stämmen, von den Seminolen bis zu den Chumash. Sie haben alle verschiedene Bedeutungen. Einige Tä-

towierungen kennzeichnen die Clans, andere haben mit dem Status innerhalb eines Stammes zu tun, oder sie wurden angebracht, um Krankheiten zu heilen, oder als magischer Schutz. Einige Stämme glauben, dass ein Mensch mit Adlertätowierungen um die Augen die Sehkraft eines Adlers besitzt. Bei den Lakota müssen Männer und Frauen Tätowierungen tragen, um in ein zukünftiges Leben eintreten zu können, sonst würde ihnen die uralte Geistfrau den Eintritt verwehren.«

Morgana tippte an ihre Stirn. »Was *dies* bedeutet, weiß ich nicht. Mein Bruder glaubt, die Wiederherstellung der Tätowierung habe etwas mit der Suche nach meinem Vater zu tun«, erklärte sie und fragte sich, ob sie zu viel redete. Aber Major O'Neill schien interessiert. »Gideon sagt, ich hätte die Suche meines Vaters nach indianischen Schamanen übernommen. Vielleicht habe ich das. Aber ich habe es wirklich mehr für Gideon getan als für mich selbst. Er hat seinen Vater nie kennen gelernt. Ich schweife ab, oder?«

Er lächelte. »Bitte, fahren Sie fort.«

»Gideon und ich sind Halbgeschwister. Die Leute denken, unser Vater hätte uns verlassen, um einem selbstsüchtigen Traum nachzulaufen. Aber das glaube ich nicht. Er hat auf einer Bank Geld hinterlegt, um mich versorgt zu wissen. Er war ein großzügiger, selbstloser Mann. Er hat einer Frau das Leben gerettet. Sarah Bernam. Und ihr Ehemann war so dankbar, dass er meinem Vater Geld vererbt hat. Er wurde geliebt. Er war kein Schuft.«

»Und das wollen Sie für Gideon beweisen.«

»Davon träume ich jedenfalls.«

Sie schaute in die warmen, aufmerksamen Augen eines Mannes, der schon unzählige Geständnisse, Geheimnisse und unzähliges Leid gehört hatte, und empfand ihm gegenüber plötzlich Neugier. »Wovon träumen Sie, Major?«

Als er zögerte, sagte sie: »Tut mir Leid. Das war zu persönlich.« Sie fügte rasch hinzu: »Als Inhaberin eines Wüstengasthauses habe ich festgestellt, dass die Menschen sich willkommen fühlen, wenn ich ihnen Fragen über sie stelle.« Aber nicht darum hatte sie ihm diese Frage gestellt. Sie wollte wirklich mehr über ihn wissen.

»Es ist nicht zu persönlich«, sagte O'Neill. »Es ist nur so, dass die Menschen einen Priester normalerweise nicht fragen, was er will.

Die meisten Leute denken, wir wären zufrieden, so wie wir sind. Aber Priester sind genau wie andere Menschen, die nach etwas streben. Ich fürchte, es wird eitel klingen, Miss Hightower, aber ich wäre gerne eines Tages Bischof. Es gibt so vieles, was ich innerhalb der Kirche tun möchte. Ich möchte Veränderungen bewirken, die Kirche ins moderne Zeitalter führen. Wir werden den Bedürfnissen vieler unserer Gemeindemitglieder nicht gerecht. Aber als Gemeindepriester hat man keinen großen Einfluss. Ein Bischof andererseits hat Einfluss und Macht.«

Leidenschaftliche Worte, dachte Morgana, und doch verraten seine Augen einen inneren Selbstzweifel. Die Unruhe, die sie in der Kantine bemerkt zu haben glaubte, war jetzt noch offensichtlicher, und nun bemerkte sie auch Schatten unter seinen Augen.

»Sie sagten, Sie und Gideon wären Halbgeschwister? Sie haben nicht dieselbe Mutter?«

Morgana erhob sich und blickte von Horizont zu Horizont prüfend über die Wüste hinweg. *Elizabeth, die schrie … ihr brennender Körper, der sich auf dem Boden wand … und dann still lag … jenseits allen Erkennens verkohlt.*

»Könnten wir wieder versuchen, das Motorrad zu starten?«, fragte sie zu laut, um die entsetzliche Erinnerung zu übertönen. »Ich muss diese Wilderer wirklich melden. So nahe waren wir noch nie daran, sie zu erwischen. Das nächste Mal gibt es eine Festnahme.«

Er betrachtete sie einen Moment und fragte sich, warum sie seiner Frage ausgewichen war. Dann erhob er sich ebenfalls und sagte: »Es schadet nichts, es zu versuchen.«

Sie beobachtete, wie er zu dem Motorrad ging und versuchte, es zu starten. Als die Maschine nicht ansprang, erwog Morgana, zum Gasthaus zurückzulaufen. Aber das würde Stunden dauern.

Als O'Neill in den Schatten des überhängenden Felsens zurückkehrte, durch Gestrüpp und über Felsen stapfte, sagte Morgana: »Sie wollten mit mir über etwas sprechen, Major?«

»Sie müssen mich nicht Major nennen …«

Da schrie Morgana plötzlich: »Vorsicht!«, sprang auf ihn zu, packte ihn am Ärmel und zog so fest daran, dass er aus dem Gleichgewicht geriet. Robert fiel gegen sie, sie stolperten und hielten sich aneinander fest, bis sie atemlos zum Stillstand kamen, Robert auf

Morgana hinabblickend, ihre Gesichter nur Zentimeter voneinander entfernt, seine Hände auf ihren Schultern, während sie sich überrascht ansahen.
Dann, als er sich wieder erholte, trat Robert zurück und fragte: »Was war?«
Morgana lachte nervös. Seine plötzliche Nähe brachte sie kurzzeitig aus der Fassung. »Das«, sagte sie und zeigte auf den Boden.
Er wandte sich um und blickte auf das hinab, was er einen Moment zuvor nicht gesehen hatte: ein kleines, unter einem Kreosot verborgenes Loch.
»Es ist ein Eichhörnchenbau«, sagte Morgana und trat noch weiter von ihm fort. Seine Hände hatten ihre Schultern so fest gehalten, dass sie dachte, sie würde dort dauerhafte Fingerabdrücke finden, wenn sie ihre Haut später ansah. Kein schmerzhafter Griff. Aufregend. »Normalerweise sieht man sie erst, wenn man in eines hineintritt und sich den Knöchel bricht.«
»Oh«, sagte Robert, den Blick weiterhin auf das unauffällige Eichhörnchenloch gerichtet, weil er Angst hatte, Morgana anzusehen. Ihre Nähe, das Gefühl ihrer Wärme unter seinen Händen, der Duft ihres Haars – er fühlte sich plötzlich und unerwartet berauscht.
Schließlich wandte er sich um und sah sie an. Ihre Blicke begegneten sich und hielten sich über den schmalen Streifen Wüste hinweg fest, der zwischen ihnen lag und vom Wind und von einer feinen, über den Wüstenboden wehenden Sandschicht erfüllt war.
»Danke«, sagte Robert. »Ich hätte mir gerade jetzt nicht gerne den Knöchel gebrochen.«
»Und ich weiß nicht, wie man ein Motorrad fährt.«
Sie verfielen wieder in Schweigen, bis der Schrei eines rotschwänzigen Falken über ihnen sie daran erinnerte, dass sie auf Gottes Erde nicht allein waren. »Die Wüste ist voller Gefahren«, sagte Morgana, kehrte in den Schatten des Überhangs zurück und wunderte sich, wie schnell ihr Herz schlug.
»Vielleicht sollten Sie das General Patton melden.«
Sie wandte sich überrascht um und sah Roberts jungenhaftes Lächeln. Und ihr Herz schlug noch schneller.
Er nahm eine Packung Lucky Strikes hervor und bot auch ihr eine

an. »Vielen Dank, ich rauche nicht«, sagte sie und dachte an Elizabeth, wie sie eine Zigarette in der Hand hielt.

»Gideon und ich haben verschiedene Mütter«, sagte sie schließlich, als sie beschlossen hatte, dass er eine Antwort verdiente, während sie beobachtete, wie er die Zigarette anzündete, einen Zug nahm, den Rauch in den Lungen festhielt und dann durch die Nase wieder ausstieß. »Sie hätten Elizabeth Delafield gemocht. Sie war sehr spirituell.«

Als O'Neill bemerkte, dass der Wind seinen Rauch auf Morgana zutrieb, trat er um sie herum, sodass der Zigarettenrauch über die Wüste davongetragen würde. »Sie sagen das, als wären Sie selbst nicht spirituell.«

»Ich glaube auch nicht, dass ich das bin. Ich sehe mich als Realistin, Major. Ich glaube nicht an Engel oder Heilige oder Götter oder Mythen. Ich glaube an das, was ich sehen und fühlen kann, an das, was Menschen tun können und was *ich* tun kann.« Sie legte eine Hand auf den warmen Felsen unter ihr und sagte: »Daran glaube ich. An diesen massiven Felsen. Er ist schon seit Ewigkeiten hier und wird noch lange bestehen, wenn ich schon tot bin.«

Morgana glaubte auch nicht an PSI, weibliche Intuition, Déjà vu, Hellsichtigkeit oder Botschaften aus dem Jenseits. Es gab keine Wunder, keine Schutzengel, keine persönlichen Heiligen, keine geistige Welt, die auf Sterbliche aufpasste. Das hatte sie Elizabeths entsetzlicher Tod gelehrt.

Robert dachte darüber nach und fragte sich, ob sie ihn zu einer Debatte herausforderte oder dazu, ihre Meinung zu ändern, oder dazu, sie davon zu überzeugen zu glauben? Es machte ihn neugierig, aber er war sich nicht sicher, was er sagen sollte, also schaute er blinzelnd über das Tal hinweg zu den westlichen Hügeln, und als er etwas schimmern sah, fragte er: »Ist das da draußen ein See?«

Während Morgana dachte: *Ich habe ihn aus der Fassung gebracht. Er denkt, ich sei Atheistin,* folgte sie seinem Blick und sah den silbernen Teich in der Sonne glitzern. »Es ist eine Luftspiegelung. Für die Indianer sind Luftspiegelungen heilig. Glauben Sie, dass es auf der Welt heilige Orte gibt, Major? Ich meine nicht nur, weil dort eine Kirche gebaut wurde oder ein Heiliger Menschen taufte. Ich meine Orte, die an sich heilig sind, einfach von Natur aus, selbst wenn kein Mensch sie jemals betreten hat.«

Er sah zu ihr herab, wie sie in ihrem zerknitterten Rock auf dem rotgoldenen Felsblock saß. Für eine Frau, die sich sehr anstrengte zu beweisen, dass sie an nichts glaubte, schien sie ein beharrliches Interesse am Heiligen zu haben. Sie verwirrte ihn. Robert O'Neill war noch nie jemandem wie ihr begegnet.

Das Gefühl ihrer Schultern unter seinen Händen …

Er wandte den Blick ab. »Heilige Orte? Darüber habe ich eigentlich nie nachgedacht. Glauben Sie daran?«

»Ich habe den Chaco Canyon in New Mexico besucht, als ich klein war. Ich erinnere mich nicht mehr gut, aber seitdem lese ich alles mir Zugängliche über dieses Gebiet. Wussten Sie, dass es in Chaco Orte gibt, an denen es summt? Man kann es tatsächlich *hören*. Einige sagen, es sei die Energie der verschwundenen Anasazi-Indianer, die niemals wirklich verschwunden, sondern noch immer dort seien, nur dass wir sie nicht sehen könnten. Aber die Indianer sagen, es sei schon ein heiliger Ort gewesen, lange bevor dort Menschen lebten.«

Sie erhob sich und wandte sich nach Osten, von wo ein warmer Wind blies. »Ich las einmal ein Buch namens *I Ging*, in dem es heißt, dass es im Himmel und auf der Erde bestimmte Orte gibt, wohin heilige Weise kommen, um die Möglichkeiten solcher Orte zu erfüllen. Ist es das, was Johannes den Täufer zum Jordan zog, um zu predigen?«

Er sah sie an. Diese Realistin hatte das *I Ging* gelesen? »Nun«, sagte er, »als Moses auf den brennenden Busch traf, sagte der Herr zu ihm: ›Gehe nicht näher heran, nimm deine Schuhe von den Füßen, denn der Ort, auf dem du stehst, ist heiliger Boden.‹«

Morgana griff nach oben, um eine lavendelfarbene Bromelienblüte zu berühren, die sich aus einem Spalt in dem Felsblock kämpfte – eine robuste, kleine Pflanze, die wuchs, wo Wasser knapp und der Wind rau war. »Die Hopi«, sagte sie, »glauben, dass Großmutter Spinne am Anfang zwei Menschen als Wächter der Erde schuf. Einer ging zum Nordpol, der andere zum Südpol, und beide spielten eine Trommel. Die Energien des Trommelspiels ließen die Erde vibrieren und erweckten sie zum Leben. Diese Energien sollen an den heiligen Orten am stärksten sein, da sie mehr Trommelvibrationen enthalten als andere Orte.«

Kaplan O'Neill dachte an den Garten Eden, von Gott geschaffen und vor dem Sündenfall heilig. Gab es noch andere Eden auf der Welt, fragte er sich zum ersten Mal während seiner Laufbahn als Priester, bisher unentdeckt und von Menschen unberührt? Er dachte an seine Sonntagsgottesdienste, draußen auf einem Behelfsaltar abgehalten, während die Truppen auf Treibstoffbehältern oder auf dem Boden saßen. Er hatte dies als Gott unwürdig empfunden. Aber nun fragte er sich …

»Wollten Sie immer schon Priester werden?«, fragte Morgana und stellte sich den Ministranten vor, der er in seinem weißen, engelsgleichen Kittel gewesen sein musste.

Er trat von ihr fort, weil er ihr zu nahe gekommen war – physisch, und auf andere Arten, die er nicht definieren konnte –, ging auf einen großen, rostfarbenen Felsblock zu, der von Jahrtausenden Sand und Regen und Wind verwittert war.

»Ich wollte Ihm von der Zeit an dienen, als ich ein Junge war. Und auch, weil ich der Kirche etwas zurückgeben wollte.«

»Zurückgeben?«

»Miss Hightower, ich war Waise. Ich wurde auf den Stufen eines Findelhauses zurückgelassen und lebte im Heim, bis mich die O'Neills adoptierten.«

Als er den Ausdruck auf ihrem Gesicht sah, lächelte er und sagte: »Nicht alle Waisenhäuser sind wie in Dickens' Romanen. Die Schwestern von St. Ann's schenkten uns Liebe und Aufmerksamkeit. Ich war zehn, als mich die O'Neills zu sich nach Hause holten, und ich weinte, als ich das Waisenhaus verlassen sollte. Aber die O'Neills waren gute Menschen, einfach und ehrlich, und sie zogen mich mit Liebe auf.«

»Sie müssen stolz auf Sie sein«, sagte sie leise.

»Sie sind schon vor langer Zeit gestorben. Meine Eltern haben mich erst, als sie recht alt waren, adoptiert.« Er warf seine Zigarette auf den Boden und trat sie mit dem Absatz aus. Dann betrachtete er die Felsen und Felsblöcke um sie herum, die roten, blauen und goldenen Wildblumen, die bauschigen Wolken und die sich bis zum Horizont erstreckenden Joshuabäume und Kakteen.

Morgana sah Roberts kräftiges Profil an und spürte tief in sich plötzliche Wärme aufsteigen. Er war so schrecklich attraktiv. So freundlich und geduldig. Und doch ... ihn umgab ein Geheimnis. Fühlte sie sich deshalb von Robert O'Neill angezogen? Oder war es wegen der Art, wie sich sein Lächeln auf einer Seite ein wenig höher zog als auf der anderen, oder wegen der Art, wie seine Schultern seine Militärjacke ausfüllten, oder wegen seines Lachens, das weich und tief klang, oder wegen seiner Hände, die so ausdrucksvoll waren, wie sie es noch nie bei einem Mann gesehen hatte?

»Sie wollten etwas mit mir besprechen, Major.«

Er kehrte in die Gegenwart zurück, räusperte sich und sagte: »Miss Hightower, haben Sie schon von der USO gehört?«

Sie schüttelte den Kopf.

»Präsident Roosevelt hat eine Gruppe von Privatorganisationen gebeten, sich um die Erholung der Soldaten unserer bewaffneten Streitkräfte während ihrer dienstfreien Zeit zu kümmern. Die Heilsarmee, der YWCA und andere vergleichbare Organe schlossen sich zusammen und bildeten eine neue Organisation, die sich United Service Organizations nennt. Überall im Land werden Zentren errichtet, eine Art GI-Zuhause fern der Heimat, ein Ort, wo ein Soldat, wenn er dienstfrei hat, für einen Kaffee und Donuts, zur Unterhaltung oder um Hilfe beim Schreiben von Briefen und so weiter zu bekommen hingehen kann.«

Sie hörte interessiert zu, dachte an Gideon.

»Um die Truppenmoral einiger unserer Soldaten im Camp Young ist es schlecht bestellt. Heimweh ist das vorrangige Problem, mit dem ich zu tun habe. Außerdem herrschen unter den Truppen Gefühle der Isolation und Entfremdung vor. Viele der Jungen denken, man hätte sie vergessen. Sie wissen, dass es nicht so ist, empfinden es aber dennoch so. Ich habe das Problem mit dem für die Truppenmoral zuständigen Offizier besprochen, der meint, es könnte hilfreich sein, etwas der USO Ähnliches zu koordinieren. Und darum bin ich zu Ihnen gekommen, Miss Hightower.«

»Warum zu mir?«

Er lächelte befangen. »Ich muss zugeben, dass ich mich ein wenig über Sie umgehört habe. Wir brauchen unter den Zivilisten vor Ort eine Kontaktperson, und ich erfuhr, dass Morgana Hightower in dieser Gegend wohl bekannt und respektiert ist. Alle kennen Sie. Sie werden Ihnen zuhören.«

Morgana hatte keine Ahnung, was sie antworten sollte. Er bat sie, sich mit genau dem zu beschäftigen, was sie zu meiden versuchte. Aber sie dachte erneut an Gideon, fern von zu Hause und allein. »Wir haben eine Anzahl ortsansässiger Musiker«, sagte sie, »die die Truppen im Camp Young nur allzu gerne unterhalten würden. Und hier in Twentynine Palms haben wir eine aus sechs Männern bestehende Kapelle, die Balladen, Polkas und Planwagen-Musik bietet.«

»Das ist eine hübsche Idee, Miss Hightower, und ich bin mir sicher, dass die Soldaten die Kapelle willkommen heißen werden. Aber …«

»Aber?«

Sie spürte sein Unbehagen und fragte sich, was es ausgelöst hatte. »Ich denke«, sagte er schließlich, »dass die Männer einen Abend mit Banjo- und Gitarrenmusik liebend gern gegen fünf Minuten mit Ihnen eintauschen würden.«

»Mit mir!«

Er sprach rasch. »Miss Hightower, neulich, als wir in der Kantine Kaffee tranken, haben Sie da nicht bemerkt, wie rasch unser Tisch besetzt war?«

»Das war Ihretwegen, Major.«

»Wohl kaum«, sagte er und wandte den Blick ab. »Die Männer wollten alle bei einem hübschen Mädchen sitzen.«

Der Wüstenwind nahm zu und trug berauschende Frühlingsdüfte nach Salbei und Wildblumen heran. Der Himmel schien sich über ihnen auszudehnen, sein Blau sich zu vertiefen, während bauschige, weiße Wolken von Horizont zu Horizont über sie hinwegsegelten. Die kräftige Brise zupfte an der Krempe von Morganas Hut, und Major O'Neill erkannte, dass er den erstaunlichen Wunsch hegte, der Wind möge siegen und diese kastanienbraunen Locken befreien.

Von diesen vollkommen neuen, ungewohnten Gefühlen schockiert, räusperte er sich, versuchte sich zu erinnern, was er gerade gesagt hatte, und meinte dann: »Sehen Sie, bei den meisten Problemen, mit denen die Männer zu mir kommen, geht es ums Heimweh, darum, dass sie ihre Familien vermissen – aber sie sprechen hauptsächlich über ihre Mütter und Schwestern und Freundinnen und

Ehefrauen. Livemusik ist eine großartige Idee, aber was sie am meisten vermissen, ist weibliche Gesellschaft.«

Morgana hielt den Atem an und hoffte, dass er nicht aufhörte zu reden, weil sie plötzlich das Timbre seiner vollen Kanzelstimme liebte. Und dann, von ihren Gedanken beschämt, dachte sie an die jungen Männer in der Kantine, die sie so gerührt hatten. »Lassen Sie mich mit meinen Nachbarn darüber sprechen.«

»Danke«, sagte er und fügte hinzu, er glaube, dass das Motorrad nun anspränge. Aber als er sich abwandte, sah Morgana an seinen Gesichtszügen, wie etwas Ernstes und Kummervolles ihn zu bedrücken schien. Und sie erkannte, welch große Last es sein musste, für den geistlichen Trost und das Wohlergehen Tausender von Menschen verantwortlich zu sein. Besonders für jene, die, wie er sagte, ihr Zuhause schmerzlich vermissten.

Ja, das war es, was Major Kaplan Robert O'Neill so bedrückte.

83

Als Morgana nach Major O'Neill fragte, erwartete sie, dass der Wachsoldat sie zum Krankenrevier führen würde. Stattdessen tätigte er vom Wachhaus aus einen Anruf, und da er aus einem unbestimmten Grund gezwungen war, laut zu sprechen, hörte Morgana ihn sagen: »Ja, Pater. Sie sagt, ihr Name sei Morgana Hightower. Verzeihung, Sir? Nein, das wusste ich nicht. Es tut mir Leid, Sir. Es hat mir niemand gesagt, dass sie nicht eingelassen werden darf.«

Der junge Soldat schaute zu Morgana zurück, die im Truck saß, einen Ellenbogen auf dem geöffneten Fenster, und sprach dann wieder ins Telefon. »Ja, Sir, ich glaube, sie hat mich gehört.« Er lauschte und sagte dann: »Gut, Pater.«

Während der Wachposten den Schlagbaum anhob und Morgana zum Fuhrpark wies, wo sie den Kaplan finden würde, wie er sagte, sah sie ihn an. Hatte sie richtig gehört? Sollte sie *wirklich* nicht eingelassen werden? Das war doch gewiss ein Irrtum. Sie dankte dem jungen Mann und fuhr durch.

Es war zehn Tage her, seit Major O'Neill mit seiner Idee an sie herangetreten war, den Truppen Unterhaltung und Gesellschaft zu bieten. An jenem Tag, in der Nähe des Wildererlagers, als sie über sich gesprochen hatten und Morgana verhindert hatte, dass sich Kaplan O'Neill in einem Eichhörnchenbau den Knöchel brach, als er gestolpert war und sie ihn aufgefangen hatte – seit jenem bemerkenswerten Tag hatte sie das Gefühl seines Körpers an ihrem bewahrt. Danach hatte sie sich, aus Angst, dass sie von seinen Augen und seiner Stimme und seiner Nähe besessen sein würde – davon, wie er sich *anfühlte* –, mit geschäftsmäßigem Elan an die Aufgabe gemacht, der schlechten Truppenmoral abzuhelfen.

Morgana hatte mit Freunden und Nachbarn gesprochen, war zu kleinen Ansiedlungen gefahren, um Interesse zu wecken, und hatte O'Neill telefonisch über ihre Fortschritte berichtet. Er hatte begeistert und erfreut geklungen, aber gestern, als sie ihn anrief, um ihm zu sagen, sie habe eine Liste junger Damen zusammengestellt, die bereit wären, im Lager einen USO-Posten zu errichten, war ihr Anruf an den für die Truppenmoral zuständigen Offizier weitergeleitet worden, der sagte, Kaplan O'Neill fühle sich nicht wohl. Obwohl er keine Einzelheiten nannte und ihr versicherte, es sei nichts Ernstes, war Morgana besorgt.

Nachdem sie sich die ganze Nacht herumgewälzt hatte, gelangte sie zu einer Entscheidung. Major O'Neill war eindeutig ein Mensch, der Sorgen hatte – sie hatte es jedes Mal bemerkt, wenn sie sich begegneten, sein Unbehagen war von Mal zu Mal offensichtlicher. Sie wusste, dass es mit den Soldaten und mit seiner Rolle zu tun hatte, sie aufzumuntern. Vielleicht bedurfte er deshalb selbst der Aufmunterung.

Darum hatte sie beschlossen, persönlich zu kommen. Es hatte absolut nichts, sagte sie sich entschieden, mit dem einfachen Wunsch zu tun, sich erneut an seinem Anblick zu erfreuen.

Morgana lenkte den Truck an Zeltreihen entlang – Hunderte weitere waren seit ihrem letzten Besuch errichtet worden –, um Berge von Kisten und Vorräten herum und an Gruppen von GIs vorbei, die winkten und pfiffen, als sie vorüberfuhr. Als sie an dem lauten, geschäftigen Fuhrpark unter einem Behelfs-Blechdach auf Pfählen ankam, verstand sie, warum der Wachposten so laut ins Telefon gesprochen hatte. Sie sah Robert O'Neill an einem Motorrad arbeiten, die Ärmel aufgerollt, Schmiere im Gesicht.

»Hallo!«, rief sie, während sie den Motor abstellte und nach dem Türgriff fasste.

Er schaute auf. Sein Mund lächelte, aber das Lächeln bezog seine Augen nicht mit ein, und sie dachte: Es war kein Irrtum. Major O'Neill will mich hier nicht haben.

Ihr Herz sank. Warum sollte er den Befehl erteilen, sie von ihm fern zu halten? Als er auf sie zukam und sie die Schatten unter seinen Augen sah, die Blässe seines Gesichts und dass er eindeutig Gewicht verloren hatte, und als sie den Fleck schwarze Schmiere auf seinem weißen Priesterkragen bemerkte, machte sie das besorgt.

»Ich bin froh, Sie auf den Beinen zu sehen, Major«, sagte Morgana und legte Energie in ihre Stimme, um den Schock über seine Erscheinung zu verbergen.

»Auf den Beinen?«

»Captain Johnson sagte mir, dass Sie sich nicht wohl fühlten.«

»Ich konnte nur nicht schlafen.« Er wischte sich immer wieder die Hände ab, obwohl sie sauber waren. »Überhaupt nicht ...« Ein Wagen knatterte, und er zuckte zusammen.

»Komme ich ungelegen? Ich habe unfreiwillig mitgehört. Sie wollten nicht, dass ich ins Lager eingelassen werde.«

»Miss Hightower«, begann er. Dann brach er ab, wandte sich um und schaute blinzelnd zu einer Schwadron Männer in Khaki-Shorts und weißen T-Shirts, die im Trimmtrab vorbeiliefen. Und kehrte sich wieder Morgana zu: »Ich fühle mich im Moment einfach nicht präsentabel.«

Er rieb sich das Kinn, und sie sah die Stoppeln. Seine Worte überzeugten sie nicht. Es gab noch einen anderen Grund, warum er sie von sich fern halten wollte, obwohl sie sich nicht vorstellen konnte, was es war. »Ist die Vereinbarung mit den Young Ladies zustande gekommen?«, fragte er.

Es war der Name, den sie in gegenseitigem Einverständnis für die weiblichen Besucher vereinbart hatten, die zum Sonntagabendtanz kämen. Nach dem Lager benannt, wären sie The Camp Young Ladies. Morgana hoffte, die erste Veranstaltung in zwei Wochen abhalten zu können.

Sie stieg aus dem Wagen, und als der Wind den Saum ihres Kleides flattern ließ, wandten sich alle Mechaniker in dem Fuhrparkschuppen um und schauten. »Alles läuft gut, Major, könnte nicht besser sein«, sagte sie in einem Tonfall, der in ihren Ohren blechern klang. *Du bemühst dich zu sehr. Beruhige dich.* »Tatsächlich bin ich aus einem anderen Grund gekommen.«

Und nun die schwierige Aufgabe, ihm zu erzählen, warum sie hier war, ohne die Wahrheit zu enthüllen. Morgana hatte gewusst, dass sie nicht gut sagen konnte: »Sie sind krank, Major, und ich vermute, es handelt sich um eine Krankheit der Seele.« Also musste sie ihm die »Medizin«, die sie mitgebracht hatte, mit etwas anderem vermischt beibringen.

»Ich bin gekommen, um der Lagerbibliothek Bücher zu bringen. Alle meine Freunde und Nachbarn haben gespendet. Wir haben Kriminalromane, Western und Abenteuerliteratur gesammelt. Bestimmt haben Ihre Männer Freude daran.«

»Bücher … ja.« Ein fernes Rat-a-tat-tat zog seine Aufmerksamkeit auf nahe gelegene Dünen. Der Schießstand befand sich auf der anderen Seite, und als Morgana den betroffenen Ausdruck auf seinem Gesicht sah, wuchs ihre Besorgnis. Sie berührte seinen bloßen Unterarm und fragte sanft: »Major, was ist los?«

Er wandte den Blick wieder ihr zu, und sie sah, dass trotz seines offensichtlich geschwächten Zustands – aß er überhaupt etwas? – das Feuer in den dunkelbraunen, goldgefleckten Augen immer noch vorhanden war.

Sie wartete. Er sah ihr in die Augen, sah dann fort, sein Blick über das Lager und die Männer und die Militärmaschinen schweifend. Er schien im Geiste etwas abzuwägen, die Stirn gefurcht, bis er zu einer Entscheidung kam. Dann sah er sie wieder an und sagte so leise, dass nur sie es hören konnte: »Miss Hightower, T.E. Lawrence wurde einmal gefragt, warum Männer in den Krieg ziehen. Wissen sie, was er geantwortet hat? Er sagte, es sei, weil Frauen zusähen. Glauben Sie, das stimmt?«

Sie konnte kaum sprechen. »Ich weiß nicht.«

»Als ich in die Army eintrat, dachte ich, die Pflichten eines Kaplans bestünden darin, zu predigen, Taufen, Hochzeiten und Beerdigungen durchzuführen, zu beten und Kranken seelsorgerische

Besuche abzustatten. Ich sah mich die Truppenmoral unterstützen und Ratschläge erteilen. Aber wissen Sie, was man für die Militärseelsorge lernt? Wir wurden dazu ausgebildet, Soldaten mit simulierten Verletzungen aufzuspüren, sie entsprechend zu behandeln oder ihnen die Sterbesakramente zu erteilen. Wir lernten, wie man einen Standort für einen Friedhof auswählt, und man zeigte uns, wie man Sterbeverzeichnisse führt und Kondolenzbriefe schreibt. Alles drehte sich um den Tod.«

Er schaute auf seine Hände hinab und presste sie zusammen, bis die Fingerknöchel weiß wurden. Dann sah er sie mit Augen an, in denen keine Hoffnung mehr lag. »Miss Hightower, Krieg ist falsch. Kämpfen ist falsch.« Er sprach ernst und voller Überzeugung. »Wir werden dazu ausgebildet, unsere Brüder zu töten. Mein tiefster Glaube ist, dass man die andere Wange hinhalten sollte. Ich will nicht an die Front, Morgana, aber die Männer werden mich brauchen. Und der Konflikt in meiner Seele frisst mich bei lebendigem Leibe auf.«

Sie sah ihn an, hatte keine Ahnung, was sie sagen sollte. Sein offenes Bekenntnis schnürte ihr die Kehle zu, sodass sie nicht sprechen konnte, selbst wenn sie es gewollt hätte.

Robert sah den Kummer in ihren Augen und erkannte, wie schockierend er geklungen haben musste. Er kam selbst nicht damit zurecht. Er schlief nicht. Er konnte kaum etwas essen. Major Kaplan Robert O'Neill betrachtete nun schon seit Wochen seine Kameraden und fühlte sich von ihnen abgesondert. Eine unsichtbare Wand trennte ihn von seinen Brüdern, und er wusste nicht, warum. Ein Kampf tobte in seiner Seele, und er wusste auch hier nicht, warum. Einige Menschen akzeptierten ihre Rolle im Leben, nahmen ihre Berufung fraglos an, aber Robert O'Neill wurde schon seit seiner Entscheidung, in die Army einzutreten, von Zweifeln geplagt. Er hatte gehofft, dass er sich mit der Zeit so bequem in seine militärische Rolle einfügen würde wie in eine zweite Haut. Aber die neue Haut juckte nur und störte ihn mit jedem Tag mehr.

Er senkte den Kopf, als wollte er beten, hob dann den gequälten Blick zu Morgana und sagte: »Mein Herz und mein Gewissen kämpfen gegeneinander an. Das eine sagt mir, ich sollte in eine Richtung gehen, das andere sagt mir, ich sollte eine andere Richtung einschlagen.

Ich fühle mich wie ein Heuchler. Wie kann ich zu wissen behaupten, wie man die Kirche verbessern kann, wenn ich selbst voll von Unsicherheit und Selbstzweifeln bin? Morgana, ich nehme bereitwillig an etwas teil, was ich für grundsätzlich falsch halte.«
Sie war sprachlos. Morgana hatte vermutet, dass sein körperlicher Verfall in seinem Versuch begründet lag, den Bedürfnissen seiner Männer gerecht zu werden. Aber dies war so viel mehr. Sie suchte nach Worten und sagte schließlich: »Können Sie nicht eine Verlegung beantragen? Oder sich zum Kriegsdienstverweigerer erklären?«
»Ja, das kann ich!«, sagte er mit plötzlicher Kraft. »Genau das ist es! Es wäre leicht. Aber ich werde es nicht tun, Morgana. Ich habe einen Schwur geleistet, als ich mich freiwillig meldete. Es ist meine Pflicht, den Männern in meiner Obhut dienlich zu sein. Und jene im Kampf brauchen mich besonders. Morgana, ich versuche herauszufinden, was Gott von mir verlangt. Ich zermartere mich deswegen, weil es allmählich so aussieht, als verlange Gott von mir, gegen meine grundlegenden Moralvorstellungen und geistlichen wie philosophischen Glaubenssätze zu handeln.«
»Aber … Sie wurden nicht eingezogen. Sie sind freiwillig in die Army eingetreten.«
»Ja, aber ich weiß nicht, *warum*! Ich bin hier ein Ausgestoßener. Und die Isolation nimmt mit jedem Tag zu.«
»Das tut mir Leid«, sagte sie. »Gibt es niemanden, mit dem Sie darüber reden können?«
»Ich habe mit Gott gesprochen, aber ich verstehe Seine Antwort nicht.«
»Ich meinte einen Menschen«, erwiderte sie sanft.
»Es gibt jemanden. Ein weiterer Kaplan, Rabbi Isaacs. Er hat mir ein wenig geholfen, aber es genügt nicht. Und übrigens«, Robert lächelte, »er hat mir geraten, deshalb zu beten.«
»Man sagt, ich sei eine gute Zuhörerin«, sagte Morgana leise.
»Sie sind sehr freundlich, Miss Hightower«, erwiderte er und lächelte ihr versöhnlich zu. »Aber ich fürchte, ich habe bereits zu viel gesagt. Ich bürde Ihnen meine Last auf, obwohl es umgekehrt sein sollte. Nun, erzählen Sie mir von den Büchern, die Sie mitgebracht haben.«
Sie wollte die Arme um ihn schlingen und ihn an sich drücken, sein

Haar streicheln und ihn trösten, ihn küssen und beruhigen, aber stattdessen zeigte sie ihm die Orangenkisten im Heck des Trucks, voller Bücher mit Geschichten, Gedichten, Biographien. Dann trat sie um den Wagen herum, öffnete die Beifahrertür und sagte: »Ich dachte, das könnte Ihnen gefallen.« Es war die besagte »Medizin«.

Er versicherte sich, dass seine Hände sauber waren, bevor er das großformatige Buch von ihr entgegennahm und den Titel las – *Native Rock Art Of the American Southwest* von Elizabeth Delafield, PhD. –, und sah dann Morgana an. »Ist sie nicht …?«

»Die Mutter meines Bruders, ja.«

Robert öffnete das Buch auf der Motorhaube. Der Wind blätterte die Seiten um, sodass Morgana eine Seite festhielt und O'Neill die andere. Er schlug das Buch auf der Titelseite auf, die Elizabeths Bild trug.

»Sie war eine wunderschöne Frau«, murmelte er. Er wandte weitere Seiten um, hielt bei einer Gruppenaufnahme inne, deren Legende den großen Mann in der Mitte als Faraday Hightower identifizierte, wandte Seiten voller Fotografien von Felszeichnungen um und betrachtete sie mit mildem Interesse, aber als er zu der Seite mit der abgebildeten Olla kam – das Schwarzweißfoto von einer von Faradays Zeichnungen –, hielt er erneut inne.

»Dieses Foto wird der wahren Schönheit des Kruges nicht gerecht«, sagte Morgana mit hämmerndem Herzen. Er hatte tatsächlich bei dem Bild innegehalten! »Die Originalfarbe ist Goldorange mit rotem Muster.«

»Es ist erlesen«, sagte er leise. »Ich weiß nicht viel über indianische Keramiken, aber ich weiß genug, um Talent und Können zu erkennen. Das Muster wurde mit einer sehr ruhigen Hand aufgemalt. Sehen Sie nur, wie vollkommen gerade die Linien sind.« Aber Morgana betrachtete die Hände, die die flatternden Seiten festhielten, die langgliedrigen Finger, die Vergaser reinigten und Abendmahlswein weihten.

»Mein Vater glaubte, dass dieses Gefäß einzigartig sei«, erklärte sie, durch sein Interesse an der Olla ermutigt. Es war das, worauf sie gehofft hatte. »Ich habe versucht, ähnliche zu finden. Ich habe Kataloge und Museumssammlungen durchgesehen, aber es gab kein zweites Exemplar.«

»Wo ist es jetzt? In Ihrem Gasthaus?«
»Leider wurde das Gefäß vor Jahren zerstört. Aber ich konnte ein Bruchstück retten.« Sie griff in ihrer Tasche nach einem in Seide eingewickelten Gegenstand. »Man kann die Farben noch immer deutlich erkennen.«
Als sie die Scherbe ins Sonnenlicht hielt und die Keramik goldorangefarben glänzte, weiteten sich Roberts Augen. Er atmete tief ein und hielt den Atem einen langen Moment an, bevor er ihn langsam wieder ausstieß. »Großartig …«, flüsterte er und fuhr mit den Fingerspitzen leicht über die orangegoldene Form, die rund und so groß wie eine Handfläche war, wie ein großer Unterteller, von der Farbe von Aprikosen.
»Wissen Sie, wie mein Vater sie genannt hat? Die Farbe der Hoffnung.«
Er sah sie an. »Die Farbe der Hoffnung«, wiederholte er leise.
Und als sie sah, wie die Anspannung ein wenig aus seinen Schultern wich, wie die Unruhe nachließ und die Sorgenfalten auf seinem Gesicht weniger wurden, wusste sie, dass ihre »Medizin« wirkte.
»Ich las vor einigen Jahren von einem Archäologen an der Universität von New Mexico«, sagte sie, »der die verschiedenen Tonarten katalogisierte, die bei indianischen Keramiken verwendet wurden – als Möglichkeit, Keramiken zu identifizieren. Ich suchte ihn auf und zeigte ihm dieses Fragment. Er schätzte, dass es achthundert Jahre alt sei.«
Als Robert ihrem Blick begegnete, sah sie einen neuen Funken darin auflodern. »Das bedeutet, dass die Hände, die dieses Gefäß geschaffen haben, lebten, bevor die ersten Weißen nach Amerika kamen.« Sein Tonfall klang ehrfürchtig. »Ich frage mich, was das Muster bedeutet.«
»Mein Vater glaubte, es sei eine Botschaft. Ich habe versucht, den Code zu entziffern, aber ich besitze nur die beiden Fotos und die Scherbe. Elizabeth erzählte, mein Vater habe vier Zeichnungen von der Olla angefertigt, von allen Seiten. Ohne sie können wir die Botschaft nicht entschlüsseln.«
»Sie besitzen die Zeichnungen nicht?«
»Sie gingen vor langer Zeit verloren.«
Obwohl das nicht ganz stimmte. Nachdem Elizabeth gestorben war,

hatte Morgana nach der Truhe geschickt, die Elizabeth bei einem Anwalt in Philadelphia zurückgelassen hatte. Als sie sich seelisch stark genug fühlte, sie zu öffnen und ihren Inhalt durchzusehen – wobei sie Kleidung, Bücher, Erinnerungen und alte Fotografien von Menschen fand, die nicht einmal Gideon identifizieren konnte –, stieß sie auf die Originalnegative der Fotos, die Elizabeth von den beiden Zeichnungen gemacht hatte. Sie brachte sie zu einem Fotostudio und ließ sie vergrößern, und dann ließ sie sie von einem Künstler einfärben, der das goldene Fragment benutzte, um das Rot und Gold wieder zu erschaffen und die Fotos so originalgetreu wie möglich zu restaurieren. Schließlich rahmte Morgana die beiden neuen Bilder hübsch und hängte sie an einen auffallenden Platz im Gasthaus. Leider konnte man immer noch nicht alle Aspekte des Gefäßes sehen, da Elizabeth nur zwei der vier Zeichnungen fotografiert hatte, die Faraday angefertigt hatte. Es war Morganas Traum, eines Tages die Originale zu finden.

Robert führte das Fragment näher an seine Augen und betrachtete die Linien und Symbole genauer. »Diese Figur ist ein Mensch. Er hält in jeder Hand etwas fest.«

»Elizabeth erzählte mir, dass mein Vater glaubte, in diesem Muster sei die Schöpfungsgeschichte festgehalten.«

»Die Genesis! Auf einem Gefäß eingeborener Amerikaner. Erstaunlich …«

So dicht neben Major O'Neill zu stehen, seinen Arm an ihrem zu spüren, das goldorangefarbene Fragment auf seiner Handfläche zu sehen und die Verwunderung in seiner Stimme zu hören, erweckte in ihr plötzlich den Wunsch zu sagen: »Major O'Neill, ich habe dies noch nie jemandem erzählt, aber manchmal, wenn ich draußen in der Wüste bin, spüre ich den Geist meines Vaters in der Nähe. Ich denke, sein Geist durchstreift die Wildnis und kommt nicht zur Ruhe. Er sucht nach einem Abschluss seines irdischen Lebens. Major O'Neill, ich frage mich, ob mein Vater gewaltsam starb und ob seine Überreste zur letzten Ruhe gebettet werden müssen. Ich frage mich, ob ich die Suche beenden muss, damit sein Geist weiterziehen kann.«

Als er sie ansah, war sie überrascht, Falten in seinen Augenwinkeln erscheinen zu sehen, und sie erkannte, dass er lächelte. »Und Sie

haben behauptet, Sie wären nicht spirituell«, sagte er ruhig, und seine Nähe, die Tiefe seines Blickes, der neue Ausdruck, den er angenommen hatte, raubten ihr den Atem.
Sie stand mitten in einem riesigen Militärlager bei ihrem Truck, die Hände auf Elizabeths Buch, der Wüstenwind um sie herum wisperte, Männer liefen im Marschschritt oder mit Gewehren in Händen an ihnen vorüber, der Fuhrpark summte und brummte vor Leben und Energie. Und auf einmal erkannte Morgana, dass für sie ein lebenswichtiger Wendepunkt erreicht war.
Robert brach den Zauber, indem er fragte: »Darf ich mir dieses Buch ausleihen?«
Morgana atmete ein, atmete aus und dann wieder ein. »Es gehört Ihnen, Major.« Sie verkaufte im Gasthaus Kopien von Elizabeths Buch, ebenso wie Ansichtskarten der Wüste und andere Souvenirs. Das Buch verkaufte sich gut.
Sie betrachtete die goldorangefarbene Scherbe mit der kleinen, roten, menschlichen Gestalt darauf, die noch immer in der Hand des Kaplans geborgen lag. »Aber das Fragment können Sie sich nur so lange ausleihen, wie Sie darauf aufpassen.« Sie erkannte, dass Letzteres unnötig war, wohl wissend, dass Robert so vorsichtig und beschützend mit dem Überrest der goldenen Olla umgehen würde, als wäre es ein Abendmahlsgerät.
»Morgana«, sagte er sanft. »Ich gestehe, dass ich mir nicht sicher war, Sie gerne zu sehen, als Sie hierher kamen.«
Sie biss sich auf die Lippen.
»Aber jetzt«, fügte er hinzu, »bin ich froh, dass Sie gekommen sind.«

84

Donner krachte. Morgana öffnete ruckartig die Augen.
Sie schaute auf die Uhr neben ihrem Bett. Mitternacht.
Ein weiteres fernes Donnerkrachen, und sie erkannte, dass über der Wüste ein Sturm aufkam. Es war erst Juni. Die Monsune kamen gewöhnlich erst im Juli oder August.

Etwas stimmt nicht.
Sie sprang aus dem Bett und lief zum Fenster, um in die Dunkelheit hinauszuspähen, den fernen Blitz abzupassen. Da war er. Der Blitz – die gefährliche Art, die sich vom Boden bis zum Himmel gabelte. Sie richtete den Blick nach Südosten, wo, einhundert Meilen über die stürmische Wüste hinweg, Camp Young lag.

Über den kleinen Schreibtisch verstreut lagen ein Gebetbuch, eine unvollendete Predigt, Briefe und eine Liste von Soldaten, die geistlichen Rat brauchten. Beherrscht wurde die begrenzte Fläche von einer gerahmten Fotografie – sechs Nonnen in vollem Ornat, die auf den Stufen eines Findelhauses standen und in die Kamera lächelten. Robert O'Neills »Mütter«.
Er hatte jede Einzelne von ihnen innig geliebt, diese selbstlosen Frauen, die verlassene Kinder an ihren jungfräulichen Busen drückten und ihnen Liebe, Freude und Hoffnung gaben. Während er in dieser stürmischen Nacht, erfüllt von Zweifeln, mit sich rang und spürte, wie sein Körper und seine Seele allmählich zerfielen, wünschte er, er könnte sich noch einmal in diese warmen, vom Klosterhabit bekleideten Arme flüchten und jene Engel Gottes den Schmerz von ihm nehmen lassen.
Sie waren nun tot, das Waisenhaus schon lange niedergerissen. Und die O'Neills, ein liebes, ältliches Ehepaar, die einen großen Jungen in ihr Zuhause aufnahmen, weil er bereits jenseits des begehrten Adoptionsalters war – auch sie waren tot. Robert O'Neill (und er hatte seinen richtigen Namen, den seiner wahren Eltern, nie erfahren) war allein auf der Welt.
Aber … vielleicht nicht vollkommen.
Morgana Hightower beherrschte seine Gedanken, während er über dem Buch grübelte, das sie ihm geschenkt hatte. Er betrachtete, während der Wüstenwind gegen die Wände seines Zeltes peitschte und sie flattern ließ und die Nacht gegen diese streitbaren Eindringlinge protestierend zu heulen schien, das Foto der achthundert Jahre alten Olla und dachte an die bemerkenswerte junge Frau, die sein Leben auf den Kopf gestellt hatte.
Er wünschte, er wäre ihr nie begegnet.
Er war froh, dass er ihr begegnet war.

Das Fragment lag neben dem Foto, und Robert schaute von einem zum anderen, spürte, dass Morgana und das uralte Keramikgefäß irgendwie miteinander verbunden waren und dass auch er beteiligt wurde, um ebenso mit dem Gefäß und der in seinem Muster verborgenen Botschaft verbunden zu werden. Zwei Tage und zwei Nächte lang hatte er über dem Bild und dem goldenen Fragment gerungen, in dem Glauben, dass sie ihm etwas sagen wollten, ohne ihre Antwort jedoch greifen zu können.
Er rieb sich die Schläfen. Ihm war schwindelig. Sein Magen knurrte. Wann hatte er zum letzten Mal etwas gegessen? Als er das Fragment neben dem Foto ausrichtete und beide in eine Linie zu bringen versuchte, in der Hoffnung, entscheiden zu können, wo die kleine menschliche Gestalt in das größere Ganze passte, hob er plötzlich den Kopf. Was war das?
Ein Raunen. Außerhalb seines Zeltes.
Er schaute hinaus, sah aber nur mitternächtliche Dunkelheit und brennende, im Wind schwankende Laternen. Als das Raunen lauter wurde, erkannte er, dass es zu regnen begonnen hatte. Nicht sintflutartig, nur ein sanfter Regenguss. Aber als er eine Hand in das leise Tröpfeln hielt, wurde der Regen plötzlich bedeutsam.
Er trat wieder ins Zelt, nahm das Olla-Fragment hoch und hielt es in seiner nassen Hand, und während er es betrachtete, hätte er schwören können, im Regen Stimmen raunen zu hören. Seine Konzentration nahm zu. Seine Augen fixierten sich so stark auf die winzige, in Rot gemalte Gestalt, dass sich seine Sicht verengte. Alles am Rande Befindliche – sein Schreibtisch, das Feldbett, die Wände des Zeltes – wichen zurück, bis er, einen langen Tunnel hinab, das Einzige sah, was im Universum existierte: das goldene Fragment mit der darauf gemalten Gestalt eines Menschen.
Während draußen der Regen raunte …
Der winzige Mensch, bis auf Arme und Beine ohne bestimmte Konturen, hielt zwei Gegenstände in Händen. Seine Füße standen auf etwas – Symbole, die etwas bedeuteten. Aber was? Robert O'Neill stand erstarrt im sanften Schein seiner Laterne, während Wind und Regen sein Zelt peitschten, als wollten sie die Segeltuchwände niederreißen und den Mann darinnen der stürmischen Nacht preisgeben.

Die kleine Gestalt in seiner Handfläche … die Arme ausgestreckt, seine mikroskopisch kleinen Hände hielten …
Donner polterte, grollte, rollte weiter.
Die winzigen Füße standen auf …
Ein weiterer Blitz. Ein Licht, das heller war als Sonnen, explodierte in seinem Zelt.
Der kleine, rote Mensch, in einem Fragment aus goldenem Ton gefangen, *bewegte sich plötzlich*.
Robert schrie auf.
Erneut zuckte ein Blitz, beleuchtete das Innere des Zeltes kurz mit blendendem Licht. Der Kaplan sank auf die Knie, wie gelähmt von dem, was er gesehen hatte. Er spürte, wie sich seine Seele weitete, als wären plötzlich Vorhängeschlösser abgefallen. Er spürte, wie sich sein Herz öffnete, wie sich alle Ketten und Steine und Lasten in den raunenden Stimmen, den Regenstimmen, auflösten, und er begann so heftig zu zittern, dass er beinahe das kostbare goldene Fragment fallen gelassen hätte.
Er schloss die Finger um die Keramikscherbe und presste die Hand an seine Brust. »O Herr!«, rief er, mit geschlossenen Augen, das Gesicht gen Himmel gewandt. »Gelobt sei Gott, ich *verstehe*!«
Dann betete er, auf Knien, während er zitterte und schwitzte und dachte, er würde durch das neue Glücksgefühl, das ihn erfüllte, ohnmächtig werden, während draußen der früh eingefallene Monsunsturm über die Wüste fegte wie ein Kriegsgefährt der Götter.
In der darauf folgenden Stille, während die Wolken nordwärts rasten, wo ungeschützte, kleine Weiler lagen, fühlte sich Robert O'Neill im Herzen und in der Seele vollständig, voller neuem Wissen und Verstehen. Er zitterte durch seine Erkenntnis. Schweiß tropfte von seiner Stirn. Er wollte diese Ekstase für immer bewahren, aber sie war ihm nur als Instrument dafür gewährt worden, um seine Augen zu öffnen. Nun war es für ihn an der Zeit, sich an die Arbeit zu machen.
Aber zuerst musste er noch etwas anderes tun.

Die Schlüssel staken im Zündschloss des Jeeps. Der Wachsoldat am Tor stellte den Einsatz des Kaplans mitten in der Nacht nicht infrage, wissend, dass Gottesmänner einen anderen Stundenplan haben

mussten als Laien. Robert fuhr die Straße mit der höchsten Geschwindigkeit hinab, die der nasse Sand zuließ, war nach wenigen Meilen aus dem Regen herausgelangt, die Unwetterfront lag hinter ihm, und er fuhr bald unter einem hellen Mond und vereinzelten Sternen dahin.
Er dachte nicht nach. Er handelte impulsiv. Neue Energie trieb seine Handlungen an, während er auf der Cottonwood Spring Road nordwärts eilte. Er musste zu Morgana, musste sie sehen.
Durch den Pass hinauf und in die Hochwüste, wo Joshuabäume wie verzerrte, gequälte Menschen im Mondlicht standen. Der Jeep raste daran vorüber, während sein Fahrer mit vor Leidenschaft lodernden Augen in die Nacht starrte. Wolken zogen vor den Mond, tauchten die Wüste in tiefste Dunkelheit. Robert bemühte sich, die Straße nicht aus den Augen zu verlieren. Und als die ersten Tropfen auf die Windschutzscheibe fielen, rief er: »Nein!« Er könnte hier draußen stecken bleiben.
Er fuhr schneller, um dem Regen zu entgehen. Aber der Regen folgte ihm, düstere Wolken bauschten sich über ihm, Donner krachte, als wollte er ihn demütig machen, diesen sterblichen Menschen, der im Glanze Gottes neu erstrahlte. Er schaltete die Scheibenwischer ein, verschmierte die Windschutzscheibe. Der Regen fiel stärker, befreite die Scheibe vom Dreck, sodass O'Neill nach vorne sehen konnte, aber seine Scheinwerfer beleuchteten nur eine Schlammstrecke und silberfarbene Regentropfen. Der Regen hämmerte auf das Segeltuchdach des Jeeps herab wie Maschinengewehrfeuer.
Und dann, unmittelbar vor ihm, ein bizarrer Anblick. Er beugte sich vor, blinzelte. Eine hoch aufragende Brücke mitten in der Wüste. Was konnte sie möglicherweise überspannen? Die Antwort verursachte ein ängstliches Kribbeln in seinem Nacken. *Es ist eine Brücke über einen Wasserlauf, der im Sommer austrocknet, im Winter aber ein reißender Strom ist.* Und er fuhr das Flussbett entlang.
Und dann traf der Jeep auf einen großen Stein und geriet wild und unkontrolliert ins Schleudern.

Robert war in Schwierigkeiten.
Ohne zu verstehen, woher sie es wusste, zog sich Morgana hastig

an und lief in die feuchte Nacht hinaus. Die Luft knisterte. Ihr Haar stand vor statischer Elektrizität hoch. Der Regen hatte Twentynine Palms noch nicht erreicht, aber er kam. Sie konnte die brodelnde Sturmgrenze über die Hochebene fegen und alles auf ihrem Weg durchweichen sehen. Neue Flüsse bildeten sich in diesem Moment, liefen hügelabwärts, verbanden sich mit anderen und bildeten einen reißenden Strom. Es war die Jahreszeit der Blitzfluten.
Eine gefährliche Jahreszeit.

Der Jeep hörte auf, zu schleudern, und kam bebend zum Stillstand. Während der Motor noch ratterte, drehten sich die Räder nutzlos im Schlamm. Der Regen hatte Robert eingeholt. Während er die Situation mit einer Taschenlampe sondierte, wurde er von einem Regenguss durchweicht.
Als er den Taschenlampenstrahl die Schlammspur entlang- und dann zur Brücke hinüberführte, erkannte er, dass es überhaupt keine Brücke war, sondern eine natürliche Felsformation, die als Arch Rock bekannt war.
Er lief Schutz suchend unter den Bogen, zitterte in der Dunkelheit und versuchte zu entscheiden, was er tun sollte. Wenn der Regen nachließ, könnte er den Jeep mit Hilfe von Steinen unter den Rädern befreien. Aber möglicherweise saß er auch die ganze Nacht hier fest. Der fehlende Jeep würde am Morgen bemerkt werden. Aber wie lange würde es dauern, bis jemand daran dachte, die Nachtwache zu befragen, und vom hastigen Aufbruch des Kaplans erfuhr? Und selbst dann wusste noch niemand, wohin er gefahren war.
Robert stellte erstaunt fest, dass er unbesorgt war. Er erstrahlte noch immer im Licht von Gottes wundersamer Offenbarung, sodass es absolut unbedeutend war, dass er in einem Wüstensturm gestrandet war. Das Einzige, was er im Sinn hatte, war Morgana. Er musste ihr erzählen, was er aus dem Bruchstück der goldenen Olla herausgelesen hatte.
Als er ein neues Geräusch in der Nacht hörte, ein weiteres Dröhnen hinter dem des Regens, dachte er, es käme ein noch heftigerer Guss und zog sich daher weiter unter den Bogen zurück, wo der Boden höher gelegen und trocken war.

Morgana fuhr wie besessen. Je weiter sie auf der unbefestigten Straße kam, desto überzeugter war sie davon, dass Robert sie brauchte. Aber wo? War er im Lager? Oder hatte er es verlassen und wurde unterwegs von den schweren Unwettern überrascht?

Das Dröhnen wurde lauter. Robert schaute blinzelnd in den Platzregen, um nachzusehen, was das Geräusch verursachte, als er zwei kleine Lichtpunkte auf sich zurasen sah.
Ein Fahrzeug!
Gelobt sei Gott für das zweite Wunder dieser Nacht. Robert trat zum Rand des Felsüberhangs, wedelte mit den Armen, um die Aufmerksamkeit des Fahrers zu erringen, als er zwei Dinge bemerkte: Das Fahrzeug fuhr mit Höchstgeschwindigkeit, und es hielt direkt auf seinen festsitzenden Jeep zu.

Morgana umklammerte das Lenkrad, während sie zu erkennen versuchte, was vor ihr lag. Der Regen schüttete herab. Die Scheinwerfer des Trucks reichten nicht weit. Aber sie kannte diese Straße so gut, dass sie sie auch mit verbundenen Augen hätte befahren können. Solange ihr keine Tiere in den Weg gerieten, konnte sie versuchen, direkt zum Camp Young durchzukommen.

Der Truck würde mit dem Jeep zusammenstoßen! Robert lief hinaus, winkte wild und schrie: »Stopp! Stopp!«, während sich ihm die Scheinwerfer rasch näherten.
Morgana blinzelte. Was war das da auf der Straße? Ein Mensch …
Sie trat auf die Bremse und kämpfte mit dem Lenkrad, während der Truck ausbrach, seitwärts schleuderte und auf den Jeep zu rutschte, ohne ihn ganz zu erreichen.
Als er zum Stehen kam, schüttelte Morgana heftig den Kopf und sah dann einen Mann durch den Platzregen auf sich zukommen. Robert!
Sie sprang aus dem Wagen. »Was tun Sie hier?«
»Was tun *Sie* hier?«
Und gleichzeitig: »Sind Sie in Ordnung?«
Er nahm sie bei der Hand, und zusammen liefen sie von der Schlammbahn und den beiden abgewürgten Wagen fort in den

Schutz des Arch Rock, wo der Felsboden an manchen höheren Stellen erstaunlicherweise noch immer trocken war.
Sie sprachen vollkommen außer sich gleichzeitig, bis sie tief einatmeten, um sich zu beruhigen und dann nacheinander zu reden.
»Ich hatte das Gefühl, Sie wären in Schwierigkeiten«, sagte sie und wünschte, sie hätte ein Handtuch für sein durchnässtes Haar und sein Gesicht.
»Ich war auf dem Weg, Ihnen etwas zu erzählen«, sagte er und dachte, dass sie selbst mit dem am Kopf klebenden Haar wunderschön war. »Morgana, seit dem Tag, an dem wir uns zum ersten Mal begegneten, konnte ich nicht aufhören, über Sie nachzudenken. Ich habe versucht, mich von Ihnen fern zu halten, aber wir trafen immer wieder zusammen.«
Sie spürte, wie ihr das Herz in der Brust gefror. Er würde ihr sagen, dass er sie liebte. *Nein! Dies ist falsch!*
»Morgana, es ist ein Wunder geschehen!«
»Bitte, Robert ...« Sie fühlte sich elend und freudig erregt gleichzeitig. Als er sie bei den Schultern nahm, war sie wie elektrisiert. Er war so nahe. Der Moment war so vertraut, trotz des Windes und des Regens und der Wüste, die sich eine Million Meilen in alle Richtungen erstreckte. *Sag es nicht!*
Er sprach rasch. »Die ganze Zeit, seit ich in der Army bin, fühlte ich mich wie ein Ausgestoßener. Ich wurde mir meiner ›Andersartigkeit‹ so bewusst, dass ich kaum den Alltag bewältigen konnte. Ich war unter meinen Brüdern ein Fremder. Und dann kamen Sie daher und ...«
Sie hob ihr Gesicht zu seinem. »Ja, Robert?«
»Ich bin Pazifist, Morgana, das wissen Sie. Ich glaube, Jesus ist der Friedensfürst, und ich folge seinem Beispiel. Warum bin ich also in die Army eingetreten? Ich wusste es nicht, aber ich musste es einfach tun.«
Er hielt sie mit seinen tief liegenden Augen fest und mit der Leidenschaft, die sie durch seine Hände in ihre Arme strömen spürte. Er sah zu ihr herab, seine Lippen nass vom Regen, und sagte: »Aber es beunruhigte mich, Morgana, diese Jungen zu sehen, mit ihrer Naivität und ihrem Idealismus frisch von Bauernhöfen und aus Kleinstädten gekommen. Ich wusste, was vor ihnen lag. Ich führte darüber

tägliche Diskussionen mit Gott – warum ließ Er Kriege zu? Warum verlangte Er von jungen Männern, ihr Leben zu opfern?«
Ein kalter Wind wehte unter den schützenden Überhang. Regentropfen glitzerten an Roberts kantigem Kinn, das von Stoppeln beschattet war.
»Bevor Sie auftauchten, Morgana, hatte ich mein besorgtes Gewissen unter Kontrolle. Ich kam *zurecht*. Ich fühlte mich wie auf einem schmalen Drahtseil, aber ich hielt mich im Gleichgewicht, und dann waren Sie da, hielten, trotz der Gefahr für sich selbst, die Panzer auf. Es war, als hielten Sie mir einen Spiegel vor. Und mir gefiel nicht, was ich da sah. Sie hatten den Mut, Ihre Überzeugungen zu vertreten, während ich dies nicht tat. Nach diesem ersten Tag quälte mich der Gedanke, dass es das war, was ich tun sollte, Panzer aufhalten. Danach empfand ich keinen Augenblick mehr Frieden. Sie waren als Hüterin meines Gewissens ständig in meinen Gedanken.«
Sie blinzelte. Sie runzelte die Stirn. Dies war keine Liebeserklärung. Warum war er dann in diesem gefährlichen Sturm hinausgefahren, um sie zu sehen? »Ich spürte, dass Sie beunruhigt waren, Robert. Darum gab ich Ihnen Elizabeths Buch und das Keramikfragment. Es ging um Hoffnung.«
»Und das ist das Wunder, Morgana!« Er nahm die Hände von ihren Schultern. Er wandte sich um, schritt zum Rand des Felsüberhangs, schaute in den strömenden Regen hinaus, kam dann zurück, sein Körper lebendig vor Energie. »Heute Abend, Morgana, saß ich in meinem Zelt und betrachtete das Foto der Olla, als ich ein Raunen hörte. Ich dachte, es wären Männer, die sich in der Nähe unterhielten, aber als ich hinausblickte, sah ich, dass es zu regnen begonnen hatte. Morgana, ich kann es nicht erklären, aber der Regen ist irgendwie bedeutsam. Ich ging wieder hinein, hielt das Ollafragment in meiner Hand und hätte schwören können, im Regen Stimmen raunen zu hören. Es besteht eine Verbindung – und fragen Sie mich nicht, woher ich das weiß – zwischen diesem Indianergefäß und dem Regen. Und als beides zusammentraf, war es, als löse sich eine Ziegelmauer auf – die Mauer, die mich in Verwirrung und Unwissen gefangen hielt. Der Regen wusch die Ziegel fort und ließ das Raunen ein, und da war es, in diesem blendenden Moment, als ich

die winzige, in Rot gemalte Gestalt betrachtete, dass ich plötzlich *verstand.*«

»*Verstand?*«, flüsterte sie wie gebannt, von einer ganz neuen Empfindung erfüllt, die sie nicht benennen konnte.

»Dass ich Pastor bin, Morgana. Das ist das lateinische Wort für Hirte, und das hatte ich vergessen. Ich hatte auch vergessen, dass Soldaten Pastoren brauchen, genau wie jeder andere. Es steht mir nicht zu, meine Gemeinde zu erwählen. Ich diene denjenigen, die der Herr erwählt. Wenn es Soldaten sind, dann soll es so sein. Ich bin berufen, Gottes Werk zu tun und nicht das, was *mir* gefällt.

Morgana, bevor Sie auftauchten, hatte ich mich von meinen Männern und meiner Mission abgesondert, mich, indem ich das tat, auch von Gott und Seinem Willen abgesondert. Aber das Regengefäß zeigte mir die Verbundenheit aller Dinge, dass wir alle Kinder Gottes sind, eine Familie, und dass wir einander helfen müssen. Niemand ist eine Insel für sich!«

Er nahm sie erneut bei den Schultern, und seine tief liegenden, braunen Augen brannten vor Leidenschaft, als er sagte: »Ich weiß jetzt, warum ich in die Army eingetreten bin. Gottes Hand führte mich, nicht um einfach in die Army einzutreten, sondern um mich zu diesem Zeitpunkt hier an diesen Ort zu bringen, damit ich Ihnen begegnen sollte. Weil Sie mir das goldene Fragment brachten, welches mir Gottes Absicht offenbarte. Ich hatte geglaubt, bei meiner Rolle als Kaplan ginge es um den Tod. Ich habe mich geirrt. Es geht bei meiner Rolle als Kaplan um das *Leben*. Ich bin hier, um die Soldaten daran zu erinnern, dass es mitten in Krieg und Tod Leben gibt, um sie an die Hoffnung und Gottes ewige Liebe zu erinnern.«

Morgana fühlte sich von seinen Worten mitgerissen. Der Regen und die Wüste existierten nicht mehr, nicht einmal die Nacht. Da waren nur Robert und seine Kanzelstimme, die ihr Herz und ihre Seele mit seiner Energie erfüllte, die ihren Geist sich aufschwingen ließ.

»Jetzt weiß ich«, sagte er, »was die menschliche Gestalt auf der Scherbe repräsentiert. Die kleine Gestalt hält einen Hirtenstab in der Hand, und die andere Hand ruht auf einem Tier mit Hörnern. Es sieht wie ein Bergschaf aus. Morgana, die Gestalt ist Jesus Christus als der gute Hirte, und ich bin berufen worden, seiner Herde zu dienen. Das hatte ich vergessen.«

Er senkte seine Stimme und beugte sich näher zu ihr. »Sie und ich sind uns nicht zufällig begegnet, und Sie haben mir auch nicht zufällig Elizabeths Buch und das Fragment gebracht. Sie haben mich wieder auf Gottes Weg geführt, Morgana, und dafür werde ich Ihnen ewig dankbar sein.«

Dann glaubte sie, er würde sie küssen, und das ängstigte sie, aber er tat es nicht. Er trat zurück, nahm die Hände wieder von ihren Schultern. Sie sahen einander durch den strömenden Regen an, bis er sagte: »Ich muss zurück. Ich habe den Jeep ohne Erlaubnis genommen.« Er lächelte. »Es wäre nicht gut, wenn ich vor ein Kriegsgericht müsste, jetzt wo ich wieder klar denken kann.«

Er nahm ihr Gesicht zwischen seine Hände und sagte: »Sie haben mich aus der Dunkelheit herausgeführt, Morgana. Gott segne Sie dafür.«

Dann beugte er den Kopf und küsste ihre tränennasse Wange.

85

Die Young Ladies waren ein Riesenerfolg.

Es war beschlossen worden, dass die Kantine jeden Sonntagmittag, wenn die jungen Damen eintrafen, um Kaffee und Donuts zu servieren, mit den Jungen zu reden, ihnen zu helfen, Briefe nach Hause zu schreiben und abends eine Abendgesellschaft auf die Beine zu stellen, der Erholung vorbehalten bliebe.

Morgana hatte mit Ethel Candlewell und Suzie Knapp von Blythe bis Riverside Flugblätter verteilt, in Bibliotheken und Kirchen Zettel aufgehängt und in allen örtlichen Zeitungen geworben. Die Reaktion war überwältigend. Frauen, die aus eigenen Mitteln zum Lager kommen konnten, wurden ermuntert, diejenigen mitzunehmen, die keinen Wagen besaßen, während Sandy Candlewell mit seinem großen, roten Londoner Bus zu den kleineren Weilern und entlegenen Ansiedlungen fuhr, um Freiwillige einzusammeln.

Es gab strenge Regeln: Es war stets angemessener Anstand zu wahren. Kein Davonschleichen in unbeobachtete Ecken. Keine Verabredungen außerhalb der organisierten Tanzabende. Alkohol war nicht zugelassen. Und die Mädchen mussten um elf Uhr abends wieder gehen.

Frauen aus ganz Südkalifornien gaben sich Mühe, die Moral ihrer Soldaten zu fördern. An jenem Sonntag zur Mittagszeit belud Morgana ihren Truck mit Donuts und Pasteten, Krügen Zitronenlimonade, Büchern und Zeitschriften, Kaugummi und Zigaretten und brach zum Lager auf, sammelte unterwegs ortsansässige Mädchen ein und traf im Camp Young ein, als auch andere Wagen und Busse heranfuhren und kichernde Mädchen und ernste Gesellschaftsmatronen zu den heimwehkranken GIs brachten. Morgana sagte sich, sie täte es für die Jungen, für Gideon, für die Kriegsbemühungen. Aber sie wusste, dass der wahre Grund war, Robert zu sehen.

In der Nacht des Sturms, nachdem der Regen weitergezogen war, hatte Morgana Robert geholfen, den Jeep aus dem Schlamm zu ziehen. Dann hatte sie ihm nachgesehen, als er südwärts fuhr, zum Militärlager und seinem alt/neuen Lebenszweck zurück. Nun, in dieser warmen Juninacht, während die Band *The White Cliffs of Dover* und *That Old Black Magic* spielte, während Mädchen und Soldaten den Lindy hop und den Jitterbug tanzten und unter den wachsamen Blicken der Anstandsdamen alkoholfreien Punsch tranken, stand Morgana am Rande der Tanzfläche und beobachtete, wie sich Robert mit Offizierskameraden unterhielt, ein Glas Punsch in der Hand, und lachte. Seit der Nacht des Sturms war er ein neuer Mensch. Morgana hatte nicht gewusst, dass er so gelitten hatte, bis er aufhörte zu leiden.

So musste er gewesen sein, bevor er in die Army eintrat, überlegte sie. Lebensprühend, voller Leidenschaft, von einem Sinn und Ziel geleitet, selbstbewusst. Das bewirkte, dass sie sich noch stärker in ihn verliebte. Und sie fragte sich, ob sie sich die Elektrisiertheit, die sie zwischen ihnen beiden spürte, nur einbildete. Empfand er ihr gegenüber ebenso? Es war ein erschreckender Gedanke, aber Morgana nahm Zuflucht zu dem Wissen, dass Robert, mit seiner neu entdeckten Leidenschaft, Gott zu dienen, niemals daran dächte, seinen Zölibatsschwur zu brechen.

Und daher ließ sie ihrem Herzen die Zügel schießen. Es war ein neues Gefühl für Morgana, heimlich in einen Mann verliebt zu sein, besonders in einen Mann, der für sie tabu war. Es war berauschend. Sie konnte die Liebe in ihrem Herzen nähren, unschuldige Phantasien über Robert hegen, sich an seiner Nähe und seinem Lächeln weiden und wissen, dass sie vollkommen sicher war.

Liebster Robert, du hast mir Liebe geschenkt. Ich kann niemals heiraten, und so habe ich immer geglaubt, ich könnte auch niemals Liebe erfahren. Aber du hast sie mir gegeben, und dieses Gefühl werde ich immer bewahren.

Sie beobachtete, wie er über die bevölkerte Tanzfläche auf sie zukam und, da er in seiner Uniform gut aussah, die Blicke mehr als nur einer jungen Dame auf sich zog, trotz des weißen Kragens und des Kreuzzeichens. Sie bemerkte, dass er aufrechter ging als zuvor. Ein Mann, der seinen Lebenszweck kannte. Er streckte eine Hand aus. »Wollen wir tanzen?«

Während sie auf die Tanzfläche gingen, wechselte die Band von einem schnellen Tanz zu *Smoke Gets In Your Eyes*, einem langsamen Song, der nach Wange-an-Wange-Tanzen verlangte. Aber sie hielten dennoch Abstand, während sie sich auf der Tanzfläche bewegten, und Morgana war um eine unbeschwerte Stimmung bemüht, während sie Robert von dem letzten Brief erzählte, den sie von Gideon bekommen hatte. »Er ist begeistert von der Navy. Er befindet sich auf einem Flugzeugträger – er darf mir weder den Namen sagen, noch wohin er ausläuft –, aber er berichtet über die anderen Matrosen und die Offiziere und dass er noch immer nicht seefest ist. Ich vermisse ihn schrecklich.«

Die Tanzfläche füllte sich. Robert zog sie nahe an sich heran. »Ich habe bemerkt, dass Sie Ihre Tätowierung bei solchen Veranstaltungen bedecken. Ich kann die Linien unter dem Make-up nicht erkennen.«

»Ich denke, sie erschreckt die Menschen. Zumindest starren sie immer hin.«

»Darf ich Ihnen eine persönliche Frage stellen, Morgana? Ich weiß, Sie mussten sich um Ihren Bruder kümmern, aber ich frage mich dennoch, warum eine hübsche, junge Frau wie Sie nicht verheiratet ist.«

Ihr Herz tat einen Satz. Sie spürte, wie sie errötete. »Nicht jedes Mädchen will heiraten, Robert«, sagte sie lächelnd und bewahrte ihre Unbeschwertheit. »Außerdem habe ich ein Gasthaus zu führen.«

»Es hat schon Frauen gegeben, die Gasthäuser führten und dennoch Ehemänner hatten«, sagte er, und da er ihr auf eine Art in die Augen sah, als wüsste er, dass mehr dahinter steckte, sagte sie: »Es ist eine lange Geschichte.«

Morgana dachte an die Männer, die sie im Laufe der Jahre interessant gefunden, zu denen sie aber Abstand gehalten hatte. Obwohl Sandy Candlewell einige Zeit an seinem Wunsch festgehalten hatte, sie zu heiraten, hatte er schließlich doch aufgegeben und alle, besonders Adella Cartwright, damit überrascht, dass er eine Ortsfremde aus Oxnard heiratete. Einer Romanze am nächsten gekommen war Morganas Beziehung zu dem gut aussehenden jungen Anwalt Mike Singletary, der ihr vor zehn Jahren das unerwartete Erbe von dem Mann namens Bernam überbrachte. Er hatte bei zahlreichen Gelegenheiten die Reise von Los Angeles auf sich genommen, bis sie ihn auf freundliche Art hatte wissen lassen, dass er seine Zeit verschwendete. Sie hörte nie wieder etwas von ihm.

»Ich mag lange Geschichten«, sagte Robert.

»Diese nicht. Außerdem«, sagte sie und zwang sich zu einem Lächeln und einem unbekümmerten Tonfall, »können Sie auch nicht heiraten, sodass wir schon zu zweit sind.«

Er blieb auf der Tanzfläche stehen und sah sie stirnrunzelnd an. »Was meinen Sie damit, dass ich nicht heiraten kann?«

»Sie sind Priester.«

Er sah sie einen weiteren Moment an und sagte dann leise: »Du lieber Himmel. Ich glaube, da gibt es ein Missverständnis.«

»Was meinen Sie?«

»Sie denken, ich sei katholisch.«

»Sind Sie nicht?«

Während Paare um sie herum tanzten und sich eine glänzende Kugel über ihnen drehte, sagte Robert: »Morgana, Sie wissen so vieles, Sie sind so gebildet. Als ich Ihnen erzählte, dass ich das Union Theological Seminary besucht habe, nahm ich an, Sie wüssten, dass es eine zutiefst im reformierten Protestantismus verwurzelte Universität ist. Ich bin kein katholischer Priester, ich bin Mitglied der Episkopalkirche. Und Priester der Episkopalkirche sind nicht dem Zölibat unterworfen. Wir dürfen heiraten.«

»Aber … das Waisenhaus … Sie sagten, Sie wurden von Nonnen aufgezogen.«

»*Episkopalische* Nonnen.«

Sie trat zurück. Sie schlug die Hände vor den Mund.

»Morgana, geht es Ihnen gut?«

»Ich bin ein wenig …« Sie presste eine Hand auf ihre Stirn. »Ich brauche etwas frische Luft …« Damit wandte sie sich um und eilte aus der Kantine.

Draußen redeten Paare, lachten, rauchten Zigaretten. Die warme Luft war von Qualm erfüllt. Morgana konnte nicht atmen. Sie stolperte zwischen Zelten hölzerne Gehwege entlang und fand sich schließlich in einem kleinen, mit Kisten angefüllten Lagerraum wieder. Sie war allein unter dem Mond.

Robert folgte ihr. »Morgana?«

Sie fächelte sich mit der Hand Luft zu. »Ich rauche nicht, und wenn die Luft so verqualmt ist … Im Gasthaus bitte ich die Gäste, draußen zu rauchen, auf der Terrasse … Mir ging dort drinnen einen Moment die Luft aus. Es geht mir gut.«

Er sah sie prüfend an. »Das ist meine Schuld. Ich verstehe, warum Sie dachten, ich wäre Katholik. Ich hätte mich zu diesem Thema klarer äußern sollen.«

»Nein, nein«, erwiderte sie. »Das war es nicht. Nun, ja, ich war ein wenig überrascht, aber wirklich, es wurde da drinnen nur so voll und unbehaglich.« Sie zwang sich zu einem nervösen Lachen. »Man könnte fast sagen, unser USO-Programm ist *zu* erfolgreich.«

»Also«, sagte er. »Die lange Geschichte?«

»Was?«

»Sie wollten mir erzählen, warum Sie nie geheiratet haben.«

Wie konnte sie das Gefühl der Entfremdung in Worte fassen, das sie seit ihrer Kindheit begleitete, wie sie sich stets als Außenseiterin gefühlt hatte, anders als andere. Vielleicht war dieses Gefühl durch die Gerüchte über die Seltsamkeit ihres Vaters entstanden. Oder vielleicht kam es daher, dass sie Waise war, von ihrer Tante aufgezogen wurde und keine normale Familie hatte wie alle anderen. Und dann war da noch die Narbe auf ihrer Stirn, die sie von anderen unterschied.

Aber von noch tiefer kam ihre Angst vor dem Verlassenwerden, die sie davon abhielt, sich zu verlieben, sowie die Angst davor, einen genetischen Defekt weiterzugeben, die sie davon abhielt, zu heiraten und Kinder zu bekommen.

Nein, sie konnte Robert nichts davon erzählen.

»In Wahrheit ist es keine lange Geschichte, das ist nur so eine Redensart. Tatsächlich gibt es überhaupt keine Geschichte. Ich sagte nicht, dass ich niemals heiraten werde. Es ist nur so, dass ich noch keine Zeit gefunden habe, um, nun, um eine Beziehung zu entwickeln, wenn Sie verstehen, was ich meine. Aber eines Tages, vielleicht …«

»Bei Ihnen sammeln sich viele ›eines Tages‹.«

Sie sah ihn überrascht an. Er lächelte, und sein Tonfall klang sanft, aber die Bemerkung schien Kritik zu beinhalten. »Was meinen Sie damit?«

»Es tut mir Leid«, sagte er. »Das war eine unpassende Bemerkung. Wir können wieder hineingehen, wenn Sie möchten.«

Morganas Gedanken waren vollkommen verwirrt. Robert hätte beinahe ihre Gefühle für ihn entdeckt. Sie war dankbar dafür, dass sie ihre Fassung rechtzeitig wiedererlangen konnte. Aber nun hatte sie ein neues Problem. Robert war nicht mehr ›sicher‹. Und sein Interesse an ihr nahm zu, er machte einsichtige Bemerkungen – »Bei Ihnen sammeln sich viele ›eines Tages« –, was ihn gefährlich nahe an ihre Geheimnisse heranführte. Und an ihr Herz.

Morgana rang mit diesem neuen Dilemma, während sie zur Kantine zurückgingen: Wie konnte sie sich von Robert O'Neill *ent*lieben?

86

Er konnte nicht schlafen. Morgana hatte die letzten beiden Abendgesellschaften versäumt, sie hatte das Lager nicht besucht, und wenn er beim Gasthaus anrief, war sie stets zu beschäftigt, um ans Telefon

zu kommen. Robert konnte das nicht so weitergehen lassen. Etwas stimmte nicht, und er musste herausfinden, was es war.
Der Morgen war bereits warm. Es würde ein weiterer glühend heißer Tag werden, ein weiterer Tag, an dem Soldaten beim Exerzieren einen Hitzschlag bekamen oder mit einem Sonnenstich umkippten. Robert beschloss, aufs Frühstück zu verzichten, damit er einige Zeit im Krankenrevier mit dem Besuch von Patienten verbringen konnte. Und dann würde er zum Hightower Inn fahren. Er war zum ersten Mal, seit er zum Camp Young gekommen war, nicht in voller Uniform. Er hatte es wegen der extremen Hitze nicht nur aufgegeben, den Priesterkragen zu tragen, sondern er hielt auch die oberen Knöpfe seines Hemdes geöffnet. Und selbst dann hatte er noch das Gefühl, nicht atmen zu können.
Nachdem er das Krankenrevier verlassen hatte, zog er eine frische Freizeithose und ein hellblaues, kurzärmeliges Hemd an, die einzigen »Zivilklamotten«, die er besaß. Als er den Fuhrpark erreichte, um sich einen Jeep auszuleihen, klebte das Hemd bereits an seinem Rücken. Er fuhr schnell. Er vermutete, dass die einzige Möglichkeit, eine Antwort zu bekommen, darin bestand, Morgana unvorbereitet zu erwischen.

Trotz zweier elektrischer Ventilatoren, die auf höchster Stufe liefen, und tagsüber zugezogenen Vorhängen glänzte Suzie Knapps Gesicht vor Schweiß. Der Juli in der Wüste, sagte sie sich jedes Jahr, wenn der Sommer herankam, war nichts für die Furchtsamen.
Die Eingangstür des Gasthauses wurde geöffnet, und ein gut aussehender Mann trat ein. Suzie räusperte sich, prüfte rasch ihr Haar und fragte mit ihrem breitesten Lächeln: »Kann ich Ihnen helfen?«
Und dann erkannte sie erschrocken, dass es Kaplan O'Neill war. Sie hatte ihn noch nie zuvor in Zivilkleidung gesehen.
»Ich suche Morgana«, sagte er und nahm seine Sonnenbrille ab. »Ich ... *wir* haben sie bei den Abendgesellschaften vermisst.«
Suzie registrierte die Änderung der Pronomen und erkannte sofort, dass dies ein persönlicher Besuch war. Obwohl sie einen Ehemann und Kinder hatte, mit dreiunddreißig bereits als Matrone angesehen wurde, der man unterstellte, dass sie an solchen Dingen

kein Interesse mehr hätte, war sie dennoch eine hoffnungslose Romantikerin. Sie und Morgana hatten sich über den charmanten und gut aussehenden Captain O'Neill unterhalten. »*Kaplan*«, hatte Morgana sie korrigiert, als machte das einen Unterschied. Soweit es Suzie betraf, war ein Mann ein Mann, ob sein Kragen nun weiß, blau oder gepunktet war.

»Es tut mir Leid, Pater, Sie haben sie gerade verpasst. Sie ist auf dem Weg nach Banning. Sandy Candlewell fährt sie.«

»Banning?« Er sah sich um, als berge der Empfangsraum einen Hinweis. Es sah Morgana nicht ähnlich, das Gasthaus zu verlassen, wenn es so gut besucht war.

Suzie richtete einen Stapel Postkarten aus und rückte den Füllfederhalter, mit dem sich die Gäste eintrugen, zwei Zentimeter weiter. »Ich darf nichts sagen«, erklärte sie, ohne ihn anzusehen. »Morgana bat mich, es niemandem zu erzählen.«

»Du lieber Himmel, geht es ihr gut?«

»Oh, das ist es nicht! Sie hat keinen Arzttermin oder so. Sie wollte nur … dass niemand es erfährt.«

Robert betrachtete das offene Gesicht und die blauen Augen der jungen Frau, die eine Lüge nur schlecht verbergen konnten. »Niemand«, fragte er, »oder ich nicht?«

Ihre Schultern sackten zusammen. »Es tut mir Leid, Pater. Morgana wollte besonders nicht, dass Sie wüssten, wohin sie geht. Aber ich glaube nicht, dass es richtig von ihr war, zu gehen, *ohne* es Ihnen zu erzählen. Ich denke, sie wird lange Zeit fort sein.«

»Lange Zeit?«

»Mindestens einen Monat.«

»Einen Monat!«

»Vielleicht länger. Sie nimmt einen Zug nach San Francisco. Pater O'Neill, sie ist ins Rote Kreuz eingetreten.«

Er sah Suzie einen Moment lang an, und dann dankte er ihr, während er seine Sonnenbrille wieder aufsetzte, und eilte hinaus.

Er raste die Straße entlang, hupte, hoffte, den Candlewell-Truck vor sich zu sehen. Als er den Bahnhof erreichte, sah er, dass besagtes Fahrzeug davor parkte, aber es war niemand mehr darin.

Er hielt den Jeep ruckartig an, sprang hinaus, eilte durch den mit Soldaten und Reisenden bevölkerten Bahnhof und erreichte den

Bahnsteig gerade in dem Moment, als die Pfeife erklang und der Zug losfahren wollte.

Robert lief daran entlang, schaute in die Fenster. Als der Zug Geschwindigkeit aufnahm, lief er schneller. Und dann sah er sie, am Fenster sitzend. »Morgana!« Sie hörte ihn nicht.

Robert legte einen Endspurt ein, sprang vor den Augen der erstaunten Zuschauer auf die Querstange des Bremswagens, suchte nach Halt und zog sich hoch.

Nachdem er einen Moment gewartet hatte, um wieder zu Atem zu kommen und sich die Schulter zu massieren, betrat er den schwankenden Wagen. Er war unbesetzt. Er steckte die Sonnenbrille in die Tasche, wartete, bis seine Augen sich an die Dunkelheit gewöhnt hatten, und ging dann zu den Passagierwagen weiter.

Er schritt langsam die Gänge ab, schaute nach rechts und nach links zu den Soldaten, den Geschäftsleuten, den Familien. Vorne im nächsten Wagen sah er sie. Sie saß allein an einem Fenster auf der linken Seite. Er hielt inne.

Morganas Haar, perfekt zu modischen Locken gekämmt, wurde von einem kleinen Hut mit flatterndem Schleier gekrönt. Das Fenster war einige Zentimeter geöffnet, und der Fahrtwind hob den Rüschenkragen ihres rötlichen Baumwollkleides an. Als er näher kam, sah er ihre behandschuhten Hände auf ihrem Schoß ruhen, über einer einfachen Stoffhandtasche gefaltet. Ihr Profil vermittelte den Eindruck von Traurigkeit. Als ihr schlanker Körper durch die Bewegung des Zuges leicht schwankte, fiel ihm auf, dass sie klein und verletzlich wirkte; es war nicht dieselbe Frau, die in der Wüste Panzer aufgehalten hatte.

Außerdem fiel ihm auf, dass sie, angesichts dieses hastigen Aufbruchs ohne Verabschiedung, geradezu vor etwas davonlief.

Robert erinnerte sich, wie sie ihm von dem Material erzählt hatte, das sie über Tätowierungen gesammelt hatte, und dass sie es eines Tages in einem Buch veröffentlichen wollte, wenn sie dazu käme. Er wusste, dass sie ihren Traum, Indianerstudien zu betreiben, nach Elizabeth Delafields Tod aufgegeben hatte, sich vollkommen der Aufgabe widmete, das Gasthaus zu führen und sich um Gideon zu kümmern. Obwohl sie weiterhin Material über indianische Kulturen sammelte, unternahm sie damit nichts, sondern sagte immer

nur: »Eines Tages.« So viele Ausreden, dachte Robert. Wovor hatte sie Angst?
Dann stand er vor ihr. »Morgana.«
Sie sah mit höflichem Lächeln auf. »Ja?«, fragte sie, bis sie ihn erkannte. Und als sie ihn erkannte, öffnete sich ihr Mund leicht. Robert sah in Zivil so anders aus. Das offene Hemd entblößte einige wenige dunkelkastanienbraune Haare. Dann betrachtete sie seine bloßen Arme unter den kurzen Hemdsärmeln. Sie hatte Roberts Arme noch nie zuvor gesehen. Sie waren tief gebräunt. Und dann erkannte sie, dass der Priesterkragen fehlte. Kein schwarzer Brustlatz, kein Kreuzzeichen, das als Barriere diente. Robert O'Neill war ein *Mann*.
Der Atem stockte ihr in der Kehle. »Robert! Was … was tun Sie hier? Ich habe Sie am Zug nicht gesehen.«
»Ich bin Ihnen gefolgt, Morgana. Ich bin im letzten Moment aufgesprungen.« Er rieb sich die Schulter und lächelte. »Darf ich mich setzen?«
Sein bloßer Arm streifte ihren, als er sich auf den Platz neben ihr setzte, und ein Schreck durchfuhr sie. »Robert, warum sind Sie hier?«
»Ich habe mir Sorgen um Sie gemacht. Sie waren nicht im Lager, Sie haben nicht an den Tanzveranstaltungen teilgenommen. Sie wollten meine Anrufe nicht entgegennehmen. Darum fuhr ich zum Gasthaus, wo Ihre Freundin mir sagte, Sie seien nach San Francisco abgereist und kämen vielleicht monatelang nicht zurück. Morgana, ich würde gewiss vor Ihrer Rückkehr durchdrehen. Wie konnten Sie gehen, ohne sich zu verabschieden?«
Sie blickte auf ihre Hände im Schoß hinab und verkrampfte die Finger. »Ich hielt es so für das Beste, Robert«, begann sie, aber er sah mit überraschtem Ausdruck auf dem Gesicht an ihr vorbei.
»Wohin ist die Welt entschwunden?«, fragte er.
Sie wandte sich zum Fenster um und sah nur Weiß. Es war, als wäre der Zug in eine Wolke geraten. »Wir sind in den Banning-Pass eingefahren. Das ist ein Schichtnebel vom Meer«, sagte sie. »Er kommt nachts vom Pazifischen Ozean heran.«
»Im Juli?«, fragte er und beugte sich vor, um den dichten Nebel besser sehen zu können. »So weit im Inland?«

»Er treibt bei Nacht in die Täler«, sagte sie, durch seine Nähe atemlos geworden, mit dem Wunsch, er möge sich wieder zurücklehnen, und beunruhigt, weil er ihr gefolgt war, zugleich aber entzückt, dass er es getan hatte. »Doch er gelangt nicht über den Banning-Pass, sodass wir ihn in Twentynine Palms nie erleben. Wir nennen ihn ›Grauer Mai‹ oder ›Juni-Düsterkeit‹. Er bleibt manchmal bis in den Juli hinein. Der Nebel ist in den Schluchten gefangen, wird aber später verdampfen.«
Seine Augen weiteten sich verwundert. Der Anblick war so wunderschön, so unerwartet, dass ihm die Worte fehlten. Die Schlucht war von etwas erfüllt, was wie Ballen Baumwolle aussah, wobei nur die von Sonnenlicht bestrahlten Kämme der Hügel darüber herausragten. »Ihre Wüste bietet stets neue Überraschungen«, sagte er und schaute wieder zu Morgana. Er hatte leise gesprochen, als wolle er den Nebel nicht stören. Der Eisenbahnwaggon bot, trotz der anderen Fahrgäste, jäh Abgeschiedenheit und Vertraulichkeit.
Morgana hatte nicht gewollt, dass dies geschah. Sie war vor Robert davongelaufen. Und nun waren sie sich näher denn je. Sie räusperte sich und sagte: »Wenn Sie die wissenschaftliche Bezeichnung dafür hören wollen: man nennt es Advektionsnebel.« *Sprich weiter, sieh aus dem Fenster, ignoriere den bloßen, sonnengebräunten Arm, der deinen streift, den wundervollen Duft seines Aftershaves.* »Er entsteht, wenn sich warme Landluft über kühlere Meeresluft schiebt. Die kalte kalifornische Strömung und der Auftrieb produzieren kühle, feuchte Meeresschichten, die, wie Sie sehen können …«
»Morgana.« Er streckte eine Hand aus, berührte mit den Fingerspitzen leicht ihr Kinn, wandte ihr Gesicht zu sich um. Er sah ihr in die Augen und fragte: »Warum sind Sie gegangen, ohne sich zu verabschieden?«
»Ich hasse Abschiede. Ich dachte, es wäre für alle leichter, wenn ich einfach still gehe. Ich trete dem Roten Kreuz bei«, fügte sie rasch hinzu, bevor Robert etwas einwenden konnte. »Sie brauchen Krankenschwestern. Obwohl ich nie eine formelle Ausbildung hatte, habe ich doch aus den Medizinbüchern meiner Tante und meines Vaters gelernt. Ich weiß, wie man Verbände einrollt und mit Spritzen umgeht, und ich werde beim Anblick von Blut nicht ohnmächtig.«

»Aber warum San Francisco? Es gibt auch in Los Angeles eine Rote-Kreuz-Ortsgruppe.«

Sie presste die Lippen zusammen. »Ich dachte einfach, es wäre leichter für mich, von zu Hause fort zu sein, wenn ich weit weg wäre.«

Sein Blick betrachtete forschend ihr Gesicht. »Warum habe ich das Gefühl, dass Sie etwas verbergen?«, murmelte er. »Morgana, bitte, reden Sie mit mir.«

Als sie schwieg, sah er sich zu den Soldaten, den Geschäftsleuten und den Familien in dem Eisenbahnwaggon um und sagte dann, nach ihrer Hand greifend: »Kommen Sie. Lassen Sie uns irgendwo hingehen, wo wir ungestört sind.«

Sie widerstrebte nur einen Moment. Ein leichter Zug an ihrer Hand, und sie erhob sich, folgte Robert den Gang hinab und in den zugigen Verbindungsgang zwischen zwei Waggons. Der Lärm der Schienen war hier draußen viel lauter, und der Wind peitschte hindurch.

Der Zug erklomm eine Steigung und drang plötzlich in blendendes Tageslicht, während sich die nebelerfüllten Täler unter ihnen ausbreiteten. Und im nächsten Moment fuhr der Zug wieder in dichten Nebel hinab, sodass das Geräusch der Maschine des Zuges und der Räder auf den Schienen wieder gedämpft wurde.

Morgana sah zu Robert hoch und sehnte sich danach, sich in seine Arme zu stürzen. Aber ihre Ängste – der wahre Grund, warum sie vor ihm davonlief – waren nichts, was sie jemals mit jemandem besprochen hätte, nicht mit Gideon, nicht einmal mit ihrer besten Freundin Suzie. »Es ist in Ordnung, Robert. Ich gehöre nicht zu Ihrer Herde. Sie brauchen sich um mich keine Sorgen zu machen.«

Er wusste, dass sie es nicht unfreundlich meinte. »Morgana, ich bin nicht als Pastor hier. Ich bin als Ihr Freund hier, der sich um Sie sorgt. Ich glaube, dass Sie Kummer haben. Lassen Sie mich an diesem Kummer teilhaben.«

Also sah sie ihn direkt an, weil er eine ehrliche Antwort verdiente. »Sie haben mich einmal gefragt, warum ich nicht verheiratet sei. Robert, ich kann niemals heiraten.«

»Warum nicht?«

»Ich vermute, dass mein Vater geisteskrank war und dass diese

Geisteskrankheit in meiner Familie erblich ist. Wenn ich heirate, riskiere ich, sie an meine Kinder weiterzugeben.«
Er runzelte die Stirn. »Worauf begründet sich diese Vermutung?«
»Als ich klein war, waren mein Vater und ich auf besondere Weise miteinander verbunden. Er hätte mich niemals im Stich gelassen. Er wäre niemals gegangen, ohne sich zu verabschieden. Und er wäre bestimmt nicht aus meinem Leben verschwunden, ohne sich jemals wieder zu melden, sodass er sich dessen nicht bewusst gewesen sein kann, was er tat. Meine Tante sagte, dass mein Vater Wahnvorstellungen hatte, dass er eine Geisteskrankheit hatte, die allmählich schlimmer wurde, bis er schließlich vergaß, wer er war und wer wir waren.«
»Das ist möglich«, sagte Robert.
»Wenn mein Vater tot wäre«, unterbrach Morgana ihn, seine Frage vorausahnend, »hätte ihn dann nicht jemand gefunden, hätte die Polizei uns dann nicht informiert?«
»Manchmal verschwinden Menschen einfach.«
»Vermutlich«, sagte sie leise. »Aber aufgrund der Aussage meiner Tante habe ich einige Nachforschungen angestellt. Ich sprach mit Experten. Robert, ich glaube, es besteht wirklich die Möglichkeit, dass mein Vater geisteskrank war.«
Er sah sie fragend an. »Ich verstehe immer noch nicht. Was hat das damit zu tun, nach San Francisco zu gehen? Ohne sich zu verabschieden?«
Er wartete, während der Zug schwankte, Steigungen erklomm und sich um Biegungen schlängelte.
Schließlich meinte er: »Wenn Sie es mir nicht sagen wollen, verstehe ich das. Aber Sie haben *mir* geholfen, Morgana. Ich möchte dasselbe für Sie tun.«
Sie schaute in sein ansprechendes Gesicht, in die tiefbraunen Augen, die ihre Träume heimsuchten, und sie sehnte sich danach, ihm wirklich alles zu erzählen, sich vollkommen seiner verständnisvollen Fürsorge zu überlassen. »An jenem Abend beim Tanz«, sagte sie, »als ich hinauslief. Sie haben mich überrascht. Sie haben mir *Angst* gemacht.«
»Mein Gott, Morgana, wie könnte ich Ihnen Angst machen?« Schmerz stand in seinen Augen.

»Ich dachte, Sie wären ›sicher‹! Robert, ich musste mich zwingen, mich nicht zu verlieben. Aber bei Ihnen ... ich wusste, dass keine Chance für uns bestand ... aber jetzt ... O Robert, verstehen Sie nicht? Ich musste von Ihnen fortgehen. Von *uns* fortgehen.«
»Davonlaufen und sich verstecken?«
»Ja! Das tue ich, das habe ich immer getan.« Das Geständnis sprudelte aus ihr heraus und verblüffte Morgana selbst, weil sie in diesem Moment eine Wahrheit über sich erfuhr, die ihr nicht bewusst gewesen war. »Ich habe so viele Mauern um mich herum aufgebaut, dass ich nicht weiß, ob ich jemals darüber hinwegsteigen kann. Ich möchte so vieles sehen, Stammesrituale und Zeremonien überall im Land, aber ich suche Vorwände, um nicht hinzugehen. Sie wussten das, als Sie mir sagten, ich sammele so viele ›eines Tages‹. Robert, als ich Elizabeth begegnete, wurde ich von der Leidenschaft erfüllt, im Land umherzureisen und Indianergeschichten, -mythen und -traditionen zu sammeln, so wie mein Vater es getan hat. Aber mit Elizabeths Tod starb auch mein Traum. Ich hörte mit meinen Indianerstudien auf. Ich hörte auf, in die Welt hinauszugehen. Und ich habe mich in der Wüste versteckt, aus Angst vor allem und jedem.«
Seine Augen verströmten Mitgefühl, seine Stimme wurde tief und innig. »Erzählen Sie es mir, Morgana. Was macht Ihnen Angst?«
»Ich kann nicht«, erwiderte sie mit angespannter Stimme. Es war da, jetzt dicht unter der Oberfläche, das Entsetzen, das sie so lange verborgen hatte, das wie eine qualvolle Geburt wäre, wenn es ans Tageslicht käme.
Aber Robert war da, stand nahe bei ihr, gab ihr das Gefühl, sie zu beschützen. Die Zugpfeife schrillte, als Morgana herausplatzte: »Meine Tante war eine Mörderin! Robert, die Schwester meiner Mutter hat zwei Menschen getötet!«
»Barmherziger Gott«, flüsterte Robert.
»Ich wachte auf und hörte Schreie, und als ich hinauslief, lebte Elizabeth noch, aber sie war nicht mehr zu erkennen. Sie brannte von Kopf bis Fuß, wand sich auf dem Boden. Es war ... entsetzlich. Das hat meine Tante getan.«
Morgana bedeckte das Gesicht mit den Händen und schluchzte, während Robert sie in seine Arme zog und sie an seiner Brust

weinen ließ. Jedes bittere Schluchzen stach ihm ins Herz. Tränen brannten in seinen Augen, während die unvorstellbare Geschichte über ihre Lippen drang, über Eifersucht und Wahnsinn, als Bettina daneben saß, während ihre Schwester verblutete, als sie einen Bungalow in Brand setzte, nachdem sie die Türen verschlossen hatte. Robert war von überwältigender Traurigkeit erfüllt, und von einem mächtigen Gefühl, Morgana beschützen zu wollen. Dass sie ein solch schreckliches Geheimnis so lange mit sich hatte herumtragen müssen …

Sie zog sich zurück, ihr Gesicht tränennass. »Ich teile ihr Blut, Robert. Ich habe ihre Gene in meinem Körper. Verstehen Sie jetzt? Es war nicht nur mein Vater. Es gab auch in der Familie meiner Mutter eine Geisteskrankheit.«

Er suchte nach tröstenden Worten. »Ist das nicht einfach nur ein großer Zufall? Beide Seiten …?«

Morgana erinnerte sich an das, was sie Selma Cartwright nach Bettinas Tod hatte sagen hören, und erklärte: »Ist es nicht möglich, dass Gleiches Gleiches sucht? Dass Menschen einen verwandten Geist erkennen, ohne sich dessen wirklich bewusst zu sein? So wie sich verheiratete Paare manchmal ähnlich sehen, weil sich Menschen in Menschen verlieben, denen sie ähneln? Sie sehen ein Gesicht, das sie lieben und dem sie vertrauen können, ohne sich der Tatsache bewusst zu sein, dass es ihr eigenes Gesicht ist. Spürte mein Vater, dass er etwas mit meiner Mutter gemeinsam hatte?«

Robert zog ein sauberes, gefaltetes Taschentuch hervor, und während er sanft ihre Wangen und Lippen abtupfte, sagte er: »Morgana, ich verstehe Ihre Angst davor, eine Familienkrankheit weiterzugeben, aber niemand weiß, wie seine Kinder sein werden. Niemand kennt Gottes Plan für irgendjemanden von uns. Jedes Leben ist ein Segen, und wir müssen es umarmen, gleichgültig, wie groß unsere Angst davor ist, dass es mit einem Makel behaftet oder sogar unheilvoll sein könnte. Ich war Waise. Ich habe keine Ahnung, wer meine Eltern waren oder warum sie mich weggaben. Vielleicht habe ich eine Krankheit geerbt, vor der ich nicht davonlaufen kann. Vielleicht habe ich einen Erbmangel, durch den ich früh sterben werde. Aber Morgana, das hält mich nicht davon ab, zu leben und das Leben zu umarmen. Wir dürfen unsere Tage nicht von Angst bestimmen lassen, sondern eher von unseren Herausforderungen und unseren Freuden. Ich komme aus diesem Krieg vielleicht nicht zurück ...«

»Sag das nicht!« Sie legte die Fingerspitzen auf seine Lippen.

Er nahm ihre Hand. »Ich komme vielleicht nicht nach Hause, Morgana, aber das hindert mich nicht daran, jeden Moment voll auszuleben, *jetzt* zu leben, in der Gegenwart – hier, mit dir.«

Die Pfeife erklang, der Zug ratterte auf seinen Schienen. Die Mittagssonne hüllte die Landschaft in goldene Schattierungen. Als der Zug in eine scharfe Biegung fuhr, schwankte der Wagen, und Morgana verlor das Gleichgewicht. Sie fiel gegen Robert, und er fing sie auf, schlang seine Arme um sie, als sie sich jäh an sein Hemd klammerte. Der Zug schwankte weiterhin, während sie sich aneinander festhielten.

Morgana zitterte in seinen Armen. Ihr Gesicht war zu seinem angehoben. Er wollte von Liebe und Heirat sprechen, fürchtete aber, dass es zu früh sei. Robert hatte noch nie eine Liebe wie diese kennen gelernt – so tief und lebendig und manchmal überwältigend. Er wollte ihr und der Welt die Worte zurufen. Aber sie befand sich an einem verletzlichen Punkt. Sie brauchte Zeit. Er musste ihr Sicherheit vermitteln, immer wieder, wenn es nötig war – so wie jetzt.

»Morgana«, sagte er und nahm ihr Gesicht in seine Hände. »Lass mich dir so helfen, wie du mir geholfen hast. Begib dich in meine Obhut.«

»Ich weiß nicht, wie.«

»Denk an den Regenkrug. Wir können nicht das ganze Muster auf einmal sehen. Wir sehen nur einen kleinen Teil davon, die Seite, die sich uns zeigt. Ich betrachte dies als Gottes Muster. Wir sollen nicht alles auf einmal erkennen oder auch nur wissen, was auf der anderen Seite liegt. Wir sehen nur, was uns begegnet, und wenn es kommt, gehen wir damit vertrauensvoll um, was auch immer uns das Leben bringt. Wir können diese Dinge gemeinsam bewältigen, Morgana.«

Tränen füllten ihre Augen, während sie ein Gefühl der Hoffnung erzittern ließ. Bereits durch Roberts Nähe getröstet und durch etwas anderes – Sehnsucht, Verlangen –, spürte Morgana, wie die Last von ihr zu weichen begann, spürte, wie ihr geduckter Geist seine Schwingen auszubreiten begann, um in die Freiheit emporzusteigen. Robert kannte die Wahrheit über Bettina, und er war weder angewidert noch verurteilte er sie, sondern blieb stark und zuverlässig.

»Ich kenne einen Mann«, sagte er und tupfte ihr die letzten Tränen aus den Augen, »einen Psychiater, der auf seinem Gebiet hervorragend ist. Ich werde ihm deinen Fall beschreiben. Wir werden die Antwort finden, gleichgültig, wie lange es dauert. Das ist eine Angst, mit der keine Frau leben sollte. Morgana, wirst du deine Pläne verwerfen, dich dem Roten Kreuz anzuschließen, wenigstens noch eine Weile?«

»Ja«, sagte sie.

»Wirst du am nächsten Bahnhof mit mir aussteigen und mit nach Twentynine Palms zurückkehren?«

»Ja, Robert, das werde ich.«

Da wollte er sie küssen, sanft, vorsichtig, während Tränen ihre Wangen hinabliefen. Stattdessen drückte er sie an sich, versicherte ihr schweigend, dass sie nicht mehr allein war, dass er da war, um ihr zu helfen, und sie niemals verlassen würde. Gemeinsam würden sie ihre Ängste besiegen.

Und dann war der Nebel plötzlich fort. Der Zug drang in helles, blendendes Sonnenlicht, das Morgana zusammenzucken und die Augen zusammenkneifen ließ. Robert griff in die Brusttasche seines Hemdes, zog seine Sonnenbrille hervor und setzte sie ihr sanft auf. Um sie vor dem blendenden Licht und der rauen Umgebung um sie herum zu schützen, während er lautlos schwor, sie von nun an vor allem Bösen zu bewahren.

87

Sie saßen in einem dunklen, überfüllten Kinosaal und teilten sich eine Armlehne und eine Schachtel Popcorn. Robert hatte seinen Marschbefehl bekommen und würde in einer Woche aufbrechen, sodass sie sich nun *The Road to Morocco* ansahen. Das Publikum bestand überwiegend aus Soldaten und ihren Ehefrauen und Freundinnen. Als Bob Hope auf der Leinwand einen Blick auf die Wüste warf und sagte: »Dies muss der Ort sein, an dem alle alten Sanduhren ausgeleert werden«, brüllte das Publikum vor Lachen, und spontaner Applaus brach unter den Männern aus, die sich selbst zum ersten Mal in ihrem Leben in einer Wüste befanden.

Aber Morgana weinte, weil das Gerücht umging, dass die Soldaten alle nach Marokko gingen, und sie wusste, dass einige nicht zurückkommen würden. Robert könnte dazugehören.

Er neigte den Kopf, flüsterte: »Du kannst doch in einer Komödie nicht weinen« und reichte ihr sein Taschentuch.

Seit dem Tag im Zug hatten Morgana und Robert jeden freien Moment zusammen verbracht, waren spazieren gegangen, hatten in der Kantine geholfen, den Truppen moralische Unterstützung geboten. Obwohl sie über alles unter der Sonne redeten, wurde das Wort Liebe zwischen ihnen niemals ausgesprochen und die Zukunft niemals erwähnt. Rund um sie herum verliebten sich die Menschen eilig, heirateten hastig und verabschiedeten sich jäh und tränenreich. Es war eine Zeit vergänglicher Tage und gedrängter Gefühle. Es war keine Zeit für lange, altmodische Werbungen. Der Krieg veränderte alles, selbst die Romantik.

Als der Film vorüber war, traten alle in den heißen Abend hinaus, denn es war Juli, und die Temperatur sank nachts in Palm Springs nicht unter sechsundzwanzig Grad. Und es war die Zeit der Monsune, sodass die Luft schwer von Feuchtigkeit war und draußen in der Hochwüste Blitze zuckten. Sie gingen zu dem Jeep, den Robert sich ausgeborgt hatte, während auch andere in ihre Fahrzeuge stiegen und davonfuhren, winkten und sich ›Gute Nacht‹ nachriefen.

Sie fuhren schweigend nach Twentynine Palms zurück. Morgana war von einer beängstigenden Vorahnung erfüllt. Robert war den ganzen Abend so nett und freundlich wie immer, aber sie hatte das starke Gefühl, dass er heute Abend etwas Wichtiges sagen wollte. Würde er sie fragen, ob sie seine Frau werden wollte? *Wenn er fragt, werde ich nein sagen*. Trotz ihrer Geständnisse und Roberts sanftem Verständnis hegte sie ihre Ängste noch immer.

Nach einer halben Stunde schweigender Fahrt, während der sie Sternschnuppen über den Himmel ziehen und ein Rudel Kojoten auf der Jagd sah und in eine Landschaft hinausblickte, die so deutlich in Licht und Schatten unterteilt war, dass sie sich ebenso gut irgendwo auf dem Mond befinden könnte, brachte Robert den Jeep neben einem dichten Hain Joshuabäume zum Stehen und sagte, er müsse sich die Beine vertreten. In den Hügeln jaulten und heulten Kojoten. Morgana hörte eine Eule ihrem Gefährten zurufen.

Ihr Herz klopfte, als sie aus dem Jeep stieg. Er *würde* sie fragen. Sie wusste es einfach. Und sie war bereit. *Nein, Robert. Ich liebe dich, aber ich kann dich nicht heiraten.*

Seine Militärstiefel knirschten über den Sand. Ein einsames Geräusch. Als wären er und Morgana die einzigen Menschen auf der Welt. Er wandte sich um und sah sie mit umschatteten Augen an. Er trug keine Kopfbedeckung und hatte seine Jacke im Jeep gelassen. Um seinen Hals lag ein weißer Priesterkragen, von dem Morgana einst geglaubt hatte, er sei der Schild, der sie vor ihm schützte, davor, dass er sich in sie verliebte. Aber im Kino hatte sie gesehen, aus den Augenwinkeln, dass er häufig zu ihr blickte, nicht auf die Leinwand, als wollte er sich versichern, dass sie noch immer da war, ihm nicht wieder davongelaufen war. »Morgana«, sagte er nun in der unheimlichen Mondlandschaft, in der seine Stimme das einzig Menschliche war. »Ich möchte dich etwas fragen.«

»Ja, Robert?«

»Morgana, wirst du …«

Sie wartete, mit pochendem Herzen. Es war ihr schrecklich, nein zu sagen, aber sie hatte keine andere Wahl.

»Wirst du mir schreiben, während ich fort bin?«

Sie blinzelte. »Dir schreiben? Ja … natürlich.«

Er wandte sich um und ging weiter. Morgana war furchtbar enttäuscht. Und dann war sie wütend auf sich selbst. Was hast du erwartet? Du hast ihm bereits gesagt, dass du niemals heiraten wirst.

Als er den Kreis starrer Riesenyuccas erreichte, einige mit mehreren Armen, andere mit nur zweien, einige gerade und anmutig in den Himmel gewachsen, andere verdreht und in wilder Preisgabe gebogen, sagte er: »Zuerst hielt ich Joshuabäume für grotesk. Jetzt finde ich sie wunderschön. Sie sind voller Reichtümer. Wusstest du das?«

Sie ging über den Sand zu ihm, und der warme Wind spielte mit ihrem Rocksaum. »Was meinst du?«

»Wenn du genau genug hinsiehst, kannst du alle Arten von Kostbarkeiten in einem Joshuabaum entdecken.«
Sie sah ihn verwirrt an.
»Ernsthaft. Probier es aus, wenn du mir nicht glaubst. Dieser dort sieht so aus, als beherberge er Schätze.«
»Robert«, sagte sie lachend. »Wovon redest du?«
»Tu mir den Gefallen. Sieh nach, ob ich nicht Recht habe.«
Also tat sie ihm den Gefallen, suchte flüchtig zwischen den spitzen, dolchähnlichen Blättern der unteren Zweige und hörte Mäuse und Eidechsen vor ihren forschenden Fingern flüchten. »Da ist wirklich …«, begann sie, als sie etwas fand. Etwas Helles blitzte zwischen dem Dunkelbraun auf.
Sie griff stirnrunzelnd hin und beförderte den erstaunlichen Schatz ans Mondlicht. Es war ein Diamantring.
Ein Kloß bildete sich in ihrer Kehle, während sie beobachtete, wie Sternenschein darauf in eintausend Facetten schimmerte.
»Ich wette, er hat die richtige Größe«, murmelte Robert.
Sie öffnete den Mund, um etwas zu sagen, aber ihr stockte der Atem. Er wartete, während sie einatmete, die Luft wieder ausstieß, erneut einatmete und ihre Brust sich vor Angst und Aufregung heftig hob und senkte. Sie wandte sich ihm zu. »Robert, ich meine es ernst, ich werde so lange keine Kinder bekommen, bis ich sicher weiß …«
Er nahm ihr Gesicht zwischen seine Hände und sagte: »Ich heirate dich nicht der Kinder wegen, ich heirate dich *deinetwegen*. Morgana Hightower, ich liebe dich von ganzem Herzen. Du bist mir wichtiger als die Luft, die ich atme. Ich kenne dich erst seit zwei Monaten, aber es fühlt sich schon wie zwei Leben an. Ich möchte den Rest meines Lebens mit dir verbringen, für dich sorgen und dich ehren und dich, wenn ich kann, zum Lachen bringen. Morgana, willst du mir die Ehre erweisen, meine Frau zu werden?«
»Ich liebe dich auch, Robert, aber ich habe Angst«, sagte sie mit Tränen in den Augen. »Mein Vater hat mich verlassen, und jetzt ist Gideon fort. Ich könnte es nicht ertragen, dich auch noch zu verlieren.«
Sein Gesicht nahm einen gekränkten Ausdruck an. »Aber ich habe mir so viel Mühe gegeben, heute Nachmittag hierher zu kommen,

genau den richtigen Baum zu finden, mich überall zerstechen zu lassen, während ich den Ring zu verstecken versuchte, und hinterher die Angst zu haben, dass ich den verdammten Baum nicht wieder finden würde, besonders im Dunkeln, und fast hätte ich das auch nicht.«

Morgana betrachtete das winzige, von der silbernen Fassung abstrahlende Licht und erkannte, dass ihre Ängste zum ersten Mal in ihrem Leben auf die Probe gestellt wurden. Sie hatte ihr Liebesleben ein Jahrzehnt lang von etwas beherrschen lassen, was von örtlichen Klatschbasen und Übereifrigen geäußert worden war. In der Rückschau fragte sie sich, ob Selma Cartwright gewusst hatte, dass Morgana lauschte, als sie Ethel Candlewell riet, nicht zuzulassen, dass Sandy eine Verwandte der verrückten Bettina Hightower heiratete. Und hatte Selma Sandy nicht auch für ihre Tochter Adella haben wollen?

Es war an der Zeit, sich nicht mehr nur von ihren Ängsten beherrschen zu lassen, sondern ihrem Herzen die Führung einzuräumen.

»Nun, du hast Recht«, sagte sie und reichte ihm den Ring. »Du hast dir so viel Mühe gegeben, dass ich wohl kaum nein sagen kann.«

Sie streckte ihre linke Hand aus, die Finger gespreizt, sodass er ihr den Ring leicht anstecken konnte.

Dann schmiegte sich Morgana in Roberts Arme, als hätte sie das schon tausend Mal getan – und das hatte sie in der Tat, in ihren Träumen, in ihrem Herzen –, und die Umarmung fühlte sich wunderbar vertraut, richtig und aufregend an. Aber der Kuss kam unerwartet. Alle Phantasien hätten sie nicht auf die Erschütterung, das plötzliche, heiße Verlangen, die Gier nach mehr vorbereiten können.

Robert hatte eine Rede vorbereitet, einer seiner beliebten, sonntäglichen Predigten nicht unähnlich, von brillanter Prosa und poetischen Zitaten geprägt. Er hatte eine Woche lang daran gearbeitet, sie entworfen, sie umgeschrieben, mit jedem Wort gerungen, und dann hatte er sie vor einem Spiegel geübt, sorgfältig jede Nuance, jede Geste und jedes Heben der Augenbrauen geprobt, bis er sie perfekt beherrschte, aber jetzt war alles fort, war ihm abhanden gekommen, während er eine neue Sprache fand, keine Worte mehr, sondern die Sprache seines Körpers. Er zog sie fest an sich und küsste sie mit einer Leidenschaft, die ihn fast selbst erschreckte.

Und Major Kaplan Robert O'Neill, in einem Findelhaus aufgewachsen und seitdem auf der Suche nach seinem Lebenssinn, dankte schweigend Gott, dem Universum, dem Werbeoffizier der Army, einer Anthropologin namens Elizabeth Delafield und einem indianischen Töpfer, der vor achthundert Jahren gelebt und den Schlüssel geschaffen hatte, durch den schließlich seine Seele befreit worden war.

88

Die Zeremonie wurde mit nur wenigen Freunden am Arch Rock abgehalten, wobei Roberts Kaplanskollege, Rabbi Isaacs, den Gottesdienst leitete. Sie sprachen ein Heiratsgelöbnis, das sie selbst verfasst hatten: »Ein in der Wüste gefundenes Stück Gold, zwei für immer verflochtene Leben.« Die fünftägigen Flitterwochen verbrachten sie in einem mit weißem Stuck verzierten Motel am Highway 111, wo Washingtonia-Palmen im grellen Sonnenlicht glänzten und nur wenige Gäste der Sechsundvierzig-Grad-Hitze trotzten, um den Swimming-Pool zu genießen.

Am 5. August 1942 bestieg Major Robert O'Neill den Truppenzug – nur wenige Tage nachdem General Patton abgereist war, um das Kommando über den Nordafrika-Feldzug zu übernehmen –, verabschiedete sich von Morgana und versprach zurückzukehren.

Er schrieb ihr jeden Tag, manchmal mehr als einen Brief. Aber sie kamen gebündelt, während an anderen Tagen keine Briefe eintrafen. Er schrieb stets heiter und beschwingt, begann jeden einzelnen Brief mit einer Liebeserklärung an sie und schloss ihn gleichermaßen. Dazwischen berichtete er über seine Leute, seine Mission und die Herrlichkeit von Gottes Werk. Das Fragment der goldenen Olla, das sie ihm am Tag seiner Abreise geschenkt hatte, behielt er stets bei sich, zusammen mit seinem Gebetbuch.

Jeden Nachmittag ging Morgana zu Candlewells, zusammen mit den übrigen Familien im Tal, um die Post von ihren Soldaten in Übersee abzuholen. Sie versammelten sich im Laden, redeten miteinander und tauschten Neuigkeiten aus, während sie auf den U.S.

Mail Truck warteten, und dann zerstreuten sie sich, gingen nach Hause, um die Briefe mit der Familie zu teilen oder sie allein zu lesen, wie in Morganas Fall, welche die Briefe von Robert und Gideon verschlang.

Morgana war, trotz ihrer Ängste, voller Hoffnung und Freude. Sie fühlte sich so wie zu dem Zeitpunkt, als Elizabeth zum Gasthaus kam und ihr den Zugang zur Welt eröffnete. Damals war Morgana einige kurze Wochen lang von Glück und Träumen erfüllt gewesen, die in der Nacht des Feuers zerschlagen wurden. Aber Robert hatte dieses Glück neu entfacht und ihr Interesse an Indianerstudien wiedererweckt. Morgana schickte nach den neuesten wissenschaftlichen Abhandlungen und plante Reisen, die sie und Robert unternehmen würden – in den Norden nach Washington, um das Suquamish-Reservat zu besuchen, in den Osten nach Cheyenne, um sich die Rituale der Stämme der Plains anzusehen, und gen Süden nach Florida, um einen Seminolen-Stamm aufzuspüren, dessen Mitglieder eine Tätowierung trugen, die Morganas ähnelte. So viele Pläne, so viele zukünftige Wege!

Die Rationierungen setzten ein: Benzin, Schuhe, Zucker. Butter gab es nicht mehr, und die Menschen ersetzten sie durch einen weißen Brotaufstrich namens »Oleo-Margarine«, wobei jede Packung eine Tablette gelbe Nahrungsmittelfarbe enthielt, um damit der Margarine ein schmackhafteres Aussehen geben zu können. Frauen spendeten ihre Nylonstrümpfe und malten sich Nähte auf die Rückseite ihrer Beine. Alle pflanzten Victory-Gärten und warteten auf Neuigkeiten aus Europa, Afrika, Asien und vom Pazifik.

Am dem Morgen, an dem Morgana sich das erste Mal übergeben musste, dachte sie zunächst, sie hätte eine Lebensmittelvergiftung. Am zweiten Morgen glaubte sie die Grippe zu haben. Aber der dritte Morgen ließ keinen Zweifel mehr zu.

Ihre schlimmsten Ängste waren wahr geworden.

Während der Flitterwochen hatte Robert einen Schutz benutzt, aber da war die Verzweiflung über zu wenig Zeit und zu viel Krieg gewesen. Mit der gleichen Leidenschaft, die das ganze Land überschwemmte, hatten auch sie sich impulsiv geliebt, sorglos.

Sie brachte Robert die Neuigkeit in einem heiteren Brief voller unbeschwerter Neuigkeiten bei, sagte, wie glücklich sie sei, ihr gemeinsames Kind zu bekommen, und dass ihre früheren Ängste verschwunden seien. Sie fragte sich, ob er ihr Verwirrspiel durchschaute. Es war unwichtig. Robert zog in den Krieg. Morgana wollte ihn auf keinen Fall mit ihren Sorgen belasten.

In Wahrheit hatte sie panische Angst. Die Angst, dass der Wahnsinn ihres Vaters bereits durch die mikroskopisch kleinen Adern ihres noch ungestalten Kindes kreiste, erschreckte sie so, dass sie streng auf sich achtete. Sie ging täglich an der frischen Luft spazieren, mied Zigarettenrauch, trank keinen Kaffee oder Wein mehr, verhielt sich so ruhig wie möglich, mied Anspannung und Strapazen und überließ die Führung der Young Ladies anderen. Wenn sie zur einsamen Betrachtung und Meditation zum Arch Rock hinausfuhr, hielt sie schweigende Zwiesprache mit Gideon, betete um seine Sicherheit und sein Wohlergehen – und auch um Roberts – und legte eine Hand an ihren Busen, wo sie, unter dem Stoff ihrer Bluse, den kleinen goldenen Glücksbringer erfühlte, den sie schon fast ihr ganzes Leben lang trug, suchte in seiner Vertrautheit Trost und betete dafür, dass seine Glücksaura auf das in ihrem Leib wachsende Baby ausstrahlen möge.

89

»You must remember this, a kiss is still a kiss …«

Morgana und Suzie Knapp saßen im Palace Theatre am Palm Canyon Drive, das vier Jahre zuvor mit der Premiere von *Vom Winde verweht* eröffnet hatte, einem Lieblingsfilm von Morgana und ihren Freunden, die alle darin übereinstimmten, dass Ashley ein Schwächling sei, und nicht verstehen konnten, warum die Frauen in dem Film um ihn kämpften, wo doch Rhett zu erobern war. Nun entfaltete sich auf der Leinwand ein neuer Liebesfilm, und dieses Mal konnten sich die Damen im Publikum nicht zwischen Rick Blaine und Victor Laszlo entscheiden.

Morgana betupfte sich mit einem Taschentuch die Augen. Im ganzen Publikum waren Schniefen und Husten zu hören, während die Emotionen hochkochten. Im wahren Leben hatten die Alliierten

Casablanca schon im November angegriffen, und Morgana hatte den Film seitdem fünf Mal gesehen.

Dann fühlte sie sich Robert näher.

Der Film endete, die Lichter gingen an, und Suzie half Morgana hoch. Suzie hielt es für unklug, dass Morgana in ihrem fortgeschrittenen Zustand noch so weit fahren wollte, aber Morgana hatte, obwohl sie im neunten Monat schwanger war, darauf bestanden. *Casablanca* lief im ebenjenem Kino in Palm Springs, in das sie am Abend vor Roberts Heiratsantrag gegangen waren. Er war in diesem Moment bei den kämpfenden Truppen in Tunesien. Dies war die einzige Art, wie sie ihm nahe sein konnte. Außerdem hatten Ethel Candlewell und die übrigen erfahrenen Mütter im Tal ihr versichert, dass ihre ersten Babys alle verspätet kamen.

»Humphrey Bogart musste Plateauschuhe tragen, um neben Ingrid Bergman spielen zu können, weil sie größer ist als er«, sagte Suzie, während sie nach Twentynine Palms zurückfuhren, die Aprilnacht klar und kühl, der Frühlingshimmel voller Sterne und mit rundem, elfenbeinfarbenem Mond.

Morgana summte wie abwesend *As Time Goes By*, blickte aus dem Fenster und hielt nach Sternschnuppen Ausschau, die stets Glück brachten, als sie plötzlich fragte: »Was ist das?«

»Was ist was?«

»Dort drüben. Jemand hat ein Lagerfeuer angezündet. Fahr von der Straße ab.«

»Warum?«

»Lagerfeuer sind dort drüben nicht erlaubt. Es besteht Brandgefahr. Suzie, fahr hin.«

»Um Gottes willen, Morgana, du kannst nicht den gesamten Park überwachen. Und denk an deinen Zustand. Du solltest zu Hause sein.«

»Ich kann nicht einfach wegsehen. Diese Leute müssen belehrt werden. Du weißt das. Fahr dorthin.«

Suzies alter Ford holperte den Wüstenweg entlang. »Okay, aber wohin? Ich sehe kein Lagerfeuer.«

»Schau dort, dieser Schein.«

»Ich sehe keinen Schein.«

»Fahr einfach weiter in dieser Richtung.«

Sie fuhren ein paar hundert Meter, bis der Weg von Felsblöcken versperrt war. Morgana stieg aus, bevor Suzie protestieren konnte, und stolzierte unbeholfen an wuchtigen Felsformationen entlang. Der Mond war so hell und rund, dass überall Schatten zu sehen waren.

»Morgana, wohin gehst du?«, rief Suzie und versuchte, Schritt zu halten.

»Sie sind auf der anderen Seite dieser Felsblöcke. Sie denken, man sähe sie nicht.«

Aber als Morgana auf die andere Seite gelangte, fand sie keine Menschen, kein Lagerfeuer, und der Schein war verschwunden. »Das ist seltsam. Ich hätte schwören können ...« Dann holte sie plötzlich scharf Luft und griff sich an den Bauch.

Suzie trat zu ihr. »Was ist los? Morgana?«

»Schmerzen ...«

Suzie ergriff ihren Arm. »Okay, gehen wir zum Wagen zurück. Du musst nach Hause. Ich werde Ethel rufen.«

Aber Morgana konnte sich nicht bewegen. »Suzie, ich spüre das Wasser, die Fruchtblase ist geplatzt ...«

»Es ist noch Zeit. Wir sind in weniger als einer Stunde zu Hause.«

Eine weitere Schmerzwoge durchfuhr Morgana, so schlimm, dass sie stöhnend auf die Knie sank. »Ich kann nicht.«

Suzie sah sie alarmiert an. Es geschah zu plötzlich, zu rasch. Etwas stimmte nicht. Sie sah sich hektisch um, nach den Felsblöcken und dem Sand und dem Gestrüpp, die vom silbernen Mondlicht beleuchtet wurden. Alles wirkte irreal, wie etwas aus einem seltsamen Traum. »Warte, bis die Wehen nachlassen, dann helfe ich dir zum Wagen zurück.«

»Ich glaube nicht, dass ich gehen kann ...«

»Okay, setz dich einfach einen Moment hin. Komm zu Atem. Es sind wahrscheinlich nur Vorwehen, die gleich aufhören werden.«

Aber Morgana ergriff Suzies Handgelenk und sah sie mit großen, verängstigten Augen an. »Nein. Suzie, das Baby kommt!«

»O Gott.« Suzie dachte einen Moment nach und lief dann zum Ford zurück, um eine Decke, Taschenlampen und die Ersatz-Wasserschläuche zu holen, die sie immer dabeihatte. »Ich werde ein Feuer anzünden«, sagte sie, während sie Reisig sammelte, »damit du es warm hast.« Aber in Wahrheit sollte das Feuer Tiere fern halten.

Während Morgana auf einem Felsblock saß und sich den Bauch hielt, erkundete Suzie mit einer Taschenlampe den Boden und suchte nach einem weichen Fleck. Sie räumte auf Knien Kiesel und kleine Steine beiseite und glättete dann den Sand, um eine bequeme Fläche zu schaffen. Sie faltete die Decke auseinander und breitete sie aus.

Als Morgana sich auf die Decke setzte, sagte Suzie angstvoll: »Morgana, das ist nicht gut. Bist du dir sicher, dass du es nicht in die Stadt zurück schaffst?«

»Suzie, du wirst mir helfen müssen. Du kannst es. Du hast schon drei Geburten hinter dir.«

»In einem Krankenhaus! Wo man mir Äther gab. Ich bin mit Schmerzen hineingegangen und kam mit einem Baby wieder heraus.«

Morgana lachte, ihr Gesicht vor Schweiß glänzend. »Wir sind Wüstenfrauen, Suzie. Wir sind Pioniere. Wir sind aus grobem Holz geschnitzt.«

»Du bist vielleicht mit dem Planwagen hierher gekommen, Morgana, aber meine Familie kam mit dem Greyhound-Bus.«

Morgana legte sich mit den Händen auf dem Bauch zurück. Als die Wehe nachließ, schaute sie zu den Sternen hinauf – die unendliche Weite funkelnder Lichter in der Wüstennacht! – und ein eigenartiger Friede senkte sich über sie. *Dies ist der Ort. Es sollte so sein.*

Suzie hatte schon vor langer Zeit aufgehört, sich über Morgana zu wundern. Sie, die immer geschworen hatte, sie sei zu beschäftigt und zu unabhängig, um zu heiraten, war jetzt eine Ehefrau, die Anti-Kriegs-Aktivistin war mit einem Army-Offizier verheiratet, die Frau, die niemals einen Fuß in eine Kirche gesetzt hatte, war jetzt die Frau eines Pfarrers. Warum sollte eine Geburt in der Wüste dann so seltsam sein?

»Atme einfach in langsamen, tiefen Zügen«, sagte Suzie, während sie weiteres Reisig sammelte und überrascht war, auch einige glatte Holzpflöcke zu finden, die an die Sprossen einer Leiter erinnerten. Als das Feuer erst brannte und Funken zu den Sternen hinaufstoben, sank Suzie auf ihre rundlichen Knie und wünschte, sie hätte

während des Films nicht so viel Popcorn gegessen. »Noch nicht pressen.«
»Ich kann es nicht zurückhalten«, keuchte Morgana.
Schweiß trat auf Suzies Stirn. Alles geschah zu rasch. Etwas war nicht richtig. Sie sagte mit falschem Optimismus: »Ich habe irgendwo gelesen, dass dies der wunderschönste und mystischste Moment im Leben einer Frau ist.«
Morgana stöhnte. »Überraschung …«
Eine weitere Wehe kam. Morgana verzog das Gesicht. »O Gott, der Schmerz!«
»Schrei ruhig. Die Wüste hat schon früher Schreie gehört, und ich bin mir sicher, dass dies auch nicht die letzten sein werden.«
Morgana glaubte, ihr Schrei müsse bis zum Orionnebel zu hören gewesen sein, denn sie war sich sicher, dass sie drei helle Sterne auseinander stieben und sich dann wieder annähern sah. *Ich ordne den Kosmos neu.*
Suzies Hände zitterten. *Reiß dich zusammen, Suzie Knapp. Indianerfrauen tun dies schon seit Tausenden von Jahren.* »Aber sie lernten es von ihren Müttern und Großmüttern. Ich entstamme einer Ahnreihe von Frauen, die an Krankenhäuser glauben.«
»Was?«
»Nichts. Okay, du kannst wieder pressen.«
Erschreckende Berichte von Geburten, die sie im Laufe der Jahre gehört hatte, standen Suzie vor Augen: Steißgeburt, Totgeburt, Nabelschnurumschlingung, Querlage.
»Ist schon in Ordnung«, flüsterte Morgana zwischen Wehen, da sie die Angst ihrer Freundin spürte. »Dies ist etwas Natürliches.«
Eine Herzattacke auch, dachte Suzie, und bereitete sich auf das nächste Pressen vor.
»Denk daran, wie wir gelacht haben«, keuchte Morgana. »*Vom Winde verweht*. Butterfly McQueen …«
Suzie witzelte mit hoher Stimme: »Miss Scarlett, ich nicht wissen, was tun, wenn kommen Baby!« Sie lachte nervös und fügte hinzu: »Toll, dass du mich aufheiterst, obwohl es umgekehrt sein sollte.«
Suzie hatte sich noch nie so verwundbar gefühlt. Zwei Frauen mitten in der Wildnis, die ein Baby zur Welt brachten. Jagten Falken

bei Nacht? Griffen Eulen Menschen an? Würden Kojoten kommen und das Baby rauben wollen?
Der Schmerz nahm an Intensität zu, bis Morgana spürte, wie sie aus ihrem Körper heraustrat und eine Verschnaufpause zwischen den Sternbildern machte. Lass die beiden dort unten die Arbeit eine Weile allein machen, dachte sie und sah sich in dem Himmelsmeer um, in dem sie schwebte. Sie sah Galaxien und Kometen, Planeten und Monde. Sie sah das Angesicht des Hopi-Mädchens, dem ihr Vater im Chaco Canyon begegnet war, mit den drei Tintenstreifen auf der Stirn. Und dann sah sie ihr eigenes Gesicht in einem Spiegel, einen Füllfederhalter in der Hand.
Das war also geschehen …
»Da ist der Kopf!«, rief Suzie erschreckt und ehrfürchtig. »Noch einmal pressen, Morgana.«
Das Baby glitt schnell heraus. Plötzlich lag es auf der Decke und wimmerte wie ein Kätzchen.
»Ist es gesund? Ist das Baby gesund?«
»Er ist gesund. Lass mich hier unten erst fertig werden.«
Morgana streckte die Arme aus. »Ich möchte ihn halten.«
»Einen Moment.« Suzies Hände zitterten, während sie ihren Pullover auszog und ihn um das winzige Wesen wickelte. War er wirklich gesund? Seine kleinen Augen waren seltsam verkrampft geschlossen. Der winzige Mund dehnte sich bei einem Protestschrei weit. Zehn Finger, zehn Zehen.
Morgana lag still, während Wehen die Nachgeburt herauspressten. *Er. Ein Junge.* Sie und Robert hatten sich auf Rachel geeinigt, wenn es ein Mädchen würde, und auf Nicholas, wenn es ein Junge war.
Suzie benutzte ihr Nähzeug für Notfälle – eigentlich dazu gedacht, gelöste Säume und gerissene Büstenhalter zu reparieren –, um die Nabelschnur abzubinden und zu durchtrennen. Schließlich legte sie das Baby auf Morganas Brust.
Morganas Arme bildeten eine schützende Wiege für das neue Leben, und während sie auf das winzige, blutverschmierte Gesicht hinabblickte, das vom Mondlicht beleuchtet wurde, flüsterte sie: »Du wirst Nicholas sein. Du bist Nicholas O'Neill.« Sie lehnte den Kopf zurück und bemerkte zum ersten Mal die verdrehten, grotesken Astglieder, die über ihr aufragten, sich von den Sternen

abhoben. Morgana Hightower O'Neill hatte ihren Sohn Nicholas am Fuße von La Vieja geboren, des ältesten Joshuabaumes in der Wüste.

Suzie machte sich eilig ans Aufräumen, bevor Raubtiere zu großes Interesse bekundeten. »Er wirkt gesund, Morgana«, sagte sie, nervös über die Schulter blickend. Sie hörte im Gestrüpp Scharren und Schnüffeln. Nachtwesen näherten sich, vom Geruch des Blutes angezogen. »Du hättest dir über nichts Sorgen zu machen brauchen«, sagte sie, musste reden, um sich Mut zu machen.

Du weißt es nicht, dachte Morgana erschöpft, denn Suzie, obwohl sie ihre engste Freundin war, wusste tatsächlich nichts von Morganas Ängsten. Sie hob den goldenen Talisman an, den sie schon länger um den Hals trug, als sie sich erinnern konnte, und legte ihn in die zusammengepresste Faust des Babys.

»Wasser ...«, flüsterte Morgana. »Schnell.«

Als Suzie die Feldflasche an ihre Lippen hielt, sagte sie: »Nein ... in meine Hand.« Suzie goss verwirrt Wasser in Morganas gewölbte Handfläche und beobachtete, wie ihre Freundin das Wasser auf die winzige Stirn tropfen ließ und murmelte: »Ich taufe dich im Namen des Vaters, des Sohnes und des Heiligen Geistes. Möge der Herr Jesus Christus dich dein ganzes Leben lang beschützen.«

Und Suzie Knapp brach in Tränen aus.

90

Ein weiterer Tag war vergangen, und noch immer kam keine Nachricht von Gideon.

Morgana machte ein Kreuz auf dem Kalender, strich den Tag aus, der genau sechs Wochen nach Gideons letztem Brief lag.

Roberts Briefe kamen trotz der schweren Kämpfe in Nordafrika weiterhin an. Aber die Alliierten erwarteten jeden Tag einen Sieg, und Robert hoffte, rechtzeitig nach Hause zu kommen, wie er schrieb, um Nicholas' erste Worte zu hören und seine ersten Schritte mitzuerleben.

Morgana wollte sich von Roberts Optimismus aufheitern lassen, aber nun sorgte sie sich um Gideon.

Sie hatte das Gasthaus, das sie beschäftigt hielt, da der Krieg es in eine Zwischenstation zwischen Städten im Nordosten und San Diego verwandelt hatte, wo Bomber gebaut wurden. Amerikas Rüstungsindustrie brauchte so verzweifelt Arbeitskräfte, dass Frauen die Männerarbeit taten. Das Hightower Inn sah diese interessanten Frauen jeden Tag hereinkommen, mit ihren blauen Fabrikhosen, festen Schuhen, Schutzbrillen und mit Frühstücksdosen, die als Werkzeugkästen dienten. Sie ergötzten Morgana und andere Gäste mit ihren Erzählungen darüber, wie sie in B-24-Liberator-Bomber einstiegen, um letzte Installationen wie Stromverkabelungen, Sicherheitsgurthalter, Rettungsfloßmontagen und die der Türen für Bombenschächte auszuführen. Sie sprachen auch darüber, dass sie anders behandelt wurden, seit sie Hosen trugen. »Verkäuferinnen sind nicht mehr höflich zu uns, und Männer bieten uns in vollen Bussen nicht mehr ihren Platz an.«

Der Krieg war zum Hightower Inn gekommen.

Nicholas wurde zum Brennpunkt von Morganas Leben. Sie behielt ihn bei sich, wollte ihn nicht in der Obhut eines anderen Menschen lassen. Wenn sie an der Rezeption war und Gäste eintrug, war das Baby in seinem kleinen Korb dabei, von blauen Decken gewärmt. Ein hübsches, ruhiges Baby, sagten alle, obwohl Morgana diese Ruhe insgeheim ängstigte. »Es ist nicht normal«, sagte sie zu Suzie. »Babys müssen schreien.«

»Nicht alle. Meine Linda hat auch nie geschrien. Aber sieh sie dir jetzt an. Der Schrecken von Twentynine Palms.«

Weil Morgana es nicht ertragen konnte, von Nicholas getrennt zu sein, übernahm sie eine Erfindung der ortsansässigen Indianer und ließ Sandy Candlewell ein leichtgewichtiges Tragegestell bauen, einen Rahmen, der bequem auf ihren Rücken gebunden wurde, mit einer gemütlichen Stoffschlinge für das Baby, und so begleitete Nicholas sie überallhin, zur Überraschung der Besucher und zur Belustigung der Ortsansässigen. Man sah nicht jeden Tag eine weiße Frau mit einem kleinen Kind auf dem Rücken. Und besonders seltsam fanden sie es, wenn sie zusätzlich die Tätowierung auf der Stirn der weißen Frau sahen.

91

Als am 13. Mai 1943 die Nachricht des Sieges der Alliierten in Nordafrika eintraf, kamen Freunde und Nachbarn ins Gasthaus, um Morgana zu gratulieren und zu fragen, wann Robert wohl nach Hause käme.

»Bald«, sagte sie, aber in Wahrheit hatte sie keine Ahnung. Sie erwartete jeden Tag einen Brief oder ein Telegramm, aber jeder Tag verging ohne Neuigkeiten von Robert oder Gideon.

Schließlich, einen Monat nachdem sich die Heere der Achsenmächte in Tunis ergeben hatten, traf ein Brief aus einem Feldlazarett »Irgendwo in Nordafrika« ein, der das Datum von vor zwei Wochen trug. Es war eine eilig hingekritzelte Notiz von einem Arzt, der Mrs. O'Neill darüber informierte, ihr Mann Robert habe eine Verletzung erlitten, von der er sich gerade erhole, und es werde die vollständige Genesung erwartet. Major Kaplan O'Neill, so besagte der Brief, war im Verlaufe von Kämpfen an einem einsamen tunesischen Ort namens Gafsa verwundet worden, wenige Tage bevor sich die Heere der Achsenmächte ergaben. Er hatte sich durch schweres Granatfeuer gekämpft, um Trost zu spenden und die Sterbesakramente zu erteilen, und sich dabei selbst in Gefahr gebracht. Der Kaplan hatte sich einen Granatsplitter im rechten Oberschenkel eingefangen und war dafür ausgezeichnet worden.

Der nächste Brief, drei Tage später, war von Robert selbst, der aus einem Standorthospital in Algerien schrieb. »Habe ein Schrapnellteil ins Bein bekommen. Kaum zu glauben, nur einen Tag vor der Kapitulation. Sie gaben mir Deinen Brief, sobald ich aus dem Operationssaal kam. Nach Tagen des Morphiumnebels und mehreren Ausfällen durch die übliche Betäubung erlebe ich jetzt meine ersten Momente der Klarheit seit dem Unfall. Und was erblicken meine Augen in diesen ersten Augenblicken bei klarem Bewusstsein? Deinen Brief, meine Geliebte, und ein Foto unseres Kindes!«

92

Noch immer keine Nachricht von Gideon. Morgana fuhr in ihrer Verzweiflung zum Camp Young, wo sich der Verbindungsoffizier mit ihr traf, sich ihre Geschichte anhörte und versprach herauszufinden, was ihm möglich war. Sie war immerhin mit einem der Ihren verheiratet, und man hatte ihr die sehr beliebten Young-Ladies-Veranstaltungen zu verdanken. Er sagte, er würde anrufen. Stattdessen kam er bald darauf zum Gasthaus. »Es tut mir Leid, Mrs. O'Neill. Ihr Bruder ist, wie wir es nennen, verschollen.«

»Was bedeutet das? Man weiß nicht, wo er ist?«

»Ich fürchte, ja.«

Ihre Stimme wurde schriller. »Wollen Sie mir damit sagen, Captain, dass die Navy der Vereinigten Staaten einen ihrer Männer verloren hat?«

»Es tut mir Leid, Mrs. O'Neill, aber mehr konnte ich nicht herausfinden.«

Robert in einem Hospital in Afrika und Gideon im Pazifik verschollen. Morgana fühlte sich in zwei Hälften zerrissen, je eine Hälfte auf entgegengesetzten Enden der Welt, sodass in Twentynine Palms nichts mehr von ihr blieb.

93

Das Telegramm traf an einem windigen Tag im Oktober ein, als die Santa-Ana-Winde heftig wehten, Wirbel- und Sandstürme bildeten und in den Gärten Verwüstungen anrichteten. Das Telegramm kam vom Kriegsministerium, und Morganas Knie gaben nach, bevor sie es auch nur geöffnet hatte. Suzie Knapp rief bei Candlewells an, und bald war Ethel da und Sandy, der sich auch freiwillig hatte melden wollen, aber für untauglich befunden worden war. Morgana war nicht die Erste, die ein solches Telegramm erhielt. Alle im Tal wussten, was es bedeutete.

Es war nur die Frage, wessen Name darin stand.

»Wir bedauern, Sie darüber informieren zu müssen ...«
Es war Gideon, und Morgana sank ohnmächtig zusammen.

»Es ist nicht möglich, Suzie. Mein Bruder *kann* nicht tot sein.« Morgana war nach ihrer Ohnmacht auf dem Sofa des Gästewohnzimmers wieder zu sich gekommen, ein kaltes, feuchtes Tuch auf der Stirn, ihre Füße auf Kissen gebettet. Ethel Candlewell war da, und George Martins Frau sowie andere, die die Neuigkeit über das Telegramm vom Kriegsministerium gehört hatten und zum Hightower Inn geeilt waren. Gäste und Personal fern haltend, saßen sie bei Morgana, während diese das Telegramm verwirrt betrachtete.
Schließlich nahm sie das Tuch von der Stirn und setzte sich auf. »Es ist sehr nett von euch allen, dass ihr so schnell gekommen seid, aber mein Bruder ist nicht tot.«
»Morgana ...«, begann Suzie.
»Nein, wirklich, Suzie. Wenn Gideon tot wäre, würde ich es wissen. Ich würde es *spüren.*« Sie wedelte mit dem Telegramm, als wäre es eine unwichtige Einkaufsliste. »Dies ist ein Irrtum. Die Regierung macht dauernd Fehler. Es gibt so viele Soldaten mitten in diesem Chaos, dass das leicht passieren kann. Ihr werdet sehen, ich werde ein Telegramm bekommen, in dem sie sich für ihren Irrtum entschuldigen.«
Aber in dieser Nacht, allein in dem Schlafzimmer, das nun für zwei Menschen eingerichtet war, kniete sich Morgana mit zum Gebet gefalteten Händen ans offene Fenster. In den Stunden, seit sie die Nachricht erhalten und deren Rechtmäßigkeit heftig geleugnet hatte, war eine beklemmende Angst in Morganas Seele gekrochen. Stimmte es? War Gideon wirklich tot?
»Bitte Gott, hör mir zu«, flüsterte sie zu Venus und Mars, zum Großen Bär und zur Milchstraße hinauf. »Ich weiß, ich habe im Verlaufe der Jahre nicht oft mit dir gesprochen, aber ich glaube, dass du dort oben bist. Bitte lass Gideon nicht tot sein. Er ist zu jung. Er wollte nur seinem Land dienen. Bitte lass meinen Bruder nach Hause kommen, dann werde ich hier eine Kirche bauen und Robert bitten, deren Pfarrer zu sein.«
Aber am nächsten Morgen erkannte Morgana die Wahrheit. Sie saß am Küchentisch, während der Koch und das Personal auf Ze-

henspitzen um sie herumschlichen und flüsterten und Suzie mit dem pausbäckigen kleinen Nicholas auf dem Schoß dasaß.

»Es ist meine Schuld«, sagte Morgana tonlos, ohne ihren Kaffee oder die Eier angerührt zu haben. »Ich habe nachgegeben, als ich es nicht hätte tun sollen. Wäre ich hart geblieben, wäre Gideon nicht gegangen.«

In den nächsten Tagen verfiel sie in eine Depression, während Suzie Knapp ihr mit der Führung des Gasthauses half und sich Ethel Candlewells Enkelin um den sechs Monate alten Nicholas kümmerte, der, wie das Mädchen erklärte, pflegeleicht war, weil er nie schrie oder übellaunig war.

Da Gideon auf einem behelfsmäßigen Friedhof im Südpazifik begraben wurde, arrangierte Ethel Candlewell einen Gedenkgottesdienst, der, wie sich herausstellte, so gut besucht war, dass sie und Suzie Knapp für die vielen Gäste nicht genug zu essen hatten. Der befehlshabende Offizier vom Camp Young hielt eine bewegende Lobrede, in der er Shelley zitierte: »Gideon Delafield hat sich über den Schatten unserer Nacht emporgeschwungen.« Da Gideon gestorben war, während er das Leben von acht Männern rettete, ohne an seine eigene Sicherheit zu denken, erhielt er posthum Auszeichnungen für Tapferkeit, Mut und Selbstaufopferung.

In dieser Nacht fuhr Morgana zum Arch Rock und saß lange tief in Gedanken an ihren Bruder versunken da. Sie blieb dort bis zur Dämmerung und es war, obwohl sie noch immer von Kummer ergriffen war und wusste, dass sie niemals ganz über seinen Tod hinwegkäme, ein Trost für sie zu wissen, dass er als Held gestorben war.

Was Gideon immer hatte sein wollen.

94

Morgana schmückte gerade einen Weihnachtsbaum, als das ominöse Päckchen eintraf.

Es war natürlich kein echter Baum, da diese in der Wüste knapp waren. Die meisten Leute schleppten einen kleinen Joshua in ihr Heim, oder einen großen Steppenläufer. Morgana stellte immer einen großen Kaktus im Topf am Empfang auf und schmückte ihn. Sie trauerte noch um Gideon, aber sie würde den Feiertag nicht unbeachtet verstreichen lassen. »Es ist Nickys erstes Weihnachten«, sagte sie zu Suzie Knapp, die ihr half, den Schmuck richtig zu drapieren. »Und wenn Robert nach Hause kommt, wird ihm der Weihnachtsschmuck ein willkommener Anblick sein.«

Morgana sprach nicht über das Entsetzen, das sie in seinem kalten Griff hielt. Es war Wochen her, seit sie zuletzt etwas von Robert gehört hatte. Sie war zum Camp Young gefahren, um jemanden zu finden, der ihr helfen könnte, Kontakt zu Robert aufzunehmen, aber man sagte ihr, in Nordafrika würde heftig gekämpft, die Verständigung sei dürftig und ein Großteil der Einsätze streng geheim. Man sagte ihr, der Postverkehr sei unvorhersehbar, da er vom Transport übers Meer abhing, und sie müsse Geduld haben.

Nun, fünf Tage vor Weihnachten, während Schnee den Boden bestäubte, kam ein Mann in Uniform mit einem Päckchen für Morgana zum Gasthaus.

Sie ließ den acht Monate alten Nicholas in seinem Laufgitter in der warmen Küche zurück, wo er unter den wachsamen Blicken des Kochs und anderer Angestellter mit einem Teddybär spielte, nahm das Päckchen mit nach oben, setzte sich auf den Rand ihres Bettes und betrachtete es. Der Absender lautete »Irgendwo in Nordafrika«. Sie hatte Angst, es zu öffnen.

Minuten vergingen, während unten im Gasthaus Gäste kamen und gingen, ihre Mäntel aufhängten und erklärten, sie hätten nicht gewusst, dass es in der Wüste so kalt werden könne, während Lachen und draußen ein Hupen erklang und jenseits von Morganas Fenster leise weiße Schneeflocken fielen.

Schließlich löste sie Kordel und Papier, öffnete den Karton und holte den Inhalt heraus.

Das goldene Olla-Fragment, noch immer in die Seide eingewickelt, in der sie es Robert geschenkt hatte – ein Stück Töpferkunst der Indianer, das zu einem Krieg auf der anderen Seite der Welt gereist war, aber nun nach Hause zurückgekommen war.

Fotos in so schlechtem Zustand, dass der Schnappschuss mit den auf den Stufen des Waisenhauses stehenden Nonnen in Morganas Händen in zwei Teile zerfiel. Robert musste ihn jede Nacht betrachtet haben, jeden freien Moment, während er im Schutz eines Panzers kauerte, die Bilder aus ihrem zerrissenen Umschlag nahm, um seine Augen auf friedliche, nostalgische Szenen zu richten. Morgana hatte die Fotos schon früher gesehen, kannte die Geschichte jedes einzelnen: Robert, wie er stolz rittlings auf der Harley Davidson J-Type, Modell 1925, saß, die seine Eltern ihm zu seinem achtzehnten Geburtstag geschenkt hatten. Die grauhaarigen O'Neills, die mit dem vierundzwanzigjährigen Robert am Tag seiner Priesterweihe lächelten. Morgana mit ihrem schicken Brauthut und -kleid am Arch Rock. Nicholas, in weiche, kleine Decken gewickelt, fünf Tage nach seiner Geburt.

Warum hatte er sie ihr geschickt?

Als Letztes war in dem Päckchen ein Brief von Robert.

Unten klingelte das Telefon, und Suzie Knapps Stimme schwebte durch die alten Dielen herauf, als sie dem Anrufer erklärte, Mrs. O'Neill ruhe und dürfe nicht gestört werden. Nicholas in seinem Laufgitter, um den Gäste und Personal Aufhebens machten, hatte keine Ahnung davon, dass seine Mutter nun einen Brief öffnete, der acht Wochen zuvor in einem Militärlazarett in Französisch-Marokko geschrieben worden war. Robert hatte einer Krankenschwester den Brief diktiert, die sein Diktat, wie der Begleitbrief ihr versicherte, Wort für Wort aufgenommen hatte.

Tränen stiegen Morgana in die Augen. Robert, der Briefe für so viele Männer geschrieben hatte, die nicht selbst schreiben konnten, hatte schließlich selbst Hilfe gebraucht.

»Meine liebste Morgana, meine Verwundung ist schlimmer, als ich vorgegeben habe. Ich wollte Dir die Sorge ersparen, und ein Teil von mir hoffte auch, es würde sich bessern. Ich glaube noch immer daran, aber ich möchte Dich dennoch auf die Möglichkeit vorbereiten, dass ich vielleicht nicht nach Hause komme. Eine Infektion breitet sich allmählich aus. Die Ärzte können sie anscheinend nicht aufhalten. Ich bin schwach. Ich habe nach dem Kaplan verlangt. Morgana, ich habe keine Angst zu sterben. Schließlich werde ich Gott in Seiner Vollendung sehen – den vollkommenen Allmächtigen, den ich immer gesucht habe. Daher gebe ich Dir das

Olla-Fragment zurück, und übergebe Dir jetzt auch meine kostbaren Fotografien, nur für den Fall. Ich würde nicht wollen, dass sie hinterher verloren gehen.«

Nur für den Fall? Hinterher? Morgana trocknete sich rasch die Augen, wollte nicht, dass Tränen auf den kostbaren Brief fielen. Sie bemerkte alte Tränenspuren auf dem Papier. Von der Krankenschwester, die das Diktat aufgenommen hatte?

»Ich habe Dir einmal gesagt, Morgana, dass es Dir und mir bestimmt war, uns zu begegnen. Ich glaube dies, weil ich, im Rückblick, fragen muss: Warum wurde ich an diesem speziellen Tag dazu auserwählt, die Panzer beim Wüstenmanöver zu begleiten, wo ich doch weder davor noch danach jemals dazu ausersehen worden bin? Ich erkenne jetzt, dass Du und ich verwandte Geister sind, oder wie Plato sagte: eine Seele in zwei Körpern. Ich habe die Hand Gottes noch niemals zuvor so deutlich auf mir gespürt wie an dem Tag, an dem wir uns begegneten. Du hast mich spirituell erweckt, Morgana, Du hast mir die Augen geöffnet für das Heilige überall um mich herum. Ich sehe überall Schönheit, sogar im Tod.

Sollte Gott erwählen, mich nicht nach Hause zurückkehren zu lassen, möchte ich Dir sagen, dass es, auch wenn unsere Zeit auf Erden nach den Maßstäben der Menschen gemessen vielleicht kurz war, eine Liebe für die Ewigkeit ist. Und eines Tages werden wir wieder vereint sein, dessen bin ich mir sicher. Gleichermaßen sicher bin ich mir, meine Geliebte, dass es kein Zufall war, dass Du mir Elizabeths Buch und das Fragment brachtest. Es war alles vorherbestimmt. Ich bin der Army nicht um der Army willen beigetreten, sondern damit ich meinen Weg in die Wüste fand, in der Du lebst. Und ich glaube jetzt auch zu wissen, warum.

Morgana, an dem Abend, an dem ich Dir meinen Heiratsantrag machte, versprach ich Dir zurückzukommen und dass Du und ich gemeinsam Deinen Vater finden würden. Ich beabsichtige, dieses Versprechen noch immer zu halten. Auch wenn sich herausstellen sollte, dass ich nicht leibhaftig zu Dir zurückkehren kann, werde ich im Geiste da sein. Und ich werde Dir auf diese Art helfen: Ich habe über die letzten Worte Deiner Tante nachgedacht, der Hinweis auf Joseph und die Midianiter. Und ich frage mich jetzt, ob es vielleicht doch kein unsinniges Phantasieren war, sondern eine Botschaft. Als

Du mich zuerst nach dem Hinweis fragtest, konzentrierte ich mich auf den vielfarbigen Umhang und die Eifersucht der Brüder. Aber da ist noch etwas anderes an der Geschichte, Morgana. Erstes Buch Mose, Kapitel 37, Vers 24: Die Brüder warfen Joseph in eine Grube. Könnte Dein Vater in einen Minenschacht gefallen und dort gestorben sein?

Hör nicht auf, nach ihm zu suchen. Wir brauchen Wahrheiten, Liebste, jetzt mehr denn je in dieser Zeit der Prüfungen und des Kummers. Wenn Dein Vater fand, wonach er suchte, dann musst Du es ans Licht bringen. Nun bin ich müde, und der Arzt hat mir Ruhe verordnet. Ich werde wieder schreiben, wenn ich kräftiger bin. Ich schicke Dir mit diesem Brief meine Liebe und gebe mein Herz und meine Seele in Deine Obhut. Denk an mich, meine Liebste, und bete für mich. Für immer Dein, Robert.«

Morgana starrte den tränenbefleckten, acht Wochen zuvor geschriebenen Brief an und wusste jenseits allen Zweifels, dass Robert tot war. Dies waren seine letzten Worte an sie. Er lag in einem weit entfernten Grab begraben, und es war nur eine Frage der Zeit, bis das gefürchtete Telegramm einträfe.

»Nein«, sagte sie laut.

Sie erhob sich, wobei der Brief, die Fotos und das Olla-Fragment zu Boden glitten. »Nein«, sagte sie erneut.

Das konnte nicht das Ende sein. Dieser niederschmetternde Brief und ein paar alte Fotografien. »Nein!«

Neuer Zorn wallte in ihr auf. Nicht die glühende Art Zorn wie der glühende Schürhaken, der einst ihre Stirn gebrandmarkt hatte, sondern die totenkalte Art Zorn, die man an einem totenkalten Grab empfand.

Sie schritt auf und ab. Sie fluchte. Schließlich trat sie auf das Olla-Fragment, zermalmte es unter ihrem Schuh, bohrte ihren Absatz in die Keramik, bis sie auf dem Boden zu goldenem Staub wurde. Dann brach sie schluchzend auf dem Bett zusammen.

Morgana blieb allein. Der Schmerz stürzte über ihr zusammen und drückte sie tief in eine Dunkelheit, die wie der Hades war. Erinnerungen, Bilder von Robert stachen wie Messer auf sie ein, und ihr war, als wären Körper und Seele eine einzige Wunde. Als Suzie an die Tür kam, schickte sie sie fort. Sie schlief mit Roberts Brief in der Hand und las ihn immer wieder. Während der Nacht, als der Mond Schatten über die Wüste warf, fragte sich Morgana zum ersten Mal nach Roberts leiblicher Mutter. War sie als Mädchen gezwungen worden, ihr Baby aufzugeben, um einen Familienskandal zu vermeiden? War dieses Mädchen zur Frau geworden und hatte sich jeden Tag gefragt, was für ein Mann er geworden war? Vielleicht war sie inzwischen verheiratet, hatte weitere Kinder und betete insgeheim darum, dass ihr erstes Baby ein gutes Zuhause gefunden hätte.

Dein Sohn war ein guter Mann, wollte Morgana dieser namenlosen Mutter sagen. Er blieb bei seinen sterbenden Leuten. Er ist ein Held.

Als die Dämmerung anbrach, spürte Morgana neue Energie durch ihre Adern strömen. Ihre Muskeln und Knochen erwachten zum ersten Mal seit Wochen zum Leben. Roberts letzte Worte hallten in ihrem Geist wider: *Hör nicht auf, nach ihm zu suchen. Wir brauchen Wahrheiten, Liebste, jetzt mehr denn je, in dieser Zeit der Prüfungen und des Kummers.*

Morgana würde, für Robert und für ihren Sohn, endlich beenden, was sie schon vor Jahren hätte abschließen sollen.

Während sie ihren Plan ersann, fragte sie sich erneut, wie schon zur Zeit des Unfalls, was Tante Bettina, die die Wüste verabscheut hatte, draußen in der Wüste gewollt hatte. Hatte sie, wie Robert vermutete, nach einer Grube Ausschau gehalten?

Oder nach einem Grab?

Eine Erinnerung von vor Jahren: Morgana hatte zufällig gehört, wie Bettina sich als Witwe bezeichnete, und hatte sie mit den Worten herausgefordert: »Aber du weißt nicht sicher, dass Daddy tot ist.« Bettina hatte daraufhin gefaucht: »Natürlich weiß ich das«, war dann plötzlich errötet und nervös geworden und hatte gestottert: »Ich meine … er wäre inzwischen nach Hause gekommen …«

Morgana hatte diesen Worten damals keine Bedeutung beigemessen. Aber nun tat sie es.

Sie fuhr zu Joe Candlewell, dem Mann, zu dem die Wanderer Bettina gebracht hatten, und fragte ihn, ob er wüsste, wo genau ihre Tante gefunden wurde.

Er nahm eine Landkarte hervor. »Wenn ich mich richtig erinnere … ja, die Wanderer sagten, sie wären diesem Pfad hier gefolgt, in der Nähe von Skull Rock. Jetzt erinnere ich mich. Hier, in diesem Gebiet. Sie sagten, da sei ein großer Joshuabaum gewesen, ich weiß nicht welcher …«

Aber Morgana wusste es. La Vieja. Genau der Joshuabaum, unter dem Nicholas geboren wurde.

»Suzie, du hast mehr für mich getan, als man von einer Freundin verlangen kann. Du hast alles bewältigt und geregelt und mein Leben aufrechterhalten, als ich mich aufgab. Aber ich muss dich noch um einen weiteren Gefallen bitten.«

Suzie nahm Morganas Hände in ihre und sagte: »Tu, was du tun musst.«

Morgana versicherte ihrer Freundin, dass sie am nächsten Tag zurückkäme, küsste Nicholas und überließ ihn und das Gasthaus Suzies Obhut. Dann belud sie den Truck mit Vorräten, zog ihre wärmste Jacke an und fuhr los, in der Gewissheit, dass sie am Ende der langen Fahrt ihr Schicksal finden würde.

DER KIVA

Dezember 1943

95

Am Mittag erreichte Morgana das Ende der Wüstenstraße.
Sie hielt den Truck an einer vertrauten Ansammlung von Felsblöcken an, stellte den Motor ab und überblickte die Szene, um über die nächste Phase ihres Plans zu entscheiden. Sie hatte Wasser und Nahrung, ein Zelt und einen Schlafsack, Laternen und einen Gaskocher eingepackt. Sie würde sie beim Wagen lassen, zunächst auf Erkundung gehen und später ein Lager errichten. Irgendwo in diesem felsigen, unwirtlichen Tal lag die Antwort, nach der sie suchte.
Sie schulterte ihren Rucksack und brach auf, erkletterte die Felsen und zwängte sich durch enge Hohlwege, bis sie zu einer kleinen Lichtung kam, die an den Skull Rock angrenzte. Hier stand La Vieja, der Geburtsort ihres Sohnes. Morgana blickte langsam prüfend über die Lichtung hinweg, wo staubartiger Schnee und Raureif unter der fahlen Wintersonne schmolzen. Aber da war nichts, was an das Viereck mit der gezackten Linie erinnerte, nichts, was eine Grube sein könnte.
Dann erblickte sie einen kaum sichtbaren Pfad, der im Laufe der Jahre von den Stiefeln von Wüstenwanderern getreten worden war, stieg über Fels und Düne, durch Beifuß und Kakteen, bis sie ihn fand: einen wuchtigen Felsen, fast vollkommen quadratisch, vielleicht zwanzig Fuß breit und zwanzig Fuß hoch, mit einer durchlaufenden blassen, gezackten Felslinie, wie der Umriss eines Dinosaurierrückgrates.
Und genau wie die Zigeunerin ihn gezeichnet hatte.
Sie schnallte den Rucksack ab, ließ ihn zu Boden gleiten und fragte sich, ob ihr Vater diesen Ort auch gefunden hatte. Aber wenn ja, wohin war er dann von hier aus gegangen?
Während sie die kleine, kastenförmige Schlucht nach einem Hinweis auf eine Grube absuchte, bemerkte sie, dass die Überreste ei-

ner zerbrochenen Leiter auf dem Boden verstreut lagen, das Holz von der Sonne weiß gebleicht. Sie erkannte entsetzt, dass dies die Leiter sein musste, welche die Wanderer erwähnt hatten, deren eine Sprosse Bettinas Brust durchbohrt hatte. Was, um alles auf der Welt, hatte sie hier mit einer Leiter gewollt?

In eine Grube hineinklettern.

Morgana untersuchte den sandigen Boden der kleinen Schlucht, schritt vor und zurück, erspürte den Boden unter ihren Stiefeln, stampfte hier und da auf, lauschte auf einen hohlen Klang. Aber wie konnte eine Grube verborgen sein? Was würde sie bedecken?

Sie stampfte noch einmal mit dem Fuß auf, und plötzlich sackte der Wüstenboden ab. Sie fiel in einem Regen aus Sand und Geröll und Kaktusdornen gerade nach unten und landete mit einem schmerzhaften Aufschlag am Boden.

Als sich der Staub gelegt hatte, fand sie sich in einer unterirdischen Höhle wieder, in die durch die Öffnung über ihr genug Licht drang, um eine geschwärzte Feuerstelle und eine sich an der runden Wand entlangziehende Steinbank zu beleuchten. Die Luft roch alt und staubig.

Es war keine natürliche Höhle, erkannte sie, sondern etwas von Menschen Erbautes. Ein Kiva! Morgana hatte noch nie davon gehört, dass es so weit im Westen solche Zeremonialbauten gab.

Sie löste die Taschenlampe von ihrem Gürtel, schaltete sie ein und ließ den Strahl durch den Raum wandern. Die Ziegelsteinmauern wölbten sich nach innen, während sie zu dem Rauchabzug aufstiegen, sodass sie dem Zeremonialbau eine einem Bienenkorb ähnliche Form verliehen. Sie fragte sich, wie alt der Raum war, wer ihn errichtet hatte und warum. War dieser Zeremonialbau von den letzten Mitgliedern des verschwundenen Anasazi-Volkes gebaut worden? Aber warum hatte ihn niemand bisher gefunden? Dann sah sie Stücke verrotteten Holzes herumliegen und erkannte, dass eine Holzabdeckung über dem Rauchabzug gelegen hatte, den Raum verborgen hatte, Regen und Schnee und Hitze standgehalten hatte, bis das Holz unter ihren suchend aufstampfenden Stiefeln zerbrochen war.

Als der Taschenlampenstrahl auf eine hohe Holzleiter fiel, die auf der Seite lag, erkannte Morgana erleichtert, dass sie nun eine Möglichkeit hätte, wieder hinauszugelangen.

Als sie den Lichtstrahl ihrer Taschenlampe erneut kreisen ließ, in der Hoffnung, Gravuren oder Markierungen zu finden, die darauf hinweisen würden, welche Menschen von welchem Stamm diesen Raum geschaffen hatten, oder vielleicht irgendeinen Hinweis darauf zu finden, dass ihr Vater hier unten gewesen war, fing der Lichtstrahl etwas ein, was sie überraschte. Es sah wie ein Buch aus.

Als sie näher herantrat, sah sie, dass es *tatsächlich* ein Buch war – aufgeschlagen, die offenen Seiten staubbedeckt. Sie wischte sie vorsichtig ab und sah, dass das Papier vergilbt und mit verblasster Tinte beschrieben war, aber die Schrift war noch immer gut leserlich.

Sie nahm flüchtig ein paar Worte wahr: »Wer auch immer dieses Buch findet, möge es bitte Morgana Hightower in Twentynine Palms, Kalifornien, bringen. Sie ist meine Tochter, und dies gehört ihr.«

Sie betrachtete die Zeilen verwundert, hielt das Taschenlampenlicht auf das Buch gerichtet, der Strahl in ihrer Hand zitternd. Ihr Vater war *tatsächlich* hier unten gewesen! Und er hatte in dieses Tagebuch *für sie* geschrieben, während er hier war. Aber warum hatte er es nicht mitgenommen?

Und dann, als sich der Lichtstrahl verlagerte, sah sie, was sie zunächst nicht gesehen hatte: neben dem Buch, mit knochigen Fingern noch immer einen Füllfederhalter umklammernd, eine menschliche Hand. Sie war nicht ganz skelettiert, und doch auch nicht mehr fleischig. Mumifiziert.

Morgana bewegte den Taschenlampenstrahl langsam von der Hand fort, der kleine, goldene Kreis zitternd, während er einen mit einem Ärmel bekleideten Arm hinauf wanderte und eine knochige Schulter streifte, bis er auf …

»O mein Gott«, flüsterte sie.

Morgana erstarrte, als sie das entsetzliche Gesicht mit den entblößten Zähnen sah, die Augen in ihre Höhlen gesunken, die Nase ein zerfallener Stumpf, Büschel schwarzer Haare von der ledrigen Kopfhaut abstehend. Es war weder ein Leichnam noch ein Skelett, sondern irgendein verrücktes Zwischending, bei dem die Trockenheit der Wüste das Fleisch zersetzt hatte, sodass es an eine ägyptische Mumie erinnerte. Morgana erkannte, dass es ihr Vater war.

Ein Schluchzen entrang sich ihrer Kehle. »Daddy …« Sie sank auf den staubigen Boden und schaute durch tränenerfüllte Augen auf den ausgedörrten Leichnam, während wie ein Feuerwerk blitzartig Erinnerungen in ihr aufstiegen: die Ruinen im Chaco Canyon, ein Geburtstag in Casa Esmeralda, ein Teddybär, der fast so groß war wie sie selbst, ein sonnendurchfluteter Innenhof, der vom Klang der Stimme ihres Vaters erfüllt war. Sie streckte die Hand aus und berührte den morschen Stoff seines Hemdes. *Er ist hier unten gestorben …*

»Diese ganze Zeit«, murmelte sie mit erstickter Stimme, während ihr Tränen die Wangen hinabliefen, »warst du in unserer Nähe. Dein Enkel wurde in der Nähe dieses Ortes geboren. Tante Bettina wurde hier tödlich verletzt. Ich bin die Wege in diesem ganzen Gebiet abgeschritten, ohne zu wissen, dass du unter meinen Füßen ruhst.«

Sie bedeckte das Gesicht mit den Händen und sprach ein lautloses Gebet. Dann riss sie sich zusammen, überprüfte den Bereich mit dem Taschenlampenlicht noch einmal und fand einen morschen Schlafsack, leere Feldflaschen, Packungen mit verrotteten Keksen und getrocknetem Rindfleisch und eine Laterne, was alles darauf hindeutete, dass ihr Vater beabsichtigt hatte, einige Zeit hier unten zu verbringen. Auch die auf der Seite liegende Leiter, als hätte er sie hinter sich eingezogen. Wahrscheinlich damit niemand anderer in den Kiva herunterkam. Aber warum hatte er ihn nicht wieder verlassen?

Und wer war dahergekommen und hatte die Holzabdeckung über den Rauchabzug gezogen?

Alles Fragen, die später beantwortet werden müssten.

Im Moment hatte Morgana ihren Vater gefunden. Sie wollte zum Gasthaus zurückeilen, allen von ihrer unglaublichen Entdeckung erzählen, Nicholas in den Armen halten und ihn wissen lassen, dass alles gut würde.

Aber als sie die Leiter hochnahm und an die Wand lehnte, brach das Holz und zerfiel zwischen ihren Fingern.

96

Morgana starrte entsetzt auf den Stapel nutzloser Stöcke zu ihren Füßen, trat dann zurück und betrachtete prüfend die glatten, gewölbten Wände. Sie entdeckte keine Fuß- oder Handstützen, und die Decke war zu hoch, um sie zu erreichen. Als sie sich daran erinnerte, dass morgen der erste Wintertag und die kommende Nacht die längste des Jahres war, erkannte Morgana, dass ihr Stunden eisiger Kälte und Dunkelheit bevorstehen könnten, wenn sie hier unten bleiben müsste.

Sie löste das Taschenmesser von ihrem Gürtel und begann, in die Wand hineinzugraben. Adobeziegel zerbröckelten und fielen herab, bis sie ein Loch geschaffen hatte, das tief genug für ihre Finger war. Sie prüfte es. Der Halt genügte. Dann stellte sie sich auf die Steinbank, um das nächste Loch zu graben. Aber als das Messer eindrang, fiel ein großes Stück Adobeziegel heraus und zerbrach auf dem Boden. Als sie es an einer anderen Stelle versuchte, bröckelte weiterer Ziegelstein ab und regnete als Staub hinunter.

Sie sprang auf den Boden, überblickte die uralte Mauer und erkannte, dass sie zu alt und instabil war, als dass sie Griffmulden für ihre Hände hätte hineingraben können. Und selbst wenn es ihr gelungen wäre, vermutete sie, dass die Ziegelsteine ihr Gewicht nicht tragen würden. Gewiss nicht weiter oben, wo alles brüchig wirkte, wie sie jetzt bemerkte, als sie den Strahl der Taschenlampe über den Rauchabzug gleiten ließ. Jeglicher Versuch, hinauszuklettern, könnte das ganze Gebilde einstürzen lassen.

Ein grauer Himmel lag über der Wüste. Leichter Schneefall hatte eingesetzt, was bedeutete, dass es in dem Kiva sehr kalt würde. Sie hatte Suzie gesagt, sie wäre morgen zurück. Bis dahin würde niemand nach ihr suchen.

Als sie ein Geräusch hörte, hob sie ruckartig den Kopf. War dort draußen jemand? Sie wölbte die Hände um den Mund und rief: »Ich bin hier unten! Hallo?« Sie versuchte es erneut mit den Handhalterungen in der Wand, aber sie zerfielen unter ihren Fingern. »Warten Sie! Gehen Sie nicht fort!«

Es war definitiv jemand dort oben.

»Hier!«, rief sie. »Hier unten!«

Schritte im Sand über ihr. Eindeutig. Näher, näher … bis ein Schatten den Himmel versperrte. Morganas Herz tat einen Satz, als sie hinaufblickte auf – lange Ohren und eine schmale Schnauze. Ein Kojote!

Sie fand auf dem Boden des Zeremonialbaus einen Stein, schleuderte ihn hoch und traf das Tier an der Stirn. Es jaulte und lief davon.

Sie musste ein Feuer anfachen, aber das war schwierig. Alle im Tal kannten die tragischen Geschichten von Minenarbeitern, die sich in ihren abgedichteten Hütten im Winter warm zu halten versuchten und dann an einer Kohlenmonoxidvergiftung starben. Das Feuer verbrauchte außerdem allen Sauerstoff. Morgana musste ein empfindliches Gleichgewicht wahren: genug Brennmaterial verbrennen, damit Rauch durch den Rauchabzug stieg, ohne sich mit den Dämpfen zu vergiften oder sich die Atemluft abzuschneiden.

Sie nahm Streichhölzer aus ihrer Hemdtasche und sah sich nach etwas Brennbarem um.

Nun erwies sich die Leiter doch noch als nützlich. Nachdem sie in der Steingrube in der Mitte des Bodens ein Feuer entfacht und sich versichert hatte, dass der Rauch durch den Rauchabzug in die Wüstenluft aufstieg – in der Hoffnung, dass jemand es bemerken und kommen würde, um nachzusehen –, wölbte Morgana die Hände um den Mund und rief erneut laut. Ihre Stimme stieg mit den Funken und der Asche in den schneebeladenen Himmel hinauf.

Sie lauschte auf eine Antwort, rief erneut, lauschte und als sie nur Stille hörte, überlegte sie, was sie nun tun sollte.

»Nun, Daddy«, flüsterte sie. »Endlich sind wir wieder vereint. Aber so habe ich es mir nicht vorgestellt …« Als Tränen drohten, biss sie sich auf die Lippen. Später war noch genug Zeit, sich Emotionen hinzugeben. Im Moment musste sie einen klaren Kopf bewahren.

Sie schaute zu dem Buch, das unter der skelettartigen Hand lag. Soweit sie erkennen konnte, waren viele Seiten beschrieben. Womit? Mit wirren Stammeleien? Mit seiner Lebensgeschichte? Sie hatte einerseits Angst davor, es zu lesen, brannte aber andererseits darauf, endlich mehr zu erfahren.

Nachdem sie eine Bestandsaufnahme ihrer Vorräte gemacht hatte – sie besaß Streichhölzer, ein Messer, eine kleine, an ihrem Gürtel befestigte Flasche Wasser und Brennstoff (Holz, plus den zerfallenen

Schlafsack ihres Vaters) –, beschloss Morgana, das Feuer brennen zu lassen, dessen Rauchsignal ruhig aufstieg, und nach einiger Zeit erneut zu rufen. Inzwischen würde sie sich das Tagebuch ihres Vaters genauer ansehen.

Sie setzte sich im Schneidersitz ans Feuer, hielt das Buch in den fahlen Lichtschein, der sich durch den Rauchabzug kämpfte, und betrachtete die Seite, auf der es aufgeschlagen war. Ihr Vater hatte geschrieben, als er starb: »Ich bin in meinem Grabmal eingeschlossen. Ich werde hier sterben. Ich kann nicht glauben, dass ich mein Leben umsonst gelebt habe, dass ich in diesem Moment an diesen Ort geführt wurde, um wie eine Kerze ausgelöscht zu werden, nachdem mir die Geheimnisse des Chaco Canyon offenbart wurden! Und da ist so viel mehr! Die alte Frau offenbarte mir auch die verborgene Bedeutung der goldenen Olla, ein wundersames Geheimnis, das mit der Welt geteilt werden muss. Daher werde ich, solange mir die Laterne noch Licht spendet und solange ich noch Luft zum Atmen habe, die bemerkenswerte Erkenntnis aufschreiben, die ich erfahren habe. Dieses Vermächtnis ist für meine geliebte Tochter, Morgana. Sie wird mich eines Tages finden, und ich werde, auch wenn ich tot sein werde, zu ihr sprechen.«

Morgana schloss das Buch sanft, hob den vorderen Buchdeckel an und erblickte das eindrucksvolle Bleistift-Porträt eines Mädchens. Mit rundem Gesicht, hohen Wangenknochen, faszinierenden Augen und einer seltsamen Tätowierung mitten auf ihrer Stirn – drei vertikale Linien. Es war die Originalzeichnung des Hopi-Mädchens im Chaco Canyon.

Nun wandte sich Morgana der ersten Seite der Lebenserinnerungen mit dem Datum 1920 zu und las die erste Zeile: »Ich, Faraday Hightower, Doktor der Medizin, ehemals Boston, Massachusetts, Träumer, Narr, Visionssucher, schreibe dies. Ich war einundvierzig Jahre alt, als Morgana geboren wurde. Da begann mein wahres Leben. Alles war nur eine Einleitung zu dem Moment, als mir meine neugeborene Tochter in die Arme gelegt wurde.«

Das Innere des Zeremonialbaus war auf unheimliche, schwermütige Art düster. Morgana spürte, wie sich die Wände um sie zusammenzogen, die Decke sie niederdrückte. Ihre Lungen atmeten mühsam die jahrhundertealte Luft ein. Schatten umzitterten sie.

Sie bildete sich ein, dass Augen sie beobachteten. Während sie das Tagebuch las, überkam sie ein Gefühl der Zeitlosigkeit, als wäre sie nicht nur wenige Fuß, sondern ein paar Jahrhunderte herabgestürzt. »Elizabeth ist tot. Dessen bin ich mir sicher. Es war ihre Stimme, die mich gerufen und zu diesem Ort geführt hat. Wenn nicht von der Anderen Seite, wie sonst hat sie mich anrufen können?«

Morgana unterbrach die Lektüre. Worte von vor langer Zeit hallten in ihrem Geist wider: »Ich hatte einen immer wiederkehrenden Traum, in dem ich sah, wie sich dein Vater in der Wüste verirrte. Ich rief ihm zu. Ich sagte ihm, er solle meiner Stimme folgen, dann würde er gerettet.«

Sie las weiter, und die Worte formten sich in ihrem Geist zu Bildern, während sie Seite um Seite umwandte: »Ich ritt mit Morgana vor mir in den Chaco Canyon.« »Der Mann von der Bank hat uns die Casa Esmeralda durch eine Zwangsräumung genommen.« Namen sprangen sie von den Seiten an, erschienen wie lebende Männer und Frauen, als wären sie in den Kiva gekommen, um Morgana Gesellschaft zu leisten: John Wheeler, Navajo-Medizinmänner, Cowboys, indianische Bevollmächtigte, Elizabeth Delafield und Professor Keene, ein falscher Priester namens McClory.

Jetzt wusste Morgana, woher das Geld für den Treuhandfonds kam, das Geld, das er ihr hinterlassen, das Bettina aber gestohlen hatte. Nicht aus den Lohngeldern einer Mine, sondern gerechterweise von dem Mann zurückerlangt, der ihn betrogen hatte.

Und Sarah Bernam war keine Frau, sondern ein Esel!

Morgana las die ganze Geschichte ihres Vaters, von der Nacht ihrer Geburt bis zu seinem gebrochenen Bein im Kiva und bis zu seiner Aussage, er werde verwirrt, halluziniere … *Ein Warnruf. Das Heer des Dunklen Herrschers …*

Sie legte das Tagebuch widerwillig beiseite und sammelte weiteres Holz fürs Feuer. Ihre Finger waren kalt. Als sie aufwärts schaute, sah sie, dass der Himmel dunkler geworden war, und eine dünne Schicht Schnee lag auf dem Rand des Rauchabzugs. Wie lange hatte sie gelesen?

Sie erhob sich auf Zehenspitzen, als würde sie das dem Rauchabzug näher bringen, wölbte erneut die Hände um den Mund und rief: »Hallo?«

Sie betrachtete die Mumie in der zerfallenden Kleidung. »Daddy, ich fürchte mich vor dem, was ich als Nächstes lesen werde. Tante Bettina sagte, du seist wahnsinnig gewesen, als sie dich zuletzt gesehen habe. Werde ich das entdecken? Dass sie Recht hatte, dass meine geheimen Ängste nach allem doch begründet waren?«

Sie warf weitere Stöcke aufs Feuer und sagte: »Ich vermute, die alte Indianerin ist nicht zu dir zurückgekommen.« Aber warum hatte er diesen Kiva nicht verlassen? Selbst wenn er ein gebrochenes Bein hatte – warum hatte niemand nach ihm gesucht? *Die Landkarte in dem Umschlag, den er mir gab, als ich zehn Jahre alt war*. Morgana hatte keine Ahnung, was mit diesem Umschlag geschehen war.

Sie nahm das Tagebuch wieder hoch und las weiter.

»Ich fühle mich benommen«, schrieb Faraday. »Und nun beginnt meine Sicht zu verschwimmen ... *Hör zu, Pahana. Hör zu und schau*. Es ist die alte Frau, die zu mir spricht, und doch ist sie nicht hier!

»Mein Volk hat die Jahre nicht so gemessen, wie ihr es tut, Pahana. Wenn du wüsstest, wann ihre Geschichte stattfindet, würdest du begreifen, dass es das Jahr 1150 ist, vier Jahrhunderte bevor die Menschen, die sich Spanier nannten, zu diesem Kontinent kamen. Das Sonnenvolk lebte in jener Region des Landes, welche die Weißen Four Corners nennen. Dies ist die Geschichte Hoshi'tiwas, eines Mädchens, dessen Leben an dem Tag für immer verändert wurde, als der gefürchtete Dunkle Herrscher und seine blutdürstigen Jaguare kamen ...«

Morgana fühlte sich so tief in die Geschichte hineingesogen, dass sie, als sie Hoshi'tiwas Geschichte zu Ende gelesen hatte, nachdem sie von Ahoté und Fürst Jakál erfahren hatte, sich ruckartig in die Gegenwart zurückzwingen musste.

Als sie aufwärts schaute, war sie entsetzt, über sich völlige Dunkelheit zu sehen. Sie schaute auf ihre Uhr und sah erstaunt, dass Stunden vergangen waren. Ihr Magen knurrte. Ihr Mund war trocken vor Durst. Während sie weiter Brennmaterial auflegte – Teile des verrottenden Schlafsacks ihres Vaters –, spürte Morgana, wie ihr Geist in eine andere Welt entschwebte, wo sie wie Hoshi'tiwa die breiten Straßen der Tolteken beschritten und trotzig auf dem

Platz gestanden hatte, während Fürst Jakál die Götter mit dem Leitstein befragte.
Sie spürte den Kuss Fürst Jakáls, als er sie in seine Arme nahm …
»Okay«, sagte sie laut, um sich Mut zu machen. »Kopf hoch. Es ist nur der Hunger.«
Vielleicht gäbe es eine Möglichkeit, an ihren Rucksack oben zu kommen. Sie hatte ihn fallen lassen, unmittelbar bevor der Boden nachgab. Er konnte nicht weit von der Öffnung entfernt liegen.
Sie suchte nach etwas, was sie als Angelleine benutzen könnte. Der Gürtel ihres Vaters! Wenn sie ihn mit ihrem eigenen verknüpfte und dann die Schnürsenkel ihrer beider Stiefel daran band, könnte es reichen.
Sie arbeitete mit kalten, steifen Fingern, rollte das Behelfs»seil« in einer Hand auf und schwang die Schlinge mit der anderen zum Rauchabzug hinauf. Die ersten Versuche verfehlten die Öffnung, das Seil schlug gegen die Decke und fiel wieder herab. Beim sechsten Versuch hatte sie Erfolg. Die Schlinge flog hinaus und landete im Schnee. Sie bog den Kopf weit zurück, versuchte, keinen Schnee in die Augen zu bekommen, zog die Leine langsam wieder ein, und sie fiel, leer, zu Boden.
Morgana stellte sich erneut auf, hielt sich vom Feuer fern, und warf das Seil wieder hinauf. Einige weitere Versuche, und die Schlinge war wieder hinausgelangt. Und sie verfing sich an etwas!
Sie zog vorsichtig, sprach zu dem Seil, sagte: »Sachte jetzt, sachte…« Sie zog es langsam zurück, bis ein scharfer Stein herabfiel, der ihren Kopf nur knapp verfehlte.
Ihre Arme und Schultern schmerzten heftig. Es war zu kalt, ihr Blut zirkulierte nicht genug, um ihre Muskeln weiterhin richtig arbeiten zu lassen. »Ich werde mich ein paar Minuten ausruhen«, sagte sie laut und zog Mut aus dem Klang ihrer Stimme. Sie war zuversichtlich, dass sie den Rucksack erlangen würde, und dann hätte sie wenigstens etwas zu essen, eine Ersatztaschenlampe und mehr Brennmaterial – den Rucksack selbst.
Als sie wieder am Feuer saß und weitere Stoffreste auf die Flammen geworfen hatte, las sie weiter: »Lieber Gott! Die alte Indianerfrau! Sie ist hier bei mir im Zeremonialbau! Wann ist sie herabgestiegen? Ich habe sie nicht kommen hören. Sie sagte: ›Es ist an der

Zeit, dass du die Antworten bekommst, derentwegen du gekommen bist.‹ Ich erklärte ihr, ich sei schwach und habe Schmerzen, und bat sie, die Männer ihres Stammes zu rufen, damit sie mich aus diesem scheußlichen Loch höben. Aber sie sprach nur weiter, ihre Stimme so weich wie Seidenbänder. Sie sprach so sanft, dass ich meinen Füllfederhalter nicht anheben konnte, um zu schreiben, sondern mit tiefster Ehrfurcht lauschte, ich weiß nicht wie lange, aber am Ende, als ich abgezehrt und erschöpft dalag, meine Kleider feucht von Schweiß – denn die Dinge, die sie mir erzählt und gezeigt hatte, forderten einen solchen Tribut von meinem Körper, dass es so war, als wäre ich einhundert Meilen weit gelaufen –, verschwand sie. Einfach so, im Handumdrehen. Und jetzt bin ich allein, aber ich habe keine Schmerzen mehr und fühle mich tatsächlich, als durchströme neue Kraft meinen Körper. Ich fühle mich leicht, voller Energie. Ich möchte tanzen! Ich bin von Freude erfüllt. Nun werde ich die wunderbare Botschaft niederschreiben, die sie mir überbracht hat …

Aber warte, da kommt jemand! Ich höre das Quietschen von Wagenrädern. Pferdehufe. Ja, sie kommen näher. Meine Retter. Ich bin gerettet!«

Morgana betrachtete den mumifizierten Körper. Ihr Vater wurde gerettet? Wie dann *dies*? Die Antwort erfolgte im nächsten Satz. »Es war Bettina. Ich dachte, sie wäre gekommen, um mich zu retten. Dem war nicht so.«

Morgana las entsetzt die Szene, die ihr Vater beschrieb, die Sätze, die ihr entgegensprangen: »Bettina brachte die Karte mit, die ich in Morganas Obhut gegeben hatte, und zerriss sie vor meinen Augen.« »Bettina erzählte Elizabeth, sie sei meine Frau, und ich sei ein Schürzenjäger.« »Bettina gestand, dass sie ihre Schwester Abigail verbluten ließ, damit ich sie heiraten würde.«

In der nächsten Seite steckte ein Umschlag, an ihren Vater in der Casa Esmeralda adressiert und 1916 datiert. Der Brief war von Elizabeth. Nun kannte Morgana die Wahrheit: Faraday hatte nie erfahren, dass Elizabeth schwanger war.

Sie schloss die Augen. Bettina … die Dinge, die sie Faraday in seiner letzten Stunde erzählt hatte. Um ihn dann hier zurückzulassen und einzusperren.

Morgana zog die Knie an die Brust, schlang die Arme darum und wiegte sich vor und zurück, ließ dem Schmerz seinen Lauf.
Sie hat ihn hier zurückgelassen. Sie hat ihn lebendig begraben.
Der Schmerz ließ allmählich nach. Morgana streckte sich und wischte sich die Tränen fort. Sie hatte sich jahrelang gefragt, was ihre Tante dazu getrieben hatte, Elizabeth zu ermorden. Morgana hatte schreckliche Angst gehabt, dass es eine erbliche Geisteskrankheit sei, die sie vielleicht an ihren Sohn weitergegeben hätte. Aber nun kannte sie die Wahrheit. Das unerträgliche Stigma der Unehelichkeit, das ihr die Liebe ihres Vaters geraubt und ihr ganzes Leben überschattet hatte, hatte Bettina in den Wahnsinn getrieben.
Es gab noch mehr zu lesen, aber Morgana musste ans Überleben denken. Als sie den staubigen Boden erkundete, fand sie Überreste von etwas, was wie ein Tragebeutel aus Segeltuch aussah. Der Stoff war gute Nahrung fürs Feuer, aber der verwirrende Inhalt nicht: ein Lippenstift, eine Puderdose, ein Damentaschentuch, ein Damenkamm.
Morgana erkannte entsetzt, dass dies der Tragebeutel war, den Bettina mit in den Zeremonialbau gebracht hatte, und dass sie ihn zurückgelassen haben musste, als sie nach dem Streit mit Faraday hinausgeklettert war.
Während der Beutel und das Taschentuch im Feuer verkohlten, suchte Morgana nach mehr Brennstoff und fand die kleine Ausgabe der Bibel, die Faraday mit in den Zeremonialbau genommen hatte. Die ledernen Buchdeckel waren noch intakt, aber als sie das Buch öffnete, zerfielen die Seiten.
Als die Flammen wieder hoch aufloderten, hielt sich Morgana dicht an der Wärme auf, zog Trost aus dem Gedanken, dass die graue Rauchwolke voller Funken in der Wüstennacht gut zu sehen wäre.
Als sie sich wieder dem Tagebuch zuwandte, hörte sie über sich ein Geräusch. Sie lauschte. Der Kojote war zurückgekehrt. Er schnüffelte, und sie erkannte, dass er ihren Rucksack untersuchte.
»He!«, rief sie und klatschte in die Hände, so wie sie es auch tat, wann immer Kojoten in den Garten hinter dem Gasthaus kamen.
Sie hörte die Schnallen am Rucksack »klimpern«, als das Tier seine Trophäe durch den Schnee und von dem Kiva fort zerrte, bis sie nur wieder Stille umgab.

Morganas Schultern sackten zusammen. Ihr Essen war fort.
Sie schritt in dem eiskalten Raum auf und ab, wedelte mit den Armen und stampfte mit den Füßen. Wenn das Feuer das nächste Mal ersterben wollte, würde sie ihre Jacke darauf werfen müssen. Aber sie wagte es nicht, mehr auszuziehen, weil sie dann gewiss erfrieren würde.
Sie setzte sich wieder nahe ans Feuer und wandte sich erneut dem Tagebuch zu. »Die alte Frau erzählte mir, dass es Hoshi'tiwas Schicksal war, am Ort der Mitte zu leben und Regenkrüge zu erschaffen, nicht um Regen zu bringen, sondern um eine Erleuchtung zu erlangen. Wir leben in der Vierten Welt, sagte sie. Davor lebten wir in der Dritten Welt, die wir vergessen haben. Eine schreckliche Katastrophe traf die Erde und zerstörte alles darauf Befindliche. Zum Überleben zogen sich die Menschen unter die Erde zurück.«
Morgana hielte inne und schaute von der Seite auf. Die Schatten in dem Zeremonialbau schienen sich vervielfacht zu haben. Flammen tanzten in der Feuergrube, malten groteske Silhouetten an die Wand. Sie wusste, dass ihr ihr Geist Streiche spielte, weil sie schwören könnte, die Stimme der alten Frau sprechen gehört zu haben, während sie die geschriebenen Worte las. Es war, wie ihr Vater sie beschrieben hatte, eine Stimme so weich wie Seidenbänder.
»Vor dieser großen Zerstörung, welche die Dritte Welt befiel, wussten die Menschen um die Natur des Lebens und des Kosmos, sie besaßen geheimes Wissen. Aber dann traf das Unheil ein. Kometen und Himmelskörper prallten zusammen, und die Sonne stand am Himmel still ...«
Morgana schaute von dem Tagebuch auf. *Die Sonne stand still.* Die Geschichte von Joshua und Jericho. Hatte ihr Vater die Bibel mit dem Hopi-Mythos verwechselt?
»Dies geschah vor einhundert Generationen, als die Menschheit in einem Goldenen Zeitalter lebte. Da wurde die Welt zerstört. Wir erinnern uns an die Zerstörung, aber nicht an die Weisheit unserer Vorfahren, die wir die Alten nennen.«
Eine weitere Bibelgeschichte? fragte sich Morgana. Der Sündenfall in der Schöpfungsgeschichte, Adam und Eva, die in einem Goldenen Zeitalter lebten, ehe sie die Sünde kennen lernten. Sie erschau-

derte. Sie schaltete ihre Taschenlampe ein, weil das Licht vom Feuer schwächer wurde.

»In diesem Goldenen Zeitalter, das die Hopi die Dritte Welt nennen, stieg die Sonne im Westen auf und ging im Osten unter. Der Himmel war in jener Zeit dem Boden nahe, und den Morgenstern gab es nicht. Und dann schwang sich ein großer Komet tief zur Erde herab, und die Sonne musste ihre Richtung ändern. Sie stand am Himmel und zog dann rückwärts. Der Himmel fiel, die Erde drehte sich um, und der Komet wurde zum Morgenstern. Fürst Jakáls Volk glaubte, dass der neue Stern, den wir Venus nennen, früher ein irdischer Herrscher namens Quetzalcoatl war. Als er starb, stürzte er sich in einen Scheiterhaufen, und seine Asche wurde zur Venus, die davor nicht existiert hatte.«

Morgana erinnerte sich, von einem heiligen Buch der alten Ägypter gelesen zu haben, in dem von einer kosmischen Erhebung von Feuer und Wasser die Rede war, als der Süden zum Norden wurde, die Welt sich auf den Kopf stellte und die Sonne bei ihrem Auf- und Untergang die Richtung wechselte. Und hatte Platon nicht geschrieben: »Wo die Sonne einst aufging, geht sie nun unter, und wo sie einst unterging, geht sie nun auf«? Auch Sophokles, erinnerte Morgana sich, schrieb, dass sich der Verlauf der Sonne änderte, sodass sie im Osten aufging und nicht mehr wie zuvor im Westen.

Konnte die alte Indianerfrau von einem tatsächlichen Ereignis gesprochen haben?

Morgana betrachtete die Mumie, zerbrechlicher und schutzloser denn je, nun, wo sie Teile ihrer abfallenden Kleidung als Brennstoff benutzt hatte, und stellte sich ihren Vater dort liegend vor, wie er diese Worte trotz seiner Schmerzen und der Tatsache niederschrieb, dass er lebendig begraben war.

Morgana drängte Tränen zurück und las weiter. Die uralte Stimme fuhr nahe an Morganas Ohr fort, während sie die Worte auf der Seite las. »Nachdem die Menschheit aus der Erde heraus und in die Vierte Welt gestiegen war, waren wir nicht länger vereint, sondern hatten uns von den Göttern und den Tieren abgesondert. Wir betrachteten uns als von allem um uns herum isoliert. Bevor Hoshi'tiwa den Regenkrug erschuf, sammelte sie Ton, Härtemittel, Wasser, Pflanzenfarbe. Was sie nicht erkannte, war, dass *sie das Ge-*

fäß bereits hatte, dass es nur darauf wartete, dass sie ihm Gestalt verlieh. Auch der Himmel war in diesem Gefäß, weil der Wind des Himmels den Ton trocknete. Sonnenlicht war in dem Gefäß, weil die Sonne den Ton brannte. Feuer war in dem Gefäß, weil Feuer den Ton härtete. All diese Dinge, einschließlich Hoshi'tiwas Tränen, waren in dem Gefäß. Und dieses Gefäß ist der Kosmos.«

Morgana dachte an das goldene Fragment, das massiv und von der Farbe von Herbstpfirsichen gewesen war, mit einem rot gemalten Muster darauf. Ihr Absatz hatte es zu Staub zermahlen. Sie war am nächsten Morgen über ihre unbesonnene Tat erschüttert gewesen, hatte den orangefarbenen Staub sorgfältig aufgefegt und ihn in ein kleines Schmuckkästchen getan. Jetzt, wo sie die Worte ihres Vaters las, erkannte Morgana, dass sie die goldene Olla mit dem zermahlenen Staub irgendwie noch immer besaß.

Schatten tanzten über die Seite, als sie weiterlas: »Dies war es, was die Menschen vergessen hatten, als die Dritte Welt zerstört wurde und wir unter der Erde lebten. Lausche einer Flöte. Lausche dem einzelnen Ton. Wenn der Flötist aufhört zu spielen, was hörst du? Nicht Stille. Der Ton ist noch immer da. Er hat sich nur dem Wind angeschlossen. Er wurde ein Teil dessen, was mein Volk *Suukya'qatsi* – vereintes Leben – nennt. Es ist ein sehr altes Wort, Pahana. Es entstammt nicht der Sprache des Sonnenvolkes, noch der Sprache Fürst Jakáls. Es stammt aus einer fernen Erinnerung, ein Wort, das in unseren Adern fließt, bevor wir geboren werden. Hoshi'tiwa hörte es zum ersten Mal, als sie das Regengefäß bemalte, und sie lehrte ihr Volk dieses Wort. *Suukya'qatsi.* Die ungebrochene Einheit.«

»Einheit …«, flüsterte Morgana.

»Die Einheit ist Harmonie und Ausgewogenheit«, fuhren die Worte fort, »weil alles miteinander verbunden ist. Stell dir ein Spinnennetz vor. Wenn du die entfernteste Ecke berührst, vibrieren die Fäden, bis sie die Mitte erreichen, wo die Spinne schläft. Wenn etwas an einer Ecke der Welt passiert, betrifft das die ganze Welt. Wirf einen Kieselstein in einen Teich, und diese Handlung wird durch den ganzen Kosmos widerhallen.«

Morganas Zähne klapperten, was sie bestürzte. Sie sprang auf, fragte sich, ob noch mehr Brennmaterial vorhanden sei – die Temperatur in dem Zeremonialbau sank, die Luft in ihren Lungen fühlte sich wie Eiszapfen an, sie verlor das Gefühl in ihren Zehen –, als der Kiva plötzlich, als sie sich herabbeugte, um auf dem sandigen Boden nach brennbaren Überresten zu suchen, um sie herum wirbelte und schwankte, der Boden sich öffnete, die Wände zurückwichen, das Dach in den Himmel entschwebte.

Morgana schrie auf, schloss die Augen und streckte die Hände aus, um sich festzuhalten. Aber als ihre Hand auf etwas traf, war es nicht die Adobewand, sondern etwas, was sich wie die holzige Borke eines Baumes anfühlte.

Sie öffnete die Augen und keuchte.

Der Kiva war verschwunden. Die Kälte und Dunkelheit waren verbannt. Sie befand sich auf einer Mesa, wo ein frischer Wind sie umwehte, während sie entsetzt um sich schaute.

So weit wie das Auge reichte, ragten von Kiefern gekrönte Mesas auf, Schluchten mit Flüssen verliefen tief unter ihr, und über ihr erstreckte sich bis in die Unendlichkeit ein weiter, blauer Himmel. Die Farben blendeten: So grün wie glänzende Smaragde schimmernde Bäume und Büsche erhoben sich auf Mesas aus goldenem Sand. Weiße Wolken schwebten einem azurblauen Firmament entgegen. Morgana spürte, wie etwas an ihrem Haar zog. Als sie aufschaute, stellte sie überrascht fest, dass sie unter einer Kiefer stand, ihr Haar in einem Zweig verfangen. Sie befreite sich, trat in den Sonnenschein hinaus, und ihr stockte der Atem.

»Ist das wirklich?«, flüsterte sie. Morgana hatte ihre Sinne noch nie so überaus geschärft erlebt, ihre Haut so voller Empfindungen, ihren Geist so wach. Die Luft war kühl und belebend, die Sonne auf ihren Armen warm, ihr Haar kitzelte ihre Wangen, als es ihr ins Gesicht wehte. Nichts konnte wirklicher sein.

»Wo bin ich?«

»Wo du sein musst, Tochter.«

Morgana fuhr herum. Eine alte Indianerin stand dort; ihr langes weißes Haar hing in zwei Zöpfen vorne über ihre scharlachrote Samtbluse herab. Ein hübscher Silbergürtel mit Türkisen umschloss ihre Taille. Der mit Fransen versehene Wildlederrock endete unmittelbar über den perlenbesetzten Mokassins. Die Frau wirkte lebendig, real.

»Dies sieht wie New Mexico aus«, murmelte Morgana und strich sich das Haar aus dem Gesicht. »Oder Colorado. Wie bin ich hierher gelangt?«
»Ich brachte dich hierher.«
»Warum?«
»Um dir dein Selbst zu zeigen, weil du dein Selbst begreifen musst, bevor du alle Dinge begreifen kannst. Und auch weil Kummer deine Seele umwölkt und Sonnenlicht und Weisheit ausschließt. Dein Herz ist schwer, wegen Menschen, die Elizabeth und Gideon und Robert heißen. Und auch wegen Faraday, den ich Pahana nannte. Ich brachte dich hierher, Tochter, um dir zu zeigen, dass es keinen Tod gibt, weil nichts stirbt.«
Morgana blickte nach rechts und nach links und sah die eingestürzten Ruinen einer uralten Ansiedlung. »Ich glaube das nicht«, sagte sie.
Die alte Frau lächelte. »Du glaubst vieles nicht, Tochter. Engel und Geister, Götter und Magie. Aber du wirst glauben.«
Der Wind drehte sich und führte den scharfen Geruch von Beifuß an Morganas Nase. »Bin ich noch immer in dem Kiva? Halluziniere ich?«
»Du bist überall, Tochter, in der ungebrochenen Einheit. Sieh dir den Nachthimmel an.« Die alte Frau hob einen Arm, und plötzlich war es Nacht, mit einem tiefschwarzen, sich in die Unendlichkeit erstreckenden Himmel, voller strahlender Lichtpunkte.
Morgana schrie auf, stolperte und betrachtete ehrfürchtig die Millionen von Sternen, die von Horizont zu Horizont leuchteten.
Die alte Indianerin sagte: »Sieh, wie die Himmelskörper ständig in Bewegung sind. Kein einziges Licht am Himmel steht still. Und so ist es auch in der Natur: Nichts steht still, nicht einmal ein Stein, denn alles verändert sich beständig. Alles im Universum geht beständig von einer Phase in die nächste über, verändert sich endlos, und so ist es auch mit unseren Gedanken und unseren Seelen, Tochter, denn unsere Körper sind aus Sternenmaterial gemacht, wie auch unsere Seelen, weshalb sie niemals enden – sie gehen nur in andere Kreisläufe über. Das Universum erschafft unsere Gedanken ebenso wie unsere Körper, und so sind sogar unsere Gedanken lebendige Schöpfungen. Und was auch immer das Universum er-

schafft, stirbt niemals, genauso wie die geliebten Menschen, um die du trauerst, nicht gestorben sind, sondern sich Vater Schöpfer im ewigen Sommer der kosmischen Seele angeschlossen haben.«

Morgana konnte nicht sprechen. Sie war vor Ehrfurcht erstarrt.

Aber die alte Frau sagte: »Fasse Mut, Tochter, denn die Einheit wird stets die Einheit sein. *Suukya'qatsi*. Alles ist Teil des Ganzen, sogar die unsichtbaren Räume zwischen den Fäden einer gewebten Decke. Obwohl man sie nicht sehen kann, sind sie da und bilden ein Muster, die Decke, das Ganze. Sogar das *Nichts* ist Teil des Etwas. Du erkanntest das, als du den Regenkrug sahst, den ihr eine Olla nennt.«

Morgana sah die alte Frau an, die in Sternenlicht gebadet stand, und fragte: »Welche Botschaft liegt in dem Muster, das auf das Gefäß gemalt ist?«

Und die alte Frau erwiderte sanft: »Das Muster repräsentiert den Kosmos und alles darin Befindliche: Pflanzen, Himmel, Land, Menschen, Tiere, Sonne und Mond. Betrachte es genau, und du siehst sogar Fische und Aale. Schmetterlinge. Kiefernzapfen. Du dachtest, es bestünde keine Ordnung darin. Aber doch! Wenn du das Gefäß betrachtest, siehst du, wie sich die Symbole alle berühren, wie nichts allein steht. Du siehst die Verbundenheit von allem, Tochter. Das war es, was das Mädchen Hoshi'tiwa auf das Regengefäß malte, als sich ihre Hand unter einer anderen als ihrer eigenen Macht bewegte, während die uralte Weisheit in ihre Erinnerung zurückkehrte. Was sie malte, war die höchste Ordnung im Kosmos. Die elementare Harmonie und Ausgewogenheit. Kein Anfang, kein Ende.«

»Ist das das verlorene Wissen der Alten?«

»Das Wissen, das ich dir gezeigt habe, ist nicht ›verloren‹, Tochter. Noch ist es erlernte Weisheit. Das Wissen ist bereits in uns. Wir werden damit geboren, ein Geschenk vom großen Schöpfer. Es hat seit der Zerstörung der Dritten Welt in uns geschlummert, und nun beginnen wir uns zu erinnern.«

Morgana erkannte, dass die Sterne verblassten, der Himmel fahl wurde und eine gelbe Dämmerung über den Horizont hereinbrach und die Mesas und Ebenen, Schluchten und Täler mit einem heiligen, goldenen Schein überzog.

Während die Welt wieder hell wurde und die Farben in lebhaften Schattierungen tanzten, sagte die alte Frau zu Morgana: »Da ist etwas, was du über die Mutter meines Volkes wissen solltest. Als Erkennungszeichen des Clans, dem sie angehörte, trug Hoshi'tiwa eine Tätowierung auf der Stirn. Sie sah so aus.« Und die alte Frau hob den silberfarbenen Pony von ihrer Stirn an, sodass Morgana in der hellen Morgensonne drei vertikale, dunkelblaue Linien sah.

Auf einmal sah Morgana eine weitere Gestalt, einen großen, hageren, bärtigen Mann. Er stand am Rand der Mesa. Es war Faraday.

»Das Mädchen in den Ruinen trug dieses Zeichen ebenfalls«, sagte Faraday. »Sie sind beide vom selben Clan?«

»Nein, Pahana. Das Mädchen war ich. Und davor, Faraday, erinnerst du dich?«

»Davor?«

»Die Nacht, in der du dein Leben beenden wolltest. Du hattest Besuch.«

»Eine Zigeuner-Wahrsagerin besuchte mich.«

»Das war ich. Deine Schwägerin sah mich nicht. Sie klopfte in dieser Nacht nicht an deine Tür, um einen Besucher zu melden. Das schien nur so.«

Morgana fragte: »Bist du ein Geist?«

»Wir sind alle Geister, Tochter.«

»Wenn du aus einer anderen Zeit kommst, wie kann ich dich dann sehen?«

»Wir sind alle hier, immer. Jeder, alle. Wenn du das Konzept der Einheit wirklich begriffen hast, Tochter, dann kannst du in der Zeit wandeln, weil die Zeit, wie die Materie, *eins* ist. Du kannst deine Seele in die Vergangenheit schicken und lernen, was vergessen wurde. Du kannst die Gegenwart erkunden und entdecken, was verborgen ist. Du kannst in die Zukunft schauen und künftige Ereignisse sehen.«

»Aber warum bist du als Zigeunerin zu mir gekommen?«, fragte Faraday. Morgana wollte zu ihm laufen und die Arme um ihn schlingen, aber sie konnte sich nicht bewegen.

»Ich habe diese Verkleidung gewählt, Faraday, weil sie für dich eine vertraute Gestalt war. Du hast sie doch als real angesehen, oder? Wie hättest du reagiert, wenn ich dir so erschienen wäre, wie ich jetzt bin, als, wie ihr es nennt, wilde Indianerin? Ich wollte, dass du diese Suche annahmst und nicht davor davonliefst!«

Morgana sah die alte Frau an. »Aber warum hast du meinem Vater das alles nicht schon in Boston erzählt?«

»Er musste die Reise unternehmen, um sich zu beweisen, Tochter. Der Pfad, dem er folgte, war seine Feuerprobe.«

»Warst du so sicher, dass er die Suche aufnehmen würde?«, fragte Morgana.

»Männer werden als Jäger geboren, Tochter, das liegt in ihrer Natur, ob sie nun Wild aufspüren oder eine spirituelle Wahrheit. Der Drang lag in ihm. Ich wusste, dass er den Ruf nicht ignorieren konnte.«

Und Morgana fragte: »Aber warum mein Vater und nicht irgendein anderer Mann?«

»Weil er seinen Glauben verloren hatte, Tochter. Wie auch Fürst Jakál. Wie ich. Wie vermutlich auch du. Und weil wir unseren Glauben verloren haben, wurden wir auf den Pfad der Wiederentdeckung geschickt. Unsere Schicksale sind seit dem Anbeginn der Zeit miteinander verflochten. Ich sollte mich als Kind am Ort der Mitte an die Weisheit der Alten erinnern. Und du und dein Vater solltet sie durch mich wiederentdecken. Wir stehen am Beginn der Fünften Welt, Tochter. Des Goldenen Zeitalters.«

Während die uralte Stimme in ihren Ohren klang, spürte Morgana neue Kraft durch ihre Adern fließen. Sie spürte, dass sie wie ein Adler aufsteigen würde, wenn sie die Arme ausstreckte. Hatte sich Hoshi'tiwa so gefühlt, als sie das Muster auf den Krug gemalt und begriffen hatte, was es bedeutete?

Im nächsten Moment erkannte Morgana, dass Robert Recht gehabt hatte: Sie hatte sich vor vielen Dingen gefürchtet und ihr Leben von Angst leiten lassen. Aber nun wusste sie, dass sie vor nichts Angst haben musste. Alles gehörte dazu, alles befand sich in der natürlichen Ordnung der Dinge, sogar tragische Ereignisse, sogar der Tod. Leben in Ausgewogenheit. Verbundenheit.

»Bist du wirklich Hoshi'tiwa?«, fragte sie vor Ehrfurcht zitternd.

»Ich werde es dir zeigen.« Und die alte Frau wurde unmittelbar vor ihren Augen wieder jung. Das silberfarbene Haar wurde schwarz, die Zöpfe lösten sich auf, und es bildeten sich Kürbisblüten über ihren Ohren. Ein wunderschönes Gesicht, rund und kupferfarben, mit blattförmigen Augen, der Mund scheu lächelnd, und Morgana erkannte, dass sie Hoshi'tiwas Antlitz betrachtete, während sie acht Jahrhunderte zurückblickte.

»Du fragst dich, warum mein Volk niemals zum Ort der Mitte zurückgekehrt ist«, sagte das junge Mädchen. »Es herrschte dort Unglück, zu viel Leid und Traurigkeit. Unglückliche Geister. Mein Volk war ungläubig geworden. Gottlosigkeit war in unsere Kultur eingedrungen. Wir verwandelten heilige Rituale in Zeitvertreib. Wir benutzten die Kivas als Schlafquartiere. Wir vergaßen die Gebete, die Gesetze und die Götter. Und so wurden wir mit Dürre und Hunger bestraft, bis wir gezwungen waren, zu fliehen und als Fremde in einem anderen Land zu leben. Als mein Volk ging, erklärte es die Schlucht zum Tabu und kehrte niemals dorthin zurück. Aber das Sonnenvolk existiert noch, wir sind es, die ihr die Anasazi nennt. Wir leben auf Mesas und in Maisfeldern, sind zu der Art unserer ersten Vorfahren zurückgekehrt, erhalten die heiligen Rituale und Gesetze. Wir sind wieder im Einklang.«

Sie seufzte, maß die Sonne und sagte: »Ich muss euch jetzt verlassen.«

»Warte«, sagte Morgana. »Gehe nicht.«

»Ich bin vor vielen Jahrhunderten gestorben, Tochter, und ich wurde begraben. Meine Knochen sind schon lange zu Staub geworden, aber mein Geist lebt weiter, wie du sehen kannst. Und das wird deiner auch, wie auch der Geist der von dir geliebten Menschen. Dies war die Botschaft, die zu lehren ich geboren wurde, und nun werde ich euch beide verlassen, um bei meiner Familie zu sein, um mit meinem Geist bei Fürst Jakál zu sein, der auf mich wartet.«

Und sie verschwand einfach so vor Morganas Augen: alte Indianerin, Zigeuner-Wahrsagerin, Hopi-Mädchen, Hoshi'tiwa.

Und auch Faraday verschwand, aber nicht ohne Morgana zuzulächeln – als ein Zeichen des liebevollen Abschieds.

Morgana fand sich in dem dunklen, kalten Kiva wieder, saß auf dem harten Boden, das Tagebuch aufgeschlagen auf dem Schoß.

»Leb wohl, Vater«, flüsterte sie, ohne zu wissen, was gerade geschehen war, aber sie spürte, dass sie eine letzte Chance erhalten hatte, ihren Vater zu sehen. Voller Traurigkeit und Dankbarkeit und Freude riss sie sich zusammen und sah dann entsetzt, dass das Feuer ausgegangen war. Der Kiva war kälter als eine Eishöhle. Als sie aufblickte, sah sie nur schwarzen Himmel. Wann würde die Dämmerung kommen?

Das einzige übrig gebliebene Brennmaterial war ihre Kleidung. Aber sie musste das Feuer am Brennen halten, wegen des Rauchsignals und um Licht zum Lesen zu haben, da das Taschenlampenlicht bereits schwächer wurde. Sie zog impulsiv ihre langärmelige Bluse aus, warf sie in die Grube und hielt ein Streichholz daran. Bald hatte sie wieder warme, goldene Flammen.

Es waren nur noch ein paar Seiten zu lesen übrig. »Die Visionen, die ich erfuhr!«, hatte ihr Vater geschrieben. »Ich habe mich mein ganzes Leben lang danach gesehnt. Und nun bin auch ich gesegnet, weil ich nicht nur Visionen sah, sondern auch meine Tochter, erwachsen und wunderschön. Hoshi'tiwas Geschenk an mich. Ich kann in dem Wissen sterben, dass es meiner kostbaren Morgana gut gehen wird.

Aber Hoshi'tiwa hat mir noch so viel mehr gegeben! Früher hielt ich die Schriften eines Mannes namens Albert Einstein und anderer Wissenschaftler, die die atomare Welt beschrieben, für Gotteslästerung. Weil Gott in meinen Gedanken so gewaltig und umfassend war, erschreckte mich die Erforschung immer kleinerer Einheiten, denn damit bewegten wir uns doch in die genau entgegengesetzte Richtung.

Aber ich begreife jetzt, dass die neue Physik von Albert Einstein und Max Planck die Weisheit der Alten ist, die allmählich wieder zu uns dringt. Wie töricht verängstigt ich war! Sogar die Dämonen am Chaco Canyon entsprangen, wie ich jetzt weiß, meiner eigenen Phantasie. Ich habe mir die Zeichnungen nicht angesehen, die ich in meinem Delirium schuf, da ich sie in meiner Mappe verschlossen hielt. Aber nun werde ich sie hervornehmen und sie mir ansehen, solange ich noch genug Licht habe, sie zu betrachten.«

Morgana ließ das Tagebuch sinken. Die Zeichnungen waren *hier*?

Sie suchte auf Händen und Knien hektisch den Boden ab und fand die Künstlermappe unter zwei Jahrzehnten Staub verborgen, der von der Adobedecke herabgerieselt war. Mit zitternden Händen löste sie das Band und hob den Deckel an, um das mit Blättern

Zeichenpapier angefüllte Hauptfach zu öffnen. Sie nahm die Zeichnungen vorsichtig hervor und hielt sie unter den Strahl ihrer schwächer werdenden Taschenlampe.
Morgana sog den Atem ein. Sie betrachtete staunend Bilder vom Smith Peak und vom Butterfly Canyon, von erdbedeckten Balkenhütten der Navajos, vom Chaco Canyon, von Zeremonialtänzen der Zuñi, von Bettina in einem Lager, sogar von ihr selbst auf einem Pferd! Alles in prächtigen Farben und so scharf und deutlich wie Fotografien, jede mit der charakteristischen Handschrift ihres Vaters beschriftet.
Und …
Sie traute ihren Augen kaum. Hier waren die Originalzeichnungen der Olla, aus allen Perspektiven, akribisch in Rot und Orange und Gold ausgeführt, ein verrücktes Muster, das keinen Sinn ergab, das aber, wie Morgana jetzt erkannte, da sie wusste, wonach sie schauen musste, aus winzigen Figuren bestand – Bäume, Berge, ein Komet, ein Berglöwe, ein Kaktus, Straßen, Schnee, sogar Kokopelli mit seiner Flöte – alle kunstvoll zu einem unglaublichen Muster verwoben.
Die ungebrochene Einheit.

97

Sie wollte zu Ende lesen, aber das Feuer erstarb erneut, und die scharfe Kälte drang ihr in die Glieder. Ihre Lippen waren aufgesprungen, und ihre Zunge fühlte sich geschwollen an, denn sie hatte schon vor Stunden ihr letztes Wasser getrunken. Sie suchte zwischen dem Geröll, das in den Kiva gestürzt war, fand einen kleinen, glatten Kieselstein und steckte ihn sich in den Mund. Bald besänftigte der Speichel ihre Zunge und brachte Erleichterung.
Es tat ihr weh, das zu tun, aber sie brauchte unbedingt das Feuer, und so warf sie die leere Zeichenmappe auf die Glut, während sie die Zeichnungen von den Flammen fern hielt, und vergewisserte sich, dass der Rauch aufwärts stieg und aus dem Rauchabzug entwich.
Sie kehrte zum Tagebuch zurück, um endlich die letzten Worte auf seinen vergilbten Seiten zu erfahren. »Ich öffnete das Geheimfach

der Zeichenmappe und betrachtete die Zeichnungen zum ersten Mal, die Zeichnungen, die ich in meinem Delirium in Albuquerque angefertigt hatte. Was für ein Narr ich gewesen bin! Nichts Beängstigendes ist daran, nein, sie sind ein unbezahlbarer Schatz. Das Wesen, das ich für einen Dämon gehalten hatte, ist niemand anderer als Fürst Jakál, der letzte der Toltekenprinzen.«

Morgana schrie auf, zog hektisch die Zeichenmappe aus dem Feuer und trat die bereits brennenden Ecken aus. Mit zitternden Händen ertastete sie das Geheimfach und hielt den Atem an, während sie die Zeichnungen vorsichtig auseinander faltete.

Ihre Augen weiteten sich beim Anblick eines beeindruckenden Gesichtes mit hoher Stirn, gebogener Nase und kräftigem Kinn. Mit schwarzem Haar, lang über bloße Schultern hängend oder zu einem komplizierten Haarknoten aufgebunden, mit einem fedrigen Kopfschmuck oder ungeschmückt, so saß Jakál auf dem Platz zu Gericht, in prächtiger Kleidung und voller Schmuck, oder er stand nackt unter den Sternen auf einer Mesa.

Die Zeichnungen waren atemberaubend, aber … *waren* es wirklich die Porträts eines toltekischen Herrschers? Wie war das möglich? Ihr Vater hatte diese Zeichnungen während eines Fieberdeliriums geschaffen, als er von Sinnen war. Wie konnte er da behaupten, sie seien authentisch?

Aber dann sah Morgana auf einem der Porträts Jakáls den goldenen Talisman auf dessen bronzefarbener Brust.

Sie sprang auf.

Ihr Glücksbringer war normalerweise unter ihrer Bluse verborgen, aber jetzt lag er frei und schimmerte im schwachen Feuerschein. Sie erinnerte sich noch immer daran, wie sie zu diesem Glücksbringer gekommen war, auch wenn sie damals erst sechs Jahre alt war: Sie war davon aufgewacht, dass sie ihren Vater durch das schlafende Lager in der Nähe von Pueblo Bonito gehen hörte, und folgte ihm zu den Ruinen, wo sie ihn in der Erde graben sah, während er mit sich selbst sprach, ein großes Keramikgefäß fand und dann damit zum Lager zurücklief, wo er zusammenbrach. Bettina hob das Gefäß auf und stellte es zu den anderen, die ihr Vater gesammelt hatte.

Wieder in ihrem Haus in Albuquerque hatte ihr Vater hinter einer

geschlossenen Tür krank dagelegen, und Morgana durfte ihn nicht sehen. Aber sie hatte sich das seltsame neue Gefäß angesehen, und als sie es anhob, hörte sie darin etwas klappern. Als sie hineinsah, konnte sie nicht erkennen, was es war. Sie musste ganz hineingreifen, um den dort verborgenen Gegenstand zu ergreifen.
Sie hatte den golden glänzenden Gegenstand behalten und niemandem davon erzählt. Als sie zwölf war, hatte sie ein goldenes Einhorn von einer Kette genommen, die ihr Vater für sie hinterlassen hatte, und es durch diesen Glücksbringer ersetzt. Während sie nun die wundervoll geschmiedete Blüte betrachtete, mit sechs perfekten Blütenblättern aus Gold und einer Perle aus einem auffallenden, blauen Türkis in der Mitte, erinnerte sie sich plötzlich an etwas.
Sie blätterte eilig in dem Tagebuch zurück und kam zu einem Abschnitt, in dem ihr Vater seinen Traum aufgeschrieben hatte, den er *Hoshi'tiwas Geschichte* nannte. »Es ist ein wundervoller *Xochitl*. Er enthält einen Tropfen des kostbaren Blutes der Gefiederten Schlange.« Er hatte geschrieben: »Obwohl es *So-schiet* ausgesprochen wird, sah ich vor meinem geistigen Auge, wie man es richtig schreiben muss. *Xochitl* bedeutete in der Sprache der Tolteken ›Blume‹. Und die gab Jakál Hoshi'tiwa.«
Morgana hatte die ganze Zeit geglaubt, der Glücksbringer stamme von den Hopi oder den Navajo und sei höchstens hundert Jahre alt. Sie betrachtete verwundert die kleine goldene Blüte auf ihrer Brust, ein Talisman, den einst ein toltekischer Herrscher getragen hatte.
Der einen kostbaren Tropfen von Quetzalcoatls Blut enthält.
Und dann begriff sie: Ihr Vater hatte den im Krug gefundenen Talisman nie gesehen. Selbst wenn er in der Nacht, in der er das Gefäß fand, hineingeschaut haben sollte, konnte er den Gegenstand am Boden nicht gesehen haben. Und gewiss nicht so genau. Aber – wie konnte er ihn dann bei Jakáls Porträt so detailliert zeichnen?
Es gab nur eine Antwort: *Er hatte wirklich Fürst Jakál gesehen.*
Aber eines war nicht wirklich – die Geisteskrankheit ihres Vaters. Faraday Hightower war vielleicht ein Träumer und ein Philosoph, leidenschaftlich und zielstrebig gewesen, aber er war nicht verrückt.
Morgana legte die Porträts zu den anderen Zeichnungen, legte die

Zeichenmappe wieder auf die heiße Asche und sah zu, wie sie Feuer fing. Sie wäre innerhalb von Minuten verbrannt, wie sie wusste. Ihre Hose würde eine Stunde reichen. Danach war nichts mehr zum Verbrennen übrig. Und dem Himmel nach zu urteilen, war die Dämmerung immer noch ein gutes Stück entfernt.
Daran wollte sie in diesem Moment noch nicht denken. Eine Seite blieb noch in dem Tagebuch.
»Ich begann meine Reise mit der Suche nach Gott und fand Ihn schließlich überall um mich herum, in den Bergen und Tälern, in den Indianern und ihren Fransen und Perlen, in Navajo-Sandbildern, Hopi-Zeremonialbauten, Zuñi-Ritualen, Anasazi-Regengefäßen. Gott ist im *Suukya'qatsi*. Er ist in Reagenzgläsern und Mikroskopen und indianischen Körben. Er ist in meiner Seele und in den Seelen von Falken und Menschen. Er ist im gelben Sand und im blauen Himmel. Er wohnt in der Wüste und im Meer, in den Städten der Zukunft und in den Schluchten der Vergangenheit.
Ich habe auch das Mysterium des Chaco Canyon gelöst – wer dort lebte, warum sie gingen und warum sie niemals zurückkehrten.
Ich habe keine Angst zu sterben, weil ich, wie Hoshi'tiwa sagte, nur einen Szenenwechsel erleben werde. Und ich werde mit Elizabeth und, eines Tages, mit Morgana in der Ungebrochenen Einheit wiedervereint. Ich bin nicht der lange vermisste weiße Bruder namens Pahana. Noch bin ich Fürst Jakáls bärtiger weißer Gott, Quetzalcoatl. Ich bin nur ein Mensch, menschlich und demütig, dem ein großes Geheimnis offenbart wurde und der dieses Geheimnis, aufgrund der Schwachheit des Fleisches, mit in den Tod nehmen muss. Ich bete dafür, dass, wer auch immer in der Zukunft meine armen Knochen findet, den Schatz erkennen wird, der zwischen den Deckeln dieses Tagebuchs enthalten ist, um allen Menschen seine Botschaft zu übermitteln.
Plötzlich ... fühle ich mich seltsam! Alle Angst und Sorge und Entsetzen und Schreck und Schmerz sind von mir gewichen. Ich fühle mich wundersam wiederhergestellt, wie ein Mensch, der morgens unter einer heißen Dusche hervorkommt, bereit fürs Frühstück und einen neuen Tag.
Der Tod ist nur ein Szenenwechsel, Pahana.«

98

Morgana saß in der kalten Dunkelheit, das Tagebuch auf dem Schoß. Sie zitterte, ihre Zähne klapperten, und sie hatte kein Gefühl mehr in den Füßen. Sie konnte sich nicht bewegen. Die Geschichte ihres Vaters war zu Ende und hatte sie erschöpft und ausgelaugt zurückgelassen. Ihr Kopf dröhnte. Sie fühlte sich schwach.

Ein dünner Rauchfaden mühte sich durch die Öffnung in der gerundeten Decke des Zeremonialbaus. Das Feuer war fast erloschen. Alles Brennbare war verbraucht. Ohne Rauchsignal würde sie niemand finden.

Ein Schauder durchlief sie. Es *gab* noch etwas zu verbrennen.

Sie betrachtete das Buch in ihren Händen. Wäre es möglich, die Seiten aus dem Bucheinband zu lösen? Er war aus Leder und Klebstoff und Karton gemacht und würde zweifellos ein gutes Rauchsignal bewirken. Aber selbst wenn sie den Einband von den Seiten trennte, wie schnell würde das Leder in den Flammen verbrennen?

Sie seufzte, als sie eine plötzliche Müdigkeit überkam. Nur ein paar Minuten wollte sie sich niederlegen, auch wenn sie in ihrem Unbewussten etwas an die Gefahr des Todes durch Ersticken erinnerte.

Aber *sie* musste sich um nichts sorgen. Der Rauchabzug lieferte angemessene Belüftung …

99

Morgana träumte von einem toltekischen Herrscher, der ihr einen grünen Papagei namens Chi Chi schenkte und sie ermahnte, ihn jeden Tag mit *chocolatl* zu füttern, sonst würde er sterben. Ein nasenloser Mann schlenderte in den Zeremonialbau und fragte, ob sie seine Nase gesehen habe, und sie sagte ihm, er solle das Seil hinauf zum Klippenhaus klettern, wo seine Nase vor den Dunklen Herrschern sicher sei. Morgana begann im Schlaf zu lachen, und ein alter Goldsucher namens Bernam sagte: »Das erste Anzeichen für das Einatmen von Gift ist Albernheit. Du bist nicht belustigt, kleines Mädchen, du stirbst.«

Plötzlich begann es in dem Kiva zu poltern. Morgana öffnete ruckartig die Augen und schaute in den Regen aus Adobestaub, der auf sie herniederfiel. Sie richtete sich mühsam auf. War das ein Erdbeben? Donner?

Durch den Rauchabzug sah sie Tageslicht. Sie legte die Hände an die gewölbte Wand und spürte Vibrationen. Fahrzeuge! Die in der Nähe fuhren. »Hallo? Ich bin hier unten!«

Sie lauschte, die Hände an der Wand. Und dann…

Die Vibrationen ließen nach, die Fahrzeuge fuhren in die andere Richtung.

»Nein!«

Ein Rauchsignal! Aber es war nichts zum Verbrennen übrig.

Doch, da ist noch etwas.

»Ich kann mich doch niemals an alles erinnern«, flüsterte sie entsetzt, dachte an die Geschichten in dem Tagebuch, die Weisheit der Alten. Und die Zeichnungen! Hoshi'tiwa als Mädchen. Fürst Jakál, ein toltekischer Herrscher. Geschichte, aus Äonen herausgepickt und bis in die Gegenwart bewahrt.

Aber wenn sie es nicht verbrannte, um das Rauchsignal am Leben zu erhalten, würde sie gewiss an Durst und Unterkühlung sterben.

Das Poltern wurde schwächer. Die Wagen fuhren davon! Dies war ihre letzte Chance, Aufmerksamkeit zu erregen. Was sollte sie tun? Und dann dachte sie an Nicholas, ihr kostbares Geschenk von Robert. Wer würde sich um ihn kümmern und ihn so lieben, wie nur sie es konnte? Und plötzlich, im grauen Wintersonnenlicht, das in den Kiva strömte, war sie ruhig. Weil es nur eine Wahlmöglichkeit gab. Alle in dem Tagebuch, vom Kapitän der *SS Caprica* bis zu einem Esel namens Sarah – die uralten Indianer vom Chaco Canyon, die Wissenschaftler am Smith Peak und die Dienstmädchen in der Casa Esmeralda –, würden sterben müssen, damit Morgana leben könnte.

Sie schluchzte, während sie das Tagebuch in die Zeichnungen wickelte. Sie musste es tun! Zitternd kauerte sich an den Rand des ersterbenden Feuers.

»*Warte.*«

Sie hielt inne.
»Da ist noch etwas anderes, was du aufs Feuer legen kannst.«
Sie erhob sich. »Wer ist da?«
»Finde es. Schicke ein Signal – jetzt!«
Sie runzelte die Stirn. Die Stimme klang wie Tante Bettinas. Aber das war unmöglich. »Ich habe alles verbrannt«, sagte Morgana zu der Dunkelheit.
»Da ist noch etwas. Beeile dich!«
»Noch etwas? Was? Ich trage nur noch meine Unterwäsche. Sie wird ein paar Funken bewirken, mehr nicht.«
»Denk nach! Ich habe etwas zurückgelassen ...«
Und dann kamen ihr Bettinas letzte Worte an Faraday in den Sinn: »Ich wollte dieses hässliche Ding wegwerfen, Faraday, und dann beschloss ich, es dir als Souvenir zu schenken.«
Bettina hatte etwas auf den Boden geworfen! Aber was?
Morgana schaltete die Taschenlampe ein und führte den ersterbenden Lichtstrahl hektisch über den Boden des Zeremonialbaus. »Da ist nichts!«
»Beeil dich!«
Okay, Morgana, halt inne und denk nach. Was hätte Bettina ihm bringen können? Etwas Hässliches, was ihn an Elizabeth erinnerte.
Die Vibration des Wüstenbodens wurde immer schwächer.
»Denk nach!«, befahl die Stimme.
»Ich kann nicht!« Morgana war schwach, ihr war schwindelig. Sie war zu lange ohne Essen und Wasser gewesen. Ihr Körper fühlte sich wie Eis an. Sie wollte sich hinlegen und ewig schlafen.
Und dann kam ihr eine Erinnerung an so etwas wie einen Korb, den Elizabeth Faraday geschenkt hatte. Bettina hatte gesagt, er sei hässlich.
Morgana warf sich auf den Boden, kroch auf Händen und Knien umher, grub, griff Sand und Kies, bis ihre Finger auf etwas trafen. Da war er, Elizabeths Pajute-Korb, der im Laufe der Jahre flach geworden war, staubbedeckt. *Ein mit Kiefernharz behandelter Korb.*
»Bitte Gott«, murmelte sie, während sie die verglühende Asche durch Pusten wieder zum Leben erweckte und den Korb darauf legte. »Bitte lass ihn brennen.«

Rauch stieg auf, und erfüllte den Zeremonialbau mit einem stechenden Geruch. Morgana fächelte den Rauch, bis er in den tiefblauen Wüstenhimmel aufstieg.
Sie lauschte. Sie fühlte an der Wand. »Bitte …«, schluchzte sie.
Und dann … die Vibrationen wurden wieder stärker, und bald hörte sie das Geräusch von Motoren. Stimmen riefen etwas. Hupen erklangen. Schließlich schaute jemand herein, lenkte einen Lichtstrahl durch den Rauchabzug.
»Seien Sie vorsichtig!«, rief Morgana. »Der Boden ist instabil! Das ist ein brüchiger Kiva!«

100

Besorgte Stimmen, Rufe, Schritte, die über ihr trampelten, und dann fiel eine Strickleiter herab, und Joe Candlewells Stimme sagte: »Halt dich daran fest, Morgana! Wir ziehen dich raus!«
Das Tagebuch und die Zeichnungen umklammernd, ergriff Morgana das Seil, trat zitternd in die Schlaufen. Kurz darauf gelangte sie in die gepriesene Luft und in Joes Arme. »Gott sei Dank bist du da«, sagte er, und Ethel eilte zu ihr, um sofort eine Decke um sie zu legen. »Du hast uns einen solchen Schrecken eingejagt! Wir dachten, es wäre etwas Schreckliches passiert.«
»Wie lange war ich dort unten?«, fragte Morgana, während sie auf einen Felsblock sank und Ethel ihr einen Becher heißen Kaffee in die Hand drückte. Die Morgensonne stach ihr in die Augen.
»Vermutlich seit gestern. Da hast du die Stadt verlassen.«
Morgana blinzelte. Das waren nicht einmal vierundzwanzig Stunden! »Warum habt ihr mich dann überhaupt gesucht?«
»Das lag an Robert. Gestern Abend, als Suzie sagte, du wärst allein weggefahren …«
»Robert!«
»Allerdings«, erklang eine vertraute Stimme, und da war er und lächelte sie an. Robert in seiner Uniform, auf Krücken gestützt. »Als Suzie Knapp mir erzählte, du wärst allein in die Wüste gefahren, beschloss ich, dich hier draußen zu überraschen. Aber als

ich deinen Truck fand, die ganze Campingausrüstung noch darin, mitten in der Nacht, wusste ich, dass du in Schwierigkeiten warst. Also fuhr ich zurück und holte Hilfe.«

Sie flog in seine Arme und klammerte sich an ihn, um sich zu versichern, dass er kein Traum war. »Ich wusste nicht, dass du nach Hause kommen würdest«, schluchzte sie an seiner Schulter.

»Hast du meinen Brief nicht bekommen, in dem ich dir schrieb, dass ich entlassen werde?«

Sie sah ihn an. »Robert, ich dachte, du wärst tot!«

»Das war ich auch beinahe«, sagte er sanft, und als er ihr zärtlich die Tränen von den Wangen wischte, sah sie die Schatten unter seinen Augen, die in sein Gesicht eingegrabenen Linien der Qual und des Leidens. »Aber du hast mich am Leben erhalten, mein Liebling. Mit dir in meinen Gedanken und in meinem Herzen und den Erinnerungen an unsere gemeinsame Zeit, an die Male, als wir miteinander lachten und weinten ...«

»Der Diamant im Joshuabaum«, sagte sie mit brechender Stimme.

»All diese Dinge und deine Briefe, die ich immer wieder las, und die Bilder von unserem Sohn – das alles war es, was mich rettete. Ich musste zu dir zurückkommen, meine Liebste, und zu Nicholas.«

Sie barg ihr Gesicht an seinem Hals und weinte erneut, vor Glück und Freude, bis er sie an den Schultern fasste und fragte: »Aber warum hast du gedacht, ich wäre tot?«

»Weil Gideon tot ist!«, rief sie.

»Ich weiß. Sie haben es mir gesagt. O Liebste, es tut mir so Leid.«

»Und dann dein Abschiedsbrief ... mit den Fotografien ...«

»Den habe ich schon vor Wochen geschickt. Es tut mir Leid, dass ich dich geängstigt habe. Ich habe nicht klar gedacht. Hast du seitdem nichts mehr von mir bekommen? Es kommen noch drei weitere Briefe.« Er küsste sie sanft auf die Lippen, sah ihr dann lang in die Augen und sagte: »Ich war eine Zeit lang sehr krank, aber nun geht es mir wieder gut. Und ich bleibe jetzt zu Hause.«

Er küsste sie erneut, und sie schlang ihm die Arme um den Hals, hielt ihn ganz fest und wollte ihn nie wieder loslassen. Während Joe Candlewell und die anderen die Öffnung des Kivas umschritten, einander gegenseitig zur Vorsicht mahnten und mit ihren Taschenlampen hineinspähten, klammerten sich Morgana und Robert aneinander, bis sich Robert aufrichtete und sich besorgt umsah. Die Wüste war in prächtiges Morgenlicht getaucht, fast schmerzhaft für die Augen. Die goldenen Felsen, grünen Kakteen und braunen Joshuabäume traten als scharfe, farbenprächtige Reliefs hervor. »Was ist hier draußen passiert?«

»Ich habe ihn gefunden«, flüsterte Morgana und zog die Decke enger um sich. »Ich habe meinen Vater gefunden. Er liegt unten.« Sie deutete auf den Kiva. »Da war ich. Ich dachte, ich käme niemals wieder heraus.«

»Gott sei gedankt für dein Rauchsignal.«

»Ich habe alles verbrannt, meine Kleidung, alles.«

»In dieser Gegend haben wir nicht gesucht. Wir sahen auf der anderen Seite von Skull Rock nach und fuhren dann wieder davon!«

»Aber ich sagte Suzie, dass bei La Vieja sein würde.«

»Wir fanden deinen Rucksack ungefähr eine halbe Meile von hier, sodass wir in jener Richtung suchten.«

Der Kojote!

»Wäre nicht die letzte, schwarze Rauchwolke gewesen, hätten wir dich niemals gefunden.«

Morgana dachte an die Stimme, die sie auf den mit Kiefernharz behandelten Korb aufmerksam gemacht hatte, eine Stimme, die mit Tante Bettinas unverkennbarem Neu-England-Akzent gesprochen hatte. *Sie hat mir das Leben gerettet.*

Sie legte die Hände um Roberts Gesicht, betrachtete forschend seine Züge, die tief liegenden Augen, die, trotz allem, was er durchgemacht hatte, noch immer in einem warmen Braun strahlten. »Bist du es wirklich? Bist du sicher, dass es dir gut geht?«

»Es geht mir gut, mein Liebling«, murmelte er, »und ich werde dich nie wieder verlassen.«

Morgana dachte an das Tagebuch ihres Vaters und an die Weisheit der Alten und sagte: »Robert! Ich muss dir so vieles erzählen. So viele wundervolle Dinge.« Sie erinnerte sich an etwas, was sie einmal zu ihm gesagt hatte: »Ich glaube nicht an Engel oder Heilige, oder Götter oder Mythen. Ich glaube an das, was ich sehen und fühlen kann, an das, was Menschen tun können und was *ich* tun kann.«

Aber nun hatte sich ihr Glaube geändert. Morgana spürte das Übernatürliche rund um sich herum, als hätten magische Wesen

ihr eine äußere Hülle abgestreift, die sie für ihr Reich taub und blind gemacht hatte.
Und ihr Vater war auf der Mesa bei ihr gewesen, dessen war sich Morgana sicher.
»Robert, du hattest Recht, ich habe so viel Zeit meines Lebens mit Davonlaufen verbracht. Ich lief vor der Liebe davon, und als ich mich in dich verliebte, lief ich auch davor davon. Ich lief vor einer Heirat und Kindern davon. Robert, ich habe mich hier in der Wüste versteckt. Ich hörte auf, meine Indianerstudien zu verfolgen. Ich hörte auf, in die Welt hinauszugehen. Als ich Elizabeth traf, erwachte in mir der Wunsch, Indianermythen und -traditionen zu sammeln, so wie mein Vater es getan hatte. Aber mit Elizabeths Tod starb auch mein Traum. Es ist, als hätte ich diese vergangenen zehn Jahre geschlafen. Aber jetzt bin ich erwacht!«
Sie dachte an die goldene Scherbe und erkannte, dass sie, als sie sie in der Hand hielt, Hoshi'tiwas Tränen hielt. Und sie spürte eine jähe, spürbare Verbindung zu jenem fernen Mädchen aus einer Jahrhunderte zurückliegenden Vergangenheit.
»Robert, du sagtest, du seist aus einem bestimmten Grund in die Army eingetreten – dass es deshalb geschah, damit du mir begegnetest. Robert, ich erkenne jetzt, dass für mich das Gleiche gilt! Wäre ich dir nicht begegnet und hätte ich dich nicht geheiratet, hätte ich niemals den Vorsatz gefasst, meinen Vater mit solcher Entschlossenheit zu suchen ... weil ich die Suche um Nicholas' willen vollenden musste. Ohne dich in meinem Leben hätte ich meinen Vater, seine Zeichnungen und das Tagebuch niemals gefunden.«
Von neuer Lebenskraft und Entschlossenheit erfüllt, erkannte Morgana, was sie tun würde, wenn der Krieg vorüber war. Sie wollte das Konzept der Dritten und Vierten Welt erforschen, mit Stammesälteren sprechen, ihr Wissen aus dem Kiva erweitern, das alles zusammenstellen, damit andere darüber lesen konnten und die Menschen für sich selbst entscheiden lassen.
Außerdem wollte sie eine Ausstellung der Zeichnungen ihres Vaters organisieren – für die Öffentlichkeit freigegeben und kostenlos zugänglich. Hatte er das Mysterium des Chaco Canyon wirklich gelöst? Morgana würde sein Tagebuch Experten zeigen und sie ihre eigenen, wissenschaftlichen Schlüsse daraus ziehen lassen.

Was den *Xochitl* betraf, der das Blut Quetzalcoatls enthielt, so würde sie ihn für sich behalten und eines Tages an Nicholas weitergeben. Sie drei würden zum Chaco Canyon reisen und nach dem Haus der Federn sehen, die Ruinen der Töpferwerkstatt suchen und bei der Tag-und-Nacht-Gleiche zur Mittagszeit auf dem Platz stehen, um ihre Schatten genau nach Norden gerichtet zu sehen.

Aber zuerst musste sie ihren Vater aus dem Zeremonialbau bergen und ihm ein richtiges Begräbnis ausrichten. Er sollte neben Elizabeth Ruhe finden. Und wenn der Krieg vorüber war, würde sie Gideon aus dem Südpazifik nach Hause bringen und ihn ebenfalls dort begraben, zwischen seinen Eltern.

»Robert«, sagte sie plötzlich. »Hast du unseren Sohn gesehen? Hast du unser Baby gesehen?«

Er lächelte. »Das habe ich, und er ist wunderschön.«

In diesem Moment sah sie ihre Freundin herankommen, ein großes Bündel in den Armen. »Suzie! Was tust du hier?«

Während Suzie Morgana den schlafenden Nicholas reichte, sagte sie: »Ich musste einfach kommen und nachsehen, ob es dir gut geht, Morgana, aber ich konnte das Baby nicht zurücklassen. Ich weiß nicht, warum. Etwas sagte mir, ich sollte ihn mitbringen. Ich weiß, es ist kalt hier draußen, aber es geht ihm gut. Er hat es warm.«

»Ich bin froh, dass du ihn mitgebracht hast«, sagte Morgana und umarmte ihren schläfrigen Sohn mit jäher Zärtlichkeit. »Er ist ein Wüstenbaby. Er wurde hier in der Nähe geboren.«

Und er wurde aus einem bestimmten Grund hier geboren.

Bevor Morgana in Joe Candlewells Kombi stieg, blickte sie zum Lightning Rock zurück, der über den alten Kiva wachte, und sah dort ein Mädchen stehen, das eine rote Tunika über einem roten Rock trug, ihr Haar zu Hopi-Kürbisblüten frisiert, drei deutliche Linien auf die Stirn tätowiert. Sie hob eine Hand zum Abschied.

Morgana schickte ihre Gedanken mit dem Wind und fragte: *Wenn Hoshi'tiwa nicht die letzte Schamanin war, wer ist es dann?*

»*Das Wissen um das* Suukya'qatsi *wurde an deinen Vater weitergegeben, der es wiederum an dich weitergab*«, erwiderte das Mädchen mit dem Kürbisblütenhaar und den blattförmigen Augen. »*Du, Morgana, bist die letzte Schamanin.*«